中國古典文學基本叢書

岑參詩箋注

上册

〔唐〕岑參 撰
廖立 箋注

中華書局

圖書在版編目(CIP)數據

岑參詩箋注/(唐)岑參撰;廖立箋注. —北京:中華書局,2018.1
(中國古典文學基本叢書)
ISBN 978-7-101-12891-8

Ⅰ.岑… Ⅱ.①岑…②廖… Ⅲ.唐詩-注釋
Ⅳ.I222.742

中國版本圖書館 CIP 數據核字(2017)第 269941 號

初版責編:徐 俊 宋鳳娣
再版責編:朱兆虎

中國古典文學基本叢書
岑參詩箋注
(全二册)
〔唐〕岑 參 撰
廖 立 箋注
*
中華書局出版發行
(北京市豐臺區太平橋西里 38 號 100073)
http://www.zhbc.com.cn
E-mail:zhbc@zhbc.com.cn
北京市白帆印務有限公司印刷
*
850×1168 毫米 1/32 · 29⅞印張 · 5 插頁 · 770 千字
2018 年 1 月北京第 1 版 2018 年 1 月北京第 1 次印刷
印數:1-3000 册 定價:99.00 元

ISBN 978-7-101-12891-8

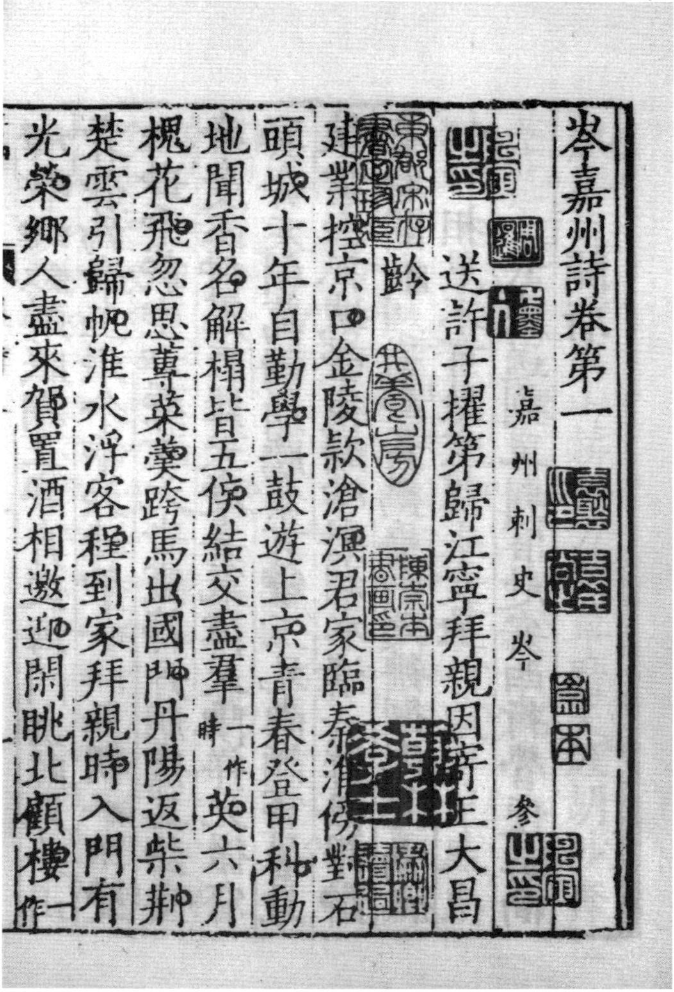
岑嘉州詩卷第一
嘉州刺史岑參
送許子擢第歸江寧拜親因寄王大昌
齡
建業控京口金陵款滄溟君家臨秦淮傍對石
頭城十年自勤學一鼓遊上京青春登甲科動
地聞香名解褐皆五侯結交盡羣(一作時)英六月
槐花飛忽思蓴菜羹跨馬出國門丹陽返柴荆
楚雲引歸帆淮水浮客程到家拜親時入門有
光榮鄉人盡來賀置酒相邀迎閑眺北顧樓一作

宋刊《岑嘉州詩》

岑嘉州詩卷之一

五言古詩九

送許子擢第歸江寧拜親因寄王大
昌齡

建業控京口金陵款滄溟君家臨秦淮傍對
石頭城十年自勤學一鼓遊上京青春登甲
科動地聞香名解褐皆五侯結交盡群英六
月槐花飛忽思蓴菜羹跨馬出國門丹陽返
柴荊楚雲引歸帆淮水浮客程到家拜親時
入門有光榮鄉人盡來賀置酒相邀迎閑眺
北顧樓醉眠湖上亭月從海門出照見茅山
青昔為帝王州今幸天地平五朝變人世千
載空江聲玄元告靈符丹洞獲其銘皇帝受
玉冊群臣羅天庭喜氣薄太陽祥光徹窅冥
奔走朝萬國崩騰集百靈王尺尚謫宦屢見
秋雲生孤城帶後湖心與湖水清一縣無諍
辭有時閑道經黃鶴壘兩翅徘徊但悲鳴相
思不可見空望牛女星

武威送劉單判官赴安西行營便呈
高開府

熱海亘鐵門火山赫金方白草磨天涯胡沙
奔茫茫夫子佐戎幕其鋒利如霜中歲學兵
符不能守文章功業須及時立身有行藏男
兒感忠義萬里忘越鄉孟夏邊候遲胡國草
木長馬疾過飛鳥天窮超夕陽都護新出師
五月發軍裝甲兵二百萬錯落黃金光揚旗
拂崑崙伐鼓振蒲昌太白引官軍天威臨大
荒西望雲似蛇戎虜知喪亡渾驅大宛馬繫
取樓蘭王曾到交河城風土斷人腸塞驛遠
如點邊烽互相望赤亭多飄風鼓怒不可當
有時無人行沙石亂飄揚夜靜天蕭條鬼哭
夾道傍地上多髑髏皆是古戰場置酒高館
夕邊城月蒼蒼軍中宰肥牛堂上羅羽觴紅
淚金燭盤嬌歌艷新妝望君仰青冥短翮難
可翔蒼然西郊道握手何慨慷

送王大昌齡赴江寧

對酒寂不語悵然悲送君明時未得用白首
徒攻文澤國從一官滄波幾千里群公滿天
闕獨去過淮水舊家富春渚嘗憶臥江樓自
聞君欲行頻望南徐州窮巷獨閉門寒燈靜

明正德十五年濟南刊《岑嘉州詩》

例略

一、自北宋至南宋初文獻所載，皆謂「《岑參集》十卷」。其後，陳振孫《直齋書録解題》始云：「《岑嘉州集》八卷」，此八卷本「嘉州集」自爲晚出者。現存半部宋刊《岑嘉州詩》前四卷不分體，與杜確《序》「區分類聚」不合，亦當爲晚出者。此書當爲八卷，而卷首杜《序》中「勒成□卷」卷數爲一墨釘，則杜編不當爲八卷。故最早之十卷本《岑參集》疑即杜確原編，惟宋末已不存。今宋本雖非杜編原貌，且僅存半部，但刊刻最古，故參考價值甚大。八卷影宋明抄本《岑嘉州詩》前四卷與宋本同，僅多一篇《奉和春日幸望春宫應制》（岑羲詩誤入），其後四卷必保存宋本大部面貌，故亦爲重要參校本。二本全同者取宋本，有異者兼取之。

二、明正德十五年濟南刊七卷本《岑嘉州詩》（即四部叢刊縮編影印本）所據爲邊貢家藏宋元遺刻，按體分卷，正合杜《序》「區分類聚」之旨，清人已疑岑作之賦、文、序應成三卷，共十卷，此僅取詩故爲七卷。此本刊刻時間僅次於宋本，又無殘缺，實爲現存岑詩各本中最佳者。本箋注即以此爲底本，卷次一仍其舊，以存古文獻原貌，删其竄入詩二首（入附録），補其遺缺六首，並以賦、文、序（僅存題目及宋人引文大意數句）附後。

三、明刊黑口七卷本《岑嘉州詩》編次與濟南本同，篇目缺漏一百餘首，正德十五年成都刊四卷本、同年嘉州刊八卷本《岑嘉州詩》（謝元良本）均缺漏甚多，文字與濟南本小異。三本刊刻較早，少數異文參照出校。明嘉靖三十一年張遜業輯十二家唐詩中二卷本《岑嘉州集》，乃據宋本而按體重編，並經過校勘，異文中有佳字，故亦作爲參校本。

四、《文苑英華》、《唐百家詩選》成書甚早，入選岑詩數量甚多，雖《詩選》無古刻本存世，而明刊岑集中不少異文却由此而來，故二書亦爲難得之參校本。《河嶽英靈集》、《又玄集》、《才調集》、《唐文粹》、《唐詩紀事》、《萬首唐人絶句》等均收有岑詩，成書均早，不少異文爲後世所從，亦均參校。

五、明吴琯編《唐詩紀》中岑集亦分體並爲八卷，所據爲宋刊本，兼取他本，又經過一定校勘，異文不少，中有佳字。其後，《唐音統籤》、《全唐詩》中岑集均以此爲底本。後人重《全唐詩》，而不知其中岑集全據《唐詩紀》，故今以《唐詩紀》爲參校本而略《全唐詩》也。

六、明刊岑集雖多，而皆無注解；明清選本中岑詩雖有注解而僅一鱗半爪。今人陳鐵民、侯忠義《岑參集校注》（上海古籍出版社版）爲岑集第一家注本，其可供參考、觀摩處甚多。即偶有失誤處，亦可借鑑避免者也。

七、典章制度唐人雖承襲前代，然亦多歧異。或古爲彼而唐爲此，或唐獨有而後世無，詩中涉及者，則據文獻略予考釋，用助理解。

八、古人服飾、器物與今異，讀詩遇之多不甚了了，如襦、高髻、彈棊、繩牀之類，或據出土文物，或據古墓壁畫，或據典籍所載，述其形制性狀。動植物不甚常見者，亦予詮釋。

九、岑詩四百餘首中，涉及地名五百餘。千餘年來或改或遷，甚至堙没，變化頗巨。凡典籍有載者，述其流變；岑參足跡所及者，則經實地考察，並非徒具空言也。

十、唐世佛教流行，詩中佛語不少，則據佛經釋之。

十一、通觀岑詩，知其不僅「遍覽史籍」，熟知《左傳》、《戰國策》、《史》、《漢》、《三國志》，且亦熟讀《詩經》、《楚辭》、《文選》，其用語、出典大多由此。或有古今異義、一語多義、通假等，則略辨源流，尤重岑詩句意所在者。唐人多用後世少聞者如寵別、觸處、書題等亦略爲解釋。一般詞語則略而不論也。

十二、明、清人注唐詩，或有闡發詩旨題意者，一己之見或可有助於初學，然各人感知不同，所謂詩無達詁，有心讀者未必願吃别人咀嚼之饃。故本箋注於本事、年代、背景之外，對題旨則不喋喋，有待讀者生發也。

十三、按體編次，與詩人生平行事難以吻合，爲補不足，另撰《岑參年譜》附後。

十四、古人品評岑詩，議論頗多。凡涉全人者，擇要撮録，附於全書之後；有關個别篇者，附於各篇之後。此僅作爲資料，非皆贊同其觀點，故有互相牴牾者，亦兼收之。評點過於瑣碎者不録，唐汝詢式串講大意者不録。

十五、或囿於識見，或失之粗心，舛誤、遺漏必多，此則有待博雅正之也。

壬申年冬改稿畢於鄭州四味齋

目録

岑嘉州詩序……杜確 一

岑嘉州詩箋注卷之一 五言古詩

送許子擢第歸江寧拜親因寄王大昌齡……一七
武威送劉單判官赴安西行營便呈高開府……二六
送王大昌齡赴江寧……三六
送祁樂歸河東……四〇
北庭貽宗學士道別……四三
送許拾遺恩歸江寧拜親……四九
虢州郡齋南池幽興因與閻二侍御道別……五四
送青龍招提歸一上人遠遊吴楚別詩……五八
送李翥遊江外……六四
送王著赴淮西幕府作……六七
送張秘書充劉相公通汴河判官便赴江外覲省……七一
冬宵家會餞李郎司兵赴同州……七七
送顏平原並序……八一
送狄員外巡按西山軍得霽字……八六
虢州送鄭興宗弟歸扶風別廬……八八
潼關鎮國軍句覆使院早春寄王同州……九〇
青山峽口泊舟懷狄侍御……九四
寄青城龍溪奐道人青城即丈人，奐公有篇……九七
梁州對雨懷麴二秀才便呈麴大判官時疾贈余新詩……一〇〇
潼關使院懷王七季友……一〇三
至大梁却寄匡城主人……一〇四
宿華陰東郭客舍憶閻防……一〇八
春遇南使貽趙知音……一一〇

郊行寄杜位……一一三
懷葉縣關操姚曠韓涉李叔齊……一一四
初至西虢官舍南池呈左右省及南宮諸故人……一一五
敬酬杜華淇上見贈兼呈熊曜……一一八
酬成少尹駱谷行見呈……一二三
虢中酬陝西甄判官贈……一二七
過梁州奉贈張尚書大夫公……一三一
冀州客舍酒酣貽王綺寄題南樓時王子應制舉欲西上……一四一
北庭西郊候封大夫受降回軍獻上……一四六
使交河郡郡在火山脚其地苦熱無雨雪獻封大夫……一五二
秋夜宿仙遊寺南涼堂呈謙道人……一五五
上嘉州青衣山中峰題惠淨上人幽居寄兵部楊郎中並序……一五九
自潘陵尖還少室居止秋夕憑眺……一六六
陪狄員外早秋登府西樓因呈院中諸公……一六九
登嘉州凌雲寺作……一七三
與高適薛據同登慈恩寺塔……一七七
登北庭北樓呈幕中諸公……一八三
登千福寺楚金禪師法華院多寶塔……一八八
宿太白東溪李老舍寄弟姪……一九一
出關經華岳寺訪法華雲公……一九三
終南雲際精舍尋法澄上人不遇歸高冠東潭石淙望秦嶺微雨貽友人……一九五
南池夜宿思王屋青蘿舊齋……一九九
題華嚴寺環公禪房……二〇〇
峨眉東脚臨江聽猿懷二室舊廬……二〇二
春半與群公同遊元處士別業……二〇三
終南兩峰草堂……二〇五
東歸留題太常徐卿草堂在蜀……二〇八
過王判官西津所居……二一一

田假歸白閣西草堂……二二四
太一石鱉崖口潭舊廬招王學士……二二六
左僕射相國冀公東齋幽居同黎拾遺所獻……二二八
過緱山王處士黑石谷隱居……二三三
林卧……二三四
緱山西峰草堂作……二三五
觀楚國寺璋上人寫一切經院南有曲池深竹……二三九
驪姬墓下作夷吾重耳墓隔河相去十三里……二三一
東歸晚次潼關懷古……二三四
楚夕旅泊古興……二三六
先主武侯廟……二三八
文公講堂……二四〇
揚雄草玄臺……二四一
司馬相如琴臺……二四二
嚴君平卜肆……二四三
張儀樓……二四五
昇遷橋……二四五
萬里橋……二四六
石犀……二四七
龍女祠……二四八
初過隴山途中呈宇文判官……二四九
東歸發犍爲至泥溪舟中作……二五三
與鮮于庶子自梓州成都少尹自褒城同行至利州道中作……二五六
下外江舟中懷終南舊居……二六〇
安西館中思長安……二六三
暮秋山行……二六五
赴犍爲經龍閣道……二六七
江上阻風雨……二六九
經火山……二七〇

題鐵門關樓……二七一
早上五盤嶺……二七三
入劍門作寄杜楊二郎中時二公並爲杜元帥判官……二七四
阻戎瀘間群盜戊申歲，余罷官東歸，屬斷江路，時淹泊戎州作。……二七九
西蜀旅舍春歎寄朝中故人呈狄評事……二八二
行軍二首時扈從在鳳翔……二八六
郡齋閑坐……二九〇
鞏北秋興寄崔明允……二九二
衙郡守還……二九五
佐郡思舊遊並序……二九七
尹相公京兆府中棠樹降甘露詩……三〇〇
劉相公中書江山畫障……三〇五
秋夕聽羅山人彈三峽流泉……三〇八
精衛……三一〇
石上藤得上字……三一一
南池宴餞辛子賦得科斗子……三一二

岑嘉州詩卷之二　七言古詩

韋員外家花樹歌……三一三
蜀葵花歌……三一五
青門歌送東臺張判官……三一六
梁園歌送河南王説判官……三二一
白雪歌送武判官歸京……三二五
熱海行送崔侍御還京……三二九
走馬川行奉送出師西征……三三一
輪臺歌奉送封大夫出師西征……三三九
敷水歌送竇漸入京……三四三
函谷關歌送劉評事使關西……三四五
天山雪歌送蕭治歸京……三四七
胡笳歌送顔真卿使赴河隴……三四九
火山雲歌送別……三五一

秦筝歌送外甥蕭正歸京……三五二
與獨孤漸道别長句兼呈嚴八侍御……三五四
送郭乂雜言……三六一
送費子歸武昌……三六三
送魏升卿擢第歸東京因懷魏校書陸渾
喬潭……三六六
送張獻心充副使歸河西雜句……三六九
送魏四落第還鄉……三七二
送韓巽入都覲省便赴舉……三七三
送李副使赴磧西官軍……三七七
送宇文南金放後歸太原寓居因呈太原
郝主簿……三七八
西亭子送李司馬……三七九
臨河客舍呈狄明府兄留題縣南樓……三八一
寄西岳山人李岡……三八三
玉門關蓋將軍歌……三八六
贈酒泉韓太守……三九三
銀山磧西館……三九四
邯鄲客舍歌……三九五
宿蒲關東店憶杜陵别業……三九八
感遇二首……三九九
客舍悲秋有懷兩省舊遊呈幕中諸公……四〇〇
衛節度赤驃馬歌……四〇二
田使君美人如蓮花北鋋歌此曲本出北同城……四〇五
裴將軍宅蘆管歌……四〇九
太白胡僧歌並序……四一一
范公叢竹歌並序……四一三
優鉢羅花歌並序……四一六
醉後戲與趙歌兒……四二四
漁父……四二六
醉題匡城周少府廳壁……四二七
燉煌太守後庭歌……四二八

涼州館中與諸判官夜集……四三二
喜韓樽相過……四三三
酒泉太守席上醉後作……四三四
登古鄴城……四三五
偃師東與韓樽同詣景雲暉上人即事……四三七

補遺一首

江行遇梅花之作……四三八

岑嘉州詩卷之三　五言律詩

磧西頭送李判官入京……四四一
滻水東店送唐子歸嵩陽……四四二
送張子尉南海……四四三
送張都尉東歸時封大夫初得罪……四四五
祁四再赴江南別詩……四四七
虢州送天平何丞入京市馬……四四九
陝州月城樓送辛判官入奏……四五〇
送王七録事赴虢州……四五一
送羽林長孫將軍赴歙州……四五二
送懷州吴别駕……四五四
送襄州任别駕……四五五
送崔員外入奏因訪故園……四五七
送韋侍御先歸京得寬字……四五八
武威春暮聞宇文判官西使還已到晋昌……四五九
尋少室張山人聞與偃師周明府同入都……四六〇
歲暮磧外寄元撝……四六二
高冠谷口招鄭鄠……四六三
寄左省杜拾遺……四六三
春興思南山舊廬招柳建正字……四六六
酬崔十三侍御登玉壘山思故園見寄……四六八
奉和杜相公初發京城作……四六八
漢川山行呈成少尹……四七一
與鄠縣官泛渼陂岸闊水浮……四七三
終南東溪口作……四七四

與鄠縣源少府泛渼陂得人字……四七四
與鮮于庶子泛漢江得遲字……四七五
登總持閣……四七七
題金城臨河驛樓……四七八
攜琴酒尋閻防崇濟寺所居僧院得濃字……四七九
喜華陰王少府使到南池宴集……四八〇
奉陪封大夫九日登高……四八一
陪封大夫宴瀚海亭納涼得時字……四八三
梁州陪趙行軍龍岡寺北庭泛舟宴王侍御得長字……四八四
過酒泉憶杜陵别業……四八五
宿鐵關西館……四八五
發臨洮將赴北庭留别得飛字……四八六
首秋輪臺……四八八
北庭作……四八九
輪臺即事……四九〇
晚發五渡……四九一
巴南舟中夜書事……四九二
初至犍爲作……四九三
詠郡齋壁畫片雲……四九四
臨洮龍興寺玄上人院同詠青木香叢……四九五
宿關西客舍寄東山嚴許二山人時天寶初七月三日在内學見有高道舉徵……四九六
長門怨……四九七
夜過盤豆隔河望永樂寄閨中效齊梁體……四九九
趙少尹南亭送鄭侍御歸東臺得長字……五〇一
敬酬李判官使院即事見呈……五〇一
晚過磐石寺禮鄭和尚……五〇二
奉送李太保兼御史大夫充渭北節度使即太尉光弼之弟……五〇四
餞李郎尉武康……五〇七
送祕書虞校書赴虞鄉丞……五〇八

崔駙馬山池重送宇文明府分得苗字……五一〇
送張郎中赴隴右覲省卿公時張卿公亦充節度留後……五一一
送鄭少府赴滏陽……五一三
送四鎮薛侍御東歸……五一四
送張卿郎君赴硤石尉……五一六
送揚州王司馬……五一七
題永樂韋少府廳壁……五一八
宿岐州北郭嚴給事別業……五一九
巴南舟中思陸渾別業……五二一
南樓送魏憑分得歸字……五二二
送王伯倫應制授正字歸……五二三
送宇文舍人出宰元城分得陽字……五二四
陪使君早春西亭送王贊府赴選分得歸字……五二六
送劉郎將歸河東同用邊字……五二七
西亭送蔣侍御還京分得來字……五二九

水亭送劉顒使還歸節度分得低字……五三〇
送楊録事充潼關判官得江字……五三〇
送裴判官自賊中再歸河陽幕府……五三二
送陝縣王主簿赴襄陽成親……五三三
賦得孤島石送李卿分得離字……五三四
送二十二兄北遊尋羅中……五三五
送王録事却歸華陰王録事自華陰尉授虢州録事參軍旬日却復舊官……五三七
送鄭甚歸東京汜水別業分得閑字……五三八
送崔全被放歸都覲省……五三九
送孟孺卿落第歸濟陽……五四〇
送裴校書從大夫淄川郡覲省……五四二
送楊千牛趁歲赴汝南郡覲省便成親分得寒字……五四四
送胡象落第歸王屋別業……五四六
送顔韶分得飛字……五四七

送杜佐下第歸陸渾別業……………………五四八
送楚丘麴少府赴官……………………五四九
送蜀郡李掾……………………五五〇
還高冠潭口留別舍弟……………………五五一
醴泉東溪送程皓元鏡微入蜀得寒字……………………五五二
夏初醴泉南樓送太康顔少府……………………五五三
送嚴詵擢第歸蜀……………………五五四
送張直公歸南鄭拜省……………………五五五
臨洮泛舟趙仙舟自北庭罷使還京得城字……五五五
送周子下第遊荆南……………………五五七
送薛彦偉擢第東都覲省……………………五五九
灃頭送蔣侯……………………五六〇
送永壽王贊府逕歸縣得蟬字……………………五六一
鳳翔府行軍送程使君赴成州……………………五六三
送張升卿宰新淦……………………五六四
送陳子歸陸渾別業……………………五六六
稠桑驛喜逢嚴河南中丞便別得時字……………………五六七
送蒲秀才擢第歸蜀……………………五六八
送郭司馬赴伊吾郡請示李明府郭子是趙節度同好……………………五六九
送滕元擢第歸蘇州拜覲……………………五七〇
臨洮客舍留別祁四……………………五七二
送弘文李校書往漢南拜親……………………五七三
送樊侍御使丹陽便覲……………………五七四
送顔少府投鄭陳州……………………五七五
送許員外江外置常平倉……………………五七六
送江陵泉少府赴任便呈衛荆州……………………五七七
送江陵黎少府……………………五七九
閿鄉送上官秀才歸關西別業……………………五八〇
送崔主簿赴夏陽……………………五八二
送梁判官歸女几舊廬……………………五八三
送人歸江寧……………………五八四

送李司諫歸京得長字……………………五八五
送綿州李司馬秩滿歸京因呈李兵部……五八六
送柳録事赴梁州……………………五八六
送裴侍御赴歲入京得陽字……………五八七
送顏評事入京………………………五八八
送趙侍御歸上都……………………五八九
送任郎中出守明州…………………五九一
晦日陪侍御泛北池得寒字……………五九二
早春陪崔中丞泛浣花溪宴得暄字……五九四
雪後與群公過慈恩寺………………五九五
江行夜宿龍吼灘臨眺思峨眉隱者兼寄
幕中諸公…………………………五九六
宿東溪懷王屋李隱者………………五九七
虢州南池候嚴中丞不至……………五九九
聞崔十二侍御灌口夜宿報恩寺……六〇〇
寄宇文判官………………………六〇一
郡齋南池招楊轔…………………六〇二
丘中春卧寄王子…………………六〇三
虢州酬辛侍御見贈………………六〇四
陪使君早春東郊遊眺得春字………六〇五
登涼州尹臺寺是沮渠蒙尹夫人臺……六〇五
郡齋望江山………………………六〇七
春尋河陽聞處士别業………………六〇七
尋鞏縣南李處士别居………………六〇八
暮秋會嚴京兆後廳竹齋……………六〇九
尋楊郎中宅即事…………………六一三
題新鄉王釜廳壁…………………六一三
題山寺僧房………………………六一四
行軍雪後月夜宴王卿家得初字……六一五
奉陪封大夫宴得征字時封公兼鴻臚卿……六一六
虢州西亭陪端公宴集………………六一七
虢州卧疾喜劉判官相過水亭………六一八

河西春暮憶秦中 …… 六一八
早發焉耆懷終南別業 …… 六一九
還東山洛上作 …… 六二〇
楊固店 …… 六二一
初授官題高冠草堂 …… 六二三
題虢州西樓 …… 六二四
省中即事 …… 六二四
江上春歎 …… 六二六
使院新栽柏樹子呈李十五栖筠 …… 六二八
送李別將攝伊吾令充使赴武威便寄崔員外 …… 六二九
春日醴泉杜明府承恩五品宴席上賦詩 …… 六三一
盛王輓歌 …… 六三四
苗侍中輓歌 …… 六三七
僕射裴公輓歌 …… 六四一
西河太守杜公輓歌 …… 六四六
河南尹岐國公贈工部尚書蘇公輓歌 …… 六五三
韓員外夫人清河縣君崔氏輓歌 …… 六五六
補遺三首
送人赴安西 …… 六五九
送楊子 …… 六六〇
西河郡太守張夫人輓歌 …… 六六二
岑嘉州詩卷之四　五言長律
送嚴黃門拜御史大夫再鎮蜀川兼覲省 …… 六六五
送郭僕射節制劍南 …… 六六九
送盧郎中除杭州赴任 …… 六七三
六月十三日水亭送華陰王少府還縣得潭字 …… 六七五
早秋與諸子登虢州西亭觀眺得低字 …… 六七六
陪群公龍岡寺泛舟得盤字 …… 六七八
送李賓客荊南迎親 …… 六七九
餞王崟判官赴襄陽道 …… 六八一

送薛弁歸河東……………………………………六八三
送薛播擢第歸河東………………………………六八五
和刑部成員外秋寓直臺省寄知己………………六八七
送嚴維下第還江東………………………………六九一
補遺一首
送陶鋭棄舉荆南覲省……………………………六九三
長短五七言一首
題李士曹廳壁畫度雨雲歌………………………六九五
銘二首
唐博陵郡安喜縣令岑府君墓銘…………………六九七
果毅張先集墓銘…………………………………六九八
岑嘉州詩卷之五　七言律詩
和祠部王員外雪後早朝即事……………………六九九
奉和中書賈至舍人早朝大明宫…………………七〇二
西掖省即事………………………………………七〇八
九日使君席奉餞衛中丞赴長水…………………七一一
使君席夜送嚴河南赴長水得時字………………七一三
暮春虢州東亭送李司馬歸扶風别廬……………七一五
赴嘉州過城固縣尋永安超禪師房………………七一七
奉和相公發益昌…………………………………七一九
首春渭西郊行呈藍田張主簿……………………七二三
秋夕讀書幽興獻兵部李侍郎……………………七二五
岑嘉州詩卷之六　五言絶句
題三會寺蒼頡造字臺……………………………七二九
秋思………………………………………………七三〇
行軍九日思長安故園時未收長安………………七三一
歎白髮……………………………………………七三二
日没莫賀延磧作…………………………………七三三
憶長安曲二章寄龐潅……………………………七三三
西過渭州見渭水思秦川…………………………七三四
經隴頭分水………………………………………七三五
滅胡曲……………………………………………七三六

醉裏送裴子赴鎮西……七三六
寄韓樽……七三七
尚書念舊垂賜袍衣率題絶句獻上以申
感謝……七三八
題井陘雙溪李道士所居……七三九
題雲際南峰演上人讀經堂……七四〇
題梁鍠城中高居……七四一
戲題關門……七四一
題平陽郡汾橋邊柳樹參曾客居此郡八九年……七四三

岑嘉州詩卷之七　七言絶句

奉送賈侍御使江外……七四五
崔倉曹席上送殷寅充右相判官赴淮南……七四六
題苜蓿烽寄家人……七四七
玉關寄長安李主簿……七四九
獻封大夫破播仙凱歌六章……七四九
赴北庭度隴思家……七五四
逢入京使……七五五
春夢……七五七
虢州後亭送李判官使赴晋絳得秋字……七五八
五月四日送王少府歸華陰得留字……七五九
原頭送范侍御得山字……七六〇
送李明府赴睦州便拜覲太夫人……七六一
虢州西山亭子送范端公得濃字……七六二
送崔子還京……七六三
趙將軍歌……七六四
春興戲贈李侯……七六五
草堂村尋羅生不遇……七六六
山房春事……七六七
同……七六八
題樓觀……七六九
磧中作……七七〇
醉戲竇子美人絶句……七七一

胡歌 …… 七七三
武威送劉判官赴磧西行軍 …… 七七四
入關先寄秦中故人 …… 七七五
過燕支寄杜位 …… 七七六
秋夜聞笛 …… 七七六
戲問花門酒家翁 …… 七七八
補遺一首
度磧 …… 七七九
附録一　賦、文、序
感舊賦并序 …… 七八一
招北客文 …… 八〇〇
送封大夫出師西征序 …… 八二一
附録二　竄入詩及誤署詩十七目二十三首
一、五古二首
石犀 …… 八二三
下外江舟中懷終南舊居 …… 八二三
二、七古一首
狂歌行 …… 八二四
三、五律及五言長律七首
漢上題韋氏莊 …… 八二四
南溪別業 …… 八二五
送鄭侍御謫閩中 …… 八二六
送劉山人歸洞庭 …… 八二六
送蕭李二郎中兼中丞充京西京北覆糧使 …… 八二七
奉送裴司徒令公自東都留守再命太原 …… 八二八
送史司馬赴崔相公幕 …… 八二八
四、七律二首
奉和春日幸望春宫應制 …… 八二九
酬暢當嵩山尋麻道士見寄 …… 八三〇
五、五絶一首
同群公題張處士菜園 …… 八三〇

六、七絶十首

冬夕……八三二
寄孫山人……八三二
沈詢侍郎除歸義節度作遊仙絶句……八三三
冀國夫人歌詞七首……八三三

附録三　評論資料

爲遺補薦岑參狀……杜甫等　八三五
寄彭州高三十五使君適虢州岑二十七長史參三十韻……杜　甫　八三五
寄岑嘉州……杜　甫　八三六
贈岑郎中……戎　昱　八三六
夜讀岑嘉州詩集……陸　游　八三六
跋岑嘉州詩集……陸　游　八三七
刻岑詩成題其後……邊　貢　八三七
新刊岑嘉州詩序……楊　慎　八三八
各詩話之論……八三八

附録四

岑參年譜……八四三

岑嘉州詩序①〔一〕

自古文體變易多矣。梁簡文帝〔二〕及庾肩吾〔三〕之屬，始爲輕浮綺靡之詞〔四〕，名曰宮體〔五〕。自後沿襲，務於妖艷，謂之摛錦布繡焉〔六〕。其有敦尚風格〔七〕，頗存規正者〔八〕，不復爲當時所重，諷諫比興〔九〕，由是廢缺。物極則變，理之常也。聖唐受命，斲雕爲樸〔一〇〕，開元之際，王綱復舉〔一一〕，淺薄之風，兹焉漸革。其時作者，凡十數輩，頗能以雅參麗〔一二〕，以古雜今，彬彬然〔一三〕，粲粲然〔一四〕，近建安之遺範矣〔一五〕。

南陽岑公，聲稱尤著。公諱參〔一六〕，代爲本州冠族〔一七〕。曾大父文本〔一八〕，大父長倩〔一九〕，伯父羲〔二〇〕，皆以學術德望，官至臺輔。早歲孤貧，能自砥礪〔二一〕，徧覽史籍，尤工綴文〔二二〕。屬辭尚清〔二三〕，用意尚切，其有所得，多入佳境，迴拔孤秀〔二四〕，出於常情。每一篇絶筆，則人人傳寫，雖閭里士庶，戎夷蠻貊，莫不諷誦吟習焉。時議擬公於吴均〔二五〕、何遜〔二六〕，亦可謂精當矣。天寶三載，進士高第，解褐右内率府兵曹參軍〔二七〕，轉右威衛録事參軍〔二八〕，又遷大理評事兼監察御史〔二九〕，充安西節度判官〔三〇〕。入爲右補闕〔三一〕，頻上封章〔三二〕，指述權佞〔三三〕。改爲起居郎〔三四〕，尋出虢州長史〔三五〕。又改太子中允兼殿中侍御史〔三六〕，充關西節度判官〔三七〕。聖上潛龍藩邸〔三八〕，總戎陝服〔三九〕，參佐僚吏，皆一時之選，由是委公以書奏之任〔四〇〕。入爲祠部、考功二員外郎〔四一〕，轉虞部、庫部二正郎〔四二〕，又出爲嘉州刺史〔四三〕。副元帥相國杜公鴻漸〔四四〕，表公職方郎中兼侍御史〔四五〕，列爲幕府。無幾使罷，寓居於蜀。時西川節度因亂受職〔四六〕，本非朝旨，其部統之内〔四七〕，文武衣冠附會阿諛以求自結〔四八〕。皆曰：中原多故，劍外小康②，可以庇躬〔四九〕，無暇向闕〔五〇〕。公乃著《招蜀客歸》一篇，申明逆順之理，抑挫佞邪之計③〔五一〕，有識者感歎，姦謀者慚沮〔五二〕，播德澤於梁益〔五三〕，暢皇風於邛僰〔五四〕。旋軫有日〔五五〕，犯軷俟時④〔五六〕，吉往凶歸，嗚呼不禄〔五七〕。

歲月逾邁〔五八〕，殆三十年。嗣子佐公，復纂前緒〔五九〕，亦以文采，登名翰場〔六〇〕，收公遺文⑤，貯之篋篚。以確接通家餘烈〔六一〕，忝同聲後輩〔六二〕，受命編次⑥，因令繕録，區分類聚，勒成□卷⑦〔六三〕。倘後之詞人有所觀覽，亦由聆廣樂者識清商之韻〔六四〕，遊名山者仰翠微之色〔六五〕，足以瑩徹心府〔六六〕，發揮高致焉。

京兆杜確序〔六七〕。

【校勘記】

①〔詩序〕底本作詩集序，别本作集序，此從宋本。疑杜確原作當爲《岑參集序》。②〔小康〕底本小作少，此從宋本。③〔抑挫〕《全唐文》抑作折。④〔犯軷〕宋本、底本軷作軑，字書有軑、軑，無軑，典籍有犯軷而無犯軑，故軑爲軷之誤也。⑤〔收公遺文〕宋本收作有。⑥〔受命編次〕底本無

受字，此據宋本補。 ⑦〔勒成□卷〕底本□作八，此從宋本（原爲墨釘）。 張金吾《愛日精廬讀書志》言，明初刊七卷本《岑嘉州詩》，其杜序亦空八字。

【箋注】

〔一〕此詩集爲七卷，而此序中又有「勒成八卷」，則序顯非詩集原有，蓋從他本移來也。

〔二〕梁簡文帝：蕭綱（五〇三—五五一）梁武帝第三子，昭明太子母弟，四歲封晉安王。幼聰慧，六歲屬文，七歲有詩癖，博覽群籍，辭賦立成。十九歲時昭明太子薨，繼入東宮，引納文學之士，討論篇籍，並爲文章，成輕艷之風。侯景叛，攻陷臺城，武帝崩，繼爲帝，在位二年，被景以土囊壓殺，終年四十九歲。

〔三〕庾肩吾：庾信之父，爲蕭綱晉安王常侍，與徐摛、劉孝儀、劉孝威等共爲辭章。綱爲帝，肩吾爲度支尚書，避侯景逃往江陵，卒。

〔四〕綺靡：綺，采色之細綾。宋玉《神女賦》：「其善飾也，則羅紈綺績盛文章。」李善注：「綺，五色也。」《釋名·釋采帛》：「綺，綾也。」靡者，侈靡也。《周禮·地官·司市》「以政令禁物靡而均市」注：「鄭司農云，靡，謂侈靡也。」陸機《文賦》：「詩緣情而綺靡，賦體物而瀏亮。」

〔五〕宮體：傷於輕艷之詩體，興於宮中，故云。《梁書·簡文帝紀》：「雅好題詩，……然傷於輕艷，當時號爲宮體。」又《徐摛傳》：「屬文好爲新變，不拘舊體。……文體既别，春坊盡學之，宮體之號，自斯而起。」

〔六〕摛錦布繡：班固《西都賦》：「茂樹蔭蔚，芳草被隄，蘭茝發色，曄曄猗猗，若摛錦布繡，燿乎其陂。」李善注：「《説文》曰，摛，舒也，勑離切。揚雄《蜀都賦》曰：麗靡摛燭，若揮錦布繡。」

〔七〕敦尚：《爾雅·釋詁》：「敦，勉也。」又：「尚，右也。」右，上也，高也。

〔八〕規正：《詩·小雅·沔水序》「沔水，規宣王也」，《釋文》：「規者，正圓之器也。」疏：「正物之器不獨規也，規以正圓，矩以正方，繩正曲直，權正輕重。」正者，定也。《周禮·天官·宰夫》：「歲終，則令群吏正歲會。」注：「正，猶定也。」亦謂治也。《吕覽·順民》「湯克夏而正天下」注：「正，治也。」

〔九〕諷諫：《史記·太史公自序》：「作辭以諷諫，連類以争義，《離騷》有之。」王逸《離騷後叙》：「屈原履忠被譖，憂悲愁思，獨依詩人之義而作《離騷》，上以諷諫，下以自慰。」　比興：《周禮·春官·大師》：「教六詩，曰風、曰賦、曰比、曰興、曰雅、曰頌。」注：「比，見今之失，不敢斥言，取比類以言之。興，見今之美，嫌於媚諛，取善事以勸之。……比者，比方於物也；興者，記事於物。」

〔一〇〕斲雕爲樸：去文飾而爲質樸也。《漢書·酷吏傳》：「漢興，破觚而爲圜，斲琱而爲樸。」注：「師古曰：琱謂刻鏤也，字與彫同。」琱、彫、雕同。

〔一一〕王綱：朝廷之紀綱也。揚雄《劇秦美新》：「帝典闕而不補，王綱弛而未張。」曹冏《六代論》：「王綱弛而復張，諸侯傲而復肅。」

〔一二〕以雅參麗：雅，正也。《詩·小雅·鼓鍾》「以雅以南」箋：「雅，正也。」《荀子·王制》：「使夷俗邪音不敢亂雅，大師之事也。」注：「夷俗謂蠻夷之樂，雅，正聲也，大師，樂官之長。」麗，華美也。《登徒子好色賦》：「玉爲人體貌閑麗，口多微辭。」李善注：「閑，静也；麗，美也。」

〔一三〕彬彬然：《論語·雍也》：「質勝文則野，文勝質則史，文質彬彬，然後君子。」注：「包曰：彬彬，文質相半之貌。」

〔一四〕粲粲然：《詩·小雅·大東》：「西人之子，粲粲衣服。」傳：「粲粲，鮮盛貌。」

〔一五〕遺範：範，法也，規也。《尚書·洪範》傳：「洪，大；範，法也。」陸雲《九愍·紆思》：「招逝運其難徵，儀遺範而無律。」遺範，猶遺規。《一切經音義》卷二師範：「《爾雅》，范，法也，謂楷式法則也。《通俗文》，規模曰范是也，故字從竹。」範、范同。

〔一六〕公諱參：參字讀音，或作倉含切，如參拜、參政之參；或作所今切，如參宿、人參之參。疑當作蘇甘切，即三字。《易·説卦》：「參天兩地而倚數。」《易·繫辭上》：「參伍以變，錯綜其數。」《左傳》隱公元年，「先王之制，大都不過參國之一」。《漢書·蒯通傳》：「參分天下，鼎足而立。」《刑法志》謂申子、商鞅「造參夷之誅」，即夷三族。岑參行三，小名疑爲三，故疑參當讀三也。

〔一七〕冠族：爲首之族也。《漢書·蕭何曹參傳贊》：「位冠群臣，聲施後世。」注：「師古曰：冠謂居其首。」

〔一八〕曾大父：曾，重也。《爾雅·釋言》：「父爲考，父之考爲王父，王父之考爲曾祖王父。」注：「曾，重也。」王父，祖父也，亦曰大父。《韓非子·五蠹》：「今人有五子不爲多，子又有五子，大父未死而有二十五孫，是以人民衆而貨財寡，事力勞而供養薄。」《史記·留侯世家》：「大父開地相韓昭侯、宣惠王、襄哀王。」《集解》：「應劭曰：大父，祖父。開地，名。」　文本：字景仁，漢征南大將軍岑彭之後，世居南陽棘陽。彭五世孫岑晊以黨錮之禍逃至江南，子孫流徙各地。十三世孫善方寓家江陵，爲梁吏部尚書，子之象仕隋歷四縣令。孫文本有姿儀，善文辭，隋末蕭銑自立爲梁主，召爲中書侍郎。李孝恭平江陵，署爲别駕，從擊輔公祏，進署行臺考功郎中。貞觀元年除祕書郎，旋擢中書舍人，遷中書侍郎，專典機要。貞觀十八年爲中書令，次年卒於伐遼途中，陪葬昭陵。新、舊《唐書》有傳。

〔一九〕大父長倩：文本兄文叔之子，岑參伯祖父也。永淳中以兵部侍郎同中書門下平章事。武后時鳳閣舍人張嘉福請以武承嗣爲皇太子，長倩以東宫已建，不宜更立，忤諸武意，罷爲武威道行軍大總管。未至召還下獄，來俊臣誣其謀反，斬於市，五子同賜死，發暴先墓。睿宗立，追復官爵，備禮改葬。見《文本傳》附。

〔二〇〕伯父羲：文本長子曼倩，生獻、羲、仲翔、仲休。次子景倩，生植、棣、棓、椅。植生謂、況、參、乘、垂。羲爲參堂伯父也。羲進士及第，累遷太常博士，坐伯父長倩貶郴州司法參軍，遷金壇令，又轉汜水令。武后擢因親廢者，拜天官員外郎。中宗時進中書舍人，遷吏部侍郎。帝崩，詔擢右散騎常侍、同中書門下三品。睿宗立，罷爲陝州刺史，遷户部尚書，景雲初復同三品，進侍中。坐預太平公主謀廢立，開元元年誅。見《文本傳》附。

〔二二〕砥礪：磨石也。《尚書·禹貢》荆州「礪砥砮丹」傳：「砥細於礪，皆磨石也。」轉爲磨厲義。《墨子·節葬下》：「聖王既没，天下失義，諸侯力征，南有楚越之王，而北有齊晋之君，此皆砥礪其卒伍，以攻伐并兼，爲政於天下。」《後漢書·馮衍傳》説廉丹曰：「方今爲將軍計，莫若屯據大郡，鎮撫吏士，砥厲其節……」

〔二三〕綴文：猶著文也。《漢書·劉向傳贊》：「自孔子後，綴文之士多矣。」

〔二三〕屬辭：猶屬文。《三國·魏·劉劭傳》夏侯惠薦劭於魏帝：「文章之士愛其著論屬辭，制度之士貴其化略較要。」

〔二四〕迥拔：謂挺出也。《爾雅·釋詁》：「迥，遠也。」《一切經音義》卷三：「拔擢，拔，引也；擢，出也。」

〔二五〕吴均：字叔庠，吴興故鄣（今浙江安吉縣西北）人，爲梁建安王蕭偉揚州記室，掌文翰。撰《齊春秋》，高祖以書不實，敕付省燒之，免均職。後敕撰《通史》，自三皇至齊代，成本紀、世家，列傳未就，卒。均文體清拔，世謂之「吴均體」。見《梁書·文學傳》。

〔二六〕何遜：字仲言，東海郯人。八歲賦詩，弱冠州舉秀才，范雲、沈約皆稱之。起家奉朝請，遷建安王參軍，又爲安成王參軍兼尚書水部郎，後爲廬陵王記室，隨府至江州，未幾卒。遜與劉孝綽皆以文章見重，世稱何劉。見《梁書·文學傳》。

〔二七〕右内率府兵曹參軍：唐太子左右内率府，掌千牛供奉之事，其長曰率，有副率。屬官兵曹參軍事，兼領倉曹事，官秩正九品下。

〔二八〕右威衛録事參軍：唐武官十六衛皆掌宫禁宿衛，其左右威衛有上將軍、大將軍、將軍。屬官有録事參軍事，掌勾稽抄目、印及紙張筆墨，官秩正八品上。

〔二九〕大理評事兼監察御史：《優鉢羅花歌序》自稱大理評事攝監察御史，當以《序》爲正。詳見《優鉢羅花歌》注〔三〕及〔四〕。

〔三〇〕安西節度判官：聞一多以爲右威衛録事參軍乃安西節度判官時官銜，及爲大理評事，乃赴北庭時事，應爲北庭節度判官。

〔三一〕右補闕：中書省諫官名，詳見《佐郡思舊遊》詩注〔三〕。

〔三二〕封章：密奏之表章也，封於囊中，皇帝閲之，他人不得知也。揚雄《趙充國頌》：「營平守節，屢奏封章。」亦稱封事。《漢書·宣帝紀》地節二年五月，「上始親政事，……令群臣得奏封事，以知下情。」

〔三三〕權佞：王充《論衡·答佞篇》：「賢人之權，爲事爲國；佞人之權，爲身爲家。」又：「惡中之巧者，謂之佞。」桓寬《鹽鐵論·刺議》：「以正輔人謂之忠，以邪導人謂之佞。」

〔三四〕起居郎：當爲起居舍人。見《佐郡思舊遊》詩注〔三〕。

〔三五〕虢州長史：刺史之副貳，州之上佐也。見《佐郡思舊遊》詩注〔四〕。

〔三六〕太子中允：東宮官。《通典》卷三十：「中允，後漢太子官屬有之，職在中庶子下，洗馬上。……宋、齊有中舍人，是其職也。大唐貞觀初改中舍人爲中允，置二員。其後復置中舍人，龍朔二年又改中允爲左贊善大夫，咸亨元年復爲中允，而左贊善仍置焉。中允掌侍從、禮儀，駁正啓奏并監藥及通判坊局事。若庶子闕，則監封題，職擬黄門侍郎。」東宮正職中允官秩正五品上，此幕府職乃空有其銜，實爲判官也。

殿中侍御史：《通典》卷二十四：「魏蘭臺遣二御史居殿中，察非法，即殿中侍御史之始也。……大唐置六員，内供奉三員。初掌駕出於鹵簿内糾察非違，餘同侍御史，唯不判事。……兼知庫藏出納及宫門内事，知左右巡分，京畿諸州、諸衛兵禁隸焉，彈舉違失，號爲副端。」御史臺正職殿中侍御史官秩從七品上，此亦幕府中官銜，員外置也。

〔三七〕關西節度：唐肅宗乾元二年三月鄴城兵敗，設虢華節度、潼關防禦團練使，以河西節度副使來瑱爲之，治陝州。上元元年四月改陝西節度，二年罷領華州，以華州置鎮國節度，亦曰關西節度（《新唐書·方鎮表》誤爲關東節度）。廣德元年安史亂平，罷鎮國軍節度。

〔三八〕潛龍：《易·乾》：「初九潛龍勿用。」疏：「潛者隱伏之名，龍者變化之物。」李尋《上曲陽侯王根書》：「盛冬雷電，潛龍爲孽。」馬融《廣成頌》「宗重淵之潛龍」，左思《魏都賦》「潛龍浮景」，均爲此義。《史記·高祖本紀》：「父曰太公，母曰劉媪。其先劉媪嘗息大澤之陂，夢與神遇。是時雷電晦冥，太公往視，則見蛟龍於其上。已而有身，遂産高祖。」此蓋以帝王爲龍種之始。梁任昉《奉答勑示七夕詩啓》：「臣早奉龍潛，與賈馬而入室。」梁武帝蕭衍於齊永明末爲驃騎大將軍，昉爲驃騎記室參軍，故有是語。《隋書·文四子楊勇傳》勇生長子儼，雲定興奏曰：「天生龍種，所以因雲而出。」杜甫《哀王孫》：「高帝子孫盡隆凖，龍種自與常人殊。」帝王子孫爲龍種，太子未登基時乃曰潛龍也。此謂唐德宗爲雍王時。　藩坻：藩，籬也，屏也。《易·大壯》「羝羊觸藩」疏：「藩，藩蘺也。」《詩·大雅·板》「价人維藩」傳：「藩，屏也。」箋：「王者用公卿諸侯及宗室之貴者爲藩屏。」漢唐天子封皇子爲王，其國藩屏帝室，故稱藩。太子未登基時亦曰在藩，其府坻乃稱藩坻也。

〔三九〕總戎：統領軍事也。《尚書·伊訓》：「百官總已，以聽冢宰。」傳：「伊尹制百官，以三公攝冢宰。」《左傳》僖公七年，「若揔其罪人以臨之，鄭有辭矣。」注：「揔，將領也。」揔，同總。戎，軍事也。《尚書·大禹謨》「惟口出好興戎」疏：「惟口之所言出，好事興戎兵，非善思慮。」陝服：謂陝州。杜審言《和李大夫嗣真奉使存撫河東》詩：「城闕周京轉，關河陝服連。」服者，服事天子。《周禮·夏官·職方氏》：「乃辨九服之邦國，方千里曰王畿，其外方五百里曰侯服，又其外方五百里曰甸服，又……」注：「服，服事天子也，《詩》云：侯服于周。」此云九服，《禹貢》有五服。以其遠近定賦役之多寡，服事於王，故曰服。

〔四〇〕書奏之任：聞一多謂乃掌書記之職。

〔四一〕祠部、考功二員外郎：祠部，禮部尚書下屬四曹之一，設郎中、員外郎各一人。其職司，《通典》云：「掌祠祀、天文、漏刻、國忌、廟諱、卜祝、醫藥等及僧尼簿籍。」其官秩，郎中從五品上，員外郎從六品上。考功，吏部尚書下屬四曹之一，設郎中、員外郎各一人。其職司，《通典》云：「掌考察内外百官及功臣家傳、碑頌、誄、謚等事。」官秩同祠部。

〔四二〕虞部、庫部二正郎：正郎，謂郎中，以有員外郎，故郎中曰正郎。虞部郎中：虞部，工部尚書下屬四曹之一，設郎中、員外郎各一人。其職司，《通典》云：「掌京城街巷種植、山澤苑囿草木、薪炭供須、田獵等事。」郎中官秩從五品上。庫部郎中：庫部，兵部四曹之一，設郎中、員外郎各一人。其職司，《通典》云：「掌軍器、儀仗、鹵簿、法式及乘輿等。」郎中官秩從五品上。

〔四三〕嘉州刺史：嘉州犍爲郡，見《上嘉州青衣山》詩注〔一〕。嘉州爲中州，刺史官秩正四品上。

〔四四〕杜鴻漸：見《入劍門作寄杜楊二郎中時二公並爲杜元帥判官》詩注〔一〕。

〔四五〕職方郎中：職方，兵部四曹之一，設郎中、員外郎各一人。其職司，《通典》云：「掌地圖、城隍、鎮戍及烽候、防人路程遠近、親化、首渠。」郎中官秩從五品上。侍御史：御史臺官名。《通典》卷二十四：「侍御史之職有四，謂推、彈、公廨、雜事。定殿中、以下職事及進名、改轉，臺内之事悉主之，號爲臺端，他人稱之曰端公。其知雜事者，謂之雜端，最爲雄劇。」此幕府中員外置，非正員也。參見《虢州郡齋南池幽興因與閻二侍御道別》詩注〔一〕。

〔四六〕西川節度：開元年間東西川統爲劍南節度，至德二載始分東、西川爲兩節度（見《新唐書・方鎮表》），西川節度管州二十六，治成都。

〔四七〕部統：部，領也。《後漢書・橋玄傳》：「豫州刺史周景行部到梁國，玄謁景，因伏地言陳相羊昌罪惡，乞爲部陳從事，窮案其姦。」注：「部猶領也。」統亦領也。《漢書・董賢傳》詔册賢爲大司馬衛將軍：「往悉爾心，統辟元戎，折衝綏遠，匡正庶事。」注：「師古曰：統，領也。」

〔四八〕衣冠：士大夫也。《漢書・游俠陳遵傳》：「所到，衣冠懷之。」衣冠，士大夫之服也。《論語・堯曰》：「君子正其衣冠，尊其瞻視，儼然人望而畏之，斯不亦威而不猛乎。」　阿諛：曲從曰阿，諂言曰諛。《史記・封禪書》：「怪迂阿諛苟合之徒自此興，不可勝數也。」

〔四九〕庇躬：庇，蔭也。《爾雅・釋言》：「蔭，庇也。」躬，身也。《詩・衛風・氓》：「静言思之，躬自悼矣。」箋：「躬，身也。」

〔五〇〕向闕：向帝宫也。《爾雅・釋宫》「觀謂之闕」注：「宫門雙闕。」《周禮・天官・大宰》：「正月之吉，始和，布治于邦國都鄙，乃縣治象之法于象魏。」注：「鄭司農云，象魏，闕也。」宫門亦曰魏闕。《莊子・讓王》：「身在江海之上，心居乎魏闕之下。」《釋文》：「魏，象魏，觀闕，人君門也。許慎云，天子兩觀也。」

〔五一〕抑挫：遏制摧敗也。阮瑀《爲曹公作與孫權書》：「赤壁之役，遭離疫氣，燒舡自還，以避惡地，非周瑜水軍所能抑挫也。」

〔五二〕慚沮：沮，止也。《詩·小雅·巧言》「亂庶遄沮」傳：「沮，止也。」

〔五三〕德澤：德化恩澤也。《詩·小雅·車舝序》：「褒姒嫉妒，無道並進，德澤不加於民。」《漢書·賈誼傳》上疏：「天子春秋鼎盛，行義未過，德澤有加焉。」　梁益：《禹貢》梁州，爲天下九州之一，地域廣大，華山以南皆其地，今四川省亦在州內。漢改梁曰益，以天下爲十三州，皆置刺史。

〔五四〕邛僰：古國名。《史記·西南夷列傳》：「自滇以北君長以什數，邛都最大。」又：「取其筰馬，僰僮。」《正義》：「今益州南戎州，北臨大江，古僰國。」

〔五五〕旋軫：猶歸軒。《說文》：「軫，車後横木也。」車前横木亦曰軫也，故稱車曰軫。劉向《九歎·遠游》：「結余軫於西山兮，横飛谷以南征。」左思《魏都賦》：「百隧轂擊，連軫萬貫。」孫逖《和登會稽山》詩：「野老聽鳴騶，山童擁行軫。」以上軫皆謂車。

〔五六〕犯軷：祖道也。《周禮·夏官·大馭》：「掌馭玉路以祀，及犯軷，王自左馭，馭下祝，登受轡，犯軷，遂驅之。」注：「行山曰軷，犯之者，封土爲山象，以菩芻棘柏爲神主，既祭之，以車轢之而去，喻無險難也。」《詩·大雅·烝民》「仲山甫出祖」箋：「祖者，將行犯軷之祭也。」《詩·大雅·生民》「取羝以軷」傳：「軷，道祭也。」軷，蒲拔切，音跋。

〔五七〕不禄：不終其禄，謂士死也。《禮記·曲禮下》：「天子死曰崩，諸侯曰薨，大夫曰卒，士曰不禄，庶人曰死。」《國語·晉語二》，晉亂，里克殺驪姬子奚齊、卓子，公子夷吾使梁由靡告于秦穆公曰：「天降禍于晋國，……又重之以寡君之不禄，喪亂並臻。」注：「士死曰不禄，禮，君死，赴於他國曰寡君不禄，謙也。」

〔五八〕逾邁：歲月逝去也。《尚書·秦誓》：「我心之憂，日月逾邁，若弗雲來。」傳：「言我心之憂，欲改過自新，如日月並行過，如不復雲來，雖欲改悔，恐死及之，無所益。」疏：「逾，益；邁，行也。」

〔五九〕復纂前緒：纂，繼也。緒，業也。《國語·周語上》：「不敢怠業，時序其德，纂修其緒。」注：「纂，繼也；緒，事也。」《詩·魯頌·閟宫》「纘禹之緒」傳：「緒，業也。」箋：「繼禹之事也。」纘通纂。

〔六〇〕翰場：猶今所謂文壇也。翰，文筆也。《三國志·吴·孫登傳》上疏：「裴欽博記，翰采足用。」翰采，謂文采也。任昉《王文憲集序》：「求之載籍，翰牘所未紀。」翰牘，文牘也。

〔六一〕通家：世交也。《後漢書·孔融傳》融以孔子李耳春秋時相見，因謂李膺曰：「融與君累世通家。」　餘烈：《漢書·異姓諸侯王表序》：「古世相革，皆承聖王之烈。」注：「烈謂餘烈也。」《爾雅·釋詁》：「烈，光也。」

〔六二〕忝：辱也，謙詞。《尚書·堯典》：「岳曰：否德忝帝位。」傳：「忝，辱也。」堯欲使四岳行帝位之事，岳言無其德辱於帝位也。　同聲：《易·乾》：「同聲相應，同氣相求。」疏：「同聲相應者，若彈宫而宫應，彈角而角動是也。同氣相求者，若天欲雨而礎柱潤是也。此二者聲氣相感也。」

〔六三〕勒成□卷：唐《藝文志》、晁氏《讀書志》、馬氏《通考》皆云「《岑參集》十卷」。蓋宋初留存岑集原爲十卷本，或即杜確遺編也，惟此本今已佚。《直齋書録解題》則云「《岑嘉州集》八卷」，則南宋時陳振孫所見乃後人改編本。宋刊八卷本岑集此序中卷數字爲墨釘，則杜序原字亦非八字也。

〔六四〕廣樂：《列子·周穆王》：「清都紫微，鈞天廣樂，帝之所居。」注：「清都紫微，天帝之所居也。傳記云，秦穆公疾不知人，既寤曰：我之帝所，甚樂，與百神遊，鈞天廣樂，九奏萬舞，不類三代之樂，其聲動心。一説云，趙簡子亦然也。」　清商之韻：《韓非子·十過》：「師涓鼓究之，平公問師曠曰：此所謂何聲也？師曠曰：此所謂清商也。」《魏書·樂志》載陳仲儒言：「瑟調以宫爲主，清調以商爲主，平調以角爲主。」又：「江左所傳中原舊曲，《明君》、《聖主》、《公莫》、《白鳩》之屬，及江南吴歌、荆楚四聲，總謂清商，至於殿庭饗宴兼奏之。」

〔六五〕翠微之色：《爾雅·釋山》：「山脊，岡。未及上，翠微。」疏：「未及頂上，在旁陂陀之處，名翠微。一説，山氣青緑色，故曰翠微也。」

〔六六〕瑩徹：《説文》：「瑩，玉色。」《太玄瑩》注：「瑩，明也。」《論語·顔淵》「盍徹乎」注：「鄭曰：徹，通也。」

〔六七〕杜確：貞元中曾爲河中節度使，餘失考。

岑嘉州詩箋注卷之一 五言古詩九十七首

送許子擢第歸江寧拜親因寄王大昌齡〔一〕

建業控京口〔二〕，金陵款滄溟〔三〕。君家臨秦淮〔四〕，傍對石頭城〔五〕。十年自勤學，一鼓遊上京〔六〕。青春登甲科〔七〕，動地聞香名。解榻皆五侯〔八〕，結交盡羣英①。六月槐花飛，忽思蓴菜羹〔九〕。跨馬出國門②〔一〇〕，丹陽返柴荆〔一一〕。楚雲引歸帆，淮水浮客程〔一二〕。到家拜親時，入門有光榮。鄉人盡來賀，置酒相邀迎。閑眺北顧樓③〔一三〕，醉眠湖上亭。月從海門出〔一四〕，照見茅山青〔一五〕。昔爲帝王州，今幸天地平④。五朝變人世⑤〔一六〕，千載空江聲。玄元告靈符〔一七〕，丹洞獲其銘〔一八〕。皇帝受玉册〔一九〕，羣臣羅天庭。喜氣薄太陽，祥光徹窅冥〔二〇〕。奔走朝萬國，崩騰集百靈〔二一〕。王兄尚謫宦，屢見秋雲生。孤城帶後湖，心與湖水清。一縣無諍辭〔二二〕，有時開道經⑥〔二三〕。黄鶴垂兩翅〔二四〕，徘徊但悲鳴⑦。相思不可見，空望牛女星〔二五〕。

【校勘記】

①〔羣英〕《唐百家詩選》羣作時。②〔國門〕底本注：國一作郭。③〔北顧樓〕《唐百家詩選》作

因登樓。宋本、底本注：一作登江樓，又云因登樓。④〔天地〕宋本、底本注：一作天下。⑤〔五朝〕底本、明抄本注：朝一作胡。宋本注：朝一作湖。⑥〔開道經〕宋本、底本注：開一作聞。⑦〔但悲鳴〕《唐百家詩選》作悲且鳴。

【箋注】

〔一〕許子：行八，名不詳，乾元中曾爲右拾遺，與岑參同在中書省。　王昌齡：京兆長安人，約生於唐武則天聖曆二年（六九八）。開元十五年第進士，見顧況《監察御史儲公集序》，授祕書省校書郎，見《唐才子傳·王昌齡傳》傅璇琮箋證。開元二十二年舉博學宏詞，授汜水尉，見《直齋書録解題》。開元二十七年貶嶺南，見詹鍈《李白詩文繫年》。開元二十八年謫江寧丞，見聞一多《岑嘉州繫年考證》。天寶中復貶龍標尉。安史亂起，爲亳州刺史閭丘曉所殺。昌齡爲唐七絶名家，爲邊塞詩派代表人物之一，與岑參爲忘年交。此詩作於天寶元年，時昌齡任江寧丞。

〔二〕建業、京口：《元和郡縣志》卷二十五潤州：「後漢獻帝建安十四年（按唐許嵩《建康實録》謂十三年），孫權自吴理丹徒，號曰京城，今州是也。十六年遷都建業（按原名秣陵，孫權改名），以此爲京口鎮。」建業，楚爲金陵邑，秦改秣陵，吴改建業，晋改建康，今爲南京市。京口、潤州，即今江蘇鎮江市。　控：引也。《詩·鄘風·載馳》：「控于大邦，誰因誰極。」傳：「控，引。」建業居江之上游，京口居下游，故云。然作控制解，亦通。《詩·鄭風·大叔于田》「抑磬控忌」傳：「騁馬曰磬，止馬曰控。」

〔三〕金陵：楚威王初置金陵邑，相傳地有王氣，埋金鎮之，因名。唐武德間曾一度改江寧縣爲金陵縣。地即今南京市。　款：猶近也。張衡《西京賦》：「掩長楊而聯五柞，繞黄山而款牛首。」薛綜注：「款，至也。」《史記·太史公自序》：「海外殊俗，重譯款塞。」《集解》：「應邵曰，款，叩也，皆叩塞門來服從也。」引申之當爲近義。　滄溟：東海也。《南齊書·樂志·聖主曲辭》：「北化隆河塞，南威越滄溟。」此謂南海也。唐世東海之口在今鎮江東，視金陵爲近，故云款滄溟也。

〔四〕秦淮：河名。舊傳秦始皇以金陵有王氣，乃掘斷連岡，爲秦淮河。《讀史方輿紀要》卷二十江寧府江寧縣：「《建康實録》云，秦淮水舊名龍藏浦，有二源。一發句容縣北六十里之華山，南流；一發溧水縣東南二十里之東廬山，北流，合於方山。西經府城中，至石頭城注大江。其水經流三百里，地勢高下曲折自然，不類人功，疑非始皇所鑿也。」

〔五〕傍：旁也，古通。《史記·滑稽列傳》淳于髡謂齊威王曰：「賜酒大王之前，執法在傍，御史在後，髡恐懼俯伏而飲，不過一斗徑醉矣。」劉楨《公讌詩》：「輦車飛素蓋，從者盈路傍。」　石頭城：《建康實録》：「（建安）十七年城楚金陵邑，地號石頭，改秣陵爲建業。」舊址在今南京城西草場門一帶，古時城臨江，後江水北移，城外淤爲平地，今唯秦淮河在城西，北流入江。

〔六〕一鼓：謂氣盛也。《左傳》莊公十年，「夫戰，勇氣也，一鼓作氣，再而衰，三而竭。」《晉書·温嶠傳》，「（蘇）峻勇而無謀，……今挑之戰，可一鼓而擒也。」　上京：謂國都。班固《幽通賦》：

「皇十紀而鴻漸兮，有羽儀於上京。」張華《祖道趙王應詔詩》：「發軔上京，出自天邑。」

〔七〕甲科：《通典》云，漢代課士有甲、乙、丙三科。唐科第，秀才、明經有甲、乙、丙、丁四科，進士有甲、乙二科。實則秀才早停，明經唯丙、丁第，進士只有乙科。然唐玄宗時親策試舉人者，特有甲科。《唐會要》卷七十六《貢舉中·制科舉》：「開元八年三月，上親試應制舉人於含元殿，謂曰：古有三道，今減從一道；近無甲科，朕特存其上第，務收賢俊。」許子擢第在天寶元年槐花飛時，其年九月始有玄宗御花萼樓親試文武舉人之事，則許子擢第非制舉，當爲進士第，自無甲科，此但爲甲第，所試經、策全通者也。

〔八〕解榻：設座也。東漢青州士人周璆，志行高潔，前後郡守招命莫肯至。惟陳蕃爲太守能致之。特爲設一榻，平日懸之，璆至則解榻。宋之問《酬李丹徒見贈》詩：「一朝逢解榻，累日共銜杯。」按，榻者，牀也，可卧可坐。《初學記》卷二十五引服虔《通俗文》曰：「牀三尺五寸曰榻板，獨坐曰枰，八尺曰牀。」漢尺甚小也。《高士傳》下：「管寧字幼安，……常坐一木榻上，積五十五年。未嘗箕踞，榻上當膝皆穿。」　五侯：權貴也。漢代同時封五人爲侯者數起，世謂之五侯。《漢書·成帝紀》建始元年，「賜舅王譚、商、立、根、逢時爵關内侯」。河平二年，「夏六月，封舅譚、商、立、根、逢時皆爲列侯。」關内侯無封邑，列侯有食邑也。又《元后傳》：「河平二年，上悉封舅譚爲平阿侯，商成都侯，立紅陽侯，根曲陽侯，逢時高平侯，五人同日封，故世謂之五侯。」後王莽專政，王譚子興不附莽，與子五人避居易水。光武帝立，封興子五人爲侯，元才北平侯，益才安喜侯，顯才蒲陰侯，仲才新市侯，季才唐侯。見《水經・易水注》。後漢延熹二年，桓帝與宦官單超、具瑗、徐璜、左悺、唐衡同議誅大將軍梁冀，事後封五人爲列侯。《後漢書・宦者單超傳》：「封超新豐侯，二萬户；璜武原侯、瑗東武陽侯，各萬五千户；賜錢各千五百萬；悺上蔡侯、衡汝陽侯，各萬三千户，賜錢各千三百萬。五人同日封，故世謂之五侯。」又《陳蕃傳》：「梁氏五侯，毒遍海内。」

〔九〕蓴菜羹：蓴，一作蒓，水草名，其莖可爲羹。晋張翰字季鷹，吴郡人，縱任曠達，爲齊王冏大司馬東曹掾。見天下紛紛，禍難未已，乃決意退隱山林。一日秋風起，思吴中菰菜、蓴羹、鱸魚膾，曰：「人生貴得適志，何能羈宦數千里以要名爵乎？」遂命駕而歸。《本草綱目》卷十九蓴：「保昇曰，蓴葉似鳧葵，浮在水上，採莖堪啖。花黄白色，子紫色，三月至八月莖細如釵股，黄赤色，短長隨水深淺，名爲絲蓴，味甘體軟。……時珍曰，蓴生南方湖澤中，唯吴越人善食之。葉如荇菜而差圓，形似馬蹄，其莖紫色，大如筯，柔滑可羹。」

〔一〇〕國門：京都之門。《周禮・地官》：「司門掌授管鍵，以啓閉國門。」管謂籥，鍵謂牡，司門掌之，以啓閉王城十二門也。

〔一一〕丹陽：郡名，《漢書》陽作揚，《後漢書》作楊，治宣城，下有秣陵、句容等縣。晋分郡爲二，宣城郡治宛陵，即今宣城，丹陽郡治建鄴。隋平陳，於石頭城置蔣州，煬帝改名丹陽郡，治江寧。唐初郡廢，縣屬潤州，而潤州天寶元年改名丹陽郡，治丹徒，即今鎮江。此詩之丹陽返柴荆者，蓋謂丹陽郡也。　柴荆：謂家門也。柴，《説文》云：「小木散材。」曹植《泰山梁甫行》：「柴門何蕭條，狐兔翔我宇。」蓋以小木枝條叢集作門，貧窶之家也。荆，《説文》謂「楚木」，而楚，《説文》謂「叢木」，亦小木枝條之義。《藝文類聚》卷三十六引梁陶弘景《尋山誌》：「荆門晝掩，蓬户夜開。」荆門猶柴門也。謝靈運《初去郡》詩：「恭承古人意，促裝返柴荆。」柴荆，亦謂柴門與荆門也。許子之家未必貧窶，此但泛指家門耳。

〔二〕淮水：《漢書·地理志》南陽郡平氏縣：「桐柏大復山在東南，淮水所出，東南至淮浦入海。過郡四，行三千二百四十里。」今河南省桐柏縣西與唐河縣接境處有平氏鄉。淮水源出桐柏山主峰太白頂，在平氏與桐柏之間，位河南、湖北省界上。唐世漕運由洛水入河，出汴、泗，入淮，再南至江。《新唐書·地理志》泗州臨淮郡盱眙縣：「有直河，太極元年（七一二）敕使魏景清引淮水至黄土岡，以通揚州。」詩謂「淮水浮客程」者，當以此故。

〔三〕北顧樓：即北固樓，在唐潤州（今鎮江）北固山上，南朝梁大同十年三月，梁武帝登臨改名。《南史·梁宗室臨川王正義傳》：「初，京城之西有别嶺入江，高數十丈，三面臨水，號曰北固。蔡謨起樓其上，以置軍實。是後崩壞，頂猶有小亭，登降甚狹。及上升之，下輦步進。正義乃廣其路，旁施欄楯。翌日上幸，遂通小輿。上悦，登望久之，敕曰：此嶺不足須固守，然京口實乃壯觀。乃改曰北顧。」許子由淮水至揚州，再至潤州，方能溯江而返江寧，途中有閑，當登北顧樓而臨眺也。

〔一四〕海門：通海之門，謂長江口。唐世江口在今鎮江東。《太平御覽》卷四十六引劉楨《京口記》：「梁高祖云：作鎮作固，誠有其語，然北望海口，實爲壯觀。」海口即海門。又《太平寰宇記》卷十九潤州丹徒縣：「譙山，戍海口之戍也。」

〔一五〕茅山：在今江蘇句容縣東南。本名句曲山，相傳漢時有三茅君得道於此，乃改名茅山。《太平御覽》卷四十一引《茅君内傳》曰：「句曲山秦時名爲華陽之山，三茅君居之，因而爲名。」山有大茅、中茅、小茅諸嶺，高三十里，周百五十里。

〔一六〕五朝：東晉、宋、齊、梁、陳皆都建康，共五朝。若計三國吴都建業，則爲六朝。

〔一七〕玄元告靈符：玄元，謂老子李耳。唐高宗乾封元年封于泰山，返京途中至谷陽縣（今河南鹿邑），加老子尊號爲太上玄元皇帝。《舊唐書·高宗紀下》麟德三年：「二月己未，次亳州。幸老君廟，追號曰太上玄元皇帝，創造祠堂，其廟置令、丞各一員。改谷陽縣爲真源縣，縣内宗姓特給復一年。」　唐玄宗天寶元年，陳王府參軍田同秀上言，玄元皇帝相告「我藏靈符，在尹喜故宅」。玄宗遣人於故函谷關尹臺旁求得之。田同秀因而擢朝散大夫，得服緋也。帝後知其詐僞，亦原而不問。

〔一八〕丹洞：猶丹房，道者所居之處。煉丹藥多在深山洞穴之中，後即以之稱道者居處。王勃《尋道觀》詩：「碧潭清桂閾，丹洞肅松樞。」　銘：刻於金、石、器物作記者。《禮記·祭統》：「夫鼎有銘，銘者自名也，自名以稱揚其先祖之美，而明著之後世者也。」注：「銘謂書之、刻之，以識事者也。」識音誌。

〔一九〕玉册：刻玉爲文，或嵌以金，作爲簡册，郊祀、祭享、稱尊、加謚、寓哀皆用之。《舊唐書·玄宗紀》天寶元年「二月丁亥，上加尊號爲開元天寶聖文神武皇帝」。蓋以開元二十七年已加尊號爲「開元聖文神武皇帝」，此又增「天寶」二字，乃作玉册也。

〔二〇〕窅冥：天空也。賈至《西亭春望》詩：「日長風暖柳青青，北雁歸飛入窅冥。」按，窅，《説文》以爲穴中目，轉而爲深義。《莊子·知北遊》：「夫道，窅然難言哉。」再轉而爲遠。謝朓《敬亭山詩》「歸徑窅如迷」李善注引《聲類》曰：「窅，遠望也。」冥，晦暗不明，轉而爲深遠難見。《老子》：「惚兮恍兮，其中有象；恍兮惚兮，其中有物；窈兮冥兮，其中有精。」王弼注：「窈冥，深遠不可得而見，然而萬物由之其可得見以定其真，故曰窈兮冥兮，其中有精也。」魏源《老子本義》曰：「恍忽似有似無，窈冥則全不可見。」窈通窅。惟天既深且遠，故冥亦有天義。《楚辭·九章·悲回風》：「據青冥而攄虹兮，遂儵忽而捫天。」王逸曰：「上至玄冥，舒光耀也。所至高眇，不可逮也。」青冥即蒼天也，故窅冥亦天空也。

〔二一〕崩騰：言如石之崩裂，水之沸騰，用狀動蕩紛亂。吕延濟注謝靈運《述祖德詩》「崩騰永嘉末」，謂「崩騰破壞貌」，似有未洽。　百靈：衆神也。《東都賦》：「禮神祇，懷百靈。」靈亦神也。《尚書·泰誓上》：「唯天地，萬物父母；惟人，萬物之靈。」傳：「靈，神也。」《楚辭·九歌·雲中君》「靈皇皇兮既降」注：「靈謂雲中君。」雲中君，雲神。《尸子》：「天神曰靈，地神曰祇，人神曰鬼。」

〔二〕諍辭：爭訟之辭。謝脁《在郡卧病呈沈尚書》詩：「高閣常晝掩，荒階少諍辭。」按，諍者訟也。《蒼頡篇》云：「諍，訟也。」訟，紛爭相告訴也。《周禮·秋官·大司寇》「以兩造禁民訟」注：「訟，謂以財貨相告者。」《淮南子·俶真訓》：「周室衰而天道廢，儒、墨乃始列道而議，分徒而訟。」注：「爭是非也。」漢代縣丞兼主刑獄囚徒，唐縣丞則通判縣事，爲令之貳，不僅主刑獄也。此詩之一縣無諍辭，但謂昌齡佐理有方，民無紛爭也。諍，通爭。

〔三〕道經：此詞數義。或泛稱有道之經，《荀子·解蔽》：「故道經曰，人心之危，道心之微。」（《大禹謨》作人心惟危，道心惟危。）或謂儒家之經典，《周禮正義序》：「蒼牙通靈昌之成，孔演命明道經。」或謂道家之經典，《南史·顧歡傳》所謂「佛經繁而顯，道經簡而幽」是也。又老子著《道》、《德》五千言，合稱《道德經》，分之則上篇爲《道經》也。唐重道家，有「道舉」，謂明《老》、《莊》、《文》、《列》四子之學者，四子即道經也。

〔四〕黄鶴：善飛之鳥。古人以黄鶴乃仙者所乘，《述異記》謂荀瓌於江夏見仙人駕黄鶴上下，《雲笈七籤》卷一百十一謂朱庫乘兩黄鶴仙去是也。《本草綱目》卷四十七時珍曰：「鶴大於鵠，長三尺，高三尺餘，喙長四寸，丹頂、赤目、赤頰、青脚、修頸、凋尾、粗膝、纖指，白羽、黑翎。亦有灰色、蒼色者，常以夜半鳴，聲唳雲霄。」此科學家之言也。南朝宋湯惠休《楊花曲》：「黄鶴西北去，銜我千里心。」此謂鶴一飛千里也。善飛之鳥，今垂翅悲鳴，以喻昌齡之困。

〔三五〕牛女星：牽牛星與織女星。曹植《洛神賦》「詠牽牛之獨處」李善注引曹植《九詠注》曰：「牽牛爲夫，織女爲婦，織女牽牛之星，各處河鼓之旁，七月七日，乃得一會。」本喻夫婦之思。此詩云「相思不可見」，當爲岑參思王昌齡，然則亦喻朋友之思歟？未詳。

武威送劉單判官赴安西行營便呈高開府①〔一〕

熱海亘鐵門〔二〕，火山赫金方〔三〕。白草磨天涯〔四〕，胡沙莽茫茫②〔五〕。夫子佐戎幕〔六〕，其鋒利如霜〔七〕。中歲學兵符〔八〕，不能守文章。功業須及時〔九〕，立身有行藏〔一〇〕。男兒感忠義，萬里忘越鄉〔一一〕。孟夏邊候遲〔一二〕，胡國草木長。馬疾過飛鳥，天窮超夕陽。都護新出師〔一三〕，五月發軍裝〔一四〕。甲兵二百萬〔一五〕，錯落黄金光③。揚旗拂崑崙④〔一六〕，伐鼓振蒲昌⑤〔一七〕。太白引官軍〔一八〕，天威臨大荒〔一九〕。西望雲似蛇，戎夷知喪亡〔二〇〕。渾驅大宛馬〔二一〕，繫取樓蘭王〔二二〕。曾到交河城〔二三〕，風土斷人腸。塞驛遠如點⑥〔二四〕，邊烽互相望〔二五〕。赤亭多飄風⑦〔二六〕，鼓怒不可當〔二七〕。有時無人行，沙石亂飄揚〔二八〕。夜静天蕭條，鬼哭夾道旁〔二九〕。地上多髑髏〔三〇〕，皆是古戰場。置酒高館夕，邊城月蒼蒼。軍中宰肥牛，堂上羅羽觴〔三一〕。紅淚金燭盤，嬌歌艷新妝〔三二〕。望君仰青冥⑧，短翮難可翔〔三三〕。蒼然西郊道，握手何慨慷。

【校勘記】

①〔便呈〕《唐詩紀事》便作使。②〔莽茫茫〕底本莽作奔，此從《唐百家詩選》。③〔黄金光〕《唐百家詩選》、《唐詩紀事》作金光揚。④〔揚旗〕《唐百家詩選》揚作揭。⑤〔振蒲昌〕宋本振作震，二字通。⑥〔塞驛〕明銅活字本、《唐詩紀》塞作寒。⑦〔飄風〕《唐音統籤》飄作飈。⑧〔望君〕《唐詩紀事》君作若。

【箋注】

〔一〕劉單：天寶初進士高第，後入安西高仙芝幕爲判官，天寶末爲白水尉，大曆中爲禮部郎中（見《舊唐書·楊炎傳》，《元和姓纂》謂禮部侍郎），卒。　判官：使府官名。秦漢以降，軍幕、州郡有掾史、從事，並無判官。《續事始》云，隋元藏機爲通海使判官，此使府判官之始。唐節度、觀察、安撫、經略、團練、防禦等使府均設判官，分判屬曹各事。天寶後轉運、度支等使及少數州府亦有判官，如劉長卿詩《送青苗判官歸江西》、《送邵州判官往南》，所送即青苗使、邵州下設判官。　安西行營：《資治通鑑》載，唐太宗貞觀十四年九月，「置安西都護府於交河城」，高宗顯慶三年「夏五月癸未，徙安西都護府於龜兹」。《新唐書·方鎮表》載，景雲元年稱安西都護四鎮經略大使，《唐會要》卷七十九稱安西四鎮節度使在開元六年。此安西即節度使府名也。行營，出征在外之營幕軍府也。　高開府：即高仙芝，本高麗人，父爲安西將軍。仙芝開元末爲安西副都護、都知兵馬使，天寶六載破小勃律，制授鴻臚卿、攝御史中丞，爲安西節度使。

九載討石國，十載拜開府儀同三司，入爲右羽林大將軍。十四載守潼關拒安禄山，監軍邊令誠誣奏，與封常清同被斬。開府：謂建府署，置官屬，漢制三公得開府。東漢車騎將軍馬防班同三司，謂同於三公開府也。殤帝延平元年車騎將軍鄧騭儀同三司，乃始見儀同字。魏黄權以車騎將軍開府儀同三司，又加開府字。後代因之。唐以之爲文散官，階從一品，然並不建府署、置官屬也。　高仙芝天寶九載僞與石國約和，虜其王，殺老弱，掠財寶。石國王子逃詣大食，引其兵欲攻四鎮。仙芝再度出兵，大敗而還。此詩作於再度出兵之時，在十載五月。

〔二〕熱海：西域湖泊名。《大唐西域記》述過凌山後，「山行四百餘里，至大清池，或名熱海，又名鹹海。周千餘里，東西長，南北狹，四面負山，衆流交湊。」馮承鈞云，即今中亞伊塞克湖，突厥語義爲熱海。　亘：連綿也，《新唐書·楊貴妃傳》：「（楊）銛以上柱國門列戟，與錡、國忠、諸姨五家第舍聯亘。」按《廣韻》：「亘，通也。」張衡《西京賦》「亘雄虹之長梁」薛綜注：「亘，徑度也。」然則熱海應在赴鐵門途中也。　鐵門：岑詩中屢見鐵門關、鐵關字，《銀山磧西館》詩「鐵門關西月如練」，《題鐵門關樓》詩「鐵關天西涯」，《宿鐵關西館》詩「也到鐵關西」，無簡稱鐵門者。此即《新唐書·地理志》「自焉耆西五十里過鐵門關」者也，舊址在今新疆庫爾勒之北山谷中。此單稱鐵門者，當另有所指。釋道宣《釋迦方志·遺蹟篇》：「又從颯秣建國西南行三百餘里，至羯霜那國（史國也），周可千五百里。又西南二百餘里入大山，山路絶險，又少人物。東南山行三百餘里至鐵門關，左右石壁，其色如鐵，鐵固門扉懸鈴尚在，即漢塞之西門也。出鐵門關便至覩貨羅國之故地。……南大雪山，北據鐵門。」此鐵門在熱海之西南，自安西、北庭赴鐵門須經熱海，乃可曰「熱海亘鐵門」也。

〔三〕火山：即火焰山。《明史》卷三二九《西域傳》柳城：「出大川，渡流沙，在火山下有城屹然，廣二三里，即柳城也。」柳城即唐柳中，西州縣名，維語呼爲魯克沁，在火焰山南。火焰山東起鄯善（唐蒲昌，維語闢展，清光緒改名）西境，西過魯克沁北，再西經勝金口北，止於吐魯番東北，長九十公里。山上皆爲紅土，無寸草，更無鳥獸。夏日陽光暴曬，山上氣流㬠㬠上升如煙霧。赫：顯盛貌。《詩·小雅·節南山》「赫赫師尹」傳：「赫赫，顯盛貌。」宋玉《高唐賦》「巫山赫其無疇兮」李善注：「赫然，盛貌。」　金方：西方。《淮南子·天文訓》：「西方金也，其帝少昊，……其神爲太白。」

〔四〕白草：《漢書·西域傳》鄯善：「國出玉，多葭葦、檉柳、胡桐、白草。」師古曰：「白草似莠而細無芒，其乾熟時正白色，牛馬所嗜也。」今人多以爲白草即唐詩中之席萁，今呼芨芨草，叢生，其葉略似茅而窄長韌軟，桿高而極堅韌，青時非刀不斷。徐松、蕭雄所謂可爲箸者也。顏氏所云，似爲今日之冰草。芨芨草天山南北散見，冰草河西亦有之。　磨：《爾雅·釋器》：「（治）石爲之磨。」磨，或訓礪，然於此詩殊不洽。磨者，滅也。《後漢書·南匈奴傳論》：「千里之差，興自毫端，失得之源，百世不磨矣。」滅亦盡也，天涯盡白草也。

〔五〕莽茫茫：阮籍《詠懷》詩：「綠水揚洪波，曠野莽茫茫。」李善注：「《楚辭》曰：莽茫茫之無涯。」

按《九章·悲回風》：「穆眇眇之無垠兮，莽芒芒之無儀。」芒通茫。

〔六〕戎幕：軍府也。于邵《爲吴中孺讓起復表》：「委身戎幕，效職塞垣。」戎，或謂兵器，《詩·大雅·常武》「以修我戎」，鄭箋謂「治其兵甲之事」；或謂兵士，《易·同人》「伏戎於莽」孔疏謂「伏潛兵戎於草莽之中」；或謂兵事，《大禹謨》「惟口出好興戎」傳「戎謂伐惡」。古者野戰於外，居於帷幕，軍府乃稱幕府，《史記·李將軍列傳》所謂「大將軍使長史急責（李）廣之幕府對簿」是也。故戎幕即軍府。

〔七〕鋒利如霜：謂白刃鋭利，喻劉單之才。《史記·淮陰侯列傳》：「此乘勝而去國遠鬭，其鋒不可當。」《文選·左思吴都賦》「剛鏃潤，鋒刃染」吕向注：「霜刃，兵器之刃白如霜也。」

〔八〕中歲：猶中年，非少年、非老年也。謝朓《賦貧民田詩》：「中歲歷三臺，旬月典邦政。」杜甫《壯遊》詩：「歸帆拂天姥，中歲貢舊鄉。」初，農事平收曰中年、中歲。《周禮·地官·均人》「中年則公旬用二日焉」注：「豐年人食四鬴之歲也，人食三鬴爲中歲。」鬴，古量器，容六斗四升。《史記·天官書》：「風從南方來，大旱。西南，小旱。……北方，爲中歲。東北，爲上歲。」後世轉而稱年紀非幼非老爲中歲。　兵符：兵書也。《史記·五帝本紀》：「蚩尤最爲暴，莫能伐。」注引《龍魚河圖》：「天遣玄女，下授黄帝兵信神符，制伏蚩尤。」《史記·魏公子列傳》：「侯生乃屏人閒語曰：嬴聞晋鄙之兵符常在王卧内。」此謂發兵虎符也。

〔九〕功業：功勞事業也。《易·繫辭下》「功業見乎變」疏：「言功勞事業由變乃興。」《史記·殷本紀》：「契興於唐、虞、大禹之際，功業著於百姓。」按，《管子·明法解》：「所謂功者，安主上、利萬民者也。」《周禮·夏官·司勳》：「王功曰勳，國功曰功。」《爾雅·釋詁》：「業，事也。」

〔一〇〕立身：自立己身也。《孝經·開宗明義章》：「立身行道，揚名於後世，以顯父母，孝之終也。」立者樹立，《易·說卦》：「立天之道曰陰與陽，立地之道曰柔與剛，立人之道曰仁與義。」身者自我，《爾雅·釋詁》：「身，我也。」　行藏：謂出與處，用世與隱退也。《論語·述而》：「子謂顔淵曰：用之則行，舍之則藏，唯我與爾有是夫。」

〔一一〕越鄉：離家鄉也。《左傳·襄公十五年》：「小人懷璧，不可以越鄉。」注：「言必爲盜所害也。」

〔一二〕孟夏：初夏，謂陰曆四月。《爾雅·釋詁》：「孟，長也。」《楚辭·九章·懷沙》：「陶陶孟夏兮，草木莽莽。」陶潛《讀山海經詩》：「孟夏草木長，繞屋樹扶疏。」　邊候：邊地節令氣候。古人劃分氣候，五日爲一候，十五日爲一氣（即立春、雨水、驚蟄等二十四節氣），九十日爲一時（即春、夏、秋、冬四季）。《黄帝·素問·六節藏象論》：「五日謂之候，三候謂之氣，六氣謂之時，四時謂之歲。」

〔一三〕都護：軍事長官名。《漢書·鄭吉傳》：「吉既破車師，降日逐，威震西域，遂並護車師以西北道，故號都護。」唐高宗永徽中置安東、安西、安南、安北四大都護府，後又加單于、北庭都護府。大都護府設大都護一員，從二品；副都護四人，正四品上。上都護府都護一員，正三品；副都護二人，從四品上。《舊唐書·職官志》：「都護之職，掌撫慰諸蕃，輯寧外寇，覘候奸譎，征討攜貳。」此詩之都護，謂安西都護高仙芝也。

〔一四〕發軍裝：遣軍備登程也。遣行曰發，《列子·湯問》「乃厚賂發之」注：「發猶遣也。」揚雄《甘泉賦》「振殷轔而軍裝」李善注：「軍裝，如軍戎之裝者也。」

〔一五〕甲兵：帶甲之兵。《戰國策·秦策》（張儀説秦王）「秦之號令賞罰、地形利害，天下莫如也，……然而甲兵頓、士民病、蓄積索、田疇荒、囷倉虚。」《荀子·王制篇》：「甲兵不勞而天下服，是知王道者也。」　二百萬：極言軍容之盛。《資治通鑑》云高仙芝「將蕃漢三萬衆擊大食」，新、舊《唐書》則謂二萬。

〔一六〕崑崙：山名，即今喀喇崑崙山。《爾雅·釋水》：「河出崑崙虚，色白。」《漢書·張騫傳》：「而漢使窮河源，其山多玉石，采來，天子案古圖書，名河所出山曰崑崙云。」河謂黄河，古人以爲今塔里木河爲黄河上源也。

〔一七〕伐鼓：擊鼓也。《詩·小雅·采芑》「鉦人伐鼓」傳：「伐，擊也。」《説文》：「伐，擊也，從人持戈。」　蒲昌：蒲昌海，即今之羅布泊。《漢書·西域傳》：「蒲昌海，一名鹽澤者也。」唐西州又有蒲昌縣，維語轉爲闢展，清光緒改名鄯善。縣小，不足與崑崙對舉，故此當謂蒲昌海也。

〔一八〕太白：星名。《漢書·天文志》：「太白，兵象也。……象太白吉，反之凶。」

〔一九〕大荒：泛指荒遠之地。《山海經·大荒西經》：「大荒之中有山，名曰大荒之山，日月所入。」

〔二〇〕戎夷：泛指邊地少數民族。《禮記·王制》：「中國戎夷，五方之民，皆有性也，不可推移。東方曰夷……南方曰蠻……西方曰戎……北方曰狄。」《列子·湯問》：「奚羨於彼而棄齊國之社稷，從戎夷之國乎！」《爾雅·釋地》：「九夷、八狄、七戎、六蠻，謂之四海。」《論語·顔淵》：「四海之内，皆兄弟也。」

〔二一〕渾：齊也。《關尹子·二柱》：「渾人我，同天地。」又全也。杜甫《即事》：「雷聲忽送千峰雨，花氣渾如百和香。」　大宛馬：漢武帝使人入大宛（今費爾干納）求善馬，大宛王使人攻殺漢使，取財物。武帝怒，乃使李廣利伐大宛，連兵四年。大宛懼，殺其王，獻首以降。廣利取其善馬數十匹，中馬以下牝牡三千餘匹而還。《史記·大宛傳》：「大宛在匈奴西南，在漢正西，去漢可萬里。其俗土著，耕田，田稻麥。有蒲陶酒。多善馬，馬汗血，其先，天馬子也。」

〔二二〕繫取樓蘭王：漢武帝初通西域，使者相望於道，樓蘭、姑師苦於供須，攻劫漢使王恢等，又數爲匈奴耳目。武帝乃遣從票侯趙破奴將兵數萬擊姑師。破奴以輕騎七百至樓蘭，虜其王。事載《漢書·西域傳》。樓蘭故址在孔雀河入羅布泊處，其國後改名鄯善。

〔二三〕交河城：古車師都城。《漢書·西域傳》：「車師前國，王治交河城，河水分流繞城下，故號交河。」舊址在今吐魯番西十公里雅爾和屯，劈土成垣，街坊尚歷歷可辨。明陳誠出使西域時，城中尚有居民百餘家，見《西域番國志》，後毁於戰火。

〔二四〕塞驛：邊地驛站。《舊唐書·職官志》駕部郎中：「凡三十里一驛，天下驛凡一千六百三十九。」《新唐書·百官志》駕部郎中：「掌輿輦、車乘、傳驛、廄牧馬牛雜畜之籍。……凡驛馬，給地四頃，蒔以苜蓿。凡三十里有驛，驛有長，舉天下四方之所達，爲驛千六百三十九。阻險無水草鎮戍者，視路要隙置官馬。水驛有舟。凡傳驛馬驢，每歲上其死損、肥瘠之數。」古有馹，置傳車；驛置騎。驛站有房舍，以止宿。

〔二五〕邊烽：邊地之烽火臺。《説文》烽作䙴：「䙴燧，候表也，邊有警則舉火。」《墨子·號令》：「晝則舉烽，夜則舉火。」《史記·周本紀》「幽王爲䙴燧」《正義》：「晝日燃䙴以望火煙，夜舉燧以望火光也。䙴，土魯也；燧，炬火也。皆山上安之，有寇舉之。」《史記·司馬相如傳·告巴蜀檄》「烽舉燧燔」司馬貞引韋昭曰：「䙴，束草置之長木之端，如挈皋，見敵則燒舉之。燧者，積薪，有難則焚之。䙴主晝，燧主夜。」以上均言晝舉烽，夜舉燧。唯李賢注《後漢書·光武帝紀》「修烽燧」引《前書音義》曰：「邊方備警急，作高土臺，臺上作桔皋，桔皋頭有兜零，以薪草置其中，常低之，有寇則燃火舉之，以相告，曰烽。又多積薪，寇至則燔之，望其煙，曰燧。晝則燔燧，夜乃舉烽。」今未見服虔、應邵所作《漢書》音義，未知所引確否。

〔二六〕赤亭：赤亭地名，古書重出，如《後漢書·虞詡傳》羌衆「攻圍赤亭」，地在今甘肅武都。《晉書·姚弋仲載記》「南安赤亭羌人」，地在今甘肅隴西縣。《水經·江水注》「舉水又南，東歷赤亭下」，地在今湖北新洲縣。此詩之赤亭，在今新疆鄯善縣東北。《新唐書·地理志》伊州納職縣：「自縣西經獨泉、東峰、西峰、駝泉，渡茨其水，過神泉，三百九十里有羅護守捉。又西南經達匪草堆，百九十里至赤亭守捉。」王延德作澤田寺，維語呼爲齊克塔木，即今之七克臺，均爲赤亭之音轉。其地今有古堡遺址。

〔二七〕鼓怒：鼓擊作怒也。郭璞《江賦》「乃鼓怒而作濤」張銑注：「相鼓擊怒而作波濤也。」《水經·溱水注》：「攢石巉岩，亂峙中川，時水洊至，鼓怒沸騰。」《南齊書·張融傳·海賦》：「摐撞則八紘摧隤，鼓怒則九組折裂。」

〔二八〕沙石亂飄揚：鮑照《代出自薊北門行》：「疾風衝塞起，沙礫自飄揚。」此詩承其意，然亦實寫。今吐魯番盆地春夏升温迅猛，冷風從東北方圖古斯達坂直下鄯善，赤亭以東爲百里風區。前代有風吹車飛馬翻、行人失蹤之事，修蘭新鐵路時曾吹翻一列工程車，至如沙石飄揚，則更爲常事。

〔二九〕鬼哭：沙磧中之怪聲也。晋法顯《佛國記》：「沙河中多有惡鬼、熱風，遇則皆死，無一全者。」

〔三〇〕髑髏：頭骨也。古説未能盡同。《説文》骨部曰：「髑髏，頂也。」《太平御覽》所引作「頭也」。《玉篇》亦作「頭也」，《一切經音義》九《大智度論》第十卷，「髑髏，古文顕顱，二形同，頭骨也」。而顕顱，《玉篇》引《埤蒼》云「頭骨」。《廣雅·釋親》：「頊顱謂之髑髏。」而《説文》：「頊顱，首骨也。」髑髏當謂頭骨，《莊子·至樂》：「莊子之楚，見空髑髏，髐然有形，撽以馬捶。」爲頭骨乃可敲也。

〔三一〕羽觴：有翼酒杯。《漢書·外戚·班倢仔傳》「酌羽觴兮銷憂」，孟康曰：「羽觴，爵也，作生爵形，有頭、尾、羽翼。」或謂「酒行疾如羽」，或謂「翠羽插其上」，皆非是。黄文弼《羅布淖爾考古記》附有漢漆器羽觴圖，圓口外有兩半圓形外伸如翅，似亦便於兩手持而飲也。

〔二二〕嬌歌句：《通典》卷三十五：「天寶七載九月敕，五品以上正員清官、諸道節度使及太守等，並聽常蓄絲竹。」謂置樂工也。

〔二三〕短翮：謂翅短小也，《爾雅·釋器》：「羽本謂之翮。」沈約《酬謝宣城朓詩》：「揆予發皇鑒，短翮屢飛翻。」

送王大昌齡赴江寧①〔一〕

對酒寂不語，悵然悲送君②〔二〕。明時未得用③〔三〕，白首徒工文④〔四〕。澤國從一官〔五〕，滄波幾千里。群公滿天闕⑤〔六〕，獨去過淮水。舊家富春渚〔七〕，嘗憶臥江樓⑥。自聞君欲行，頻望南徐州⑦〔八〕。窮巷獨閉門〔九〕，寒燈靜深屋。北風吹微雪，抱被肯同宿。君行到京口，正是桃花時〔一〇〕。舟中饒孤興〔一一〕，湖上多新詩。潛虬且深蟠〔一二〕，黃鵠舉未晚⑧〔一三〕。惜君青雲器〔一四〕，努力加餐飯〔一五〕。

【校勘記】

①〔王大昌齡〕《唐文粹》無大字。②〔悲送君〕《文苑英華》、《唐百家詩選》悲作愁。③〔未得用〕《唐文粹》、《唐詩紀事》未作不。④〔工文〕集本工均作攻，此從《文苑英華》、《唐百家詩選》。⑤〔天闕〕《唐詩紀事》作闕下。⑥〔嘗憶〕《文苑英華》、《唐百家詩選》、《唐文粹》嘗作常。⑦

〔頻望〕《文苑英華》、《唐百家詩選》、《唐文粹》望作夢。⑧〔黄鵠〕集本鵠均作鶴，此從《唐百家詩選》、宋本及底本注語。〔舉未晚〕集本均作飛來晚，此從《文苑英華》、《唐百家詩選》、《唐文粹》。

【箋注】

〔一〕王昌齡謫江寧丞在開元二十八年，從聞一多《岑嘉州繫年考證》。《送許子擢第歸江寧拜親因寄王大昌齡》詩作於天寶元年已無疑，「王兄尚謫宦，屢見秋雲生」，則王謫宦必在元年之前不止一年。王士源《孟浩然集序》謂開元二十八年昌齡遊襄陽，浩然歡宴，疾發而卒，則昌齡謫江寧必在此後。昌齡《留别岑參兄弟》詩有「江城建業樓」、「副職守兹縣」，即指謫江寧，「便以風雪暮」句又與岑此詩「北風吹微雪」同，則昌齡謫江寧在開元二十八年冬也。

〔二〕悵然：若有所失貌。宋玉《神女賦》：「罔兮不樂，悵然失志。」《史記・日者列傳》：「芒乎無色，悵然噤口不能言。」

〔三〕明時：清明之世。曹植《求自試表》：「志欲自效於明時，立功於聖世。」

〔四〕工文：善爲文章也。張説《上官昭容集序》：「形有萬變，非工文莫之寫。」賈至《房琯同平章事制》：「清識雅量，工文茂學。」按，《説文》：「工，巧飾也。」《詩・小雅・楚茨》「工祝致告」傳：「善其事曰工。」

〔五〕從一官：從，就也，爲也。《禮記・檀弓下》「從而謝焉」注：「從，猶就也。」《管子・正世》「知得失之所在，然後從事」注：「從，爲。」

〔六〕天闕：帝京也。《宋書·桂陽王休範傳》與袁粲書：「便當投命有司，謝罪天闕，」《齊書·魚復侯子嚮傳》：「臣此月二十五日束身投軍，希還天闕。」

〔七〕舊家富春渚：漢代於今浙江富陽置富春縣，其所瀕江名富春江。唐岑氏無家富春者，惟岑參父岑植曾官衢州司倉參軍，地居富春江上游，因有此句。

〔八〕南徐州：晋世南遷，安帝以淮北爲北徐州，淮南爲徐州。宋武帝時以淮北爲徐州，淮南爲南徐州。宋文帝以江北爲南兖州，江南爲南徐州，治京口，即唐潤州，今鎮江。齊、梁、陳因之，隋廢。南朝時建康、秣陵、江寧屬丹陽尹，不屬南徐州。但唐江寧屬潤州，即故南徐州也。

〔九〕窮巷：貧陋街巷也。《墨子·號令》：「窮巷幽閒無人之處，姦民之所謀爲外心，罪車裂。」《戰國策·秦策》蘇秦始將連横：「蘇秦特窮巷掘門、桑户棬樞之士耳。」掘通窟。巷，《説文》謂「里中道」，《詩·鄭風·叔于田》「巷無居人」傳云「巷，里塗也」。俗語大者爲街，小者爲巷，北方話亦謂胡同也。

〔一〇〕桃花時：冬末發長安，至江南已在春日。惟王昌齡於二十九年夏方由洛陽東去，《東京府縣諸公與綦毋潛李頎相送至白馬寺宿》詩有夏夜字，則滯留洛陽甚久，春日未至江南也。或謂東京字當在天寶元年，此説不妥。《送許子……》詩必在天寶元年，時爲六月，昌齡在江寧已有政績，必不能於夏日尚在洛陽也。張説《東都酺宴》詩有「留鎮在東京」，則東京亦漢以來洛陽通稱耳。

〔二〕孤興：獨處之趣。陸機《文賦》「或託言於短韻，對窮迹而孤興」，李善注：「言文小而事寡，故曰窮迹；迹窮而無偶，故曰孤興。」此言爲文。詩言孤興多謂孤獨意趣。

〔三〕潛虬：深蟠水下未能升天之龍也。左思《蜀都賦》：「下高鵠，出潛虬。」按，潛，《方言》云「沈也，楚郢以南曰涵，或曰潛。」《廣雅·釋詁》：「潛，没也。」虬，虯之俗字。張協《七命》「陰虯負檐」李善注：「虯，龍也。」《説文》謂「虯，龍子有角者。」王逸注《天問》「焉有虯龍」則曰：「有角曰龍，無角曰虯。」惟王逸亦不一律，《九章·涉江》「駕青虯兮驂白螭」注：「虯、螭，神獸，宜於駕乘。」潛虯、潛龍，義實一也。《蜀都賦》「潛龍蟠於沮澤」李善注引《方言》曰：「未升天龍謂之潛龍。」

〔三〕黄鵠：字或作黄鶴，或謂鶴、鵠音轉，本謂一鳥。《商君書·畫策》：「黄鵠之飛，一舉千里。」詩謂昌齡雖泥蟠，終有一舉千里之日。《本草綱目》卷四十七，時珍曰：「鵠大於雁，羽毛白澤，其翔極高，而善步，所謂鵠不浴而白，一舉千里是也。亦有黄鵠、丹鵠，湖、海、江、漢之間皆有之，出遼東者尤甚，而畏海青鶻。其皮毛可爲服飾，謂之天鵝絨。」鵠，今之天鵝是也。

〔四〕青雲器：謂器識高遠，即顔延之《五君詠》「仲容青雲器，實禀生民秀」之義。青雲字多義。須賈謂范雎不意能自致青雲之上，指高位。《伯夷列傳》謂閭巷之人砥行立名，須附青雲之士方能施於後世，指聖賢。《續逸民傳》謂嵇康早有青雲之志，衡陽王謂孔稚圭入紫闥而意在青雲，則指避世高蹈。此外尚有遊仙、登科、青色之雲等義。明人楊慎、陳耀文爲此爭論，甚無謂也。

〔一五〕努力加餐飯：古詩《行行重行行》：「思君令人老，歲月忽已晚，棄捐勿復道，努力加餐飯。」此詩借用古詩意。按飯，穀炊熟者也。餐，本吞食之義，亦謂食物也。

送祁樂歸河東〔一〕

祁樂後來秀，挺身出河東〔二〕。往年詣驪山〔三〕，獻賦温泉宫〔四〕。天子不召見，揮鞭遂從戎。前月還長安①，囊中金已空。有時忽乘興〔五〕，畫出江上峰。牀頭蒼梧雲〔六〕，簾下天台松〔七〕。忽如高堂上，颯颯生清風②〔八〕。五月火雲屯，氣燒天地紅。鳥且不敢飛，子行如轉蓬〔九〕。少華與首陽〔一〇〕，隔河勢争雄。新月河上出，清光滿關中。置酒灞亭别〔一一〕，高歌披心胸〔一二〕。君到故山時，爲謝五老翁③〔一三〕。

【校勘記】

①〔還長安〕底本注：還一作達。②〔生清風〕宋本注：一作聞江風；明抄本注：一作開江風。底本兼有二注。③〔爲謝五老翁〕底本作爲吾謝老翁，注：一作爲謝五老翁。宋本作爲君謝老翁，注同底本。《唐百家詩選》作爲謝吾老翁。此從宋本、底本注語。

【箋注】

〔一〕祁樂：當即祁四，有《臨洮客舍留别祁四》、《祁四再赴江南别》詩。此詩謂祁樂善畫，恐即畫家祁岳，杜甫《奉先劉少府新畫山水障歌》有「豈但祁岳與鄭虔」。《唐朝名畫録》「空有其名、不見蹤迹」二十五人中有祁岳。祁樂原在臨洮，天寶十載六月岑參歸京時祁尚未回，此在長安詩言五月，則當在十一載。

〔二〕挺身：拔身而前也。挺，拔也。《國語・吴語》「挺鈹搢鐸」韋昭注：「挺，拔也。」亦或作引，《漢書・劉屈氂傳》「挺身逃」顔師古注：「挺，引也。」

〔三〕詣驪山：詣，至也。《史記・李將軍列傳》：「大將軍不聽，令長史封書與廣之莫府曰：急詣部，如書！」莫通幕。又《孝文帝紀》：「張武等六人乘傳詣長安。」　驪山：《漢書・地理志》京兆尹新豐縣：「驪山，在南，故驪戎國。」唐天寶初析新豐縣、萬年縣置會昌縣，七載改會昌爲昭應，宋大中祥符間又改昭應爲臨潼，即今陜西省臨潼縣。驪山在其東南，海拔一千三百公尺。

〔四〕獻賦：作賦頌獻於帝王也。《東觀漢記・班固傳》：「讀書禁中，每行巡狩，輒獻賦頌。」鮑昭《登香爐峰》詩：「慙無獻賦才，洗污奉毫帛。」唐世獻賦頌得售，亦可入仕途。杜甫獻三大禮賦待制集賢院，李白獻頌供奉翰林是也。

温泉宫：在驪山上。《新唐書・玄宗紀》開元十一年，「十月丁酉，幸温湯，作温泉宫」。《舊唐書・玄宗紀》天寶六載，「冬十月戊申，幸温泉宫，改爲華清宫」。唐玄宗自天寶元年至六載，冬日均至温泉宫，祁樂獻賦當在改名華清宫之前。然則其從戎當在天寶七八載間。

〔五〕乘興：因興而爲也。《晉書・王徽之傳》徽之雪夜乘小船訪戴逵，經宿方至，不入門而返，曰：「本乘興而行，興盡而返，何必見安道邪！」

〔六〕蒼梧雲：謝朓《新亭渚别范零陵詩》「雲去蒼梧野」李善注引《易歸藏啓筮》曰：「有白雲出自蒼梧，入於大梁。」唐人以圖畫中之雲爲蒼梧雲。高適《同李九士曹觀壁畫雲作》：「始知帝鄉客，能畫蒼梧雲。」項斯亦有《蒼梧雲氣》詩。蒼梧，山名，即九疑山，舜所葬處也。

〔七〕天台松：天台山在今浙江省天台縣東北。《新唐書·地理志》台州臨海郡唐興縣：「有土墻山、鼻山、天台山。」唐興即今天台，五代梁時吴越改名也。釋景雲《畫松》詩：「畫松一似真松樹，且待尋思記得無，曾在天台山上見，石橋南畔第三株。」松繫于名山，特貴重之也。

〔八〕颯颯：風聲也。《楚辭·九歌·山鬼》：「風颯颯兮木蕭蕭。」《一切經音義》卷二十二《瑜伽師地論》第七卷：「颯颯，風吹木葉落聲也。」衰落亦曰颯。謝朓《落日同何儀曹煦詩》：「已賞桂尊前，何傷蓬鬢颯。」尊通樽。

〔九〕轉蓬：隨風飛轉之蓬草也。曹植《雜詩》：「轉蓬離本根，飄摇隨長風。」《詩·衛風·伯兮》「首如飛蓬」朱熹《詩集傳》：「蓬，草名，其華似柳絮，聚而飛如亂髮也。」此謂轉者乃蓬華，似非是。陸佃《埤雅》十五：「蓬，蒿屬，草之不理者也，其葉散生如蓬，末大於本，故遇風輒拔而旋。」此説當是。

〔一〇〕少華：西嶽華山又名太華山，其下有一小山，名少華山，在今陝西華陰縣南。　首陽：即雷首山，在今山西永濟縣南，黄河北岸。

〔一一〕灞亭：唐人送别處。灞水出藍田縣東，西北流，經長安東，北入渭。古名滋水，王昌齡詩所謂

「偃卧滋陽村」者是。秦穆公易名霸水，《隋書・地理志》復作滋水，《元和志》又作霸水，或加水旁作灞。唐人從長安東行，必過灞橋，亭當在橋旁也。

〔二〕披心胸：推心置腹。謝靈運《酬從弟惠連詩》：「末路逢令弟，開顏披心胸。」亦作披腹心，《史記・蔡澤列傳》：「夫公孫鞅之事孝公也，……披腹心，示情素。」

〔三〕五老翁：謂五老山，在今山西永濟縣東南。《元和志》卷十二河東道河中府永樂縣：「五老山，在縣東北十三里。堯升首山觀河渚，有五老人飛爲流星上入昴，因號其山爲五老山。」永樂舊址在今河南靈寶縣盤東村黄河北岸，爲三門峽水庫淹没區。

北庭貽宗學士道别〔一〕

萬事不可料，歎君在軍中。讀書破萬卷，何事來從戎。曾逐李輕車〔二〕，西征出太蒙〔三〕。荷戈月窟外〔四〕，擐甲崑崙東〔五〕。兩度皆破胡，朝廷輕戰功〔六〕。十年祇一命〔七〕，萬里如飄蓬。容鬢老胡塵，衣裘脆邊風〔八〕。忽來輪臺下〔九〕，相見披心胸。飲酒對春草，彈棋聞夜鐘〔一〇〕。今且還龜茲〔一一〕，臂上懸角弓〔一二〕。平沙向旅館〔一三〕，匹馬隨飛鴻〔一四〕。孤城倚大磧〔一五〕，海氣迎邊空①〔一六〕。四月猶自寒，天山雪濛濛。君有賢主將，何謂泣途窮〔一七〕。時來整六翮〔一八〕，一舉淩蒼穹。

【校勘記】

①〔海氣〕正德成都本氣作風。

【箋注】

〔一〕北庭：唐武后長安二年置北庭都護府，玄宗開元十年張孝嵩始稱北庭節度使，見《資治通鑑》。治金滿縣，舊址在今新疆吉木薩縣北二十里北庭古城。吉木薩即金滿之維語音轉也。遺址東半部尚有殘垣，南北長約五六里，東西寬約三里，氣勢宏闊，內城尚有西門殘址。惟城內被挖掘破壞已盡，遍地碎瓦片，坑坑窪窪，遍生駱駝刺。有無名草，肉質厚葉，狀類內地燕子掌，惟老葉灰緑，嫩葉紅褐。內城西壕中有大片白草。城東有一從南山下來之小河，水極清澈，繞過城北注入西北一湖沼中。城西半部已爲農田、村莊，惟城外西大寺遺址尚存，塑像不少。學士：《舊唐書·職官志》門下省：「弘文館學士掌詳正圖籍，教授生徒，凡朝廷有制度沿革……得參議焉。」中書省有集賢學士，又有翰林學士，位望尤重。宗學士或供職弘文館而後從戎者。學士無定員，自諸曹尚書至校書郎皆得與選。詩謂「十年只一命」，則宗學士秩禄當爲從九品之校書郎也。《夢溪筆談》：「《集賢院記》，開元故事，校書官許稱學士。」詩當作於天寶十四載四月。

〔二〕李輕車：漢李廣從弟李蔡，以武帝元朔五年爲輕車將軍，從大將軍衛青擊匈奴右賢王，因功封樂安侯，元狩二年爲丞相，位至三公。後以侵孝陵園地論罪，自殺。李蔡爲人中下，名聲在李廣下甚遠，然以得附李廣傳，流名後世，古詩中多有詠者。鮑照《代東武引》：「始隨張校尉，占募到河源；後逐李輕車，追虜窮塞垣。」韓雄《送劉將軍》：「膽大欲期姜伯約，功多不讓李輕車。」此恐以李廣、李廣利之事附麗於李蔡矣。

〔三〕太蒙：即大蒙（大音太），西方極遠之地也。《爾雅·釋地》：「西至日所入爲大蒙。」注：「即蒙汜也。」疏：「《淮南子》曰：日出扶桑，入於蒙汜是也。」

〔四〕荷戈：擔戈也。《初學記》卷十二引揚雄《衛尉箴》：「荷戈而歌，中外以堅。」《左傳》昭公七年「其子弗克負荷」注：「荷，擔也。」　戈：《周禮·考工記·冶氏》：「戈，廣二寸，内倍之，胡三之，援四之。」《禮記·曲禮上》「進戈者前其鐏」，孔穎達曰：「戈……如戟而横安刃，但頭不向上爲鉤也。直刃長八寸，横刃長六寸，刃下接柄處長四寸，並廣二寸，用以鉤害人也。」此謂戈首，下有木柄。戈刃横出，可鉤可啄，然不能刺，與矛之專刺、與戟之兼刺與鉤者異，故許慎云：「戈，平頭戟也。」戈爲青銅製成，所謂銅三錫一之劑。秦漢之後已不用戈，此蓋泛指兵器耳。　月窟：西方極遠之地。揚雄《長楊賦》：「西厭月𩨷，東震日域。」注引服虔曰：「𩨷音窟，……月所生也。」楊慎《丹鉛録》卷二云：「月窟即指月氏之國，日域指日逐單于也。」然岑詩以「月窟外」與「崑崙東」對舉，則泛指西方也。

〔五〕擐甲：《國語·吴語》「夜中乃令服兵擐甲」注：「擐，貫也。」《廣雅·釋詁》三：「擐，著也。」《顔氏家訓·書證》：「擐是穿著之名。」　甲：鎧甲也。《周禮·考工記·函人》：「犀甲七屬，兕甲六屬，合甲五屬。」殷周以皮革爲甲，戰國已用鐵，《吕氏春秋·開春論》有「衣鐵甲、操鐵杖以戰」。秦以後以銅鐵爲甲，乃名曰鎧，然亦稱甲，蔡琰詩所謂「金甲耀日光」者是。《宋書·孔覬傳》有犀皮鎧，則漢後亦雜用革。唐詩多有金甲字。甲爲防身，亦須便於作戰，故多以小片連綴而成，楊炯《戰城南》所謂「甲胄似魚鱗」是也。

〔六〕朝廷：大臣晋見天子議事之所也。《管子·權修》：「法者，將立朝廷者也，將立朝廷者，則爵服不可不貴也。」《孟子·公孫丑下》：「朝廷莫如爵，鄉党莫如齒。」《史記·秦始皇本紀》：「先帝爲咸陽朝廷小，故營阿房宫。」朱浮《爲幽州牧與彭寵書》：「朝廷之於伯通恩亦厚矣。」李善注引蔡邕《獨斷》曰：「朝廷者不敢直斥君，故言朝廷。」此則以朝廷代指天子矣。

〔七〕一命：謂官微也。《周禮·春官·典命》載，封公者，其卿三命，其大夫二命，其士一命也。周官自一命至八命，周公、召公加一命爲九命，最高，而一命最低。

〔八〕衣裘：夏衣與冬衣也。《周禮·天官·宫伯》「以時頒其衣裘」注：「衣裘，若今賦冬夏衣也。」《國語·齊語》：「爲遊士八十人，奉之以車馬衣裘。」按，衣者著於上身，《詩·邶風·緑衣》「緑衣黄裳」傳：「上曰衣，下曰裳。」《説文》：「裘，皮衣也。」《論語·鄉黨》：「緇衣羔裘。」

〔九〕輪臺：唐庭州有輪臺縣，確址在今何處，説法不一。或謂昌吉，或謂烏魯木齊，或謂烏市南烏拉泊古城，或謂烏市北古牧地，或謂米泉，或謂阜康，或謂二縣之間黑溝驛。然此詩之輪臺當謂北庭府城也。岑詩中北庭、輪臺多並提。《赴北庭度隴思家》「西向輪臺萬里餘」，題爲「赴北庭」，而句爲「西向輪臺」。《發臨洮將赴北庭留别》「聞説輪臺路」，題爲「赴北庭」，而句爲「輪臺路」。《臨洮泛舟趙仙舟自北庭罷使還京》「白髮輪臺使」，題爲「北庭罷使」，而句爲「輪臺使」。《送劉郎將歸河東》「豈忘輪臺邊」原注：「參曾北庭事趙中丞」，句爲「輪臺邊」，而自注在「北庭」。此詩題《北庭貽宗學士道别》而句爲「忽來輪臺下」，義與以上各詩全同，則道别之地即在北庭，「輪臺下」亦即北庭府也。

〔一〇〕彈棋：古博戲名。《西京雜記》云，漢成帝好蹴鞠，群臣諫之，劉向乃作彈棋以獻。《後漢書·梁冀傳》：「能挽滿、彈棋、格五、六博、蹴鞠、意錢之戲。」傅玄《彈棋序》亦謂漢成帝始爲之。《世説新語》則以爲始自魏宫粧奩戲，文帝善之，用巾角拂棋子。曹丕《典論》云：「予於他戲弄少所喜，惟彈棋略盡其巧。」《酉陽雜俎》亦謂起自魏室。曹魏時有彈棋固無可疑，而其創始仍當在漢世也。彈棋之法久失傳。李賢注《梁冀傳》引《藝經》曰：「彈棋，兩人對局，黑白棋各六枚，先列棋相當，更先彈也。其局以石爲之。」唐人此戲流行，然形制似非一種。柳宗元《棋序》云：「得木局，隆其中而規焉，其下方以直。置棋二十有四，貴者半，賤者半，貴曰上，賤曰下，咸自第一至十二。下者二乃敵一，用朱墨以别焉。……其使之擊觸也，必先賤者，不得已而使貴者，則皆慄焉惛焉，亦鮮克以中。其獲也，得朱焉則若有餘，得墨焉則若不足。」此戲五代時已衰，至宋漸泯滅。沈括《夢溪筆談》卷十八：「彈棋今人罕爲之，有譜一卷，蓋唐人所爲。棋局方二尺，中心高如覆盂，其顛爲小壺，四角微隆也。今大名開元寺殿上有一石局，亦唐時物也。」

〔一二〕龜兹：唐安西節度使治龜兹城，即今新疆庫車新城，尚有一段唐城殘址留存。舊址範圍廣大，新城區僅佔東南一角。昔遊牧民族進入龜兹，城市被毁，農田荒廢。清乾隆年間在老城西南八里建一城，即今庫車老城。一九五八年庫車河漲水，冲去老城東關，乃於古城址又建新城也。

〔一三〕角弓：角弓之制，久已失傳，唐、宋人解釋不一。《詩·小雅·角弓》：「騂騂角弓，翩其反矣。」孔穎達曰：「弓有用角之處，不得即名角弓。此言角弓，蓋别有角弓，如今北狄所用者，於古亦應有之。」《唐六典》卷十六衛尉寺武庫令：「弓之制有四，一曰長弓，二曰角弓，三曰稍弓，四曰格弓。」注：「長弓用桑柘，步兵用之；角弓以筋角，騎兵用之；稍弓，短弓也，利於近射；格弓，綵飾之弓，羽儀所執。」宋朱熹《詩集傳》卷十四：「角弓，以角飾弓也。」此説則以爲弓之飾物用角，未知其所據。按：《周禮·考工記·弓人》「取六材」有幹、角、筋、膠、絲、漆，皆必需之物，所謂「六材之力，相得而足」，角之爲用，欲其堅柔相濟，製弓所必備，並非飾物也。

〔一三〕旅館：客舍也。《周禮·夏官·懷方氏》：「掌來遠方之民，致方貢，致遠物，而送逆之，達之以節，治其委積、館舍、飲食。」此即旅館之始也。《管子·輕重乙》「爲諸侯之商賈立客舍」，則春秋時已兼及商賈矣。謝靈運《遊南亭詩》：「久痗昏墊苦，旅館眺郊歧。」

〔一四〕飛鴻：小蠓蟲也。《逸周書·度邑解》：「夷羊在牧，飛鴻滿野。」高誘注：「飛鴻，蠛蠓也。」

〔一五〕磧：七迹切，沙石地也。班固《封燕然山銘》：「經磧鹵，絶大漠。」周翰注：「磧，石地；鹵，鹹地也。」《一切經音義》二十二《瑜伽師地論》第二十五卷：「沙磧，三《蒼》：水中沙灘也。《説文》：水渚有石曰磧。水淺石見也。」

〔一六〕海氣：雲靄也。《漢書·武帝紀》：「輯江淮物，會大海氣，以合泰山。」唐太宗《於北平作》：「海氣百重樓，巖松千丈蓋。」虞世南《賦得吴都》詩：「江濤如素蓋，海氣似朱樓。」

〔一七〕何謂：謂，柰何也。《戰國策·齊策一》靖郭君曰：「受薛於先王，雖惡於後王，吾獨謂先王何乎！」注：「謂，猶柰何也。」何謂，一猶何爲也。《漢書·王嘉傳》嘉爲丞相，因阻封董賢得罪哀帝，詔收嘉，府吏泣進藥，嘉曰：「丞相豈兒女子邪，何謂咀藥而死！」　泣途窮：悲歎遭遇困頓也。《三國志·魏·阮籍傳》注引《魏氏春秋》：「時率意獨駕，不由徑路，車跡所窮，輒痛哭而返。」途窮亦窮途也，岑詩《敬酬杜華淇上見贈兼呈熊曜》：「共論窮途事，不覺淚滿面。」

〔一八〕六翮：六羽莖也，羽本謂之翮。《戰國策·楚策四》：「黄鵠……奮其六翮而凌清風，飄摇乎高翔。」曹植《遊仙詩》：「意欲奮六翮，排霧凌紫虚。」

送許拾遺恩歸江寧拜親①〔一〕

詔書下青瑣〔二〕，駟馬還吴洲②〔三〕。束帛仍賜衣〔四〕，恩波漲滄流〔五〕。微禄將及親〔六〕，向家非遠遊。看君五斗米〔七〕，不謝萬户侯〔八〕。適出西掖垣〔九〕，如到南徐州。歸心望海日，鄉夢登江樓。大江盤金陵，諸山横石頭。楓樹隱茅屋〔一〇〕，橘林繫漁舟③。種藥疏故畦〔一一〕，釣魚垂舊鈎。對月京口夕④，觀濤海門秋。天子憐諫官〔一二〕，論事不可休⑤〔一三〕。早來丹墀下〔一四〕，高駕無淹留〔一五〕。

【校勘記】

①〔恩歸〕底本恩作思，此從宋本。《唐百家詩選》無此字。 ②〔吴洲〕明正德成都本洲作州。 ③〔漁舟〕《唐百家詩選》漁作歸。 ④〔京口夕〕底本注：夕一作石。 ⑤〔不可〕宋本注：可一作肯。

【箋注】

〔一〕許拾遺：即天寶元年擢第歸江寧之許子。此詩作於乾元元年，杜甫有《送許八拾遺歸江寧覲省》詩。 拾遺：古無此官，武后垂拱元年始置左右補闕各二人，從七品上，左右拾遺各二人，從八品上。天授二年加置三人，大曆中又改爲二人。《舊唐書·職官志》：「補闕、拾遺之職，掌供奉諷諫、扈從乘輿。凡發令舉事，有不便於時、不合於道，大則廷議，小則上封。若賢良之遺滯於下，忠孝之不聞於上，則條其事狀而薦言之。」 恩歸：朝廷准假歸家也。恩者仁惠之義，古來多謂長上施於幼下之仁惠爲恩，後更泛稱帝王對臣下之命令。《舊唐書·高仙芝封常清傳》監軍邊令誠既領旨斬封常清，又對高仙芝曰：「大夫亦有恩命。」乃并斬仙芝。則奉旨就戮亦爲恩命也。

〔二〕詔書：天子布告臣下之書也。《史記·秦始皇本紀》二十六年李斯等議帝號曰：「臣等昧死上尊號，王爲泰皇，命爲制，令爲詔，天子自稱曰朕。」《獨斷》上：「漢天子正號曰皇帝，……其命令，一曰策書，二曰制書，三曰詔書，四曰戒書。」　青瑣：宮門上部鏤空作細瑣連環花紋，爲亮隔，飾以青色，天子之制也。漢時貴官亦有爲之者，史家稱之爲驕奢僭上。《漢書·元后傳》「曲陽侯根驕奢僭上，赤墀青瑣」注：「孟康曰：以青畫户邊，鏤中，天子制也。如淳曰：門楣格再重，如人衣領再重，裹者青，名曰青瑣，天子門制也。師古曰：孟説是。青瑣者，刻爲連環文，而青塗之也。」

〔三〕駟馬：一車駕四馬，貴官之乘，《僕射裴公輓歌》所謂「門瞻駟馬貴」是也。拾遺官卑，不乘駟馬車，此或銜命出使州郡之故。《華陽國志》司馬相如題升遷橋柱曰「不乘駟馬車，不過汝下」，及漢武帝以之爲中郎將，使至巴蜀，「馳四乘之傳」，即駟馬車也。《漢書·朱買臣傳》「長安廄吏乘駟馬車來迎」，張晏曰：「故事，大夫乘官車駕駟，如今州牧刺史矣。」　吴洲：吴地之洲也。《爾雅·釋水》：「水中可居者曰洲。」《説文》作州，後人加水旁，以别州縣者也。

〔四〕賜衣：唐世命官出行有恩賜衣物錢帛之事。《送張獻心充副使歸河西雜句》：「篋中賜衣十重餘，案上軍書十二卷。」宋江少虞《事實類苑》卷二十五：「國朝之制，文武官諸單□在京者，端午、十月及聖誕節皆賜衣服，其在外者賜冬衣襖，遣使將之。」宋承唐制，此但節日賜之，唐則遣外官亦有賜也。

〔五〕恩波：帝王之恩如水波之豐沛也。《開元天寶遺事》唐玄宗與張九齡、李林甫觀魚，「帝指示於九齡、林甫曰：檻前盆池中所養魚數頭，鮮活可愛。林甫曰：賴陛下恩波所養」。苑咸《爲晋公謝臘日賜藥等狀》：「調鼎之功，未施於毫髮；登俎之美，屢浹於恩波。」

〔六〕禄：官俸也。《周禮·天官·大宰》「四曰禄位」注：「禄，若今月奉也。」《國語·楚語下》「成王每出子文之禄」，注亦作「俸也」。《爾雅·釋詁下》：「禄，福也。」《詩·小雅·瞻彼洛矣》「福禄如茨」箋：「爵命爲福，賞賜爲禄。」《漢書·百官公卿表》「郎中令更名光禄勳」注：「應邵曰：禄者爵也。」有官爵乃得有俸，二説各有偏重耳。

〔七〕五斗米：謂官微禄薄。《晉書·陶潛傳》爲彭澤令，「郡遣都郵至縣，吏白應束帶見之。潛歎曰：吾不能爲五斗米折腰，拳拳事鄉里小人邪！義熙二年，解印去縣，乃賦《歸去來》」。按漢制，小縣之長最低三百石，月俸四十斛（據《漢書·百官公卿表》顔師古注）。後漢爲錢二千，米十二斛。晋宋之間官制紊亂，俸數失載，然似不止五斗米，故陶潛之言但謂官微禄薄，非實數也。

〔八〕謝：相告問。《漢書·李陵傳》載，陵降匈奴，武帝族其家。及昭帝立，霍光、上官桀輔政，素與陵善，遣陵故人任立政至匈奴，謂陵曰：「少卿良苦！霍子孟、上官少叔謝汝。」不謝，謂不相交往也。　萬户侯：古者諸侯封地，大者不過百里。秦莊襄王封吕不韋文信侯，食河南洛陽十萬户，項羽封梅鋗十萬户侯，千古兩例耳。漢初蕭何、曹參、張良各封萬户，周勃封八千八百二十户。唐太宗擒竇建德、俘王世充，封天策上將，食邑三萬户，唐之最高者也。中宗神龍初，安國相王、太平公主各食一萬户，此後無過萬者。開元年間寧王憲食實封五千五百户，此後無過三千者。哥舒翰天寶十二載封西平郡王，食實封僅三百户，次年加太子太保，加三百户。開元天寶間及以後，並無萬户侯也。此但用漢事，謂高官耳。

〔九〕適出：纔出也。《漢書·賈誼傳》上疏：「如馮敬者，適出其口，匕首已陷其匈矣。」西掖垣：中書省也。應劭《漢官儀》：「前世文士以中書在右，因謂中書爲右曹，又稱西掖。」唐世門下省在宣政殿東廊日華門外，稱左省；中書省在西廊月華門外，稱右省，亦稱西掖。

〔一〇〕楓樹：《爾雅·釋木》「楓，欇欇」注：「楓樹似白楊，葉圓而歧，有脂而香，今之楓香是。」《説文》卷六：「楓，木也，厚葉、弱枝、善搖，一名欇欇。」朱駿聲云，楓樹霜後紅葉可觀，無所謂脂香也。

〔一一〕藥：藥本治病草總名，以其花葉可觀賞，後世花藥並舉，意謂花草，晋人已開其端。陶淵明《時運詩》「花藥分列，竹林翳如」已爲此義。李延壽《南史》多處皆用此義。《恩倖茹法亮傳》：「廣開宅宇，……竹林花藥之美，公家苑囿所不能及。」《陳後主張貴妃傳》：「乃於光昭殿前起臨春、結綺、望仙三閣，……其下積石爲山，引水爲池，植以奇樹，雜以花藥。」《徐湛之傳》：「更起風亭、月觀、吹臺、琴室，果竹繁茂，花藥成行。」以上皆謂花草。唐詩中以藥稱花者例證甚多，參見《暮秋會嚴京兆後廳竹齋》詩注〔三〕。

〔一二〕憐：愛也。《爾雅·釋詁》：「憐，愛也。」《説文》訓哀，乃又一義。《方言》一：「憐，愛也，韓鄭曰憮，晋衛曰惟，汝潁之間曰憐，宋魯之間曰牟，或曰憐。」

〔一三〕論事：議事也。《論衡·定賢》：「常居左右，論事説議，無不是者。」《新唐書·百官志》：「凡王言之制有七，……六曰論事敕書，戒約臣下則用之。」

〔一四〕丹墀，猶丹陛、丹階。《漢官儀》：「尚書郎奏事明光殿，省中皆胡粉塗壁，其邊以丹漆地，故曰丹墀。」此天子之儀也，《説文》：「禮，天子赤墀。」

〔一五〕高駕：對人行止之尊稱。王僧達《答顏延年》詩：「君子聳高駕，塵軌實爲林。」趙冬曦《奉答燕公》詩：「主人情未盡，高駕少淹留。」　淹留：久停也。《離騷》：「時繽紛其變易兮，又何可以淹留。」王逸注：「言時世溷濁，善惡變易，不可以久留，宜速去也。」

虢州郡齋南池幽興因與閻二侍御道别①

——時任虢州長史〔一〕

池色净天碧，水凉雨凄凄〔二〕。快風從東南，荷葉翻向西。性本愛魚鳥〔三〕，未能返巖溪。中歲徇微官〔四〕，遂令心賞睽〔五〕。及兹佐山郡，不異尋幽棲〔六〕。小吏趨竹逕，訟庭侵藥畦〔七〕。胡塵暗河洛〔八〕，二陜震鼓鼙〔九〕。故人佐戎軒〔一〇〕，逸翮凌雲霓〔一一〕。行軍在函谷〔一二〕，兩度聞鶯啼。相看紅旗下，飲酒白日低。聞君欲朝天，驅馬臨道嘶。仰望浮與沉，忽如雲與泥〔一三〕。夜眠驛樓月，曉發關城鷄〔一四〕。惆悵西郊暮，鄉書對君題。

【校勘記】

①〔因與〕底本無，此據宋本補。

【箋注】

〔一〕虢州：唐虢州弘農郡，治弘農縣，即今河南省靈寶縣。下領縣尚有閿鄉、湖城、朱陽、玉城（以上均在今靈寶縣境）、盧氏（即今縣）。唐靈寶縣（今縣北）屬陝州。　南池：虢州瀕弘農川，酈道元謂之門水。貞觀初，縣令元伯武自南山口引水北流入城，城南當建有池館之屬。今日全爲農田，惟仍有渠水傍城西北流，灌溉沿渠農田。　幽興：幽隱深遠之意趣也。杜甫《陪鄭廣文遊何將軍山林》詩：「平生爲幽興，未惜馬蹄遥。」按幽，或訓隱，或訓深，或訓遠。《荀子·正論》「上幽險則下漸詐矣」注：「幽，隱也。」《詩·小雅·伐木》「出自幽谷」箋：「幽，深。」《詩·小雅·斯干》「幽幽南山」箋：「幽幽，深遠也。」　侍御：即侍御史，唐御史臺官名。初，周天子之侍從僕役稱侍御，蔡沈所謂「侍，給侍左右者，御，車御之官」。周官有御史，掌贊書而授法令，與後世異。秦漢改爲糾察之任，後代因之，而廢置不常。唐貞觀初以法治天下，重憲官，御史乃爲雄要。天寶後軍幕佐吏亦有帶侍御史銜者，然非御史臺之正員也。　長史：唐於各都督府、都護府、親王府、上州、中州均設長史，品秩不一。《通典·職官總論·郡佐》：「王府長史理府事，餘府通判而已。」虢州長史，州之上佐。按，長，知丈切，上聲，列於首位曰長，如長子、長兄、縣長。史，府吏也。　詩云：「故人佐戎軒，逸翮凌雲霓，行軍在函谷，兩度聞鶯啼。」戎軒當指節度使幕，函谷屬陝虢華節度，後改陝西節度。《舊唐書·肅宗紀》乾元二年三月，「以河西節度副使來瑱爲陝州刺史，充虢華節度、潼關防禦團練等使」。兩度鶯啼，已歷二春，此詩似作於上元元年。詩有荷葉，時已入夏，其年四月節度使已爲郭英乂，則閻某已歷二使也。

〔二〕淒淒：涼雨下落貌。《九章·悲回風》「涕泣交而淒淒兮」注：「淒淒，流貌。」洪興祖補注：「淒，寒涼也。」按，淒本寒冷義，《左傳》昭公四年「春無淒風」，向秀《思舊賦》「寒冰淒然」，潘岳《懷舊賦》「晨風淒以激冷」皆同。此詩爲夏日，但謂涼耳。淒亦作淒，《詩·小雅·大東》「秋日淒淒」注：「淒淒，涼風也。」

〔三〕愛魚鳥：嵇康《與山巨源絶交書》：「遊山澤，觀魚鳥，心甚樂之，一行作吏，此事便廢。」

〔四〕徇微官：干微禄求末官也。徇，求也。《鵩鳥賦》「貪夫殉財兮烈士殉名」《文選》李善注：「列子云，胥士之殉名，貪夫之殉財，天下皆然，不獨一人。司馬彪曰，殉，營也。瓚曰，以身殉物曰殉。」《漢書·賈誼傳·鵩鳥賦》殉作徇，《史記·伯夷列傳》引賈誼言亦作徇，二字古通。張守節注《伯夷傳》：「徇，求也。」

〔五〕心賞：内心喜悦之也。謝靈運《石室山詩》：「靈域久韜隱，如與心賞交。」謝脁《京路夜發詩》：「文奏方盈前，懷人去心賞。」　睽：乖也，離也。《易·序卦》：「家道窮必乖，故受之以睽，睽者，乖也。」《後漢書·馬融傳·廣成頌》：「睽孤封剌」注：「睽，離也。」

〔六〕幽棲：隱遁幽居之地也。謝靈運《鄰里相送至方山》詩：「資此永幽棲，豈伊年歲别。」丘遲《旦發魚浦潭》詩：「信是永幽棲，豈徒暫清曠。」《國語·越語上》「勾踐棲於會稽」韋昭注：「山處曰棲。」

〔七〕藥畦：花圃也。唐人種藥不在治病，多爲賞花。于邵《遊李校書花藥園序》：「君子盡心於藥焉，……種藥不知斯池幾十步，……花發五色，色帶深淺，蘂生一香，香有近遠，色若錦繡，酷如芝蘭，動皆襲人，静則奪目，此李公及時之適也。」可知花藥園爲賞花之色與香也。王建《九仙公主舊居》詩：「野牛行傍澆花井，本主分將灌藥畦。」姚合《武功縣中作》詩：「遶舍惟藤架，侵階是藥畦。」此皆謂花圃也。

〔八〕胡塵句：唐肅宗乾元二年（七五九）三月，史思明殺安慶緒於鄴城，四月自立爲大燕皇帝，九月襲取汴、鄭、洛陽，十二月遣李歸仁寇陜州，遂交戰於崤山一帶。詩所言當指此。

〔九〕二陜：謂陜州一帶。《公羊傳》隱公五年：「自陜而東者，周公主之；自陜而西者，召公主之。」因二公分陜而治，故稱二陜。鼓鼙：鳴鼓擊鼙，軍聲也。《禮記・樂記》：「鼓鼙之聲讙，讙以立動，動以進衆。君子聽鼓鼙之聲，則思將帥之臣。」鼓大鼙小，木圓爲框，中空，上冒以皮。《周禮・春官・籥章》「掌土鼓」注：「以瓦爲匡，以革爲兩面，可擊也。」則不僅有木框也。《文獻通考》卷一三六引《司馬法》：「千人之師執鼙，萬人之師執大鼓。」

〔一〇〕戎軒：兵車也，此代指軍府。《文選・陸機・漢高祖功臣頌》：「戎軒肇跡，荷策來附。」魏徵《述懷》詩：「中原初逐鹿，投筆事戎軒。」按，軒，《説文》云「曲輈藩車」，輈，轅也，單轅上曲，旁駕兩馬。藩，屏蔽也，即有箱者也。

〔一一〕逸翮：迅疾善飛之翅也。郭璞《遊仙詩》：「逸翮思拂霄，迅足羨遠遊。」李善注：「逸，迅。」范雲《古意贈王中書》：「逸翮凌北海，摶飛出南皮。」按，逸本逃遁義，從辵、兔，後轉奔義、迅疾義。雲霓：謂雲霄也。《文選·宋玉·對楚王問》：「鳳凰上擊九千里，絶雲霓，負蒼天，翱翔乎杳冥之上。」

〔二〕函谷：泛指函谷路及關城也。《元和志》卷六陜州靈寳縣引《西征記》：「函谷關城，路在谷中，深險如函，故以爲名。其中劣通，東西十五里，絶岸壁立，崖上柏林蔭谷中，殆不見日。關去長安四百里，日入則閉，鷄鳴則開，秦法也。東自崤山，西至潼津，通名函谷，號曰天險，所謂秦得百二也。」

〔三〕浮沉、雲泥句：岑參時爲虢州長史，杜甫所謂「半刺已翺翔」者是。閻侍御爲節度使佐吏，官秩視長史並不爲高，似不可爲如是語。此或以閻某受節度使命因公莅州，且又將入朝，聲勢不凡，乃有此嗟歎也。

〔四〕關城鷄：秦法，鷄鳴則開關，此用孟嘗君事。《史記·孟嘗君列傳》：「孟嘗君至關，關法鷄鳴而出客。孟嘗君恐追至，客之居下座者能爲鷄鳴，而鷄齊鳴，遂發傳出。」

送青龍招提歸一上人遠遊吴楚别詩①〔一〕

久交應真侣〔二〕，最歎青龍僧。棄官向二年，削髮歸一乘〔三〕。了然瑩心身〔四〕，潔念樂空寂②〔五〕。名香泛窗户〔六〕，幽磬清曉夕③〔七〕。往年仗一劍，由是佐二庭〔八〕。於焉久從戎〔九〕，兼復解論兵。世人猶未知，天子願相見。朝從青蓮宇〔一〇〕，暮入白虎殿〔一一〕。宮女擎錫杖〔一二〕，御筵出香爐〔一三〕。說法開藏經〔一四〕，論邊窮陣圖〔一五〕。忘機厭塵喧〔一六〕，浪迹向江海。思師石可訪〔一七〕，惠遠峰猶在〔一八〕。今旦飛錫去〔一九〕，何時持鉢還〔二〇〕。湖煙冷吳門，淮月銜楚山。一身如浮雲，萬里過江水。相思眇天外④〔二一〕，南望無窮已。

【校勘記】

①〔送青龍〕《唐詩紀》無送字。②〔樂空寂〕底本注：樂一作落。③〔幽磬〕底本注：磬一作境。④〔眇天外〕宋本注：外一作末。

【箋注】

〔一〕青龍招提：青龍寺，在長安新昌坊。本隋靈感寺，唐景雲二年改名青龍寺。見《長安志》。招提：即寺院。《釋氏要覽》上：「《增輝記》：梵云拓鬬提奢，唐言四方僧物。但筆者訛拓爲招，去鬬奢，留提，故稱招提，即今十方住持寺院是也。」 歸一：僧人名，生平不詳。張謂有《送青龍一公》詩云：「事佛輕金印，勤王度玉關。」張謂天寶末曾從事封常清幕中，則岑、張之識歸一均在北庭，時歸一從軍在邊也。 上人：對僧人之尊稱。《釋氏要覽》上：「《摩訶般若經》云：何名上人？佛言菩薩一心行阿耨菩提，心不散亂，是名上人。……古師云，内有智德，外有勝行，在人之上，名上人。」 吳楚：泛指今長江下游一帶。吳，周太伯避季歷居於句吳，周武王即其地封之，在今蘇州、無錫之地。後勾踐滅吳，地入於越。六傳至越王無彊，伐楚，楚威王敗之，盡取吴地至浙江，地入於楚，故楚霸王得有江東子弟八千人也。楚，本荆蠻之地，齊桓公之世楚始大，北滅鄧、申，爲大國。春秋末滅陳，戰國時又滅魯，取吴，地盡江淮，終亡於秦。長江下游戰國楚地也。詩言衡山、廬山、淮水，亦楚地也。《史記·貨殖列傳》：「彭城以東，東海、吴、廣陵，此東楚也。」南郡至淮北爲西楚，江南爲南楚也。　此詩作於歸一棄官爲僧之後，又能泛淮水而下，當在廣德年間。

〔二〕應真：謂羅漢。《出三藏記集》一：「舊經：無著果，亦應真。新經：阿羅漢，亦言阿羅訶。」歸一既入佛門，故謂應真侣，即羅漢之伴侣也。

〔三〕削髮：入佛門須剃髮去鬚。《因果經》二：「爾時太子便以利劍自剃鬚髮，即發願言，今落鬚髮，願與一切斷除煩惱以及習障。」《大智度論》四十九：「破憍慢者，是菩薩出家持戒説法，能斷衆疑。……剃頭著染衣，持鉢乞食，是破憍慢法。」僧人但除鬚髮，他毛不除。　一乘：佛家語，謂大乘法載人達涅槃之境者也。《妙法蓮華經·方便品》：「十方佛土中，惟有一乘法，無二亦無三，除佛方便説。……自證無上道，大乘平等法，若以小乘化，乃至於一人。」《寶雲經》：「一切諸乘皆出大乘，是故一乘名如來大乘。」

〔四〕了然：了悟一切也。沈佺期《紹龍寺》詩：「了然究諸品，彌覺静者安。」《資治通鑑》卷七十二魏明帝青龍元年，孫權欲伐遼東，選曹尚書陸瑁上疏：「若實了然無所憑賴，其畏怖遠迸，或難卒滅。」注：「了然，猶言曉然也。」　瑩：明也。揚雄《太玄經·玄攡第九》：「一生一死，性命瑩矣。」注：「瑩，明也。」瑩本玉色，轉而爲明。左思《招隱詩》「前有寒泉井，聊可瑩心神」李善注引《廣雅》曰：「瑩，磨也。」此恐未洽，寒泉使心神明净也。

〔五〕空寂：佛家語，無法相曰空，無起滅曰寂。《維摩詰所説經·佛國品》：「悉知衆生來去相，善於諸法得解脱，不著世間如蓮華，常善入於空寂行。」《心地觀經》一：「今者三界大導師，座上跏趺入三昧，獨處凝然空寂舍，身心不動入須彌。」

〔六〕名香：貴重之熏香。《本草綱目》卷十八薰草：「時珍曰：古者燒香草以降神，故曰薰、曰蕙。薰者，熏也，蕙者，和也。」後世亦燒檀香。《本草綱目》卷三十四檀香：「頌曰：檀香有數種，黄、白、紫之異，今人盛用之。江淮河朔所生檀木即其類。」

〔七〕磬：天竺無鐘磬，凡敲擊發聲以集衆者曰犍稚，稚亦譯爲椎、槌。中國古樂之磬，形如曲尺，質爲玉石，編而懸之爲編磬，獨懸爲特磬。佛入中國，乃製銅磬，非古樂之磬，亦非犍稚也。《文獻通考》卷一三四銅磬、銅鉢：「銅磬，梁朝樂器也，後世因之，方響之制出焉。今釋氏所用銅鉢亦謂之磬，蓋妄名之耳。齊梁間文士擊銅鉢賦詩，亦梵磬之類，胡人之樂也。」又：「梁有銅磬，蓋今方響之類也。方響以鐵爲之，修八寸，廣二寸，圓上方下，架如磬而不設業，倚於架上以代鐘磬。」業，大板，樂器飾物，《詩·周頌·有瞽》「設業設虡」。又鐵磬，「南齊之器，初，宫城初却敵，鼓樓用鼓磬，夜以應更唱。太祖以鼓多驚寢，遂易以鐵磬，其更鼓之變歟？」今寺廟中之磬，亦多鐵磬，其形如鉢，或齊梁遺制也。

〔八〕二庭：二庭之稱有四，各不相同，極易混淆。此詩所云，乃用車師國前王庭、後王庭之二庭，相當於唐西州、伊州、庭州之地，即北庭節度使轄區也。岑參、歸一、張謂從事北庭幕府，即此二庭。《新唐書》郭子儀從子昕至德間爲安西四鎮留後，建中二年與北庭節度使曹令忠遣使入朝，德宗詔曰：「四鎮二庭，統西夏五十七部落，自關隴失守，王命阻絶，忠義之士，泣血固守。」此二庭即謂北庭也。駱賓王《夕次蒲類津》詩「二庭歸望斷」，賓王所至爲庭州，亦車師後王庭地，與岑詩二庭義同。後漢之世，匈奴分爲南北二部，各有王庭，亦稱二庭，其地在今内、外蒙古之地，與車師之二庭不同。西突厥統一時，又有南、北二庭，即《通典》卷一九九所云：「自焉耆西北七日行至其南庭，又正北八日行至其北庭。」此二庭在車師國二庭之西，《岑參集校注》以此釋岑詩之二庭，頗失考。後西突厥又分裂爲二部，咄陸建牙於鏃曷山西，謂之北庭；沙鉢羅建牙於睢合水北，謂之南庭。此又一二庭，在以上二庭之西，明陳繼儒《枕譚》以此釋駱賓王之二庭，則更謬矣。

〔九〕於焉：於是也。《左傳》襄公三十年，「安定國家，必大焉先。」注：「必大是先也。」

〔一〇〕青蓮宇：泛指佛寺。青蓮華爲梵地蓮華之一種，蓮出污泥而不染，有香氣，性清净，因以喻菩薩。見《寶雲經》一。故佛有蓮華如來、佛土有蓮華世界等稱。此以青蓮華之宇稱佛寺，亦其義也。

〔一一〕白虎殿：漢未央宫有白虎殿，爲漢天子布政議事之所。此喻唐帝宫。

〔一二〕錫杖：僧人所持之杖，以木爲之，頭及脚飾以鐵器，振時錫錫作聲。《釋氏要覽》中：「錫杖，梵云隙棄羅，此云錫杖，由振時作錫聲故。……若二股六環，是迦葉佛製；若四股十二環，是釋迦佛製。」《得道梯橙錫杖經》：「是錫杖者，名爲智杖，亦名德杖。彰顯聖智，故名智杖。行功德本，故曰德杖。」持杖戒律甚多，不得前却，不得擔肩，見佛像不得有聲，不得持杖入衆，過午不出等。而其初意，亦爲防毒蟲、助老衰也。

〔一三〕香爐：宫殿中燎香之爐。《宋景文筆記》上：「余昔領門下省，會天子排正仗，吏供洞案者，設於前殿兩螭間，案上設燎香爐。」此詩所言，則唐世非朝會時，天子召見亦有香爐之設，蓋欲使氣味芬芳也。

〔一四〕説法：講演佛法也。《正法念處經》六十一：「所謂説法，説一切布施法，説衆善法。」《大智度論》四十九：「菩薩出家持戒説法，能斷衆疑。」　藏經：佛經之總稱。《隋書·經籍志》載，梁武帝於華林園中總集釋氏經典五千四百卷，此乃佛經有藏之始。《南史·姚察傳》有讀一藏經之説。後世稱佛經之總匯曰藏經。

〔一五〕陣圖：軍陣之圖。世傳諸葛亮曾作八陣圖，以四川奉節長江灘中最有名，另外陝西沔縣、四川新都亦有之。宋太宗雍熙三年曾賜諸將陣圖，則古有陣圖傳世也，今則不聞。

〔一六〕忘機：不存機心，離世俗之争。《送王著赴淮西幕府作》所謂「不知有機巧，無事干心胸」者是。

〔一七〕思師：即慧思，一作惠思，俗姓李，隋武津（今河南上蔡）人。幼夢梵僧勸令出家，乃辭親入道。

後去南嶽衡山，值林泉佳處曰，此古寺也，掘之得殿基、僧器。又謂石下曰，吾此坐禪，爲賊所殺，掘之得遺骸。乃於其處建塔，名三生塔。見唐釋道宣《續高僧傳》十七。

〔一八〕惠遠：晋高僧，俗姓賈，雁門婁煩人。師事釋道安於恒山。後遊潯陽，樂廬山清净而居之，刺史桓伊廣其房舍。居山三十餘年不下山，送客以虎溪爲界。見梁慧皎《高僧傳》卷六。惠遠峰即指廬山。

〔一九〕飛錫：僧人出遊之美稱。《釋氏要覽》下：「今僧遊行嘉稱飛錫。此因高僧隱峰遊五臺，出淮西，擲錫飛空而行也。若西天得道僧，往來多是飛錫。」按，《宋高僧傳》云，隱峰於元和中遊五臺，過淮西，吴元濟阻兵，乃擲錫空中，飛身冉冉而去。事在中唐，當非出典。大唐千福寺僧名飛錫，天寶初遊京師。岑參此詩在廣德間作。晋孫綽《遊天台山賦》「應真飛錫以躡虚」：知飛錫不因隱峰也。

〔二〇〕鉢：僧人食器。《釋氏要覽》中：「梵云鉢多羅，此云應器，今略云鉢也，又呼鉢盂，即華梵兼名也。」鉢有瓦鉢、鐵鉢等。

〔二一〕眇：遠也。《九章·哀郢》「眇不知其所蹠」注：「眇猶遠也。」陸機《擬行行重行行》：「遊子眇天末，還期不可尋。」

送李翥遊江外〔一〕

相識應十載，見君只一官。家貧禄尚薄，霜降衣仍單。惆悵秋草死，蕭條芳歲闌①〔二〕。且尋滄洲路〔三〕，遥指吴雲端②。匹馬關塞遠〔四〕，孤舟江海寬。夜眠楚煙濕，曉飯湖山寒。砧净紅鱠落〔五〕，袖香朱橘團。帆前見禹廟〔六〕，枕底聞嚴灘〔七〕。便獲賞心趣〔八〕，豈歌《行路難》〔九〕。青門須醉别〔一〇〕，少爲解征鞍。

【校勘記】

①〔芳歲〕張遜業本芳作方。②〔遥指〕宋本注：指一作望。

【箋注】

〔一〕李翥：天寶初爲單父尉，高適其時遊單父，有《觀李九少府翥樹宓子賤碑》詩。天寶十載、十一載爲京兆府士曹，岑參有《題李士曹廳壁畫度雨雲》詩，高適有《同李九士曹觀壁畫雲作》詩。至德二載爲淮南節度使判官，高適《賀安禄山死表》有「謹遣攝判官李翥奉表陳賀以聞」。此後行事失考。　《岑詩繫年》以此詩在天寶十一載，恐未當。該年李翥已曾爲單父尉、京兆府士曹二官，與詩言「只一官」不合。李翥爲京兆府士曹時屢與文士宴遊，與詩言禄薄、衣單亦不合。高適天寶三載詩《登子賤琴堂賦詩三首》序有甲申歲，而《觀李九少府翥樹宓子賤碑》詩稱「吾友吏此邑」，則二人初交必在此前。高詩《秦中送李九赴越》有「禹穴」，與岑詩禹廟同，知二人乃同時相送。高詩「攜手望千里，於今將十年」，與岑詩「相識應十載」亦同，則高、岑、李初交應同時。高、岑行迹可考者，惟開元二十三、四、五數年間，岑居潁陽，高居箕山下，高與岑二十有交往，當爲岑參諸兄。高、岑初交當在此時，同與李翥相識亦僅在此時。十載之後，約在天寶四五載間，乃又於秦中同送李翥也。

〔二〕蕭條：零落寂寥也。《楚辭·遠遊》：「山蕭條而無獸兮，野寂寞其無人。」注：「溪谷寂寥而少禽也。」《文選·西都賦》「原野蕭條，目極四裔」，義同。《淮南子·齊俗訓》「蕭條者形之君，而寂寞者音之主也」；《世説新語·品藻》周伯仁（顗）云，「蕭條方外，亮不如臣，從容廊廟，臣不如亮」：以上則另有義也。　芳歲：華年也。鮑照《和王護軍秋夕詩》：「泉涸甘井竭，節徒芳歲殘。」徒者空無一物，意即蕭條，蓋謂華年將終也。芳歲另有正月、春日等義，不贅。

〔三〕滄洲：水濱之地，隱者所居。梁陸雲公《泰伯碑》：「滄洲遁迹，箕山辭位。」阮籍《爲鄭沖勸晋王牋》：「臨滄洲而謝支伯，登箕山而揖許由。」舜讓天下於子洲支伯，不受，隱於水濱。堯讓天下於許由，不受，隱於箕山。李翥此時似去官出遊也。

〔四〕關塞：邊關要塞也。《墨子·號令》：「守邊城關塞，備蠻夷之勞苦者。」《漢書》賈山《至言》：「昔者秦……築長城以爲關塞。」按，關，《説文》謂「以木横持門户也」，《周禮·地官·司關》注謂「界上之門」。塞，險要處也，《禮記·月令》有「完要塞」，《史記·秦始皇本紀》太史公言引賈誼論秦有「繕津關，據險塞」。

〔五〕紅鱠：以酒漬鯽魚成紅色，作膾。《提要録》：「法鯽，須得鯽之大者，腹間微開小竅，以椒塗馬芹實其中，每一斤用鹽二兩，油半兩，擦窨三日，外以法酒漬之入瓶，石灰棉蓋封之一月，紅色可膾。」

〔六〕禹廟：載籍均言，禹南巡越，死葬會稽。《漢書·地理志》會稽郡山陰縣：「會稽山在南，上有禹冢、禹井。」《史記·夏本紀》注引《皇覽》：「禹冢在山陰縣會稽山上，會稽山本名苗山，在縣南，去縣七里。」又引《括地志》：「禹陵在越州會稽縣南十三里，廟在縣東南十一里。」山陰、會稽，即今浙江紹興。

〔七〕嚴灘：即嚴陵瀨，在浙江桐廬縣南桐江上。漢嚴光字子陵，少與光武帝同遊學，及光武即位，光變姓名隱居富春山，其垂釣處後人名爲嚴陵瀨。瀨與七里瀨相接，江上有一十九灘，水流湍急，灘聲可聞。今爲富春江水庫淹没。

〔八〕賞心趣：欣賞於心之樂趣也。謝靈運《擬魏太子鄴中集詩序》：「天下良辰、美景、賞心、樂事，四者難並。」賞心與心賞略同，參見《虢州郡齋南池幽興因與閻二侍御道别》詩注〔四〕。

〔九〕《行路難》：樂府雜曲名，《樂府詩集》引《樂府解題》曰：「《行路難》，備言世路艱難及離别悲傷之意，多以君不見爲首。」

〔一〇〕青門：漢長安城東出南頭第一門，本名霸城門，俗以其色青，名曰青門。見《三輔皇圖》。唐長安城在漢城東南，其東門自北而南爲通化門、春明門、延興門，並無青門之名，此蓋借用漢名。

送王著赴淮西幕府作①〔一〕

燕子與伯勞〔二〕，一西復一東。天空信寥廓〔三〕，翔集何時同？知己悵難遇，良朋非易逢。

憐君心相親，與我家又通〔四〕。言笑日無度，書劄凡幾封〔五〕。湛湛萬頃陂②〔六〕，森森千丈松〔七〕。不知有機巧〔八〕，無事干心胸〔九〕。滿堂皆酒徒，豈復羨王公。早年抱將略〔一〇〕，累歲依幕中。昨者從淮西，歸來奏邊功。承恩長樂殿③〔一一〕，醉出明光宫〔一二〕。逆旅悲寒蟬〔一三〕，客夢驚飛鴻。發家見春草，却去聞秋風。月色冷楚城，淮光透霜空。各自務功業，當須激深衷〔一四〕。别後能相思，何嗟山萬重④。

【校勘記】

①〔詩題〕宋本作《送王著作赴淮西幕府》。②〔萬頃陂〕《唐音統籤》陂作波。③〔承恩〕底本承作乘，宋本同。此從《唐詩紀》。④〔山萬重〕《唐詩紀》、銅活字本萬作水。

【箋注】

〔一〕王著：生平未詳。　淮西：節度使府名，始置於唐肅宗至德元載十二月，領弋陽、潁川、滎陽、義陽、汝南五郡。其後轄區屢變，治所亦屢更。初治許州，乾元元年改鄭州，二年改壽州，上元二年改安州，大曆八年改蔡州，十一年改汴州，十四年又改蔡州。此詩所言當謂鄭州。《岑詩繫年》雖繫此詩於乾元元年，而以「奏邊功」爲至德二載二月永王璘敗死事，《岑參集校注》以「奏邊功」爲永王璘敗死事，而以詩爲至德二載秋作，均有不妥。自至德二載二月至乾元元年，一年後方奏永王璘敗死事，必非是，此特等大事，必不能拖延至此也。永王璘兵敗於淮南采訪使李成式部下，奔鄱陽，爲江西採訪使皇甫侁擒殺，均與淮西無涉。淮南、江西不奏而由淮西代奏，亦當無是理。乾元元年春安慶緒敗退河北，河南各地均光復，「發家見春草」，當爲奏安慶緒敗退、河南汴鄭光復之事。「却去聞秋風」，當爲乾元元年九月命九節度討安慶緒，須回節度傳此命令也。詩當作於乾元元年秋。

〔二〕伯勞：鳥名。古人所謂伯勞，異説有九，莫知所從。《本草綱目》卷四十九，李時珍曰：「伯勞即鷃（按，當作鵙）也，夏鳴冬止，乃月令候時之鳥。《本草》不著形狀，而後人無識之者。……今之苦鳥，大如鳩，黑色，以四月鳴，其鳴曰苦苦，又曰苦惡。俗以爲婦被其姑苦死所化。」時珍所言，今河南南陽鄉人呼爲苦婁、苛婁，蓋以鳴聲名之也。俗謂苦婁不築巢，而産卵於班鳩巢中，小苦婁出生後，常推墜鳩雛而獨享鳩母之撫育也。此鳥與燕子同時來去，恐非古詩之伯勞也。或謂伯勞背灰褐色，非黑鳥，體長六七寸，有小鈎嘴，尾略長，能捕食蟲魚小鳥。秋日以獵物儲於棘刺者也。《玉臺新詠》卷九《東飛伯勞歌》有「東飛伯勞西飛燕」句，謂兩鳥不同時，用喻離別也。

〔三〕寥廓：空曠也。《楚辭·遠遊》「上寥廓而無天」注：「空無形也。」《漢書》司馬相如《難蜀父老文》「猶焦朋之翔乎寥廓」注：「師古曰，寥廓，天上寬廣之處。」焦朋，假借爲鷦鵬。

〔四〕家又通：謂通家之好，世交也。《後漢書·孔融傳》融謂李膺曰：「我是李君通家子弟，……融與君累世通家。」

〔五〕書劄：即書札，謂信函也。古詩：「客從遠方來，遺我一書札。」《説文》有札而無劄，宋人有劄子，謂奏事之文，札記亦作劄記，故疑書劄字亦宋人刊印所改也。

〔六〕湛湛：《楚辭·九章·哀郢》「忠湛湛而願進兮」注：「湛湛，深厚貌。」或云浸潤貌。宋玉《招魂》：「湛湛江水兮上有楓，目極千里兮傷春心。」注：「湛湛，水貌。」蓋謂江水深且廣也。萬頃陂：謂器量深宏。《後漢書·郭太傳》：「獎拔士人，皆如所鑒。」注：「《謝承書》曰：初，太始至南州，過袁奉高，不宿而去；從（黄）叔度，累日不去。或以問太。太曰：奉高之器，譬之氿濫，雖清而易挹。叔度之器，汪汪若千頃之陂，澄之不清，擾之不濁，不可量也。」范曄父名泰，乃改郭泰爲郭太。《世説新語》作萬頃之陂。

〔七〕森森千丈松：《世説新語·賞譽》：「庾子嵩目和嶠，森森如千丈松，雖磊砢有節目，施之大厦，有棟梁之用。」此謂高拔也。陸機《文賦》「發青條之森森」，沈約《憫國賦》「矛森森而密竪」，孫綽《遊天台山賦》「被毛褐之森森」，則謂豐密也。

〔八〕機巧：《莊子·天地》：「功利機巧，必忘夫人心。」此謂人心不純樸也。江淹《雜體詩張廷尉綽》：「亹亹玄思清，胸中去機巧。」

〔九〕干心胸：《國語·晋語四》：「信於名，則上下不干。」注：「干，犯也。」

〔一〇〕將略：統兵之謀略也。《後漢書·耿秉傳》：「能説司馬兵法，尤好將帥之略。」《三國志·蜀·諸葛亮傳評》：「連年動衆，未能成功，蓋應變將略，非其所長歟？」

〔一一〕長樂殿：即長樂宫，本秦興樂宫，漢高祖增飾居之改名，在漢長安城東隅。未央宫在其西，惠帝始居之。此以漢喻唐。

〔二〕明光宫：漢有三明光宫。一在甘泉宫中，在今陝西淳化縣西北甘泉山。一在北宫，與長樂宫相連。一爲尚書奏事之所。説見《雍録》。此亦借漢喻唐。

〔三〕逆旅：迎客之館也。《左傳》僖公二年，「虢爲不道，保於逆旅。」注：「逆旅，客舍也。」《國語·晋語五》：「陽處父如衛，過寧，舍於逆旅寧嬴氏。」注：「旅，客也，逆客而舍之也。」　寒蟬：色黑，翅透明，長近寸，晚夏生，秋日鳴。李時珍曰：「未得秋風則瘖不能鳴。」又名玄蟬，一名蜺，又名寒螿。

〔四〕激深衷：發揚素志也。按，激，揚也。《後漢書·班彪傳論》「不激詭，不抑抗」注：「激，揚也。」深衷，内心之誠意。《晋書·閔王丞傳》答甘卓書：「嘉謀英算，發自深衷。」

送張祕書充劉相公通汴河判官便赴江外覲省〔一〕

前年見君時，見君正泥蟠〔二〕。去年見君處，見君已風摶〔三〕。朝趨赤墀前〔四〕，高視青雲端。新登麒麟閣〔五〕，適脱獬豸冠〔六〕。劉公領舟楫，汴水揚波瀾。萬里江海通，九州天地寬〔七〕。昨夜動使星〔八〕，今旦送征鞍。老親在吴郡〔九〕，令弟雙同官。鱸鱠剩堪憶〔一〇〕，蓴羹殊可餐。既參幕中畫，復展膝下歡〔一一〕。因送故人行，試歌《行路難》〔一二〕。何處路最難？最難在長安。長安多權貴，珂珮聲珊珊〔一三〕。儒生直如弦〔一四〕，權貴不須干〔一五〕。斗酒取一醉〔一六〕，孤瑟爲君彈①〔一七〕。臨歧欲有贈，持以握中蘭〔一八〕。

【校勘記】

①〔孤瑟〕底本注：瑟一作琴。

【箋注】

〔一〕張祕書：名不詳。　祕書：乃祕書郎之簡稱。或謂亦指監、丞，恐非是。如任希古《和長孫祕監七夕》詩，宋之問《傷王七祕書監呈揚州陸長史》詩，孟郊《哭祕書包大監》詩，劉禹錫《祕書崔少監見示墜馬長句》詩，李端《早春雪夜寄盧綸兼呈祕書元丞》詩等，對監、丞均不省稱祕書。元稹《酬盧祕書》詩序曰：「予自唐歸京之歲，祕書郎盧拱作喜遇白贊善學士詩二十韻，兼以見貽。」題稱祕書，序稱祕書郎也。唐祕書省設祕書郎四人，開元末減一人，從六品上，掌甲、乙、丙、丁四部圖籍，分判校寫工程事。　劉相公：劉晏（七一六—七八〇）曹州南華人，唐代著名理財家。舉神童，歷祕書省正字、夏縣令、州刺史、河南、京兆尹、户部侍郎。廣德元年遷吏部尚書，同平章事。二年坐與程元振交通，罷相，爲太子賓客。三月爲河南、江、淮以來轉運使，議開汴水。累遷左僕射。楊炎爲相，誣晏謀反，誅，家屬徙嶺表，天下冤之。《唐書》有傳。　汴河：爲今已堙塞之古河道。唐時汴河由黄河引出爲滎澤，東經鄭、汴、宋、亳、宿等州而入淮，再至江南，爲漕運所經。　江外：泛指江南。《資治通鑑》卷一七六陳長城公禎明二年三月，隋主「仍散寫詔書三十萬紙，徧諭江外」。胡三省注：「中原以江南爲江外。」此詩作於廣德二年。

〔二〕泥蟠：謂龍盤曲於泥中不能飛騰，喻不得志。漢班固《答賓戲》：「夫泥蟠而天飛者，應龍之神也；先賤而後貴者，和隋之珠也。」

〔三〕風摶：乘風而上。《莊子·逍遥遊》：「鵬之徙於南冥也，水擊三千里，摶扶摇而上者九萬里。」扶摇，暴風自下而上，旋風也。

〔四〕赤墀：即丹墀，見《送許拾遺恩歸江寧拜親》詩注〔一四〕。

〔五〕麒麟閣：殿閣名。《三輔黄圖》六引《廟記》云：「麒麟閣，蕭何造。漢宣帝思股肱之美，乃圖霍光等十一人於麒麟閣。」又引《漢宫·殿疏》云：「天禄麒麟閣，蕭何造，以藏秘書、處賢才也。」《漢書·蘇武傳》注引張晏曰：「武帝獲麒麟時作此閣，圖畫其像於閣，遂以爲名。」程大昌《雍録》以爲晏説是，然疑莫能明矣。此詩用喻祕書省。

〔六〕獬豸冠：御史冠名。《後漢書·輿服志》：「法冠，一曰柱後。高五寸，以纚爲展筩，鐵柱卷，執法者服之，侍御史、廷尉正監平也。或謂之獬豸冠。獬豸，神羊，能别曲直，楚王嘗獲之，故以爲冠。」

〔七〕九州：中國古代分地爲九州，夏、商、周所稱州名有不同。《周禮·夏官·職方氏》：東南曰揚州，正南曰荆州，河南曰豫州，正東曰青州，河東曰兖州，正西曰雍州，東北曰幽州，河内曰冀州，正北曰并州。

〔八〕使星：古人以爲皇帝使者上應天象，因名。《宋史·天文志》：「天節八星，主使臣持節宣威四方。」《後漢書·李郃傳》：「和帝即位，分遣使者，皆微服單行，各至州縣，觀採風謡。使者二人當到益部，投郃候舍。時夕露坐，郃因仰觀，問曰：二君發京師時，寧知朝廷遣二使邪？二人默然，驚相視曰：不聞也。問：何以知之？郃指星示云：有二使星向益州分野，故知之耳。」

〔九〕吴郡：後漢順帝永建四年，分會稽郡置吴郡，後世因之。唐吴郡即蘇州，治吴縣，下有長洲、嘉興、崑山、常熟、海鹽、華亭等縣。

〔一〇〕鱸鱠：鱸魚所成之膾也。《本草綱目》卷四十四，時珍曰：「黑色曰盧，此魚白質黑章，故名。……四五月方出，長僅數寸，狀微似鱖而色白有黑點，巨口細鱗，有四鰓。……《南郡記》云，吴人獻松江鱸鱠於隋煬帝，帝曰，金虀玉鱠，東南佳味也。」

〔一一〕剩：同賸，更加也。《説文》：「賸，物相增加也。」

〔一二〕膝下：謂孩幼之時也。《孝經·聖治章》：「故親生之膝下，以養父母日嚴。」注：「親猶愛也，膝下謂孩幼之時也。」

〔一三〕《行路難》：見《送李翥遊江外》詩注〔九〕。

〔一三〕珂珮：珂，馬勒飾物，貴官用之。《舊唐書·職官志》禮部郎中：「凡百僚冠、笏、繖幰、珂珮，各有差。」舊説以珂爲玉珮之一，誤。《初學記》卷二十二鞍條引服虔《通俗文》曰：「凡勒飾曰珂。」張華《輕薄篇》：「文軒樹羽蓋，乘馬鳴玉珂。」《舊唐書·輿服志》：「馬珂，一品以下九子，四品七子，五品五子。」可知珂用於馬，非用於人也。雖有玉珂之名，而實多爲貝製。宋羅願《爾雅翼》卷三十一貝條：「古者貨貝而寶龜，周則有泉，至秦廢貝而行錢。……今此物等既不復爲貨，晋宋間尤以飾軍容服物。蓋《魯頌》稱戎之盛，有貝胄朱綅，則以貝爲飾舊矣。……大者爲珂，黄黑色，其骨白，可以飾馬。蓋以此等飾，非特取其容，兼取其聲也。」漢人亦以貝爲馬珂。《西京雜記》卷二：「或一馬之飾直百金，皆以南海白蜃爲珂。」蜃，大蛤貝也。明周祈《名義考》云：「以貝飾馬勒謂之珂，其骨白，謂之白玉珂，非真玉也。」僅以貝爲馬勒之飾，似有未備。魏文帝《馬瑙勒賦》：「馬瑙，玉屬也。……或以繫頸，或以飾勒。」盗發張駿墓，有珊瑚鞭，馬瑙黄金勒。漢武帝時，身毒國獻連環羈，馬瑙石爲勒，白光琉璃爲鞍。則馬瑙石亦可飾勒也。

珮：一作佩，貴官繫於帶上之飾物，以玉爲之。《釋名·釋衣服》：「佩，倍也，言其非一物，有倍貳也。有珠、有玉、有容刀、有帨巾、有觿之屬也。」《禮記·玉藻》：「古之君子必佩玉，右徵角、左宫月，趨以采齊，行以肆夏，周還中規，折還中矩，進則揖之，退則揚之，然後玉鏘鳴也。」據《三禮圖》，佩之制，上横曰珩，長五寸，寬一寸。下垂三組，貫以蠙珠，兩端組下懸璜，中組下懸衝牙，行則衝擊兩璜有聲。三組又有交叉之組互相串連，以爲維繫。杜牧《冬至日寄小姪阿宜》詩：「吾家公相後，劍佩常丁當。」珊珊、丁當，均謂珂佩之聲。

〔一四〕直如弦：謂不曲意事人，正直如弓之弦。後漢順帝時，太尉李固以遵直道而幽斃獄中，胡廣、趙成、袁湯等曲事大將軍梁冀，均得封侯。京都童謠曰：「直如弦，死道邊，曲如鈎，反封侯。」

〔一五〕干：求也。《爾雅·釋言》：「干，求也。」

〔一六〕斗酒：斗酒字最早見漢楊惲《報孫會宗書》中「斗酒自勞」。斗酒之量如何，迄無定説。《詩·大雅·行葦》「酌以大斗」，謂盛酒器。斗亦或稱酌水杓，或稱瓢，其量均不多，如今之一碗而已。另説，謂斗米所釀之酒，《夢溪筆談》云，漢人米一斛成酒六斛六斗，宋時好酒一斛秫成酒一斛五斗，唐人「斗酒詩百篇」，折好酒一斗五升。漢斗小於唐斗，僅合宋之二升七合，唐宋斗亦小於清、民國。《爾雅翼》卷十五鸖條，謂卵如三升杯，則宋時酒杯亦以斗、升度之，則斗酒謂唐宋量器一斗之量，非斗米成酒之量也。鸖卵大如今鷄卵一枚半，則宋人一升尚小於今之鷄卵，一斗約合五六枚而已。古無燒酒，水酒一斗重量不過今市秤五兩，即爲好酒，亦難醉人也。《新唐書·隱逸·王績傳》，武德初待詔門下省，「故事，官給酒日三升，或問，待詔何樂邪？答曰：良醖可戀耳。侍中陳叔達聞之，日給一斗，時稱斗酒學士」。三升僅一杯，一斗三枚鸖卵之量也。漢人有飲酒一石不亂者，石亦斛也，爲十斗，約三十枚鸖卵之量，約今之三、四市斤，且酒淡薄，長飲終日，非難能也。《鹽鐵論·散不足》：「十五斗粟得丁男半月之食。」據此，一斗亦僅合今之一市斤耳。

〔一七〕瑟，樂器名，相傳伏羲氏作，原爲五十絃，黄帝改爲二十五絃。或謂初作五絃瑟，後增爲十五絃，再增爲二十三絃，亦云二十七絃。雅瑟長八尺一寸，廣一尺八寸，頌瑟長七尺二寸，廣同雅瑟，此謂漢制也。

〔一八〕蘭：芳草名。《爾雅翼》：「蘭之葉如莎，首春則茁其芽，長五六寸，其杪作一花，花甚芳香……

微風過之，其香藹然達於外。」此即蘭草，李時珍所謂山蘭者也。又有澤蘭，生水旁；建蘭，秋花；木蘭，花如蓮，香如蘭，即木蓮，非草也。

冬宵家會餞李郎司兵赴同州〔一〕

急管雜青絲〔二〕，玉瓶金屈巵①〔三〕。寒天高堂夜，撲地飛雪時。賀君關西掾〔四〕，新綬腰下垂〔五〕。白面皇家郎，逸翮青雲姿。明旦之官去，他辰良會稀。惜别冬夜短，務歡杯行遲〔六〕。季女猶自小②〔七〕，老夫未令歸〔八〕。且看匹馬行，不得鳴鳳飛〔九〕。昔歲到馮翊〔一〇〕，人煙接京師。曾上月樓頭〔一一〕，遥見西嶽祠〔一二〕。沙苑逼官舍〔一三〕，蓮峰壓城池〔一四〕。多暇或自公〔一五〕，讀書復彈棊〔一六〕。州縣信徒勞，雲霄亦可期〔一七〕。應須力爲政，聊慰此相思。

【校勘記】

①〔金屈巵〕底本作屈金巵，此從宋本。　②〔猶自小〕底本猶作由，此從宋本。

【箋注】

〔一〕李郎：名不詳，宗室子，爲岑參子婿。　司兵：州郡佐吏。《通典·職官》總論郡佐：「司兵參軍，漢司隸屬官有兵曹從事史，蓋有軍事則置之，以主兵事。至北齊以後，並同功曹。大唐掌軍防、烽驛、傳送馬、門禁、田獵、儀仗之事。」 同州：唐同州馮翊郡，治馮翊縣，即今陝西大荔。下有朝邑、白水、澄城、韓城、郃陽、河西等縣。 此詩當作於年滿五十歲之後。岑參至德二載四十三歲時有詩稱「四十幸未老」，廣德元年四十九歲時有詩稱「年紀蹉跎四十强」，可知五十歲以前從不言老。此詩言「老夫」，必滿五十歲始可。詩有「飛雪」字，乃冬日，並作於長安家中。安史亂後岑參居長安年份屈指可數。乾元元年四十四歲，不能爲此語，廣德元年不僅自言四十强，且該年十月吐蕃入長安，唐代宗避至陝州，百官星散，岑參亦不能在長安「冬宵家會」。永泰元年十一月出爲嘉州刺史，冬日滯留梁州，不在長安。僅廣德二年冬雖有邊警，而京城無事，其年又滿五十歲，與詩言「老夫」合，乃得於冬日餞李郎赴同州也。又，「急管雜青絲」，家蓄絲竹，必爲五品官之尚書郎中始可。《通典》卷三十五：「天寶七載九月敕，五品以上正員清官、諸道節度使及太守等，並聽常蓄絲竹以展歡娱，行樂盛時，式覃中外。」岑參廣德二年始由員外郎昇爲正郎也。故此詩作於廣德二年冬也。

〔二〕急管：短促之簫笛類樂音。《太平御覽》卷五八〇引蔡邕《月令章句》曰：「管者，形長一尺，圍寸，有孔無底，其器今亡。」此所謂亡，蓋古器形制漸改，後世變通之，即以稱簫笛也。同書引《爾雅》：「大管謂之簫。」鮑照《代白紵曲》：「古稱《緑水》今《白紵》，催絃急管爲君舞。」吴均《與柳惲相贈答》詩：「聞君吹急管，《相思》雜《採蓮》。」 青絲：本指黑色條狀之物，如黑髮之類。岑詩中此字則指琴瑟類樂器，「青絲激潺湲」、「嬌歌急管雜青絲」。然疑青當作清，聲清悠也，與急管、嬌歌對稱。晉王嘉《拾遺記》卷六：「唯日不足樂有餘，清絲流管歌玉凫。」

〔三〕金屈卮：卮，酒杯，漢高帝奉玉卮爲太上皇壽，項羽賜樊噲卮酒彘肩是也，或以金銀爲之。《東京夢華録》卷九：「御筵酒盞皆屈卮，如菜盌樣，而有手把子，殿上純金，廊下純銀。」裴駰引應邵注《史記》云，卮容四升，漢升容量甚小也。卮之形制，後世似無變更。清谷應泰《博物要覽》：「卮，酒器也，義取上窮而危，知節即無危矣，寓戒之之意。其制如人雙耳外垂，又如腰腹翼耳，俗云人面杯者是也。」

〔四〕掾：屬吏也。《史記·蕭相國世家》：「蕭相國何者，沛豐人也，以文無害，爲沛主吏掾。」《漢書·丙吉傳》：「於官屬掾史，務掩過揚善。」《玉篇》：「掾，公府掾史也。」

〔五〕綬：仕宦者所佩絲帶。《後漢書·輿服志》：「五霸迭興，戰兵不息，佩非兵器，韍非軍旗，於是解去韍佩，留其繫璲，以爲章表。……轉相結受，故謂之綬。」秦、漢帝、王、將、相、卿、郡守、丞、尉皆有綬，其長、廣、色采有别。《舊唐書·輿服志》云，諸佩綬者皆雙綬，親王纁朱綬，一品緑綟綬，皆四綵，長一丈八尺，二百四十首，廣九寸。二品、三品紫綬，三綵，長一丈六尺，一百八十首，廣八寸。四品、五品綬形制遞減，六品以下無載。

〔六〕務歡：致力於歡樂也。《説文》：「務，趣也。」《爾雅·釋詁》：「務，强也。」《吕覽·音律》：「無敢懈怠，以多爲務。」注：「務，猶事也。」以上皆爲用力從事之義。　杯行遲：王粲《公讌詩》：「合坐同所樂，但愬杯行遲。」

〔七〕季女：小女。岑參子嗣，據杜確《序》僅知一子名佐公，其餘失考。

〔八〕歸：出嫁也。《公羊傳》隱公二年：「其言歸何？婦人謂嫁曰歸。」蓋謂婦人以夫家爲家也。又有大歸，謂還母家而不返。《詩·邶風·燕燕》：「之子于歸，遠送于野。」

〔九〕鳴鳳飛：《左傳》莊公二十二年：「鳳皇于飛，其鳴鏘鏘」。雄爲鳳，雌爲皇，今鳳獨飛而無皇，不得和鳴，喻李郎獨行無偶也。李郎此來，似求完婚，岑參以女幼未允，故有此言。

〔一〇〕昔歲句：未詳岑參何時曾到同州馮翊郡。開元中居晉州時當曾至長安，途經同州，惟其時年尚幼。天寶中又曾由長安東遊平陽郡（晉州），或曾一過馮翊而登樓遠望也。馮翊：本漢郡名，此指同州治所馮翊縣。漢武帝太初元年更左内史爲左馮翊，轄二十四縣，唐馮翊郡管縣七。

〔一一〕月樓頭：月城所建之樓上也。《資治通鑑》卷二九三後周世宗顯德四年：「太宗皇帝（謂趙匡胤）先攻其南，因焚城門，破水寨及月城。帝居于月城樓，督將士攻城」。胡三省注月城：「月城者，臨水築城，兩頭抱水，形如却月。」却月，半月也。月城多築於大城外，以爲重城，然城内亦可築之。《南史·賊臣·侯景傳》：「賊又掘城東南角，城内作迂城形如却月以捍之。」

〔一二〕西嶽祠：華山上之祠廟。漢武帝於華陰縣立華山廟，其後山上祠廟漸多。《初學記》引郭緣生《述征記》及《華山記》云：「山上自華嶽廟列柏，南行十一里，又東迴三里，至中祠。又西南出五里，至南祠。南入谷口七里，又至一祠。又南一里至天井，……出井東南二里，至峻坂陡上，又東上百丈崖，皆須攀繩挽葛而後行，又西南出六里，又至一祠。」此詩所言，未知指何祠。今自大荔南望華山，百里之外，一片蒼茫，煙霧籠罩，毫無所見。

〔一三〕沙苑：沙丘地也，在今陝西大荔縣南。《元和志》卷二：「沙苑，一名沙阜，在馮翊縣南十二里，東西八十里，南北三十里。……其處宜六畜，置沙苑監。」

〔一四〕蓮峰：華山中峰名。《太平御覽》卷三九引《華山記》云：「山頂有池，生千葉蓮花，服之羽化，因曰華山。……山有三峰（謂蓮花、毛女、松檜也）。」三峰之名古説各異也。

〔一五〕自公：由公門也。《詩・召南・羔羊》：「退食自公，委蛇委蛇。」傳：「公，公門也。」箋：「退食，謂減膳也；自，從也。從於公，謂正直順於事也。」

〔一六〕彈棋：見《北庭貽宗學士道別》詩注〔一〇〕。

〔一七〕雲霄：謂仕宦高位。《晉書・熊遠傳》上疏曰：「群公卿士不能夙夜在公，……攀龍附鳳，翱翔雲霄。」錢起《送裴岫侍御使蜀》詩：「多才自有雲霄望，計日應追鴛鷺行。」

送顏平原 並序〔一〕

十二年春，有詔補尚書十數公爲郡守〔二〕，上親賦詩，觴群公〔三〕，宴於蓬萊前殿〔四〕，仍錫以繒帛①〔五〕，寵餞加等。參美顏公是行②，爲寵別章句〔六〕。

天子念黎庶〔七〕，詔書換諸侯〔八〕。仙郎授剖符〔九〕，華省輟分憂〔一〇〕。置酒會前殿，賜錢若山丘。天章降三光〔一一〕，聖澤該九州〔一二〕。吾兄鎮河朔，拜命宣皇猷〔一三〕。駟馬辭國門，一星東北流。夏雲照銀印，暑雨隨行軿〔一四〕。赤筆仍存篋③〔一五〕，爐香惹衣裘。此地鄰東溟，孤城帶滄洲④。海風掣金戟〔一六〕，導吏呼鳴騶〔一七〕。郊原北連燕，剽劫風未休。魚鹽隘里巷，桑柘盈田疇〔一八〕。爲郡豈淹旬〔一九〕，政成應未秋。易俗去猛虎，化人似馴鷗〔二〇〕。蒼生已望君，黄霸寧久留〔二一〕。

【校勘記】

①〔錫以繒帛〕《唐詩紀》錫作贈。②〔參美顔公〕底本無顔字，此從宋本。③〔仍存篋〕宋本存作在。④〔帶滄洲〕宋本帶作吊。

【箋注】

〔一〕顔平原：即顔真卿（七〇九—七八六）瑯琊臨沂人，北齊顔之推之後。開元中舉進士，天寶末爲平原太守，力抗安禄山。至德二載至鳳翔，授憲部尚書，加御史大夫。在朝剛正不阿，屢遭當權者楊國忠、元載、楊炎之忌，竄逐非一。德宗時李希烈反，宰相盧杞乃使真卿以太子太師往宣慰，遂被害。《唐書》有傳。平原郡：即德州，治安德縣，即今山東陵縣，下管平原、將陵、蓨、長河等縣。

〔二〕十二年補郡守事：留元剛《顔魯公年譜》載，天寶十二載六月，詔補十數人爲郡守，宰相楊國忠怒公不附己，「謬稱精擇，出公爲平原太守。」時真卿任武（兵）部員外郎。

〔三〕觴：本酒器，亦飲酒之辭也。《左傳》襄公二十三年，「欒盈夜見胥午而告之，……許諾，伏之而觴曲沃人。」注：「胥午匿盈而飲其衆。」《戰國策·秦策五》：「將軍（謂武安君）戰勝，王觴將軍，將軍爲壽於前，而捍匕首，當死。」

〔四〕蓬萊前殿：謂宣政殿。宋葉夢得《石林燕語》二：「唐以宣政殿爲前殿，謂之正衙，即古之内朝也；以紫宸殿爲便殿，謂之上閤，即古之燕朝也；而外别有含元殿。」唐高宗龍朔二年修大明宫，改名蓬萊宫，有丹鳳門、含元殿、宣政殿、紫宸殿、蓬萊殿。今有含元殿遺址。

〔五〕錫：《爾雅·釋詁》：「錫，賜也。」《尚書·堯典》「師錫帝」傳：「錫，與也。」《公羊傳》莊公元年：「王使榮叔來錫桓公命，錫者何？賜也。」　繒帛：絲綢之屬也。《急就篇》二注：「繒者，帛之總名，謂以絲織者也。」《説文》卷七：「帛，繒也。」繒即帛，帛即繒，今人謂絲綢者也。

〔六〕寵别：贈别。唐人以寵字作贈字用。李白《秋夜送孟贊府兄於安府還都序》：「且各賦詩，以寵行路。」白居易《送侯權秀才序》：「欲謁東諸侯，恐不知我者多，請一言以寵别。」

〔七〕黎庶：衆民也。《文選·西都賦》「膏澤洽乎黎庶」注：「翰曰：黎庶，衆民也。」

〔八〕諸侯：秦以前天子之下諸侯爲邦國之主。秦廢封建，分天下爲三十六郡，郡守相當於古之諸侯。《漢書·王嘉傳》：「今之郡守，重於古之諸侯。」唐世以郡守比古之諸侯。孟浩然《陪張丞相登嵩陽樓》詩：「歲寒問耆舊，行縣擁諸侯。」元稹《初除浙東妻有阻色因以四韻曉之》詩：「興慶首行千命婦，會稽旁帶六諸侯。」

〔九〕仙郎：唐人稱尚書省郎官爲仙郎。《白孔六帖》七十二：「尚書郎官：星郎、仙郎、臺郎。」

剖符：謂命郡守。《漢書·文帝紀》：「初與刺史爲銅虎符、竹使符。」師古曰：「與郡守爲符者，謂各分其半，右留京師，左以與之。」

〔一〇〕華省：謂尚書省。潘岳《秋興賦》：「宵耿介而不寐兮，獨展轉於華省。」亦稱畫省，以壁畫古賢人烈女也。亦稱粉省，以其壁塗胡粉也。《初學記》卷十一云，漢尚書爲中臺，亦曰文昌天府，亦曰仙臺，亦曰天閣，亦曰天臺，亦曰畫省也。

分憂：分擔君上之憂。《晋書·宣帝紀》，魏文帝皇初五年命司馬懿鎮武昌，加給事中録尚書事，懿固辭，文帝曰：「此非以爲榮，乃分憂耳。」

〔一一〕天章：謂詔書也，帝王之文翰曰天章，宋世建天章閣，以藏御製也。《藝文類聚》卷六十四引徐陵《丹陽上庸路碑》：「御紙風飛，天章海溢，皆紫庭皇竹之詞，晨路卿雲之藻。」

〔一二〕該：包也。《孔子家語·正論解》：「夫孔子者，大聖無不該。」

〔一三〕皇猷：天子之謀也。《爾雅·釋詁》：「猷，謀也。」《北史·牛弘傳》請依古制修明堂：「皇猷遐闡，化覃海外。」

〔一四〕行輈：古時行旅之車。朱駿聲云，大車，左右兩直木爲轅，一牛在中。兵車、乘車，一曲木居中爲輈，穹窿而上，旁駕兩馬。見《説文通訓·定聲》。

〔一五〕赤筆：漢代尚書郎所用赤管筆。《漢官儀》云，尚書郎「月給赤管大筆一雙，……月賜渝糜大墨一枚」。

〔一六〕金戟：以金所飾之棨戟，爲郡守儀仗。《後漢書·與與服志上》：「公以下至二千石，騎吏四人；千石以下至三百石、縣長，二人。皆帶劍，持棨戟爲前列。」唐鹵簿，一品戟九十，二品七十，三品六十，四品五十。戟乃木質。崔豹《古今注》：「棨戟，殳之遺象也，……殳，前驅之器也，以木爲之。」

〔一七〕呼鳴騶：騎從傳呼清道。崔豹《古今注》：「兩漢京兆、河南尹及執金吾、司隸校尉，皆使人導引傳呼，使行者止，坐者起。四人皆持角弓，違者則射之。有乘高窺闞者亦射之。魏晋設角弩而不用也。」北魏爾朱仲遠請准在軍鳴騶，《洛陽伽藍記》載高陽王雍出則鳴騶。此儀至唐仍存。王維《京兆尹張公德政碑》：「及乎鳴騶詣府，登臺坐定，縣尹掾吏，以次上謁。」

〔一八〕桑柘：木名，葉可飼蠶。《本草綱目》卷三十六：「時珍曰：桑有數種。有白桑，葉大如掌而厚；雞桑，葉花而薄；子桑，先椹而後葉；山桑，葉光而長。以子種者不若壓條而分者。桑以構接則桑大。桑根下埋龜殼則茂盛不蛀。」又：「柘，處處山中有之，喜叢生，幹疏而直，葉豐而厚，團而有尖。其葉飼蠶取絲作琴瑟，清響勝常。」

〔一九〕爲郡豈淹旬：謂可速見政績也。《論語·子路》：「子曰：苟有用我者，期月而已可也。」

〔二〇〕馴鷗：《列子·皇帝》：「海上之人有好漚（音鷗）鳥者，每旦至海上，從漚鳥游，漚鳥之至者百住（音數）而不止。」

〔二一〕黄霸：漢淮陽陽夏（今太康）人，爲潁川太守，治爲天下第一，漢宣帝下詔稱揚，徵爲太子太傅，遷御史大夫，後爲丞相，封建成侯。見《漢書·循吏傳》。

送狄員外巡按西山軍得霽字〔一〕

兵馬守西山，中國非得計。不知何代策，空使蜀人弊。八州崖谷深〔二〕，千里雲雪閉。泉澆閣道滑〔三〕，水凍繩橋脆〔四〕。戰士常苦饑，糗糧不相繼〔五〕。胡兵猶不歸〔六〕，空山積年歲。儒生識損益〔七〕，言事皆審諦〔八〕。狄子幕府郎，有謀必康濟〔九〕。胸中懸明鏡，照耀無巨細。莫辭冒險艱，可以裨節制〔一〇〕。相思江樓夕，愁見月澄霽〔一一〕。

【箋注】

〔一〕員外：唐尚書左右司及吏、户、禮、兵、刑、工之各司均有郎中、員外郎之置，其員外郎他人尊稱之爲某員外。如盧照鄰《酬楊比部員外見贈之作》、李白《和張舍人夜直中書寄吏部劉員外》等詩皆是。曾爲員外郎而後轉爲州郡官者，或幕府中以員外郎銜充僚佐者，亦得稱爲員外，此狄員外乃此類，非尚書省正員之員外郎也。至若他官銜之員外置者，則稱他官銜。　巡按：行視巡察也。《唐大詔令集》卷一一一《置勸農使安撫户口詔》：「宜令兵部員外郎兼侍御史宇文融兼充勸農事使，巡按郡邑，安撫户口，所在與官僚百姓商量。」　西山軍：史傳不載劍南有西山軍之設，此或以駐地稱之，或一時之設也。《舊唐書·崔寧傳》：「詔嚴武收復，武遣旰（按即崔寧）統兵西山。」杜甫《東西兩川説》：「聞西山漢兵食糧者四千人，皆關輔山東勁卒，多經河隴幽朔教習，慣於戰守，人人可用。」此即西山軍也。　大曆元年秋杜鴻漸入成都，以崔旰爲成都尹、西川節度行軍司馬，西山防禦使，軍府之事悉委之。此則令狄員外赴西山巡按撫慰崔旰所部也。詩作於大曆元年冬。

〔二〕八州：劍南西山之八個邊州。《舊唐書·地理志》：「劍南節度使，西抗吐蕃，南撫蠻獠，統團結營及松、維、恭、蓬、雅、黎、姚、悉等八州兵馬，天寶、平戎、昆明、寧遠、澄川、南江等六軍鎮。」

〔三〕閣道：即棧道。於山險處鑿壁施柱，上架木板，以通行旅者，川陝間前代多有之。《水經·沔水注》引諸葛亮《與兄瑾書》：「前趙子龍退軍，燒壞赤崖以北閣道緣谷一百餘里。」

〔四〕繩橋：即索橋。架於山高水深之處，其索或以竹，或以藤，或以鐵，兩端固於河岸，數繩並列，上施木板或竹，兩旁亦有繩可牽扶，川、陝、青、藏多有之。此當謂茂州繩橋。《元和志》卷三十二茂州汶川縣：「繩橋，在縣西北三里，架大江水，篾笮四條，以葛藤絡緯，布板其上，雖從風摇動而牢固有餘。」

〔五〕糗糧：乾糧也。《周禮·天官·籩人》「糗餌粉餈」注：「鄭司農云：糗，熬大豆與米也；粉，豆屑也。茨字或作餈，謂乾餌，餅之也。玄謂：此二物皆粉稻米、黍米所爲也，合蒸曰餌，餅之曰餈。糗者，擣粉熬大豆爲餌，餈之黏著以粉之耳。餌言糗，餈言粉，互相足。」

〔六〕胡兵：岑詩用胡字多指突厥，《玉門關蓋將軍歌》「南鄰犬戎北接胡」，胡謂突厥，犬戎謂吐蕃也。《胡歌》「黑姓賢王貂鼠裘」亦謂突厥。然胡字古書亦泛稱邊地民族，此謂吐蕃貴族之兵也。

〔七〕損益：自然之消長盈虧也。《易·損》：「損益盈虚，與時偕行。」亦謂人事之利害得失也。諸葛亮《出師表》：「斟酌損益，進盡忠言，則攸之、禕、允之任也。」

〔八〕審諦：詳明也。《風俗通》：「能行天道，舉錯審諦。」

〔九〕康濟：安和助益之。《尚書·蔡仲之命》：「以蕃王室，以和兄弟，康濟小民。」

〔一〇〕節制：統領管理也。《荀子·議兵》：「秦之鋭士，不可以當桓文之節制；桓文之節制，不可以敵湯武之仁義。」

〔一一〕澄霽：清澈晴朗也。謝靈運《遊南亭詩》：「時竟夕澄霽，雲歸日西馳。」

虢州送鄭興宗弟歸扶風别廬〔一〕

佐郡已三載，豈能長後時〔二〕。出關少親友，賴汝常相隨。今旦忽言别①，愴然俱淚垂〔三〕。半生滄洲意②〔四〕，獨有青山知。州縣不敢説，雲霄誰敢期〔五〕？因懷東溪老③，最憶南峰緇〔六〕。我爲多種藥④，還山應未遲。

【校勘記】

①〔今旦〕宋本、底本旦作且，此從明抄本。②〔半生〕《唐詩紀》半作平。③〔東溪老〕底本東作陳，此從宋本。④〔我爲〕正德嘉州謝元良本、《唐詩紀》作爲我。我爲多種藥，乃我自種藥，爲將來還山也。爲我，則鄭興宗種藥，爲待我之還。然鄭居扶風，岑居長安南山，言將無據。

【箋注】

〔一〕鄭興宗：隋郢州刺史鄭常四世孫，父君嶷爲湘源令，見《新唐書·宰相世系表》。餘失考。扶風：唐縣名，屬鳳翔府，即今陝西扶風縣。唐武德三年分岐山縣置圍川縣，貞觀八年改爲扶風，後世因之。唐岐州天寶年間稱扶風郡，至德元載改鳳翔郡，乾元元年改府。別廬：《荀子·正名》「屋室廬庾」注：「廬，草屋也。」詩稱佐郡三載，作於上元二年。

〔二〕後時：謂失時，不得志於時。賈誼《惜誓》：「黄鵠後時而寄處兮，鴟梟羣而制之。」陸機《演連珠》：「俊乂之臣，屢抱後時之悲。」

〔三〕愴然：悲傷也。王褒《洞簫賦》：「聞其悲聲則莫不愴然累欷，擎涕抆淚。」擎、抆，拭也。累疑作歔。

〔四〕滄洲意：隱遁之意也。參見《送李翥遊江外》詩注〔三〕。

〔五〕雲霄：謂高官。見《冬宵家會餞李郎司兵赴同州》詩注〔一六〕。

〔六〕緇：本爲黑色帛義，後世僧侶多著緇衣，遂轉而指僧人。唐詩中緇流、緇徒等意皆爲僧。《釋氏要覽》上：「此從衣色名之也。」《大宋僧史略·服章法式》：「案漢魏之世，出家者多著赤布僧伽梨。……西方服色亦隨部類不同。薩婆多部皂色衣也，曇無德部絳色衣也，彌沙塞部青色衣也。著赤布者乃曇無德僧，先到漢土耳。後梁有慧朗法師，常服青衲。……問，緇衣者色何狀貌？答，紫而淺黑，非正色也。」

潼關鎮國軍句覆使院早春寄王同州〔一〕

胡寇尚未盡，大軍鎮關門。旌旗遍草木①，兵馬如雲屯〔二〕。聖朝正用武，諸將皆承恩。不見征戰功，但聞歌吹喧〔三〕。儒生有長策〔四〕，閉口不敢言。昨從關東來②，思與故人論〔五〕。何爲廊廟器③〔六〕，至今居外藩〔七〕。黄霸寧淹留〔八〕，蒼生望騰騫④〔九〕。捲簾見西嶽，仙掌明朝暾〔一〇〕。昨夜聞春風，戴勝過後園〔一一〕。各自限官守〔一二〕，何由叙凉温。離憂不可忘，襟背思樹萱〔一三〕。

【校勘記】

①〔旌旗〕底本作旗旌，此從宋本。　②〔昨從〕底本注：從一作夜。　③〔廊廟〕底本作廟廊，此從宋本。　④〔騰騫〕《全唐詩》騫作鶱。

【箋注】

〔一〕潼關：東漢末所設關名，故址在今陝西潼關縣北，距河四里，隋世北移至河。《水經·河水注四》：「河在關内，南流潼擊關山，因謂之潼關，灌水注之，……《述征記》所謂潼谷水者也，或説因水以名地也。」《元和志》卷二華州華陰縣潼關：「上躋高隅，俯視洪流，盤紆峻極，實謂天險。……自此西望，川途曠然，蓋神明之奥區，帝宅之户牖，百二之固，信非虚言也。」唐世潼關爲京東鎖鑰，安史亂中，潼關駐重兵以衛長安。故城周長約五公里，墻高十六米，寬八米，已多殘毁。

當作西）節度」。鎮國軍：《新唐書·方鎮表》唐肅宗上元二年，「以華州置鎮國節度，亦曰關東（按當作西）節度」。廣德元年「罷鎮國軍節度」。鎮國軍即駐軍潼關。《文苑英華》卷九五一常衮《華州刺史李懷讓墓誌》：「封汧國公，又加開府儀同三司，充潼關鎮國軍使、同華等州節度使、華州刺史。」　句覆使：句覆者，句當覆按之。《唐六典》刑部尚書及侍郎條：「掌天下刑法及徒隸，句覆關禁之政令。」《新唐書·百官志》則云：「掌律令、刑法、徒隸，按覆讞禁之政。」一用句覆，一用按覆，義實一也。天寶後有「句覆倉庫使」之設。《唐北庭副都護高耀墓誌銘》：「除朝散大夫守太子率更令，充管内句覆倉庫使。」然鎮國軍當稱軍使，此稱句覆使者，或初設軍時之暫名也。　王同州：生平失考，時爲同州刺史。　杜確《岑嘉州詩序》：「尋出虢州長史，又改太子中允兼殿中侍御史，充關西節度判官。」上元二年岑參尚在虢州，此又早春，當作於寶應元年。

〔二〕雲屯：謂兵馬之多如雲之堆積。庾信《哀江南賦》：「梯衝亂舞，冀馬雲屯。」字亦作屯雲。謝惠連《西陵遇風獻康樂詩》：「屯雲蔽曾嶺，驚風涌飛流。」《水經·汝水注》：「樹木高茂，望若屯雲積氣矣。」

〔三〕歌吹：唱歌吹奏也。《漢書·霍光傳》廢昌邑王上太后奏：「引内昌邑樂人擊鼓歌吹作倡優。」鮑照《蕪城賦》：「廛閈撲地，歌吹沸天。」

〔四〕長策：久遠之謀也。《史記·主父偃列傳》諫伐匈奴：「靡獘中國，快心匈奴，非長策也。」

〔五〕論：張衡《西京賦》：「衆形殊聲，不可勝論。」薛綜注：「論，説也。」

〔六〕廊廟：謂朝廷也。《國語·越語下》：「范蠡進諫曰：夫謀之廊廟，失之中原，其可乎？」潘岳《在懷縣作》詩：「器非廊廟姿，屢出固其宜。」

〔七〕外藩：周代諸侯爲王之屏藩。《詩·魯頌·閟宫》「命魯公俾侯于東」箋：「東，東藩，魯國也。」《後漢書·光武帝紀》竇融等奏：「古者封建諸侯，以藩屏京師。周封八百，同姓諸姬並爲建國，夾輔王室，尊事天子。」唐世以州郡長官比古之諸侯，故亦稱州郡爲藩。杜甫《陪李北海宴歷下亭》詩：「東藩駐皁蓋，北渚淩清河。」時李邕爲北海太守也。韋應物《答僩奴重陽二甥》詩：「一朝忝蘭省，三載居遠藩。」蓋以曾爲滁州、江州刺史，乃有此言也。

〔八〕黄霸：見《送顔平原》詩注〔一九〕。

〔九〕騰騫：飛昇也。宋計敏求編《李太白文集》卷十一《贈宣城趙太守悦》詩：「所期要津日，倜儻假騰騫。」騫通騫。

〔一〇〕仙掌：華山東峰名，因其上有五崖比壑破巖而立，自下遠望，略作掌形，相傳河神巨靈開山所留，因以名峰。張衡《西京賦》：「巨靈贔屓，高掌遠蹠。」薛注：「巨靈，河神也。……古語云，此本一山，當河水過之而曲行，河之神以手擘開其上，足蹋離其下，中分爲二，以通河流。手足之跡，於今尚在。」此蓋神話傳説也。王涯《太華山仙掌辯》云：「誕哉此説乎！夫所謂神者，非人力也。……烏有神之作力而有人跡乎？……烏有始塞之而復達之，始連之而復絶之，始不知終，是不爲神矣。」　朝暾：早晨之日光也。《隋書·音樂志下·朝日夕月歌詩》：「扶木上朝暾，嵫山沉暮景。」暾者，日也。《楚辭·九歌·東君》：「暾將出兮東方，照吾檻兮扶桑。」注：「謂日始出東方，其容暾暾盛大也。」

〔二〕戴勝：候鳥名，春來秋去。《禮記·月令》季春之月「鳴鳩拂其羽，戴勝降于桑。」《爾雅·釋鳥》：「鵖鴔，戴鵀。」注：「鵀即頭上勝，今亦呼爲戴勝。」《爾雅翼》卷十六：「戴鵀似山鵲而尾短，毛、冠俱有文彩，如戴花勝，故呼戴鵀，又稱戴勝。」花勝，剪彩而成之婦女首飾也。

〔三〕官守：《左傳》昭公二十三年，「信其鄰國，慎其官守」。《孟子·公孫丑下》：「有官守者，不得其職，則去。」注：「官守，居官守職。」

〔三〕萱：草名，又名忘憂草，俗呼黄花菜。《詩·衛風·伯兮》：「焉得諼草，言樹之背。」箋：「諼草令人忘憂。」諼同萱。背，謂堂之後面。陸機《贈從兄車騎詩》：「安得忘歸草，言樹背與衿。」衿，謂堂前。今言「襟背思樹萱」，示憂之多也。李時珍曰：「萱宜下濕地，冬月叢生，葉如蒲、蒜輩而柔弱，新舊相代，四時青翠，五月抽莖開花，六出四垂，朝開暮蔫，至秋深乃盡。其花有紅、黄、紫色。結實三角，内有子大如梧子，黑而光澤。其根與麥門冬相似，最宜繁衍。今東人採其花跗，乾而貨之，名爲黄花菜。」河南南陽一帶亦呼之爲金針菜也。萱草忘憂，則未知古人何所據而云也。

青山峽口泊舟懷狄侍御〔一〕

峽口秋水壯，沙邊且停橈〔二〕。奔濤振石壁，峰勢如動摇。九月蘆花新〔三〕，彌令客心焦〔四〕。誰念在江島，故人滿天朝。無處豁心胸，憂來醉能銷。往來巴山道，三見秋草彫。狄生新相知，才調凌雲霄〔五〕。賦詩折造化①〔六〕，入幕生風飈〔七〕。把筆判甲兵〔八〕，戰士不敢驕。皆云梁公後〔九〕，遇鼎還能調〔一〇〕。一别倏經時②〔一一〕，音塵殊寂寥〔一二〕。何當見夫子③〔一三〕，不歎鄉關遥。

【校勘記】

①〔折造化〕宋本折作拆，《唐百家詩選》作拆，《唐詩紀》作析，《唐音統籤》作探。　②〔一别〕宋本、底本注：一一作離。　③〔夫子〕底本注：夫一作天。

【箋注】

〔一〕狄侍御：名不詳，當爲西川節度幕中人。　詩有「三見秋草彫」，岑參大曆元年七月入成都，至大曆三年冬始可作此語，當爲罷官東歸泛舟途中之作。

〔二〕橈：此字二音，奴教切，爲曲折義。　此字如招切，船之短槳也。《楚辭·九歌·湘君》「蓀橈兮蘭旌」注：「橈，船小楫也。」

〔三〕蘆花：《本草綱目》卷十五：「時珍曰：蘆有數種，其長丈許，中空、皮薄、色白者，葭也，蘆也，葦也；短小於葦而中空、皮厚、色青蒼者，菼也，薍也，荻也，萑也；其最短小而中實者蒹也，簾也。皆以初生已成得名，其身皆如竹，其葉皆長如箬葉，其根入藥，性味皆同。」

〔四〕彌：益也，更也。《儀禮·士冠禮》「三加彌尊」注：「彌，猶益也。」《論語·子罕》：「仰之彌高，鑽之彌深。」

〔五〕才調：才智格調也。《南齊書·到撝傳》：「才調流贍，善納交遊。」李商隱《賈生》詩：「宣室求賢訪逐臣，賈生才調更無倫。」　雲霄：喻才調之高也，此與餞李郎詩詞義不同。

〔六〕造化：自然也，造物者也。《列子·秦穆王》：「造化之所始，陰陽之所變者，謂之生，謂之死。」《淮南子·精神訓》「偉哉造化」注曰「天」；《覽冥訓》「友造化」注「陰陽」；《本經訓》「與造化者相雌雄」注「天地」：義均同。

〔七〕風飈：突發之迅急陣風也。《吴子·論將》：「草楚幽穢，風飈數至，可焚而滅。」王粲《雜詩》：「風飈揚塵起，白日忽已冥。」

〔八〕判：文體之一，裁決獄訟者也。《新唐書·選舉志》：「凡擇人之法有四，……四曰判，文理優長。」《文苑英華》收判文三十卷，其稱某甲、乙等無姓名者，爲選士之詞，有姓名者，則獄官斷獄之詞。

〔九〕梁公：謂狄仁傑（六三〇—七〇〇）太原人，舉明經，歷汴、鄭州佐、大理丞、侍御史、度支郎中、寧、豫州刺史、冬官侍郎，武后天授二年、神功元年兩度爲相，睿宗時追封梁國公。

〔一〇〕調鼎：謂才可爲宰輔。《史記·殷本紀》伊尹欲干湯，乃爲有莘氏媵臣，負鼎俎，以滋味説湯，致於王道。後世以調和鼎味爲宰輔之任。《晋書·裴秀傳》毌丘儉薦裴秀於曹爽曰：「誠宜弼佐謨明，助和鼎味。」

〔一一〕倏：忽也，時光之速去也。《後漢書·張衡傳·思玄賦》「倏眩眃兮反常閭」注：「倏，忽也。」倏忽，疾也。《文選·東都賦》「指顧倏忽」注：「倏忽，疾也。」

〔一二〕寂寥：無聲無形也。《老子》：「寂兮寥兮，獨立不改。」河上公注：「寂者無聲，寥者空無形。」

〔一三〕何當：晋傅玄有《何當行》，言世少相知，不可結交。唐人用何當字者衆，其義不一。王昌齡《江上聞笛》詩：「羸馬望北走，遷人悲越吟。何當邊草白，旌節隴城陰。」詩言人皆思故土，何况秋深草白之時，戍邊於外者乎？孟浩然《秋登蘭山寄張五》詩：「何當載酒來，共醉重陽節。」杜甫《秋雨歎》詩：「去馬來牛不復辨，濁涇清渭何當分。」此二者猶言安能也。杜甫《秦州雜詩》：「萬古仇池穴，潛通小有天。……何當一茅屋，送老白雲邊？」此言安得於此山建一茅屋送老也。李商隱《夜雨寄北》詩：「何當共剪西窗燭，却話巴山夜雨時。」此亦言安得也。岑詩此字亦當爲安得義。　夫子：古人稱男子也。《易·恒》：「恒其德，貞，婦人吉，夫子凶。」《禮記·緇衣》：「婦人吉、夫子凶」疏：「夫子，男子也。」亦謂將士也。《尚書·泰誓》「勗哉夫子」傳：「夫子，謂將士。」亦爲尊稱也。《左傳》文公元年秦爲晋敗于殽，諸大夫皆欲殺孟明，秦伯曰：「孤實貪，以禍夫子，夫子何罪。」

寄青城龍溪奂道人青城即丈人，奂公有篇①〔一〕

五岳之丈人〔二〕，西望青漕漕②〔三〕。雲開露崖嶠〔四〕，百里見石棱。龍溪盤中峰，上有蓮華僧〔五〕。絶頂小蘭若③〔六〕，四時嵐氣凝④〔七〕。身同雲虚無〔八〕，心與溪清澄。誦戒龍每聽〔九〕，賦詩人則稱。杉風吹袈裟⑤〔一〇〕，石壁冷孤燈⑥。久欲謝微禄〔一一〕，誓將歸大乘⑦〔一二〕。願聞開士説〔一三〕，庶以心相應〔一四〕。

【校勘記】

①〔奂道人〕《文苑英華》奂作爲，當爲爲，古象字。 ②〔漕漕〕《文苑英華》作漕漕。 ③〔小蘭若〕《文苑英華》小作少。 ④〔嵐氣〕《文苑英華》氣作翠。 ⑤〔吹袈裟〕《文苑英華》吹作冷。 ⑥〔冷孤燈〕《文苑英華》冷作懸。 ⑦〔誓將〕正德成都本誓作逝。

【箋注】

〔一〕青城：山名，在今四川灌縣西南。《元和志》卷三十一蜀州青城縣：「青城山，在縣西北三十二里。《仙經》云，此是第五洞天，上有流泉懸澍，一日三時灑落，謂之潮泉。」本名天蒼山，東漢張道陵曾在此修煉，開元十八年改名青城山，主峰海拔一千六百公尺。青城縣舊址在今灌縣南四十里。

龍溪：似即所謂潮泉也。《太平御覽》卷四十四引李膺《記》云：「（有）瀑布水，闊二百步。……有二石室名龍宫，可容百餘人。從龍宫過石室至石梯，名龍橋。」瀑布水即潮泉，其上之物皆以龍名，則水似即龍溪也。　道人：謂僧人。《釋氏要覽》卷一：「《智度論》云，得道者名爲道人。餘出家者，未得道者，亦名道人。」晋、宋但稱僧徒爲道人，其自稱曰貧道。《世説新語・言語》：「支道林常養數匹馬，或言道人養馬不韻，支曰：貧道愛其神駿。」近世以來，道人但謂道士，不及僧徒。清胡鳴玉《訂譌雜録》云：「人稱曰道人，自稱曰貧道，今世惟羽流如此，不以施之僧徒。」

〔二〕五岳丈人：即青城山。《太平御覽》卷四十四引《玉匱經》：「黄帝封爲五岳丈人。」

〔三〕瞢瞢：晦暗無光也。《周禮・春官・眡祲》：「掌十煇之法，……六曰瞢。」注：「瞢，日月瞢瞢無光也。」

〔四〕崖嶠：高山之峻嶺崖岸也。《爾雅・釋山》：「山小而高，岑；鋭而高，嶠。」

〔五〕蓮華僧：謂信佛之僧人。釋氏謂佛土爲蓮華世界，袈裟爲蓮華衣，佛座爲蓮華座，佛國爲蓮華國。蓮華出污泥而不染，有香氣，以喻净土，故謂净土之人曰蓮華，蓮華僧即修行往净土者也。

〔六〕蘭若：梵語阿蘭若之簡稱，寺院也。《一切經音義》卷一：「阿蘭拏或云阿蘭若，或言阿練若，皆梵音輕重耳。此云空寂，亦云閑寂，閑亦無諍也。」《寶雨經》八：「菩薩成就十種法，得阿蘭若。」又：「菩薩修行清净，故得諸根圓滿，眼根不減，耳根不缺，身分俱足，方堪住彼阿蘭若處。獨静之人，不爲惱亂；乞食易得，不遠不近；多諸林木、花果，枝葉皆悉茂盛；清净美水，取不爲勞；龕室安穩，無有惡獸；山路幽静，去住無難；如是之處，乃可依也。」

〔七〕嵐氣：山靄也。晉夏侯湛《山路吟》詩：「冒晨朝兮入大谷，道逶迤兮嵐氣清。」

〔八〕虚無：《莊子・刻意》：「夫恬惔（音淡）寂寞，虚無無爲，此天地之平，而道德之質也。」

〔九〕戒：梵語尸羅、三波羅，禁律之義。《大乘義章》一：「言尸羅者，此云清涼，亦名爲戒。三業非（别本作炎）火，焚燒行人，事等如熱（别本作燒），戒能防息，故名清涼。清涼之名，正翻彼也，以能防戒，故名爲戒。」《一切經音義》卷十四：「戒亦律之别義也，梵言三波羅，此譯云禁，戒者亦禁義也。」有五戒、八戒、十戒、俱足戒四級。五戒者，不殺生、不偷盗、不邪淫、不妄語、不飲酒，在家人所持。又有二十四戒、二百五十戒、五百戒之説。　龍：佛家語，爲八部之一，謂天、龍、夜叉等衆，佛宣法旨，聽衆中每有天龍八部之衆。龍者，水行力最大，象者，陸行力最大，故阿羅漢修行勇猛有大力者稱龍象。龍每聽，謂奂道人已得佛法，宣講時聽衆中有龍。

〔一〇〕袈裟：僧衣名。《慧苑音義》：「袈裟，具正云迦羅沙曳，此云染色衣，西域俗人皆著白衣也。」《金剛般若經義疏》二：「外國通稱袈裟，此云離塵服。」袈裟之制，割截成長方形小片，綴合成衣，避青、黄、赤、白、黑五正色，爲黑而微赤者也。

〔一一〕謝：辭去也。《説文》卷三：「謝，辭去也。」《禮記・曲禮上》：「大夫七十而致仕，若不得謝，則必賜之几杖。」

〔一二〕大乘：佛家語。梵語摩訶衍，譯名大乘。大者，對小而言，另有小乘也。乘者，以運載爲義。以其能滅除衆生大苦，故名。馬鳴著《大乘起信論》乃譯名之始也。《妙法蓮華經・譬喻品》：

「利益天人，度脱一切，是名大乘。」

〔三〕開士：普濟衆生者，轉爲對僧人之尊稱。《一切經音義》卷三：「開士，謂以法開導之士也，梵云扶薩，……或言菩薩是也。」《釋氏要覽》上：「開士，《經音疏》云，開，達也，明也，解也；士則士大夫也。經中多呼菩薩爲開士。前秦苻堅賜沙門有德解者號開士。」

〔四〕庶：庶幾，幸也。《詩·小雅·抑》「庶無大悔」注：「庶，幸。」《孟子·公孫丑下》：「王庶幾改之，予日望之。」

梁州對雨懷麴二秀才便呈麴大判官時疾贈余新詩〔一〕

江上雲氣黑，㟏山昨夜雷①〔二〕。水惡平明飛②，雨從嶓冢來〔三〕。濛濛隨風過，蕭颯鳴庭槐〔四〕。隔簾濕衣襟，當暑涼幽齋。麴生住相近，言語阻且乖〔五〕。卧疾不見人，午時門始開。終日看《本草》〔六〕，藥苗滿前階。兄弟早有名，甲科皆秀才〔七〕。二人事慈母，不弱古老萊〔八〕。昨歎攜手遲，未盡平生懷。愛君有佳句，一日吟幾回。

【校勘記】

①〔㟏山〕宋本、底本注：㟏一作歸。　②〔水惡〕宋本、底本注：惡一作急。

【箋注】

〔一〕梁州：古地名。《禹貢》「華陽黑水惟梁州」，所指疆域甚大。秦置漢中郡，漢因之，疆域僅有山南西部。三國魏平蜀，置梁州，相當於漢中郡。北魏之梁州，下有漢中郡，轄三縣；隋改漢川郡，轄八縣；唐梁州漢中郡，轄六縣，均治南鄭，又爲山南西道治所也。　秀才：唐進士之通稱。秀才古爲美才之義，最早見於《管子・小匡》。漢武帝元封四年令各州歲舉秀才一人，乃爲選士之稱。晉及南北朝有秀才科舉。唐初亦有秀才科，後廢，而進士乃通稱秀才。李肇《國史補》：「進士爲時所尚久矣，是故俊乂實集其中，由此出者終身爲聞人，故争名常切而爲俗亦弊。其都會謂之舉場，通稱謂之秀才，投刺謂之鄉貢，得第謂之前進士，互相推敬謂之先輩，俱捷謂之同年，有司謂之座主。」宋時凡應舉之人皆稱秀才，明、清則以入府、州、縣之生員爲秀才。此麴二當謂進士也。　麴大、麴二事不詳。　岑參大曆元年春隨杜鴻漸入蜀，滯留梁州，此詩作於是年夏。

〔二〕㟁山：一作旱山，一名漢山，一名牛頭山，又名天池山。《漢書・地理志》漢中郡南鄭縣：「旱山，池水所出，東北入漢。」㟁山有雲即雨，俗諺云：「牛頭戴笠㟁山晦，家中乾穀莫相貸。」清畢沅《關中勝蹟圖志》卷二十漢中府：「旱山在南鄭縣西南二十里。」

〔三〕嶓冢：山名，漢水所出，在陝西寧羌縣北。《禹貢》「嶓冢導漾，東流爲漢。」程大昌《演繁露》十六云，嶓冢、褒中二音相對應，則古之嶓冢亦即褒中云。

〔四〕蕭颯：風雨聲也。《楚辭・九歌・山鬼》：「風颯颯兮木蕭蕭。」

〔五〕阻且乖：隔離不通也。阻，險也。《詩・商頌・殷武》「罙入其阻」箋：「冒入其險阻。」乖，離也。《吴子·料敵》：「乘乖獵散，設伏投機，其將可取。」《荀子·天論》「上下乖離，寇難並至。夫是之謂人祆。」

〔六〕《本草》：藥書名。舊説，《本草經》神農氏作，《漢書·藝文志》無載。《隋書·經籍志》有《神農本草》八卷，《新唐書·藝文志》有《神農本草》三卷，陶弘景集注《神農本草》七卷。

〔七〕甲科，見《送許子擢第歸江寧》詩注〔七〕。

〔八〕老萊：即老萊子，古孝子名。《太平御覽》卷四一三引師覺授《孝子傳》曰：「老萊子者，楚人，行年七十，父母俱存，至孝蒸蒸。常著斑斕之衣，爲親取飲，上堂脚跌，恐傷父母之心，因僵仆爲嬰兒啼。孔子曰：父母老，常言不稱老，爲其傷老也。老萊子可謂不失孺子之心矣。」又見《藝文類聚》卷二十引《列女傳》、《初學記》卷十七引《孝子傳》。

潼關使院懷王七季友①〔一〕

王生今才人②〔二〕，時輩咸所仰〔三〕。何當見顏色〔四〕，終日勞夢想③。驅車到關下，欲往阻河廣〔五〕。滿目徒春華，思君罷心賞〔六〕。開門見太華，朝日映高掌〔七〕。忽覺蓮花峰〔八〕，別來更如長。無心顧微禄，有意在獨往④〔九〕。不負林中期〔一〇〕，終當出塵網〔一一〕。

【校勘記】

①〔季友〕《唐百家詩選》作秀才。　②〔才人〕宋本、底本注：人一作子。　③〔夢想〕宋本、底本

注：夢一作憂。　④〔在獨往〕《唐百家詩選》在作佳。底本注：獨一作長。

【箋注】

〔一〕使院：即鎮國軍句覆使院。　王季友：河南人，早年隱居嵩山，與岑參相知。曾賣藥賣履，生活貧困，少年頭白。上元寶應間曾爲華陰尉，岑參、郎士元均有詩贈。廣德二年以司議郎赴洪州李勉幕，于卲有《送王司議季友赴洪州序》，錢起有《送王季友赴洪州幕下》詩。大曆元年李勉入爲京兆尹，季友曾客居鄜城，與杜甫遇，旋歸隱而終。　此詩作於寶應元年。

〔二〕才人：才俊之士也。《論衡·書解》：「故才人能令其行可尊，不能使人必法己。」王融《雜題報范通直詩》：「三楚多秀士，江上復才人。」古帝王有后妃、美人、才人，武則天爲唐太宗才人是也。此則爲另一義。

〔三〕時輩：猶時賢也。《後漢書·竇章傳》：「章謙虚下士，收進時輩，甚得名譽。」《三國志·魏·孫禮傳》：「禮與盧毓同郡時輩，而情好不睦。」　咸，皆也。《爾雅·釋詁》：「咸，皆也。」

〔四〕何當：猶安得。見《青山峽口泊舟懷狄侍御》詩注〔三〕。

〔五〕阻河廣：謂道路阻隔。岑參在潼關，季友在華陰，相距四十里，並無河山之阻，此當以官守所限，乃作此言也。

〔六〕心賞：心所欣愉者也。鮑照《白頭吟》：「心賞猶難恃，貌恭豈易憑。」謝脁《京路夜發》詩：「文奏方盈前，懷人去心賞。」

〔七〕高掌：華山東峰仙人掌也。張衡《西京賦》：「高掌遠蹠，以流河曲。」參見《潼關鎮國軍句復使院早春寄王同州》詩注〔七〕。

〔八〕蓮花峰：即蓮峰，華山中峰也。見《冬宵家會餞李郎司兵赴同州》詩注〔一四〕。

〔九〕獨往：謂離群隱居。謝靈運《入華子岡是麻源第三谷詩》：「且申獨往意，乘月弄潺湲。」李善注引《淮南子·莊子略要》曰：「江海之士，山谷之人，輕天下、細萬物而獨往者也。」又引司馬彪曰：「獨往，任自然，不復顧世也。」

〔一〇〕林中期：猶林下之期，謂隱遁也。李白《安陸白兆山桃花巖寄劉侍御綰》詩：「獨此林下意，杳無區中緣。」

〔一一〕塵網：謂世事拘人如網也。陶淵明《歸田園居》詩：「誤落塵網中，一去三十年。」

至大梁却寄匡城主人①〔一〕

一從棄魚釣，十載干明王〔二〕。無由謁天階〔三〕，却欲歸滄浪〔四〕。仲秋至東郡〔五〕，遂見天雨霜。昨夜夢故山，蕙草色已黄②〔六〕。平明辭鐵丘〔七〕，薄暮遊大梁〔八〕。仲秋蕭條景〔九〕，拔剌飛鵝鶬〔一〇〕。四郊陰氣閉③，萬里無晶光④。長風吹白茅〔一一〕，野火燒枯桑〔一二〕。故人南燕吏〔一三〕，籍籍名更香⑤〔一四〕。聊以玉壺贈〔一五〕，置之君子堂。

【校勘記】

①〔匡城〕《唐詩紀事》匡作康，康城故址在今河南省禹縣市西北，非南燕故地，當誤。〔主人〕宋本注：主一作官。②〔蕙草〕底本草作帳，此從宋本。《唐詩紀事》作芳蕙。③〔陰氣〕《唐詩紀》注：氣一作氛。④〔晶光〕張遜業本晶作皛。⑤〔更香〕《唐詩紀事》更作皆。

【箋注】

〔一〕大梁：戰國時魏都大梁，漢文帝以子武爲梁王，亦曾都大梁，地即今開封市。東魏孝武帝於此置梁州，周宣帝改爲汴州，隋廢，唐武德四年復置汴州，天寶年間稱陳留郡。此稱大梁，蓋本先秦。　匡城：漢置長垣縣，隋開皇十六年改匡城縣，屬滑州，唐因之。宋復改長垣，舊址在今河南長垣縣西南十里。明徙今治。　天寶元年七月岑參曾東出關，有《宿關西客舍寄山東嚴許二山人》詩，與此八月至大梁時節近，則其年秋曾東過嵩洛並遊大梁也。

〔二〕干：《爾雅·釋言》：「干，求也。」《論語·爲政》「子張學干祿」注：「干，求也。」

〔三〕謁：覲見也。《列子·湯問》：「(工人)偃師謁見王，王薦之曰，若與偕來者何人邪？對曰：臣之所造能倡者。」《隋書·煬帝紀》大業四年四月詔：「突厥意利珍豆啓民可汗率領部落，保附關塞，遵奉朝化，思改戎俗，頻入謁覲，屢有陳請。」　天階：謂帝闕也。張衡《東京賦》：「登聖皇於天階，章漢祚之有秩。」《南齊書·明帝紀》即位詔：「王度中蹇，天階薦阻。」

〔四〕滄浪：猶滄洲也。《楚辭·漁父》鼓枻歌曰：「滄浪之水清兮，可以濯吾纓；滄浪之水濁兮，可以濯吾足。」漁父，楚之隱者，與滄浪水爲伴，故以之喻隱者之居也。李白《贈劉都使》詩：「所求竟無緒，裘馬欲摧藏，主人若不顧，明發釣滄浪。」此亦謂隱遁也。杜甫《狂夫》詩：「萬里橋西一草堂，百花潭水即滄浪。」意同。

〔五〕東郡：秦始皇五年拔魏五十城，置東郡，治濮陽。漢因之，晉廢。南朝又於滑臺置東郡，隋改滑州，大業三年改東郡，治白馬縣，即今河南滑縣老城。唐因之。詩有鐵丘，則「至東郡」者，蓋謂濮陽，漢之東郡也。

〔六〕蕙草：香草名。晉嵇含《南方草木狀》：「蕙草，一名薰草，葉如麻，兩兩相對，氣如蘼蕪，可以止癘，出南海。」此蓋所謂薰香者也。《爾雅翼》：「蕙大抵似蘭花，亦春開，蘭先而蕙繼之，皆柔荑，其端作花。蘭一荑一花，蕙一荑五六花，香次於蘭。大抵山林中一蘭而十蕙。」宋吴仁傑《離騷草木疏》：「一幹一花而香有餘者蘭也，一幹五七花而香不足者蕙也。」

〔七〕鐵丘：古地名。《左傳》哀公二年八月，晉、鄭戰於鐵，「登鐵上」注：「鐵，丘名。」今河南省濮陽市西北五里有鐵丘村。

〔八〕薄暮：薄，迫近也。《左傳》僖公二十三年，「（重耳）及曹，曹共公聞其駢脅，欲觀其裸浴，薄而觀之。」注：「薄，迫也。」《史記·衛將軍驃騎列傳》：「薄莫，單于遂乘六贏，西北馳去。」莫通暮。

〔九〕蕭條：凋零空寂也。《楚辭·遠遊》：「山蕭條而無獸兮，野寂漠其無人。」注：「漠，一作寞。

溪谷寂寥而少禽，林澤空虚，罕有民也。」

〔一〇〕鵝鴇：雁類水禽也。《史記》司馬相如《子虛賦》「雙鴇下」注引司馬彪曰：「鴇似雁而黑，亦呼爲鴇括。」雁，即野鵝也。《本草綱目》卷四十七鴇鷄：「穎曰：鴇鷄狀似鶴大而頂無丹，兩頰紅。時珍曰，鴇，水禽也，食於田澤洲渚之間，大如鸛，青蒼色，亦有灰色者，長頸，高脚，群飛，可以候霜。」此云似鸛鶴，不似雁，未詳。

〔一一〕白茅：茅草也。《詩·召南·野有死麕》：「野有死麕，白茅包之。」《本草綱目》卷十三：「茅有白茅，菅茅，黄茅，香茅，芭茅數種，葉皆相似。白茅短小，三四月間白花成穗，結細實，其根甚長，白軟如筋而有節，味甘，俗呼茅絲，可以苫蓋及供祭祀苞苴之用。」

〔一二〕枯桑句：變化前人之句。蔡邕《飲馬長城窟行》：「枯桑知天風，海水知天寒。」崔曙《早發交崖山還太室作》詩：「川冰生積雪，野火出枯桑。」

〔一三〕南燕：漢縣名。《漢書·地理志》東郡有南燕縣，故址在今河南省延津縣東。

〔一四〕籍籍：交讚之聲。《漢書·江都宜王傳》：「國中口語籍籍。」師古曰：「籍籍，諠聒之意。」

〔一五〕聊：且也。《詩·檜風·素冠》：「我心傷悲兮，聊與子同歸兮。」箋：「聊，猶且也。」

【評論】

殷璠曰：「參詩語奇體峻，意亦造奇。至如長風吹白茅，野火燒枯桑，可謂逸也。」

宿華陰東郭客舍憶閻防〔一〕

次舍山郭近〔二〕，解鞍鳴鐘時〔三〕。主人炊新粒〔四〕，行子充夜饑〔五〕。關月升首陽〔六〕，照見華陰祠。蒼茫秋山晦①〔七〕，蕭瑟寒松悲〔八〕。久從園廬別〔九〕，遂與朋知辭②。舊壑蘭杜晚③〔一〇〕，歸軒今已遲〔一一〕。

【校勘記】

①〔蒼茫〕宋本、《唐詩紀事》作茫蒼。　②〔朋知〕《唐詩紀事》朋作相。　③〔蘭杜〕明抄本杜作桂。

【箋注】

〔一〕華陰：漢置縣，以其在華山之北，故名。即今陝西省華陰縣。　郭：外城謂之郭，傳爲鯀所作。然亦謂城郊也，《管子·度地》：「内謂之城，城外謂之郭。」山郭，山郊也。　閻防：《唐才子傳》謂河中人，李華《楊騎曹集序》謂「常山閻防」。開元二十二年進士及第，曾官大理評事，據岑仲勉《元和姓纂四》校記。開元末貶澧州司户，孟浩然《湖中旅泊寄閻九司户》詩有「才子謫長沙」句。去官後曾居長安昭國坊崇濟寺，與岑參交遊，有《攜琴酒尋閻防崇濟寺僧院》詩。亦曾居終南山石門草堂。生卒年不詳。《岑詩繫年》以此詩爲開元二十二年後往返京洛間作，似有未洽。詩有「久從園廬別」，當指山中草堂。岑參開元末移居長安，出入兩郡間，不可作此語。授官後田假仍歸高冠草堂，唯少至嵩洛。及赴安西又返京，仍居石鱉谷，久別者當謂少室居止矣。此過華陰當爲東行也，在天寶十一二載間。參見《年譜》。

〔二〕次舍：止宿也。《周禮·天官·宫正》：「比宫中之官府，次舍之衆寡。」《史記·司馬穰苴列傳》：「士卒次舍井竈飲食問疾醫藥，身自拊循之。」

〔三〕鳴鐘時：謂傍晚。蔡邕《獨斷》：「鼓以動衆，鐘以止衆，故夜漏盡鐘鳴則起，晝漏盡鐘鳴則息也。」孟浩然《夜歸鹿門山歌》：「山寺鐘鳴晝已昏，漁梁渡頭争渡喧。」

〔四〕新粒：秋收之新粟米也。《孟子·滕文公上》：「樂歲粒米狼戾」注：「粒米，粟米之粒也。」《説文》：「米，粟實也。」世所謂黄粱者，即粟之一種。粟，北方各省謂之穀子，清明前後種者爲早穀，麥茬地種者爲晚穀，秋熟而收，春去穀殼，即爲新粒，俗呼小米也。

〔五〕行子：旅人也。鮑照《東門行》：「居人掩閨卧，行子夜中飯，野風吹秋木，行子心腸斷。」

〔六〕首陽：山名。山同此名者甚多，此指雷首山，即今山西省中條山之西端。《通典》卷一七九蒲州河東縣：「有雷首山，夷齊居其陽，所謂首陽山也。」中條山西起雷首，東接太行。

〔七〕蒼茫：昏遠迷茫也。潘岳《哀永逝文》：「視天日兮蒼茫，面邑里兮蕭散。」劉孝綽《還渡浙江詩》：「濛漠江煙上，蒼茫沙嶼蕪。」

〔八〕蕭瑟：冷風勁疾吹林木聲。宋玉《九辯》：「悲哉秋之爲氣也，蕭瑟兮草木摇落而變衰。」曹操《苦寒行》：「樹木何蕭瑟，北風聲正悲。」

〔九〕園廬：田園宅居也。張衡《南都賦》：「園廬舊宅，隆崇崔嵬。」

〔一〇〕蘭杜：香草名。蘭，見《送張祕書充劉相公通汴河判官便赴江外覲省》詩注〔一八〕。杜：杜蘅。宋吴仁傑《離騷草木疏》：「仁傑案，《山海經》：天帝之山有草，狀似葵，臭如蘼蕪，名曰杜蘅。《爾雅》：杜，一名土鹵。據郭璞注，杜，蘅也。《本草》：杜蘅香人衣體，三月採根。陶隱居云：根葉都似細辛，惟氣小異耳。《唐本草》注云：葉似葵，形如馬蹄，故俗云馬蹄香，生山之陰水澤下濕地。……江淮間皆有之，今人用作浴湯及衣香甚佳。根粗，黄白色，春初於宿根上生苗，高二三寸，莖如麥藁粗細，每窠上有五六葉或八九葉，别無枝蔓。又於葉莖鏄内蘆頭上貼地生紫花，闇結實如豆大，窠内有碎子，苗葉俱青。」或謂杜者杜若，吴仁傑云，杜若乃旋葍根，與杜蘅有别。惟古詩中杜若、杜蘅均泛稱香草，未必實指也。

〔一一〕歸軒：返鄉車也。庾信《對宴齊使》詩：「歸軒下賓館，送蓋出河堤。」令狐德棻《冬日宴庶子宅》詩：「落景雖已傾，歸軒幸能駐。」

春遇南使貽趙知音〔一〕

端居春心醉〔二〕，襟背思樹萱〔三〕。美人在南州〔四〕，爲爾歌《北門》〔五〕。北風吹煙物，戴勝鳴中園〔六〕。枯楊長新條①，芳草滋舊根〔七〕。網絲結寶琴〔八〕，塵埃披空樽〔九〕。適遇江海信〔一〇〕，聊與南客論。

【校勘記】

①〔長新條〕宋本、底本注：長一作抽。

【箋注】

〔一〕趙知音：生平未詳。　知音：謂知己之友也。春秋時伯牙鼓琴，凡心之所至，鍾子期皆聽音而知之，《列子・湯問》、《吕覽・本味》俱載之。後世乃謂知己爲知音。《文選・古詩十九首》：「不惜歌者苦，但傷知音稀。」參見注〔八〕。

〔二〕端居：正襟危坐也。《梁書・傅昭傳》：「終日端居，以書記爲樂，雖老不衰。」王維《登裴秀才迪小臺》詩：「端居不出户，滿目望雲山。」

〔三〕襟背思樹萱：謂憂之多。見《潼關鎮國軍句復使院早春寄王同州》詩注〔九〕。

〔四〕美人：代指賢者。《詩・邶風・簡兮》：「云誰之思，西方美人。彼美人兮，西方之人兮。」箋：「我誰思乎？思周室之賢者。」

〔五〕《北門》：士不得志之歌也。《詩・邶風・北門》：「出自北門，憂心殷殷，終窶且貧，莫知我艱。已焉哉，天實爲之，爲之何哉！」

〔六〕戴勝：候鳥名，見《潼關鎮國軍句復使院早春寄王同州》詩注〔八〕。

〔七〕滋：長也，生也。《國語・齊語》「遂滋民」注：「遂，育也；滋，長也。」《吕覽・明理》「草木庳小不滋」注：「滋，亦長。」庳同卑。

〔八〕寶琴句：謂知音不在，琴藏而不鼓也。《吕覽·本味》：「伯牙鼓琴，鍾子期聽之。方鼓琴而志在太山，鍾子期曰：善哉乎鼓琴，巍巍乎若太山。少選之間，而志在流水，鍾子期又曰：善哉乎鼓琴，湯湯乎若流水。鍾子期死，伯牙破琴絶絃，終身不復鼓琴。」《列子》無絶絃事。

〔九〕空樽句：謂知己不在，無復飲酒也。樽：酒器也，本作尊。《周禮·春官·司尊彝》：「掌六尊六彝之位。」樽或作罇、鐏，其形方或圓桶狀，凹頸、凸腹、有蓋，其質木、瓦或金也。今出土古器多銅樽。《鄴中記》石虎有金樽，容五十斛。《吴越春秋》闔閭女死，以銀樽葬之。《凉州記》張駿墓有玉樽，受三升。

〔一〇〕江海信：謂閒居退隱者之信札也。江海數義。一謂江與海。《禹貢》：「沿於江海，達於淮泗。」其二，用喻深廣。徐陵《報尹義尚書》：「文詞富於江海，高論泊於雲霄。」其三謂沿江近海之地。劉禹錫《罷郡歸洛陽閑居》詩：「十年江海守，旦夕有歸心。」張喬《吊前水部賈員外》詩：「籠中江海禽，旦夕有歸心。」其四謂隱逸之所居。《莊子·讓王》：「身在江海之上，心存乎魏闕之下。」《後漢書·逸民傳》：「甘心畎畝之中，憔悴江海之上。」《南史·隱逸傳論》：「放情江海，取逸丘樊。」此詩所言當爲第四義也。

郊行寄杜位〔一〕

崷崒空城煙〔二〕，凄清寒山景①。秋風引歸夢，昨夜到汝潁〔三〕。近寺聞鐘聲，映陂見樹影②〔四〕。所思何由見，東北徒引領〔五〕。

【校勘記】

①〔凄清〕宋本注：清一作凉。　②〔映陂〕底本注：陂一作波。

【箋注】

〔一〕杜位：杜希望第二子，杜佑之兄，李林甫之婿。曾官考功郎中、明州刺史，與杜甫、岑參交遊多年。　聞一多以此詩爲開元二十九年北遊河朔，歸潁陽途中之作。然「郊行」當在都會之郊，又有山、寺、陂等，其時途中無相當之處。故此當爲京郊，爲岑參居高冠谷時出遊鄠縣渼陂時作。杜位長安城中有宅，杜甫《寄杜位》詩原注：「位京中宅近西曲江。」自高冠谷引領東北望，即望杜位宅也。　詩當爲天寶初之作。

〔二〕嶒崪：高險之貌，多狀山勢，此指煙氣上騰之勢。《文選・西都賦》「巖峻嶒崪」注：「嶒，高貌也。」《詩・小雅・漸漸之石》「維其卒矣」注：「卒者，崔嵬也。」卒通崪。　空城：謂大城。《詩・小雅・白駒》：「皎皎白駒，在彼空谷。」注：「空，大也。」顔延之《還至梁城作詩》：「故國多喬木，空城凝寒雲。」劉禹錫《石頭城》詩：「山圍故國周遭在，潮打空城寂寞回。」其時梁城、石頭城雖均殘破，但仍爲大都，并非空無人也。於高冠谷望長安，距離過遠，不見車馬，不聞市聲，然城中自有人家百萬，煙塵仍上騰如山也。

〔三〕汝潁：二水名，泛指汝潁之地。《荀子・議兵》：「汝潁以爲險，江漢以爲池，限之以鄧林，緣之以方城。」祖詠《寄王長史》詩：「汝潁俱宿好，往來託層巒。」汝水桑欽謂出河南郡梁縣（今臨汝東）西天息山，酈道元以爲出魯陽（今魯山）縣西大盂山，或各據一支流言之。岑參未曾居汝水，其少室居止位於潁水，然此或以其父曾爲仙州（今葉縣）刺史，故泛稱之。

〔四〕陂：當謂渼陂，在高冠谷西北。

〔五〕引領：伸頸遠望也。《左傳》成公二十三年，「我君景公，引領西望。」《孟子·梁惠王上》：「有不嗜殺人者，則天下之民皆引領而望之矣。」在渼陂而引領東北望，則望長安城中杜位所居也。

懷葉縣關操姚曠韓涉李叔齊①〔一〕

數子皆故人，一時吏宛葉〔二〕。經年總不見，書札徒滿篋〔三〕。斜日半空庭②，旋風走梨葉。去君千里地，言笑何時接？

【校勘記】

①〔姚曠〕底本曠作擴，此從宋本。　②〔半空庭〕底本作空半庭，此從宋本。

【箋注】

〔一〕葉縣：本楚地，葉公子高好龍者即此。秦漢置縣，唐開元間於此置仙州，二十六年廢。故址爲今河南省葉縣南三十里舊縣鄉。　關操：不詳，或爲關播昆弟行。播小於岑參五歲，衛州汲人。　姚曠：獨孤及《宋州送姚曠之江東劉冉之河北序》：「春，葉尉吳興姚曠至自洛陽，中山劉冉至自長安。」可知姚曠爲吴興人。據梁肅之《獨孤公行狀》，「二十餘，以文章遊梁宋間」，獨孤及卒於大曆十二年（七七七），享年五十三歲，見崔祐甫《獨孤公神道碑銘並序》，故當生於開元十三年（七二五）。二十餘，約在天寶五、六載間。姚曠尉葉縣也當在此時。韓涉：據顔真卿《靖居寺題名》：「唐永泰二年……御史韓公涉、刺史梁公乘嘗見招。」《岑詩繫年》以爲其吏宛葉在乾元元年，誤。韓與姚自當同時，在天寶前期。李叔齊：不詳。此詩作於岑參初授官後二、三年間。

〔二〕宛葉：秦漢時葉縣屬南陽郡，郡治在宛，常宛葉並稱。《史記·項羽本紀》：「出滎陽，南走宛葉。」又《高帝紀》：「出軍宛葉間。」隋唐有南陽縣而無宛縣，此詩題又有「懷葉縣」字，則「吏宛葉」但指葉縣耳。

〔三〕書札：信函也，札同劄。見《送王著赴淮西幕府作》詩注〔五〕。篋：箱子。《説文》作匧，或從竹。《儀禮·士冠禮》「同篋」注：「隋方曰篋。」疏：「隋（音妥）狹而長也。」《左傳》昭公十三年，「衛人使屠伯饋叔向羹與一篋錦。」

初至西虢官舍南池呈左右省及南宫諸故人①〔一〕

黜官自西掖，待罪臨下陽〔二〕。空積犬馬戀〔三〕，豈思鴛鷺行②〔四〕。素多江湖意〔五〕，偶佐山水鄉。滿院池月静③，捲簾溪雨涼。軒窗竹翠濕，案牘荷花香〔六〕。白鳥上衣桁〔七〕，青苔生筆牀〔八〕。數公不可見，一别盡相忘。敢恨青瑣客〔九〕，無情華省郎。早年迷進退〔一〇〕，晚節悟行藏〔一一〕。他日能相訪，嵩南舊草堂〔一二〕。

【校勘記】

①〔初至〕《唐詩所》至作還。②〔鴛鷺〕《唐詩紀》鴛作鵷。③〔滿院〕明刻八卷本院作目。〔池月静〕宋本静作遥，注，一作静。

【箋注】

〔一〕西虢：謂虢州。周文王有弟虢仲、虢叔，虢仲封東虢，在今河南省滎陽縣汜水鄉；虢叔封西虢，在今河南省陜縣。後東虢爲鄭所滅，西虢爲晋所滅。《元和志》卷二鳳翔府虢縣則謂「古虢國，周文王弟虢叔所封，是曰西虢，後秦武公滅爲縣」。或謂西虢先在陳倉（今寶鷄），後遷陜，或謂陳倉之虢乃支子所封。遠古渺茫，不可詳考。　左右省：《通典·職官》中書省：「時謂尚書省爲南省，門下、中書爲北省。亦謂門下省爲左省，中書爲右省，或通謂之兩省。」　南宫：本星座名，《史記·天官書》所謂「南宫朱鳥」也。漢以之擬尚書省，鄭弘有《南宫故事》，即尚書省之事。南宫，亦即南省。　此詩爲岑參乾元二年夏初至虢州之作。

〔二〕下陽：古地名。春秋時魯僖公二年虞師、晋師滅下陽，杜預云：「下陽，虢邑，在河東大陽縣。」漢晋大陽縣天寶元年改爲平陸縣。《元和志》卷六陜州平陸縣：「下陽故城，在縣東北二十里。」

〔三〕犬馬戀：犬馬戀主，喻臣下對帝王之忠心也。《史記・三王世家》霍去病上疏：「臣竊不勝犬馬心。」《漢書・賈誼傳》上疏陳時政：「主上遇其大臣如犬馬，彼將犬馬自爲也。如遇官徒，彼將官徒自爲也。」又《孔光傳》上封章：「臣光智謀短淺，犬馬齒載。」載音耋。

〔四〕鴛鷺行：鴛游兩兩相隨，鷺飛群而有序，用喻朝官班列。或稱鴛行、鴛列。沈佺期《和户部岑尚書參迹樞揆》詩：「昔陪鴛鷺後，今望鵾鵬飛。」鴛字或作鵷，鵷班、鵷行、鵷鷺行，義同。

〔五〕江湖：義同江海，亦隱者所居也。《國語・越語》越滅吴，范蠡辭句踐，「乘輕舟以浮於五湖，莫知其所終極」。陶淵明《與殷晋安别詩》：「良才不隱世，江湖多賤貧。」《南史・隱逸傳》：「或遁迹江湖之上，或藏名巖石之下，斯並向時隱淪之徒歟？」

〔六〕案牘：官府文書也。庾信《隴右總管長史豆盧公神道碑》：「留心職事，愛玩圖籍，官曹案牘，未嘗煩委。」劉禹錫《陋室銘》：「無絲竹之亂耳，無案牘之勞形。」

〔七〕白鳥：鷺絲也。《本草綱目》卷四十七李時珍曰：「鷺，水鳥也。林棲水食，群飛成序，潔白如雪，頸細而長，脚青善翹，高尺餘，解指短尾，喙長三寸，頂有長毛十數莖，毿毿然如絲，欲取魚則彌之。」形似鷺而頂無絲，脚黄色者，俗名白鶴，亦白鳥也。衣桁：衣架。古樂府《東門行》：「盎中無斗儲，還視桁上無懸衣。」白鳥棲於衣桁，公府寂静無人也。

〔八〕筆牀：《樹萱録》：「梁簡文帝製筆牀，以四管爲一牀。」用以卧筆也。明屠龍《文具雅編》：「筆牀之製，行世甚少。有古鎏金者，長六七寸，高寸二分，闊二寸餘，如一架然，可卧筆四矢。以此爲式，用紫檀、烏木爲之，亦佳。」近世有銅製如山字形者，可卧筆二隻，名曰筆架，當爲筆牀之遺制也。

〔九〕青瑣客：謂朝中之官也。青瑣見《送許拾遺恩歸江寧拜親》詩注〔三〕。

〔一〇〕進退：謂仕宦之升降、個人之去就也。《周禮·夏官·司士》：「凡邦國三歲則稽士任，而進退其爵禄。」《魏書·世祖紀》延和元年辟召賢良詔：「諸召人皆當以禮申諭，任其進退，何逼迫之有也？」

〔一一〕行藏：謂出仕與隱退也。晉傅咸《儀鳳賦》：「隨時宜以行藏兮，諒出處之有經。」參見《武威送劉單判官赴安西行營》詩注〔一〇〕。

〔一二〕嵩南草堂：《感舊賦序》「十五隱於嵩陽」，蜀中詩《峨眉東脚臨江聽猿懷二室舊廬》二室謂太室與少室，則嵩陽謂初隱在太室。岑氏太室舊業無可考。岑詩又屢有「潁陽歸客」，不曰嵩陽，則潁陽謂少室居止。其舊址當在今擋陽山前栗樹扒村，説詳《自潘陵尖還少室居止秋夕憑眺》詩注〔一〕。

敬酬杜華淇上見贈兼呈熊曜①〔一〕

杜侯實才子〔二〕，盛名不可及，袛曾効一官②，今已年四十。是君同時者，已有尚書郎，憐君獨未遇，淹泊在他鄉〔三〕。我從京師來，到此喜相見，共論窮途事〔四〕，不覺淚滿面。憶昨癸未歲，吾兄自江東〔五〕，得君江湖詩，骨氣凌謝公〔六〕。熊生尉淇上，開館常待客，喜我二人來，歡笑復朝夕。縣樓壓春岸，戴勝鳴花枝。吾徒在舟中〔七〕，縱酒兼彈棋。三月猶未還，客愁滿春草③。賴蒙瑶華贈④〔八〕，諷詠慰懷抱。

【校勘記】

①〔熊曜〕底本曜作耀，此從宋本。②〔効一官〕宋本、底本注：効一作爲。③〔客愁〕《全唐詩》客作寒。④〔瑶華〕底本華作花，此從宋本。

【箋注】

〔一〕杜華：濮陽人，杜暹從孫，杜鴻漸從子，見《新唐書·宰相世系表》。《舊唐書·文苑·王澣傳》：「改仙州别駕，至郡，日聚英豪從禽擊鼓，恣爲歡賞，文士祖詠、杜華常在座。」餘事不詳。熊曜：《全唐文》卷三五一：「曜，南昌人，開元中進士，爲貝州參軍。」《封氏聞見記》九《解紛》云：「熊曜爲臨清尉，以幹蠱聞。太（按當爲平）原守宋渾被人告，經采訪使論事司差官領告人就郡按之。行至臨清，曜欲解其事，乃令曹官請假而權判司法。及告事人至，置之縣獄，曜就加撫慰，供其酒饌。夜深屏人與語，告以情事，欲令逃匿。其人初至前却，見曜有必取之色，慮不免，遂許之。曜令獄卒與脱鎖，厚資給，送出城，並獄卒亦令逃竄。天明，吏白失囚。曜馳赴郡，具陳權判司法，邂逅失囚。太守李澄不之罪也，爲申采訪，奉帖牒，但令切加捕訪而已。既失告者，渾竟得無事。」此亦任俠豪爽人也。詩以癸未歲爲「昨」，當作於天寶二年之後。《岑詩繫年》以爲作於三載，而詩有「三月猶未還」句，與該年春赴舉及第並授官不符。《岑參集校注》以此詩爲五六載間作，亦有不妥。《元和姓纂》有「開元臨清尉熊曜」，則其始尉臨清最遲在開元二十九年。唐官制，六品以下四考遷代，無代留任一年，自二十九年始尉，至天寶六載年限過久，與常例不合。又岑詩《送鄭甚歸東京汜水别業》曾慨歎「因悲宦遊子，終歲無時閑」，天寶五六載乃剛授官後不久，似無暇久遊淇上。意岑參及第授官後，於年終得給假赴歲覲省兼搬家，乃可稍假時日耳。《唐會要》卷八十二《休假》：「元和元年八月，御史臺奏，新授常參官，在城未上，及在外未到假故等，准令式，職事官假滿百日，即合停解。」准令式者，依已有之律條也，可知有特有事故者可給假百日，而路遠者途中又不在其内也。故此詩當作於天寶四載春。熊曜尉臨清至此尚在五年以内，不違常例。淇上，即謂臨清。《水經・淇水注》：「清、漳、白溝、淇河，咸得通稱也。」臨清本臨清水，清水亦即淇水也。

〔二〕侯：君也，對士人尊稱用之。《爾雅・釋詁》：「侯，君也。」《詩・大雅・抑》「謹爾侯度」箋：「侯，君也。」杜甫《同李十二白同尋范十隱居》詩：「李侯有佳句，往往似陰鏗。」參見《送韓巽入都覲省便赴舉》詩注〔二〕。

〔三〕淹泊：滯留，用於仕宦，謂久居卑位也。杜甫《奉贈李八丈判官》詩：「所親問淹泊，泛愛惜衰朽。」

〔四〕窮途：謂困頓之境也。《吴越春秋・王僚使公子光傳》，伍子胥自楚逃吴，「疾於中道，乞食溧陽。適會女子擊綿於瀨水之上，筥中有飯。子胥遇之，曰：夫人可得一餐乎？女子曰：妾獨與母居，三十未嫁，飯不可得。子胥曰：夫人賑窮途少飯，亦何嫌哉！」駱賓王《早發諸暨》詩：「獨掩窮途淚，長歌行路難。」

〔五〕吾兄句：謂岑况事。岑况天寶中曾宰單父，至德初避亂至丹陽，見岑詩《梁園歌》及劉長卿詩《旅次丹陽郡遇康侍御宣慰兼别岑單父》。此在江東，乃宰單父之前，其時或爲江東州縣官也。

〔六〕謝公：謝靈運（三八五—四三三）祖籍陳郡陽夏（今河南省太康縣），晋車騎將軍謝玄之孫，襲封康樂公，以父祖葬始寧（今浙江上虞南），乃移籍會稽。放縱山水，恣意遊賞，詩文之美，江左莫逮。以構衅當政，終致棄市。

〔七〕吾徒：猶我輩。《左傳》襄公三十年，「人謂子産，就直助彊。子産曰：豈爲我徒，國之禍難，誰知所敝。」注：「徒，黨也。」《管子·版法》：「外之有徒，禍乃始牙。」注：「徒，謂黨與也。」

〔八〕瑶華：玉華也，用喻詩文之美。謝朓《郡内高齋閑望答吕法曹詩》：「惠而能好我，問以瑶華音。」瑶之爲物，漢人執説不一。《説文》：「瑶，玉之美者。」《禹貢》「瑶琨篠簜」，孔安國云，「瑶，琨，皆美玉。」《詩·衛風·木瓜》「報之以瓊瑶」，毛亨云：「瓊瑶，美玉。」《漢書·郊祀歌》「眺瑶堂」，應邵云：「瑶，石而似玉者也。」《九歌·東皇太一》「瑶席兮玉瑱」，王逸云：「瑶，石之次玉者也。」又《大司命》「折疏麻兮瑶華」，王逸云：「瑶華，玉華也。」此詩但喻杜華贈詩之美也。

酬成少尹駱谷行見呈①〔一〕

聞君行路難，惆悵臨長衢〔二〕。豈不憚險艱〔三〕，王程剩相拘〔四〕。憶昨蓬萊宫〔五〕，新授刺史符。明主仍賜衣〔六〕，價值千萬餘。何幸承命日，得與夫子俱。攜手出華省，連鑣赴長途〔七〕。五馬當路嘶〔八〕，按節投蜀都〔九〕。千崖信縈折②〔一〇〕，一徑何盤紆〔一一〕。層冰滑征輪，密竹礙隼旟〔一二〕。深林迷昏旦，棧道凌空虛。飛雪縮馬毛③〔一三〕，烈風擘我膚〔一四〕。峰攢望天小〔一五〕，亭午見日出〔一六〕。夜宿月近人，朝行雲滿車。泉澆石罅拆④〔一七〕，火入松心枯。亞尹同心者，風流賢大夫⑤。榮禄上及親，之官隨板輿〔一八〕。高價振臺閣〔一九〕，清辭出應徐〔二〇〕。成都春酒香，且用俸錢沽〔二一〕。浮名何足道，海上堪乘桴〔二二〕。

【校勘記】

①〔行見〕底本誤倒爲見行，此從宋本。②〔千崖〕《唐百家詩選》崖作巖。③〔馬毛〕底本毛作尾，此從《唐百家詩選》、宋本。④〔石罅拆〕《唐百家詩選》、宋本拆作坼，張遜業本作折。⑤〔大夫〕底本注：大一作丈。

【箋注】

〔一〕成少尹：《郎官石柱題名》左司員外郎有成賁。獨孤及《送成都成少尹赴蜀序》：「歲次乙巳，定襄郡王英乂出鎮庸蜀，謀亞尹，僉曰：左司郎中成公可。……卜十一月癸巳出車吉。……適四方不違親，卿大夫之孝也。」則成賁原爲員外郎，後遷郎中，今出爲成都少尹，奉母之官。少尹：唐京兆、東都、太原、成都等府各置少尹一人，正四品上。　駱谷：一名儻駱谷，在陝西省盩厔縣西南、洋縣西北。《元和志》卷二京兆府盩厔縣：「駱谷關，在縣西南一百二十里，武德七年，開駱道以通梁州，在今關北九里，貞觀四年移於今所。駱谷道，漢魏舊道也，南通蜀漢。」又卷二十二洋州興道縣：「駱谷路，在今洋州西北二十里，州至谷四百二十里（?）晉司馬勳出駱谷，破趙戍，壁於懸鉤，去長安二百里。按駱谷在長安西南，南口曰儻谷，北口曰駱谷。」洋州即今陝西洋縣。　詩作於永泰元年。

〔二〕長衢：長街也。古詩《青青陵上柏》：「長衢羅夾巷，王侯多第宅。」

〔三〕豈不憚險艱：魏徵《述懷》詩：「豈不憚艱險，深懷國士恩。」險艱、艱險，義同。憚，畏難也。

〔四〕王程：朝廷所限之日程。《唐六典》卷一：「凡内外百官所受之事，皆印其發日，爲之程限。一日受，二日報。小事五日，中事十日，大事二十日，獄案三十日。其急務者不與焉。」又卷三：「凡陸行之程，馬日七十里，步及驢五十里，車三十里。水行之程，舟之重者泝河日三十里，江四十里，餘水四十五里。……沿流之舟則輕重同制，河日一百五十里，江百里，餘水七十里。」

〔五〕蓬萊宫：即大明宫也，唐太宗初營永安宫，九年改大明宫，高宗龍朔二年增修之，改名蓬萊宫，武后長安五年復名大明宫。見宋程大昌《雍録》。宫中又有蓬萊殿也。

〔六〕賜衣：唐世朝官有衣賜，出爲外官另有賜衣及繒帛等。《事物紀原》卷一《賜服》：「吕易簡《三朝寶訓》曰：建隆三年十月，賜近臣冬服。有司言，累朝故事，止賜將相、學士、諸軍大校。太祖曰：不賜百官，甚無謂也，宜並賜之。自是文武常參官悉及。蓋唐以來，品官在職，即有衣俸，罷即隨住，太祖始通給也。王沂公《筆録》曰：公服舊制冬亦單，賞賜單製，太祖訝詰有司以前代之典，上特命改製，今有夾服，自此始也。」參見《送許拾遺歸江寧拜親》詩注〔四〕。

〔七〕連鑣：猶並騎。晉張協《七命》：「肴駟連鑣，酒駕方軒。」庾信《周上柱國宿國公河池都督普屯威神道碑》：「公侯踵武，岳牧連鑣。」

〔八〕五馬：程大昌《演繁露》二：「太守五馬，莫知的據。」《漢書·朱買臣傳》，拜會稽太守，「長安廄吏乘駟馬車來迎」，漢太守亦駕駟也。古樂府《陌上桑》：「使君從南來，五馬立踟躕。」遂爲五馬之始。或云，太守加一馬，故云五馬，然今《漢官儀》等亦無載。唐人刺史太守詩言五馬者，皆用漢事，非真五馬也。此詩爲駱谷行，一馬已難，安得有五？

〔九〕按節：緩行也。《漢書·五行志下》：「元延三年七月辛未，有星孛於東井。……至天市而按節徐行。」服虔曰：「謂行遲。」同案節。司馬相如《子虛賦》「案節未舒」，司馬彪曰：「案節，徐行得節。」

〔一〇〕縈折：旋繞曲折也。《詩·周南·樛木》「葛藟縈之」傳：「縈，旋也。」《淮南子·覽冥訓》：「河九折注於海而流不絶者，昆侖之輸也。」注：「折，曲。」

〔一二〕盤紆：盤旋紆回也。宋玉《高唐賦》「水淡淡而盤紆兮」注：「紆，回也。」《子虚賦》：「雲夢者方九百里，其中有山焉，其山則盤紆茀鬱，隆崇嵂崒。」

〔一三〕隼旟：州長官儀仗之旗，上畫鷹隼。《周禮·春官·司掌》：「熊虎爲旗，鳥隼爲旟。……州里建旟，縣鄙建旐。」

〔一三〕縮馬毛：鮑照《出自薊北門行》：「馬毛縮如蝟，角弓不可張。」

〔一四〕擘膚：破裂肌膚也。張衡《西京賦》：「剖析毫釐，擘肌分理。」李善注：「鄭玄《周禮》注曰：擘，破裂也。」揚雄《太玄賦》：「翠羽嬍而殃身兮，蚌含珠而擘裂。」

〔一五〕攢：密聚也。《倉頡篇》：「攢，聚也。」

〔一六〕亭午：日正午。《海録碎事》卷一引梁元帝《纂要》：「日在午曰亭午，日在未曰映，日晚曰旰。」晋孫綽《遊天台山賦》：「爾乃羲和亭午，遊氣高褰。」秦嶺腹地山峰皆如石筍，排比而立，高插雲霄，即初夏亦積雪不化。行人處其中如在谷底，故天小而日難見也。

〔一七〕石罅：岩縫也。《鬼谷子·抵巇》：「巇者罅也，罅者㵎也，㵎者成大隙也。」《説文》：「罅，裂也。」

〔一八〕板輿：步輿也，今失其制，清代之轎子或近似之。潘岳《閑居賦》：「太夫人乃御板輿，升輕軒，遠覽王畿，近周家園。」後世因以之爲奉親之辭。白居易《送唐州崔使君侍親赴任》詩：「烏府一拋霜簡去，朱輪四從板輿行。」然板輿原爲老者之乘，非僅奉親也。《晋書·傅祗傳》：「遷司徒，以足疾，詔板輿上殿，不拜。」《梁書・韋叡傳》：「叡素羸，每戰未嘗乘馬，以板輿自載，督勵衆軍。」《魏書・崔挺傳》：「掖縣有人年踰九十，板輿造州。」隋梁睿謝病在家，文帝賜以板輿。此均與奉親無關者。然唐詩中多據潘岳賦，以板輿爲奉母故實，後世又更沿襲之。惟李善注潘賦引周遷《輿服雜事記》曰：「步輿方四尺，素木爲之，以皮爲襻掆之，自天子至庶人，通得乘之。」此則爲古義也。

〔一九〕臺閣：猶臺省，謂尚書省。《後漢書・仲長統傳》載《法誡篇》：「光武皇帝愠數世之失權，忿强臣之竊命，矯枉過直，政不任下，雖置三公，事歸臺閣。」李賢注：「臺閣，猶尚書也。」又《蔡邕傳》載《陳政疏》：「公府臺閣，亦復默然。」惟《後漢書》用臺閣字亦有他義。《梁冀傳》：「冀乃大起宅第，……臺閣周通，更相臨望，飛梁石蹬，陵跨水道。」此則謂樓臺亭閣也。

〔二〇〕應徐：謂應瑒、徐幹，建安中文士，俱善爲文，見曹丕《典論》。應瑒，汝南人，應劭從子，爲曹操丞相掾屬，轉平原侯（植）庶子，五官將（丕）文學，建安二十二年卒。《三國志》有傳。徐幹：北海人，爲司空（操）軍謀祭酒掾屬，五官將文學，建安二十二年卒。《三國志》有傳。

〔二一〕沽：買也。《論語・鄉黨》：「沽酒市脯不食。」

〔二二〕乘桴：乘木筏也。《論語・公冶長》：「子曰：道不行，乘桴浮於海，從我者其由歟。」注：「馬曰：編竹木，大者曰栰（同筏），小者曰桴。」亦作泭。《楚辭・九章・惜往日》「乘氾泭以下流兮」王逸注：「編行木曰泭，……一作柎。」

虢中酬陝西甄判官贈①〔一〕

微才棄散地〔二〕，拙宦慚清時〔三〕。白髮徒自負，青雲難可期。胡塵暗東洛〔四〕，亞相方出師〔五〕。分陝振鼓鼙〔六〕，二崤滿旌旗〔七〕。夫子廊廟器，迥然青冥姿〔八〕。閫外佐戎律〔九〕，幕中吐兵奇。前者驛使來，忽枉行軍詩〔一〇〕。晝吟庭花落，夜諷山月移。昔君隱蘇門〔一一〕，浪跡不可羈。詔書自徵用〔一二〕，令譽天下知〔一三〕。别來春草長，東望轉相思。寂寞山城暮，空聞畫角悲〔一四〕。

【校勘記】

①〔贈〕《唐詩紀》作見贈。

【箋注】

〔一〕陝西：唐節度使府名。《舊唐書·肅宗紀》乾元三年（上元元年）四月，「己未，以陝州刺史來瑱爲襄州刺史、充山南東道襄鄧等十州節度、觀察處置等使。庚申，以右羽林大將軍郭英乂爲陝州刺史、陝西節度、潼關防禦等使」。又《郭英乂傳》：「朝廷方討史思明，選任將帥，乃起英乂爲陝州刺史，充陝西節度、潼關防禦等使。尋加御史大夫，兼神策軍節度使。」《舊唐書·肅宗紀》乾元二年三月來瑱以陝州刺史充虢華節度、潼關防禦團練等使。則來瑱調襄州、郭英乂代來瑱時虢華節度始改陝西節度也。　甄判官：不詳。　或謂此詩作於上元元年，恐非。

本年四月郭英乂始爲節度使，時已入夏，而「尋加御史大夫」當又稍後，與詩中「庭花」、「亞相」有所不合。故詩當作於上元二年二三月間。

〔二〕散地：閑散之地，謂無實權之官位也。郭子儀以鄴城兵敗，兵權被代，召還京師，其司徒、代國公之官爵仍舊。《資治通鑑》卷二二一上元元年九月載，或上言：「天下未平，不宜置郭子儀於散地。乙未，命子儀出鎮邠州，党項遁去。」

〔三〕清時：政治清明之世也。李陵《答蘇武書》：「勤宣令德，策名清時。」《太平御覽》卷八一七，「魏武帝令曰：今清時，但當盡忠於國，効力王事。」

〔四〕胡塵句：乾元二年九月，史思明引兵南下，取滑、汴、鄭各州，復陷洛陽，李光弼退守河陽，與賊相持。

〔五〕亞相：漢代宰相缺位，多以御史大夫昇任，後世乃稱御史大夫爲亞相。蘇頲《授尹思貞御史大夫制》：「國之副相，位亞中台。」鄭谷《次韻和禮部盧侍郎江上秋夕寓懷》詩：「盧郎到處覺風生，蜀郡留連亞相情。」原注：「時中儀在瀘州，恩門大夫待遇優厚。」

〔六〕分陝：謂陝州。《公羊傳》隱公五年，「自陝而東者，周公主之；自陝而西者，召公主之。」陝，原名，在陝州西南。高而平曰原。虞世南《奉和幸江都應詔》詩：「封唐昔敷錫，分陝被荆吴。」

〔七〕二崤：謂崤山。《水經注》有三崤，所謂崤水出盤崤，石崤水出石崤，千崤水出千崤。實則東崤、西崤二崤而已，合則一崤山也。《元和志》卷五河南府永寧縣：「二崤山，又名嶔崟山，在縣北二十八里。……自東崤至西崤三十五里。東崤長坂數里，峻阜絶澗，車不得方軌。西崤全是石坂十二里，險絶不異東崤。」永寧，民國改爲洛寧。《元和志》所云，乃通道所經處。今崤山自靈寶、洛寧交界處起，蜿蜒而東，舊志所謂「高峻極天，爲洛寧群山之祖，從無能躋其巔者」。最高處海拔一千九百餘公尺，距洛寧一百二十里。山迤邐而東，爲陝縣、洛寧分界處，東至澠池。隋、唐東、西京交通，由陝州東南行，越崤山，經永寧、宜陽，東至洛陽。此即南道。上元二年史思明襲陝州，崤山爲交戰之地。《資治通鑑》卷二二二：「思明既破李光弼，欲乘勝西入關，使朝義將兵爲前鋒，自北道襲陝城。思明自南道將大軍繼之（注：南道，出二崤之間，漢建安中曹公西討巴蜀，惡南路之險，更開北道）。三月甲午，朝義兵至礓子嶺（注：即礓子坂也，按《舊唐書》礓子嶺在陝城東），衛伯玉逆擊，破之。」詩有「庭花落」，與史載三月合，則「振鼓鼙」、「滿旌旗」者，即謂此役也。

〔八〕迥然：遠也。《爾雅·釋詁》：「迥，遠也。」迥、遠，遐也。」

〔九〕閫外：郭門之外，謂軍中、邊府。《史記·馮唐列傳》：「上古王者之遺將也，跪而推轂曰：閫以内者，寡人制之，閫以外者，將軍制之。」

〔一〇〕枉：屈尊就卑之謂也。《戰國策·韓策》：「聶政母死既葬，除服，聶政曰：嗟乎，政乃市井之人，鼓刀以屠，而嚴仲子乃諸侯之卿相也，不遠千里，枉車騎而交臣，臣之所以待之至鮮淺矣。」

《三國志·蜀·諸葛亮傳》：「此人可就見，不可屈致也，將軍宜枉駕顧之。」

〔二〕蘇門：山名。《元和志》卷十六衛州衛縣：「蘇門山，在縣西北十一里，孫登所隱，阮籍、嵇康所造之處。」《晉書·孫登傳》：「孫登字公和，汲郡共人也，無家屬，於郡北山爲土窟居之。」又《地理志》：「汲郡，泰始二年置，統縣六，户三萬七千。汲，有銅關。共，故國，北山，淇水所出。」汲即今河南省汲縣。共，即今河南省輝縣。淇水所出之北山，在今山西省陵川縣。《明史·地理志》始以輝縣西北七里百門山爲蘇門山，百門山以有百門泉得名，今所謂百泉也。衛縣，舊址在今浚縣西南衛賢鄉，其西北十一里無山。今淇縣西山有名蘇嶺者，未知古名是否蘇門也。

〔三〕詔書徵用：謂制科舉也。《新唐書·選舉志》：「所謂制舉者，其來遠矣。自漢以來，天子常稱制詔道其所欲問而親策之。唐興，……而天子又自詔四方德行、才能、文學之士，或高蹈幽隱與其不能自達者，下至軍謀將略、翹關拔山、絶藝奇技，莫不兼取。」

〔三〕令譽：美名也。《爾雅·釋詁》：「令，善也。」《世説新語·言語》：「鍾毓、鍾會少有令譽。」

〔四〕畫角：軍中樂器名。《文獻通考》卷一三八引陳氏《樂書》曰：「胡角本應胡笳之聲，通長鳴、中鳴，凡有三部。魏武帝北征烏丸，越沙漠，軍士聞之，靡不動鄉關之思，於是武帝半減之爲中鳴，其聲尤更悲切。蓋其制並五采衣幡，掌畫蛟龍，五采脚。」敦煌壁畫沙州都督出行圖，鹵簿中有四騎者吹角，其狀細長如臂，本細末大，斜向天而吹之，其中有二畫角。

過梁州奉贈張尚書大夫公〔一〕

漢中二良將，今昔各一時。韓信此登壇〔二〕，尚書復來斯〔三〕。手把銅虎符〔四〕，身總丈人師①〔五〕。錯落北斗星〔六〕，照耀黑水湄〔七〕。英雄若神授，大材濟時危〔八〕。頃歲遇雷雲〔九〕，精神感靈祇〔一〇〕。勳業振青史〔一一〕，恩德繼鴻私〔一二〕。羌虜昔未平〔一三〕，華陽積僵屍〔一四〕。人煙絶墟落〔一五〕，鬼火依城池。巴漢空水流〔一六〕，褒斜惟鳥飛〔一七〕。自公布德政〔一八〕，此地生光輝②。百堵創里閭〔一九〕，千家恤惸嫠〔二〇〕。層城重鼓角〔二一〕，甲士如熊羆〔二二〕。坐嘯風自調③〔二三〕，行春雨仍隨〔二四〕。芃芃麥苗長〔二五〕，藹藹桑葉肥〔二六〕。浮客相與來〔二七〕，群盜不敢窺〔二八〕。何幸承嘉惠〔二九〕，小年即相知④。富貴情易疏，相逢心不移〔三〇〕。置酒宴高館，嬌歌雜青絲。錦席繡拂廬〔三一〕，玉瓶金屈巵。春景透高戟〔三二〕，江雲簪長麾〔三三〕。櫪馬嘶柳陰〔三四〕，美人映花枝。門傳大夫印〔三五〕，世擁上將旗。承家令名揚〔三六〕，許國苦節施〔三七〕。戎幕寧久駐，臺階不應遲〔三八〕。别有彈冠士〔三九〕，希君勿見遺。

【校勘記】

①〔丈人師〕底本、明抄本丈作文，此從張遜業本。

②〔生光輝〕底本作先生輝，此從明抄本。

③〔坐嘯〕底本嘯作笑，此從正德成都本、明抄本。

④〔小年〕明抄本小作少，下一字即誤爲郎。

【箋注】

〔一〕張尚書大夫公：謂張獻誠，名將張守珪之子，陝州平陸人。天寶末陷賊，僞署汴州刺史、陳留節度使。寶應冬史朝義敗逃汴州，獻誠閉門不納，詔拜汴州刺史。廣德二年改山南西道節度使，永泰元年加檢校工部尚書。新、舊《唐書》僅載封南陽郡公、鄧國公，不載爲御史大夫，當爲史之闕文。　此詩有麥苗字，乃大曆元年春入蜀滯留梁州時作。本年二月命杜鴻漸爲山南西道、劍南副元帥以平蜀亂，不久張獻誠兵敗梓州，杜鴻漸滯留梁州。岑參時以職方郎中兼侍御史入杜幕，乃隨之出行也。

〔二〕韓信：淮陰人，漢之名將。漢高帝元年（前二〇六），項羽立劉邦爲漢王，都南鄭。劉邦用蕭何計，設壇場拜韓信爲大將，出陳倉，定三秦，木罌渡黄河擒魏王豹，出井陘破趙兵二十萬，平齊國，會兵垓下，霸王敗亡。後以遭忌誅死。見《史記》、《漢書》本傳。

〔三〕斯：此也。《詩·召南·殷其靁》「何斯違斯」傳：「斯，此。」《論語·雍也》：「斯人也而有斯疾也。」疏：「斯，此也。」

〔四〕銅虎符：漢代發兵符信。《史記·孝文帝紀》三年，「九月，初與郡國守、相爲銅虎符、竹使符」。《集解》：「應劭曰：銅虎符第一至第五，國家當發兵，遣使者至郡合符，符合乃聽受之。」《索隱》：「銅虎符發兵，長六寸。」虎符至遲始於戰國，魏信陵君盜虎符奪晋鄙軍以救趙，亦見於《史記》，惟其時或不以銅也。

〔五〕身總丈人師：謂張以威嚴莊重統率師旅。總本聚束之義，引申爲管理、統領。《尚書·伊訓》：「百官總己，以聽冢宰。」《左傳》僖公七年「總其罪人以臨之」注：「總，將領也。」丈人，嚴莊之人也。《易·師》：「師貞，丈人，吉，無咎。象曰：師，衆也；貞，正也。能以衆正，可以王矣。」注：「丈人，嚴莊之稱也，爲師之正，丈人乃吉也，興役動衆無功罪也，故吉，乃無咎也。」疏：「丈人，謂嚴莊尊重之人。」

〔六〕錯落：參差散布也。班固《西都賦》：「裛以藻綉，絡以綸連，隨侯明月，錯落其間。」崔顥《古遊俠呈軍中諸將》詩：「錯落金鎖甲，蒙茸貂鼠衣。」

〔七〕黑水：《禹貢》黑水所指不一。「華陽黑水惟梁州」，謂巴漢之水。「黑水西河惟雍州」，謂河西之水。此詩蓋謂漢水。《水經注》卷二十七沔水，「漢水又東，黑水注之，水出北山，南流入漢。庾仲雍曰，黑水去高橋三十里」，諸葛亮牋云，朝發南鄭，暮宿黑水，四五十里」，指謂是水也，道則百里也。」　湄：岸邊也。《爾雅·釋水》：「水草交爲湄。」湄亦作麋。《詩·小雅·巧言》：「彼何人斯，居河之麋。」傳：「水草交謂之麋。」《釋文》：「麋本又作湄，音眉。」

〔八〕濟時危：濟，救也。《易·繫辭上》：「知周乎萬物而道濟天下。」

〔九〕頃歲：近年也，同頃年。《後漢書·孝明帝紀》永平十三年詔：「頃年以來，雨水不時。」　遇雷雲：山川之氣陰陽相薄生雲致雷，以喻世事之巨變。開元天寶盛世因安史之亂而崩毁，數年之間，風雲變幻。

〔一〇〕靈祇：天地之神。見《送許子擢第歸江寧拜親》詩注〔二二〕。

〔一一〕勳業：功勳事業也。《三國志·魏·傅嘏傳》戒鍾會曰：「子志大其量，而勳業難爲也，可不慎哉。」　青史：史册也。古人無紙，以竹簡爲書，有殺青、汗青之稱，故呼史册曰青史。劉孝標《重答劉秣陵沼書》：「青簡尚新，而宿草將列。」李善注引《風俗通》曰：「劉向《别録》：殺青者，直治青竹作簡書之耳。」《北堂書鈔》卷一百四引《别録》：「新竹有汗，復善朽蠹，竹簡者，皆於火上炙乾之。」《後漢書·吴祐傳》「恢欲殺青簡以寫經書」注：「殺青者，以火炙簡令汗，取其青，易書復不蠹，謂之殺青，亦謂汗簡。」明姚福《青溪暇筆》云：「古者著書以竹，初稿書於汗青，汗青者，竹皮浮滑如汗，以其易於改抹，既正則殺青書於竹素，殺（音賽），削也，言取青皮而書竹白，不可改易也。」

〔一二〕恩德：恩惠德澤也。《戰國策·齊策一》：「君以魯衆合戰勝後，此其爲德也亦大矣，其見恩德亦甚大也。」　鴻私：特大之私恩，多指皇恩。虞世南《奉和幸江都應詔》詩：「鴻私浹幽遠，厚澤潤凋枯。」

〔一三〕羌虜句：羌，中國古代西部民族名。《詩·商頌·殷武》：「自彼氐羌，莫敢不來享。」武王伐紂，有庸、蜀、羌、髳會於牧野。漢武帝置護羌校尉，三國蜀將馬超之祖母亦羌女也。隋唐有党項、奴剌、羌族也，安史亂後，屢入内地。《資治通鑑》卷二二二肅宗上元二年五月，「癸巳，党項寇寶雞」。六月「戊寅，党項寇好畤」。寶應元年建辰月「丙申，党項寇奉天」。又「甲申，奴剌寇梁州，觀察使李勉棄城走」。建卯月「辛亥朔，……奴剌寇城固」。

〔一四〕華陽：華山之南。《禹貢》「華陽黑水惟梁州」傳：「東據華山之南，西距黑水。」疏：「東據華山之南，不得其山，故曰陽也。」清胡渭《禹貢錐指》以爲華陽即陽華，《山海經》有陽華之山，在商州地境，此説恐非。

〔一五〕墟落：村落也。墟，通作虚，舊居之地也。《左傳》昭公十七年，「宋，大辰之虚也」疏：「虚者，舊居之處也。」落，居也。《後漢書·仇覽傳》：「吾近日過舍，廬落整頓，耕耘以時，此非惡人，當是教化未及至耳。」注：「《廣雅》曰，落，居也。案今人謂院爲落也。」范雲《贈張徐州稷詩》：「軒蓋照墟落，傳瑞生光輝。」李善注：「《説苑》師曠謂晋平公曰，五鼎不當生墟落。」王維《渭川田家》詩：「斜陽照墟落，窮巷牛羊歸。」

〔一六〕巴漢：古有巴國，秦置巴郡，位今四川省東部。漢謂漢中一帶。張獻誠爲山南西道節度使，在漢中；又兼劍南東川節度使，即古巴國地也。惟奴剌未曾越巴山而南，則此巴漢當謂巴山、漢水也。

〔一七〕褒斜：即褒斜谷。《史記·河渠書》：「其後有人上書欲通褒斜道及漕事，下御史大夫張湯。……發數萬人作褒斜道五百餘里。」平帝時王莽通子午道，褒斜道廢。《後漢書·孝順帝紀》延光四年十一月，「乙亥，詔益州刺史罷子午道，通褒斜路。」注：「褒斜，漢中谷名，南谷名褒，北谷名斜，首尾七百里。」《元和志》謂四百七十里。

〔一八〕德政：惠民之治也。《左傳》隱公十一年，「政以治民，刑以正邪，既無德政，又無威刑，是以及邪」。

〔一九〕里閭：鄉邑也。《古詩十九首》：「思還故里閭，欲歸道無因。」按《爾雅・釋言》：「里，邑也。」注：「謂邑居。」《周禮・地官・遂人》：「五家爲鄰，五鄰爲里。」里之異説甚多。《管子・度地》：「百家爲里，里十爲術，術十爲州。」《公羊傳》宣公十五年「什一行而頌聲作」注：「在田曰廬，在邑曰里，一里八十户。」《尚書大傳》二《周傳》：「八家爲鄰，三鄰爲閭，三閭爲里。」《鶡冠子・王鈇》：「五家爲伍，十伍爲里。」又按《説文》：「閭，里門也。」《公羊傳》成公二年「相與踦閭而語」注：「閭，當道門。」此謂邑居之門。《周禮・地官・大司徒》：「令五家爲比，使之相保；五比爲閭，使之相受。」則閭亦爲行政單位，二十五家，與里相同。

〔二〇〕恤：《爾雅・釋詁》：「恤，憂也。」《周禮・地官・大司徒》：「以保息六：……四曰恤貧。」注：「恤貧，貧無財業，稟貸之。」　惸嫠：孤寡之人。《周禮・秋官・大司寇》：「凡遠近惸獨老幼之欲有復欲上」注：「無兄弟曰惸，無子孫曰獨。」嫠，寡婦也。《左傳》襄公二十五年，「崔子曰：嫠也何害，先夫當之矣」注：「寡婦曰嫠。」

〔二一〕層城：本謂崑崙山之高峰。《淮南子・地形訓》：「掘崑崙以下地，中有層城九重，其高一萬一千里百一十四步二尺六寸。」《水經注・河水一》引《崑崙説》云，崑崙山有三級，下曰樊銅，中曰玄圃，「上曰增（層）城，一名天庭，是謂太帝之居」。後世以之稱城墻之高峻。《世説新語・言語》：「桓征西治江陵城甚麗，……遥望層城，丹樓如霞。」　鼓角：二者本軍中樂器也，鼓見《虢齋南池幽興因與閻二侍御道别》詩注〔九〕，角見《虢州酬陝西甄判官贈》詩注〔一四〕。《後漢書·公孫瓚傳》：「梯衝舞吾樓上，鼓角鳴於地中。」後世州府城亦用於報時。杜甫《閣夜》：「五更鼓角聲悲壯，三峽星河影動摇。」元稹《以州宅夸於樂天》詩：「星河似向簷前落，鼓角驚從地底迴。」

〔二二〕甲士：帶甲之士，猶甲兵。　熊羆：猛獸名，用喻武士。《尚書·康王之誥》：「則亦有熊羆之士，不二心之臣，保乂王家。」傳：「言文武既聖，則亦有勇猛如熊羆之士，忠一不二心之臣，共安治王家。」《史記·司馬相如列傳·子虚賦》「手熊羆」張守節曰：「熊，犬身人足，黑色。羆大於熊，黄白色。皆能攀沿上高樹，冬至入穴而蟄，始春而出也。」《爾雅·釋獸》：「羆，如熊，黄白文。」注：「似熊而長頭，高脚，猛憨多力，能拔樹木。」

〔二三〕坐嘯：謂以無爲理政。《後漢書·黨錮傳》：「後汝南太守宗資任功曹范滂，南陽太守成瑨亦委功曹岑晊。二郡又爲謡曰：汝南太守范孟博，南陽宗資主畫諾；南陽太守岑公孝，弘農成瑨但坐嘯。」范滂字孟博，岑晊字公孝，宗資南陽人，成瑨弘農人也。成瑨坐嘯，謂不治事，後世轉爲無爲簡政以治郡義。駱賓王《上兖州刺史書》：「卧理稱難，坐嘯匪易。」卧而治之，謂漢汲黯也。

〔二四〕行春：漢時太守春日行縣勸農桑，謂之行春。《後漢書·鄭弘傳》：「弘少爲鄉嗇夫，太守第五倫行春，見而深奇之。」注：「太守常以春行所主縣，勸人農桑，振救乏絶，見《續漢志》也。」

〔二五〕芃芃：茂盛貌。《詩·鄘風·載馳》「芃芃其麥」傳：「麥芃芃然方盛長。」《詩·大雅·棫樸》「芃芃棫樸」傳：「芃芃，木盛貌。」芃音蓬，薄紅切。

〔二六〕藹藹：亦茂盛也。《文選·景福殿賦》「藹藹萋萋」注：「濟曰，藹藹，盛貌。」又《補亡詩崇丘》「其林藹藹」李善注：「藹藹，茂盛貌。」

〔二七〕浮客：浮户與客户，謂未曾著籍之人。南北朝時，版籍紊亂，爲釐定財賦、征役，曾多次土斷定户。然直至隋世，仍有無貫之人，即所謂浮户。《隋書·食貨志》：「其無貫之人，不樂州縣編户者，謂之浮浪人。」唐世三年一造籍定户，而或以天灾，或避賦役，流落他鄉之民爲浮民。《新唐書·食貨志》：「浮民、部曲、客女、奴婢縱爲良者，附寬鄉。」玄宗時宇文融獻策，括籍外逃户每丁税錢千五百，括得客户八十萬，田亦稱是。州縣希旨張虚數，以正田爲羡，編户爲客，歲終籍錢數百萬緡。安史亂後，逃户甚多，乃准客户、浮户受領田屋。《唐會要》卷八十五《逃户》：「廣德二年四月敕，如有浮客，情願編附，請射逃人物業，便准式據丁口給授。」德宗時行兩税法，楊炎上疏曰：「户無土客，以見居爲簿；人無中丁，以貧富爲差。」乃使浮客與土著趨於統一。唐世州縣考課，以户口增减定官吏之殿最。《新唐書·食貨志》：「州縣歲上户口登耗，採訪使覆實之，刺史、縣令以爲課最。」因之官吏或析原户，或招徠浮客，誘引鄰境之民，用爲增益。詩謂張獻誠治梁州有道，户口增加，所謂「浮客相與來」也。此字亦有遊子之義。謝惠連《西陵遇風獻康樂詩》：「悽悽留子言，眷眷浮客心。」鮑照《吴興黄浦亭庾中郎别詩》：「旅雁方南飛，浮客未西歸。」然此義與岑詩不符。顔真卿《梁吴興太守柳渾西亭記》：「廢田墾至二百頃，浮客臻湊，迨乎二千。」此義與岑詩同，謂浮户與客户也。

〔二八〕群盗句：廣德元年吐蕃入長安，諸軍亡卒及鄉曲無賴子弟相聚爲盗。吐蕃退走，群盗竄伏南山爲患。《資治通鑑》卷二二三廣德二年十一月，「五谷防禦使薛景仙討南山群盗，連月不克，上命李抱玉討之。賊帥高玉最强，抱玉遣兵馬使李崇客將四百騎自洋州入，襲之於桃虢川，大破之，玉走成固。庚申，山南西道節度使張獻誠擒玉，獻之，餘盗皆平」。

〔二九〕嘉惠：稱美他人所施恩惠也。《左傳》昭公七年，「今君若步玉趾，辱見寡君，寵靈楚國，以信蜀之役，致君之嘉惠，是寡君既受貺矣，何蜀之敢望」。《史記》賈誼《吊屈原賦》：「恭承嘉惠兮，俟罪長沙。」

〔三〇〕富貴情易疏句：《史記·陳涉世家》：「陳涉少時，嘗與人傭耕，輟耕之壟上，悵恨久之，曰：苟富貴，勿相忘。」及陳勝爲王，故人嘗與傭耕者往見殿屋帷帳，曰：「夥頤(伙計)！涉之爲王沈沈者！」並言陳勝故情。或説陳勝「客愚無知，妄言輕威」，陳勝乃殺之。鮑照《代邊居行》：「不憶貧賤時，富貴輒相忘。」

〔三一〕拂廬：吐蕃帳幕。《舊唐書·吐蕃傳》：「貴人居於大氈帳，名爲拂廬。」此謂張獻誠宴客之錦帳。

〔三二〕春景：春日。陸機《長安有狹邪行》：「輕蓋承華景，騰步躡飛塵。」李善注：「華景，日也。」　高戟：節度使府之門戟也。《新唐書·百官志》武器署：「凡戟，廟、社、宮、殿之門二十有四，東宮之門十有八，一品之門十六，二品及京兆、河南尹、太原尹、大都督、大都護之門十四，三品及上都督、上都護、上州之門十二，下都督、下都護、中州、下州之門各十。」張獻誠爲梁州刺史（上州）充山南西道節度使，府門應立戟十二也。《唐會要》卷三十二《戟》：「長慶二年十月，以禮部尚書韋綬爲山南西道節度使，辭日，請門戟十二，自持赴鎮，從之。」

〔三三〕篲：竹帚也。《禮記·曲禮上》：「國中以策彗卹勿驅」注：「彗，竹帚。」彗同篲。　長麾：大將之旗也。《史記·魏其武安侯列傳附灌夫傳》：「馳入吳軍，至吳將麾下。」張守節曰：「謂大將之旗。」

〔三四〕櫪：馬厩也。魏武帝《龜雖壽》：「老驥伏櫪，志在千里。」

〔三五〕大夫印句：張獻誠父守珪於開元二十三年拜輔國大將軍、右羽林大將軍兼御史大夫，見《新唐書》本傳及《資治通鑑》。今獻誠又爲御史大夫，故云。

〔三六〕承家：《易·師》：「大君有命，開國承家，小人勿用。」疏：「若其功大，使之開國爲諸侯；若其功小，使之承家爲卿大夫。」

〔三七〕苦節：《易·節》「苦節不可貞」疏：「節須得中，爲節過苦，傷於刻薄，物所不堪，不可復正，故曰苦節不可貞也。」後世以之爲忠貞之節。　張説《送郭大夫元振再使吐蕃》詩：「遠圖待才智，苦節輸筋力。」岑詩蓋爲張獻誠受安禄山僞官事之曲説也。

〔三八〕臺階：謂張獻誠將入居臺省爲宰衡也。

〔三九〕彈冠士：謂獻誠執政，岑參將彈冠以待。《漢書·王吉傳》：「吉與貢禹爲友，世稱，王陽（吉字子陽）在位，貢公彈冠。」注：「師古曰，彈冠者，且入仕也。」岑參時已爲刺史，此當謂昇遷且再入朝中也。

冀州客舍酒酣貽王綺寄題南樓時王子應制舉欲西上〔一〕

夫子傲常調〔二〕，詔書下徵求。知君欲謁帝，秣馬趨西州①〔三〕。逸足何騤騤②〔四〕，美聲實風流③〔五〕。富學贍清辭④〔六〕，下筆不能休。君家一何盛，赫奕難爲儔〔七〕。伯父四五人，同時爲諸侯〔八〕。憶昨始相值〔九〕，值君客貝丘〔一〇〕。相看復乘興，攜手到冀州。前日在南院⑤，與君上北樓。野曠不見山，白日落草頭。客舍梨花繁，深花隱鳴鳩。南鄰新酒熟，有女彈箜篌⑥〔一一〕。醉後或狂歌⑦，酒醒滿離憂。主人不相識，此地難淹留。吾廬終南下，堪與王孫遊〔一二〕。何當肯相尋，澧上一孤舟⑧〔一三〕。

【校勘記】

①〔秣馬〕底本秣作扶，注：一作秣。明抄本作抹。此從底本注語。〔西州〕明抄本州作周。②〔何騤騤〕底本、明抄本注：何一作方。③〔美聲〕底本、明抄本注：聲一作秀。④〔富學〕《唐

詩紀》作學富。⑤〔南院〕底本院作縣，注：一作院。各本均作縣。唐冀州有南宫縣，《元和志》卷十七：「南宫縣，望，東北至州六十二里。」詩言「前日在南縣，與君上北樓。野曠不見山，白日落草頭」，或可作爲在南宫縣所見。然接下「客舍梨花繁，深花隱鳴鳩。南鄰新酒熟，有女彈箜篌。醉後或狂歌，酒醒滿離憂。主人不相識，此地難淹留」，爲南縣事抑爲冀州事？若爲南縣事，則「冀州客舍」無所聞見，題目落空，且與「此地」句不符。若爲冀州事，則與南縣所見中無分隔處，「落草頭」與「梨花繁」又分爲兩地所見，行文雜亂。且「客貝丘」後即「到冀州」，中忽插入南縣事，也不倫不類。若作「南院」，則一切均解。南院所上之北樓，亦即冀州客舍之南樓，南院者，客舍之南院也。故此從底本注語。⑥〔彈箜篌〕敦煌殘卷彈作能。⑦〔或狂歌〕底本注：或一作欲。⑧〔澧上〕底本、明抄本澧作灃，此從張遜業本。

【箋注】

〔一〕冀州：古冀州包有今山西、河北兩省及其以北、東北之地。漢、晋雖皆有冀州而轄境漸小。後魏於信都置冀州，隋因之，僅有一郡數縣之地。唐承隋舊，冀州治信都縣，即今河北省冀縣，下有南宫、堂陽、武强、下博、棗强、衡水、阜城、武邑等縣，有户十一萬餘，爲上州。王綺：北周王褒五世孫，官終越州倉曹參軍，見《新唐書·宰相世系表》。制舉：天子自詔取士曰制舉，見《虢中酬陜西甄判官贈》詩注〔三〕。此詩爲北遊河朔之作，聞一多以爲在開元二十九年。陳鐵民以爲二十九年無制舉，乃開元二十七年作。《册府元龜》卷六八《帝王部求賢二》：

「二十七年正月令諸州刺史舉德行尤異不求聞達者，許乘傳赴京。」「二月詔曰，草澤間有殊才異行、文堪經國、爲衆所知不求聞達者，所由長官以禮徵送。」然陳説雖有此據，但云「歷考諸書，未見開元二十九年有制舉」，則實有疏忽。《册府元龜》即在前條之下又有「二十九年正月詔曰……其内外官有親伯叔及兄弟並子姪中，灼然有才術異能、風標節行、通閑政理、據資歷堪充刺史縣令者，各任以名薦」。《舊唐書·玄宗紀》：「開元二十九年正月丁丑制……内外官有伯叔兄弟子姪堪任刺史、縣令，所司親自保薦。」此即所謂牧宰舉。詩言王綺「伯父四五人，同時爲諸侯」，與詔中所言内外官可薦子姪合。唯王綺「資歷」不詳，或曾充州縣佐吏也。故此詩當作於二十九年春。

〔二〕常調：選士中之常格，謂進士、明經等。制舉乃待非常士者，故云王子傲常調。調，去聲，徒吊切。《廣韻》訓選，《集韻》訓試，皆舉選中義。

〔三〕西州：謂雍州也。《戰國策·韓策》：「昔者（秦）穆公一勝於韓原而霸西州。」詩句字或作西周，亦謂雍州也，州周古字通用。《漢書·路博德傳》「西河平州人」，而《地理志》西河郡有平周而無平州，知平州即平周。

〔四〕逸足：迅疾之足，喻才高也。傅毅《舞賦》「良駿逸足」，李善注：「逸，疾也。」《三國志·蜀·龐統傳》：「陸子可謂駑馬有逸足之力。」　駸駸：馬疾行也。《詩·小雅·四牡》：「駕彼四駱，載驟駸駸。」傳：「駸駸，驟貌。」

〔五〕美聲：猶令譽也。本謂歌樂之美，此借喻名聲之美。張衡《西京賦》：「妖蠱艷夫夏姬，美聲暢於虞氏。」李善注引《七略》曰：「漢興，善歌者魯人虞公，發聲動梁上塵。」嵇康《琴賦》：「碨磥碨硌，美聲將興。」以上均謂歌樂。《三國志·蜀·諸葛瞻傳》：「蜀人追思亮，每朝廷有一善政佳事，百姓皆傳相告曰：葛侯（瞻）之所爲也。是以美聲溢譽，有過其實。」此則轉爲人之名聲矣。

〔六〕贍：富也，豐足也。《後漢書·第五倫傳》：「掾吏家貲多至千萬，皆鮮車怒馬，以財貨自達，倫悉簡其豐贍者遣還之。」又《班固傳論》：「（司馬）遷文直而事覈，（班）固文贍而事詳。」清辭：澄潔之文辭也。陳琳《答東阿王牋》：「清辭妙句，焱絶焕炳。」

〔七〕赫奕：顯赫光明也。何晏《景福殿賦》「赫奕章灼若日月之麗天」李善注：「赫奕，光顯昭明也。」晉石崇自理表：「（扶風王）駿戚屬尊重，權要赫奕。」　儔：匹也，類也。《鬼谷子·中經》「儔善博惠」注：「儔，類也。」張衡《思玄賦》「魂憿惘而無儔」舊注：「儔，匹也。」

〔八〕諸侯：周代分封其下爲諸侯國，有公、侯、伯、子、男五等。秦廢封建，立郡縣，郡守相當古之諸侯。《漢書·王嘉傳》上疏哀帝：「今之郡守，重於古諸侯。」詩言王綺伯父多人爲郡守刺史也。

〔九〕相值：相遇也。《三國志·蜀·關羽傳》：「先主斜趣漢津，適與羽船相值，共至夏口。」鮑照《擬行路難》之九：「昔我與君始相值，爾時自謂可君意。」

〔一〇〕貝丘：地名。《漢書·地理志》清河郡有縣十四，貝丘，都尉治。應劭曰：「齊桓公田於貝丘是。」《元和志》卷十六貝州臨清郡：「貝丘城，在縣東南五十里，漢貝丘縣城也。城内有丘，高五丈，周迴六十八步，城因此爲名。《春秋》公田於貝丘，是齊州地，與此異也。」《讀史方輿紀要》卷三十五青州府博興縣：「貝中聚，在縣南五里。杜預曰，博昌縣南有地名貝中。京相璠曰，博昌南近澠水，水側有地名貝丘，在齊郡西北四十里。《春秋》莊八年，齊侯田於貝丘，……墜車傷足處也。」岑參北遊所至者，當爲臨清縣之貝丘也。

〔一一〕箜篌：樂器名。《史記·孝武帝本紀》：「於是賽南越，禱祠太一、后土，始用樂舞，益召歌兒，作二十五絃及箜篌、瑟自此起。」《通典》卷一四四箜篌：「今按其形，似瑟而小，絃用撥彈之，如琵琶也。」又云：「竪箜篌，胡樂也，漢靈帝好之，體曲而長，二十二絃，竪抱於懷中，用兩手齊奏，俗謂之擘箜篌。」《隋書·樂志》謂之立箜篌。明周祈《名義考》十二謂「箜篌即琵琶」，則恐非是。《東京夢華録》卷九：「宰執、親王、宗室、百官入内上壽，次列箜篌兩座。箜篌高三尺許，形如半邊木梳，黑漆鏤花金裝畫，下有台座，張二十五絃，一人跪而交手擘之。」則宋時宫中只有立箜篌，即今之所謂竪琴者也，似瑟撥彈如琵琶者恐已失傳。

〔一二〕王孫：王公之後，尊稱之爲王孫、公子。《左傳》哀公十六年：「（白公）勝自厲劍，子期之子平見之曰：王孫何自厲劍也？」又「子閭（謂勝）曰：王孫若安靖楚國，匡正王室，而後庇焉，啓之願也。」白公勝，楚平王太子建之子也。《史記·淮陰侯列傳》：「吾哀王孫而進食，豈望報乎？」

《索隱》：「劉德曰：秦末多失國，言王孫、公子，尊之也。」春秋稱王孫勝、公子小白、公子重耳，非失國之稱也。

〔一三〕灃上：灃，水名，字亦作豐、酆。《漢書·地理志》右扶風鄠縣：「酆水出東南。」灃水源出長安縣西南秦嶺山中，行七八十里出灃谷，左會高冠谷水、太平谷水，右會滈水（即石鱉谷水也），北流至咸陽東，入渭。岑氏別業在高冠谷，即灃水也。灃水不通舟楫，此當謂漁舟。

北庭西郊候封大夫受降回軍獻上〔一〕

胡地苜蓿美〔二〕，輪臺征馬肥〔三〕。大夫討匈奴〔四〕，前月西出師。甲兵未得戰，降虜來如歸。橐駝何連連〔五〕，穹帳亦纍纍〔六〕。陰山烽火滅〔七〕，劍水羽書稀〔八〕。却笑霍嫖姚〔九〕，區區徒爾爲〔一〇〕。西郊候中軍〔一一〕，平沙懸落暉〔一二〕。驛馬從西來〔一三〕，雙節夾路馳〔一四〕。喜鵲捧金印〔一五〕，蛟龍盤畫旗〔一六〕。如公未四十，富貴能及時。直上排青雲，傍看疾若飛。前年斬樓蘭〔一七〕，去歲平月支〔一八〕。天子日殊寵，朝廷方見推〔一九〕。何幸一書生，忽蒙國士知〔二〇〕。側身佐戎幕，斂衽事邊陲〔二一〕。自逐定遠侯①〔二二〕，亦著短後衣〔二三〕。近來能走馬，不弱并州兒②〔二四〕。

【校勘記】

①〔自逐〕明抄本逐作隨。　②〔并州〕底本、明抄本注：一作幽并。

【箋注】

〔一〕封大夫：封常清，蒲州猗氏（今山西省臨猗縣）人。幼隨外祖流安西，及長，爲高仙芝傔從。天寶六載爲安西節度判官，十一載爲安西節度使。安禄山反，召回守東京，兵敗，唐玄宗斬之。新、舊《唐書》有傳。　受降回軍：封常清於天寶十三載權北庭都護、伊西節度使，攝御史大夫，九月有出師西征事，詳見《走馬川行奉送出師西征》詩注〔一〕。此詩言「前月西出師」，則爲出師未戰，十月受降回軍也。

〔二〕苜蓿：草名。複葉互生，莖略扁粗，盤伏地上，一柄上有三小葉，其腋夏秋開小黄花，結旋轉形扁莢，中有扁圓形小子數枚。《史記·大宛列傳》云來自大宛。今北方鄉野處處有之，兒時春日挖野菜，採苜蓿枝葉蒸食，鮮嫩可口也。

〔三〕輪臺：題曰「北庭西郊」，句曰「輪臺征馬肥」，則輪臺即謂北庭府城也。參見《北庭貽宗學士道别》詩注〔九〕。

〔四〕匈奴：突厥爲匈奴之後，唐人稱突厥爲匈奴。《貞觀政要》卷二：「貞觀六年，匈奴克平，遠夷入貢。」《舊唐書·突厥傳》頡利可汗兵臨渭水，唐太宗謂蕭瑀曰：「制服匈奴，自兹始矣。」李邕《左羽林大將軍臧懷讓神道碑》：「匈奴以地闕援孤，士寡糧絶，蟻附城下，雨射城中。」甯原悌《論時政疏》：「伏願共天下以御匈奴，率王公以憂邊事。」《元和志》卷四勝州：「時柴紹、劉蘭破滅匈奴，奪得河南之地，因置州以決勝爲名。」例證甚多，不枚舉。

〔五〕橐駝：即駱駝。《史記·匈奴列傳》：「其奇獸則橐駞、驢、贏、駃騠、騊駼、驒騱。」注引韋昭曰：「背肉似橐，故云橐也。」橐，囊也。駞同駝。《逸周書·王會解》：「請令以橐駝、白玉、野馬、騊駼、駃騠、良弓爲獻。」

〔六〕穹帳：猶穹廬，氈帳也，類今之蒙古包。《漢書·蘇武傳》：「於靬王愛之，給其衣食，三歲餘，王病，賜武馬畜、服匿、穹廬。」注：「劉德曰：服匿如小旃帳。孟康曰：服匿如罌，小口大腹方底，用受酒酪；穹廬，旃帳也。」旃，假借爲氈。薛能《送友人出塞》詩：「人歸穹帳外，鳥亂廢營間。」　纍纍：《禮記·樂記》：「纍纍乎端如貫珠。」《漢書·佞幸·石顯傳》「印何纍纍」注：「師古曰：纍纍，重積也。」

〔七〕陰山：唐人稱天山爲陰山。《舊唐書·回紇傳》：「顯慶元年，賀魯又犯邊。詔程知節、蘇定方、任雅相、蕭嗣業領兵并回紇，大破賀魯於陰山，再破於金牙山，盡收所據之地，西逐至耶羅川，賀魯西奔石國。」賀魯所侵者爲北庭，則此陰山在北庭。破賀魯後又於其地置陰山都督府，位今天山西段之北。元《長春真人西游記》亦以天山爲陰山：「此陰山前三百里，和州也，其地大熱，蒲萄至夥。」和州即哈剌和卓，唐之西州，今之吐魯番地區，在天山南三百里。清李光庭《漢西域圖考》：「自車師後庭以西，與匈奴、烏孫接境者，今名烏魯木齊，北阻戈壁，南控陰山。自伊犁而東，其南支壁曰天山，其北支曰陰山。」

〔八〕劍水：即劍河，今葉尼塞河上游。《新唐書·回鶻傳》黠戛斯，即古堅昆國，居今阿爾泰山之北，其王駐於青山，「青山之東，有水曰劍河，偶艇以渡，水悉東北流，經其國，合而北入於海。」《地理志》：「堅昆部落，有牢山，劍水。」《周書·突厥傳》：「其一國於阿輔水、劍水之間，號爲契骨。」契骨即堅昆。

〔九〕霍嫖姚：漢霍去病十八歲爲嫖姚校尉，率輕騎八百從大將軍衛青擊匈奴，斬首二千餘級，封冠軍侯。霍去病以嫖姚校尉兩出軍。後以驃騎將軍出隴西，過焉支山，執渾邪王，收休屠祭天金人。又出北地，踰居延，至祁連山。元狩四年又出代，封狼居胥山，禪姑衍，登臨翰海。功多，與大將軍衛青同爲大司馬，秩禄與之等。天子爲治第，令去病視之，對曰：「匈奴未滅，無以家爲也。」元狩六年卒，天子悼之，爲冢象祁連山。《史記》、《漢書》有傳。

〔一〇〕區區：數量微小也。《左傳》襄公十七年，「宋國區區而有詛有祝，禍之本也」。《孔叢子·論勢》：「以區區之衆，居二敵之間，非良策也。」　徒爾爲：猶徒然也。

〔一一〕中軍：古者出兵，有左、中、右三軍，或謂上、中、下三軍，主帥居中軍。《逸周書·武順解》：「將居中軍，順人以利陣。」《後漢書·光武帝紀》「從城西水上衝其中堅」注：「凡軍事，中軍將最貴，居中以堅鋭自輔，故曰中堅也。」

〔一二〕平沙：北疆準噶爾盆地中雖多沙丘，然近天山處則頗平坦。山脚下多巨石，稍遠有碎石，再遠則平沙無垠。今自阜康至吉木薩，公路穿行於平野與山脚之間，吉木薩與古北庭之間平野中稍有碎石，北庭古城之東、西及以北，則惟有莽莽平沙也。　落暉：落日之光也。陸機《擬東城一何高詩》：「三間結飛轡，大耋嗟落暉。」

〔一三〕驛馬：唐制，凡三十里一驛，驛有馬，水驛有舫。《舊唐書・封常清傳》：「常清性勤儉，每出征或乘驛，私馬不過一兩匹。」此詩與史傳可互證者也。

〔一四〕雙節：節度使之儀仗也。《新唐書・百官志》：「節度使掌總軍旅，顓誅殺。初授，具帑抹、兵仗，詣兵部辭見，……辭日，賜雙旌雙節。行則建節，樹六纛，中官祖送，次一驛輒上聞。」

〔一五〕金印：高官之印。應劭《漢官儀》：「孝武皇帝元狩四年令，通官印方寸大，小官印五分。王、公、侯金，二千石銀，千石以下銅。」《舊唐書・職官志》禮部郎中：「凡内外官皆給銅印。」封常清亦爲銅印也，此借用漢事。喜鵲云云，或爲印上刻喜鵲紋。晋干寶《搜神記》卷九：「常山張顥爲梁州牧，天新雨後，有鳥如山鵲，飛翔入市，忽然墜地，人争取之，化爲圓石。顥椎破之，得一金印，文曰：忠孝侯印。顥以上聞，藏之秘府。」

〔一六〕蛟龍旗：《周禮・春官・司常》：「交龍爲旂，……王建太常，諸侯建旂。」《釋名・釋兵》：「交龍爲旂，旂，倚也，畫作兩龍相依倚也，諸侯所建也。」漢制，龍旗九斿，爲天子儀仗。唐儀衛朱雀隊有龍旗十二。然節度使鹵簿如何，史傳失載。觀岑詩《破播仙凱歌》有「大將龍旗掣海雲」，則大將亦有龍旗也。

〔一七〕樓蘭：漢西域國名。樓蘭城舊址在今新疆孔雀河下游入羅布泊處，位今婼羌東北約二百公里。漢明帝時，傅介子斬其王，改國名鄯善。封常清出兵樓蘭事不詳，前年，在天寶十一載。高仙芝曾率于闐王尉遲勝破播仙，封常清此後亦曾破播仙，此在二者之間，或爲另一役。播仙即古樓蘭之地也。見《破播仙凱歌六章》詩注〔一〕。

〔一八〕月氏：即大月氏，漢西域國名。月氏本居敦煌祁連間，匈奴攻破月氏，殺其王，月氏乃遠徙葱嶺以西，擊滅大夏而居其地，後世名爲吐火羅，在今阿富汗北部。封常清天寶十二載曾征大勃律，其地位吐火羅東南，今克什米爾東部，或可稱「去歲平月氏」也。

〔一九〕見推：被尊獎也。按見，受也，《史記·屈原列傳》：「信而見疑，忠而被謗，能無怨乎？」推，獎舉也，《尚書·周官》：「推賢讓能，庶官乃和。」

〔二〇〕國士：舉國之雄也。《荀子·子道篇》：「雖有國士之力，不能自舉其身。」《戰國策·趙策》豫讓曰：「知伯以國士遇臣，臣故國士報之。」

〔二一〕斂衽：謂曲身示敬也。《漢書·張良傳》酈生説漢王曰：「陛下誠復立六國後，……楚必斂衽而朝。」師古曰：「衽，衣襟。」《戰國策·楚策》江乙謂安陵君：「一國之衆見君莫不斂衽而拜，撫委而服。」近世惟稱女子拜爲斂衽，前代則亦稱男人也。　　邊陲：邊境也，陲亦邊也。《論衡·説日》：「匈奴之北，地之邊陲。」

〔二二〕定遠侯：東漢班超以三十六人入西域，卒定五十餘國，爲西域都護，封定遠侯。

〔二三〕短後衣：武士之衣。《莊子·説劍》：「吾王所見劍士，皆蓬頭、突鬢、垂冠，曼胡之纓，短後之衣，瞋目而語難。」

〔二四〕并州兒：曹植《白馬篇》：「白馬飾金羈，連翩西北馳。借問誰家子，幽并遊俠兒。」《晉書・山簡傳》：「舉鞭問葛強，何如并州兒？」幽并，燕趙之地，多慷慨悲歌之士，故云。

使交河郡 郡在火山脚其地苦熱無雨雪獻封大夫①〔一〕

奉使按胡俗，平明發輪臺〔二〕。暮投交河城〔三〕，火山赤崔嵬〔四〕。九月尚流汗，炎風吹沙埃。何事陰陽工〔五〕，不遣雨雪來。吾君方憂邊，分閫資大才〔六〕。昨者新破胡〔七〕，安西兵馬回。鐵關控天涯②〔八〕，萬里何遼哉。煙塵不敢飛，白草空皚皚〔九〕。軍中日無事，醉舞傾金罍〔一〇〕。漢代李將軍〔一一〕，微功今可咍③〔一二〕。

【校勘記】

①〔火山脚〕底本、明抄本作火山東脚。按唐交河郡治高昌，在今吐魯番東五十公里之高昌古城，火山在其北，城在火山南，故東字衍。此從《唐百家詩選》。②〔天涯〕底本、明抄本涯作崖，此從《唐百家詩選》。③〔今可咍〕《唐詩紀》今作合。

【箋注】

〔一〕交河郡：唐西州交河郡，治高昌縣，天寶元年改爲前庭縣，下有柳中（今魯克沁）、交河（今吐魯番西十公里雅爾和托交河古城）、蒲昌（今鄯善）、天山（今托克遜）等縣，相當於今吐魯番地區。郡處盆地中，在海平面下一百餘公尺，終年少雨，炎熱特甚，農田賴雪山來水灌溉。郡城今有土城墻，範圍廣大，氣勢雄偉，城内房舍、街道尚略可辨，均爲土墻，亦不見磚瓦碎片。此詩作於天寶十四載，以十三載九月尚在北庭出師西征也。

〔二〕輪臺：謂北庭城，已見前。

〔三〕暮投句：平明發輪臺而暮投交河城，乃詩中用語，非必實寫。《元和志》卷四十西州：「北自金婆（娑）嶺至北庭都護府五百里。」宋王延德經此路至北庭行走多日，蓋以山路難行之故。唐庭州輪臺縣至西州交河縣里程亦相當。劉向《九歎》：「平明發兮蒼梧，夕投宿兮石城。」皆出自《離騷》：「朝發軔於蒼梧兮，夕余至乎縣圃。」

〔四〕崔嵬：高峻也。《楚辭·涉江》「冠切雲之崔嵬」注：「崔嵬，高貌也。」或謂有石有土之山爲崔嵬。《爾雅·釋山》：「石戴土謂之崔嵬。」注：「石山上有土者。」又《詩·周南·卷耳》「陟彼崔嵬」傳：「崔嵬，土山之戴石者。」今火焰山上部全爲紅土，自河流冲斷之峽谷中乃見有黑石，或以《爾雅》之説爲是。

〔五〕陰陽工：謂天地、自然之力。古人以萬物變化皆由陰陽，陰陽工者，專司陰陽者也，古人所謂神也。《易·繫辭上》：「陰陽不測之謂神。」疏：「天下萬物，皆由陰陽，或生或成，本其所由之理，不可測量之謂神也。」漢賈誼《鵩鳥賦》：「且夫天地爲爐兮，造化爲工；陰陽爲炭兮，萬物爲銅。」陰陽工，造化也。

〔六〕分鬮：見《虢中酬陝西甄判官贈》詩注〔九〕。

〔七〕新破胡句：天寶十二載封常清征大勃律，見《資治通鑑》；又派楊和西征石國，見楊炎《四鎮節度副使右金吾大將軍楊公神道碑》；十三載又西征突厥阿布思餘部，見《走馬川行奉送出師西征》詩注〔一〕。及破播仙，西域乃復晏然，高仙芝石國之敗局面改觀。

〔八〕鐵關：見《武威送劉單判官赴磧西官軍》詩注〔二〕。

〔九〕皚皚：白色也。劉歆《遂初賦》：「漂積雪之皚皚，涉凝露之降霜。」

〔一〇〕金罍：以黄金爲飾之酒樽。《詩·周南·卷耳》「我姑酌彼金罍」，《集傳》：「罍，酒器，刻爲雲雷之象，以金飾之。」《説文》作櫑，蓋以木爲之。《爾雅·釋器》：「彝、卣、罍，器也，小罍謂之坎。」注：「罍形似壺，大者受一斛。」據《鹽鐵論》漢一斛約合今市斤十五斤。

〔一一〕李將軍：漢代李將軍數人，皆有戰績。李廣善騎射，匈奴號爲「漢之飛將軍」，一生大小七十餘戰，終以出軍失道後期，被逼自殺。李廣從弟李蔡元朔五年爲輕車將軍，從大將軍衛青擊右賢王，獲匈奴裨王，封樂安侯，元狩二年代公孫弘爲丞相，位至三公。李廣利，漢武帝寵姬李夫人之兄，太初元年爲貳師將軍，出兵伐大宛，得馬數千匹，封海西侯，食邑八千户。後出擊匈奴，兵敗而降，爲單于所殺。前二李將軍乃北征，惟李廣利爲西征，則詩所言恐謂貳師將軍也。

〔一二〕咍：呼來切，嗤笑也。《九章·惜誦》「又衆北之所咍」注：「咍，笑也，楚人謂相嘲笑曰咍。」《吴都賦》「東吴王孫囅然而咍」注：「楚人謂相笑爲咍。」

秋夜宿仙遊寺南凉堂呈謙道人〔一〕

太乙連太白〔二〕，兩山知幾重？ 路盤石門窄，匹馬行才通。 日西到山寺，林下逢支公〔三〕。 昨夜山北時，星星聞此鐘。 秦女去已久〔四〕，僊臺在中峰〔五〕。 簫聲不可聞，此地留遺蹤。 石潭積黛色，每歲投金龍〔六〕。 亂流争迅湍，噴薄如雷風①〔七〕。 夜來聞清磬〔八〕，月出蒼山空。 空山滿清光，水樹相玲瓏。 回廊映密竹，秋殿隱深松。 燈影落前溪②，夜宿水聲中。 物愛兹林巒好〔九〕，結宇向溪東。 相識唯山僧，鄰家一釣翁。 林晚栗初拆，枝寒梨已紅③。 幽興易愜〔一〇〕，事勝趣彌濃〔一一〕。 願謝區中緣〔一二〕，永依金人宮④〔一三〕。 寄報乘輦客〔一四〕，簪裾爾何容〔一五〕。

【校勘記】

①〔如雷風〕底本、明抄本注：如雷一作來如。 ②〔前溪〕底本注：前一作清。 ③〔林晚栗初拆，枝寒梨已紅〕底本注：一作脱栗枝初折，寒梨葉已紅。 ④〔永依〕底本依作作，正德成都本永作未，此從明抄本。

【箋注】

〔一〕仙遊寺：《長安志》卷十八：「仙遊寺在盩厔縣東南三十五里。」清畢沅《關中勝蹟圖志》卷七：

「仙遊寺在盩厔縣南三十里仙遊潭。」《嘉慶一統志》謂「咸通七年置」，誤。李華已有《仙遊寺》詩，岑參此詩亦不晚於廣德年間也。其後白居易尚有《禁中寓直夢遊仙遊寺》、《仙遊寺獨宿》、《寄題仙遊寺》等詩，均早於咸通年間頗久。今寺已殘破，唯餘大殿、石碑、鐘、塔。此詩寫作年代，《岑參集校注》云：「據末兩句詩意及語氣，疑爲天寶三載出仕前隱居終南山時所作。」岑詩《宿太白東溪李老舍寄弟姪》與此仙遊寺詩均爲遊太白山之作，當同時。天寶三載前岑參年不滿三十，其弟更幼，恐尚無姪，更不足寄詩。寄弟姪詩有「愛此田中趣，始悟世上勞」，此詩有「願謝區中緣，永依金人宮」，情趣相同。故疑兩詩均爲廣德二年岑參爲虞部郎中後遊太白之作。虞部郎中職事，《通典》云：「掌京城街巷種植、山澤、苑囿草木、薪炭供須、田獵等事。」《新唐書·百官志》虞部郎中：「凡郊祠神壇、五嶽名山，樵採芻牧皆有禁。京兆、河南府三百里内，正月、五月、九月禁弋獵。山澤有寶可供用者，以聞。」此次出遊當與職務有關。

〔二〕太乙，太白：山名。古人或以太乙即終南，或以太乙即太白，要皆秦嶺一脉耳。今太白山在陝西省郿縣南，爲秦嶺最高峰。《漢書·地理志》右扶風武功縣：「太壹山古文以爲終南。」漢武功縣在今郿縣東四十里，則近仙遊寺矣。天寶八載太白山人李渾等藏玉版於仙遊谷，玄宗命人求而獲之，則李渾居山之仙遊谷左近而號太白山人也。《水經·渭水注》：「《地理志》曰，縣有太一山，古文以爲終南，杜預以爲中南也。亦曰太白山，在武功縣南，去長安二百里，不知其高幾何。俗云：武功太白，去天三百。」據岑詩《太乙石鼈崖口潭舊廬招王學士》，則東爲太乙，西爲太白也。

〔三〕支公：晉高僧支遁，字道林，與謝安、王羲之爲方外交，名重當時。見《梁高僧傳》四。此代指僧人。孟浩然《還山貽湛法師》詩：「晚途歸舊壑，偶與支公鄰。」

〔四〕秦女：秦穆公女名弄玉，嫁善吹簫人簫史，一旦皆隨鳳凰飛去。見《列仙傳》。

〔五〕僊臺：謂鳳臺。弄玉吹簫，穆公乃作鳳臺以居之，相傳臺在太白山中。《水經注》（當據《列仙傳》）謂在雍縣（今鳳翔），當近是，秦德公、穆公父子均居雍也。

〔六〕投金龍：《關中勝蹟圖志》卷三：「仙遊潭，寬二丈，即黑水潭，號五龍潭（按今俗名黑龍潭），宋時每歲降中使投金龍祀之。」宋蓋因襲唐也。

〔七〕噴薄：噴湧滂沛也。張載《敘行賦》：「實公旦之所卜，曷斯水之濆薄。」濆通噴。楊炯《少室山少姨廟碑》：「發揮宇宙之精，噴薄陰陽之氣。」

〔八〕磬：見《送青龍招提歸一上人遠遊吴楚》詩注〔七〕。

〔九〕林巒：隱者所居之山林也。孔稚珪《北山移文》：「望林巒而有失，顧草木而如喪。」李白《贈參寥子》詩：「長揖不受官，拂衣歸林巒。」

〔一〇〕愜：快意也。《漢書·文帝紀》「天下人民未有㥦志」注：「師古曰：㥦，快也。」㥦，愜本字。《文選·文賦》「愜心者貴當」注：「愜，猶快也。」

〔一一〕彌：益也，更也。見《青山硤口泊舟懷狄侍御》詩注〔四〕。

〔一二〕區中緣：塵世俗緣。謝靈運《登江中孤嶼》詩：「想像崑山姿，緬邈區中緣。」區中字見司馬相如《大人賦》：「迫區中之隘陝兮，舒節出乎北垠。」陜，音狹。

〔一三〕金人宫：謂佛寺。《史記·匈奴列傳》「破得休屠王祭天金人」，張守節曰：「金人即今佛像，是其遺法，立以爲祭天主也。」《後漢書·西域天竺國傳》：「世傳明帝夢見金人，長大，頂有光明，以問群臣。或曰：西方有神，名曰佛，其形長丈六尺，而黄金色。於是帝遣使天竺問佛道法，遂於中國圖畫形象焉。」後世因之稱佛爲金人，謂佛寺爲金人宫。

〔一四〕乘輦客：京中爲高官者。輦，人牽之車也。《通典》卷六十六：「夏氏末代製輦，殷曰胡奴車，周曰輜車，即輦也（注：不知何代去其輪。《司馬法》曰：夏后氏二十人而輦，殷十八人而輦，周十五人而輦）。秦以輦爲人君之乘，漢因之。……隋製輦而不施輪，……人荷之。」故宫博物院藏閻立本《步輦圖》，畫禄東贊朝見唐太宗，帝坐於四方平板上，板旁出兩槓，前後二人手下垂握槓，有繩攀肩背，四人於兩旁扶持，非如後世轎子擔於肩上也。駕牲畜者亦可稱輦。《史記·淮南厲王列傳》「以輦車四十乘反谷口」徐廣曰：「大車駕馬曰輦。」臣下亦得用輦車，《資治通鑑》卷五十三桓帝和平元年，「（梁）冀、壽共乘輦車，遊觀第内」注：「《晋志》：羊車，一名輦車。毛晃曰：輦，步挽車也。《漢書》：主駕人以行曰輦。」《後漢書·循吏·任延傳》：「（龍丘）萇乃乘輦詣府門，願得先死備録。」

〔一五〕簪裾：顯貴之服。簪，拘冠之笄也。《通典》卷五十七：「大裘冕，……金飾玉簪導（注：《釋名》云，簪，建也，所以建冠於後也，亦謂之笄，所以拘冠使不墜也。導以櫟鬢，使入巾幘之中）。」簪導，人君以玉，太子以犀，群臣以角。裾衣襟也。《新唐書·車服志》朝服：「冠幘，簪導，絳紗單衣，白紗中單，黑領、袖，黑褾、襈，裾……。」簪裾，顯貴朝饗大會之服也。庾信《奉和永豐殿下言志》詩：「星橋擁冠蓋，錦水照簪裾。」

上嘉州青衣山中峰題惠净上人幽居寄兵部楊郎中並序〔一〕

青衣之山，在大江之中。屹然迥絶〔二〕，崖壁蒼峭，周廣七里，長波四匝〔三〕。有惠净上人廬於其顛，惟繩牀竹杖而已〔四〕。恒持《蓮華經》〔五〕，十年不下山。余自公浮舟〔六〕，聊一登眺。友人夏官弘農楊侯〔七〕，清談之士也〔八〕，素工爲文，獨立於世，與余有方外之約〔九〕，每多獨往之意〔一〇〕。今者幽躅勝概〔一一〕，歎不得與此公俱。爰命小吏〔一二〕，刮磨石壁，以識其事〔一三〕，乃詩之達楊友耳①。

青衣誰開鑿？獨在水中央。浮舟一躋攀〔一四〕，側逕沿穹蒼②〔一五〕。絶頂訪老僧③，豁然登上方。諸嶺一何小，三江奔茫茫〔一六〕。蘭若向西開〔一七〕，峨眉正相當。猿鳥樂鐘磬④，松蘿泛天香〔一八〕。江雲入袈裟〔一九〕，山月吐繩牀。早知清净理〔二〇〕，久乃機心忘⑤〔二一〕。尚以名宦拘〔二二〕，聿來夷獠鄉〔二三〕。吾友不可見，鬱爲尚書郎〔二四〕。早歲愛《丹經》〔二五〕，留心向《青囊》〔二六〕。渺渺雲智遠〔二七〕，幽幽海懷長〔二八〕。勝賞欲與俱⑥〔二九〕，引領遥相望。爲政愧無術，分憂幸時康。君子滿天朝，老夫憶滄浪〔三〇〕。况值廬山遠〔三一〕，抽簪歸法王〔三二〕。

【校勘記】

①〔詩之達楊友〕《唐詩紀》之作以。②〔沿穹蒼〕《文苑英華》沿作緣。③〔訪老僧〕《文苑英華》訪作詣。④〔鐘磬〕《文苑英華》鐘作幽。⑤〔久乃機心忘〕張遜業本乃作巧。⑥〔欲與俱〕《文苑英華》欲作難。

【箋注】

〔一〕嘉州：唐劍南道嘉州犍爲郡，領縣八，治龍遊縣，即今四川省樂山市。下有平羌、峨眉、夾江、玉津、綏山、羅目、犍爲等縣。　青衣山：郭沫若《李白與杜甫》：「青衣山，今名烏尤山。……山在淩雲山之東，青衣江北岸。」山距樂山市五華里，舊名烏牛，以其突出水中如犀牛也，黄庭堅以其名不雅，改名烏尤。世以爲離堆。　楊郎中：楊炎（七二七—七八一）鳳翔人，大曆初爲兵部郎中，隨杜鴻漸入蜀，後以附元載，貶道州司馬。德宗時爲相，改租庸調法爲兩税法，頗有政聲。後怨劉晏而貶殺之，朝野側目。後與盧杞構釁，建中二年貶崖州司馬，未至百里，賜死於道。楊氏皆稱弘農，蓋爲楊震之族也。　岑參大曆二年秋至嘉州任所，詩即其時之作。

〔二〕屹然迥絶：遠而高峻也。《文選·魯靈光殿賦》：「屹然特立，的爾殊形。」注：「向曰：屹然，高貌。」《爾雅·釋詁》：「迥，遠也。」

也。

〔三〕匝：周遭也。《漢書·高祖紀》：「沛公乃夜引軍從他道還，偃旗幟，遲明，圍宛城三匝。」圍三重也。

〔四〕繩牀：坐具。《資治通鑑》卷二四二唐穆宗長慶二年，「十二月辛卯，上見群臣於紫宸殿，御大繩牀」。胡三省注：「程大昌《演繁露》曰：今之交牀，制本自虜來，始名胡牀。隋以讖有胡，改名交牀。唐穆宗於紫宸殿御大繩牀，見群臣，則又名繩牀矣。余按交牀、繩牀，今人家有之，然二物也。交牀以木交午爲足，足前後皆施橫木，平其底，使錯之地而後安。足之上端，其前後亦施橫木而平其上，橫木列竅以穿繩條，使之可坐。足交午處復爲圓穿，貫之以鐵，斂之可挾，放之可坐，以其足交，故曰交牀。繩牀以板爲之，人坐其上。其廣前可容膝，後有靠背，左右有托手，可以閣臂，其下四足着地。」胡氏所謂繩牀者，類今河南民間所謂圈椅也，然不見繩，名不符實。唐義净《南海寄歸内法傳》一《食坐小牀》：「西方僧衆將食之時，必須人人净洗手足，各各别具小牀，高可七寸，方才一尺，藤繩織内，脚圓且輕，卑幼之流，小拈隨事，雙足蹋地，前置盤盂。」此蓋真所謂繩牀也。李匡義《資暇集》下：「近者繩牀皆短其倚衡，曰折背樣，言高不及背之半，倚必將仰，脊不遑縱，亦由中貴人創意也。蓋防至尊賜座，雖居私第，不敢傲倚其體，常習恭敬之意。士人家不窮其意，往往取樣而製，不亦乖乎？」此爲改制，非繩牀原意也。宋陶穀《清異録》三《逍遥座》：「胡牀施轉關以交足，穿便條以容坐，轉縮須臾，重不數斤，相傳明皇行幸頻多，從臣或待詔野頓，扈駕登山，不能跂立，欲息則無以寄身，遂創意如此。」然僧人之座仍當爲小牀也。

〔五〕《蓮華經》：即《妙法蓮華經》，一名《法華經》，以禪理勝妙，超出二乘，故號妙法。通行者爲姚秦鳩摩羅什譯七卷本，另有晋竺法護譯《正法華經》十卷，隋闍那崛多、達摩笈多合譯《添品法華經》八卷。

〔六〕自公：見《冬宵家會餞李郎司兵赴同州》詩注〔五〕。

〔七〕夏官：即兵部。《通典》卷二十三兵部尚書：「周禮夏官大司馬之職掌，……即今兵部之任也。」武則天亦曾改兵部爲夏官。　侯：尊稱，猶君也。見《送韓巽入都覲省便赴舉》詩注〔二〕。

〔八〕清談：高雅玄妙之談論也。《後漢書・鄭太傳》：「孔公緒清談高論，嘘枯吹生。」劉楨《贈五官中郎將》詩：「清談同日夕，情盼叙憂勤。」魏晋崇尚老莊之學，士人以談玄爲高，而清談又有玄談之義。《晋書・王衍傳》：「出補元城令，終日清談，而縣務亦理。……妙善玄言，唯談老莊爲事，……矜高浮誕，遂成風俗。」渡江之後，此風流衍，終陳之亡，乃得掃除。唐人用清談字，乃謂所言高雅玄妙而已。王勃《江寧吴少府宅餞宴序》：「文舉清談，芳樽自滿。」李白《友人會宿》詩：「良宵宜清談，皓月未能寢。」

〔九〕方外：塵世之外。《莊子・大宗師》：「孔子曰，彼遊於方之外者也，而丘遊於方之内者也。」《淮南子・俶真訓》：「馳於方外，休乎宇内。」

〔一〇〕獨往：謂避世隱遁也。《文心雕龍・辯騷》：「《卜居》標放言之致，《漁父》寄獨往之才。」沈約

《答沈麟士書》：「獨往之業，雖聞前載，高塵逸軌，罕或共時。」參見《潼關使院懷王七季友》詩注〔九〕。

〔一一〕躅：踏也。《逸周書·太子晉解》「師曠東躅其足」注：「躅，踏也。」《一切經音義》卷二十：「三輔謂牛蹄處爲躅。」　勝概：猶勝景。李白《夏日陪司馬武公與諸賢宴姑熟亭序》：「此亭跨姑熟之水，可稱爲姑熟亭焉，嘉名勝概，自我作也。」

〔一二〕爰：於是。《爾雅·釋詁》：「爰，曰也，於也。」張衡《思玄賦》「爰整駕而亟行」舊注：「爰，於是也。」

〔一三〕識：音誌，記也。《論語·述而》：「默而識之，學而不厭，誨人不倦，何有於我哉。」《周禮·地官·誦訓》「掌道方志」疏：「志，即今之識也。」又《春官·保章氏》「掌天星，以志星辰日月之變動」注：「志，古文識，識，記也。」志通誌。

〔一四〕躋攀：攀登也。《説文》：「躋，登也。」《爾雅·釋詁》：「躋，陞也。」

〔一五〕穹蒼：天空。《爾雅·釋天》：「穹蒼，蒼天也。」注：「天形穹隆，其色蒼蒼，因名云。」《詩·大雅·桑柔》：「靡有旅力，以念穹蒼。」旅通膂。

〔一六〕三江：謂岷江（唐人稱大江）、青衣江（唐人稱平羌水，見《元和志》雅州嚴道縣）、大渡河。三者會於嘉州。

〔一七〕蘭若：佛寺。見《寄青城龍溪奂道人》詩注〔六〕。

〔一八〕松蘿：攀附植物名。《詩·小雅·頍弁》：「蔦與女蘿，施於松柏。」傳：「蔦，寄生也。女蘿，菟絲，松蘿也。」《埤雅》云：「在木爲女蘿，在草爲菟絲。」二説以爲一物二名。然古詩「與君爲新婚，菟絲附女蘿」，又爲二物也。三國吴陸璣《毛詩草木鳥獸蟲魚疏》：「女蘿，今菟絲，曼連草上生，黄赤如金，今合藥菟絲子是也，非松蘿也。松蘿自曼延松上生，枝正青，與菟絲殊異。」然既「施於松柏」，則非草上生，毛亨以之爲菟絲恐誤也。

〔一九〕袈裟：僧衣。見《寄青城龍溪奂道人》詩注〔九〕。

〔二〇〕清净理：離人世煩惱之佛理也。《阿毘達摩俱舍論》十六：「諸身語意三種妙行，名身語意三種清净。暫永遠離一切惡行煩惱垢，故名爲清净。」身謂所行，意者心念，語謂口説，離此而爲尼尾，意爲清净。《華嚴經·探玄記·净業品》：「三業無過謂清净。」

〔二一〕機心：心存機巧，謂不純樸也。《莊子·天地》：「有機械者必有機事，有機事者必有機心，機心存於胸中，則純白不備。」

〔二二〕名宦拘：爲名與位所羈絆也。《新唐書·陸餘慶傳》：「已冠，名未顯。兄玄表啃曰：爾名宦不立，奈何！」《小學外篇嘉言》引唐《柳氏家訓》：「柳玭嘗著書戒其子弟曰，……其五，急於名宦，匿近權要。」

〔二三〕聿：遂也。《尚書·湯誥》「聿求元聖」傳：「聿，遂也。」《詩·唐風·蟋蟀》：「蟋蟀在堂，歲聿其暮。」

〔二四〕鬱：盛貌。《文選·古詩十九首》「鬱鬱園中柳」注：「鬱鬱，茂盛也。」《文選·海賦》「鬱沏迭而隆頽」注：「鬱，盛貌。」

〔二五〕《丹經》：相傳爲仙人煉丹之書。江淹《從冠軍建平王登廬山香爐峰》詩：「廣成愛神鼎，淮南好《丹經》。」李善注：「《神仙傳》曰，淮南王劉安者，漢高皇之孫也，好道術之士，於是八公乃往，遂授以《丹經》。」《漢書·藝文志》無載。《隋書·經籍志》有《雜神仙丹經》十卷，《真人九丹經》一卷，《太極真人九轉還丹經》一卷，《太山八景神丹經》一卷，均無撰人姓氏。新、舊《唐書·藝文志》復不録以上各書，另有《太清神丹中經》、《太一鐵胤神丹方》、《丹砂訣》、《燒煉祕訣》等數種，亦無撰人姓名。

〔二六〕《青囊》：天文、五行、卜筮之書。《晋書·郭璞傳》：「有郭公者，客居河東，精於卜筮。璞從之受業，公以《青囊中書》九卷與之，由是遂洞五行、天文、卜筮之術。……璞門人趙載嘗竊《青囊書》，未及讀，而爲火所焚。」《文獻通考》卷二二〇載《青囊補注》三卷，郭璞撰。又《青囊本旨》一卷，無撰人，相墓書也。

〔二七〕雲智：高遠之識見也，喻高蹈之志。《文選·文賦》「志渺渺而臨雲」。

〔二八〕海懷：湖海之心志也，喻遁世之念。李白《秋夕書懷》詩：「海懷結滄洲，遐想遊赤城。」

〔二九〕勝賞：猶勝景。《水經·洣水注》：「洣水東北有峨山縣，東北又有武陽龍尾山，並僊者羽化之處，……蓋勝賞神鄉，秀情超拔矣。」謝朓《臨楚江賦》：「奉玉樽之未暮，飡勝賞之芳音。」

〔三〇〕滄浪：謂隱遁之處。見《至大梁却寄匡城主人》詩注〔三〕。

〔三一〕廬山：古爲道者隱居之所。《豫章舊志》云：廬俗本姓匡，其父佐漢定天下，卒，漢乃封俗曰越廬君，居於此山，因號廬山。《廬山記》云，殷周之際，匡俗遊此山，時人謂其所止爲神仙之廬，因以名山。又周景式曰，匡俗周武王時人，生而神靈，屢逃徵召，廬於此山，世稱廬君，山取號焉。酈道元注贛水引此三説後云：「斯耳傳之言，非實證也。」要之，廬山爲隱者之居也。

〔三二〕抽簪：抽簪脱裾，不爲官也。簪裾見《秋夜宿仙遊寺南涼堂呈謙道人》詩注〔一五〕。法王：佛爲法王，謂如來佛也。後世尊有道高僧曰法王，元世祖贈八思巴號帕克大寶法王是也。《妙法蓮華經·譬喻品》：「我爲法王，於法自在，安穩衆生，故現於世。」《藥王菩薩本事品》：「如佛爲諸法王。」《無量壽經》下：「佛爲法王，尊超衆聖，普爲一切天人之師。」詩言歸法王者，皈依佛也。

自潘陵尖還少室居止秋夕憑眺〔一〕

草堂近少室，夜静聞風松。月出潘陵尖，照見十六峰〔二〕。九月山葉赤，溪雲淡秋容。火點伊陽村〔三〕，煙深嵩角鐘。尚子不可見〔四〕，蔣生難再逢〔五〕。勝愜只自知〔六〕，佳趣爲誰濃〔七〕。昨詣山僧期，上到天壇東〔八〕。向下望雷雨，雲間見回龍〔九〕。久與人群疏①，轉愛丘壑中。心淡水木會，興幽魚鳥通〔一〇〕。稀微了自釋〔一一〕，出處乃不同〔一二〕。况本無宦情，誓將依道風。

【校勘記】

①〔久與人群疏〕張遜業本久作夕。

【箋注】

〔一〕潘陵尖：太室山峰名。景日昣《説嵩》十三：「潘陵尖，隋道士潘誕奉詔掘石髓石膽處。」《資治通鑑》卷一八一隋煬帝大業八年，「嵩高道士潘誕自言三百歲，爲帝合煉金丹。……云金丹應用石膽石髓，發石工鑿嵩高大石深百尺者數十處，凡六年，丹不成」。嵩高，即太室山。然何者爲鑿山舊址，今不可考。《説嵩》又以潁水南耿山一脉有潘陵尖，與史不合。居止：住處。向子期《思舊賦序》：「余與嵇康、吕安居止接近。」岑參少室居止位於何處，史無確載。或謂即《南溪别業》詩所言。按南溪，出少室山中峰南，即今顧家河。其地偏東，以西有兩列南北向高岡，遮盡西天，不得見「火點伊陽村」。據筆者考察，少室西南角有數高峰突出向南如臂環抱，今名擋陽山。山南有石岡迤邐縱陳數十里，海拔約六百公尺，高於其東各岡。登岡西望，伊水支流狂水（今名白降河）一帶歷歷在目，潁陽約在西方二十里處，村樹鬱然。岡頂窪處有水泉溢出，有小村名栗樹扒，竹木扶疏，距擋陽山約三里。必居於此處，方可云「近少室」，不僅得聞山上松風及嵩角鐘聲，且可見伊水支流狂水之北村莊燈火也。至若唐伊陽縣，遠在二百里外，距少室過遠，絕無可能見其縣村火也。

〔二〕十六峰：舊説太室二十四峰，少室三十六峰，疑十當爲卅也。葉封《嵩山記》：「二室六十峰，傳至今可辨識者，不過十餘峰耳，無從辨其所在。」

〔三〕伊陽村：水北曰陽。今登封縣君召鄉位於伊水支流狂水上游北面，距栗樹扒約八里，其東有前伊新莊、後伊新莊，或即古伊陽村之後也。潁陽鄉（唐潁陽縣）尚在君召鄉西十餘華里處。

〔四〕尚子：古隱士名，嵇康《與山巨源絶交書》：「吾每讀尚子平、臺孝威傳，慨然慕之，想其爲人。」李善注：「《英雄記》曰：尚子平有道術，爲縣功曹，休歸，自入山擔薪，賣以供飲食。范曄《後漢書》曰：向子平隱居不仕，性尚中和，好通《老》、《易》。尚、向不同，未詳。」

〔五〕蔣生：古高士名。《太平御覽》卷五一〇引嵇康《高士傳》：「蔣詡字元卿，杜陵人，爲兖州刺史。王莽爲宰衡，詡奏事到灞上，稱病不進，歸杜陵，荆棘塞門，舍中三徑，終身不出。」

〔六〕勝愜：處於勝境中之愉悦之情。《北齊書·韓軌傳》子晋明以疾辭官，對人言：「廢人飲美酒，對名勝，安能作刀筆吏返披故紙乎？」勝者，勝境也。愜，快意也，見《秋夜宿仙遊寺南凉堂呈謙道人》詩注〔一〇〕。

〔七〕佳趣：美妙興致也。張九齡《題畫山水障》詩：「對玩有佳趣，使我心渺綿。」

〔八〕天壇：唐武則天祭天處，在太室中峰之顛。陳羽《送友人遊嵩山》詩：「嵩山歸路繞天壇。」葉封《嵩山記》：「太室中峰，即俗所謂嵩頂也，端正而安居，諸峰環擁左右，唐武后之封禪壇於此。」今惟亂石一堆，他無遺物。

〔九〕向下望雷雨：自太室中峰天壇舊址向東北不遠，下降爲一小平臺。平臺之東、北兩面爲陡降之絶壁，直下數千尺。夏秋雲低，雷雨常在其下也。

〔一〇〕水木、魚鳥：謂山林溪澗閑居之趣。《水經・濟水注》：「池（大明湖）上有客亭，左右楸桐，負日俯仰，日對魚鳥，水木明瑟。」

〔一一〕稀微：玄妙之道，精微之理。《老子》：「聽之不聞名曰希，搏之不得名曰微。」希通稀。沈約《棋品序》：「體希微之趣，含奇正之情。」《南史・隱逸傳序》：「若道義内足，希微兩亡，藏景窮巖，蔽名愚谷。」亦謂微小稀少。賈登《喜雨賦》：「其始至也，歷亂希微，霧雜煙霏。」

〔一二〕出處：謂出仕與隱居也。《易・繫辭上》：「君子之道，或出或處。」《蔡中郎集薦皇甫軌表》：「出處抱義，皦然不污。」《三國志・魏・王昶傳》：「吾與時人從事，雖出處不同，然各有所取。」

陪狄員外早秋登府西樓因呈院中諸公〔一〕

常愛張儀樓〔二〕，西山正相當。千峰帶積雪，百里臨城墻〔三〕。煙氛掃晴空，草樹映朝光。車馬隘百井①〔四〕，里閈盤二江〔五〕。亞相自登壇〔六〕，時危安此方。威聲振蠻貊〔七〕，惠化鍾華陽〔八〕。旌節羅廣庭〔九〕，戈鋋凛秋霜②〔一〇〕。階下貔虎士〔一一〕，幕中鴛鷺行③。今我忽登臨〔一二〕，顧思不忘鄉④。知己猶未報，鬢毛颯已蒼〔一三〕。時命難自知，功業豈暫忘。蟬鳴秋城夕，鳥去江天長。兵馬休戰爭，風塵尚蒼茫〔一四〕。誰當共攜手⑤，賴有冬官郎〔一五〕。

【校勘記】

①〔車馬〕底本、明抄本注：馬一作牛。②〔戈鋋〕張遜業本鋋作鋌。③〔鴛鷺〕《唐詩紀》鴛作鵷。④〔顧思〕底本、明抄本注：思一作恩，張遜業本作恩。〔忘鄉〕張遜業本忘作望。⑤〔誰當〕底本、明抄本注：當一作人。

【箋注】

〔一〕早秋：謂七月。杜鴻漸入成都，史傳但云在大曆元年，而月份不詳。據此詩，則爲七月也。此亦作詩時間。

〔二〕張儀樓：在成都。《元和志》卷三十一：「初儀築城，屢頹不立。忽有大龜周行旋走，巫言依龜行處築之，遂得堅立（按此數語見《周地圖記》，又見《九州記》）。城西南樓百有餘尺，名張儀樓，臨山瞰江，蜀中近望之佳處也。」

〔三〕百里臨城墻：臨，當也，面對也，即「西山正相當」也。成都西山，北自青城山起，西南行，有高台、天倉、天國諸山，距成都均約一百五十里。更遠處則爲雪山，此詩「千峰帶積雪」，杜詩「窗含西嶺千秋雪」是也。

〔四〕百井：人衆聚集之市井也。古者八家爲井，環而居焉，中爲公田。《孟子·滕文公上》：「方里而井，井九百畝，其中爲公田，八家皆私百畝，同養公田。」《後漢書·循吏·劉寵傳》「白首不入市井」注引《春秋井田記》曰：「人年三十受田百畝，以食五口，五口爲一户，父母妻子也。公田十畝，廬舍五畝，成田一頃十五畝；八家而九頃二十畝，共爲一井。廬舍在内，貴人也。公田次之，重公也。私田在外，賤私也。井田之義，一曰無洩地氣，二曰無費一家，三曰同風俗，四曰合巧拙，五曰通財貨。因井爲市，交易而退，故稱市井也。」《漢書・貨殖傳序》「商相與語財利於市井」注：「師古曰，凡言市井者，市交易之處，井共汲之處，故總而言之也。説者云，因井而爲市，其義非也。」《管子・小匡》「處商必就市井」注：「立市必四方，若造井之制，故曰市井。」

〔五〕里閈：街坊也，鄉里也。《後漢書・成武孝侯順傳》：「順與光武同里閈，少相厚。」注：「閈，里門也。」左思《蜀都賦》：「外則軌躅八達，里閈對出。」　二江：在成都。《史記・河渠書》：「蜀守冰鑿離堆，辟沫水之害，穿二江成都之中。」注引《括地志》：「大江一名汶江，一名管橋水，一名清江，亦名水江，西南自温江縣界流來。」「郫江一名成都江，一名市橋江，亦名中日江，亦曰内江，西北自新繁縣界流來，二江並在益州成都縣界。」《元和志》管橋則作笮橋也。

〔六〕亞相：杜鴻漸以宰相兼副元帥充劍南西川節度使，未聞兼御史大夫，此謂亞相，則史有闕文也。洪邁《容齋四筆・官稱别名》：「唐人好以他名標榜官稱，御史大夫爲亞臺，爲亞相，爲司憲。」漢丞相缺，則以御史大夫昇任，因名亞相。

〔七〕振：通震。　蠻貊：謂四夷也。《尚書・武成》：「華夏蠻貊，罔不率俾。」《禮記・王制》：「南方曰蠻。」《論語・衛靈公》：「言忠信，行篤敬，雖蠻貊之邦，行矣。」《集注》：「蠻，南蠻。貊，北狄。」

〔八〕惠化：謂施仁政以化下也。《三國志·魏·盧毓傳》：「所在有惠化。」唐玄宗《送忠州太守康昭遠等》詩：「嘉聲馳九牧，惠化光千祀。」鍾：聚集也。《左傳》昭公二十八年：「子貉早死無後，而天鍾美於是。」注：「鍾，聚也。」華陽：華山之南。見《過梁州奉贈張尚書大夫公》詩注〔一四〕。

〔九〕旌節：節度使儀仗。《周禮·地官·掌節》「道路用旌節」漢鄭玄注：「今使者所擁節也。」則漢人謂一物，而隋唐則兩物也。《新唐書·車服志》：「大將出，賜旌以顓賞，節以顓殺。旌以絳帛五丈，粉畫虎，有銅龍一，首纏緋幡，紫縑爲袋，油囊爲表。節，懸畫木盤三，相去數寸，隅垂赤麻，餘與旌同。」宋襲唐制而又變通之。宋葉夢得《石林燕語》六：「節度使旌節，門旗二，龍虎旗一，節一，麾槍二，豹尾二，凡八物。旗以紅繒爲之，九幅，上爲塗金銅龍頭以揭，旌加木盤，節以金銅葉爲之，盤三層，加紅絲爲旄。麾槍亦施木盤，豹尾以赤黄布畫豹文，皆以髹漆爲杠，文臣以采，武臣以黑，故謂之碧油紅旆。受賜者藏於公宇，私室則别爲堂，號節堂，每朔望之次日祭之，號衙日。唐制有大纛，今無有也。」

〔一〇〕戈：見《北庭貽宗學士道别》詩注〔四〕。鋋：矛屬兵器名。《方言》卷九：「矛，吴、揚、江、淮、南楚、五湖之間，或謂之鋋。」《史記·匈奴列傳》：「短兵則刀鋋。」注引《埤蒼》：「鋋，小矛，鐵矜。」矜，柄也。

〔一一〕貔虎士：謂勇士。貔之爲物，古説紛歧。《詩·大雅·韓奕》：「獻其貔皮，赤豹黄羆。」傳：

「貔，猛獸也。追貊之國來貢，而侯伯總領之。」三國吴陸璣《毛詩草木鳥獸蟲魚疏》：「貔似虎，或曰似熊，一名執夷，一名白狐，其子爲豰，遼東人謂之白羆。」《尚書·牧誓》：「如虎如貔，如熊如羆。」傳：「貔，執夷，虎屬也，四獸皆猛健，欲使士衆法之。」《爾雅·釋獸》：「貔，白狐。」《説文》：「貔，豹屬，出貉國。」《方言》注謂貔，貍之别名。未詳古人確指何獸也。

〔二〕登臨：登高臨下以眺望也。宋玉《九辯》：「憭慄兮若在遠行，登山臨水兮送將歸。」《史記·衛將軍驃騎列傳》「登臨翰海」注：「張晏曰：登海邊山以望海也。」

〔三〕颯：衰敗也。南朝梁陸倕《思田賦》：「歲聿忽其云暮，庭草颯以萎黄。」張九齡《登古陽雲臺》詩：「庭樹日衰颯，風霜未云已。」

〔四〕風塵：風吹塵起，以喻戰亂。班固《答賓戲》：「彼皆躡風塵之會，履顛沛之勢。」《後漢書·祭肜傳》：「皆來内附，野無風塵。」按時崔旰以兵亂據有成都，杜鴻漸負平亂之任，而懦弱貪財，竟力奏崔爲成都尹，後又擢西川節度使，其下多有不服。故兵馬雖一時休戰，然風雲變幻，尚未可知也。大曆三年果有楊子琳突入成都之事，岑參此時似有所預感。

〔五〕冬官：謂工部。《周禮》冬官之屬，掌百工之事，漢有民曹，晋改起部，北周有冬官大司空，隋改工部，唐因之，武后曾又改冬官。狄爲工部員外郎，故稱之。

登嘉州凌雲寺作〔一〕

寺出飛鳥外，青峰戴朱樓。搏壁躋半空〔二〕，喜得登上頭。始知宇宙闊①，下看三江流〔三〕。

天晴見峨眉〔四〕，如向波上浮。迥曠煙景豁②〔五〕，陰森棕枏稠〔六〕。願割區中緣〔七〕，永從塵外遊③〔八〕。回風吹虎穴④，片雨當龍湫⑤〔九〕。僧房雲濛濛，夏月寒颼颼。回合俯近郭〔一〇〕，寥落見遠舟〔一一〕。勝概無端倪〔一二〕，天宫可淹留。一官詎足道〔一三〕，欲去令人愁。

【校勘記】

①〔始知〕底本始作殆，此從《文苑英華》。②〔迥曠〕底本曠作野，此從《文苑英華》。③〔永從〕底本從作絶，此從《文苑英華》。④〔吹虎穴〕《文苑英華》吹作旋。⑤〔片雨〕《文苑英華》片作飛。

【箋注】

〔一〕凌雲寺：在今四川省樂山市岷江對岸凌雲山之丹霞峰前。凌雲山有九峰，原各峰皆有寺，唐武宗時毁其八，惟留凌雲，寺前依山鑿石爲大佛，即今樂山大佛是也。

〔二〕搏壁：《釋名·釋牀帳》：「搏壁，以席搏著壁也。」此謂器物，以其狀名之。搏者，持而據之。《論衡·論死篇》：「手不能搏，足不能蹶。」搏壁而躋，持壁之可握處而攀登之。孫綽《遊天台山賦》：「跨穹隆之懸蹬，臨萬丈之絶冥；踐莓苔之滑石，搏壁立之翠屏。」翠屏即石壁也。李白《贈僧崖公》詩：「自言歷天台，搏壁躡翠屏。」《大唐新語·從善》張宣明牒益州言嘉邛路險：「此路高山臨雲，深谷無景，至有斗絶巨險，殆不通人蹤。經之者必搏壁傍崖，脅息而度。」

〔三〕三江：即大江（岷江）、青衣水、沫水（又名陽江、大渡河）是也。三水會於嘉州龍遊縣（今樂山）。《太平寰宇記》卷七十四劍南道嘉州龍遊縣：「本漢青衣道，在大江之西，即青衣水合流之所接。大江一名汶江，俗名通江，青衣水從西南注之……沫水自陽山縣流入。」《明史·地理志》四川嘉定府：「大江在城東，亦曰通江。又西有陽江，即大渡河，自峨眉縣流入，繞城東烏尤山下，合於大江。又西南有青衣水，至城西雙湖與陽江合。」古人以岷江爲大江，蓋本《禹貢》「岷山導江，東別爲沱」。《山海經·中次九經》、《荀子·子道》、《淮南子·説山訓》等均謂江出岷山，乃爲大江。大渡河名見《舊唐書·張鎰傳》中與吐蕃相尚結贊之盟文中：「鳳州西至同谷縣，暨劍南西山、大渡河東，爲漢界。」《元和志》嘉州羅目縣亦有大渡河名。

〔四〕峨眉：山名。《元和志》卷三十一嘉州峨眉縣：「峨眉大山，在縣西七里。《蜀都賦》云：抗峨眉於重阻。兩山相對，望之如蛾眉，故名。此山亦有洞天石室，高七十六里。」《水經注》：「青衣水逕平鄉，謂之平鄉江。《益州記》曰，平鄉江東逕峨眉山，在南安縣界，去成都南千里。然秋日清澄，望見兩山相峙如蛾眉焉。」

〔五〕迥曠：空廓深遠貌。《藝文類聚》卷九十引沈約《天淵水鳥賦》：「若夫侶浴清深，朋翻迥曠。」迥，遠也，已見前。曠，空也。《詩·小雅·何草不黄》「率彼曠野」傳：「曠，空也。」　煙景：煙雲籠罩之景也。李白《春夜宴諸從弟桃園序》：「陽春召我以煙景，大塊假我以文章。」　豁：開廓也。《史記·司馬相如列傳》「谽呀豁閜」注：「司馬彪曰：豁閜，空虚也。」《漢書·揚雄傳上》「灑沉菑於豁瀆兮」注：「師古曰：豁，開也。」

〔六〕棕枏：樹木名。棕同椶。《本草綱目》卷三十五椶櫚：「頌曰：椶櫚出嶺南西川，今江南亦有之。木高一二丈，無枝條，葉大而圓，有如車輪，萃於樹杪。其下有皮，重疊裹之，每皮一匝爲一節，二旬一采皮，轉復生上，……九月十月採皮應用。藏器曰：其皮作繩，入水千年不爛。」枏，同柟，楠。時珍曰：「楠木生南方，黔蜀諸山尤多。其樹直上童童若幢蓋之狀，枝葉不相礙。葉似豫章，大如牛耳，一頭尖，經歲不凋，新陳相換。其花赤黄色，實似丁香，不可食。幹甚端偉，高者十餘丈，巨者數十圍，氣甚芬芳，爲棟梁器物皆佳，蓋良材也。」

〔七〕區中緣：見《秋夜宿仙遊寺南涼堂呈謙道人》詩注〔三〕。

〔八〕塵外：塵世之外，殷仲文《南州桓公九井作》「肅此塵外軫」李善注：「莊子曰：孔子彷徨塵垢之外，逍遥無爲之業。」

〔九〕龍湫：瀑布下之深潭。杜甫《寄從孫崇簡》：「嵯峨白帝城東西，南有龍湫北虎溪。」杜荀鶴《送吴蜕下第入蜀》：「鳥徑盤春靄，龍湫發夜雷。」

〔一〇〕回合：周圍也。回，轉也。《詩·大雅·雲漢》「昭回於天」傳：「回，轉也。」《離騷》「回朕車以復路兮」注：「回，旋也。」合，同也，會也。《周禮·秋官·小行人》「合六幣」注：「合，同也。」《國語·楚語》「於是乎合其州鄉朋友婚姻」注：「合，會也。」於轉一周所見處相會，猶今人所謂周圍也。

〔一一〕寥落：疏散稀少也。謝朓《京路夜發》詩：「曉星正寥落，晨光復泱漭。」王建《故行宫》詩：「寥落故行宮，宮花寂寞紅。」

〔二〕勝概：見《上嘉州青衣山中峰》詩注〔二〕。　端倪：頭緒、邊際也。《莊子·大宗師》：「反復終始，不知端倪。」《集解》注：「往來生死，莫知其極。」《集釋》疏：「端，緒也；倪，畔也。」謝靈運《遊赤石進帆海》詩：「溟漲無端倪，虚舟有超越。」注：「翰曰：端倪，猶涯際也。」

〔三〕詎：豈也，何也。《莊子·大宗師》：「庸詎知吾所謂天之非人乎？」又《齊物論》：「庸詎知吾所謂知之非不知邪？」《漢書·高祖紀》：「沛公不破關中兵，公巨能入乎？」注：「師古曰：巨讀如詎，詎猶豈也。」

與高適薛據同登慈恩寺塔①〔一〕

塔勢如湧出〔二〕，孤高聳天宮。登臨出世界，磴道盤虚空〔三〕。突兀壓神州〔四〕，峥嶸如鬼工〔五〕。四角礙白日②，七層摩蒼穹。下窺指高鳥，俯聽聞驚風。連山若波濤〔六〕，奔湊似朝東③。青槐夾馳道④〔七〕，宫館何玲瓏〔八〕。秋色從西來，蒼然滿關中。五陵北原上〔九〕，萬古青濛濛。净理了可悟〔一〇〕，勝因夙所宗⑤〔一一〕。誓將掛冠去⑥〔一二〕，覺道資無窮⑦〔一三〕。

【校勘記】

①〔同登〕《唐詩紀》無同字。〔寺塔〕底本、明抄本、正德成都本均無塔字，《唐詩紀》塔作浮圖。此從正德嘉州本。　②〔四角〕底本注：角一作方。　③〔奔湊〕《唐詩别裁》湊作走。　④〔青槐〕

《唐詩品彙》、《唐詩別裁》槐作松，誤，説見注〔七〕。⑤〔夙所宗〕底本、明抄本注：宗一作崇。⑥〔誓將〕正德成都本誓作逝。⑦〔覺道資無窮〕底本無作與。底本、明抄本注：一作學道茲無窮。此從明抄本。

【箋注】

〔一〕高適：字達夫，舊稱渤海蓨人。家貧，客居梁宋多年，天寶八載舉有道科，授封丘尉，時年過五十。旋去官赴河西，爲哥舒翰節度使府掌書記。歷淮南節度使、太子少詹事、西川節度使、左散騎常侍等。永泰元年正月卒。高適爲詩格調深沉，爲邊塞派名家。新、舊《唐書》有傳。薛據：贈禮部尚書薛播之兄，河東寶鼎（《唐才子傳》誤作荆南）人。開元十九年舉進士，天寶六載又舉風雅古調科。歷涉縣令、司議郎、水部郎中，置別業於終南山終老焉。慈恩寺塔：寺在長安城内晋昌坊。《長安志》卷八：「隋無量寺之地，武德初廢。貞觀二年高宗在春宫，爲文德皇后立爲寺，故以慈恩爲名。……寺西院浮圖六級崇三百尺，永徽三年沙門玄奘所立。初惟五層，崇一百九十八尺，磚表土心，倣西域窣堵波制度，以置西域經像。後浮圖内卉木鑽出，漸以頽毁，長安中更拆改造，依東夏刹表舊式，特崇於前。」宋張禮《遊城南記》：「長安中摧倒，天后及王公施錢重加營建至十層。其云雁塔者，《天竺記》，達嚫國有迦葉佛伽藍，穿石山作塔五層，最下一層作雁形，謂之雁塔，蓋此義也。……塔自兵火之餘，止有七層，長興中西京留守安重霸再修之，判官王仁裕爲之記。」今塔在西安市雁塔路南端，塔身方形，磚砌，七層，高六十四公尺。武則天重修時爲十層，約高九十公尺。

〔二〕湧出：《法華經·見寶塔品》云，釋迦佛在靈鷲山説《法華經》，「爾時佛前有七寶塔，高五百由旬，縱廣二百五十由旬，從地湧出，住在空中，種種寶物而裝校之。五千欄楯，龕室千萬，無數幢幡以爲嚴飾，重寶瓔珞，寶鈴萬億而懸其上，四面皆出多摩羅跋栴檀之香，充遍世界。」

〔三〕磴道：梯級也。《後漢書·班固傳·西都賦》：「陵墱道而超西墉，混建章而外屬。」注：「墱，陛級也。」墱通磴。又一説，乃閣道也。張衡《西京賦》「墱道邐倚以正東」薛綜注：「墱，閣道也。」字或作隥、嶝、隥。

〔四〕突兀：高峻貌。竇臮《述書賦》論司馬攸之書法：「重則突兀嵩華，輕則參差斗牛。」賈島《上杜駙馬》詩：「玉山突兀壓乾坤，出得朱門入戟門。」近世突兀亦作猝然義。

〔五〕峥嶸：高峻深險之義。《西都賦》：「巖峻崷崒，金石峥嶸。」李善注：「郭璞《方言》注曰：峥嶸，高峻也。」《漢書·西域傳》罽賓國「臨峥嶸不測之深」，師古曰：「峥嶸，深險之貌也。」

〔六〕連山若波濤：登塔南望秦嶺，山勢起伏如海浪。《莊子·外物》：「白波若山。」木華《海賦》：「波如連山。」此詩反用之。

〔七〕青槐：秦漢馳道爲松，隋唐則爲槐也。《漢書·賈山傳》載《至言》：「爲馳道於天下，……道廣五十步，三丈而樹，厚築其外，隱以金錐，樹以青松。」《周書·韋孝寬傳》：「廢帝二年，爲雍州刺史。先是，路側一里置一土候，經雨頹毁，每須修之。自孝寬臨州，乃勒部内當候處植槐樹代之。既免修復，行旅又得庇廕。周文後見，怪問知之，曰：豈得一州獨爾，當令天下同之。於是令諸州夾道一里種一樹，十里種三樹，百里種五樹焉。」隋承周制，唐又襲隋，皆爲槐也。《舊唐書·吴湊傳》：「（爲京兆尹）官街樹缺，所司植榆以補之。湊曰：榆非九衢之玩，亟命易之以槐。」《中朝故事》：「天街兩畔槐樹，號爲槐衙。」何遜《擬輕薄篇》：「長安九逵上，青槐蔭道植」，當以身在梁而得之傳聞也。《魏都賦》，「羅青槐以蔭塗」，則三國時鄴城街衢亦植槐也。

〔八〕宫館：本謂離宫别館，皇帝之所幸者。班固《西都賦》：「離宫别館，三十六所。」此當泛指帝宫及王公貴族之宅第。《漢書·景十三王傳》江都易王劉非「好氣力，治宫館，招四方豪桀，驕奢甚。」曹植《七啓》：「此宫館之妙也，子能從我而居之乎？」

〔九〕五陵：漢帝之五座陵墓。班固《西都賦》：「南望杜霸，北眺五陵。」李善注：「宣帝葬杜陵，文帝葬霸陵，高帝葬長陵，惠帝葬安陵，景帝葬陽陵，武帝葬茂陵，昭帝葬平陵。」杜、霸二陵在渭南，其餘五陵在渭北原上。然元帝渭陵、成帝延陵、哀帝義陵、平帝康陵亦在北原上也，班固但云五陵，遂成故實。

〔一〇〕净理：清净之佛理，謂離惡行之過失，離煩惱之垢染也。見《上嘉州青衣山中峰》詩注〔二〇〕。

〔一一〕勝因：謂善因。《佛説無常經》：「將至琰塵王，隨業而受報，勝因生善道，惡業墮泥犁。」

〔一二〕掛冠：辭官也。《後漢書·逸民·逢萌傳》：「王莽殺其子，萌謂友人曰：三綱絶矣，不去禍將及人。即掛冠東都城門，歸，將家屬浮海，客於遼東。」

〔一三〕覺道：正覺之大道。《維摩詰所説經·佛國品》：「始在佛樹力降魔，得甘露滅覺道成。」意爲大覺之道，寂寞無相，至味和神如甘露。佛家所謂道，有善惡二業之道。《大乘義章》八末尾：「善惡兩業，通因至果，名之爲道。」有通行人使至涅槃之道。《阿毘達摩俱舍論》二十五：「道義云何？謂涅槃路，乘此路而經涅槃城故。」而涅槃之道不可以形名得，微妙無相，寂寥虚曠，不可以有心知者也。覺者，對煩惱障言。《大乘義章》二十末尾：「聖慧一起，朗然大悟，如睡得寤，故名爲覺。」　資：欲三乘之證果，宜以善根功德資助己身。《寶積經》第五：「隨所作業積集資糧，趣向無上菩提道場。」資糧者，於無量劫中積集善根，以助己身者也。如人之遠行，須以糧爲助，故曰資糧。詩言覺道之人，其資糧無窮之多也。

【評論】

明胡震亨《唐音癸籤》四：「詩家拈教乘中題，當即用教乘中語義，旁擷外典補湊，便非當行。……唐諸家教乘中語，合作者多，獨老杜殊出入，不可爲法。如慈恩塔一詩，高、岑終篇皆彼教語，杜則雜以望陵寢、歎稻粱等事，與法門事全不涉。他寺刹及贈僧詩皆然。」

明陸時雍《唐詩鏡》：「形狀絶色，語氣復雄，秋色從西來，蒼然滿關中，五陵北原上，萬古青濛濛，登高臨下，一覽皆了。」

清仇兆鰲《杜詩詳注》：「岑、儲兩作，風秀熨貼，不愧名家。高達夫出之簡净，品格亦自清堅。少陵則格法嚴整，氣象峥嶸，音節悲壯。而俯仰高深之景，盱衡今古之識，感懷身世之懷，莫不曲盡篇中，真足壓倒群賢，雄視千古矣。三家結語，未免拘束，致鮮後勁。杜於末幅另開眼界，獨闢思議，力量百倍於人。」

清毛先舒《詩辯坻》三：「岑棘陽慈恩浮圖詩，便東、冬通用，四角二語，拙不入古，酷爲鈍語。至秋色從西來，蒼然滿關中，五陵北原上，萬古青濛濛，詞意奇工，陳、隋以上人所不爲，亦復不辨，此處乃見李唐古詩本色。」

【附録】

同諸公登慈恩寺浮圖　高　適

香界泯群有，浮圖豈諸相。登臨駭孤高，披拂欣大壯。言是羽翼生，迥出虚空上。頓疑身世别，乃覺形神王。宫闕皆户前，山河盡簷向。秋風昨夜至，秦塞多清曠。千里何蒼蒼，五陵鬱相望。盛時慚阮步，末宦知周防。輸勸獨無因，斯焉可遊放。

同諸公登慈恩寺塔原注：時高適薛據先有此作　杜　甫

高標跨蒼天，烈風無時休。自非曠士懷，登此翻百憂。方知象教力，足可追冥搜。仰穿龍蛇窟，始出枝撑幽。七星在北户，河漢聲西流。羲和鞭白日，少昊行清秋。秦山忽破碎，涇渭不可求。俯視但一氣，焉能辨皇州。回首叫虞舜，蒼梧雲正愁。惜哉瑶池飲，日晏崑崙丘。黄鵠去不息，哀鳴何所投。君看隨陽雁，各有稻粱謀。

同諸公登慈恩寺塔　　儲光羲

金祠起真宇，直上青雲垂。地静我亦閑，登之秋清時。蒼蕪宜春苑，片碧昆明池。誰道天漢高，逍遥方在兹。虚形賓太極，携手行翠微。雷雨傍杳冥，鬼神中躨跜。靈變在倏忽，莫能窮天涯。冠上閶闔開，履下鴻雁飛。宫室低邐迤，群山小參差。俯仰宇宙空，遮隨了義歸。崱屴非大厦，久居亦從危。

登北庭北樓呈幕中諸公①〔一〕

嘗讀《西域傳》〔二〕，漢家得輪臺〔三〕。古塞千年空，陰山獨崔嵬〔四〕。二庭近西海〔五〕，六月秋風來。日暮上北樓，殺氣凝不開。大荒無鳥飛〔六〕，但見白龍堆〔七〕。舊國眇天末〔八〕，歸心日悠哉。上將新破胡〔九〕，西郊絶煙埃。邊城寂無事，撫劍空徘徊。幸得趨幕中，托身厠群才②〔一〇〕。早知安邊計，未盡平生懷。

【校勘記】

①〔登北庭〕《唐百家詩選》、《唐詩紀事》無登字。 ②〔托身〕明抄本托作託。

【箋注】

〔一〕北庭：謂北庭都護府城，故址在今新疆吉木薩北十公里破城子。 此詩寫作年代當在天寶十三載岑參至北庭後不久。岑參初赴北庭在十三載，此點已無疑問。《舊唐書·玄宗紀》天寶十三載三月，「壬戌，御勤政樓大酺，北庭都護程千里生擒阿布思獻於樓下，斬之於朱雀街。乙丑，左羽林上將軍封常清權北庭都護、伊西節度使」。《資治通鑑》卷二一七天寶十三載三月，「程千里執阿布思，獻於闕下，斬之。甲子，以千里爲金吾大將軍，以封常清權北庭都護、伊西節度使」。甲子爲二十八日，乙丑爲二十九日，均在月底。《舊唐書·封常清傳》：「十三載入朝，攝御史大夫，仍與一子五品官，賜第一區，亡父母皆贈封爵。俄而北庭都護程千里入爲右金吾大將軍，仍令常清權知北庭都護，持節充伊西節度等使。」俄而，爲時不久，則封入朝在三月上、中旬也。封常清新授北庭，赴任必在四月上旬。《唐會要》卷七十九《諸使雜録》：「會昌三年四月敕，諸道節度使、觀察使授後發期，宜令不得過十日。」又卷六十八寶曆元年九月，「御史台奏，近日新除刺史赴官，多違條限，請準舊制，不逾十日，如妄稱事故不發，常參官奏聽進止。敕旨從之」。又太和五年五月，「御史臺奏，應諸州刺史謝官後，不計遠近，皆限十日内發。」所謂「條限」，即官制也；「舊制」者，開元天寶已有者也。《資治通鑑》卷二一五天寶四載四月，「乙巳，以刑部尚書裴敦復充嶺南五府經略使。五月壬申，敦復坐逗留不之官，貶淄川太守」。乙巳爲四月十一日，壬申爲五月七日，中隔二十七日。尚書，大臣也，違限遭貶，固爲李林甫擠陷之作，亦因官制所定也。封常清之不得遲於四月上旬始發赴北庭，亦限於官制也。舊説以岑參赴北庭或謂夏末，或謂秋初，均昧於唐官制之見也。按《元和志》，庭州東南至上都五千二百七十里，四月上旬發京，六月上旬可至。吐魯番阿斯塔那墓地出土紙棺，有封常清及娘子、判官岑參天寶十三載四月過西州之馬料賬，必爲首途之事。則岑參抵北庭府亦當在其年六月前。此詩當爲至州後不久之作。

〔二〕《西域傳》：謂《漢書·西域傳》，所載西漢時各國情況及交通史實頗詳，向爲史家所重。

〔三〕輪臺：漢輪臺在今新疆輪臺縣東南。《西域傳》載漢武帝征和中桑弘羊等奏言：「故輪臺東捷枝、渠犂皆故國。」武帝下詔有「輪臺西於車師千餘里」，皆謂其地。出玉門關，經渠犂、輪臺以達龜兹，故置使者校尉領護田卒數百人，以給使外國者也。顧祖禹闇於漢唐之别，直以唐庭州之輪臺縣爲漢之輪臺，謬矣。臺灣《中文大字典》、商務新編《辭源》又沿襲其説，以唐作漢，是非混淆。唐輪臺縣在天山之北，《元和志》謂長安二年（七〇二）置，雖用漢名，非漢城也。岑詩此句所言，但泛指西域之地，非實指也。參見《北庭貽宗學士》詩注〔九〕。

〔四〕陰山：天山也。見《北庭西郊候封大夫受降回軍》詩注〔七〕。

〔五〕二庭：謂漢車師國前王庭、後王庭之地，即唐北庭節度使轄區。見《送青龍招提歸一上人遠遊吴楚别詩》注〔八〕。　西海：西方極遠之海，約指今阿拉伯海及地中海。《漢書·西域傳》烏弋山離國，「行可百餘日，乃至條支，國臨西海，暑熱，田稻」。《新唐書·裴矩傳》：「凡裂三道。北道起伊吾……至拂菻；中道起高昌……至波斯；南道起鄯善……至北婆羅門。皆竟西海。」

〔六〕大荒：謂極遠之地。《山海經·大荒西經》：「大荒之中有山，名曰大荒之山，日月所入。」無鳥飛：北庭府左近雖有水泉、農田，而樹木稀少，周圍盡爲沙磧，今日仍少見飛鳥。

〔七〕白龍堆：《漢書·地理志》敦煌郡：「正西關外有白龍堆沙，有蒲昌海。」本指玉門關外之沙丘，以其伏卧似龍，故以名之。此乃泛指沙漠。

〔八〕舊國：故鄉也。《莊子·則陽》：「舊國舊都，望之暢然。」注：「宣云，以故鄉喻本性。」陳子昂《晚次樂鄉縣》詩：「故鄉杳無際，日暮且孤征。川原迷舊國，道路入邊城。」按國，地區也。《周禮·地官·掌節》：「凡邦國之使節，山國用虎節，土國用人節，澤國用龍節。」

〔九〕新破胡：當謂破大勃律及再征石國。《資治通鑑》卷二一六天寶十二載：「是歲，安西節度使封常清擊大勃律，至菩薩勞城，前鋒屢捷，常清乘勝逐之。斥候府果毅段秀實諫曰：虜兵羸而屢北，誘我也，請搜左右山林。常清從之，果獲伏兵，遂大破之，受降而還。」楊炎《四鎮節度副使右金吾大將軍楊公神道碑》：「公名和，字惟恭，河東人也。……元帥封常清署公行軍司馬，都虞侯，西討石國，觀兵海隅，歷莎車，臨大夏，見條支之卯，飲郅支之頭，烜兮赫兮，雲捲萬里。」封常清以行軍司馬爲安西節度使在天寶十一載十二月，見《資治通鑑》。十三載三月已在長安，則入朝始發當在元月，其後已在北庭，故遣楊和西征事也在十二載。高仙芝征小勃律時未能至大勃律，砍斷繩橋而還，故封常清破大勃律乃大勝。高仙芝天寶十載石國之敗，使天山以西入大食之手，及楊和再征之，也是大勝。《資治通鑑》卷二一八唐肅宗至德元載徵兵安西，二一九卷至德二載正月，「上聞安西、北庭及拔汗那、大食諸國兵至凉、鄯，甲子，幸保定。」大食兵亦在被徵之列，可知爲大勝。封常清十一載官居行軍司馬，十三載已至左羽林上將軍，較大將軍高出一階，必以破胡之功賞之也。胡：岑詩中胡字多指北方、西方少數民族及其政權，尤多指突厥。《胡笳歌送顏真卿使赴河隴》：「君不聞胡笳聲最悲，紫髯緑眼胡人吹。」《送李副使赴磧西行軍》：「送君萬里西擊胡。」《武威送劉單判官赴安西行營》：「胡國草木長。」《白雪歌送武判官歸京》：「胡天八月即飛雪。」《玉門關蓋將軍歌》：「南鄰犬戎北接胡。」所云多爲突厥及其附近地區。然唐世突厥與胡似仍有別。《新唐書·哥舒翰傳》：「哥舒翰，其先蓋突騎施酋長哥舒部之裔。」《舊唐書》謂「翰母尉遲氏，于闐之族也。」《新唐書·安禄山傳》：「安禄山，營州柳城胡也，本姓康。母阿史德，爲覡，居突厥中。」《舊唐書》云：「安禄山，營州柳城雜種胡人也。……母阿史德氏，亦突厥巫師，以卜爲業。」天寶十一載唐玄宗使高力士宴二人以解不和：「禄山謂翰曰：我父胡，母突厥；公父突厥，母胡。族類本同，安得不親愛？」則突厥之外方謂胡也。

〔一〇〕厠：同廁，置身也，插足也。《莊子·外物》：「地非不廣且大也。人之所用容足耳，然則廁足而墊之，致黄泉，人尚有用乎？」《新唐書·高儉竇威傳贊》：「廁跡名臣，垂榮無窮。」《魏書·宗欽傳》高允答詩：「竊名華省，廁足丹墀。」

登千福寺楚金禪師法華院多寶塔〔一〕

多寶滅已久，《蓮華》付吾師①〔二〕。寶塔凌太虚②〔三〕，忽如湧出時〔四〕。數年功不成，一志堅自持。明主親夢見③〔五〕，世人今始知。千家獻黄金，萬匠磨琉璃〔六〕。既空秦山木④，亦罄天府貲〔七〕。焚香如雲屯，幡蓋珊珊垂〔八〕。窸窣神繞護〔九〕，衆魔不敢窺。作禮睹靈境〔一〇〕，聞香方證疑⑤〔一一〕。庶割區中緣，脱身恒在兹。

【校勘記】

①〔蓮華〕底本、明抄本注：華一作經。②〔太虚〕明抄本作大空。③〔親夢見〕底本注：親一作先。④〔秦山木〕正德成都本秦作泰。⑤〔聞香〕底本、明抄本注：聞一作焚。

【箋注】

〔一〕千福寺：在唐長安城内安定坊東南隅，本章懷太子宅，咸亨四年捨爲寺。見《長安志》卷十。楚金禪師：俗姓程，本廣平人，後爲京兆盩厔人。七歲誦《法華經》，九歲落髮入西京龍興寺爲僧，天寶初起建多寶塔，四載建成。乾元二年卒，六十二歲。《文苑英華》卷八五七岑助《西京千福寺多寶佛塔感應碑》、《宋高僧傳》卷二十四《楚金禪師傳》有法師生平及建塔事。法華院：佛教法華宗之寺院也。多寶塔：多寶如來埋骨之塔。佛徒涅槃後火化，其骨曰舍利，建塔葬之。楚金禪師乃受佛感應而建多寶塔。《妙法蓮花經・見寶塔品》載，如大樂説菩薩問，以何因緣有此寶塔從地湧出？佛言：「此寶塔中有如來金身，乃往過去東方無論千萬億阿僧祇世界，國名寶净，彼中有佛，號曰多寶。其佛行菩薩道時，作大誓願，若我成佛，滅度之後，於十方國土，有説《法華經》處，我之塔廟爲聽是經故，湧現其前，爲作證明。」楚金禪師亦因誦《法華經》而眼前湧現多寶塔像，乃立志建一多寶佛塔。　詩當作於天寶四至七載間。

〔二〕《蓮華》：經名，即《法華經》。見《上嘉州青衣山惠净上人幽居》詩注〔五〕。

〔三〕太虚：天空也。《莊子・知北遊》：「不過乎崑崙，不遊乎太虚。」孫綽《遊天台山賦》「太虚遼廓而無閡」李善注：「太虚，謂天也。」

〔四〕湧出：見《與高適薛據同登慈恩寺塔》詩注〔二〕。

〔五〕明主親夢見：《西京千福寺多寶塔感應碑》：「天寶元載，創構材木，肇安相輪。禪師理會佛心，感通帝夢，七月十三日敕内侍趙思偘求諸寶坊，驗以所夢。入寺見塔，禮問聖夢，有孚法名惟肖。其月賜錢五十萬，絹千匹，助修建也。」

〔六〕琉璃：玉石類，佛經七寶之一。《法華經》以金、銀、琉璃、車渠、馬腦、真珠、玫瑰爲七寶，他經或以珊瑚、玻璃代真珠、玫瑰。另外，扁青石料所燒成之琉璃磚瓦，古建築多用之，此乃又一琉璃也。

〔七〕天府：秦川之地，沃野千里，故謂天府。《戰國策・秦策》：「蘇秦始將連横，説秦惠王曰：大王之國……沃野千里，蓄積饒多，地勢形變，此所謂天府，天下之雄國也。」《史記・劉敬列傳》：「秦地被山帶河，……資甚美膏腴之地，此所謂天府也。」　貲：財也。《史記・張釋之列傳》「以貲爲騎郎」注引《字苑》曰：「貲，積財也。」范雲《古意贈王中書》詩：「一粒有餘貲」李善注引《蒼頡篇》曰：「貲，財也。」

〔八〕幡蓋：幡，猶旗也，以帛爲之。蓋，表尊之傘也。二者佛寺中之飾物。沈約《齊禪林寺尼净秀行狀》：「白日卧，開眼見佛入房，幡蓋滿屋。」《南齊書・高帝紀》：「道路不得著錦履，不得用紅色爲幡蓋。」

〔九〕窸窣：窸，息七切。窣，蘇骨切。狀聲詞。杜甫《詠懷》詩：「河梁幸未坼，枝撐聲窸窣。」李賀《神弦》詩：「海神山鬼來座中，紙錢窸窣鳴颸風。」

〔一〇〕作禮：致禮拜佛。《賢愚經・須達起精舍品》：「時首陀會天，遥見須達，雖覩世尊，不知禮拜供養之法，化爲四人行列而來，到世尊所接足作禮，長跪問訊起居輕利，右繞三匝，却住一面。」接足，謂手掌向上捧世尊之足。　靈境：謂靈山净土。釋迦汝來報身之地，在靈鷲山，衆生見劫盡大火燒時，惟此土安穩。梁簡文帝《神山寺碑》：「獨有鷲岳靈境，净土不燒。」

〔二〕證疑：謂由禪悟而釋疑。不知不悟乃有疑，修行者須斷疑根。《大乘義章》六：「所言疑者，於境不決，猶豫曰疑。有二種：一者疑事，如夜視樹疑爲是人爲非人等；二者疑理，疑諸諦等。小乘法中，惟取疑理，説爲疑使。大乘通取，皆須斷。」

宿太白東溪李老舍寄弟姪①〔一〕

渭上秋雨過，北風正騷騷②〔二〕。天晴諸山出，太白峰最高。主人東溪老，兩耳生長毫。遠近知百歲，子孫皆二毛〔三〕。中庭井欄上，一架獼猴桃〔四〕。石泉飯香粳③〔五〕，酒甕開新糟。愛兹田中趣，始悟世上勞④。我行有勝事〔六〕，書此寄爾曹。

【校勘記】

①〔詩題〕《文苑英華》、《唐文粹》作《太白東溪張老舍即事寄弟姪等》。②〔正騷〕《文苑英華》、《唐文粹》正作暮，《唐百家詩選》作何。③〔香粳〕《文苑英華》、《唐文粹》粳作秔。④〔世上〕明抄本上作人。

【箋注】

〔一〕太白：山名，見《秋夜宿仙遊寺南凉堂呈謙道人》詩注〔二〕。詩題有弟及姪，岑參天寶間長安詩惟有弟，則今姪已年長可寄詩，不在天寶年間。安史亂後惟乾元元年秋岑參在長安，但其年爲右補闕，未嘗出遊。故此詩當作於廣德年間，岑參爲虞部郎中時，因公而赴太白，在二年秋。參見《秋夜宿仙遊寺南凉堂呈謙道人》詩注〔一〕。

〔二〕騷騷：風聲。張衡《思玄賦》：「寒風凄其永至兮，拂穹岫之騷騷。」李善注：「騷騷，風勁貌。」

〔三〕二毛：髮有黑白二色也。《左傳》僖公二十二年：「君子不重傷，不禽二毛。」注：「二毛，頭白有二色者也。」

〔四〕獮猴桃：水果名。《本草綱目》卷二十三時珍曰：「其形如梨，其色如桃，而獮猴喜食，故有諸名。」「志曰：生山谷中，藤著樹上，葉圓有毛，其實形似鷄卵大，其皮褐色，經霜始甘美可食，皮堪作紙。宗奭曰：今陝西永興軍南山甚多，枝條柔軟，高二三丈，多附木而生。」我國産者名中華獮猴桃，品質尤佳，夏日開白花，秋日漿果成熟，味甘而酸，號維生素丙之王。

〔五〕香粳：新穫稻米帶香味也。粳，稻之不糯者。《爾雅·釋草》：「稌，稻。」疏：「秔、糯甚相類，黏不黏爲異。」秔，粳也。《爾雅翼》：「一種曰秈，比於粳小，而尤不黏，其種甚早，今人號秈爲早稻，粳爲晚稻。」粳同粳。《本草綱目》卷二十二時珍曰：「粳乃穀稻之總名也，有早中晚三收，諸《本草》獨以晚稻爲粳，非矣。粘者爲糯，不粘者爲粳。糯者懦也，粳者硬也。詵曰，襄洛出粳米，亦堅實而香。」

〔六〕勝事：美事也。《顔氏家訓·雜藝》：「醫方之事，取妙極難。……居家得以救急，亦爲勝事。」《南史·齊竟陵王子良傳》：「善立勝事，夏月客至，爲設瓜飲及甘果。」王維《終南别業》詩：「興來每獨往，勝事空自知。」

出關經華岳寺訪法華雲公〔一〕

野寺聊解鞍，偶見法華僧。開門對西嶽，石壁青稜層〔二〕。竹逕厚蒼苔〔三〕，松門盤紫藤〔四〕。長廊列古畫，高殿懸孤燈。五月山雨熱，三峰火雲蒸〔五〕。側聞樵人言，深谷猶積冰。久願尋此山〔六〕，至今嗟未能。謫宦忽東走①，王程苦相仍〔七〕。欲去戀雙樹〔八〕，何由窮一乘〔九〕。月輪吐山郭，夜色空清澄。

【校勘記】

①〔謫宦〕明抄本宦作官。〔忽東走〕底本注：忽一作向。

【箋注】

〔一〕華岳寺：即西嶽廟，在華陰縣。《漢書·地理志》京兆尹華陰縣：「太華山在南，有祠。」法華雲公：佛教宗派中以《法華經》爲最上祕藏之僧人名雲公者。法華宗，即天台宗。北齊慧文禪師傳南嶽慧思，再傳隋智顗，以居天台山，因名天台宗。此派以《法華經》爲本經，以《智度論》爲指南，以《涅槃經》爲扶疏，以《大品經》爲觀法，乃佛教中一重要派別。詩作於乾元二年出爲虢州長史時。

〔二〕青稜層：青色石壁層疊起稜也。宋之問《嵩山天門歌》：「紛窈窕兮巖倚披以鵬翅，洞膠葛兮峰稜層以龍鱗。」

〔三〕蒼苔：苔蘚也。張協《雜詩》「青苔依空墻」李善注：「淮南子曰：窮谷之汚，生以蒼苔。」按今本《淮南子·泰族訓》：「水之性淖以清，窮谷之汙，生以青苔，不治其性也。」汚、汙，窪下。然青苔即蒼苔也。潘岳《河陽庭前安石榴賦》：「壁衣蒼苔，瓦被駁蘚，處悴而榮，在幽彌顯。」

〔四〕紫藤：《南方草木狀》：「紫藤葉細長，莖如竹根，極堅實，重重有皮，花白子黑。」此云花白，未詳何物。《本草綱目》卷十八：「藏器曰：藤皮著樹，從心重重有皮，四月生紫花可愛，長安人亦種飾庭也。」

〔五〕三峰：華山高峰有三。東峰仙掌，海拔二〇九九公尺；西峰芙蓉，海拔二〇八二公尺；南峰落雁，海拔二一六〇公尺。此外尚有北峰、中峰之説。三峰聳立如蓮瓣，故亦總名蓮花峰。在千尺幢東方，未至蒼龍嶺有雲台山，從此山望東西二峰，上分下合，若並蒂蓮花，南峰藏其間，如蓮房。三峰稱謂，古今説法不一。《方輿勝覽》謂芙蓉、明星、玉女，蓋以東峰爲明星，南峰爲玉女。今以過蒼龍嶺後所至之中峰爲玉女，然此峰遠低於他三峰也。

〔六〕尋：遂往，探求。《漢書·郊祀志》：「上始巡幸郡縣，寖尋於泰山矣。」注：「鄭玄曰：尋，用也。晋灼曰：尋，遂往之意也。師古曰：二説皆非也。寖，漸也。尋，就也。」陶淵明《歸去來兮辭》：「既窈窕以尋壑，亦崎嶇而經丘。」《西京賦》「都盧尋橦」乃爬、緣直上義，亦適於此句也。

〔七〕王程：途程期限也，見《酬成少尹駱谷行》詩注〔四〕。　相仍：接續不止也。《九章·悲回風》：「觀炎氣之相仍兮，窺煙液之所積。」注：「相仍者相從也。」張衡《思玄賦》：「夫吉凶之相仍兮，恒反仄而靡所。」李善注：「仍，因也。」杜甫《早秋苦熱堆案相仍》詩：「束帶發狂欲大叫，簿書何急來相仍。」

〔八〕雙樹：娑羅雙樹，佛入滅之處。《大涅槃經疏》第一：「娑羅雙樹者，此翻堅固，一方二株，四方八株，悉高五丈，四枯四榮，下根相連，上枝相合。相合似連理，榮枯似交讓，其葉豐蔚，華如車輪，果大如餅，其甘如蜜，色香味具。」此樹在拘尸那城阿利羅跋提河邊，佛於其中入滅。玄應云，娑羅樹似槲而皮青，白葉光潤。

〔九〕一乘：佛法謂載人至淨土者爲一乘。見《送青龍招提歸一上人遠遊吴楚别》詩注〔三〕。

終南雲際精舍尋法澄上人不遇歸高冠東潭石淙望秦嶺微雨貽友人①〔一〕

昨夜雲際宿，旦從西峰回②。不見林中僧，微雨潭上來。諸峰皆晴翠③，秦嶺獨不開。石鼓有時鳴〔二〕，秦王安在哉〔三〕。東南雲開處，突兀獮猴臺④〔四〕。崖口懸瀑流，半空白皚皚。噴壁四時雨⑤，傍村終日雷。北瞻長安道〔五〕，日夕多塵埃⑥。若訪張仲蔚〔六〕，衡門滿蒿萊⑦〔七〕。

【校勘記】

①〔詩題〕底本作《潭石淙望秦嶺微雨貽友人》，明抄本雨下有作字。《又玄集》作《終南山》。《文苑

英華》作《終南雲際精舍尋法澄上人》。此從《河嶽英靈集》。②〔旦從〕《河嶽英靈集》、《又玄集》旦作適。〔西峰〕《河嶽英靈集》、《又玄集》峰作嶺，《文苑英華》峰作風。③〔晴翠〕《又玄集》晴作青。④〔東南雲開處，突兀獼猴臺〕《河嶽英靈集》、《又玄集》、《文苑英華》無此二句，而有「水瀠斷山口，吼沫相喧豗」。《又玄集》水瀠作瀠瀠（淙淙）。《文苑英華》作水深。⑤〔四時雨〕《又玄集》雨作雪。⑥〔多塵埃〕《又玄集》、《文苑英華》多作生，《河嶽英靈集》多作坐。⑦〔滿蒿萊〕《河嶽英靈集》滿作應，《又玄集》、《文苑英華》滿作映。

【箋注】

〔一〕終南：即今所謂秦嶺也，亦曰中南，亦曰太乙，皆此山也。《尚書·禹貢》：「終南惇物，至於鳥鼠。」《詩·秦風·終南》：「終南何有，有條有梅。」《讀史方輿紀要》卷五十二：「終南山在西安府南五十里。……鍾靈毓秀，宏麗瑰奇，作都邑之南屏，爲雍梁之巨障，其中盤紆迴遠，深巖邃谷，不可殫究。」　雲際：畢沅《關中勝蹟圖志》卷二：「雲際山在鄠縣東南六十里，東接長安界。」山在高冠谷東三十里，山上有寺，杜甫《渼陂行》「舩舷暝戛雲際寺」是也。　精舍：僧人所居處，《釋氏要覽》上：「《釋迦譜》云：息心所棲曰精舍。《藝文類聚》云：非由其舍精妙，名曰精舍，由其精煉行者所居，故謂之精舍也。」佛徒居精舍，出《賢愚經·須達起精舍品》，舍衛國大臣須達以鋪滿所購地面之黄金爲價，在王太子祇陀院中爲佛起精舍，以佛不居民常舍故。我國東漢時稱學舍曰精舍。《後漢書·黨錮傳》，劉淑「遂隱居，立精舍講授，諸生常數百人」。

漢末道士所居曰精舍。《三國志·吴·孫破虜討逆傳》，建安五年，孫策欲襲許迎漢帝，注引《江表傳》曰：「時有道士瑯玡于吉，先寓居東方，往來吴會，立精舍，燒香讀道書，制作符水以治病，吴會人多事之。」至晋孝武帝立静舍於殿内，引沙門居之，俗乃謂佛寺爲静舍，亦曰精舍。後世遂以之爲佛寺代稱。　高冠：山谷名，在鄠縣東南三十里。宋張禮《遊城南記》：「紫閣之東有高觀谷，岑參作高冠，蔣之奇作高官，未知孰是。」清毛鳳枝《南山谷口考》：「又西爲高冠谷，一名高觀谷，在長安縣西南，鄠縣東南三十里，有高冠谷水北流會灃入渭。谷口有鐵鎖橋，爲長安鄠縣連界處。《通志》云，谷内有高冠潭。」民國二十二年重修《鄠縣志》：「高冠峪内有高冠潭。今考其上，山形陡絶，有瀑布飛下，如銀河倒瀉，故高冠瀑布爲鄠八景之一。水注山下爲潭，廣可數丈，深不可測，旱禱甚應。」　石淙：瀑布下之石潭也。《六書故》：「淙，飛流也。」孟郊有《石淙》詩：「百尺明鏡流，千曲寒星飛。」「屑珠瀉潺湲，裂玉何威瓌。」宋之問有《嵩山石淙侍宴應制》詩。　秦嶺：即終南山也。《西都賦》：「睎秦嶺」李善注：「秦嶺，南山也。」《三秦記》：「東起商洛，西盡汧隴，綿亘千里。」詩於「諸峰」之後又言秦嶺，蓋以最高大者爲秦嶺也。　此詩當作於移居長安之後，授官之前，在開元末或天寶初。

〔二〕石鼓：天水冀縣南山有石，形如鼓，相傳鳴則有兵事。《漢書·五行志上》：「成帝鴻嘉三年五月乙亥，天水冀南山大石鳴，聲隆隆如雷，有頃止，聞平襄二百四十里，野鷄皆鳴。石長丈三尺，廣厚略等，旁著岸脅，去地二百餘丈，民俗名曰石鼓。石鼓鳴，有兵。」開元末屢有邊警。二十七年秋吐蕃貴族寇白草、安人等軍，二十八年夏又圍安戎城。冬，突騎施莫賀達干叛。二十九年夏吐蕃貴族率四十萬人寇安人軍，冬陷石堡城。

〔三〕秦王：隋恭帝義寧元年李淵受禪，封次子世民爲秦王，統兵出征，屢勝大敵，即位後擒突厥頡利可汗，海内賓服。

〔四〕獮猴臺：山峰名，具體未詳。終南山峰多有以臺爲名者，如子午谷東有小五臺，石鱉谷東有南五臺等。

〔五〕瞻：《爾雅·釋詁》：「瞻，視也。」《離騷》「瞻前而顧後兮」注：「瞻，觀也。」

〔六〕張仲蔚：漢隱士名。《高士傳》中：「張仲蔚者，平陵人也，與同郡魏景卿俱修《道德》，隱身不仕，明天官博物，善屬文，好詩賦。常居窮素，所處蓬蒿没人，閉門養性，不治榮名。時人莫知，惟劉龔知之。」

〔七〕衡門：陋室也。《詩·陳風·衡門》：「衡門之下，可以棲遲。」傳：「衡門，横木爲門，言淺陋也。」《漢書·韋玄成傳》「自安衡門之下」注：「師古曰：衡門，謂横一木於門上，貧者之所居也。」陶淵明《癸卯歲十二月中作與從弟敬遠詩》：「寢跡衡門下，邈與世相絶。」蒿萊：《毛詩陸疏》上：「蒿，青蒿也，香中炙啖，荆豫之間汝南、汝陽皆云菣也。」「萊，草名，其葉可食，今兖州人蒸以爲茹，謂之蒸萊。」

【評論】

清潘德輿《養一齋詩話》八：「岑參不見林中僧，微雨潭上來，……皆曲盡幽閑之趣，每一誦味，煩襟頓滌。」

南池夜宿思王屋青蘿舊齋〔一〕

池上臥煩暑〔二〕，不櫛復不巾〔三〕。有時清風來，自謂羲皇人〔四〕。天晴雲歸盡，雨洗月色新。公事常不閑，道書日生塵〔五〕。早年家王屋，五别青蘿春〔六〕。安得還舊山，東溪垂釣綸〔七〕。

【箋注】

〔一〕南池：虢州詩多有「南池」字，此詩又有「公事常不閑」句，當爲上元年間任虢州長史時作。王屋：唐河南府王屋縣，因縣北山爲名。《元和志》卷五河南府王屋縣：「王屋山，在縣北十五里，周迴一百二十里，高三十里。」岑參自晋州遷嵩陽之間，曾居王屋。王屋縣於光化三年分割入河陽，今濟源西有王屋鄉。　青蘿：河名，出山西省陽城縣，繞王屋山東，入濟源縣境南流入黄河。今上游俗名大店河，下游俗名大峪河。青蘿舊齋在今何處，已不可考，或在陽臺宫左近也。

〔二〕煩暑：暑熱也。韋應物《冰賦》：「睹頒冰之適至，喜煩暑之暫清。」劉禹錫《劉駙馬水亭避暑》詩：「盡日逍遥避煩暑，再三珍重主人翁。」煩，熱躁也。

〔三〕不櫛：不梳頭也。櫛，阻瑟切，篦梳之總名，本器物，今作梳理義。《莊子·庚桑楚》：「簡髮而櫛，數米而炊。」

〔四〕羲皇人：伏羲氏，太古帝名，其時人恬淡無欲，心性自然。陶淵明《與子儼等疏》：「常言五六月中北窗下卧，遇凉風暫至，自謂是羲皇上人。」李白《戲贈鄭溧陽》詩：「清風北窗下，自謂羲皇人。」

〔五〕道書：道家修煉之書也。《三國志·魏·張魯傳》：「祖父陵客蜀，學道鵠鳴山中，造作道書以惑百姓，從受道者出五斗米，故世號米賊。」江淹《自序傳》：「爲建安吴縣令，山中無事，專與道書爲偶。」

〔六〕五别青蘿：今可考者，岑參兩度至青蘿。一爲自晋州還王屋，繼而隱嵩陽。二爲天寶年間曾遊王屋，《宿東溪懷王屋李隱者》詩有「天壇飛鳥還」句，天壇山爲王屋主峰，則所宿處即「東溪垂釣綸」者，乃青蘿舊齋。此外尚曾三至青蘿，均不可考。

〔七〕綸：釣絲也。《詩·小雅·采緑》：「之子于釣，言綸之繩。」傳：「綸，釣繳也。」

題華嚴寺環公禪房①〔一〕

寺南幾十峰，峰翠晴可掬〔二〕。朝從老僧飯，昨日崖口宿。錫杖倚枯松②〔三〕，繩牀映深竹〔四〕。東溪草堂路〔五〕，來往行自熟。生事在雲山〔六〕，誰能復羈束？

【校勘記】

①〔環公〕張遜業本環作瓌。　②〔枯松〕底本注：枯一作孤。

【箋注】

〔一〕華嚴寺：宋張禮《遊城南記》：「東上朱坡，憩華嚴寺，下瞰終南之勝，霧巘、玉案、圭峰、紫閣，粲在目前，不待足履而盡也。……華嚴寺，貞觀中造，寺之北原，下瞰終南，可盡其勝。岑參詩所謂寺南幾千（原字）峰，峰翠青（原字）可掬是也。」寺於清乾隆年間於崖崩中摧毀，僅餘杜順、澄觀二僧墓塔。舊址在今長安縣東南少陵原南坡。　禪房：僧房也，《善見律》二：「是時太子往到禪房，至曇無德比丘所，求欲出家。」沈約《齊禪林寺尼净秀行狀》：「某甲師還後，又於禪房中坐。」亦云禪屋，或云禪室，義皆同。　此詩亦當作於開元末、天寶初。

〔二〕可掬：可以兩手捧取也。《左傳》宣公十二年：「中軍、下軍争舟，舟中之指可掬也。」注：「兩手曰掬。」此言掬物，唐人用于容色。《太平廣記》卷十六《杜子春》引唐李復言《續玄怪録》：「徒行長安中，……饑寒之色可掬。」羅隱《秋夕對月》詩：「夜月色可掬，倚樓聊解顔。」

〔三〕錫杖：見《送青龍招提歸一上人遠遊》詩注〔三〕。

〔四〕繩牀：見《上嘉州青衣山中峰惠净上人幽居》詩注〔四〕。

〔五〕東溪：疑爲高冠草堂之東溪。

〔六〕生事：生養之事。《禮記·檀弓下》：「生事畢而鬼事始」注：「謂不復饋食於下室。」疏：「下室謂内寢，生時飲食有事處也。」《華陽國志》蜀德陽縣：「山原肥沃，有澤魚之利，……土地宜爲生事。」王維《偶然作》詩：「生事不曾問，肯愧家中婦。」

峨眉東脚臨江聽猿懷二室舊廬〔一〕

峨眉煙翠新，昨夜秋雨洗。分明峰頭樹，倒插秋江底。久别二室間，圖他五斗米。哀猿不可聽，北客欲流涕。

【箋注】

〔一〕聽猿：猿，似猴而大，今通稱長臂猿。《山海經·南山經》：「堂庭之山，多棪木，多白猿。」郭璞注：「今猿似獼猴而大，臂脚長，便捷，色有黑、有黄，鳴甚哀。」長臂猿，古時長江三峽多有之。《水經注》卷三十三廣溪峽：「此峽多猿，猿不生北岸。」又卷三十四新崩灘：「每至晴初霜旦，林寒澗肅，常有高猿長嘯，屬引凄異，空谷傳響，哀轉久絶。故漁者歌曰：巴東三峽巫峽長，猿鳴三聲淚沾裳。」今長江三峽已無猿鳴。據此詩，則唐時峨眉山亦有猿也。二室舊廬：謂太室、少室之舊居也。岑詩有「隱於嵩陽」、「嵩陽舊草堂」，又有「少室居止」，則早年曾居於二室，非僅一室。有説謂僅居少室，據此詩，可知其非也。此詩作於大曆二年秋，在嘉州。

春半與群公同遊元處士别業①〔一〕

郭南處士宅，門外羅群峰〔二〕。勝概忽相引，春華今正濃。山厨竹裏爨〔三〕，野碓藤間舂〔四〕。對酒雲數片，捲簾花萬重。巖泉嗟到晚，州縣欲歸慵〔五〕。草色帶朝雨，灘聲兼夜鐘〔六〕。愛兹清俗慮，何事老塵容〔七〕。況有林下約〔八〕，轉懷方外蹤〔九〕。

【校勘記】

①〔元處士〕正德成都本元作袁。

【箋注】

〔一〕元處士：疑爲元伯武之後。《新唐書·地理志》虢州弘農縣：「南七里有渠，貞觀元年，令元伯武引水入城。」此處士或爲弘農令之後也。　處士：不爲官之士人也。《孟子·滕文公下》：「聖王不作，諸侯放恣，處士横議。」《荀子·非十二子》：「古之所謂處士者，德盛者也，能静者也，修正者也，知命者也。」《漢書·異姓諸侯王表》：「秦既稱帝，患周之敗，以爲起於處士横議，諸侯力争，四夷交侵，以弱見奪。」注：「師古曰：處士謂不官於朝而居家者也。」　詩有「州縣欲歸慵」，當爲虢州長史時詩，作於上元年間。

〔二〕門外羅群峰：處士居於南郭，必非嘉州，以其南臨江水也。虢州南方十里外始有山，西南有高峰，今名周家山，海拔一千五百餘公尺，正南、東南爲崤山餘脉，群峰低伏而甚多。

〔三〕爨：炊也，七亂切。《孟子·滕文公上》：「許子以釜甑爨，以鐵耕乎？」注：「爨，炊也。」

〔四〕碓：碓臼也，舂米器。都内切。《方言》卷五：「碓，機。陳、魏、宋、楚，自關而東謂之梃磑，或謂之碶。」注：「碓，梢也。」梢，擊也。杵臼以手，碓以足踏桿擊臼而舂也。桓譚《新論》：「宓犧之制杵舂，萬民以濟。及後人加巧，因延力借身重以踐碓，而利十倍。杵舂又復設機關用驢、騾、牛、馬及役水而舂，其利乃且百倍。」以水者謂之水碓，今北京金臺路尚有地名水碓也。

〔五〕慵：懶也。宋璟《奉和御制璟與張説源乾曜同日上官命宴都堂賜詩應制》詩：「老臣慵且憊，何德以當諸。」

〔六〕灘聲：水流湍急激石之聲。虢州南八里處有山口，弘農川（門水）冲山而出，水急下灘，喧聲四時不止。　夜鐘：寺院中暮夜之鐘聲也。《敕修百丈清規》八法器章：「大鐘，叢林號令資始也。曉擊則破長夜，警睡眠，暮擊則覺昏衢，疏冥昧。行杵宜緩，揚聲欲長，凡三通，各三十六下，總一百八十下，起、止三下稍緊。」

〔七〕塵容：俗世之容也。孔稚珪《北山移文》：「焚芰製而裂荷衣，抗塵容而走俗狀。」

〔八〕林下：山林下，謂隱居。魏晋有竹林七賢，抨擊禮法，蔑視塵俗，後世亦稱林下諸賢。《世説新語·賢媛》：「王夫人神情散朗，故有林下風氣。」後世轉爲隱遁出世之意。李白《安陸白兆山桃花巖寄劉侍御綰》詩：「獨此林下意，杳無區中緣。」

〔九〕方外：塵世之外。見《上嘉州青衣山中峰惠净上人幽居》詩注〔五〕。

終南兩峰草堂①〔一〕

斂跡歸山田②〔二〕，息心謝時輩③〔三〕。晝還草堂臥，但見雙峰對④。興來恣佳遊⑤〔四〕，事愜符勝概〔五〕。著書高窗下，日夕見城内。曩爲世人誤〔六〕，遂負平生愛⑥。久與林壑辭〔七〕，及來杉松大⑦〔八〕。偶兹精廬近⑧〔九〕，數預名僧會⑨〔一〇〕。有時逐漁樵⑩，盡日不冠帶⑪〔一一〕。崖口上新月，石門破蒼靄⑫〔一二〕。色向群木深⑬，光摇一潭碎。緬懷鄭生谷〔一三〕，頗憶嚴子瀨〔一四〕。勝事猶可追，斯人邈千載〔一五〕。

【校勘記】

①〔詩題〕《河嶽英靈集》堂下有作字，《文苑英華》又於南下加山字，兩均作雙。②〔斂跡〕《文苑英華》作歐路。③〔息心〕《文苑英華》作偃息。④〔但見〕《河嶽英靈集》見作與，《文苑英華》作以。⑤〔恣佳遊〕底本恣作資，此從《河嶽英靈集》、《文苑英華》。⑥〔平生〕底本作生平，此從《河嶽英靈集》、《文苑英華》。⑦〔杉松〕《唐詩紀》作松杉。⑧〔精廬近〕《萬首唐人絶句》、《唐詩紀》作近精廬。⑨〔數預〕《文苑英華》作屢得，注：集作數預。⑩〔漁樵〕底本、《文苑英華》作樵漁，《英華》注：集作漁樵。此從《英華》注語。⑪〔盡日〕《河嶽英靈集》盡作永。⑫〔破蒼靄〕底本注：破一作欲。⑬〔群木深〕《唐詩紀》注：深一作沉。

【箋注】

〔一〕兩峰：當指石鼇谷崖口兩邊山峰。岑參自安西還京後曾居石鼇谷，見《太一石鼇崖口潭舊廬招王學士》詩。該詩有「十年皆小官」，當作於天寶十二載。此詩亦當同時。

〔二〕斂跡：謂晦藏其行跡也。《新唐書・劉栖楚傳》：「改京兆尹，峻誅罰，不避權豪，宿奸老蠹斂跡。」

〔三〕息心：本佛家語，謂息心、净志，息止惡念，行此道者，謂之沙門。《增一阿含經》四十七：「沙門名息心，諸惡永已盡，梵志名清净，除却雜亂想。」沈約《游鍾山詩應西陽王教》：「多值息心侣，結架山之足。」李善注：「《大灌頂經》曰：息心達本源，故號爲沙門。」此詩所言亦謂息止人世欲念也。

〔四〕恣：縱任也。《莊子・大宗師》：「汝將何以遊夫遥蕩恣睢轉徙之途乎？」注：「成云：恣睢，縱任也。」《吕氏春秋・孟秋紀・禁塞》：「生於有道者之廢而無道者之恣行，夫無道者之恣行幸矣。故世之患不在救守，而在於不肖者之幸也。」注：「恣，放也。」

〔五〕符：合也。揚雄《甘泉賦》：「同符三皇，録功五帝。」李善注：「文穎曰：符，合也。」

〔六〕曩：往日也。《爾雅・釋言》：「曩，曏也。」《國語・晋語》：「里克……召優施曰：曩而言戲乎？」注：「曩，向也。」

〔七〕林壑：猶山林也。謝靈運《石壁精舍還湖中作》詩：「林壑斂暝色，雲霞收夕霏。」《梁書・何胤傳》梁高祖與何胤書：「想恒清豫，縱情林壑，致足歡也。」壑音貨。

〔八〕杉松大句：岑參開元天寶間常居高冠谷，授官後亦居之。自安西還京後居石鱉谷而曰杉松大，則其初居石鱉谷當在開元末也。

〔九〕精廬：猶精舍，佛寺也。《一切經音義》卷十六：「精廬，廬舍也。」案精廬論文人近名，非古典，即精舍是也。」《北齊書·楊愔傳》：「至碻磝戍，州内有愔家舊佛寺，入精廬禮拜。」

〔一〇〕預：參預。《廣韻》去聲御：「預，厠也。」《世説新語·任誕》：「陳留阮籍、譙國嵇康、河内山濤，三人年皆相比，康年稍亞之。預此契者，沛國劉伶、陳留阮咸，河内向秀，琅玡王戎。」又《簡傲》：「王戎弱冠，詣阮籍，時劉公榮在座。阮謂王曰，偶有二斗美酒，當與君共飲，彼公榮者無預焉。」

〔一一〕冠帶：官宦之服也。《禮記·月令》：「天子……冠帶有常。」又《内則》：「子事父母……冠帶垢，和灰請漱。」《西京賦》：「冠帶交錯，方轅接軫。」注：「冠帶，猶搢紳，謂吏人也。」此以其服飾代指其人也。

〔一二〕蒼靄：青色之雲氣也。白居易《九日宴集醉題郡樓兼呈周殷二判官》詩：「姑蘇臺榭倚蒼靄，太湖山水含青光。」《廣韻》去聲泰：「靄，雲狀。」

〔一三〕緬懷：遥思也。李白《登金陵冶城西北謝安墩》詩：「想象東山姿，緬懷王右軍。」《穀梁傳》莊公三年，「改葬之禮緦，舉下，緬也。」《集解》：「緬，邈遠也。」　　鄭生谷：漢隱士鄭子真所居之谷口，亦爲漢縣名，當涇水出山之口，故以爲名。《三輔决録》：「鄭樸字子真，谷口人也。修道静默，世服其清高。成帝時元舅大將軍王鳳以禮聘之，遂不屈。揚雄盛稱其德曰，谷口鄭子真，耕於岩石之下，名振京師。馮翊人刻石祠之，至今不絶。」

〔一四〕嚴子瀨：即嚴灘。見《送李翥遊江外》詩注〔七〕。

〔一五〕邈：遠也。《楚辭・九章・懷沙》：「湯禹久遠兮，邈而不可慕。」《漢書・武帝紀》：「覲於周室，邈而無祀。」注：「師古曰，邈，遠絶也。」

東歸留題太常徐卿草堂在蜀〔一〕

不謝古名將〔二〕，吾知徐太常。年才三十餘，勇冠西南方。頃曾策匹馬〔三〕，獨出持兩槍。虜騎無數來〔四〕，見君不敢當。漢將小衛霍〔五〕，蜀將凌關張〔六〕。卿月益清澄〔七〕，將星轉光芒〔八〕。復居少城北〔九〕，遥對岷山陽。車馬日盈門，賓客常滿堂。曲池蔭高樹①，小逕穿叢篁〔一〇〕。江鳥飛入簾，山雲來到牀。題詩芭蕉滑〔一一〕，對酒櫻花香〔一二〕。諸將射獵時，君在翰墨場〔一三〕。聖主賞勳業〔一四〕，邊城最輝光。與我情綢繆〔一五〕，相知久芬芳。忽作萬里别，東歸三峽長。

【校勘記】

①〔高樹〕底本、明抄本注：樹一作柳。

【箋注】

〔一〕太常卿：官名。《通典·職官》云，周曰宗伯，爲春官，漢曰太常，每祭祀、養老、大喪，皆奏其儀。歷代相因。北齊有太常寺，置卿及少卿、丞各一人，掌陵廟、群祀、禮樂、儀制、天文、術數、衣冠之屬。隋煬帝加置少卿一人，大唐因之。　徐卿：名不詳。據詩，徐卿乃以軍功授員外官而任職西川節度使府者。杜甫成都詩有《徐卿二子歌》，謂大兒九齡，小兒五歲，與岑詩徐卿年才三十餘合，似即一人。　詩言樱花，爲春日，又言東歸，當作於大曆四年。　詩作於大曆三年夏。

〔二〕謝：慚也。顔延年《贈王太常》詩：「屬美謝繁翰，遥懷具短札。」李善注：「謝，猶慚也。」李白《題宛溪館》詩：「吾憐宛溪好，百尺照心明，何謝新安水，千尋見底清。」此謝字亦慚義。

〔三〕頃：近年也。《後漢書·孝和帝紀》永元十一年詔：「頃者貴戚近親、百僚師尹，莫肯率從。」　策：馬鞭也。擊馬催行亦曰策。《左傳》哀公十一年，「孟之側後入，以爲殿，抽矢策其馬曰：馬不進也。」

〔四〕虜騎句：當謂對吐蕃貴族之戰。廣德元年劍南西山諸州没於吐蕃，次年嚴武爲節度使，破吐蕃七萬衆，拔當狗城、鹽川城。及武卒，蜀中内亂。故徐卿之軍功，當在嚴武作鎮之時。

〔五〕小衛霍：以衛青、霍去病之功爲小。漢武帝時衛青爲大將軍，凡七出擊匈奴，收河南北地，置朔方郡。霍去病衛青之甥，爲驃騎將軍，出焉支山，斬匈奴二王，收休屠王祭天金人，又北絶大漠，封狼居胥山，登臨翰海。

〔六〕凌關張：凌駕關張之上。蜀漢猛將關羽、張飛也。

〔七〕卿月：謂卿之官也。《尚書·洪範》「卿士惟月」注：「卿士各有所掌，如月之有別。」李商隱《再獻杜悰四十韻》詩：「將星臨迥夜，卿月麗層穹。」

〔八〕將星：古人以大將上應天星，故有此稱。《隋書·天文志上》經星中官：「河鼓三星，旗九星，……一曰三武，主天子三將軍，中央大星爲大將軍，左星爲左將軍，右星爲右將軍。」又：「天將軍十二星在婁北，主武兵。中央大星，天之大將也，外小星，吏士也。將星摇，兵起，大將出。」劉禹錫《和令狐相公初歸京國賦詩言懷》詩：「相印昔辭東閣去，將星還拱北辰來。」

〔九〕少城：即成都小城。《元和志》卷三十一成都府成都縣：「少城，一曰小城，在縣西南一里二百步。」秦惠王二十七年張儀築成都城，後又續築小城，東墻即大城西墻，另築南、西、北三墻。

〔一〇〕篁：竹林也。《楚辭·九歌·山鬼》「余處幽篁兮終不見天」注：「幽篁，竹林也。」謝莊《月賦》「風篁成韻」李善注：「篁，竹叢生也。」

〔一一〕芭蕉：古人稱甘蕉。《南方草木狀》上：「甘蕉，望之如樹，株大者一圍餘，葉長一丈或七八尺，廣尺餘二尺許，花大如酒杯，形色如芙蓉，……一名芭蕉。」

〔一二〕椶花：椶櫚樹之花。《本草綱目》卷三十五椶櫚：「時珍曰：三月於木端莖中出數黄苞，苞中有細子成列，乃花之孕也，狀如魚腹，孕子謂之椶魚，亦曰椶笋。漸長出苞則成花，穗黄白色，結實

纍纍大如豆，生黄熟黑，甚堅實。」

〔三〕翰墨：文辭也。漢趙岐《孟子題辭解》：「聊欲係志於翰墨，得以亂思遺老也。」揚雄《答劉歆書》：「但言辭情，覽翰墨。」曹丕《典論・論文》：「是以古之作者，寄身於翰墨，見意於篇籍。」按翰，筆也，筆墨者謂文字。

〔四〕勳業：功勳事業也。《史記・高祖功臣侯者年表序》：「古者人臣功有五品，以德立宗廟定社稷曰勳，以言曰勞，用力曰功，明其等曰伐，積日曰閲。」《三國志・魏・傅嘏傳》戒鍾會曰：「子志大其量，而勳業難爲也。可不慎哉！」

〔一五〕綢繆：纏綿也。《詩・唐風・綢繆》：「綢繆束薪，三星在天。」傳：「綢繆，猶纏綿也。」《詩・豳風・鴟號》：「迨天之未陰雨，徹彼桑土，綢繆牖户。」疏：「及天之未陰雨之時，剥彼桑根，以纏綿其牖户。」

過王判官西津所居〔一〕

勝迹不在遠〔二〕，愛君池館幽。素懷巖中諾〔三〕，宛得塵外遊〔四〕。何必到清溪，忽來見滄洲〔五〕。潛移岷山石〔六〕，暗引巴江流〔七〕。樹密晝先夜，竹深夏已秋。沙鳥上筆牀〔八〕。溪花簪簾鈎〔九〕。夫子賤簪冕〔一〇〕，注心向林丘〔一一〕。落日出公堂，垂綸乘釣舟①。賦詩憶楚老〔一二〕，載酒隨江鷗。翛然一傲吏②〔一三〕，獨在西津頭。

【校勘記】

①〔垂綸乘釣舟〕底本、明抄本注：一作垂釣登孤舟。②〔翛然〕底本作翛，注：本作翛。此從明抄本及底本注語。

【箋注】

〔一〕王判官：未詳，當爲西川節度使府判官。西津：當爲成都西某津渡處。《方輿勝覽》謂嘉州有梨花山，過西津橋五里。詩有岷山石，嘉州在峨眉山東，不近岷山，見注〔六〕。故此爲成都詩，在大曆二年夏。

〔二〕勝迹：名勝古迹。謝朓《遊山詩》：「永志昔所欽，勝迹今能選。」孟浩然《與諸子登峴山》詩：「江山留勝迹，我輩復登臨。」

〔三〕巖中：山巖之中，謂隱者所居。《後漢書·逸民傳》：「旌帛蒲車之所徵賁，相望於巖中矣。」

〔四〕塵外：塵世之外。見《登嘉州凌雲寺作》詩注〔八〕。

〔五〕滄洲：隱者之居。見《送李翥遊江外》詩注〔三〕。

〔六〕岷山石：此語涉及詩作地點，故須略解。岷山起於隴而止於蜀，古説雖多，而相差不遠。《尚書·禹貢》：「岷山之陽，至于衡山。」《山海經·中次九經》：「岷山之首曰女几之山，……又東三百里，曰岷山，江水出焉。」《括地志》：「岷山在岷州溢樂縣南，連綿至蜀，幾二千里，皆名岷山。」《禹貢錐指》：「岷山北起於溢樂，實跨古雍州境，而南則訖於青城。」青城山，在成都西北。

岷山石當謂成都西山之石。若在嘉州，則近取峨眉，不必遠取岷山也。

〔七〕巴江：古籍所載巴江之説雖有歧異，要皆謂今嘉陵江及其支流。西川之水皆岷江支流，稱巴江者，蓋均爲巴蜀之地，且上句已有岷字，不能重復，乃泛言之。

〔八〕沙鳥：泛指鷗類等小形涉禽。賀知章《曉發》詩：「始見沙上鳥，猶埋雲外峰。」李頎《送王昌齡》詩：「舉酒林月上，解衣沙鳥鳴。」　筆牀：見《初至西虢官舍南池》詩注〔八〕。

〔九〕篲簾鈎：如篲星之尾挂於簾鈎。《莊子·達生》：「開之（按人名）操拔篲以侍門庭。」注：「成云，拔篲，掃帚也。」《釋名·釋天》：「篲星，光梢似篲也。」

〔一〇〕簪冕：貴官之服。簪，見《秋夜宿仙遊寺南涼堂呈謙道人》詩注〔一五〕。　冕，冠也。唐官五品以上有冕服，一品衮冕，二品鷩冕，三品毳冕，四品絺冕，五品玄冕。見《新唐書·車服志》。

〔一一〕注心：志專之謂。曹植《求通親親表》：「注心皇極，結情紫闥。」《晉書·庾冰傳》：「朝野注心，咸曰賢相。」林丘：猶山林也。謝惠連《西陵遇風獻康樂詩》：「零雨潤墳澤，落雪灑林丘。」

〔一二〕楚老：楚之隱者。《水經·獲水注》：「獲水於彭城西南迴而北流，逕彭城，城西北舊有楚大夫龔勝宅，即楚老哭勝處也。」王莽徵拜楚國龔勝爲太子師友祭酒，勝乃不食而死。楚有老父哭之曰：「嗟虖！　薰以香自燒，膏以明自銷，龔生竟夭天年，非吾徒也。」庾信《哀江南賦》：「燕歌遠別，悲不自勝；楚老相逢，泣將何及。」

〔一三〕倏然：倏字多音多義。《莊子·大宗師》：「古之真人，不知説生，不知惡死，其出不訢，其入不距，倏然而往，倏然而來而已矣。」郭慶藩云：「倏音蕭，本又作翛。徐音叔，郭與久反，李音悠，向云倏然自然無心而自爾之謂，郭崔云往來不難之貌，司馬云翛疾貌。」郭羅列歧説而未加可否。其意當謂悠然獨化，任理遨遊，雖有死生，而不縈於懷之謂也。

田假歸白閣西草堂①〔一〕

雷聲傍太白，雨在八九峰。東望白閣雲，半入紫閣松。勝概紛滿目，衡門趣彌濃。幸有數畝田，得延二仲蹤〔二〕。早聞達士語〔三〕，偶與心相通。誤徇一微官②，還山愧塵容。釣竿不復把，野碓無人舂。惆悵飛鳥盡，南溪聞夜鐘〔四〕。

【校勘記】

①〔田假〕張遜業本、《唐詩紀》、明刻八卷本田作因，底本、正德成都本、明抄本、正德嘉州本作田。以田爲是，説見注〔一〕。　②〔誤徇〕底本、明抄本誤作悮，此從正德成都本。二字古通。

【箋注】

〔一〕田假：夏收夏種之農假也。唐内外官有假寧之節，行李之命，五月則有田假。《新唐書·選舉志》：「（諸生）每歲五月有田假，九月有授衣假，二百里外給程。」李嶠《田假限疾不獲還莊載想田園兼思親友率成短韻用寫長懷贈杜幽素》詩：「夏沼蓮初發，秋田麥稍稀。」蓮葉已發麥始收割均在陰曆五月。《唐會要》卷八十二《休假》：「開元二十五年正月，……内外官五月給由假，九月給授衣假，分爲兩番，各十五日。其由假若風土異宜，種收不等，通隨便給之。」此由字顯爲田字之誤也。白閣：終南山峰名。清畢沅《關中勝蹟圖志》卷二：「紫閣峰、白閣峰、黄閣峰，俱在鄠縣東南三十里。《雍勝略》：紫閣峰旭日射之爛然而紫，其形上聳若樓閣然。白閣陰森，積雪弗融。」白閣在高冠谷東，紫閣在高冠谷西。

〔二〕二仲：西漢末二隱士名，謂求仲、羊仲。《三輔决録》：「求仲、羊仲不知何許人，皆治車爲業，挫廉逃名。蔣元卿之去兖州還杜陵，荆棘塞門，舍中三徑不出，惟二人從之遊，時人謂之二仲。」

〔三〕達士：超脱世俗之人。《吕氏春秋·恃君覽·知分》：「達士者，達乎生死之分。」《後漢書·仲長統傳》：「至人能變，達士拔俗。」《國語·越語》有達士，似爲别義。

〔四〕夜鐘：晨昏擊鐘，本非梵寺之規，惟華土行之也。見《春半與群公同遊元處士别業》詩注〔六〕。

【評論】

清賀貽孫《詩筏》：「詩家化境，如風雨馳驟，鬼神出没，滿眼空幻，滿耳飄忽，突然而來，倏然而去，不得以字句論，不可以迹相求。如岑參《歸白閣西草堂》起句云，雷聲傍太白，雨在八九峰，東望白閣雲，半入紫閣松；又《登慈恩寺》詩中間云，秋色從西來，蒼然滿關中，五陵北原上，萬古青濛濛！不惟作者至此奇氣一往，即諷者亦把捉不住。安得刻舟求劍，從影求真乎？近見注詩者，將雨在八九峰、雲入紫閣，秋從西來、五陵、萬古語，强爲分解，何異癡人説夢！」

太一石鱉崖口潭舊廬招王學士〔一〕

驟雨鳴淅瀝，颼飀溪谷寒。碧潭千餘尺，下見蛟龍蟠。石門吞衆流，絶岸呀層巒〔二〕。幽趣倏萬變〔三〕，奇觀非一端。偶逐干禄徒〔四〕，十年皆小官。抱板尋舊圃〔五〕，弊廬臨迅湍。君子滿清朝〔六〕，小人思掛冠〔七〕。釀酒漉松子〔八〕，引泉通竹竿。何必濯滄浪〔九〕，不能釣嚴灘。此地可遺老〔一〇〕，勸君來考槃〔一一〕。

【箋注】

〔一〕太一：即終南山。　石鱉崖口：石鱉谷之口，在唐長安縣南五十里。清毛鳳枝《南山谷口考》：「石鱉谷，谷口有大圓石如鱉，因名。一名石壁谷。」今名石砭峪，在今長安縣正南，谷中已修水庫。岑氏舊廬位於何處無可考。　王學士：名不詳，當爲校書郎之官也。　詩作於天寶十二載，初授官至此年爲十年。

〔二〕呀：張開，裂開。班固《西都賦》：「建金城而萬雉，呀周池而成淵。」李善注引《字林》曰：「呀，大空貌。」李華《含元殿賦》「萃若日觀，呀爲天門」。吕温《成皋銘》「呀谷成塹，崇巍若壘」。二者呀字當同班固，用大空貌，張口貌義。崔尚《唐天台山新桐柏觀頌》「漫如天合，呀如地開」，于邵《劍門山記》「呀然洞裂，斗絶千仞」，亦狀其形。然岑詩此字與吞字對應，則轉而爲張開、裂開義，非狀物也。宋范成大《魚腹泊舟……》詩有「蹲龍呀口吐復吞」，呀口即張口。

〔三〕幽趣：放逸自然之趣。孫逖《宴王使君序》：「丘壑林藪，幽趣之適，在此行也。」元稹《答姨兄胡靈之見寄五十韻》：「正耽幽趣樂，旋被宦途縈。」　倏：速也。《説文》「倏，走也，從犬攸聲，讀若叔。」《韻會》引《説文》作「犬走疾也」。

〔四〕干禄：求仕也。《論語·爲政》「子張學干禄」注：「鄭曰：干，求也。禄，禄位也。」《國語·晋語九》：「夫地也求飲吾欲，是養吾疾而干吾禄也。」

〔五〕抱板：板同版，謂簡牘，抱版猶携書。《管子·宙合》：「故退身不舍端，修業不息版。」注：「版，牘也。」

〔六〕清朝：政治清明之朝廷也。《舊唐書·路隨傳上》奏章曰：「彰清朝立政之方，表公器不私之義。」

〔七〕掛冠：辭官也。見《與高適薛據同登慈恩寺塔》詩注〔三〕。

〔八〕漉：淘洗也。《説文》：「漉，浚也。」司馬相如《封禪文》：「滋液滲漉，何生不育。」此謂水滲下。　松子：《本草綱目》卷三十五：「時珍曰：松，結實狀如猪心，叠成鱗砌，秋老則子長鱗裂。……子大如柏子，惟遼海及雲南者子大如巴豆，可食，謂之海松子。」梁元帝《與劉智藏書》：「松子爲餐，蒲根是服。」

〔九〕濯滄浪：隱者濯足於滄浪之水也。見《至大梁却寄匡城主人》詩注〔四〕。

〔一〇〕遺老：猶終老也。按遺，留也。《史記·文帝本紀》二年冬日帝曰：「太僕見（現）馬遺財（才）

足，餘皆給傳置（驛也）。」《索隱》：「遺，猶留也。」《漢書·梅福傳》上書：「亡益於時，有遺於世。」注：「師古曰：遺，留也。」留老，謂可以終老也。

〔二〕考槃：隱居避世也。《詩·衛風·考槃》：「考槃在澗，碩人之寬。」傳：「考，成。槃，樂也。山夾水曰澗。」箋：「碩，大也，有窮處。成樂在於此澗者，形貌大人而寬然有虚乏之色。」疏：「鄭以爲成樂在於澗中而不仕者，是形貌大人寬然而有虚乏之色，既不爲君用，飢乏退處，故獨寐而覺，則言長自誓不忘君之惡。……傳以澗爲窮處，下文阿、陸亦爲窮處矣。故《釋地》云，大陸曰阿，而下傳云，曲陵曰阿。……阿有曲者，於隱遁爲宜。《釋地》又云，高平曰陸，大陸曰阜，則陸與阜類亦可以隱居也。」

左僕射相國冀公東齋幽居同黎拾遺所獻①〔一〕

丞相百僚長〔二〕，兩朝居此官〔三〕。成功雲雷際〔四〕，翊聖天地安〔五〕。不矜南宫貴〔六〕，祇向東山看②〔七〕。宅佔鳳城勝〔八〕，窗中雲嶺寬。午時松軒夕，六月藤齋寒。玉佩罥女蘿〔九〕，金印耀牡丹〔一〇〕。山蟬上衣桁，野鼠緣藥盤〔一一〕。有時披道書，竟日不着冠。幸得趨省闥③〔一二〕，常欣在門闌〔一三〕。何當復持衡〔一四〕，短翮期風摶〔一五〕。

【校勘記】

①〔詩題〕張遜業本、《唐詩紀》、明刻八卷本止幽居字，同下無。《唐音統籤》同以下爲小字，所獻作

獻賦。　②〔東山〕張遜業本、明刻八卷本作山東。　③〔省闈〕正德成都本闈作闕。

【箋注】

〔一〕左僕射：僕射本秦制，爲武官，其職督課、主射，有軍屯僕射、永巷僕射等號。漢有尚書僕射一人，其職尚微。獻帝建安四年分置左、右僕射二人，委任雖重，然亦非宰相。至唐貞觀間尚書綱務悉委兩丞，僕射加同中書門下平章事，始爲宰相。至開元二年改僕射爲左右丞相，然不加同中書門下平章事，雖總判尚書省事，而不參機務。僕射從二品，置左、右各一人。位非最尊，職非劇要，實不足爲百僚之長也。　相國：名始於秦，莊襄王以吕不韋爲丞相，秦始皇尊之爲相國。漢世蕭何曾爲相國，而後世無此官名。此但尊稱之耳。　冀公：裴冕，河東人，以門蔭入仕，遷渭南尉，充京畿采訪使王鉷判官，再遷河西節度使哥舒翰行軍司馬。肅宗即位，以勸進功，爲中書侍郎，同中書門下平章事。旋罷爲右僕射。兩京平，封冀國公，改劍南西川節度使。代宗時入爲左僕射，永泰元年待制集賢院。詩有東山字，當爲待制集賢院時之作也。　拾遺：古無此官，唐武后始置。《舊唐書·職官志》門下省：「左拾遺二人，從八品上。古無此官名。天后垂拱元年二月二十九日敕：記言書事，每切於旁求；補闕拾遺，未弘於注選。瞻言共理，必藉衆才，寄以登賢，期之進善。宜置左右補闕各二員，從七品上，左右拾遺各二員，從八品上。掌供奉諷諫，行立次左右史之下，仍附于令。」　黎拾遺：不詳。

〔二〕百僚：百官也。《尚書·皋陶謨》：「百僚師師，百工惟時。」傳：「僚、工，皆官也。」《後漢書·

明帝紀》永平二年詔：「百僚師尹，其勉修厥職。」

〔三〕兩朝：裴冕肅宗朝爲右僕射，代宗朝爲左僕射。

〔四〕雲雷際：風雲變幻之時。天寶十四載安禄山反，十五載陷長安，唐玄宗西走成都，裴冕等於靈武五次勸進，唐肅宗即位，此乃風雲變幻之時。

〔五〕翊聖：輔佐唐帝也。翊，輔也。《漢書·百官公卿表》：「左内史更名左馮翊。」注：「晏曰：馮，輔也；翊，佐也。」聖，帝也。《史記·秦始皇本紀》三十七年會稽刻石：「秦聖臨國，始定刑名，顯陳舊章。」

〔六〕矜：誇也。《尚書·大禹謨》：「汝惟不矜，天下莫與汝争能。汝惟不伐，天下莫與汝争功。」傳：「自賢曰矜，自功曰伐。」　南宫：謂尚書省。見《初至西虢官舍南池呈左右省及南宫諸故人》詩注〔一〕。

〔七〕東山：謂隱居地也。《晉書·謝安傳》安棲遲東土，屢召不至，高崧謂之曰：「卿累違朝旨，高卧東山，諸人每相與言，安石不肯出，將如蒼生何！」及敗苻堅，朝野倚重，「安雖受朝寄，然東山之志始末不渝，每形於言色」。後世遂以東山爲隱者所居之名。

〔八〕鳳城：謂京城長安。《列仙傳》云，秦繆公女弄玉吹簫，鳳凰來降京城。後世因稱京城長安爲鳳城。沈佺期《奉和立春遊苑迎春》詩：「歌吹銜恩歸路晚，棲烏半下鳳城來。」錢起《題祕書王迪城北池亭》詩：「還追大隱迹，寄此鳳城陰。」

〔九〕玉佩：高官飾物。見《送張祕書充劉相公通汴河判官》詩注〔一三〕。女蘿：攀緣植物名。見《上嘉州青衣山中峰惠净上人幽居》詩注〔一八〕。

〔一〇〕金印：漢丞相金印，唐内外官爲銅印。見《北庭西郊候封大夫受降回軍獻上》詩注〔一五〕。《文物》一九八九年七期載，靈寶縣發現唐「東都尚書吏部之印」爲玉，未知真僞，漢唐皇帝璽始得用玉也。

〔一一〕藥盤：花壇也。藥爲花藥，解見《送許拾遺恩歸江寧拜親》詩注〔一〕。

〔一二〕省闈：尚書省之門也。《爾雅·釋宫》：「宫中之門謂之闈。」

〔一三〕門闌：門户内也。《史記·楚世家》張儀南見楚王，謂楚王曰：「敝邑之王所甚悦者無先大王，雖儀之所甚願爲門闌之廝者，亦無先大王。」杜牧《送杜顗》詩：「少年才俊赴知音，丞相門欄不覺深。」欄通闌。

〔一四〕持衡：同執衡，謂當政。《淮南子·天文訓》：「南方火也，其帝炎帝，其佐朱明執衡而治夏。」曹冏《六代論》：「至於桓靈，奄豎執衡。」杜甫《上韋左相二十韻》詩：「持衡留藻鑑，聽履上星辰。」

〔一五〕風摶：謂借風力直上青雲。《莊子·逍遥遊》：「摶扶摇羊角而上者九萬里，絶雲氣，負青天，然後圖南。」扶摇、羊角，旋風也。

過緱山王處士黑石谷隱居〔一〕

舊居緱山下〔二〕，偏識緱山雲。處士久不還，見雲如見君。别來逾十秋，兵馬日紛紛。青溪開戰場，黑谷屯行軍。遂令巢由輩〔三〕，遠逐麋鹿群〔四〕。獨有南澗水，潺湲如昔聞①〔五〕。

【校勘記】

①〔潺湲〕底本、明抄本注：潺湲一作潺潺。

【箋注】

〔一〕緱山：即緱氏山，又名撫父堆。相傳周靈王太子晋在此乘鶴仙去。山之東、南兩方距嵩山餘脉各約五公里，爲一孤立於小平原中之黄土丘，高約二百公尺，上有武則天所立巨碑一通。唐盧鴻《嵩山記》謂撫父堆、覆釜堆、緱嶺三名一地。《水經注》則以爲二地：「休水北歷覆釜堆東，蓋以物象受名矣。又東屈零星塢，水流潛通，重源又發側緱氏原，《開山圖》謂之緱氏山也，亦云仙者升焉……俗亦謂之撫父堆。」覆釜堆在緱山南嵩山下，處萬安山與浮山合抱之中，其下山口今建石壩，爲白龍角水庫。覆釜堆頂部略尖，全體黑石，遠望如一倒扣之鐵鍋。緱山頂部稍平坦，唐時原有寺廟，今惟餘唐、宋二碑，山體全爲黄土。　王處士：不詳。　黑石谷：在緱山南嵩山下。景日昣《説嵩》八少室陰：「景山，《太平寰宇記》載，景山去緱氏（縣）八里。浮山，……其下有子晋壘，……山之奧曰黑石谷。」今萬安山、浮山之南有一陡立石壁，其下兩旁山皆爲黑色石，宜稱黑石谷也。　詩云「别來逾十秋，兵馬日紛紛」，謂十秋間多爲兵火日也。或謂此詩當作於乾元元年，該年距安禄山反僅有二年，不可作此語。且該年岑參爲右補闕在京，「頻上封章，指述權佞」（杜確語），未曾出遊。故此詩當作於寶應元年大軍收復東京之時，岑參隨軍而過緱山也。時安史之亂已經八年，與詩意合。

〔二〕舊居：岑參早年曾居緱山，有《緱山西峰草堂作》詩。「十五隱於嵩陽」，此前又居晋州八九年，開元末又入長安，經歷均可考。故居緱山應在隱嵩陽同時。

〔三〕巢由輩：謂隱遁者。《高士傳》云，堯聘許由爲九州長，由以其言污耳，洗耳於潁水。巢父牽牛過之，問其故，以爲將污牛口，乃飲之於上流。堯讓天下事，古籍多有記載，而説法不盡相同也。

〔四〕麋鹿：《本草綱目》卷五十一：「麋，鹿屬也，牡者有角。鹿喜山而屬陽，故夏至解角；麋喜澤而屬陰，故冬至解角。麋似鹿而色青黑，大如小牛，肉蹄，目下有二竅爲夜目。」

〔五〕潺湲：古人多以此字爲狀貌。《楚辭·九歌·湘君》：「横流涕兮潺湲，隱思君兮陫側。」王逸注：「潺湲，流貌。」《湘夫人》：「荒忽兮遠望，觀流水兮潺湲。」謝靈運《七里瀨》詩「石水淺潺湲」，李善注：「《楚辭》曰：觀流水兮潺湲。《雜字》曰：潺湲，水流貌。」吕延濟則注云：「潺湲，水聲。」然亦未舉證。唐詩中或用作水之貌，或用作水之聲。杜甫《湘江宴餞裴二端公赴道州》詩：「促觴激百慮，掩抑淚潺湲。」權德輿《酬陸四十楚源春夜宿虎丘山對月寄梁四敬之兼見貽之作》詩：「慚此臃腫材，愛彼潺湲清。」以上當爲水之貌。劉希夷《巫山懷古》詩：「巴歌不可聽，聽此益潺湲。」李頻《再宿武關》詩：「關門不鎖寒溪水，一夜潺湲送客愁。」以上當爲水之聲。後世潺潺、潺湲義混爲一矣。此詩既云「如昔聞」，則爲狀聲也。

林卧〔一〕

偶得魚鳥趣，復兹水木凉。遠峰帶雨色，落日摇川光〔二〕。臼中西山藥〔三〕，袖裏淮南方〔四〕。唯愛隱几時①〔五〕，獨遊無何鄉〔六〕。

【校勘記】

①〔唯愛〕底本、明抄本注：一作誰見。

【箋注】

〔一〕此詩當作於虢州，在上元年間。「偶得魚鳥趣」與《虢州郡齋南池幽興因與閻二侍御道别》詩中「性本愛魚鳥，未能返巖溪。……及兹佐山郡，不異尋幽棲」意同。虢州乃山郡，有魚鳥之趣。吕温《虢州三堂記》：「政令如水木閑，人民如魚鳥訓。」亦言虢州有水木魚鳥之勝。

〔二〕川光：川謂宏農川，今名宏農澗河。源出今靈寶縣朱陽鄉西南秦嶺下，東北流，出山後北流，經靈寶（即唐虢州）東，入黄河。川有落日光，則人在河之東。今河東爲一小平原，全是農田，唐時當有林木。

〔三〕西山藥：虢州古多藥草。《新唐書·王勃傳》：「聞虢州多藥草，求補參軍。」

〔四〕淮南方：漢淮南王劉安之藥方。《太平廣記》卷八引《神仙傳》：「漢淮南王劉安者，漢高帝之孫也。……天下道書及方術之士，不遠千里，卑辭重幣請致之。於是有八公詣門。……遂授《玉丹經》三十六卷。藥成，未及服，……即白日昇天。……時人傳八公臨去時，餘藥器置在中庭，鷄犬舐啄之，盡得昇天。故鷄鳴天上，犬吠雲中也。」

〔五〕隱几：隱，依。几，坐具。《莊子·齊物論》：「南郭子綦隱几而坐，仰天而噓。」古几之制已失，或謂類胡牀者也。《演繁露》：「几與案自是兩物。几者，坐具也，曲木附身以自捧抱。故《釋名》曰，几，屐也，所以屐物者也，其音軌，其義則閣也。《漢武内傳》帝受王母真經屐，黄金之几，是以几而貯經文也。《鄴中記》曰，石虎所坐几，並雕畫爲五色花，則几者，所以坐也，非案類也。……大率如今之胡牀，頂施曲木，而俗以抱身交牀名之，是其象矣。」程大昌所言，近世之圈椅或其類也。

〔六〕無何鄉：無何有之鄉。《莊子·逍遥遊》：「今子有大樹，患其無用，何不樹之於無何有之鄉，廣莫之野，彷徨乎無爲其側，逍遥乎寢卧其下。」

緱山西峰草堂作①〔一〕

結廬對中嶽〔二〕，青翠常在門。遂耽水木興〔三〕，盡作漁樵言。頃來闕章句〔四〕，但欲閑心魂。日色隱空谷，蟬聲喧暮村。曩聞道士語〔五〕，偶見清净源〔六〕。隱几閲吹葉〔七〕，乘秋眺歸根〔八〕。獨遊念求仲〔九〕，開逕招王孫〔一〇〕。片雨下南澗，孤峰出東原。棲遲慮益澹〔一一〕，脱略道彌敦〔一二〕。野靄晴拂枕，客帆遥入軒〔一三〕。尚平今何在〔一四〕，此意誰與論。佇立雲去盡，蒼蒼月開園。

【校勘記】

①〔西峰〕各本均作西峰。緱山爲孤峰，此詩亦有「孤峰出東原」句，即謂緱山也。崔曙《緱山廟》詩：「遺廟宿陰陰，孤峰映緑林。」亦可證。緱山上有武則天所建祠廟及巨碑，岑參當不致誤認。今緱山西有小平原，再西，爲馬澗河自南向北流。再西，爲一自南下來之土岡，由東向西緩緩上昇，其上一望平坦，全是農田。緱山東西南北十里之内並無任何丘阜。故峰字當衍。

【箋注】

〔一〕此詩當作於隱嵩陽之時。開元二十二年岑參獻書闕下，時唐玄宗在東都洛陽，至二十四年冬始返長安。緱山距洛陽八十里，爲出入帝闕方便，當曾一度居緱山也。

〔二〕中嶽：唐、虞時唯有四嶽，中有太室而無中嶽之名。《周禮》始見五嶽，以嵩山爲中嶽最早當在西周。《爾雅》：「嵩高爲中岳」，是書託名周公之作，實爲孔子門人及漢儒綴補而成。《史記·封禪書》：「中嶽嵩高也，五載一巡狩。」知西漢時已定其名，但亦相沿前代也。

〔三〕耽：樂也。《詩·衛風·氓》：「于嗟女兮，無與士耽。」傳：「耽，樂也。」《三國志·蜀·譙周傳》：「耽古好學，家貧未嘗問産業。」

〔四〕闕：缺也。《國語·晋語四》：「宜而不施，聚必有闕。」注：「闕，缺也。」又：「君補王闕，以順禮也。」注：「補王失位之闕，以順爲臣之禮。」

章句：經書之章節句讀。《後漢書·桓譚傳》「訓詁大義不爲章句」注：「章句，謂離章辨句，委曲支派也。」

〔五〕道士：古人稱有德之人爲道士。劉向《新序·節士》：「介子推曰：君子之道，謁而得位，道士不居也；争而得財，廉士不受也。」西漢末張陵始創道教，其徒人稱道士。《漢書·王莽傳》：「衛將軍王涉素養道士西門君惠，君惠好天文讖記。」然亦仍稱方士也。桓譚《新論》：「曲陽侯迎方士西門君惠，從其學却老之術。」東漢末有道士于吉。《三國志·吴·孫策傳》注引《江表傳》云：「時有道士琅玡于吉，先寓居東方，往來吴會，立精舍，燒香讀道書，制作符水以治病，吴會人多事之。」佛教傳入中國，亦稱佛徒爲道士。宋僧宗密《盂蘭盆經疏》下：「外道道士者，外道中之道士也，簡内道中之道士。佛教初傳此方，呼僧爲道士。」《樓觀本記》云，周穆王於尹真人草樓之觀置道士，平王東遷、漢明帝皆於其地置道士。宋高承《事物紀原》以爲不見《史》、《漢》，疑其不確。則道士古本通稱，後世專稱道教之徒也。此詩所言，亦謂佛徒也。

〔六〕清净源：佛徒以脱離一切塵世煩惱爲清净。見《上嘉州青衣山中峰惠净上人幽居》詩注〔二〇〕。

〔七〕隱几：見《林卧》詩注〔五〕。

〔八〕歸根：返本還樸之謂也。《老子》：「夫物芸芸，各復歸其根。」《莊子·知北遊》：「今已爲物也，欲復歸其根，不亦難乎？」

〔九〕獨遊：猶獨往，隱者之行也。《晉書·隱逸傳》會稽王道子薦戴逵疏：「逵執操貞厲，含味獨遊，年在耆老，清風彌劭。」獨往見《潼關使院懷王七季友》詩注〔五〕。求仲：漢隱士名。見《田假歸白閣西草堂》詩注〔二〕。

〔一〇〕開逕：謝靈運《田南樹園激流植援詩》：「唯開蔣生徑，永懷求羊蹤。」徑同逕。蔣詡舍中三逕與求仲羊仲遊也。王孫：見《冀州客舍酒酣貽王綺》詩注〔三〕。

〔一一〕棲遲：《詩·陳風·衡門》：「衡門之下，可以棲遲。」傳：「棲遲，遊息也。」王粲《登樓賦》：「步棲遲以徙倚兮，白日忽其將匿。」注：「向曰：棲遲，猶優遊也。」

〔一二〕脱略：江淹《恨賦》「脱略公卿」李善注：「杜預《左氏傳》注曰：脱，易也。賈逵《國語》注曰：略，簡也。」《晉書·謝尚傳》：「脱略細行，不爲流俗之事。」

〔一三〕客帆：緱山不高，洛河甚低，不得見河中帆船。此或虚擬之詩句也。

〔一四〕尚平：東漢隱士名，或作向長。《後漢書·逸民傳》：「向長字子平，河内朝歌人也，隱居不仕，性尚中和，好通《老》、《易》。貧無資食，好事者更饋焉，受之取足而反其餘。……讀《易》至損益卦，喟然歎曰：吾已知富不如貧，貴不如賤，但不知死何如生耳。建武中，男女嫁娶既畢，……與同好北海禽慶遊五嶽名山，竟不知所終。」參見《自潘陵尖還少室居止秋夕憑眺》詩注〔四〕。

【評論】

末句明鍾惺云：「静極。」（既有蟬聲，不可謂静，此乃「閑心魂」之筆，當爲閑極也。）

清王夫之《唐詩評選》：「多煉意之句，亦不冗沓，自高於登塔詩十倍。」

觀楚國寺璋上人寫一切經院南有曲池深竹〔一〕

璋公不出院，群木閉深居①。誓寫一切經，欲向萬卷餘。揮毫散林鵲〔二〕，研墨驚池魚②。音翻四句偈〔三〕，字譯五天書〔四〕。鳴鐘竹陰晚③，汲水桐花初〔五〕。雨氣濕衣鉢④〔六〕，香煙泛庭除〔七〕。此地日清净，諸天應未如〔八〕。不知將錫杖，早晚躡空虛〔九〕。

【校勘記】

①〔閉深居〕底本、明抄本閉作閑，此從底本注語。②〔驚池魚〕張遜業本、《唐詩紀》驚作警。

③〔竹陰晚〕底本注：晚一作凉。④〔雨氣濕〕底本注：濕一作潤。

【箋注】

〔一〕楚國寺：在唐長安晋昌坊西南隅，唐高祖爲其被隋將所害之第五子智雲所立。「水竹幽静，類於慈恩」（宋計敏求《長安志》）。一切經：漢譯佛經總名，即大藏經。隋文帝開皇元年，詔京師及各大都邑並寫一切經，置於寺內，爲得名之始。《隋書·經籍志》：「開皇元年，高祖普照天下，任聽出家，仍令計口出錢，營造佛像。而京師及并州、相州、洛州等諸大都邑之處，並官寫一切經，置於寺內；而又別寫，藏於祕閣。天下之人，從風而靡，競相景慕，民間佛經，多於六經數十百倍。」　此詩當作於移居長安之後而赴安西之前，在開元末或天寶前期。

〔二〕毫：筆也。陸機《文賦》「或含毫而邈然」李善注：「毫，謂筆毫也，王逸《楚辭》注曰，鋭毛爲毫也。」又「唯毫素之所擬」注：「毫，筆也。」

〔三〕偈：梵語偈陀、伽陀、伽他之略，意爲頌，皆爲四句，字數自三字至五七字或多字。《一切經音義》卷二十三：「伽他，此方當頌，或云攝，言諸聖人所作，莫問重頌字之多少。四句爲頌者，皆名伽他。案西國數經之法，皆以三十二字爲一伽他。或言伽陀，訛言。舊云偈者，亦伽他之訛也。」

〔四〕五天：即五天竺，謂印度。古印度分爲東、西、南、北、中五部。

〔五〕桐花：當謂泡桐之花。宋陳翥《桐譜》云，桐有數種。一白花桐，幼株年拔四五尺，花先於葉，外白内赤，葉圓大尖長，木文粗疏。二紫花桐，類白花桐而花紫，葉三角圓大，木文細緊，種類少，子可取油（此所云則今謂油桐也）。三真刺桐，身青葉圓大展，高三四尺，花紅色。四今所謂梧桐者，葉有歧，子生於簸箕狀莢中，皮皺，可食。《禮記·月令》季春之月桐始華，即謂白花桐，亦即今之泡桐也。詩所言即此桐。

〔六〕衣鉢：佛家衣即袈裟，鉢爲食器。達摩入中土，謂得釋迦衣鉢，後遂轉爲師承傳授之辭。

〔七〕庭除：庭院也。曹攄《思友人詩》：「密雲翳陽景，霖潦淹庭除。」按庭，院庭也。《詩·小雅·

斯干》「殖殖其庭」，《唐風・山有樞》「子有廷内，弗洒弗埽」，《大雅・抑》「夙興夜寐，洒埽庭内」，皆此義也。廷庭通。除，階也。《西都賦》「修除飛閣」李善曰：「司馬彪《上林賦》注曰：除，樓陛也。」（按《上林賦》中無除字）又《東京賦》「登自東除」李善曰：「東除，階也。」

〔八〕諸天：佛家語，謂生死往來之世界有三界。欲界爲衆生所居，有六天；色界爲無欲之所，有十八天；無色界爲禪定之所，有四天。另有日天、月天、韋馱天等，總稱諸天。

〔九〕空虚：佛家語，即通稱虚空者也。《阿毘達磨俱舍論》一：「虚空但以無碍爲性，由無障故色於中行。」虚空有二，一者有爲，二者無爲。有爲虚空有分限，有生滅；無爲虚空無限無際，真空寂滅，離一切障礙。《阿毘達磨俱舍論・本頌》：「有漏無漏法，除道餘有爲，故説名有漏，無漏爲道諦，謂虚空二滅，此中空無礙。」

驪姬墓下作 夷吾重耳墓隔河相去十三里①〔一〕

驪姬北原上，閉骨已千秋〔二〕。澮水日西注②，惡名終不流〔三〕。獻公恣耽惑〔四〕，視子如仇讎〔五〕。此事成蔓草，我來逢古丘。蛾眉山月落③〔六〕，蟬鬢野雲愁〔七〕。欲吊二公子，横汾無輕舟〔八〕。

【校勘記】

①〔詩題〕底本、明抄本作《驪姬墓》，下無注語。此從《文苑英華》。②〔澮水日西注〕正德成都本

澮作渭，各本西均作東。按桑欽《水經》：「澮水出河東絳縣東澮交東高山，西過其縣南，又西過虒祈宮南，又西至王橋，注於汾水。」澮水今日仍西流入汾，從無東流之時，以其東爲太岳山、南爲中條山也。渭水雖東注，但與驪姬無關，亦誤。今據桑欽語及實地考察，改東爲西。③〔蛾眉〕底本、明抄本蛾作峨，張遜業本作娥，此從《文苑英華》。〔山月落〕《文苑英華》落作苦。

【箋注】

〔一〕驪姬：晉獻公五年伐驪戎，取驪姬以爲夫人，生奚齊。二十一年，驪姬置毒於太子申生薦胙中。獻公欲饗，驪姬試犬與小臣，皆死。獻公怒，太子申生自殺。驪姬又譖公子重耳與公子夷吾，二人知之，出奔。獻公卒，奚齊立，里克殺之。荀息又立其弟卓子，里克又殺之，晉國大亂。事見《左傳》莊公四年、《國語·晉語》及《史記·晉世家》。　驪姬墓：在今山西新絳縣南。《元和志》卷十二絳州正平縣：「驪姬墓，在縣南八里。」墓在澮水北岸，明萬曆四十八年没於水，今無遺蹟。　重耳墓：《元和志》卷十二絳州絳縣：「西北至州八十里。晉文公墓在縣東二十里。……貞觀十一年詔致祭，五十步禁樵蘇。」此與詩言不同。絳縣，今山西絳縣。　此詩爲遊河東途中之作。《岑詩繫年》以遊河東在授官後、赴安西前，恐不確。岑參授官後「終日無時閑」，豈可隨意出遊？唐官假日，元旦前後六日，寒食清明四日，五月田假、九月授衣假各十五日，唐玄宗生日八月五日千秋節（後改天長節）給假三日，每十日休假一日。職事官因疾病、要事請假最多爲百日，逾期一律停解。俱見《唐會要》卷八十二《休假》。出遊、玩賞自不在給假列也。岑參授官前、授官時、授官後田假中均居高冠谷，有詩多首。而河東詩《宿蒲關東店憶杜陵别業》有「長安二月歸正好，杜陵樹邊純是花」，知其時居於杜陵。杜甫天寶十載居少陵原時有《九日寄岑參》詩，「寸步曲江頭，難爲一相就」，則二人相距甚近，故其時岑參當居杜陵。岑參自安西返京後有官無職，乃得遊慈恩寺、遊渼陂、遊河東也。故河東詩當作於天寶十一、二載年初。

〔二〕閉骨：埋骨。江淹《恨賦》：「煙斷火絶，閉骨泉裏。」

〔三〕惡名不流：澮水善流惡。《左傳》成公六年，晋人謀去故絳，諸大夫皆舉郇瑕氏之地。韓獻子曰：「不如新田，土厚水深，居之不疾，有汾澮以流其惡。」汾澮雖可流惡，而驪姬惡名千古不能去也。

〔四〕獻公：名詭諸，周成王弟唐叔虞之後，初封唐，南有晋水，二世改晋侯，十七傳稱武公，子爲獻公，在位二十六年。　耽惑：沈陷迷惑也。《史記·陳涉世家》「涉之爲王沈沈者」裴駰解曰：「應邵曰：沈沈，宫室深邃之貌也。」司馬貞曰：「劉伯莊以沈沈猶談談，謂故人呼爲沈沈者，猶俗云談談漢是。」《魏都賦》「耽耽帝宇」李善注：「涉之爲王沈沈者，沈，與耽音義同。」沈，溺也。

〔五〕仇讐：仇敵輩也。《爾雅·釋詁》：「仇、讐、敵、妃……匹也。」注：「讐，猶儔也。《廣雅》云，讐，輩也。」疏：「皆謂匹，合也。仇者，孫炎云：相求之匹。讐者，儔、侣、輩、類之匹也。敵者，相當之匹也。妃，合耦之匹也。」《左傳》莊公二十八年，「今令尹不尋諸仇讎，而於未亡人之側，不亦異乎！」讎同讐。

〔六〕蛾眉：蛾類觸鬚似眉，以眉名之，非眉也。以之狀人之眉，謂美好也。《詩·衛風·碩人》：「領如蝤蠐，齒如瓠犀，螓首蛾眉，巧笑倩兮，美目盼兮。」以之狀月，謂新月也。鮑照《翫月城西門廨中》詩：「始見西南樓，纖纖如玉鈎，末映東北墀，娟娟似蛾眉。」王涯《秋思贈遠》詩：「不見鄉書傳雁足，唯見新月吐蛾眉。」

〔七〕蟬鬢：梳鬢髮如蟬翼者。崔豹《古今注》，魏文帝所愛四宫人莫瓊樹、薛夜來、田尚衣、段巧笑，「瓊樹乃制蟬鬢，縹緲如蟬，故曰蟬鬢。」

〔八〕横汾：截流而渡曰横。《漢書·楊雄傳》上：「上逕帥群臣横大河」注：「師古曰：横，横度也。」《後漢書·杜篤傳》「東横乎大河」注：「絶流度也。」

東歸晚次潼關懷古〔一〕

暮春别鄉樹，晚景抵津樓〔二〕。伯夷在首陽〔三〕，欲往無輕舟。遂登關城望，下見洪河流①。自從巨靈開〔四〕，流盡千萬秋②。行行潘生賦〔五〕，赫赫曹公謀〔六〕。川上多往事，凄涼滿空洲。

【校勘記】

①〔洪河〕底本河作水，此從正德成都本、明抄本。　②〔流盡〕底本、明抄本盡作血，此從底本注語。

【箋注】

〔一〕潼關：唐潼關舊址在今陝西潼關縣北十五里黄河岸上。見《潼關鎮國軍句覆使院早春寄王同州》詩注〔一〕。　此詩或以爲作於出入兩郡期間。東行而曰「别鄉樹」，則居長安已較久，亦或可作於授官後某年也。

〔二〕晚景：傍晚之景也。陳後主《臨高臺》詩：「晚景登高臺，迥望春光來。」張均《岳陽晚景》詩：「晚景寒鴉集，秋風旅雁歸。」　津樓：渡口之樓。陳子昂《峴山懷古》：「野樹蒼煙斷，津樓晚氣孤。」崔顥《題潼關樓》詩：「客行逢雨霽，歇馬上津樓。」潼關一名潼津，泛舟而濟處曰津。

〔三〕伯夷：殷時孤竹君之長子，避位逃出，弟叔齊亦逃，歸就西伯。武王伐紂，夷齊扣馬而諫，及平殷，耻食周粟，餓死首陽山。見《史記·伯夷列傳》。　首陽：山名。其址舊説有五。《莊子》謂在岐陽（今陝西扶風），馬融謂在河東河曲之中，曹大家謂在隴西，戴延之謂在洛陽東北，許慎謂在遼西。此詩所言在潼關對面，當據馬融之説。

〔四〕巨靈：河神。見《潼關鎮國軍早春寄王同州》詩注〔七〕。

〔五〕潘生賦：晋惠帝元康二年五月，潘安爲長安令，自鞏洛西行，歷述所經，作《西征賦》，有「愬黄巷以濟潼」等語。

〔六〕曹公謀：漢獻帝建安十六年，曹操西征馬超、韓遂，盛兵相持於潼關。操潛遣徐晃自蒲阪津渡河，結營渭南，堅守不出，示弱以驕之。又縱反間，馬、韓失和，乃以虎騎擊之，遂平關中。見《三國志・魏・武帝紀》。

楚夕旅泊古興①〔一〕

獨鶴唳江月〔二〕，孤帆凌楚雲〔三〕。秋風冷蕭瑟②〔四〕，蘆荻花紛紜③〔五〕。忽思湘川老④〔六〕，欲訪雲中君〔七〕。騏驎息悲鳴⑤〔八〕，愁見豺虎群〔九〕。

【校勘記】

①〔楚夕〕聞一多疑楚乃秋字之訛。正德成都本夕作次。《唐詩品彙》題作《古興》。②〔蕭瑟〕《文苑英華》瑟作索。③〔花紛紜〕《文苑英華》作夜紛紛。④〔忽思〕《文苑英華》思作見。〔湘川〕底本川作洲，注：洲一作川。此從《文苑英華》及底本注語。⑤〔騏驎〕張遜業本作麒麟。

【箋注】

〔一〕古興：起思古之幽趣而爲詩曰古興，猶孤獨意趣曰孤興，秋之意趣爲秋興也。興者趣也，《世説新語・任誕》王徽之夜訪戴逵，「乘興而行，興盡而返」是也。唐詩題「古意」頗多，然薛據、常建亦有「古興」詩題也。　詩有楚字，當已至戎州，爲大曆三年秋日作。

〔二〕唳：鶴鳴曰唳。《晋書・陸機傳》臨刑歎曰：「華亭鶴唳，豈可復聞乎！」鮑照《舞鶴賦》：「唳清響於丹墀，舞飛容於金閣。」

〔三〕楚雲：春秋時楚地僅及夔萬，戰國時兼有巴地，古巴國西至僰道，即唐之戎、瀘二州。《史記·秦本紀》孝公元年，「楚自漢中，南有巴、黔中」。

〔四〕蕭瑟：狀聲之語。宋玉《九辯》：「悲哉秋之爲氣也，蕭瑟兮草木摇落而生悲。」注：「陰冷促急，風疾暴也。」左思《吴都賦》：「櫹矗森翠，蓊茸蕭瑟。」李善注：「蕭瑟，聲也。」善説是也。

〔五〕蘆荻：蒹葭也。《詩·秦風》「蒹葭蒼蒼」陸璣疏：「蒹，水草也，堅實，牛食之，令牛肥强。……葭，一名蘆菼，一名薍，或謂之荻。」《本草綱目》卷十五，時珍曰：「蘆有數種，……其身皆如竹，其葉皆長如箬葉。」見《青山峽口泊舟懷狄侍御》詩注〔三〕。

〔六〕湘川老：當謂屈原，被斥之後，遊於江湘之間，終投汨羅而死。岑參罷官，心懷悒鬱，宜思屈原也。或謂湘川老指湘君，即舜，恐未當。湘君多謂女性，亦不宜稱老，亦未聞乃舜也。《史記》秦始皇至湘山祠遇風，問博士湘君何神，博士云，湘君乃堯女，舜妻。劉向、鄭玄亦皆以二妃爲湘君。《離騷》、《九歌》既有湘君，又有湘夫人，王逸以爲湘君爲水神，男性，湘夫人乃二妃。《山海經·中次十二經》「洞庭之山帝之二女居之」，郭璞云，天帝之二女處江爲神，不言堯女。韓愈《皇陵廟碑》以爲堯之長女娥皇爲舜正妃，故曰君；次女女英爲次妃，乃曰夫人。清趙翼《陔餘叢考》則云，湘君、湘夫人乃夫妻二人，爲湘山神。未知其所據爲何。要之，湘川老乃人而非神，湘君亦非舜也。

〔七〕雲中君：古時楚地所祀雲神。《九歌·雲中君》王逸注：「雲神豐隆也。」《九歌》屈原之作，故岑參因思屈原而及於雲中君也。

〔八〕騏驎：同麒麟，古人傳説之仁獸也。《戰國策·趙策四》：「臣聞之，有覆巢毁卵，而鳳凰不翔，刳胎焚夭，而騏驎不至。」其狀，許慎謂麇身、牛尾、一角者也。

〔九〕豺虎：兇獸也。《詩·小雅·巷伯》：「取彼譖人，投畀豺虎。」《本草綱目》卷五十一：「豺，處處山中有之，狼屬也，俗名豺狗。其形似狗而頗白，前矮後高而長尾，其體細瘦而健猛，其毛黄褐而鬇鬡。其牙如錐而噬物，群行虎亦畏之。又喜食羊，其聲似犬。人惡之，以爲引魅不祥。其氣臊臭可惡。」

先主武侯廟〔一〕

先主與武侯，相逢雲雷際。感通君臣分，義激雨水契〔二〕。遺廟空蕭然〔三〕，英靈貫千歲〔四〕。

【箋注】

〔一〕先主：蜀漢先主劉備。漢獻帝建安二十五年，曹丕稱帝，國號魏。次年劉備亦稱帝，是爲蜀漢。傳至劉禪，二世而亡。後世稱劉備爲先主，劉禪爲後主。　武侯：諸葛亮被先主策爲丞相，劉禪即位，封亮爲武鄉侯，亮卒，謚爲忠武侯。　廟：在成都。《太平寰宇記》卷七十二益州華陽縣：「先主祠在府南八里。……諸葛武侯祠在先主廟西。」此爲晋建也，唐宋仍之。明朱椿王蜀，以武侯祠香火盛於先主，乃毁武侯祠，附於先主廟旁。民仍供武侯而冷落先主也。至清康熙十一年乃合建，前殿祀先主，後殿祀武侯，名之曰「昭烈廟」，而民仍稱武侯祠也。有唐裴度撰《武侯祠堂碑》，柳公權書。祠三進，前院爲花、樹，中院爲劉備殿，後院爲武侯祠。諸葛亮塑像羽扇綸巾，貌若沈思，左子瞻、右孫尚侍立，均爲抗魏兵戰死者也。大曆元年秋杜鴻漸入成都，軍府事悉委崔旰，日與僚佐宴遊。此詩及以下尋訪古蹟詩，均當爲其時之作也。

〔二〕雨水契：謂相處和洽。劉備得諸葛亮，情好日密，關、張不悦。備曰：「孤之有孔明，猶魚之有水也，願諸君勿復言。」見《三國志·蜀·諸葛亮傳》。

〔三〕蕭然：蕭，蒿也，蕭然，荒廢之貌也。陶淵明《靖節先生集·五柳先生傳》：「環堵蕭然，不蔽風日。」顔師古注《漢書·食貨志》「蕭然煩費矣」曰：「蕭然猶騷然，勞動之貌。」又注《張湯傳》「北邊蕭然苦兵」曰：「蕭然猶騷然，擾動之貌。」按《史記·平準書》：「今上即位數歲，……公卿大夫以下，争於奢侈。……自是之後，嚴助、朱買臣等招來東甌，事兩越，江淮之間蕭然煩費矣。唐蒙、司馬相如開路西南夷，鑿山通道千餘里，以廣巴蜀，巴蜀之民罷焉。」前文之蕭然，猶後文之罷焉也。《漢書·張湯傳》狄山曰：「文帝欲事匈奴，北邊蕭然苦兵。景帝不言兵，天下富實。今陛下興兵擊匈奴，中國以空虚，邊大困貧。」前文之蕭然苦兵，猶後文之邊大貧困也。顔師古之説非也。

〔四〕貫：穿也，通也。《易·剥》：「貫魚，以宫人寵，無不利。」注：「駢頭相次似貫魚也。」《左傳》成公二年，「矢貫余手及肘，余折以御。」

文公講堂①〔一〕

文公不可見，空使蜀人傳。講席何時散〔二〕，高堂豈復全②。豐碑文字滅③〔三〕，冥寞不知年〔四〕。

【校勘記】

①〔文公〕正德成都本公作翁。《華陽國志》亦作翁。　②〔高堂〕張遜業本堂作臺。　③〔文字滅〕底本滅字空缺，此據明抄本補。

【箋注】

〔一〕文公：名翁，漢廬江舒人，景帝末爲蜀郡守，穿江溉田，民物阜康，遣張叔等十八人東詣受七經，還，以教授學徒，蜀學因之比於齊魯。見《漢書·循吏傳》。　講堂：《元和志》卷三十一成都縣：「南外城中有文翁學堂，一名周公禮殿。」《華陽國志》：「始文翁立文學精舍，講堂作石室，一作玉室，在城内。」又《元和志》：「李膺《記》云，後漢中平中，火延學觀，厢廊一時蕩盡，惟此堂火焰不及。構制雖古，而巧異特奇。壁上悉圖古之聖賢……齊永明中劉瑱更圖焉。」清建錦江書院於此，今爲石室中學（成都四中）。

〔二〕講席：猶講座。古時無椅，人坐席上，故云。《梁書》昭明太子與張緬弟纘書：「文筵講席，朝遊夕宴。」梁惠皎《高僧傳》：「（竺）潛優遊講席三十餘載……莫不内外兼洽。」

〔三〕豐碑：大碑也。《周禮·考工記·矢人》「羽豐則遲」注：「豐，大也。」然古之豐碑，乃下棺之具也。《禮記·檀弓》「公室視豐碑」注：「豐碑，斲大木爲之，形如石碑，於槨前後四角樹之，穿中於間爲鹿盧，下棺以繂繞，天子六繂四碑。」後世轉爲功德大碑之義。庾信《周隴右總管長史贈太子少保豆盧公神道碑銘》：「石壇承祀，豐碑頌靈。」《隋書·楊素傳》煬帝下詔爲之立碑：「夫銘功彝器，紀德豐碑，所以垂名迹於不朽，樹風聲於没世。」

〔四〕冥寞：晦暗無聲也，陸機《吊魏武帝文》：「悼繐帳之冥漠，怨西陵之茫茫。」顔延之《拜陵廟作》：「衣冠終冥漠，陵邑轉葱青。」漠通寞。《楚辭·遠遊》：「野寂漠其無人。」　末兩句似來自庾信《將命至鄴酬祖正員詩》：「古碑文字盡，荒城年代迷。」

揚雄草玄臺①〔一〕

吾悲子雲居，寂寞人已去。娟娟西江月〔二〕，猶照草玄處。精怪烹無人〔三〕，睢盱藏古樹②〔四〕。

【校勘記】

①〔揚雄〕底本揚作楊，此從明抄本。按揚，朱駿聲謂乃楊之誤字，雄乃《左傳》楊食我之後，雄特自

標異作揚。②〔古樹〕明抄本古作老。

【箋注】

〔一〕揚雄：字子雲（前五八—一八），蜀郡成都人。少時博覽群書，口吃，好辭賦，式擬司馬相如。漢成帝召雄待詔承明之庭，屢爲賦諷諫而不能用，輟不復爲，擬《易》作《太玄經》，擬《論語》作《法言》。又《方言》舊題揚雄撰，《四庫提要》以爲漢人依託之作也。　草玄臺：高惟幾《揚子雲宅辯碑記》：「中興寺即西漢末揚雄草《太玄》所也，宅在州城西北二里二百八十步。」清陶澍《蜀輶日記》：「揚雄故宅在城西北武擔山前。」今成都第十三中學校院内也。

〔二〕娟娟：美好貌。鮑照《玩月城西門廨中詩》：「末映東北墀，娟娟似蛾眉。」杜甫《秋日夔府詠懷奉寄鄭監李賓客一百韻》：「兵戈塵漠漠，江漢月娟娟。」

〔三〕熹：與喜通。

〔四〕睢盱：喜悦貌。《易·豫》「盱豫悔」疏：「盱謂睢盱，睢盱者，喜悦之貌。」

司馬相如琴臺〔一〕

相如琴臺古，人去臺亦空。臺上寒蕭瑟①，至今多悲風。荒臺漢時月，色與舊時同。

【校勘記】

①〔蕭瑟〕張遜業本瑟作條。

【箋注】

〔一〕司馬相如：字長卿（前一七九—前一一七），蜀郡成都人。漢景帝時爲武騎常侍，非所好，乃客遊梁，作《子虛賦》。武帝聞其名，召爲郎，乃以辭賦事武帝。旋以中郎將使西南夷，又拜孝文園令，病免，家居茂陵，卒。《史記》、《漢書》均有傳。琴臺：《益部耆舊傳》云：「相如宅在州西笮橋北百許步，有琴臺在焉。」《太平寰宇記》云：「相如宅在州西四里。《蜀記》云，相如宅在市橋西，即文君當壚滌器處也。……今爲金花等寺。」民國二十三年修《華陽縣志》云：「今度其處，當在笮橋市橋間。」

嚴君平卜肆〔一〕

君平曾賣卜，卜肆荒已久①。至今杖頭錢〔二〕，時時地上有。不知支機石〔三〕，還在人間否？

【校勘記】

①〔荒已久〕正德成都本、明抄本荒作蕪。

【箋注】

〔一〕嚴君平：名遵，字君平，漢蜀郡成都人，假卜筮以教，日閱數人，得百錢足自養，則閉肆下簾而授《老子》，揚雄少時曾師之。君平九十餘以其業終。見《漢書》卷七十二、《華陽國志》卷十。　卜：《周禮・春官・序官》大卜注：「問龜曰卜。」《禮記・雜記》：「小宗人命龜，卜人作龜。」注：「命龜，告以所問事；作龜，謂揚火灼之以出兆。」《尚書・洛誥》：「我卜河朔黎水，我乃卜澗水東，瀍水西，惟洛食。」傳：「卜，必先墨畫龜，然後灼之，兆順食墨。」卜用龜。筮用蓍，草也，取莖以占吉凶。　卜肆：肆者廛也，猶今所謂店鋪。《周禮・天官・内宰》：「凡建國，佐后立市，設其次，置其叙，正其肆，陳其貨賄。」疏：「肆，行列也。」《太平寰宇記》卷七十二益州華陽縣：「嚴君平宅在州西一里。《耆舊傳》曰，卜肆之井猶存。今爲普賢寺。」寺即嚴真觀。《華陽縣志》云，「即縣之君平街後之梓橦宮也。」

〔二〕杖頭錢：《晉書・阮修傳》：「常步行，以百錢挂杖頭，至酒店便獨酣暢。」

〔三〕支機石：古代蜀王墓前標誌，與石筍同，後世傳聞神化。《太平御覽》卷八：「《集林》曰：昔有一人尋河源，見婦人浣紗，以問之，曰，此天河也。乃與一石而歸，問嚴君平，云，此織女支機石也。」又卷五十一：「《荆楚歲時記》曰：張騫尋河源得一石，示東方朔，朔曰，此石是天上織女支機石，何至於此？」清人王士禎譏支機石之説爲不經。《池北偶談》二五：「王欽若云，支機石余嘗見，方二寸，不圜，微剜，正碧，天漢左界北斗經其上。支機之説，本誕妄不經，此石不知何據。予在成都，見西城石犀寺後嚴真觀故址廢圃墻隅，有石粗如沙礪，高六七尺許，圍如柱礎，蜀人相傳爲支機石，尤可笑也。」今石移文化公園内，高六尺，寬二尺，褐色，形如梭。

張儀樓〔一〕

傳是秦時樓，巍巍至今在〔二〕。樓南兩江水〔三〕，千古長不改。曾聞昔時人，歲月不相待。

【箋注】

〔一〕張儀：戰國魏人，遊説之士也，曾爲秦相。《史記》未言儀曾至蜀。揚雄《蜀王本紀》始言「惠王二十七年，使張若與張儀築成都城」。《水經・江水注》又有「秦惠王二十七年，遣張儀與司馬錯等滅蜀，遂置蜀郡焉。」《元和志》卷三十一成都府：「秦惠王元年，蜀人來朝，八年因五丁伐蜀，滅之，封公子通爲蜀侯，於成都置蜀郡，以張若爲守。」蓋八年滅蜀，二十七年築城也。築城建樓事見《陪狄員外早秋登府西樓》詩注〔一〕。

〔二〕巍巍：高大貌。《論語・泰伯》：「巍巍乎舜禹之有天下也，而不與焉。」《集解》：「巍巍，高大之稱。」《吕氏春秋・觀世》：「譬之若登山，登山者處已高矣，左右視，尚巍巍焉山在其上。」

〔三〕兩江水：即二江，見《陪狄員外早秋登府西樓》詩注〔五〕。

昇遷橋①〔一〕

長橋題柱去，猶是未達時〔二〕。及乘駟馬車，却從橋上歸。名共東流水，滔滔無盡期。

【校勘記】

①〔昇遷橋〕正德成都本、明抄本遷作僊，《華陽國志》、《元和志》作仙。按僊，古仙字，漢碑或從䙴、或從山。《水經注》作遷。民國出土唐《韋津墓誌銘》、《崔協墓誌》均葬昇遷鄉，則唐世宜作昇遷橋也。

【箋注】

〔一〕昇遷橋：《華陽國志》：「城北十里有昇仙橋、送客觀。司馬相如初入長安，題市（按當作其）門曰，不乘駟馬車，不過汝下也。」清陳祥裔《蜀都碎事》云：「昇仙橋在成都府北門外。魚鳧王、張伯子俱乘虎仙去。……今橋邊勒石曰駟馬橋。」舊橋址在今駟馬橋街西口沙河上，已擴建，連接解放路與川陝公路。

〔二〕達：顯也。《孟子·盡心上》：「士窮不失義，達不離道。……窮則獨善其身，達則兼善天下。」

萬里橋〔一〕

成都與維揚①〔二〕，相去萬里地。滄江東流疾，帆去如鳥翅。楚客過此橋，東看盡垂淚。

【校勘記】

①〔維揚〕底本、明抄本揚作陽，此從《唐詩紀》。

【箋注】

〔一〕萬里橋：《元和志》卷三十一成都府成都縣：「萬里橋架大江水，在縣南八里。蜀使費禕聘吴，諸葛亮祖之。禕歎曰：萬里之路，始於此橋。因以爲名。」《大清一統志》云，橋在合江亭西，高三丈，寬半之，長十餘丈，康熙五年重修。橋在老南門外，今曰南門大橋，横跨錦江，已大加改建。

〔二〕維揚：謂古揚州。《禹貢》：「淮海惟揚州。」後世乃以維揚稱揚州，又改惟作維。劉希夷《江南曲》五：「潮平見楚甸，天際望維揚。」宋費衮《梁溪漫志》九：「古今稱揚州爲維揚，蓋掇取《禹貢》淮海惟揚州之語，然此二字殊無義理。若謂可用，則他州亦可稱惟徐、惟青之類矣。」

石犀〔一〕

江水初蕩潏〔二〕，蜀人幾爲魚。向無爾石犀，安得有邑居？始知李太守〔三〕，伯禹亦不如〔四〕。

【箋注】

〔一〕石犀：《華陽國志·蜀志》：「李冰作石犀五頭以厭水精，穿石犀溪於江南，命曰犀牛里。後轉致犀牛二頭，一在府中市橋門，今所謂石牛門是也，一頭沈之於淵。」

〔二〕蕩潏，横溢播散也。《左傳》莊公四年「余心蕩」注：「蕩，縱散也。」《莊子·大宗師》「遥蕩恣睢」《釋文》：「遥蕩，王云縱散也。」木華《海賦》「天綱浡潏」李善注：「浡潏，沸涌貌。《説文》曰，潏，水涌出也。」

〔三〕李太守，即李冰，秦昭王時爲蜀郡守，善治水。見《史記·河渠書》、《華陽國志》。

〔四〕伯禹：即夏禹王。《書·堯典》：「伯禹作司空。」疏：「禹代鯀爲崇伯，入爲天子司空，以其伯爵，故稱伯禹。」

龍女祠〔一〕

龍女何處來，來時乘風雨。祠堂青林下，宛宛如相語〔二〕。蜀人競祈恩，捧酒仍擊鼓。

【箋注】

〔一〕龍女祠：在成都。清嘉慶《成都縣志》卷十六：「益州城西北隅有龍女祠。開元二十八年長史章仇兼瓊拔平戎城，夢一女子曰：我此城龍也，今棄番陬，來歸唐化。投問諸巫，俱言不異。尋表立爲祠，錫號會昌祠，在少城。舊址近揚雄故宅，每旱澇，祈禱無不立應。」《太真外傳》云，玄宗在東都夢凌波池中龍女，乃作《凌波曲》，並於池上置廟，每歲祀之。章仇兼瓊蓋仿之以邀寵也。

〔二〕宛宛：當謂風雨之聲也。《釋名·釋州國》：「燕，宛也，北方沙漠平廣，此地在涿鹿山南，宛宛然以爲國都也。」《文選·封禪文》「宛宛黄龍」吕向注：「宛宛，龍貌。」李善曰：「《楚辭》曰，駕八龍之宛宛。」按《楚辭·遠遊》「駕八龍之婉婉兮」，《釋文》作蜿蜿，蜿蜒之義，狀其貌也。謝靈運《緩歌行》：「宛宛連螭轡，裔裔振龍旒。」然岑詩言風雨、相語，則應爲狀其聲也。

初過隴山途中呈宇文判官〔一〕

一驛過一驛，驛騎如星流〔二〕。平明發咸陽〔三〕，暮到隴山頭①〔四〕。隴水不可聽，嗚咽令人愁〔五〕。沙塵撲馬汗，霧露凝貂裘〔六〕，西來誰家子，自道新封侯〔七〕：「前月發安西〔八〕，路上無停留。都護猶未到〔九〕，來時在西州〔一〇〕。十日過沙磧〔一一〕，終朝風不休。馬走碎石中〔一二〕，四蹄皆血流。」萬里奉王事，一身無所求。也知塞垣苦〔一三〕，豈爲妻子謀〔一四〕？山口月欲出，光照關城樓②〔一五〕。溪流與松風，静夜相颼飀〔一六〕。别家賴歸夢③，山塞多離憂。與子且攜手，不愁前路修④〔一七〕。

【校勘記】

①〔暮到〕《唐百家詩選》到作及。②〔光照〕《唐百家詩選》光作先。③〔别家〕明銅活字本家作來。④〔不愁〕底本愁作肯，此從正德成都本、明抄本。

【箋注】

〔一〕隴山：今名關山，蓋以山上有古關，鄉人因名之。《元和志》卷二隴州汧源縣：「隴山，在縣西六十二里。」汧源即今隴縣，唐隴州治此。　宇文判官：不詳。　詩有「初過」，爲岑參天寶八載春初赴安西時作。　説見《年譜》。

〔二〕驛騎：驛站之馬。古者於通道設馹、驛，馹置車，驛置騎。《晋書·樂志》鼓吹曲辭《惟庸蜀》：「驛騎進羽檄，天下不遑居。」如星流者，當爲急脚遞。《夢溪筆談》卷十一：「驛傳舊有三等，曰步遞、馬遞、急脚遞。急脚遞最遽，日行四百里，唯軍興則用之。熙寧中又有金字牌急脚遞，如古之羽檄也，以木牌朱漆，黄金字，光明眩目，過如飛電，望之者無不避路，日行五百里。」

〔三〕咸陽：秦都咸陽，在今咸陽之東。此當指唐長安。

〔四〕暮到隴山頭：長安至隴頭非一日可達。《元和志》謂隴州距長安四百六十五里，隴山距州又六十二里，共計五百二十七里，急脚遞亦一日難至。詩所寫爲山頭關隘之處，又須登山，更非平地可比。《離騷》「朝發軔於蒼梧兮，夕余至乎縣圃」，但言其神速耳。

〔五〕隴水嗚咽：晋辛氏《三秦記》引俗歌曰：「隴頭流水，鳴聲嗚咽，遥望秦川，肝腸斷絶。」

〔六〕貂裘：《説文》卷九：「貂，鼠屬，大而黄黑，出胡丁零國。」《爾雅翼》：「貂，鼠屬，大而黄黑，好在木上，亦謂之栗鼠，其尾特大。……今高麗有貂帽、貂裘，冬暖夏凉，利以入水。」《本草綱目》卷五十一：「時珍曰，今遼東、高麗及女真、韃靼諸胡皆有之，其鼠大如獺而尾粗，其毛深寸許，紫黑色，蔚而不耀。……帶黄色者爲黄貂，白色者爲銀貂。」貂裘，珍貴之服也。《東觀漢記·東平王蒼傳》：「上以王觸寒涉道，賜乘輿、貂裘。」　霧露凝貂裘：狀隴山之高寒也。章碣《春別》詩：「殷勤莫厭貂裘重，恐犯三邊五月寒。」一九八四年三伏天筆者乘車度隴，在隴頂關山鄉小停，上有麗日當空，而氣温甚低，一老農披棉衣曬太陽、喝熱茶。《岑參集校注》以此詩爲冬日作，誤矣，隴頭冬日吐氣成霜，不得有露也。盧照隣《隴頭水》「旌懸九月霜」，暮秋亦不得有露矣。

〔七〕封侯：唐無封侯之制，此當爲立功邊疆者擢昇郡守刺史，唐人多擬之爲古諸侯。見《送顏平原》詩注〔八〕。

〔八〕安西：唐太宗貞觀十四年置安西都護府於交河，舊址在今吐魯番西約十公里之交河古城。高宗顯慶二年移治龜茲城，即今新疆庫車新城。龜茲城毁於游牧民族入侵，清乾隆中于其西南八里建庫車城，即老城。一九五八年河水沖毁老城東關，乃於龜茲遺址又建新城也。即今庫車。

〔九〕都護：謂高仙芝。仙芝於天寶六載代夫蒙靈詧爲安西四鎮節度使，至天寶十載入爲羽林大將軍。據此詩，天寶八載春岑參初赴安西時，仙芝正在入朝路上。都護解見《武威送劉單判官赴安西行營便呈高開府》詩注〔三〕。

〔一〇〕西州：唐西州治前庭縣，即今高昌古城址。下有柳中（今吐魯番魯克沁鄉）、交河（今吐魯番西十公里交河古城）、天山（今托克遜）、蒲昌（維語轉爲闢展清光緒年間改爲鄯善）四縣。開元户一萬一千六百四十七。

〔一一〕沙磧：即今甘肅、新疆間之沙石戈壁。磧，石灘也。《漢書·武帝紀》元鼎五年「甲爲下瀨將軍」

注：「臣瓚曰：瀨，湍也，吴越謂之瀨，中國謂之磧。《吴子胥書》有下瀨船。」甲者，越人爲將者也。

〔一二〕碎石：自唐瓜州西北至伊州九百里間，全爲戈壁灘。遠視頗平坦，而表面布滿碎石。棱角分明，與内地河灘中卵石大異，蓋萬古風化崩裂而成。伊州、西州間戈壁與水草相間，或有紅土出露，景况較佳。

〔一三〕塞垣：邊城也。《晋書·石勒載記》石季龍等上疏勸勒爲大單于：「南至盟津，西達龍門，北至於塞垣，以大單于鎮撫百蠻。」庾信《五張寺碑銘》：「昔爲畿輔，今爲塞垣。」按垣，本矮墻義。《尚書·梓材》「既勤垣墉」注：「馬云：卑曰垣，高曰墉。」後世亦稱長城爲塞垣。

〔一四〕謀：計畫、謀慮也。《尚書·大禹謨》：「弗詢之謀勿庸。」疏：「謀，謂豫計前事。」《論語·衛靈公》：「君子謀道不謀食。」

〔一五〕關城：謂大震關。《元和志》謂在州西六十二里。今隴縣西關山之脊東側有地名洪家灘者，距山頂約數百公尺，地稍平坦，殘留有城墻遺蹟及夯土、殘瓦等，文物部門以爲即大震關舊址。唐宣宗大中六年，隴州防禦使薛逵徙關於山下，舊址在今隴縣故關鄉二橋村，有城墻夯土、城門石墩、旗桿石等遺物。

〔一六〕飀飀：風聲。《文選·吴都賦》「飂瀏飀飀」注：「善曰：飂瀏，風聲也。銑曰：飂瀏飀飀，風聲也。」

〔一七〕修：長也。《爾雅・釋宫》「陜而脩曰樓」注：「脩，長也。」陜同狹。脩同修。

東歸發犍爲至泥溪舟中作〔一〕

前日解侯印〔二〕，泛舟歸山東〔三〕。平旦發犍爲〔四〕，逍遥信回風①〔五〕。七月江水大，滄波漲秋空。復有峨眉僧，誦經在舟中。夜泊防虎豹，朝行逼魚龍。一道鳴迅湍〔六〕，兩邊走連峰。猿拂岸花落，鳥啼崖樹重②。煙靄吴楚連，泝船湖海通③〔七〕。憶昨在西掖〔八〕，復曾入南宫〔九〕。日出朝聖人〔一〇〕，端笏陪群公〔一一〕。不意今棄置，何由豁心胸？吾當海上去，且學乘槎翁④〔一二〕。

【校勘記】

①〔逍遥〕底本、明抄本注：一作蕭條。②〔鳥啼〕明抄本注：啼一作深。〔崖樹〕張遜業本崖作巖。③〔泝船〕張遜業本船作沿。④〔乘槎〕張遜業本槎作桴。

【箋注】

〔一〕犍爲：漢置犍爲郡，轄今四川省西南一帶。唐嘉州天寶間曰犍爲郡，相當今四川省樂山地區。嘉州又有犍爲縣，在今縣隔江對岸。岑參蜀中詩稱犍爲者皆謂嘉州，如《赴犍爲經龍閣道》、《初至犍爲作》，故此詩亦當謂州而非縣也。　泥溪：唐詩中泥溪非指一地。王勃有《泥溪》詩，指今井研縣之北、於今小萬渡入岷江者，在今樂山上游五里。岑參泛舟東歸，不當復北航上游。

詩有「夜泊」、「朝行」，顯非一日之内，故此泥溪當距嘉州較遠。《北夢瑣言》九《韋宰相功德驗》：「蜀路白衛嶺多虎豹噬人，有選人京兆韋，亡其名，唐光化中調授巴南宰，常念《金剛經》赴任。至泥溪，遇一婦人，著緋衣，挈二子偕行……」此泥溪未知與岑詩所言是否一地。今犍爲縣東南岷江岸有泥溪場者，未知是否古名。清吴燾《遊蜀後記》：「二十五日發犍爲，八十里至泥溪。」即謂此地。既有泥溪之名，定有泥溪之水，或即岑詩所言者也。宜賓之西金沙江上又有泥溪者，當非岑參所經處也。　題有「東歸」，當作於大曆三年七月。

〔二〕侯印：謂刺史之官。

〔三〕山東：泛指巴山之東。居長安時詩稱山東者，多用戰國時崤函之東義。此在蜀中欲歸嵩少、陸渾詩言山東，自應指巴山。史傳中用此字亦以所在地之山言之，如《史記·晋世家》文公四年「晋兵下山東」，則謂太行是也。然巴山之東並非謂江陵，岑參自蜀中東歸，未曾隻字言江陵，其他送人赴江陵詩亦未曾隻字言江陵乃鄉梓、故土也。

〔四〕平旦：猶平明。《史記·李將軍列傳》：「平旦，李廣乃歸其大軍。」《漢書·韓信傳》：「平旦，建大將旗鼓。」按旦，明也。《説文》：「旦，明也，從日見一上，一，地也。」

〔五〕信：任也。《荀子·哀公》：「明主任計，不信怒；闇主信怒，不任計。」注：「信，亦任也。」

〔六〕迅湍：急流也。《史記·河渠書》「水湍悍」《集解》：「韋昭曰：湍，疾。悍，强也。河所從來者高。」

〔七〕泝：行也，流也。《爾雅·釋水》：「逆流而上曰泝洄，順流而下曰泝游。」《水經·江水注》：「（涪陵水）南道武陵郡，昔司馬錯泝舟此中取楚黔中地。」泝舟即泝船。泝同溯，桑故切。

〔八〕西掖：謂中書省。見《送許拾遺恩歸江寧拜親》詩注〔九〕。

〔九〕南宫：謂尚書省。見《初至西虢官舍南池呈左右省及南宫諸故人》詩注〔一〕。

〔一〇〕聖人：謂皇帝。《禮記·大傳》：「聖人南面而聽天下，所且先者五，民不與焉。……聖人南面而治天下，必自人道始矣。」先秦至漢亦稱德才崇高之人爲聖人，至唐稱當世人爲聖人則僅指皇帝。《資治通鑑》卷二一八唐肅宗至德元載九月，上與（李）泌出行軍，軍士指之，竊言曰：「衣黄者，聖人也，衣白者，山人也。」又上元二年三月，史朝義部將駱悦、蔡文景謀廢立，「朝義泣曰：諸君善爲之，勿驚聖人。」聖人謂史思明，其時已爲大燕皇帝也。

〔一一〕笏：臣下見皇帝時所執手板。《禮記·玉藻》：「凡有指畫於君前，用笏；造受命於君前，則書於笏。……笏度，二尺有六寸，其中博三寸，其殺六分而去一。」《初學記》卷二十六引魚豢《輿服雜事》云：「古者貴賤皆執笏，主書君上之政令，有事則搢之於要帶中。」《唐會要·輿服》：「武德四年八月十六日詔，五品以上執象笏，以下執竹木笏。」

〔一二〕槎：筏也。《博物志》三：「舊説云，天河與海通，近世有人居海渚者，年年八月有浮槎，去來不失期。」字或作桴。《論語·公冶長》：「道不行，乘桴浮於海，從我者，其由歟？」大者曰筏，小者曰桴。

與鮮于庶子自梓州成都少尹自褒城同行至利州道中作①〔一〕

剖竹向西蜀〔二〕，岷峨眇天涯〔三〕。空深北闕戀〔四〕，豈憚南路賒〔五〕。前日登七盤〔六〕，曠然見三巴〔七〕。漢水出嶓冢〔八〕，梁山控褒斜〔九〕。棧道籠迅湍②〔一〇〕，行人貫層崖〔一一〕。巖傾劣通馬，石窄難容車。深林怯魑魅〔一二〕，洞穴防龍蛇。水種新插秧③〔一三〕，山田正燒畬〔一四〕。夜猿嘯山雨，曙鳥鳴江花。過午方始飯，經時旋及瓜〔一五〕。數公各遊宦，千里皆辭家，言笑忘羈旅〔一六〕，還如在京華〔一七〕。

【校勘記】

①〔梓州〕當爲梁州之訛，説見注〔一〕。〔利州〕底本脱州字，此據明抄本補。②〔籠迅湍〕底本、明抄本籠作寵，正德成都本作激，此從張遜業本。③〔新插秧〕明抄本秧下注：去聲。張遜業本秧作秧。

【箋注】

〔一〕鮮于庶子：名晉，字叔明，唐閬州新政縣（今四川省南部縣新政鄉）人。少孤，養於外公家，遂從母氏，大曆末表乞宗姓，改姓李，鮮于仲通之弟也。初擢明經，爲楊國忠劍南判官，除司勳員外郎，遷洛陽令，商州刺史，再遷京兆尹，以疾除太子右庶子。大曆元年出爲邛州刺史、邛南八州都防禦、觀察等使。旋拜東川節度使，治之二十年，撫綏有方。貞元元年卒。其與岑參同赴蜀時乃就任邛州，尚未改梓州東川之任，謂之同行之利州，當由梁州來，非來自梓州也。新、舊《唐書》有傳。　庶子：《通典》云，古者天子有庶子之官，掌太子之戒令與教理，後代因之。唐東宮左、右春坊有庶子各二人。《新唐書・百官志》：「左春坊，左庶子二人，正四品上；中允二人，正五品下。掌侍從贊相，駁正啓奏。……右春坊，右庶子二人，正四品下；中舍人二人，正五品下。掌侍從、獻納、啓奏。中舍人爲之貳。」　梓州：劉宋始置新城郡，梁蕭紀改新州，隋開皇末改爲梓州，治郪縣（今四川省三台縣），下管射洪、通泉、玄武、鹽亭、永泰、飛鳥、銅山、涪城等縣。户六萬餘，口二十四萬餘。　成都少尹：當爲成都成少尹，獨孤及有《送成都成少尹赴蜀序》。李嘉言《岑詩繫年》謂即左司員外郎成賁，後以左司郎中爲成都少尹。　褒城：唐梁州褒城縣，即今陝西省漢中市褒城鎮。　利州：唐利州治綿谷縣，即今四川省廣元市。　詩作於永泰元年。

〔二〕剖竹：即剖符，指爲刺史。見《送顏平原》詩注〔九〕。

〔三〕岷峨：岷山與峨眉山，爲西蜀大山，南北曼延二千餘里。　眇：遠也。見《送青龍招提歸一上人遠遊吳楚別詩》注〔二〕。

〔四〕北闕：漢蕭何治未央宮，立東闕、北闕，後亦借指宮禁。《漢書・王嘉傳》上書：「又爲（董）賢治大第，開門鄉北闕。」鄉通向。

〔五〕憚：畏難也。《詩・小雅・緜蠻》「豈敢憚行」鄭箋：「憚，難也。」《詩・大雅・雲漢》「我心憚暑」鄭箋：「憚，猶畏也。」　賒：遠也。梁蕭綱《孌童》詩：「羽帳晨香滿，珠簾夕漏賒。」王勃《太公遇文王贊》：「城闕雖近，風雲尚賒。」何遜《秋夕仰贈從兄寘南》詩：「寸心懷是夜，寂寂漏方賒。」

〔六〕七盤：亦名五盤，峻嶺也，在川陝交界處。清方象瑛《使蜀日記》：「七盤嶺，嶺最高陡，凡七折，四面危峰峭石，下視皆百尺深澗，人傴而行，前後頂趾相觸。……絶頂四望，全蜀山川歷歷在西南，另闢一境，是爲秦蜀分界處。」

〔七〕三巴：有二説。一，謂劉璋設巴、巴東、巴西三郡，爲三巴。二，《太平寰宇記》卷一三六引《三巴記》云：「閬、白二水東南流，曲折三迴如巴字，故謂三巴。」

〔八〕嶓冢：山名，有二説。《漢書·地理志》隴西郡西縣：「嶓冢山，西漢水所出，南入廣漢白水，南至江州入江。」西漢水，謂今之嘉陵江也。桑欽亦同此説：「漾水出隴西氐道縣嶓冢山，東至武都沮縣，爲漢水。」而《山海經》則云：「嶓冢之山，漢水出焉，而東南流注于沔。」此即今之漢水也。岑詩所言，當爲後者。參見《梁州對雨懷麴二秀才便呈麴大判官》詩注〔三〕。

〔九〕梁山：亦有二説。《新唐書·地理志》南鄭縣：「有旱山、玉女山、中梁山。」此梁山視褒斜谷爲近，然山小。晉張載《劍閣銘》：「巖巖梁山，積石峨峨。」「南通邛僰，北達褒斜。」此謂劍山。岑詩所言當據此。

〔一〇〕棧道：架木爲棚以通絶險之路也。《戰國策·秦策三》：「棧道千里於蜀、漢，使天下皆畏秦。」鮑彪注：「棧，棚也，施於險絶，以濟不通。」《史記・留侯世家》：「良因説漢王曰：王何不燒絶所過棧道，示天下無還心，以固項王意。」棧道亦曰閣道，見《送狄員外巡按西山軍》詩注〔三〕。　籠：遮也。馬融《廣成頌》：「日月爲之籠光，列宿爲之翳昧。」

〔一一〕貫：穿也。見《先主武侯廟》詩注〔四〕。

〔一二〕魑魅：魑，亦作螭。《左傳》文公十八年：「投諸四夷，以禦螭魅。」注：「螭魅，山林異氣所生，爲人害者。」又宣公三年：「螭魅罔兩，莫能逢之。」服虔《通俗文》：「山澤怪謂之魑魅，木石怪謂之魍魎。」楊慎則謂漢碑作禼袜，亦山之神也，見《丹鉛續録》四。

〔一三〕秛：稻桿也。《廣雅・釋詁二》：「秛，税也。」《廣韻》：「秛，禾租也。」《六書故》：「租，田中禾稾。」《詩・豳風・鴟鴞》：「予所捋荼，予所蓄租。」詩言採草及稻桿爲巢之難也。插秛當謂插秧也。

〔一四〕燒畬：火種也。燒去叢莽，經雨下種，歷三歲，土脉竭，乃移他處。《廣韻》：「畬，燒榛種田。」

〔一五〕及瓜：本謂任滿受代。《左傳》莊公八年：「齊侯使連稱、管至父戍葵丘，瓜時乃往，曰：及瓜而代。」此詩與「過午方始飯」對應，蓋謂即將食瓜而已。《詩・豳風・七月》：「七月食瓜，八月斷壺。」杜鴻漸七月始入成都，此尚在道中，或近七月，故曰「經時旋及瓜」也。

〔一六〕羈旅：客居外地也。《戰國策・秦策三》范雎曰：「臣無諸侯之援，親習之故，王舉臣於羈旅之中。」《史記・陳杞世家》：「陳亂，公子完奔齊，桓公欲以爲卿。完曰：羈旅之臣，幸得免負檐，君之惠也，不敢當高位。」《集解》：「賈逵曰：羈，寄。旅，客也。」

〔一七〕京華：謂京都長安也。郭璞《遊仙詩》：「京華遊俠窟，山林隱遯棲。」按京，大也。《公羊傳》桓公九年：「京師者何？天子之居也。京者何？大也。師者何？衆也。天子之居，必以衆大之辭言之」。華者，美盛也。《方言》卷一：「華，晠（盛）也，齊楚之間，或謂之華。」《左傳》定公十年「夷不亂華」疏：「中國有服章之美，故謂之華。」

下外江舟中懷終南舊居①〔一〕

杉冷曉猿悲，楚客心欲絶〔二〕。孤舟巴山雨〔三〕，萬里陽臺月〔四〕。水宿已淹時〔五〕，蘆花白如雪。顔容老難赭〔六〕，把鏡悲鬢髮〔七〕。早年好金丹〔八〕，方士傳口訣〔九〕。弊廬終南下，久與真侶别。道書誰更開，藥竈煙遂滅。頃來厭塵網，安得有仙骨。巖壑歸去來，公卿是何物②〔一〇〕。

【校勘記】

①〔舟中〕《唐詩紀》無中字。　②〔公卿〕底本、明抄本注：一作微官。

【箋注】

〔一〕外江：謂岷江。外江之説不一。或謂郫江，或謂湔江，或謂沱江。《嘉慶一統志》成都府：「自成都一府而言，則郫爲内江，沱、湔爲外江；自成都一城而言，則流江爲内江，而郫又爲外江。」

此說與古有異。《晉書・毛璩傳》：「使瑾、瑗順外江而下，使參軍譙縱領巴西、梓潼二郡軍下涪水。」《宋書・朱齡石傳》：「衆軍悉從外水取成都，臧熹、朱林於中水取廣漢，使羸弱乘高艦十餘，由内水向黄虎。……譙縱果備内水，使其大將譙道福以重兵守涪城。」此以内水稱涪江，外水則指岷江矣。隋文帝父名忠，乃改中江縣爲内江，即今内江市。岑參泛岷江而下，稱外江者捨岷江莫屬，則唐時内外江之説仍依魏晉之舊。　此詩當作於大曆三年。

〔二〕楚客：自謂也。岑氏祖籍南陽，春秋戰國時本爲楚地；岑文本起家江陵，則爲楚之郢都，故云。

〔三〕巴山：巴地之山。戎州古爲巴地，此乃泛稱巴地之山，非今陝川交界處之巴山也。

〔四〕陽臺：山名，傳説在巫山之陽。宋玉《高唐賦序》，神女謂楚王曰：「妾在巫山之陽，高丘之阻，旦爲朝雲，暮爲行雨，朝朝暮暮，陽臺之下。」劉良注曰：「陽臺，神自言之，實無有也。」《讀史方輿紀要》卷六十九夔州府巫山縣：「陽臺山，在縣治北，高百丈，志云，上有陽臺遺址。又縣東北四里有女觀山，志云，女觀山西畔小山頂有楚故離宫遺址，俗名細腰宫。」又：「高唐驛，在縣治西，水驛也。《輿程記》：江行自高唐驛而東九十里至萬流驛，入湖廣歸州境，又七十里即巴東縣矣。」又卷七十六漢陽府漢川縣：「陽臺山，縣治南一里，下有陽臺渡。隋《志》甑山縣有陽臺山，俗訛曰羊蹄山。陳光大初，周沔州刺史裴寬請遷城於羊蹄山以避水，即此。」陽臺實無其地，後世附會，不必深究。

〔五〕淹時：久留也。謝靈運《遊赤石進帆海》詩：「水宿淹晨暮，陰霞屢興没。」又《酬從弟惠連詩》：「洲渚既淹時，風波子行遲。」

〔六〕赭：赤色也。《詩·邶風·簡兮》「赫如渥赭」箋：「赫然如厚傅丹。」《史記·秦始皇本紀》：「伐湘山樹，赭其山。」湖南土皆紅色也。《説文》卷十：「赭，赤土也。」

〔七〕把鏡：持鏡也。《戰國策·燕策》：「圖窮而匕首見，因左手把秦王之袖，而右手持匕首揕抗之。」

〔八〕金丹：求仙者所服食之藥餌。《抱朴子·金丹》：「昔左元放於天柱山中精思，而神人授之《金丹仙經》。」金丹種類頗多，有九還神丹、太清神丹、九轉之丹等。服之或可成仙，或可白日飛昇，或可起死，或可隱形，或可自致萬物，或可先知，或可乘虚，或可居水中等等。煉丹須入名山，齋戒百日，不與俗人相見，否則丹不成云云。古詩云：「服食求神仙，多爲藥所誤。」然自漢至晋，帝王好之，民間效之，葛洪《抱朴子》鼓吹之，流風至唐不滅，岑參亦信其説者也。

〔九〕方士：方術之士也。周有方士之官，掌獄訟。《周禮·秋官·方士》：「掌都家，聽其獄訟之詞，辨其死刑之罪而要之。」秦已無此官，而有方術煉藥之士。《史記·秦始皇本紀》三十五年，「悉召文學、方術士甚衆，欲以興太平，方士欲煉以求奇藥」。江淹《雜體詩郭弘農璞遊仙》詩：「道人讀丹經，方士煉玉液。」

〔一〇〕公卿：高官之稱。古有三公九卿。《禮記·王制》：「天子三公、九卿、二十七大夫，八十一元士。」《左傳》隱公七年，「戎朝于周，發幣于公卿。」《白虎通·爵》公卿：「卿大夫者何謂也？内爵稱也。……公之爲言公正無私也。卿之爲言章也，章善明理也。」

安西館中思長安〔一〕

家在日出處，朝來喜東風①。風從帝鄉來〔二〕，不與家信通②。絶域地欲盡〔三〕，孤城天遂窮③。彌年但走馬〔四〕，終日隨飄蓬〔五〕。寂寞不得意，辛勤方在公。胡塵净古塞，兵氣屯邊空④〔六〕。鄉路眇天外⑤，歸期如夢中。遥憑長房術〔七〕，爲縮天山東。

【校勘記】

①〔喜東風〕底本、明抄本注：喜一作起。②〔不與〕《唐百家詩選》作異鄉，張遜業本、《唐詩紀》作不異。③〔天遂窮〕底本窮作穹，注：本作窮。此從注語。④〔屯邊空〕底本、明抄本屯作宅，此從《唐百家詩選》。⑤〔眇天外〕正德成都本眇作渺。

【箋注】

〔一〕安西館：安西節度使府之客館，在龜兹城。古城遺址在今新疆庫車縣新城，原存東、南、北三面，略成方形。北墻長二千另七十五公尺，東墻長一千另八公尺，南墻長一千八百另九公尺，每隔四十公尺有一馬面。墻厚三至十六公尺，高三點一五至七點六公尺。庫車新城建設時將舊墻毁去，今日僅存一段墻基。「彌年但走馬」爲至安西後一年之語，在天寶九載。

〔二〕帝鄉：最早見於《莊子·天地》：「乘彼白雲，至於帝鄉。」謂天帝之鄉，仙者所居也。郭璞《遊仙詩》：「永偕帝鄉侶，千齡共逍遥。」謝瞻《經張子房廟》：「肇允契幽叟，翻飛指帝鄉。」二者義同《莊子》。《後漢書·劉隆傳》：「河南，帝城，多近臣；南陽，帝鄉，多近親。」帝城謂京都，帝鄉謂光武帝家鄉。南北朝時混用之，皇帝家鄉及京都均可稱帝鄉。《北史·韋孝寬傳》子總爲京兆尹，周武帝謂之曰：「卿師尹帝鄉，故當不以富貴威福鄉里邪？」此謂京師。《陳書·吴明徹傳》帝授明徹吴興太守，謂之曰：「吴興雖郡，帝鄉之重，故以相授。」陳霸先吴興人，此謂皇帝家鄉。唐人則多以之稱長安。杜甫《承聞河北諸道節度入朝歡喜口號絶句》：「衣冠是日朝天子，草奏何時入帝鄉。」高適《同李九士曹觀壁畫雲作》詩：「始知帝鄉客，能畫蒼梧雲。」

〔三〕絶域：極偏僻遥遠之地也。《管子·七法》：「不遠道里，故能威絶域之民。」《漢書·陳湯傳》劉向上疏訟湯冤：「出百死，入絶域，遂蹈康居。」耿育上書訟湯冤：「討絶域不羈之君，係萬里難制之虜，豈有比哉。」

〔四〕彌年：終年也。《爾雅·釋言》：「彌，終也。」注：「終，竟也。」

〔五〕飄蓬：蓬類非一，此蓋泛指沙磧中之雜草，枯後隨風飛轉者。

〔六〕兵氣：戰氛也。《漢書·武五子燕刺王旦傳》：「妖祥數見，兵氣且至。」常建《塞下曲》：「天涯静處無征戰，兵氣銷爲日月光。」

〔七〕長房術：謂費長房縮地之法。《後漢書·方術傳》載，費長房汝南人，隨壺翁學道，十餘日不成，翁與一竹杖令騎歸，投入葛陂化爲龍。家人謂其已死，葬之十年，開棺但見一青竹。長房因能役使鬼神，後失其符，遂爲衆鬼所殺，初不言能縮地。《神仙傳》則謂長房能縮地脉，千里如在目前，放之仍如舊。

暮秋山行〔一〕

疲馬卧長坂①〔二〕，夕陽下通津〔三〕。山風吹空林②，颯颯如有人〔四〕。蒼旻霽涼雨〔五〕，石路無飛塵。千念集暮節〔六〕，萬籟悲蕭辰〔七〕。䴗鴂昨夜鳴〔八〕，蕙草色已陳〔九〕。况在遠行客，自然多苦辛。

【校勘記】

①〔長坂〕《全唐詩》坂作坡。　②〔空林〕《唐詩紀事》空作長。

【箋注】

〔一〕此詩寫作年代，《岑參集校注》以爲在開元末北遊河朔時。「遠行客」云云，似離家較遠。北遊河朔暮秋已在歸途中，距潁陽均不太遠，恐非其時之作。此當爲行役中作，或在西域時也。

〔二〕長坂，長山坡。《周禮·地官·遂大夫》「修稼政」注：「善相丘陵阪險原隰、土地所宜，五穀所殖。」疏：「土之高者曰丘，大阜曰陵，坡者曰坂險，下濕者曰隰，高平曰原也。」《後漢書·梁冀傳》：「又廣開園囿，採土築山，十里九坂，以像二崤。」

〔三〕通津：猶長河也。王凝之《蘭亭詩》：「駕言興時遊，逍遥映通津。」按津，水也。《國語·晉語二》：「豈謂君無有，亦爲君之東游津梁之上，無有難急也。」注，「津，水也。」《水經注》巨馬河：「伏流地下，溺（按當作溢）則通津委注，謂之白澗口。」又：「水盛則長津弘注，水耗則通波潛伏。」又「水上承淶水於淶谷，引之則長津委注，遏之則微川輟流。」長津猶通津，長津委注即通津委注也。

〔四〕颯颯：風雨聲也。見《送祁樂歸河東》詩注〔八〕。

〔五〕蒼旻：秋日天空也。《爾雅·釋天》：「春爲蒼天，夏爲昊天，秋爲旻天，冬爲上天。」

〔六〕暮節：九月九日重陽節。謝靈運《九日從宋公戲馬台送孔令》詩：「良辰感聖心，雲旗興暮節。」薛稷《九日幸臨渭亭登高應制》詩：「暮節乘原野，宣遊俯崖壁。」另有十二月、晚節義，與此詩無涉。

〔七〕籟：竅也。《莊子·齊物論》：「汝聞人籟而未聞地籟，汝聞地籟而未聞天籟。……夫大塊噫氣，其名爲風，是唯無作，作則萬竅怒呺。……地籟則衆竅是已，人籟則比竹是已。」蕭辰：謂秋時，同蕭晨。晉殷仲文《南州桓公九井作詩》：「哲將感蕭晨，肅此塵外軫。」

〔八〕鶗鴂：同鶗鴂，鳥名。《離騷》：「恐鶗鴂之先鳴兮，使夫百草爲之不芳。」王逸云春分鳴，五臣云秋分鳴，顔師古云立夏鳴。杜預謂伯勞，李善謂杜鵑。莫衷一是。阮籍《詠懷》詩九：「寒風振山岡，玄雲起重陰，鳴雁飛南征，鶗鴂發悲音。」岑詩所言同此。

〔九〕蕙草：香草名，有兩種。一爲熏香用，出零陵。二爲蘭蕙。此詩所言乃後者。見《至大梁却寄匡城主人》詩注〔三〕。

【評論】

唐殷璠云：「山風吹空林，颯颯如有人，宜稱幽致也。」

宋范晞文《對牀夜話》四：「岑參詩疲馬卧長坂，夕陽下通津，山風吹空林，颯颯如有人；賈島云，數里聞寒水，山家少四鄰，怪禽啼曠野，落日恐行人。遠途悽慘之意，畢見於此。」

清王夫之《唐詩評選》：「精光靈警，一結尤樂府佳句，此等詩自非高所得匹，即以冠開天可矣。」

赴犍爲經龍閣道〔一〕

側逕搏青壁①，危橋透滄波②。汗流出鳥道〔二〕，膽碎窺龍渦〔三〕。驟雨暗溪谷③，歸雲網松蘿。屢聞羌兒笛④〔四〕，厭聽巴童歌〔五〕。江路險復永〔六〕，夢魂愁更多。聖朝幸典郡⑤〔七〕，不敢嫌岷峨。

【校勘記】

①〔搏青壁〕《文苑英華》作轉月壁。明抄本搏作摶。底本注：搏疑作轉。《登嘉州凌雲寺作》詩有「搏壁躋半空」，乃從孫綽《遊天台山賦》之「搏壁立之翠屏」來。②〔危橋〕《文苑英華》橋作梁。③〔溪谷〕《唐詩紀》谷作口。④〔屢聞〕底本聞作見，此從《文苑英華》。⑤〔聖朝〕《文

苑英華》朝作主。

【箋注】

〔一〕龍閣道：即龍門山棧道，在今四川廣元縣北。亦稱龍門閣，沈佺期有《過蜀龍門》詩。《讀史方輿紀要》卷六十八保寧府廣元縣：「龍門閣，縣北十里嘉陵江東岸，其地有千佛崖，先是懸崖架木作棧而行，石巖蜿蜒，其形若門，後鑿石爲佛像，漸成通衢。明洪武二十四年，景川侯曹震相視開鑿，壘石爲岸，益爲坦途。《棧道記》：自城北至大安軍界，營橋閣共萬五千三百六十一間，惟石闌、龍門稱絶險云。」　詩爲大曆元年赴蜀途中作。

〔二〕鳥道：謂險峻小道，獸猶難行，惟鳥可通也。庾信《秦州天水郡麥積崖佛龕銘》：「鳥道乍窮，羊腸或斷。」李白《蜀道難》：「西當太白有鳥道，可以横絶峨眉巔。」

〔三〕龍渦：深潭旋渦也。郭璞《江賦》「盤渦谷轉」李善注：「渦，水旋流也。」龍者水族，或飛而昇天，或沈而潛淵，故稱江河中旋流所成之深潭爲龍渦也。

〔四〕羌兒笛：馬融《長笛賦》：「近世雙笛從羌起，羌人伐竹未及已。」《風俗通義》六：「笛者滌也，所以滌蕩邪穢，納之於雅正也。長二尺四寸，七孔。其後又有羌笛，……本四孔，加以一，君明所加孔後出，是謂高聲五音。」

〔五〕巴童歌：鮑照《舞鶴賦》：「燕姬色沮，巴童心耻。」注：「善曰：巴童，巴渝之童也。良曰：巴童燕姬，並善歌舞者。」沈約《秋夜詩》：「巴童暗理瑟，漢女夜縫裙。」巴人善歌舞也。《樂府詩集》卷五十三《魏俞兒舞歌序》：「《晉書·樂志》曰，《巴渝舞》，漢高帝所作也。高帝自蜀漢將定三秦，閬中范因率賨人從帝爲前鋒，號板楯蠻，勇而善鬭。及定秦中，封因爲閬中侯，復賨人七姓。其俗喜歌舞，高帝樂其猛鋭，數觀其舞，曰：武王伐紂歌也。後使樂人習之。閬中有渝水，因其所居，故曰《巴渝舞》。」按，此段文字與《晉書》略有不同。

〔六〕永：長也。《爾雅·釋詁》：「永，長也。」《詩·周南·漢廣》：「江之永矣，不可方思。」傳：「永，長。」

〔七〕典郡：主理州事爲刺史也。《漢書·雲敞傳》：「唐林言敞可典郡，擢爲魯郡大尹。」按典，主也。《周禮·天官》「典婦功中士二人」注：「典，主也。婦功者，主婦人絲枲功官之長。」

江上阻風雨①〔一〕

江上風欲來，泊舟未能發。氣昏雨未過②，突兀山復出〔二〕。積浪成高丘，盤渦爲嵌窟〔三〕。雲低岸花掩，水漲灘草没。老樹蛇蜕皮③，崩崖龍退骨。平生抱忠信④，艱險殊可忽⑤。

【校勘記】

①〔江上阻風雨〕《文苑英華》上作山。②〔未過〕《文苑英華》未作已。③〔蜕皮〕底本注：蜕一作脱。《文苑英華》蜕作退。④〔忠信〕底本注：信一作義。⑤〔艱險〕《文苑英華》艱作灘。

【箋注】

〔一〕詩當作於罷官前，或爲赴嘉州途中，或爲至州後行縣時，在大曆二年秋。

〔二〕突兀：高峻貌。見《與高適薛據同登慈恩寺塔》詩注〔四〕。

〔三〕盤渦：水盤旋成渦也。郭璞《江賦》：「盤渦谷轉，凌濤山頽。」楊慎《丹鉛總録》卷二十一：「蜀江三峽中水波圓折者名爲盤，盤音旋。」盤無旋音，然其義則今人所謂旋渦者，水流中處處有之，非僅蜀江三峽也。杜甫《梅雨》詩：「竟日龍蛇喜，盤渦與岸迴。」　嵌窟：《玉篇》卷二十二：「嵌，坎旁孔也。」揚雄《甘泉賦》：「嵌巖巖其龍鱗」李善注：「嵌，開張之貌也。」杜甫《園人送瓜》詩：「竹竿接嵌竇，引注來鳥道。」武元衡《兵行褒斜谷》詩：「集旅布嵌谷，馳馬歷層澗。」嵌竇、嵌谷，亦嵌窟也。

經火山〔一〕

火山今始見，突兀蒲昌東〔二〕。赤焰燒虜雲，炎氛蒸塞空。不知陰陽炭〔三〕，何獨燃此中。我來嚴冬時，山下多炎風。人馬盡汗流〔四〕，孰知造化工〔五〕。

【箋注】

〔一〕火山，即火焰山。見《使交河郡》詩注〔一〕。詩有嚴冬字，當爲至安西後行役至西州時作，在八載或九載冬。

〔二〕蒲昌：唐西州蒲昌縣，維語轉爲闢展，清光緒時改名鄯善。火山不在今鄯善東而在其西，疑蒲字當爲高。

〔三〕陰陽炭：古人以爲陰陽二氣化生萬物，此以爲喻。賈誼《鵩鳥賦》：「且夫天地爲爐兮，造化爲工，陰陽爲炭兮，萬物爲銅。」

〔四〕汗流句：增飾之辭。火山並無真火，嚴冬時經此不能流汗也。

〔五〕造化：天地、自然也。見《青山峽口泊舟懷狄侍御》詩注〔六〕。

題鐵門關樓〔一〕

鐵門天西涯①，極目少行客〔二〕。關門一小吏，終日對石壁。橋跨千仞危〔三〕，路盤兩崖窄。試登西樓望，一望頭欲白。

【校勘記】

①〔鐵門天西〕張遜業本門作關。

【箋注】

〔一〕鐵門關：在今新疆庫爾勒市北孔雀河峽谷中。《晉書·西戎傳》沙州刺史楊宣遣將張植征焉耆，進屯鐵門。《水經注》：「敦薨之水……西出沙山鐵關谷。」敦薨水唐世稱爲淡河，即今開都河，下游即孔雀河。孔雀河出博斯騰湖西流，過塔什店至哈滿溝，折而南入山，在峽中又折向西再折向東爲一馬蹄形，再折而南流出峽。鐵關谷中兩崖壁立，有幾處略開闊，唐時設關。其舊址，黃文弼以爲在哈滿溝南。筆者考察，以爲當在今電站家屬院處，或在其北小彎處，以其山壁立陡峭，頗合岑詩意，且距離與載記相合也。《新唐書・地理志七》：「自焉耆西五十里過鐵門關，又二十里至于術守捉城。」于術即今庫爾勒，而今鐵關電站家屬院相距亦二十里。唐里小於今里，于術城又緊靠沙石丘，不能再向北移，而哈滿溝則相距過遠。故唐鐵關與漢、晉或非一址也。　詩作於天寶十四五載間。

〔二〕極目：盡目力所及之遠望也。王粲《登樓賦》：「平原遠而極目兮，蔽荆山之高岑。」《水經注》江水：「夷道縣……北有女觀山，厥處高顯，回眺極目。」

〔三〕仞：長度名，古説非一。《説文》卷八：「仞，伸臂一尋，八尺。」《尚書・旅獒》「爲山九仞」孔安國傳：「八尺曰仞。」孔穎達疏：「七尺曰仞。」《莊子・庚桑楚》「步仞之丘陵」《釋文》：「六尺爲步，七尺曰仞。」《漢書・食貨志上》「石城十仞」注：「應邵曰：仞，五尺六寸也。師古曰：此説非也。八尺曰仞，取人申臂一尋也。」《小爾雅・廣度》：「四尺謂之仞，倍仞謂之尋。」

早上五盤嶺〔一〕

平旦驅駟馬，曠然出五盤〔二〕。江回兩崖鬬，日隱群峰攢〔三〕。蒼翠煙景曙，森沉雲樹寒。

松疏露孤驛，花密藏回灘。棧道溪雨滑，畬田原草乾①〔四〕。此行爲知己〔五〕，不覺蜀道難。

【校勘記】

①〔原草〕《文苑英華》原作巖。

【箋注】

〔一〕五盤嶺：即七盤嶺。見《與鮮于庶子自梓州成都少尹自褒城同行至利州道中作》詩注〔六〕。詩作於大曆元年入蜀途中。

〔二〕曠然：空曠廣大也。《漢書·匡衡傳》上疏：「臣愚以爲宜壹曠然大變其俗。」《後漢書·班彪傳》上言：「成王一日即位，天下曠然太平。」

〔三〕攢：聚也。班固《西都賦》「列刃鑽鍭」李善注：「鑽，聚也，鑽與攢同。」張衡《西京賦》「攢珍寶之玩好」薛綜注：「攢，聚也。」

〔四〕畬田：燒榛莽而種之田也。《爾雅·釋地》：「田，一歲曰菑，二歲曰新田，三歲曰畬。」《禮記·坊記》「不菑」鄭注：「田一歲曰菑，二歲曰畬，三歲曰新田。」上二説不同，與唐世亦有異。《舊唐書·南蠻傳》東謝蠻：「土宜五穀，不以牛耕，但爲畬田，每歲易。」此謂火種，與詩言合。

〔五〕知己：謂杜鴻漸。杜鴻漸號稱知人，然入蜀後所爲大失岑參意，其後詩中對杜態度漸變。至杜還京、逝世，詩中已無一字及杜。

入劍門作寄杜楊二郎中時二公並爲杜元帥判官〔一〕

不知造化初，此山誰開拆①。雙崖倚天立，萬仞從地劈。雲飛不到頂，鳥去難過壁。速駕畏巖傾〔二〕，單行愁路窄。平明地仍黑，停午日暫赤〔三〕。凛凛三伏寒〔四〕，巉巉五丁迹〔五〕。與時忽開閉②，作固或順逆③〔六〕。磅礴跨岷峨〔七〕，巍蟠限蠻貊〔八〕。星當觜參分〔九〕，地起西南僻④。斗覺煙景殊，杳將華夏隔〔一〇〕。劉氏昔顛覆〔一一〕，公孫曾敗績〔一二〕。始知德不修，恃此險何益。相公總師旅〔一三〕，遠近罷金革〔一四〕。杜母來何遲〔一五〕，蜀人應更惜。暫回丹青慮〔一六〕，少用開濟策〔一七〕。二友華省郎，俱爲幕中客。良籌佐戎律〔一八〕，精理皆碩畫〔一九〕。高文出《詩》《騷》，奧學窮討賾〔二〇〕。聖朝無外户〔二一〕，寰宇被德澤。四海今一家，徒然劍門石。

【校勘記】

①〔開拆〕《唐詩紀》拆作坼。②〔忽開閉〕明抄本注：忽一作或。③〔或順逆〕底本或字空，此從明抄本，並注：或一作明。④〔地起〕明抄本起作處。

【箋注】

〔一〕劍門：山名，亦關隘名。大劍山，在今四川省劍閣縣北三十公里，東西亘百餘公里，七十二峰直立如劍，惟於劍門處有一缺口，兩崖壁立如削，寬五十米，長五百米。諸葛亮置劍門縣，復於閣道置尉守之。關之絶頂有姜維城，爲伯約屯兵處。石壁上古鐫刻無數，多剥落。唐置關。杜、楊二郎中，謂杜亞、楊炎。　杜亞（七二五—七九一）字次公，京兆人。天寶末授校書郎，至德初入杜鴻漸河西節度使幕，大曆元年以吏部郎中爲山劍副元帥杜鴻漸判官入蜀。後歷官江西、陝州、河中等觀察使、淮南節度使、東都留守，貞元十四年卒。　楊炎：見《上嘉州青衣山中峰題惠净上人幽居寄兵部楊郎中》詩注〔一〕。　杜元帥：杜鴻漸（七〇九—七六九）字之巽，濮陽人。進士及第，天寶末爲朔方節度留後，迎肅宗至靈武即位，還河西節度使，轉荆南。廣德二年拜兵部侍郎、同中書門下平章事。大曆元年以宰相充山劍副元帥入蜀平亂，次年復執政，大曆四年卒。　詩爲大曆元年入蜀途中作。

〔二〕速駕：馬車迅行也。《左傳》定公八年，陽虎與孟氏戰，敗，「舍於五父之衢，寢而爲食。其徒曰：追其將至。虎曰：魯人聞余出，喜於徵死，何暇追余？從者曰：嘻，速駕！」按，《説文》：「駕，馬在軛中也。」《詩·小雅·采薇》：「戎車既駕，四牡業業。」

〔三〕停午：正午。《水經·江水注》：「自三峽七百里中，兩岸連山略無闕處，重巖叠嶂，隱天蔽日，自非停午夜分，不見曦月。」字亦作亭午。孫綽《遊天台山賦》：「羲和亭午，遊氣高褰。」注：「善曰：午，日中。良曰：亭，至也。」

〔四〕凛凛：寒也。《古詩十九首》：「凛凛歲云暮，螻蛄夕鳴悲。」潘岳《寡婦賦》：「夜漫漫以悠悠兮，寒凄凄以凛凛。」　三伏：謂初伏、中伏、末伏。《史記·秦本紀》德公二年，「初伏」《集解》：「孟康曰：六月伏曰初也。周時無，至此乃有之。」《正義》：「六月三伏之節起秦德公爲之，故云初伏。伏者，隱伏避盛暑也。」《藝文類聚》卷五：「《曆忌釋》曰：伏者何也，金氣伏藏之日也。……至於立秋，以金代火，金畏於火，故至庚日必伏。」《初學記》卷四：「《陰陽書》曰：從夏至第三庚爲初伏，第四庚爲中伏，立秋後初庚爲後（末）伏，謂之三伏。」

〔五〕巉巉：高貌。《廣雅·釋詁四》：「巉，高也。」元結《窊尊詩》：「巉巉小山石，數峰對窊亭。」白居易《寄庾侍郎》詩：「巉巉蒼玉峰，矯矯青雲翮。」亦作嶃、漸。《詩·小雅·漸漸之石》：「漸漸之石，維其高矣。」傳：「漸漸，山石高峻。」　五丁：古蜀中五力士，能開山。《華陽國志·蜀志》：「蜀有五丁力士，能開山，舉萬鈞。」

〔六〕作固：猶負固。《周禮·春官·大司馬》：「負固不服，則侵之。」張載《劍閣銘》：「惟蜀之門，作固作鎮；是曰劍閣，壁立千仞。」

〔七〕磅礴：廣被也。《莊子·逍遥遊》：「之人也，之德也，將磅礴萬物，以爲一世蘄乎亂。」注：「李云，磅礴猶旁礴。李楨云，亦作旁魄，廣被意也。」

〔八〕巍蟠：高峻蟠曲也。按巍，高也。《論衡·書虚》：「太山之高巍然，去三百里，不見螘螺，遠也。」蟠，曲也。《法言·問神》：「龍蟠於泥，蚖其肆矣。」《廣雅·釋詁一》：「蟠，曲也。」

〔九〕觜參分：觜宿、參宿，二十八宿中兩星座名，居西方。分，分野。古人以星辰與地區相對應。

《史記·天官書》：「觜觿，參，益州。」

〔一〇〕華夏：中國也。《尚書·武成》「華夏蠻貊」傳：「冕服采章曰華，大國曰夏。」《左傳》定公十年，「夷不亂華」疏：「中國有禮儀之大，故稱夏；有服章之美，謂之華。」華夏得名之源，異説頗多。如章太炎《太炎文録中華民國解》，則謂華乃國名，「夫華本華山，居近華山，而因有華之稱。」而夏則爲族名，「夏之爲名，實因夏水而得，……夏本族名，非邦國之號。」張其昀則以爲虞夏連稱，虞即華，虞夏即華夏云（《中華五千年史》）。

〔一一〕劉氏顛覆：劉備立爲蜀漢，至後主四十一年，魏遣鄧艾伐而滅之。

〔一二〕公孫敗績：王莽時公孫述爲導江卒正，自立爲天子，光武帝遣吴漢伐而滅之。《劍閣銘》：「公孫既滅，劉氏銜璧，覆車之軌，無或重跡。」

〔一三〕總師旅：總，統領也。《尚書·伊訓》：「百官總已以聽冢宰。」《左傳》僖公七年「總其罪人以臨之」注：「總，將領也。」　師旅：軍隊也。《詩·大雅·常武》：「左右陣行，戒教師旅。」《周禮·地官·小司徒》：「乃會萬民之卒伍而用之。五人爲伍，五伍爲兩，四兩爲卒，五卒爲旅，五旅爲師，五師爲軍。」

〔一四〕金革：古以銅鐵爲兵器，以皮革爲甲冑，統稱金革，指戰争。《禮記·曾子問》：「三年之喪卒哭，金革之事無辟焉。」揚雄《長楊賦》：「永亡邊城之灾，金革之患。」

〔一五〕杜母：東漢杜詩字君公，河内汲人。光武帝七年，爲南陽太守，政治清平，省愛民役，廣拓土田，比室殷足。民爲之謡曰：「前有召父，後有杜母。」見《後漢書·杜詩傳》。召信臣西漢時爲南陽太守，有惠政。見《漢書·循吏傳》。此以杜母稱杜鴻漸。

〔一六〕丹青慮：丹墀青瑣之謀慮，謂朝政也。杜甫《贈鮮于京兆》詩：「交合丹青地，恩傾雨露辰。」又《石研》詩：「公含起草姿，不遠明光殿。致於丹青地，知汝隨顧眄。」丹青地者，丹墀青瑣，謂朝中也。杜爲宰相，原在朝中爲國謀慮，今平蜀亂，不在朝中，故云暫回丹青慮。

〔一七〕開濟策：古人開濟字含義不一。《三國志·魏·和洽傳》「才爽開濟」，指才幹。又《王昶傳評》「開濟識度」指識量。杜甫詩《蜀相》「兩朝開濟老臣心」，則指開創事業，拯濟時務。此詩開濟策謂杜鴻漸有拯時濟民之略。

〔一八〕籌：本計數之具。《三國志·吴·顧譚傳》：「每省簿書，未嘗下籌，徒屈指心計。」即此。《史記·高祖本紀》：「運籌策帷帳之中，决勝於千里之外，吾不如子房。」此指策略計謀。詩義當同此。

戎律：軍旅法令。《魏書·羊祉傳》：「祉志存埋輪，不避强禦，及贊戎律，熊武斯裁。」按律，法也。《尚書·堯典》「同律度量衡」傳：「律，法制。」《管子·七臣七主》：「律者，所以定分止争也。」

〔一九〕碩畫：宏大之謀略。左思《魏都賦》：「碩畫精通，目無匪制。」

〔二〇〕討賾：探微索隱。《易·繫辭上》「聖人有以見天下之賾」疏：「賾謂幽深難見。」又：「探賾索隱，鉤深致遠。」

〔三〕外户：管轄外之民户也。《公羊傳》隱公元年，「王者無外。」班固《東都賦》：「識函谷之可關，而不知王者之無外也。」

阻戎瀘間群盗

戊申歲，余罷官東歸，屬斷江路，時淹泊戎州作〔一〕。

南州林莽深〔二〕，亡命聚其間〔三〕。殺人無昏曉，屍積填江灣。餓虎銜髑髏〔四〕，饑烏啄心肝。腥裛灘草死〔五〕，血流江水殷〔六〕。夜雨風蕭蕭，鬼哭連楚山。三江行人絶〔七〕，萬里無征船〔八〕。唯有白鳥飛，空見秋月圓。罷官自南蜀〔九〕，假道來兹川。瞻望陽臺雲〔一〇〕，惆悵不敢前。帝鄉北近日〔一一〕，瀘口南連蠻①〔一二〕。何當遇長房〔一三〕，縮地到京關〔一四〕。願得隨琴高〔一五〕，騎魚向雲煙。明主每憂人，節使恒在邊。兵革方禦寇〔一六〕，爾惡胡不悛〔一七〕。吾竊悲爾徒，此生安得全。

【校勘記】

①〔南連蠻〕底本、明抄本蠻作戀，此從張遜業本。

【箋注】

〔一〕戎：戎州，唐爲中都督府，領羈縻州十六、治僰道縣，即今四川省宜賓市。下有義賓、開邊、南溪、歸順等縣，開元户六千七百八十七。 瀘：瀘州，唐爲下都督府。領羈縻州十，治瀘川縣，即今四川省瀘州市。下有綿水、江安、富義、合江等縣。開元户一萬六千八百七。群盜：大曆三年四月，西川節度使崔旰（寧）入朝。五月，瀘州刺史楊子琳率兵入成都，留後崔寛不能敵。七月，旰妾任氏出家財募勇士，自將擊子琳，子琳敗還瀘州，嘯聚亡命，沿江攻略州縣，江路遂斷。　岑參大曆三年秋罷官，泛江東下，至戎州作此詩。　屬：會也。《孟子·梁惠王下》「乃屬其耆老而告之」注：「屬，會也。」

〔二〕林莽：榛荒也。揚雄《長楊賦》：「羅千乘於林莽，列萬騎於山隅。」莽，草也。《方言》卷十：「莽，草也，南楚曰莽。」

〔三〕亡命：逃亡者也。《史記·張耳列傳》「嘗亡命游外黄」《索隱》：「晋灼曰：命者，名也，謂脱名籍而逃。崔浩曰：亡，無也。命，名也。逃匿則削除名籍，故以逃爲亡命。」《史記·梁孝王世家》子彭離「昏暮私與其奴、亡命少年數十人行剽殺人，取財物以爲好。」

〔四〕髑髏：頭骨。見《武威送劉單判官赴安西行營》詩注〔三〇〕。

〔五〕裛：濡也，侵潤也。陶淵明《雜詩》：「秋菊有佳色，裛露掇其英。」杜甫《狂夫》詩：「風含翠篠娟娟静，雨裛紅蕖冉冉香。」

〔六〕殷：於閑切，赤色也。《左傳》成公二年「左輪朱殷」注：「殷音近烟，今人謂赤黑爲殷色。」李華《吊古戰場文》：「荼毒生民，萬里朱殷。」

〔七〕三江：謂外江（岷）、中江（沱）、内江（涪）。《宋書·朱齡石傳》所謂從外水取成都、於中水取廣漢、由内水向黄虎是也。楊慎《病榻手吹》雖以岷江爲外水，而以沱江爲内水，涪江爲中水。隋諱中字改中江爲内江，但亦不稱涪爲中江也。不知其所據。

〔八〕征：行也。《爾雅·釋言》：「征、邁，行也。」征船、征舠、征艘，皆謂航行之船也。吴均《贈王桂陽别詩》：「行衣侵曉露，征舠犯夜湍。」羅鄴《秋日懷江上友人》詩：「行子豈知煙水勞，西風獨自泛征艘。」

〔九〕南蜀：古蜀國南及邛雅。《華陽國志·蜀志》：「周武王伐紂，蜀與焉。其地東接於巴，南接於越，北與秦分，西奄峨嶓。」峨眉山在嘉州，其地爲南蜀也。

〔一〇〕瞻望：翹首遠望也。《詩·邶風·燕燕》：「瞻望弗及，涕泣如雨。」陽臺雲：所謂朝雲者也。宋玉《高唐賦》：「昔者楚襄王與宋玉遊於雲夢之臺，望高唐之觀。其上獨有雲氣，崒兮直上，忽兮改容，須臾之間，變化無窮。王問曰：此何氣也？玉對曰：所謂朝雲者也。……王曰：朝雲始出，狀若何也？玉對曰：其始出也，曃兮若松榯。其少進也，晰兮若姣姬，揚袂鄣日，而望所思。忽兮改容，偈兮若駕駟馬，建羽旗。湫兮如風，凄兮如雨，風止雨霽，雲無處所。」

〔一一〕帝鄉：謂京都長安。見《安西館中思長安》詩注〔二〕。

〔一二〕瀘口：金沙江與岷江交會之口。古人以岷江爲大江，以瀘水爲其支流。瀘水之説雖異，要以金沙江爲正，諸葛亮「五月渡瀘」，即謂此水也。

〔一三〕長房：費長房，有縮地之術。見《安西館中思長安》詩注〔七〕。

〔一四〕京關：帝都也，謂長安。江淹《爲蕭太傅讓九錫表》：「京關識其崇貴，畿輔知其忝冒。」此謂建康。錢起《隴右送韋三還京》詩：「春風起東道，握手望京關。」此謂長安。蓋各以其時帝都言之。

〔一五〕琴高：仙人名。《列仙傳》：「琴高者，趙人也，以鼓琴爲宋康王舍人，行涓彭之術，浮游冀州涿郡之間三百餘年。後辭入涿水中取龍子，與弟子期日。皆潔齋待於水旁設祠，果乘赤鯉來，出坐祠中，旦有萬人觀之。留一月餘，復水中去。」後世冀州涿郡並無琴高傳説遺留，而江南則有之。宋趙與時《賓退録》五：「今寧國府涇縣東北二十里有琴溪，溪之側石臺高一丈，曰琴高臺。俗傳琴高隱此，有廟存焉。溪中別有一種小魚，他處所無，俗謂琴高投藥滓所化，號琴高魚。歲三月數十萬來集，漁者網取，漬以鹽而曝之。……舊亦入貢，乾道始罷。」

〔一六〕兵革：兵，刃。革，甲也。《周禮·地官·鄭長》：「若作其民而用之，則以旗鼓兵革帥而至。」亦指軍旅也。《史記·秦始皇本紀》二十八年琅玡臺刻石：「黔首安寧，不用兵革。」

〔一七〕悛：此緣切，改也。《方言》卷六：「悛、懌，改也。自山而東或曰悛，或曰懌。」《尚書·泰誓上》：「惟受罔有悛心。」《左傳》隱公六年：「長惡不悛，從自及也，雖欲救之，其將能乎。」

西蜀旅舍春歎寄朝中故人呈狄評事〔一〕

春與人相乖〔二〕，柳青頭轉白。平生未得意①，覽鏡心自惜②。四海猶未安〔三〕，一身無所適〔四〕。自從兵戈動，遂覺天地窄。功業悲後時，光陰歎虛擲③。却爲文章累，幸有開濟策〔五〕。何負當途人，心無矜窘厄④〔六〕。回瞻後來者，皆欲肆轥轢⑤〔七〕。起草思南宮，寄言憶西掖。時危任舒卷〔八〕，身退知損益〔九〕。窮巷草轉深，閉門日將夕⑥。橋西暮雨黑，籬外春江碧。昨者初識君⑦，相看俱是客。聲華同道術〔一〇〕，世業通往昔〔一一〕。早須歸天階〔一二〕，不能安孔席⑧〔一三〕。吾先稅歸鞅⑨〔一四〕，舊國如咫尺〔一五〕。

【校勘記】

①〔平生〕底本作生平，此從《文苑英華》。②〔覽鏡心自惜〕《文苑英華》作攬鏡私自惜。③〔歎虛擲〕《文苑英華》歎作難。④〔心無〕《文苑英華》作無心。⑤〔肆轥轢〕《文苑英華》肆作相。⑥〔閉門〕《文苑英華》閉作閑。⑦〔初識君〕《文苑英華》初作始。⑧〔不能〕《文苑英華》能作得。⑨〔稅歸鞅〕底本鞅字孔缺，此據《文苑英華》補。

【箋注】

〔一〕西蜀：古時中原各國以蜀在西方，故稱西蜀。李斯《諫逐客書》：「江南金錫不爲用，西蜀丹青不爲采。」左思《吴都賦》：「西蜀之於東吴小大之相絶也，亦猶棘林螢燿，而與夫櫄木龍燭也。」此詩指成都。　狄評事：不詳。　評事：大理評事，司法決獄之官也。《通典》卷二十五：「漢宣帝地節三年初於廷尉置左右平員四人，後漢光武省左平，唯有右平一人，掌平決詔獄，冠法冠。魏晋以來無左右而直謂之廷尉評，後魏、北齊及隋廷尉評各一人，開皇三年罷。至煬帝乃置評事四十八人，掌與司直同。其後官廢，大唐貞觀二十二年褚遂良議重法官，復奏置評事十員，掌出使推覆，後加二人爲十二員。」《新唐書》謂八人也，其官秩爲從八品下。岑參大曆三年秋泛舟東歸未果，北還成都客居，此又春日，在大曆四年。

〔二〕乖：背也。《廣雅·釋詁二》：「乖，偝也。」偝通背。《舊唐書·蕭瑀傳》：「比每受一敕，臣必勘審，使與前敕不相乖背者，始敢宣行。」

〔三〕四海未安：自天寶末安史亂起，連兵八年，甫經平定，僕固懷恩又反，加以吐蕃奴隸主頻繁入侵，大曆初内部叛亂迭起，天下擾攘，實無寧静之地。

〔四〕適：往也。《爾雅·釋詁》：「如、適、之、嫁、徂、逝，往也。」《詩·鄭風·叔于田》：「叔適野，巷無服馬。」《論語·子路》：「子適衛，冉有僕。」

〔五〕開濟策：拯時濟民之略。見《入劍門作寄杜楊二郎中》詩注〔一七〕。

〔六〕矜窘厄：哀憐困苦也。《尚書·泰誓上》「天矜于民」傳：「矜，憐也。」《公羊傳》宣公十五年，「君子見人之厄則矜之，小人見人之厄則幸之」。《詩·小雅·正月》「又窘陰雨」傳：「窘，困也。」《晉書·孝愍帝紀》建興四年劉曜圍長安，京師人相食，「帝泣謂（麴）允曰：今窘厄如此，外無救援，死于社稷，是朕事也」。

〔七〕肆：縱任也。《禮記·表記》「安肆日偷」注：「肆，猶放恣也。」《史記·魯仲連列傳》：「吾與富貴而詘於人，寧貧賤而輕世肆志焉。」《索隱》：「肆，猶放也。」　轣轢：車輪輾軋。司馬相如

《上林賦》：「徒車之所轥轢，步騎之所蹂若。」

〔八〕舒卷：伸展與壓縮，喻人之遭遇。《藝文類聚》五引謝靈運《書帙銘》：「用捨以道，舒卷不失。」唐太宗爲《晉書・宣帝紀》作史論：「和光同塵，與時舒卷，戢鱗潛翼，思屬風雲。」

〔九〕損益：自然與人世之盈虧消長。見《送狄員外巡按西山軍》詩注〔七〕。

〔一〇〕聲華：聲譽光華。《淮南子・俶真訓》：「今夫積惠重厚，累愛襲恩，以聲華嘔苻，嫗掩萬民百姓，使知之訢訢然人樂其性者，仁也。」任昉《宣德皇后令》：「客遊梁朝，則聲華籍甚。」道術：道德學術。《管子・制分》：「道術知能，不爲愛官職。」

〔一一〕世業句：過去先祖之業績。岑文本相太宗，爲功臣，陪葬昭陵。狄仁傑相武后，爲名相。

〔一二〕天階：謂左右省閣也。《後漢書・郎顗傳》「三公上應臺階」注：「言三公上象天之臺階。」潘尼《贈侍御史王元貺詩》：「游鱗萃靈沼，撫翼希天階。」注：「良曰，靈沼、天階，喻左右省閣也。」

〔一三〕孔席：孔子汲汲於道途，不暇席暖。班固《答賓戲》：「孔席不暖，墨突不黔。」

〔一四〕税歸鞅：歸家解駕。謝朓《京路夜發詩》：「行矣倦路長，無由税歸鞅。」按《爾雅・釋詁》：「税，舍也。」《史記・李斯列傳》李斯喟然而歎曰：「物極則衰，吾未知所税駕也。」《索隱》：「税駕猶解駕，言休息也。」《左傳》僖公二十八年，「晉車七百乘，韅靷鞅靽。」注：「在背曰韅，在胸曰靷，在腹曰鞅，在後曰靽。言駕車修備。」《説文》謂鞅乃在頸，今所謂籠頭之類，與杜預之説異。要之皆駕車之馬具也。

〔一五〕舊國：故鄉也。《莊子·則陽》：「舊國舊都，望之暢然。」注：「宣云，以故鄉喻本性。」此謂長安。岑參原欲東歸陸渾，以江路不通，則欲返長安。　咫尺：謂近也。《左傳》僖公九年：「天威不違顔咫尺」注：「八寸曰咫。」

行軍二首 時扈從在鳳翔①〔一〕

吾竊悲此生〔二〕，四十幸未老，一朝逢世亂，終日不自保。胡兵奪長安〔三〕，宮殿生野草②。傷心五陵樹〔四〕，不見二京道〔五〕。我皇在行軍〔六〕，兵馬日浩浩〔七〕。胡雛尚未滅〔八〕，諸將懇征討。昨聞咸陽敗③〔九〕，殺戮盡如掃④。積屍若丘山，流血漲灃鎬⑤〔一〇〕。干戈礙鄉國〔一一〕，豺虎滿城堡〔一二〕。村落皆無人，蕭然空桑棗⑥〔一三〕。儒生有長策，無處豁懷抱。（底本此下空十字）塊然傷時人〔一四〕，舉首哭蒼昊〔一五〕。

早知逢世亂⑦，少小謾讀書〔一六〕。悔不學彎弓，向東射狂胡。偶從諫官列〔一七〕，謬向丹墀趨。未能匡吾君〔一八〕，虚作一丈夫。撫劍傷世路，哀歌泣良圖⑧〔一九〕。功業今已遲，覽鏡悲白鬚。平生抱忠義，不敢私微軀⑨〔二〇〕。

【校勘記】

①〔行軍二首〕《唐百家詩選》軍下有詩字。　②〔生野草〕底本注：生一作在。　③〔昨聞〕底本注：聞一作間。　④〔盡如掃〕《唐百家詩選》盡作浄。　⑤〔灃鎬〕底本灃作澧，明抄本作豐，此從《唐百家詩選》。　⑥〔蕭然〕《唐百家詩選》、明抄本然作條。　⑦〔世亂〕正德成都本世作此。　⑧〔泣良圖〕底本注：泣一作乏。　⑨〔微軀〕底本軀作驅，此從正德成都本、明抄本。

【箋注】

〔一〕行軍：謂勒兵行師。《孫子·軍争》：「不知山林險阻沮澤之形勢者，不能行軍。」曹操注行軍爲行師。《史記·司馬穰苴列傳》：「行軍勒兵，申明約束。」　扈從：隨天子車駕出外也。《史記·司馬相如·上林賦》：「扈從横行，出乎四校之中。」《集解》：「郭璞曰：跋扈縱横，不安鹵簿矣。」《索隱》：「晋灼曰，扈大也。張揖曰，跋扈縱横，不案鹵簿也。」《封氏聞見記》五《鹵簿》：「百官從駕謂之扈從，蓋臣下侍從至尊，各供所職，猶僕御扈養以從上，故謂之扈從耳。」封説是也。　鳳翔：秦漢爲雍縣，屬扶風郡，唐爲岐州扶風郡治，至德二載改雍縣爲鳳翔縣，又析置天興縣，永泰元年省鳳翔入天興，金大定中又改天興爲鳳翔，即今陝西鳳翔縣。　詩作於至德二載。

〔二〕竊：私自也。《論語·述而》「竊比於我老彭」疏：「不敢顯言，故云竊。」《廣雅·釋詁四》：「竊，私也。」

〔三〕胡兵句：天寶十五載（至德元載）六月，安禄山遣崔乾祐攻潼關，唐軍大敗，元帥哥舒翰被俘，叛軍遂長驅入長安。

〔四〕五陵：漢朝五位皇帝之陵墓。見《與高適薛據同登慈恩寺塔》詩注〔九〕。

〔五〕二京道：唐以長安爲西京，以洛陽爲東都（天寶間稱東京），相距八百三十五里。時兩京之間盡皆陷賊。

〔六〕皇：《爾雅·釋詁》：「皇，君也。」蔡邕《獨斷》上：「皇帝、皇王、后帝，皆君也。上古天子，庖犧氏、神農氏稱皇，堯、舜稱帝，夏、殷、周稱王。秦承周末，爲漢驅除，自以德兼三皇，功包五帝，故并以爲號。漢高祖受命，功德宜之，因而不改也。」

〔七〕浩浩：盛大貌。《尚書·堯典》：「湯湯洪水方割，蕩蕩懷山襄陵，浩浩滔天。」傳：「浩浩，盛大若漫天。」儲光羲《過新豐道中》詩：「雷雨杳冥冥，川谷漫浩浩。」

〔八〕胡雛：北蠻也，此指安史叛黨。猶胡兒。《漢書·金日磾傳》：「貴戚多竊怨曰：陛下妄得一胡兒，反貴重之。」

〔九〕咸陽敗：至德元載十月，唐肅宗自靈武至彭原（今甘肅寧縣），詔許房琯領兵收京師。琯不諳軍律，以牛車效古車戰法，十月辛丑戰於咸陽陳濤斜，賊兵順風放火，牛皆震駭，官軍大敗，被殺四萬餘人。

〔一〇〕灃鎬：長安南二水名。灃，亦作豐、酆。《元和志》卷二京兆府鄠縣：「豐水，出縣東南終南山，自發源北流，經縣東二十八里，北流入渭。」鎬，亦作滈、鄗。古鎬水上承鎬池，北流入渭。鎬池，爲周武王故都地，今堙廢。今鎬水上源出石鱉谷，入潏。陳濤之戰在渭北，不在灃鎬水上。「流血漲灃鎬」，狀其慘烈耳。

〔一二〕干戈：兵器總稱，亦指戰争。《詩・大雅・公劉》：「弓矢斯張，干戈戚揚。」箋：「干，盾也。戈，句矛戟也。」

〔一三〕豺虎：猛獸名，喻叛軍。見《楚夕旅泊古興》詩注〔九〕。

〔一四〕蕭然：荒廢之貌。見《先主武侯廟》詩注〔三〕。

〔一五〕塊然：孤獨無偶貌。《荀子・君道》：「塊然獨坐而天下從之如一體。」《莊子・應帝王》：「彫琢復樸，塊然獨以其形立。」

〔一六〕蒼昊：蒼天也。《爾雅》謂春爲蒼天、夏爲昊天，今合稱蒼昊，泛指天空也。

〔一七〕謾：此字多義，此處當讀慢，爲輕慢義，謂幼時不當尊視讀書也。

〔一八〕諫官：謂任右補闕。至德二載六月，杜甫等薦岑參可爲獻替之任，遂授右補闕。唐之補闕、拾遺，均爲諫官，掌供奉諷諫。

〔一九〕匡：助也，輔也。《漢書・宣帝紀》地節三年冬十月詔：「有能箴朕過失，及賢良方正直言極諫之士，以匡朕之不逮，勿諱有司。」

〔二〇〕良圖：佳計也。《左傳》昭公二十三年，「士彌牟謂韓宣子曰，子弗良圖而以叔孫與其讎，叔孫必死之。」孫楚《與孫皓書》：「勉思良圖，惟所去就。」

〔二〇〕私：愛也。《戰國策·秦策四》「王雖有萬金弗得私也」注：「私，愛也。」《離騷》「皇天無私阿兮」注：「竊愛爲私，所私爲阿。」

【評論】

宋范晞文《對牀夜話》四：「王昌齡《從軍行》云：百戰苦風塵，十年履霜露，雖投定遠筆，未坐將軍樹，早知行路難，悔不理章句，怨其有功未報也。岑參云，早知逢世亂，少小謾讀書，悔不學彎弓，向東射狂胡，悲其所遇非時也。意雖反而實同。」

郡齋閑坐①〔一〕

負郭無良田〔二〕，屈身徇微禄。平生好疏曠〔三〕，何事就羈束。幸曾趨丹墀，數得侍黄屋②〔四〕。故人盡榮達③〔五〕，誰念此幽獨。州縣非宿心〔六〕，雲山忻滿目〔七〕。頃來廢章句〔八〕，終日披案牘〔九〕。佐郡竟何成，自悲徒碌碌〔一〇〕。

【校勘記】

①〔閑坐〕《唐百家詩選》坐作望。　②〔數得〕《唐百家詩選》得作載。　③〔榮達〕《唐百家詩選》達作寵。

【箋注】

〔一〕郡齋：當謂虢州郡齋。「佐郡」云云，蓋謂任虢州長史時也。「頃來」乃至郡不久，當在乾元二年秋冬作。

〔二〕負郭良田：郭，城郊也。近城之田，最爲膏腴，故云。戰國蘇秦，洛陽人，師事縱横家鬼谷子，出遊數歲，金盡裘弊而歸，兄弟嫂妹妻妾皆不爲禮。及發奮讀書，遊説六國，合縱約成，佩六國相印歸洛，兄弟昆嫂不敢仰視，俯伏侍取食。蘇秦歎曰：「此一人之身，富貴則親戚畏懼之，貧賤則輕易之，況衆人乎！且使我有洛陽負郭田二頃，吾豈能佩六國相印乎！」

〔三〕疏曠：放達不羈也。張華《答何劭》詩「恬曠苦不足」李善注：「《蒼頡篇》曰：曠，疏曠也。」

〔四〕黄屋：天子車蓋内飾以黄，故名。《史記・秦始皇本紀》：「子嬰度次得嗣，……車黄屋。」《集解》：「蔡邕曰，黄屋者，蓋以黄爲裏。」又《項羽本紀》「紀信乘黄屋車」《正義》：「李裴云，天子車以黄繒爲蓋裏。」

〔五〕榮達：官位顯赫也。《亢倉子・賢道》：「窮厄則以命自寬，榮達則以道自正。」張九齡《郡舍南有園畦雜樹聊以永日》詩：「榮達豈不偉，孤生非所任。」

〔六〕宿心：謂平素之志。嵇康《幽憤詩》：「内負宿心，外恧良朋。」按宿，素也。《孟子・公孫丑下》：「弟子齊宿而後敢言，夫子卧而不聽，請勿復敢見矣。」注：「齊，敬。宿，素也。」

〔七〕雲山：虢州爲山郡，城南山巒重叠，近處高峰海拔千五百公尺，夏秋煙雲繚繞，甚有幽致。

忻：喜悦也。《淮南子·覽冥訓》：「斬艾百姓，殫盡太半，而忻忻然常以爲治。」《史記·周本紀》：「姜原出野，見巨人跡，心忻然説。」

〔八〕章句：謂讀經傳也。見《緱山西峰草堂作》詩注〔四〕。

〔九〕案牘：官府文書也。見《初至西虢官舍南池》詩注〔六〕。

〔一〇〕碌碌：平庸無作爲也，異文頗多。《老子》「不欲琭琭如玉」本謂稀少之義，後轉爲平庸。字亦作禄禄、録録、緑緑、陸陸、鹿鹿。《莊子·漁父》：「愚者……不知貴真，禄禄而受變於俗。」《史記·酷吏列傳》「九卿碌碌奉其官」，又《平原君列傳》毛遂曰「公等録録」，《漢書·蕭何傳贊》「當時録録未有奇節」，《後漢書·禰衡傳》「餘子碌碌莫足數也」，又《馬援傳》「今更共陸陸」，顔師古注《蕭何傳》「録録猶鹿鹿」，義皆同。

鞏北秋興寄崔明允〔一〕

白露披梧桐〔二〕，玄蟬晝夜號〔三〕。秋風萬里動，日暮黄雲高。君子佐休明〔四〕，小人事蓬蒿〔五〕。所適在魚鳥〔六〕，烏能徇錐刀①〔七〕。孤舟向廣武〔八〕，一鳥歸成皋②〔九〕。勝概日相與〔一〇〕，思君心鬱陶〔一一〕。

【校勘記】

①〔烏能〕張遜業本烏作焉。　②〔成皋〕底本成作城，此從張遜業本。

【箋注】

〔一〕鞏：古鞏伯國，漢始置縣，歷代因之。故城址在今鞏縣東北城關鄉，今縣乃原孝義鎮也。秋興：秋日之感興也。潘岳《秋興賦序》：「於時秋也，故以秋興命篇。」孟浩然《奉先張明府休沐還鄉海亭宴集》詩：「何以發秋興，陰蟲鳴夜階。」　崔明允：《唐才子傳·陶翰傳》謂翰「開元十八年崔明允下進士及第」，《登科記考》既據此以是年知貢舉爲崔明允，但又云：「崔明允又見卷九天寶元年文詞秀逸科，本年知貢舉疑爲進士登第之誤」。《册府元龜》載天寶元年文詞秀逸科有崔明允、顔真卿也。《全唐文》卷三〇二云：「明允博陵人，天寶二年官朝議郎、左拾遺、内供奉。」此官品秩視知貢舉之考功員外郎爲卑，則開元十八年當爲進士及第也。據詩，明允時似任職成皋縣也。　唐玄宗開元二十二年至二十四年居東都，岑參或於其時往來成皋與東都之間，詩即作於其時。

〔二〕白露：秋日始見露也。《禮記·月令》孟秋之月「涼風至，白露降，寒蟬鳴。」《逸周書·時訓解》：「立秋之日涼風至，又五日白露降，又五日寒蟬鳴。」　梧桐：《本草綱目》卷三十五，時珍曰：「樹似桐而皮青不皵，其木無節。……子大如胡椒，其皮皺。」桐謂泡桐，梧桐則花似棗花而成穗，莢裂如箕，其邊著子三五枚，皮皺，肉可食也。

〔三〕玄蟬：寒蟬也。見《送王著赴淮西幕府作》詩注〔一三〕。

〔四〕君子：典籍中君子與小人對舉有二義，一指有德與無德者，二指官宦與小民。此詩蓋第二義也。《論語·里仁》「君子懷德，小人懷土。」又《顏淵》：「君子之德風，小人之德草。」《左傳》襄公十三年，「君子尚能以讓其下，小人農力以事其上」。此皆以君子謂當權者、統治者（亦有德者）也，小人爲細民。詩謂崔明允已仕，爲君子，小人乃自謂，時隱於野爲民也。休明：謂美善盛大之世也。《左傳》宣公三年，楚子問鼎之大小輕重，王孫滿曰：「德之休明，雖小重也。其姦回昏亂，雖大，輕也。」潘岳《西征賦》：「當休明之盛世，託菲薄之陋質。」

〔五〕事蓬蒿：謂隱居也。《高士傳》：「張仲蔚者，……所處蓬蒿没人，閉門養性，不治榮名。」李白《贈韋祕書子春》詩：「且復歸碧山，安能戀金闕，舊宅樵漁地，蓬蒿已應没。」

〔六〕適：合意也。《詩·鄭風·野有蔓草》：「邂逅相遇，適我願兮。」

〔七〕烏：安也，焉也。《戰國策·秦策三》：「秦烏能與齊縣衡韓、魏？」《東都賦》：「子實秦人，矜誇館室，保界河山，信識昭襄而知始皇矣，烏睹大漢之云爲乎？」　錐刀：細微之事利。《左傳》昭公六年：「錐刀之末，將盡爭之。」

〔八〕廣武：山名，在今滎陽縣廣武鄉北六公里黄河南岸。上有東西二城，爲劉邦、項羽對壘處。城夾鴻溝而築，溝口寬約八百公尺，深二百公尺。「孤舟向廣武」，河中船上，當先見山也。

〔九〕成皋：本名虎牢，秦置成皋縣，隋改汜水，唐武后改廣武，中宗仍名汜水。故址在今滎陽西汜水鄉。

〔一〇〕相與：相交接。《吕氏春秋·慎行論》：「始而相與，久而相信，卒而相親。」《漢書·蒯通傳》：

「此二人相與，天下之至驩也，而卒相滅亡者何也？患生於多欲而人心難測也。」

〔二〕鬱陶：憂思集也。《尚書·五子之歌》：「鬱陶乎予心，顔厚有忸怩。」傳：「鬱陶，言哀思也。」《孟子·萬章》象謂舜曰：「鬱陶思君爾」。《楚辭·九辯》：「重無怨而生離兮，中結軫而增傷，豈不鬱陶而思君兮，君之門以九重。」以上皆謂此義。按《爾雅·釋詁》：「鬱、陶、繇，喜也。」所釋義與他典籍不同，後世未見用者。清黄生《義府》上：「陶者閉穴以熄火，氣鬱於内則不復燃，以比人憂思則氣不得伸也。」此説未知出於何典。

衙郡守還①〔一〕

世事何反覆，一身難可料。頭白翻折腰〔二〕，歸家還自笑②。所嗟無産業，妻子嫌不調〔三〕。五斗米留人，東溪憶垂釣。

【校勘記】

①〔衙〕明抄本空缺。〔還〕底本、明抄本作邊，此從《唐百家詩選》。②〔歸家還自笑〕底本注：一作還家私自笑。《唐百家詩選》作還家私自笑。

【箋注】

〔一〕衙：郡吏參謁郡守之禮，有二。一爲郡守初至州時郡吏參謁之儀。《通典》卷一三〇《京兆府河南牧初上》所載，其禮甚繁，諸州刺史初上儀同。其日州牧備儀仗至州，停於後堂。兵曹設儀仗於廳門，有司設牧位於廳，近北南向；設長史、司馬、參軍位於堂下，西向；縣、鄉官位於廳西。長史以下於州南門外迎候，州官在東，縣官在西。贊禮者引牧出，左右侍從，入位。各官入，向牧再拜，牧答拜後降入，各官更衣。贊禮者引牧出，升堂，就榻，各官俱就座。諸司依次諮判事三條，訖，坐者俱起。贊禮者贊牧起，引還後堂，長史以下降出，設會。洪邁《容齋詩話》云：「今監司郡守初上事，既受官吏參謁，至晡時，僚屬復伺於客次，胥吏立庭下通刺，曰衙，以聽進退之命，如是者三日。如主人免此禮，則翌日又通謝刺。此禮之起，不知何時。唐岑參爲虢州上佐，有一詩題爲《衙郡守還》，其辭曰，……然則由來久矣。韓詩曰：如今便别長官去，直到新年衙日來，疑爲是月二日也。」洪氏所言宋世儀式，已較唐世爲簡，然初上之禮頗隆，則有相似處。至於韓詩「新年衙日」，則恐爲元日（春節）前後各三日假滿視事之衙日，當在元月四日，非初上之衙也。二爲常衙，一日兩次。白居易《城上》詩：「城上鼕鼕鼓，朝衙復晚衙。」又《郡齋旬假始命宴呈座客示郡寮》詩：「公門日兩衙，今假月三旬，衙用決簿領，旬以會親賓。」此爲衙集公幹，無初上之繁禮。旬假，則爲每十日許一日休沐，百僚可不視事也。衙一作牙。《資治通鑑》卷二〇七長安三年九月，「初，左臺大夫、同鳳臺鸞閣三品魏元忠爲洛州長史（按：時州牧爲親王代領而不出閤），洛陽令張昌儀恃諸兄之勢，每牙，直上長史聽事（注：凡牙參者，立於庭下），元忠到官，叱下之。」　詩作於上元年間。乾元年間虢州刺史爲王奇光，見《年譜》乾元二年。此當爲王離任，新刺史初上時。

〔二〕翻：反也。《後漢書·袁術吕布傳贊》：「術既叨貪，布亦翻覆。」庾信《卧疾窮愁詩》：「有菊翻無酒，無弦則有琴。」

〔三〕不調：不得調遷也。若作調理、調養義，則爲蕭韻，平聲，於詩不叶。此當爲嘯韻，去聲。《史記·張釋之列傳》：「釋之以貲爲騎郎，十歲不得調。」此事《通鑑》繫於漢文帝前三年八月，胡三省注：「調，徒釣翻，選也。」《後漢書·張安世傳》：「有郎功高不調，自言。安世應曰：君之功高，明主所知，人臣執事何長短而得言乎？」王勃《夏日登韓城門樓寓望序》：「下官狂走不調，東西南北之人也。」李頎有《不調歸東川别業》詩。

佐郡思舊遊并序〔一〕

乙亥歲春三月①〔二〕，參自補闕轉起居舍人〔三〕，夏四月，署虢州長史〔四〕。適見秋草〔五〕，凉風復來，昔桓譚出爲六安丞②〔六〕，常忽忽不樂〔七〕，今知之矣。悲州縣瑣屑，思掖垣清閑〔八〕，因呈左右省舊遊③。

幸得趨紫殿〔九〕，却憶侍丹墀。史筆衆推直〔一〇〕，諫書人莫窺〔一一〕。平生恒自負，垂老此安卑〔一二〕。同類皆先達，非才獨後時〔一三〕。庭槐宿鳥亂，階草夜蟲悲。白髮今無數，青雲未有期〔一四〕。

【校勘記】

①〔乙亥歲〕底本無歲字，此從明抄本加。　②〔昔桓譚〕底本昔作晋，誤，此據明抄本改。　③〔因呈〕《唐詩紀》無因字。

【箋注】

〔一〕詩有佐郡、乙亥字，爲乾元二年任虢州長史時作。

〔二〕乙亥歲：我國古代以天干地支紀年，六十年一輪回，岑參之世乙亥歲爲唐肅宗乾元二年（七五九）。

〔三〕補闕：唐武后始置左右補闕、拾遺，掌供奉諷諫，「大事廷議，小則上封事」（《新唐書·百官志》）。其官秩從七品上，門下省、中書省各六人。　起居舍人：《新唐書·百官志》中書省：「起居舍人二人，從六品上。掌脩記言之史，録制誥德音，如記事之制，季終以授國史。」

〔四〕長史：唐武官十六衛各有長史一人，從六品上，掌判諸曹。王府長史理府事，從四品。大、中、下都督府皆有長史，親王領大都督者，長史理事，從三品。中下都督府長史爲五品。上州長史從五品上，爲上佐。　虢州，上州也。

〔五〕適：恰也。司馬遷《報任少卿書》：「僕大質已虧缺矣，雖才懷隨和，行若由夷，終不可以爲榮，適足以見笑而自點耳。」又「僕懷欲陳之，而未有路，適會召問，即以此指推言陵之功，欲以廣主上之意。」

〔六〕桓譚：《後漢書·桓譚傳》云，譚沛國相人，博學多通，喜毁俗儒，哀平時爲郎官，王莽居攝，譚乃静默不言。光武帝立，召拜議郎給事中，因駁毁讖記忤旨，幾被斬。「出爲六安郡丞，意忽忽不樂，道病卒」。六安：西漢有六安國，東漢十三年省，以縣入廬江郡，舊址在今安徽六安縣北。時無六安郡，或謂六安國也。丞：太守之貳也。《通典》卷三十三《總論郡佐》：「郡之佐吏，秦、漢有丞、尉，丞以佐守，尉典武職。」

〔七〕忽忽：心愁意亂也。司馬遷《報任少卿書》：「是以腸一日而九迴，居則忽忽若有所亡。」《漢書·蘇武傳》李陵語蘇武：「陵始降時，忽忽如狂，自痛負漢。」

〔八〕掖垣：謂左右省，以其在宫之左右掖也。《新唐書·權德輿傳》上書：「左右掖垣，承天子誥命，奉行詳覆，各有攸司。」

〔九〕紫殿：天子宫殿也。《三輔黄圖》：「武帝又起紫殿，雕文刻鏤，黼黻以玉飾之。」

〔一〇〕史筆：起居舍人爲右史，故云。

〔一一〕諫書人莫窺：唐諫官草奏皆密封，惟皇帝可拆閱，諫官亦不得告人，故杜甫爲左拾遺有「避人焚諫草」之句也。

〔一二〕垂老：將老也。杜甫《垂老别》詩：「四郊未寧静，垂老不得安。」

〔一三〕後時：失時也。見《虢州送鄭興宗弟歸扶風别廬》詩注〔二〕。

〔一四〕青雲：謂高位。《送王大昌齡赴江寧》「惜君青雲器」，《北庭西郊候封大夫受降回軍獻上》「直上排青雲，旁看疾若飛」，《虢中酬陝西甄判官贈》「青雲難可期」，皆爲此義。明楊慎以青雲喻仕路爲謬，陳耀文《正楊》又力證其非。周嬰《卮林》六又以青雲字用於登科，來自服虔謂黄帝以雲名官，春官爲青雲氏，「唐宋登科詩皆用此以爲赴春官而得雋（售？）耳」。岑參早已登科入仕，故此詩但謂仕宦之高位耳。參見《送王大昌齡赴江寧》詩注〔一四〕。

尹相公京兆府中棠樹降甘露詩①〔一〕

相公尹京兆②〔二〕，政成人不欺。甘露降府庭，上天表無私。非無他人家，豈少群木枝。被茲甘棠樹③，美掩召伯詩〔三〕。團團甜如蜜，晶晶凝若脂④。千柯玉光碎〔四〕，萬葉珠光垂。崑崙何時來〔五〕，慶雲相逐飛〔六〕。魏宫銅盤貯〔七〕，漢帝金掌持〔八〕。玉澤布人和⑤，精心動靈祇〔九〕。君臣日同德，禎瑞方潛施⑥〔一〇〕。何術令大臣，感通能及茲。忽驚政化理〔一一〕，暗與神物期〔一二〕。却笑趙張輩〔一三〕，徒稱今古稀。爲君下天酒〔一四〕，麴糵將用時⑦〔一五〕。

【校勘記】

①〔尹相公〕此處疑有脱漏。唐世玄、肅、代三朝無尹姓宰相及京兆尹。尹、相公均爲官稱，如此並稱二銜亦無此筆法。　②〔相公〕明抄本公作國，張遜業本作府。　③〔被茲〕明銅活字本、明刻八卷本被作彼。　④〔晶晶〕張遜業本晶作皛。　⑤〔玉澤〕張遜業本玉作王。　⑥〔禎瑞〕底本禎作貞，

此從明抄本。 ⑦〔麴蘖〕底本、明抄本蘖作蘗，此從《唐詩紀》。

【箋注】

〔一〕尹相公：當謂京兆尹前曾爲宰相者。《岑詩繫年》：「案《舊唐書·代宗紀》廣德元年正月，國子祭酒兼御史大夫京兆尹劉晏爲吏部尚書同中書門下平章事。此詩曰相國尹京兆，知詩題之尹相公即謂劉晏。」此説有誤。劉晏先爲京兆尹，廣德元年正月爲相，而詩中甘棠樹有「萬葉」，絶非正月事，且正月不得有露也。待季節變化，可以有露，而劉晏早已不爲京兆尹，則甘露之非爲劉晏亦明矣。錢起有《京兆尹廳前棠樹降甘露》詩，爲同詠之作，知此棠樹在京兆尹官廨，非在私第，劉晏其時亦不在京兆官廨也。且「相公尹京兆」，乃先爲相後爲京兆尹，岑詩「爲君下天酒，麴蘖將用時」，錢詩「何必鳳池上，方看作霖時」，均謂京兆尹此時已不爲相，與劉晏其時正爲相亦不合。以京兆尹入相者雖多，但先爲相後爲京兆尹者，玄、肅、代三朝中，僅有第五琦一人。第五琦於乾元二年三月以户部侍郎同中書門下平章事，十一月貶爲忠州長史，廣德元年冬爲京兆尹。《資治通鑑》卷二二三廣德元年十月，「子儀使左羽林大將軍長孫全緒將二百騎出藍田觀虜勢，令第五琦攝京兆尹，與之偕行」。「壬辰，詔以元載判元帥行軍司馬，以第五琦爲京兆尹。」又永泰元年五月，「畿内麥稔，京兆尹第五琦請税百姓田，十畝收其一，曰，此古什一之法也。上從之。」則第五琦自廣德元年十月至永泰元年五月均在任。又卷二二四永泰元年閏十月，「戊申，以户部侍郎路嗣恭爲朔方節度使」，大曆元年春正月「丙戌，以户部尚書劉晏爲都畿、河南、淮南、江南、湖南、荆南、山南東道轉運、常平、鑄錢、鹽鐵等使，侍郎第五琦爲京畿、關内、河東、劍南、山南西道轉運等使，分理天下財賦。」則第五琦或於永泰元年閏十月已繼路嗣恭爲户部侍郎，最遲於大曆元年春正月爲户部侍郎，不再爲京兆尹。故其「尹京兆」而「政成人不欺」當在廣德二年或永泰元年也。廣德元年京兆尹爲嚴武。《新唐書·劉晏傳》：「又以京兆讓嚴武，即拜吏部尚書、同中書門下平章事，使如故。」然嚴武不曾爲相，故詩非爲武作也。　相公：對宰相之尊稱也。王粲《從軍詩》：「相公征關右，赫怒震天威。」李善注：「曹操爲丞相，故曰相公也。」顧炎武《日知録·雜論相公》：「前代拜相者必封公，故稱曰相公。若封王，則稱相王。自洪武革去丞相之號，則有公而無相矣。」唐人罷相後例仍稱之爲相公也。　棠樹：即甘棠，俗名棠梨，花白色，實如楝子大，褐色，味甜可食，苗可作砧木接梨。　降甘露：古人以爲祥瑞也。《管子·小匡》：「夫鳳皇鸞鳥不降，而鷹隼鴟梟豐。……時雨甘露不降，飄風暴雨數臻，五穀不蕃，六畜不育，而蓬蒿藜藋竝興。」鳳皇、甘露，皆祥瑞也。《漢書·宣帝紀》元康元年詔：「乃者鳳皇集泰山、陳留，甘露降未央宫……獲蒙嘉瑞，賜兹祉福。」《初學記》引《瑞應圖》曰：「露色濃爲甘露，王者施德惠，則甘露降其草木。」

〔二〕尹：《爾雅·釋言》：「尹，正也。」《説文》卷三：「尹，治也。」《水經·穀水注》：「光武都洛陽以爲尹，尹，正也，所以董正京畿，率先百郡也。」　京兆：謂京都長安也。《漢書·百官公卿表上》「右内史武帝太初元年更名京兆尹」注：「張晏曰：地絶高曰京，《左傳》曰莫之與京，十億曰兆。師古曰：京，大也，兆者衆數。言大衆所在，故云京兆也。」

〔三〕召伯：周文王之子姬奭，始食於岐山之陽召地，故曰召公。成王時召公與周公分陝而治，爲二伯，故曰召伯。《史記·燕召公世家》：「召公巡行鄉邑，有棠樹，决獄政事其下，自侯伯至庶人各得其所，無失職者。召公卒，而民人思召公之政，懷棠樹不敢伐，歌詠之，作《甘棠》之詩。」

〔四〕柯：枝也。《詩·小雅·湛露》箋「露之在物湛湛然使物柯葉低垂」疏：「柯，謂枝也。」《晋書·石崇傳》帝賜王愷珊瑚樹，「高三尺許，枝柯扶疏」。

〔五〕崑崙句：謂崑崙山出祥瑞之雲。《太平御覽》卷八：「《王子年拾遺記》曰：崑崙者，西方曰須彌山，九層，其第七層有景雲出，以映朝日。」又：「《河圖·括地象》曰，崑崙山出五色雲氣。」

〔六〕慶雲：古人以爲祥瑞之雲名，太平之象也，亦曰景雲、卿雲。《太平御覽》卷八：「《西京雜記》曰，瑞雲曰慶雲。曰景雲（注：雲五色曰慶），或曰卿雲。」《史記·天官書》：「若煙非煙，若雲非雲。郁郁紛紛，蕭索輪囷，是謂卿雲，卿雲，喜氣也。」

〔七〕魏宫銅盤：《藝文類聚》卷九十八魏陳王曹植《露盤頌》：「明帝鑄承露盤，莖長十二丈，大十圍，上盤徑四尺，下盤徑五尺。銅龍繞其根，龍身長一丈，背負兩子，自立於芳林園，甘露仍降。」

〔八〕漢帝金掌：《藝文類聚》卷九十八：「《三輔故事》曰，「漢武帝以銅作承露盤，高二十丈，大七圍，上有仙人掌承露，和玉屑，欲以求仙也。」

〔九〕靈祇：天地之神也。顔延之《三月三日曲水詩序》「皇祇發生之始」李善注：「皇，天神也。祇，地神也。」《漢書·揚雄傳·河東賦》：「靈祇既鄉，五位時叙。」參見《送許子擢第歸江寧拜親因寄王大昌齡》詩注〔三二〕。

〔一〇〕禎瑞：祥瑞也。《詩·周頌·維清》「維周之禎」傳：「禎，祥也。」《南齊書·樂志》食舉歌辭：「極禎瑞，窮靈符。」瑞，應也。《論衡·指瑞篇》：「王者受富貴之命，故其動出，見吉祥異物，見則謂之瑞。」

〔一一〕政化：政治教化。《後漢書·伏湛傳》：「禮樂政化之首，顛沛猶不可違。」又《杜詩傳》：「視事七年，政化大行。」

〔一二〕期：會也。《詩·鄘風·桑中》：「期我乎桑中，要我乎上宫。」《國語·周語下》：「火之初見，期於司里。」注：「期，會也。」司里，官名。

〔一三〕趙張輩：謂趙光漢、張敞。趙廣漢涿郡蠡吾人，漢昭帝、漢宣帝時兩爲京兆尹，不避豪强，廉明輸誠，精於吏職，發奸摘伏如神。後坐罪腰斬，吏民號泣者數萬人。張敞自祖父時徙家茂陵，初爲膠東相，敉平盗賊，吏民歙然。入爲京兆尹，賞罰分明，公卿皆服。其後又有王尊、王章、王駿相繼爲尹，京兆吏民相與語曰：前有趙張，後有三王。見《漢書》卷七十六。

〔一四〕天酒：謂甘露。《太平御覽》卷十二引《瑞應圖》曰：「甘露者，美露也，神靈之精，仁瑞之澤，其凝若脂，其甘若飴，一名膏露，一名天酒。」

〔一五〕麴蘖：酒母也，喻作相。《尚書·説命》殷高宗得傅説，爰立作相，置諸左右，命之曰：「爾惟訓於朕志，若作酒醴，爾惟麴蘖；若作和羹，爾惟鹽梅。」

劉相公中書江山畫障①〔一〕

相府徵墨妙〔二〕，揮毫天地窮。始知丹青筆〔三〕，能奪造化功。瀟湘在簾間〔四〕，廬壑横座中②〔五〕。忽疑鳳凰池〔六〕，暗與江海通。粉白湖上雲，黛青天際峰〔七〕。晝日恒見月，孤帆如有風。巖花不飛落，澗草無春冬。擔錫香爐緇〔八〕，釣魚滄浪翁。如何平津意〔九〕，尚想塵外蹤③。富貴心獨輕，山林興彌濃〔一〇〕。喧幽趣頗異〔一一〕，出處事不同。請君爲蒼生〔一二〕，未可追赤松〔一三〕。

【校勘記】

①〔畫障〕底本障作帳，注：一作障。此從明抄本。②〔廬壑〕底本注：壑疑作霍。③〔塵外〕底本注：一作丘壑。

【箋注】

〔一〕劉相公：謂劉晏，廣德元年爲相。見《送張祕書充劉相公通汴河判官》詩注〔一〕。中書：《通典》卷一二四中書省：「中書之官舊矣，謂之中書，魏晋始焉。梁陳時凡國之政事皆由中書省。」又中書令：「舜攝位，命龍作納言，出入帝命。周官内史掌王之八柄……蓋今中書之任。其所置中書之名，因漢武帝遊宴後庭，始以宦者典事尚書，謂之中書謁者。」詩言畫障在中書，當謂宰相議事之政事堂，在中書省。《新唐書·百官志》：「初，三省長官議事於門下省之政事堂，其後，裴炎自侍中遷中書令，乃徙政事堂於中書省。」　畫障：彩繪之屏風。王勃《郊園即事》詩：「斷山疑畫障，懸溜瀉鳴琴。」

〔二〕徵：求也。《吕氏春秋·達鬱》：「管仲觴桓公，日暮矣，桓公樂之而徵燭。」注：「徵，求也。」《史記·貨殖列傳》：「故物賤之徵貴，貴之徵賤。」《索隱》：「徵者求也。」　墨妙：古之文辭、書法、繪畫之精到者，稱墨妙筆精。江淹《别賦》：「淵、雲之墨妙，嚴、樂之筆精。」謂王褒（子淵）、揚雄（子雲）、嚴安、徐樂之筆墨精妙。

〔三〕丹青：繪畫所用之顏料，亦借謂繪畫也。《周禮·秋官·職全》：「掌凡金、玉、錫、石、丹、青之戒令。」注：「青，空青也。」《古文苑·揚雄·蜀都賦》：「其中則有玉石嶜岑，丹青玲瓏。」注：「丹，丹沙。青，碧石，擣汰之得青緑，畫家用之。」盧照鄰《文翁講堂》詩：「空梁無燕雀，粉壁有丹青。」

〔四〕瀟湘：清湘也。《水經·湘水注》：「大舜之陟方也，二妃從征，溺於湘江，神遊洞庭之淵，出入瀟湘之浦。瀟者，水清深也。《湘中記》曰：湘川清見五六丈下，見底石如樗蒲矣，五色鮮明，白沙如霜雪，赤崖若朝霞，是納瀟湘之名矣。」一云，瀟水、湘水相會於零陵，稱瀟湘。

〔五〕廬壑：謂廬山之峰谷。廬山見《上嘉州青衣山中峰》詩注〔三〕。

〔六〕鳳凰池：謂中書省。《通典》卷二十一：「魏晋以來，中書監、令掌贊詔命，記會時事，典作文書，以其地在樞近，多承寵任，是以人固其位，謂之鳳凰池焉。」

〔七〕黛：青黑色也。《楚辭·大招》：「粉白黛黑，施芳澤只。」《太平御覽》卷七一九引《通俗文》：「染青石謂之點黛。」

〔八〕錫：錫杖，見《送青龍招提歸一上人》詩注〔三〕。詩言擔錫，則畫中僧人荷杖於肩，然錫杖不得擔也。僧中或有蔑視戒律者歟？　香爐：廬山一峰名，在今九江市東南。《後漢書·郡國志》揚州廬江郡尋陽縣，劉昭注引《廬山紀略》：「東南有香爐山，其上氛氳若香煙。」　緇：本僧衣色紫黑，轉而稱僧人。見《虢州送鄭興宗弟歸扶風別廬》詩注〔六〕。

〔九〕平津意：身爲宰相者之心意。漢公孫弘家貧牧豕，年六十，武帝徵爲賢良文學，歷博士、左内史、御史大夫，元朔中爲丞相。漢舊制，常以列侯爲丞相，惟弘無爵，武帝乃以勃海郡高成縣（今河北鹽山）之平津鄉封弘爲侯。此以平津代指宰相之位。

〔一〇〕彌：益也，更也。見《青山峽口泊舟懷狄侍御》詩注〔四〕。

〔一一〕喧幽：喧赫與幽隱，謂人之處境絶異也。猶喧静。杜甫《甘林》詩：「試問甘藜藿，未肯羨輕肥。喧静不同科，出處各天機。」亦猶喧寂。陸龜蒙《雜諷》詩：「趨時與閉門，喧寂不同調。」

〔一二〕蒼生：萬民百姓也。《尚書·益稷》：「帝光天之下，至於海隅蒼生。」《晋書·王衍傳》山濤曰：「誤天下蒼生者，未必非此人也。」

〔一三〕赤松：傳説之古仙人名。《列仙傳》：「赤松子者，神農時雨師也，服水玉以教神農，能入火自燒，往往至崑崙山上，常止西王母石室中，隨風雨上下。炎帝少女追之，亦得仙俱去。至高辛時復爲雨師，今之雨師本是焉。」《史記·留侯世家》良曰：「今以三寸舌爲帝者師，封萬户，位列侯，此布衣之極，於良足矣。願棄人間事，欲從赤松子游耳。」

秋夕聽羅山人彈三峽流泉〔一〕

皤皤岷山老〔二〕，抱琴鬢蒼然。衫袖拂玉徽〔三〕，爲彈《三峽泉》。此曲彈未半，高堂如空山。石林何颼飀，忽在窗户間。繞指弄嗚咽①，青絲激潺湲〔四〕。演漾怨楚雲〔五〕，虛徐韻秋煙〔六〕。疑兼陽臺雨，似雜巫山猿。幽引鬼神聽，净令耳目便②。楚客腸欲斷，湘妃泪斑斑③。誰裁青桐枝，搄以朱絲絃④〔七〕。能含古人曲⑤，遞與今人傳。知音難再逢，惜君方老年。曲終月已落，惆悵東齋眠。

【校勘記】

①〔繞指〕《文苑英華》繞作纖。②〔净令〕《文苑英華》净作静。③〔斑斑〕底本作班班，此從正德成都本、明抄本。④〔搄〕明抄本作絙，《文苑英華》作亘，張遜業本作搷，《唐詩紀》作組。底本注：一作繫。⑤〔古人曲〕底本注：曲本作意。

【箋注】

〔一〕山人：山野之人，謂隱士。孔稚珪《北山移文》：「蕙帳空兮夜鵠怨，山人去兮曉猨驚。」

《三峽流泉》琴曲名。《樂府詩集》卷六十：「《琴集》曰，《三峽流泉》，晉阮咸所作也。」詩有「岷山老」而不言峨眉，恐非嘉州之作，而爲成都之作也，在大曆元年秋或二年春。

〔二〕皤皤：《説文》謂皤乃老人貌。班固《漢書·叙傳》「營平皤皤」顔師古謂白髮貌。張衡《南都賦》「皤皤然披黄髮」，張銑亦謂老貌。《宋景文筆記》上：「蜀人謂老爲皤（音波），取皤皤黄髮義。後有蠻王小皤作亂，國史乃作小波，非是。」

〔三〕玉徽：琴面之音節標識曰徽，其質爲蚌或金銀，此乃以玉作者。嵇康《琴賦》：「絃以園客之絲，徽以鍾山之玉。」

〔四〕潺湲：水聲。見《過緱山黑石谷王處士隱居》詩注〔五〕。《史記·河渠書》武帝作歌：「河湯湯兮激潺湲，北渡污兮浚流難。」

〔五〕演漾：漂蕩流動。阮籍《詠懷詩》：「汎汎乘輕舟，演漾靡所望。」

〔六〕虚徐：亦作虚邪。《詩·邶風·北風》「其虚其邪」鄭玄箋：「邪讀如徐，言今在位之人其故虚徐寬仁者，今皆以爲急刻之行矣。」《爾雅·釋訓》：「其虚其徐，威儀容止也。」郭璞云：「雍容都雅之貌。」本以狀人之儀貌，亦用狀動作舒緩。《淮南子·原道訓》「原流泉浡」高誘注：「原泉始出，虚徐流不止，能漸盈滿。」此詩謂音韻之舒緩。

〔七〕揯：絃緊也。《楚辭·九歌·東君》「緪瑟兮交鼓」注：「緪，急張絃也。」《淮南子·繆稱訓》：「治國譬若張瑟，大弦絚則小弦絶矣。」《説文》：「揯，引急也。」揯、絚、緪同。絃弦通。

精衛〔一〕

負劍出北門，乘桴過東溟①〔二〕。一鳥海上飛，云是帝女靈〔三〕。玉顏溺水死，精衛空爲名。怨積徒有志，力微竟不成。西山木石盡，巨壑何時平？

【校勘記】

①〔過東溟〕底本注：過一作適。正德嘉州本作適。

【箋注】

〔一〕精衛：鳥名。《山海經·北山經》：「發鳩之山，其上多柘木。有鳥焉，其狀如烏，文首、白喙、赤足，名曰精衛。其鳴自詨，是炎帝之少女，名曰女娃。女娃遊於東海，溺而不返，故爲精衛，常銜西山之木石，以堙於東海。」　此詩不知年代。

〔二〕東溟：東海也。顏延之《車駕幸京口侍遊蒜山作》詩：「元天高北列，日觀臨東溟。」注：「向曰，東溟，謂東海。」

〔三〕靈：亡魂也。《大戴禮·曾子·天圓》：「陽之精氣曰神，陰之精氣曰靈。」蔡邕《京兆樊惠渠頌》：「爲酒爲釀，烝俾祖靈。」

石上藤得上字〔一〕

石上生孤藤，弱蔓依石長。不逢高枝引，未得凌空上。何處堪託身①，爲君長萬丈。

【校勘記】

①〔堪託身〕《文苑英華》作可堪託。

【箋注】

〔一〕藤：《爾雅·釋木》「諸慮山櫐」注：「今江東呼櫐爲藤，似葛而粗大。」藤類甚多，蓋引蔓類植物總名也。《本草綱目》卷十八有鈎藤，長八九尺至二丈；有黄藤；有白花藤，似葛；有紫藤，似葡萄；又有扶芳藤、千巖櫐、忍冬、甘藤、含水藤、天仙藤、紫金藤、清風藤等多種。此詩不知年代，爲多人同詠之作，亦未見他人詩。詩言無所依託則難逞凌空之志，或在不得意時也。

南池宴餞辛子賦得科斗子①〔一〕

臨池見科斗，羨爾樂有餘。不憂網與鈎，幸得免爲魚。且願充文字〔二〕，登君尺素書〔三〕。

【校勘記】

①〔科斗子〕底本、明抄本子作字，此從《文苑英華》。正德成都本無子字。

【箋注】

〔一〕辛子：似即《虢州酬辛侍御見贈》詩中之辛侍御。虢州詩多有南池字，此亦當爲虢州詩。

此詩或作韋應物詩，今《韋江州集》收入「拾遺」中，有小注云：「熙寧丙辰本添。」可知宋初韋集原無此詩。傳世岑集皆收此詩，《岑詩繫年》：「作韋應物疑誤。」此説是。

〔二〕充文字：謂古之科斗文也。《尚書序》：「魯共王好治宫室，壞孔子舊宅，以廣其居，於壁中得先人所藏古文虞夏商周之書，及《傳》、《論語》、《孝經》，皆科斗文字。」注：「科斗，蟲名，蝦蟆子，書形似之。」蓋古人以竹挺點漆書於竹簡，頭大尾細，形似科斗也。

〔三〕尺素書：謂書牘也。古詩《飲馬長城窟行》：「客從遠方來，遺我雙鯉魚。呼兒烹鯉魚，中有尺素書。」注：「善曰：鄭玄注《禮記》曰，素，生帛也。向曰：尺素，絹也，古人爲書，多書於絹。」尺素，即尺書也。《漢書・韓信傳》「奉咫尺之書以使燕」注：「師古曰：八寸曰咫，咫尺者，言其簡牘或長咫，或長尺，……今俗言尺書，或言尺牘，蓋其遺語耳。」

岑嘉州詩卷之二 七言古詩四十九首補遺一首

韋員外家花樹歌〔一〕

今年花似去年好①，去年人到今年老〔二〕。始知人老不如花②，可惜落花君莫掃。君家兄弟不可當，列卿御史尚書郎〔三〕。朝回花底恒會客③，花撲玉缸春酒香④〔四〕。

【校勘記】

①〔今年花〕《唐百家詩選》花作春。②〔不如花〕《唐百家詩選》如作及。③〔恒會客〕《唐百家詩選》恒作常。④〔玉缸〕底本、明抄本注：缸一作甌。

【箋注】

〔一〕韋員外：獨孤及有《同岑郎中屯田韋員外花樹歌》，爲同詠之作，則韋爲屯田員外郎。或謂岑參其時任屯田郎中，故獨孤及稱岑郎中屯田云云。此説非是。獨孤及又有《送屯田李員外充宣慰判官赴河北序》，屯田乃李員外，則知此詩之屯田亦謂韋員外也。《酉陽雜俎》前卷十九草篇睡蓮：「南海有睡蓮，夜則花低入水，屯田韋郎中從事南海，親見。」此亦冠屯田於韋郎中之上，不謂韋郎中屯田。故不能以獨孤及詩證岑參曾爲屯田郎中也。獨孤及入爲左拾遺在永泰元年三月。梁肅《朝散大夫使持節常州諸軍事常州刺史賜紫金魚袋獨孤公行狀》：「上元初，授左金吾兵曹，掌都統江淮節度書記，非其好也。未幾，徵拜右（按當爲左）拾遺，因上疏陳便宜。」《資治通鑑》卷二二三代宗永泰元年：「三月，壬辰朔，命左僕射裴冕、右僕射郭英乂等文武之臣十三人於集賢院待制。左拾遺洛陽獨孤及上疏曰……」知其上疏即在徵拜之時。大曆元年初岑參已入蜀，故此同詠之詩即作於永泰元年三月也。

〔二〕去年花、今年花句：劉希夷《代悲白頭翁》詩：「年年歲歲花相似，歲歲年年人不同。」句意相類。

〔三〕列卿：楊惲《報孫會宗書》：「惲家方隆盛時，乘朱輪者十人，位在列卿，爵爲通侯。」古者天子三公九卿，漢九寺長官爲卿，梁武帝置十二卿。唐亦有九寺，卿各一人，少卿各二人。九寺：太常、光禄、衛尉、宗正、太僕、大理、鴻臚、司農、太府。《通典》以祕書監、殿中監、内常侍、少府監、將作監、國子監、軍器監、都水監皆入「諸卿」，則唐有十七卿矣。至若外官亦帶卿銜，爲員外置，因官寄禄，非正卿也。　御史：《通典》卷二十四：「御史之名，周官有之，蓋掌贊書而授法令，非今任也。戰國時亦有御史，秦趙澠池之會，各命其書事，又淳于髡謂齊王曰御史在前，則皆記事之職也。至秦漢爲糾察之任，所居之署，漢謂之御史府。……大唐皆曰御史臺……大夫一人，中丞二人，侍御史四人，殿中侍御史六人，監察御史十人。」大夫、中丞之外，皆可謂御史也。　尚書郎：《通典》卷二十一《歷代郎官》：「郎官謂之尚書郎，漢置四人，分掌尚書事。……後漢尚書侍郎三十六人。……大唐改隋諸司郎爲郎中，每曹又復置員外郎。……今尚書省左右司郎中各一人，員外郎各一人，分管尚書六曹事。其諸曹諸司郎中總三十人，員外郎總三十一人，通謂之郎官，大重其選。」

〔四〕玉缸：盛酒器。《宋淳熙敕編古玉圖譜》第一百册載漢玉缸一，高三尺六寸，圓六尺四寸，厚七分五釐。質爲白玉，而青色處雕爲魚，碧色者雕水紋，紅色處爲雲，黄色處爲龍，爲稀世之珍。唐世高官之家恐爲瓷缸，美其名稱玉缸也。

【評論】

清吴瑞榮《唐詩箋要》：「起聯文如翻水成，初不用意爲。末抱花字不放，如狻猊滚球，不覺其韻之短促。（總）達者之事，達者之言，警快處，那復許劉希夷專美於前。」

蜀葵花歌①〔一〕

昨日一花開，今日一花開。今日花正好，昨日花已老②。人生不得恒少年③〔二〕，莫惜牀頭沽酒錢〔三〕。請君有錢向酒家，君不見，蜀葵花。

【校勘記】

①〔蜀葵〕《河嶽英靈集》蜀作戎，《文苑英華》作茂。②〔昨日花已老〕《河嶽英靈集》此下有「始知人老不如花，可惜落花君莫掃」。③〔恒少年〕《河嶽英靈集》、《文苑英華》恒作常。

【箋注】

〔一〕蜀葵：宿根類草本花名。崔豹《古今注》下：「荆葵，一名戎葵，一名芘芣，花似木槿而光采奪目，有紅、有紫、有青、有白、有赤，莖葉殊，花色異耳，一曰蜀葵。」《本草綱目》卷十六：「蜀葵處處人家種之，春初種子，冬日宿根亦自生苗，嫩時亦可茹食。葉似葵葉而大，亦似絲瓜葉，有歧叉，過小滿後長莖，高五六尺。」　此詩《文苑英華》署劉慎虚，誤。傳世岑集均載，劉集中則無，《河嶽英靈集》亦作岑參，編者殷璠與岑參同時，較可信。且《河嶽英靈集》所增兩句爲《韋員外家花樹歌》中之句，亦爲岑詩也。　此詩不知年代，當在開元末或天寶初。

〔二〕人生不得恒少年：鮑照《擬行路難》之八：「人生不得恒稱意，惆悵徙倚至夜半。」

〔三〕莫惜牀頭沽酒錢：鮑照《擬行路難》之五：「且願得志數相就，牀頭恒有沽酒錢。」又十八：「但願樽中九醖滿，莫惜牀頭百個錢。」岑參歌行師承鮑照，於此可見。

青門歌送東臺張判官〔一〕

青門金鎖平旦開，城頭日出使車回〔二〕。青門柳枝正堪折，路傍一日幾人别。東出青門路不窮，驛樓官樹灞陵東〔三〕。花撲征衣看似繡①〔四〕，雲隨去馬色疑驄〔五〕。胡姬酒壚日未午〔六〕，絲繩玉缸酒如乳〔七〕。灞頭落花没馬蹄②，昨夜微雨花成泥。黄鸝翅濕飛屢低③〔八〕，關東尺書醉懶題〔九〕。須臾望君不可見〔一〇〕，揚鞭飛鞚疾於箭④〔一一〕。借問使乎何時來〔一二〕，莫作東飛伯勞西飛燕〔一三〕。

【校勘記】

①〔似繡〕《唐百家詩選》繡作錦。 ②〔灞頭〕底本、宋本注：灞一作坡。《唐百家詩選》灞作江。 ③〔飛屢低〕《唐詩紀》屢作轉。 ④〔飛鞚〕《唐音》鞚作鞍。〔疾於箭〕《全唐詩》於作如。

【箋注】

〔一〕青門：漢長安城東面南頭第一門。《三輔皇圖》：「長安城東出南頭第一門曰霸城門，民見門色青，名曰青城門。」唐長安城在漢城東南，其東面三門無名青門者，此蓋借指通化門，此爲北頭第一門，赴東都者必出此門以達灞橋。 東臺：御史臺之留東都者。宋程大昌《演繁露》七：「唐都長安，於洛陽爲西，而洛陽亦有留臺，故長安名西臺，而洛陽爲東臺也。」《唐會要》卷六十：「舊制，東都留臺官，自中丞以下，元額七員：中丞一員，侍御史一員，殿中侍御史二員，監察御史三員。」 判官：御史臺中無判官，然東臺御史中丞爲東畿採訪使者，下有判官。殷亮《顔魯公行狀》：「宰相楊國忠初黨於(吉)温，亦怒公之不附己，令吉温諷中丞蔣洌奏公爲東畿採訪判官。」 張判官：未詳。 詩當作於天寶四至七載間。

〔二〕使車：漢使者出行有使車。《後漢書·輿服志》：「大使車，立乘，駕駟，赤帷。持節者，重導從：賊曹車、斧車、督車、功曹車皆兩；大車，伍伯璅弩十二人；辟車四人；從車四乘。無節，單導從，減半。小使車，不立乘，有騑，赤屏泥油，重絳帷。導無斧車。近小使車，蘭輿赤轂，白蓋赤帷，從騶騎四十人。此謂追捕考案，有所勑取者之所乘也。」《史記·司馬相如列傳》：「乃拜相如爲中郎將，建節往使，副使王然于、壺充國、吕越人，馳四乘之傳，因巴蜀吏幣物以賂西夷。」唐制，帝、后、太子有車輅多種，親王、一品象輅，二、三品革輅，四品木輅，五品軺車，六品以下無車。《舊唐書·輿服志》：「有唐以來，王公以下車輅皆太僕官造貯掌。若受制、行册及二時巡陵、婚葬則給之。自此之後，皆騎馬而已。」唐、宋宰相出行亦騎馬，使者無車也。詩所言蓋用漢事。

〔三〕官樹：《國語·周語中》，單襄公告周定王曰：「周制有之曰，列樹以表道，立鄙食以守路。」《周禮·秋官·野廬氏》：「比國郊及野之道路，宿息，井樹。」道路列樹，即官樹也。北周於官道置堠，因雨輒壞，韋孝寬代之以槐樹，隋唐因之。灞陵：漢文帝葬灞上，因名灞陵，在長安東。唐人送行多至灞橋，在灞陵之東。酈道元云，灞水古名滋水，秦穆公爲顯霸功而更名，後世又加水旁也。

〔四〕繡衣：漢世御史有繡衣直指。《史記·酷吏·王温舒列傳》：「乃使光禄大夫范昆、諸府都尉及故九卿張德等衣繡衣，持節，虎符發兵以興擊。」此謂節使。《漢書·百官公卿表》：「侍御史有繡衣直指，出討奸猾，治大獄，武帝所制，不常置。」注：「師古曰：衣以繡者，尊寵之也。」唐無繡衣御史，詩乃用漢事。

〔五〕驄馬：後漢有驄馬御史。《後漢書·桓典傳》：「拜侍御史，時宦官秉權，典執政無所回避。常乘驄馬，京師畏憚，爲之語曰：行行且止，避驄馬御史。」

〔六〕胡姬：辛延年《羽林郎》：「胡姬年十五，春日獨當壚。」晉劉琨《胡姬年十五》：「如何十五少，含笑酒壚前。」辛詩酒家胡姬之原也。唐人愛用漢人故實，酒壚未必真爲胡姬。李白《少年行》：「落花踏盡遊何處，笑入胡姬酒肆中。」　酒壚：放酒甕之土臺也。《史記·司馬相如列傳》「令文君當鑪」注：「韋昭曰：鑪，酒肆也。以土爲墮，邊高似鑪。」鑪同壚，亦作盧。《漢書·司馬相如傳》「乃令文君當盧」注：「郭璞曰：盧，酒盧。師古曰：賣酒之處累土爲盧以居酒瓮，四邊隆起，其一面高，形如鍛盧，故名盧耳。而俗之學者，皆謂當盧爲對温酒火盧，失其義矣。」岑詩《邯鄲客舍歌》「一曲狂歌壚上眠」者，正謂伏此壚而眠，若爲温酒火壚，則不可眠也。

〔七〕絲繩：酒壺繫也。《羽林郎》：「就我求清酒，絲繩提玉壺。」　玉缸：盛酒器，見《韋員外家花樹歌》注〔四〕。疑缸字當作壺。岑詩《西亭子送李司馬》：「絲繩玉壺爲君提。」缸則不便提也。

〔八〕黄鸝：黄鶯也。即黄鳥。《詩·周南·葛覃》：「黄鳥于飛，集于灌木，其鳴喈喈。」陸璣《毛詩草木鳥獸蟲魚疏》：「黄鳥，黄鸝留也，或謂之黄栗留，幽州人謂之黄鶯，一名倉庚，一名商庚，一名鵹黄，一名楚雀，齊人謂之博黍，當葚熟來，在桑間。故里語曰，黄栗留看我麥黄葚熟。亦是應節趨時之鳥也。」

〔九〕尺書：猶尺牘，謂信札也。《史記·匈奴列傳》：「漢遺單于書，牘以尺一寸。……中行説令單于遺漢書，以尺二寸牘，及印封皆令廣大、長，倨傲其辭。」《史記·淮陰侯列傳》「遺辯士奉咫尺之書」《正義》：「咫尺，八寸。言其簡牘或長尺也。」《漢書·韓信傳》「奉咫尺之書」注：「師古曰：八寸曰咫。咫尺者，言其簡牘或長咫，或長尺，喻輕率也。今俗言尺書，或言尺牘，蓋其遺語耳。」顏謂輕率，莫知所據。皇帝遺單于書爲尺一，則臣下亦只得尺耳。《史記·倉公列傳》太史公曰：「緹縈通尺牘，父得以後寧。」倉公淳于意以刑罰之長安，少女緹縈上書「願入身爲官婢，以贖父刑罪，使得改行自新」。文帝悲其意，乃除肉刑法。書上皇帝亦言尺牘，非輕率也。

〔一〇〕須臾：少頃也。《禮記·中庸》：「道也者，不可須臾離也。」宋洪邁《容齋三筆》十四《瞬息須臾》：「瞬息、須臾、頃刻，皆不久之辭，與釋氏一彈指間、一刹那頃之義同，而釋書分別甚備。《新婆沙論》云：百二十刹那成一怛刹那，六十怛刹那成一臘縛，三十臘縛成一牟呼麥多，三十牟呼麥多成一晝夜。又《毗曇論》云：一刹那者翻爲一念，一怛刹那翻爲一瞬，六十怛刹那爲一息，一息爲一羅婆，三十羅婆爲一摩睺羅，翻爲一須臾。又《僧祇律》云：二十念爲一瞬，二十瞬名一彈指，二十彈指名一羅預，二十羅預名一須臾，一日一夜有三十須臾。」

〔一一〕鞚：馬勒也。《太平御覽》卷三五八：「張揖《埤蒼》曰：鞚，馬勒也。」又：「服虔《通俗文》曰：所以制馬口曰鞚。」

〔一二〕使乎：讚語也。《論語·憲問》：「蘧伯玉使人於孔子，孔子與之座而問焉。曰：夫子何爲？對曰：夫子欲寡其過而未能也。使者出，子曰：使乎，使乎！」注：「陳曰，再言使乎者，善之也。」《晉書·張駿傳》：「遣參軍王騭聘於劉曜。……曜顧謂左右曰：此涼州高士，使乎得人。」庾信《擬連珠》：「子貢使乎，五都交亂。」

〔一三〕伯勞：候鳥名，古説紛紜，未知確指爲何鳥也。見《送王著赴淮西幕府作》詩注〔二〕。

【評論】

王夫之《唐詩評選》：「情、景、事合成一片，無不奇麗絶世，嘉州於此體中，即供奉亦當讓一席也。供奉不無仗氣，嘉州鍊氣歸神矣。」

梁園歌送河南王説判官〔一〕

君不見，梁孝王〔二〕，脩竹園〔三〕，頽墻隱轔勢仍存〔四〕。嫦娥曼臉成草蔓〔五〕，羅帷珠簾空竹根〔六〕。大梁一旦人代改，秋月春風不相待。池中幾度雁新來，洲上千年鶴應在梁園中有雁池鶴洲。梁園二月梨花飛，却似梁王雪下時〔七〕。當時置酒延枚叟〔八〕，肯料平臺狐兔走〔九〕？萬事翻覆如浮雲，昔人空在今人口。單父古來稱虙生①〔一〇〕，祇今爲政有吾兄家兄時宰單父。輶軒若過梁園道〔一一〕，應傍琴臺聞政聲〔一二〕。

【校勘記】

①〔虙生〕底本、宋本均作虙，《唐詩紀》作宓。

【箋注】

〔一〕梁園：又名梁苑，兔園，漢梁孝王築，在睢陽郡之東。漢文帝立其少子劉武爲梁王，初都大梁，即今開封，以其地卑濕，乃徙睢陽。唐人又以梁園在大梁者。韋應物《送開封盧少府》詩：「到處無留滯，梁園花欲稀。」白居易《早春同劉郎中寄宣武令狐相公》詩：「梁園不到一年强，遥想清吟對緑觴。」唐宣武節度治汴州。然《史記·梁孝王世家》所載，梁園實在宋州：「於是孝王築東苑，廣睢陽城七十里，大治宫室，爲複道，自宫連屬於平臺三十餘里。」可知東苑之築在遷睢陽之後，自不在大梁城也。漢睢陽即唐宋州，今商邱。河南：唐河南道，東盡海，西至潼關，南濱淮，北界黄河（其時河由滑州、德州東入海），治汴州。王説：未詳。詩謂岑况尚宰單父，當在安史亂前，或是天寶三至七載時也。

〔二〕梁孝王：劉武，與漢景帝同母。文帝二年封代王，次年徙淮陽王，十二年徙梁王。景帝三年（前一五四）七國反，梁王拒吴楚，殺虜與漢等，有功，爲大國，下有四十餘縣。乃大築宫室，招延豪傑，枚乘、司馬相如皆遊於梁。景帝十六年孝王卒。見《史記》卷五十八，《漢書》卷四十七。

〔三〕脩竹園：梁園别名。隋郎蔚文《隋州郡圖經》：「梁王有脩竹園，園中竹木，天下之選，集諸方遊士各爲賦，故館有鄒枚之號。」

〔四〕隱轔：《文選·上林賦》「隱轔鬱𡾊」李善注：「郭璞曰：隱轔鬱𡾊，堆壟不平貌。」《西京賦》：「隱轔鬱律，連岡乎嶓冢。」按轔，亦可作户限解。《淮南子·説山訓》「牛車絶轔」注：「楚人以門切爲轔，車行其上則斷之。」又《説林訓》「亡馬不發户轔」注：「言馬亡不可發户限而求，轔，門限也。」

〔五〕曼臉：美澤之面頰也。劉孝綽《武陵王殿下看妓》詩：「迴羞出曼臉，送態表嚬蛾。」吴均《小垂手》：「蛾眉與曼臉，見此空愁人。」按曼，美澤也。《楚辭·大招》「蛾眉曼只」注：「曼，澤也。」《子虚賦》「鄭女曼姬」文穎曰：「曼者，其色理曼澤也。」

〔六〕羅帷：羅之爲物，古訓不一。《楚辭·招魂》「羅幬張些」注：「羅，綺屬也。」而綺，《釋名·釋采帛》曰：「綺，欹也，其文欹邪，不順經緯之縱横也。」《淮南子·齊俗訓》「弱緆羅紈」注：「弱緆，細布也。羅，縠。紈，素也。」而縠，《釋名·釋采帛》曰：「縠，粟也，其形戢戢，視之如粟也。」要之，羅爲綢類而織文非直交者也。帷，帳也。珠簾：《西京雜記》：「昭陽殿織珠爲簾，風至則鳴，如珩珮之聲。」竹根：或謂梁王園中竹林已敗，僅餘竹根也。竹根亦爲酒器。庾信《奉報趙王惠酒詩》：「梁王脩竹園，冠蓋風塵喧。……始聞傳上命，定是賜中樽。野鑪然樹葉，山杯捧竹根。」王韶之《南雍州記》：「辛居士名宣仲，家貧，春日鬻筍充觴酌，截竹爲罌，用充盛置。人問其故，宣仲曰：我惟愛竹、好酒，欲令二物常相並耳。」

〔七〕梁王雪下時：謝惠連《雪賦》：「歲將暮，時既昏，寒風積，愁雲繁。梁王不悦，遊於兔園。……俄而微霰零，密雪下。」

〔八〕枚叟：枚乘字叔，淮陰人。初爲吴王濞郎中，諫而不納，乃之梁，從孝王遊。梁客皆善辭賦，而以乘爲高。武帝即位，以安車蒲輪徵乘，道死。見《漢書》卷五十一。

〔九〕肯料：豈料也，肯，猶豈也。王維《老將行》：「射殺山中白額虎，肯數鄴下黄鬚兒。」平臺：

春秋宋皇國父爲宋平公所築，因名。《左傳》襄公十七年，「宋皇國父爲太宰，爲平公築臺，妨於農功」。《元和志》卷七宋州虞城縣：「平臺，縣西四十里。」

〔一〇〕單父：春秋魯邑，秦置縣，歷代因之，唐屬宋州。故址在今單縣南，今縣，明改也。 虙生：即虙（音伏）子賤，孔子弟子，曾爲單父宰。《吕氏春秋·察賢》：「虙子賤治單父，彈鳴琴，身不下堂而單父治。」虙字或作宓，乃傳寫之誤。《顔氏家訓·書證》考之頗詳：「張揖云，虙，今伏羲氏也。孟康《漢書古文注》亦云：虙，今伏。……虙字從虍（音呼），宓字從宀（音緜），下俱爲必。末世傳寫，遂誤以虙爲宓，而《帝王世紀》因誤更立名爾。何以驗之？孔子弟子虙子賤爲單父宰，即虙羲之後，俗字亦爲宓，或復加山。今兖州永昌郡城，舊單父地也，東門有子賤碑，漢世所立，乃云濟南伏生，即子賤之後。是知虙之與伏古來通，字誤以爲宓，較可知矣。」虙誤爲宓，仍應音伏，房六切，《帝王世紀》謂宓羲氏是也。陳奇猷《開春論校釋》謂虙、宓與密音通，則恐更誤矣。

〔一一〕輶軒：輕車也。左思《吴都賦》：「輶軒蓼擾，彀騎煒煌。」《爾雅·釋言》：「輶，輕也。」《詩·秦風·駟鐵》：「輶車鸞鑣」傳：「輶，輕也。」軒，車也。江淹《别賦》「朱軒繡軸」李善注：「軒，車通稱也。」

〔一二〕琴臺：相傳爲虙子賤彈琴之所，在今山東單縣東南。唐天寶初曾重建。高適《虙公琴臺詩序》：「甲申歲，適登子賤琴臺。……太守李公能嗣子賤之政，再造琴臺。」

白雪歌送武判官歸京①〔一〕

北風捲地白草折〔二〕，胡天八月即飛雪〔三〕。忽如一夜春風來②，千樹萬樹梨花開。散入珠簾濕羅幕〔四〕，狐裘不暖錦衾薄〔五〕。將軍角弓不得控③〔六〕，都護鐵衣冷難著〔七〕。瀚海闌干百尺冰④〔八〕，愁雲慘淡萬里凝。中軍置酒飲歸客〔九〕，胡琴琵琶與羌笛〔一〇〕。紛紛暮雪下轅門〔一一〕，風掣紅旗凍不翻⑤〔一二〕。輪臺東門送君去〔一三〕，去時雪滿天山路。山迴路轉不見君，雪上空留馬行處。

【校勘記】

①〔歸京〕《唐百家詩選》、《唐詩紀事》無此二字。②〔忽如〕《唐詩紀事》如作然。③〔角弓〕《唐詩紀事》角作雕。④〔百尺〕《唐百家詩選》、《唐詩紀事》百作千。明抄本作百丈，注：丈一作尺。⑤〔風掣〕底本注：掣一作擎。《唐詩紀事》掣作擊。宋本注：掣一作擊。

【箋注】

〔一〕白雪歌：樂府琴曲有《白雪歌》，或云師曠所作，或云劉涓子所作。據宋玉《對楚王問》，戰國時有《陽春白雪》之曲。武判官：《土魯番出土文書》十册交河郡礌石館天寶十三載馬料賬，七月七日「郡坊帖馬天山館三疋，送武判官便騰過，食麥三斗，付天山馬子李羅漢。」餘失考。此詩約作於天寶十四載。

〔二〕北風草折：梁范雲《效古》詩：「風斷陰山樹，霧失交河城。」

〔三〕八月飛雪：北疆初秋涼爽，中秋後晴日仍宜人，惟寒流陡至則氣温大降。一九八六年陰曆七月二十八日（九月二日）烏魯木齊市忽降大雪，時尚未至陰曆八月也。見《新疆日報》。

〔四〕珠簾：見《梁園歌》注〔六〕。

〔五〕錦衾：《詩·唐風·角枕》：「角枕粲兮，錦衾爛兮。」古時錦爲絲綢之首。《釋名·釋采帛》：「錦，金也，作之用功重，其作如金，故其制字帛與金也。」《初學記》卷二十七：「《丹陽記》曰，歷代尚未有錦，而成都獨稱妙，故三國時魏則市於蜀，吴亦資西蜀，至是始乃有之。」石虎有織錦署，有名之錦有大登高、小登高、大明光、小明光、蒲桃文錦、斑文錦等二十餘種，見《鄴中記》。錦，春秋時已有之，衛人饋叔向一篋錦是也。衾：《説文》：「衾，大被。」

〔六〕角弓：見《北庭貽宗學士道別》詩注〔三〕。

〔七〕鐵衣：《木蘭辭》：「朔氣傳金柝，寒光照鐵衣。」《三國志·魏·陳留王奂傳》景元三年四月，「肅慎國遣使重譯入貢，獻其國弓三十張，……皮骨鐵雜鎧二十領。」三國時肅慎已有鐵鎧，則中原之有鐵鎧當不始於《木蘭辭》也。

〔八〕瀚海：字初無水旁。《史記·匈奴列傳》：「漢驃騎將軍……封於狼居胥山，禪姑衍，臨翰海而還。」翰海，如淳謂北海名。張守節云，自一大海名，群鳥解羽伏乳於此，故名。隋唐詩中多以之爲大海，並加水旁。虞世基詩《出塞》：「瀚海波瀾静，王庭氛圍晞。」唐太宗《飲馬長城窟行》：

「塞外北風切，交河冰已結。瀚海百重波，陰山千里雪。」岑詩字義與此相同。唐置瀚海都護府，即今内外蒙古之地，則除瀚海外似又廣大，包括沙漠戈壁。明周祈《名義考》即以瀚海爲沙漠之稱，與唐人所言相左。近人岑仲勉則謂翰海即杭愛，乃山名，霍去病曾兵臨杭愛山而還。清蕭雄《西疆雜述詩》曰：「中秋以後，漸見雪多，因地冷而不消，踐如履沙，足不霑濕，積久愈凝。」然則「百尺冰」者，或謂積雪也，而瀚海亦謂沙漠也。　闌干：古樂府《善則行》：「月没參横，北斗闌干。」左思《吴都賦》：「金鎰磊砢，珠琲闌干。」李善注：「闌干，猶縱横也。」　百尺冰：《神異經》：「北方層冰萬里，厚百丈。」

〔九〕中軍：主將所居也。《左傳》桓公五年：「王爲中軍，虢公林父將右軍，……周公黑肩將左軍」。《後漢書・光武帝紀》更始元年六月：「光武乃與敢死者三千人，從西水上衝其中堅。」注：「凡軍事，中軍將最尊，居中以堅鋭自輔，故曰中堅也。」

〔一〇〕胡琴：古樂器，名與今同，其制異也。《文獻通考》卷一三七：「胡琴，唐玄宗朝女伶鄭中丞善彈胡琴，昭宗末石潨善胡琴也，琴一也，而有胡漢之異，特其制度殊耳。」《清朝文獻通考律吕正義後編》：「胡琴似琵琶而下鋭，龍首皮腹，背有脊稜，二弦，以木桿系馬尾軋之。龍頭長四寸零四釐，……頸長一尺三寸六分五釐，……腹長一尺二寸五分四釐，……木桿長二尺六寸一分九釐，與頸腹其長等。」　琵琶：四絃樂器，或云漢産，或云胡樂也。字亦作批把。《釋名・釋器》：「批把，本出於胡中，馬上所鼓也，推手前曰批，引手却曰把，象其鼓時，因以爲名也。」應劭《風俗通》："「琵琶，近代樂家所作，不知所起。長三尺五寸，法天地人與五行也；四絃象四時也。」《通典》卷一四四：「傅玄《琵琶賦》曰，漢遣烏孫公主嫁昆彌，念其行道思慕，故使工人裁箏筑爲馬上之樂。今觀其器，中虛外實，天地象也；盤圓柄直，陰陽叙也；柱十有二，配律吕也；四絃，法四時也。」《樂府雜録》琵琶：「有直項者，曲項者，曲項蓋施於急關也。」　羌笛：見《赴犍爲經龍閣道》詩注〔四〕。

〔二〕轅門：主帥軍府之門也。《周禮·天官·掌舍》「設車宫轅門」注：「謂行止宿阻險之處，備非常，次車以爲藩，則仰車以其轅表門。」

〔三〕凍不翻：舊説，旗濕水結冰，風吹不翻。隋虞世基《出塞》詩：「霧峰暗無色，霜旗凍不翻。」近人有云，風勁折草，旗凍則將扯碎，故應爲風急將旗扯直，似凍住而不翻。然風大則旗必速擺也。

〔三〕輪臺：謂北庭府也。見《北庭貽宗學士道别》詩注〔九〕。

【評論】

王夫之《唐詩評選》：「顛倒傳情，神爽自一，不容元白問花源津渡。胡琴琵琶與羌笛，但用柏梁一句，神采驚飛。」

方東樹《昭昧詹言》十二：「奇峭，起颯爽。忽如六句，奇才奇氣，奇情逸發，令人心神一快，須日誦一過，心摹而力追之。瀚海句换氣，起下歸客。」

吴瑞榮《唐詩箋要》：「從雪生情，雪字四見，不嫌逗露太多，此盛唐高率處。」

熱海行送崔侍御還京①〔一〕

側聞陰山胡兒語，西頭熱海水如煮。海上衆鳥不敢飛〔二〕，中有鯉魚長且肥海中有赤鯉。岸傍青草常不歇②，空中白雪遥旋滅③。蒸沙爍石燃虜雲④〔三〕，沸浪炎波煎漢月。陰火潛燒天地爐〔四〕，何事偏烘西一隅。勢吞月窟侵太白⑤〔五〕，氣連赤坂通單于〔六〕。送君一醉天山郭，正見夕陽海邊落。柏臺霜威寒逼人〔七〕，熱海炎氣爲之薄⑥〔八〕。

【校勘記】

①〔詩題〕《唐百家詩選》題下加小注：「海中有赤鯉。」各集本加於「中有鯉魚長且肥」句後。十二家唐詩本、銅活字本則略去。②〔常不歇〕正德嘉州本常作長。③〔白雪〕底本雪作雲，此從宋本。④〔虜雲〕《唐百家詩選》虜作胡。⑤〔勢吞〕底本、宋本注：一作熱入。⑥〔爲之薄〕《唐百家詩選》之作君。

【箋注】

〔一〕熱海：今中亞伊塞克湖。《通典》卷一九三引《經行記》：「勃達嶺北行千餘里，至碎葉川，其川東頭有熱海。兹地寒而不凍，故曰熱海。」一名大清池，又名鹹海。《大唐西域記》跋禄迦國：「山行四百里至大清池（原注：或名熱海，又謂鹹海）周千餘里，東西長，南北狹，四面負山，衆流交湊，色帶青黑，味兼鹹苦，洪濤浩汗，驚波汩淴，龍魚雜處，靈怪間起。所以往來行旅，禱以祈福。水族雖多，莫敢漁捕。」　崔侍御：生平不詳。　此詩約作於天寶十四載。

〔二〕鳥不敢飛：苻秦王嘉《拾遺記》：漢武帝「元封三年，浮忻國貢蘭金之泥。此金出湯泉，盛夏之時，水常沸湧，有若湯火，飛鳥不能過。」

〔三〕蒸沙爍石：《説苑・君道》：「湯之時大旱七年，雒坼川竭，煎沙爛石。」

〔四〕陰火：謂地下之潛火。木華《海賦》：「陽冰不冶，陰火潛然。」　天地爐：《莊子・大宗師》：「今一以天地爲大鑪，以造化爲大冶，惡乎往而不可哉！」《史記》賈誼《鵩鳥賦》：「且夫天地爲爐兮，萬物爲工，陰陽爲炭兮，萬物爲銅。」

〔五〕月窟：西方極遠之地。見《北庭貽宗學士道別》詩注〔四〕。　太白：金星也，見於西方者。《爾雅・釋天》「明星謂之啓明」注：「太白星也，晨見東方爲啓明，昏見西方爲太白。」

〔六〕赤坂：《漢書・西域傳》：「又歷大頭疼、小頭疼之山，赤土熱身之坂。」　單于：此謂匈奴地方，非謂其王也。

〔七〕柏臺：謂御史臺。《漢書・朱博傳》：「是時御史府吏舍百餘區井水皆竭。又其府中列柏樹，常有野烏數千棲宿其上，晨去暮來，號曰朝夕烏。」後世因稱御史臺爲柏臺。　霜威：《通典》卷二十四：「大唐皆曰御史臺，……門北闕，主陰殺也。故御史爲風霜之任，彈糾不法，百僚震恐，官之雄峻，莫之比焉。」

〔八〕炎氣：《楚辭・九章・悲回風》：「觀炎氣之相仍兮，窺煙液之所積。」注：「炎氣，南方火也。」

走馬川行奉送出師西征①〔一〕

君不見，走馬川行雪海邊②〔二〕，平沙莽莽黄入天。輪臺九月風夜吼〔三〕，一川碎石大如斗③，隨風滿地石亂走〔四〕。匈奴草黄馬正肥〔五〕，金山西見煙塵飛〔六〕，漢家大將西出師。將軍金甲夜不脱〔七〕，半夜軍行戈相撥④，風頭如刀面如割。馬毛帶雪汗氣蒸，五花連錢旋作冰〔八〕，幕中草檄硯水凝〔九〕。虜騎聞之應膽懾⑤〔一〇〕，料知短兵不敢接〔一一〕，車師西門佇獻捷〔一二〕。

【校勘記】

①〔奉送〕《唐詩别裁》送下有封大夫三字。〔西征〕《唐百家詩選》征作行。②〔走馬川行雪海邊〕《唐百家詩選》、《唐詩紀事》作走馬滄海邊。《唐音統籤》行字空缺。底本行字疑衍。③〔碎石〕底本、宋本注：碎一作破。④〔軍行〕正德成都本作行軍。⑤〔虜騎〕四庫全書本、《唐百家詩選》虜作敵。

【箋注】

〔一〕走馬川：地名。高步瀛曰：未詳，疑即《水經·河水注》之龜兹川。此蓋以岑參在安西，不知其時在北庭，因而致誤。或謂走馬即沮末、左末，即且末河。此則以西征即破播仙，其誤見後。且詩寫輪臺（北庭）事，且末河遠在大漠之南，相距千餘里，天山北風吼，不能使大漠南石走也。近年多謂走馬川在北庭府（今吉木薩）附近，然亦有三説。一説，謂即烏魯木齊河，見林必成《唐代輪臺初探》，載《新疆大學學報》一九七九年四期。其説云，輪臺即今烏魯木齊市南十公里之烏拉泊古城，濱烏魯木齊河，河中全是碎石，其地爲風口，九月夜間常有東南大風，風速每秒四十米以上，飛沙走石。此説雖符合原詩中有大風、滿地石走之義，然忽略其他。如走馬川在雪海邊，烏拉泊附近無處可以當之。又烏拉泊處山峽之中，地域狹窄，雖略有沙石，但無大漠，「平沙莽莽黄入天」又將落空。詩言雪、言冰、言硯水凝，顯爲寒流，應爲北風，而不當爲南風。再者，詩言「車師西門佇獻捷」，明言送行處爲車師城，唐輪臺縣城容或在烏拉泊，但決非車師北王庭。走馬川之非烏魯木齊河亦明矣。二説，謂即今瑪納斯河，見柴劍虹《岑參邊塞詩地名考辨》，載《學林漫録》第七集。其説云，瑪納爲蒙語巡邏音讀，維語則讀恰里馬，今維族人讀漢字走仍近恰音，恰里馬即走馬。瑪納斯河遠在西陲，在北庭城西六百里外，距輪臺也三四百里，「九月風夜吼」即使在輪臺縣，也難見到瑪納斯河石走之狀。何况車師城决不在瑪納斯河，其難成立與烏魯木齊河同。以上各説均以「川」爲河，又皆難成立，於是出現另一説，即以川爲平川。三説，謂即北庭川，見孫映逵《岑參西征詩本事及有關地名》，載《徐州師院學報》一九八二年三期。此説論證不多，然實較他説爲優。其不足之處，是北庭川過於廣大，與岑詩不盡相符。北庭川名見《宋史》王延德《使高昌記》：「時四月，師子王避暑於北廷（字據《宋史》，廷、庭古通）。……地多馬，王及王后、太子皆養馬，放牧於平川中，彌亘百餘里，以毛色分別爲群，莫知其數。北廷川長廣數千里，鷹鷂雕鶻之所生，多美草，不生花。沙鼠大如鼨，鷙禽捕食之。」此所謂北庭川，即指天山以北沙漠，今名古爾班通古特，地多雨雪，雜草遍布，一望無垠。今自米泉東行，公路沿山北麓沙漠邊沿地帶，碎石遍布，綿延數百里。石多渾圓少稜角，爲萬古冰川推移而成。近山處有大如牛、馬者，稍遠亦有如豬、如羊者，再遠則如斗、如升、如拳，比比皆是。更遠，則平沙莽莽黄入天矣。因在平川中，較圓之石在大風中因地勢南高北低而轉動自屬可能。吉木薩居民言，秋季夜間大風過後，次晨可見亂石位置改變。至如河牀中，石雖亦渾圓，但因流水沖激，溝槽滿佈，實難「亂走」，更難「滿地」也。故川字應爲平川義，非河川也。且川名既曰走馬，恐即常得走馬，必距北庭府城不遠。北庭川長廣數千里，而碎石只山麓甚多，故走馬川應爲近山處，也在北庭府左近也。西征：西征史實如何，看法頗有不同。文獻所載，封常清任節度使後曾有幾次用兵。一爲征大勃律。《資治通鑑》卷二一六天寶十二載，「是歲，安西節度使封常清擊大勃律，至菩薩勞城，前鋒屢捷，常清乘勝逐之。斥侯府果毅段秀實諫曰：虜兵羸而屢北，誘我也，請搜左右山林。常清從之，果獲伏兵，遂大破之，受降而還」。高仙芝征小勃律，未能至大勃律，僅砍斷藤橋，留戍兵而還。故此次用兵爲大勝。然高仙芝自安西出兵，行百餘日尚在途中。今封常清越小勃律而至大勃律，非四月不能到，回程總計須行八、九月之久，與西征詩「前月」出師，本月受降回軍絶不符。再者詩稱封大夫，必十三載封常清攝御史大夫後方可，故西征非征大勃律。二爲再征石國。楊炎《四鎮節度副使右金吾大將軍楊公神道碑》：「明年，元帥封常清署公行軍司馬、都虞候，西討石國，觀兵海隅。歷莎車，臨大夏，見條支之卵，飲郅支之頭，烜兮赫兮，雲捲萬里，博望之略也。」楊和因功加雲麾將軍兼于闐軍大使，政用大康後，遷金吾大將軍、四鎮節度副使，因病卒於天寶十四載五月。封常清繼王正見爲安西節度使在十一載十二月，其署楊和爲行軍司馬不能在此前。其爲于闐軍大使必稍歷時日方有政績，再遷四鎮節度副使，故征石國也只能在十二載，即與征大勃律爲同一年。故征石國非西征詩所言，與征大勃律同。　三爲破播仙。宋郭茂倩《樂府詩集》卷二十收《唐凱歌六首》，即岑詩《獻封大夫破播仙凱歌六首》，其題後注云：「岑參《送封大夫出師西征序》曰：天寶中匈奴回紇寇邊，踰花門，越金山，煙塵相連，侵軼海濱，天子於是授鉞常清，出師征之。及破播仙，奏捷獻凱，參乃作凱歌云。按《唐書·封常清傳》曰，開元末達奚背叛，自黑山北向，西趣碎葉，其後常清破賊有功。天寶六年，又從高仙芝破小勃律，不言播仙。疑史之闕文也。」此段文字爲部分學者引爲根據，以爲西征即破播仙，此説有不細察者七。一、「送……序」按唐人慣例，皆作於送行之始，不作於返回之後。「及破播仙，奏捷獻凱，參乃作凱歌云」，決非序中語。序文應止於「出師征之」，其下乃叙凱歌之由來，當爲郭茂倩所加，並非序文中語。《樂府詩集》標點本對之統放引號之内，當屬誤會。二、岑參爲封常清部屬，序中直曰「授鉞常清」，不合當時禮儀，詩中皆言大夫，並不直呼其名。故此亦非序文原句，與其下所引《封常清傳》云云僅爲大意，並非原句同。三、天寶中回紇盡有突厥故地，而序中所言地名多在其境内。《資治通鑑》卷二一五天寶四載正月，「回紇懷仁可汗擊突厥白眉可汗，殺之，傳首京師。……回紇斥地愈廣，東際室韋，西抵金山，南跨大漠，盡有突厥故地」。序中所言花門本爲回紇牙帳所在，金山又在其領地内，回紇不應自己「寇」自己。四、先是，回紇受突厥默啜侵逼，入居甘、凉間。及王君㚟誣其王承宗潛有叛計，流死瀼州（今廣西上思縣），其侄護輸乃伏兵殺君㚟，叛歸突厥。及懷仁可汗受唐册封，兼并突厥，天寶中從無「寇邊」之事，《通鑑》説「於是北邊晏然，烽燧無警矣」。安史亂起，回紇又派兵助唐平叛，立有戰功。故「回紇寇邊」當有誤字。五、回紇之入天山南，遠在以後，天寶中更不及播仙。破播仙而征回紇，與史不合。岑仲勉以爲破播仙乃對吐蕃，以此爲是。六、《走馬川行》等詩言輪臺、匈奴、陰山、金山、劍河，全在天山之北；《破播仙》言戎、樓蘭、蒲海、葱山、龍堆，全在天山之南，二者絶不相混。七、西征不戰受降，一月回軍。破播仙萬箭千刀，戰况激烈。且遠度大漠，一月决難回軍。觀此七者，西征非破播仙蓋可斷言。

然則封常清天寶十三載之西征，對方究爲何者？檢索史籍，惟有阿布思餘部。阿布思原爲突厥西葉護，天寶元年來降，賜名李獻忠，累遷朔方節度副使，賜爵奉信王。因不爲安禄山下，禄山恨之。天寶十一載安禄山征契丹，奏請李獻忠率同羅與俱。獻忠懼爲所害，白留後張暐請奏留不行，暐不許，獻忠乃掠倉庫叛歸漠北。十二載五月，阿布思爲回紇所破，乃由漠北西向，往依葛邏禄。北庭節度使程千里以書喻葛邏禄，其葉護乃執阿布思送北庭。十三載三月程千里獻阿布思於闕下，斬之。阿布思叛逃路綫，由朔方至漠北（踰花門），爲回紇所破後西逃（略金山），依葛邏禄（侵軼海濱，葛邏禄居金山西，玄池即齋桑泊南，夷播海即巴爾喀什湖東），方向、路綫全合。阿布思並無大罪過，送斬之後，其麾下數千尚在北庭西北，當有不穩迹象。封常清代程千里爲北庭節度使在十三載三月之後，時已攝御史大夫，詩稱大夫、亞相亦與史合。觀其不戰受降，自出師至回軍北庭在一月之内，時間、地點、情勢，均與阿布思餘部窮途末路，群龍無首、不戰而降相合。故此次西征，當爲對阿布思餘部也。詩作於天寶十三載九月。

〔二〕雪海：山區名。《通典》卷一九三石國條：「杜環《經行記》云：從安西西北千餘里有勃達嶺，……又北行數日度雪海。其海在山中，春夏常雨雪，故曰雪海。……勃達嶺北行千餘里至碎葉川，其川東頭有熱海。」今新疆烏什縣西北有别迭里山口，即維吾爾語音轉也。度嶺千里至碎葉川者，即今之楚河。熱海，即今伊塞克湖。故所謂雪海者，在今天山西支與伊塞克湖之間。而此地區惟有山嶺，並無湖泊，當因終年積雪且廣袤無邊而名雪海。故唐人所謂雪海者，雪山而已。《大唐西域記》即稱之爲凌山：「跋禄迦國……西北行三百餘里，度石磧至凌山……山谷積雪，春夏含凍，雖時消泮，尋復結冰，經途險阻，寒風慘烈。……山行四百里至大清池（熱海）。」然此雪海（凌山）遠在安西北，不在北庭。故走馬川旁之雪海，應爲今吉木薩縣南之天山雪峰。自吉木薩望南山，清秋晚照，金光回射，雪峰層疊，東西連綿數百里，正與海浪無異，宜稱雪海也。

〔三〕輪臺：出征送行而有輪臺字，則出兵地點何在？聞一多即以輪臺爲岑參常駐之地，出征送行亦自輪臺縣也。《輪臺歌》：「羽書昨夜過渠黎，單于已在金山西。」軍書告急應至北庭府城，自不當至輪臺縣也。北庭大軍主力瀚海軍即在北庭府城内，出師自應發自北庭，而不應發自輪臺縣也。「漢家大將西出師」，主帥出征，也應發自北庭府城，不應發自輪臺縣也。「車師西門佇獻捷」，送行地點在北庭城方可如此説，若在輪臺縣送行，而在北庭府城迎接回軍，將不倫不類。故送行處在北庭城不在輪臺也。《元和志》卷四十庭州輪臺縣：「東至州四十二里。」此數字必誤。《長春真人西遊記》鱉死馬大城即大唐北庭端府（都護府），「其西三百里，有縣曰輪臺」。耶律楚材《西遊録》别石把：「城之西二百里有輪臺縣。」輪臺今址何在，説法頗多，然在北庭西數百里外當無疑問。大軍不能行至輪臺後方始出師也。故此輪臺即北庭城。

〔四〕隨風滿地石亂走：新疆天山南北多大風，修蘭新鐵路後，曾有多次列車吹翻事。

〔五〕匈奴：突厥也。見《北庭西郊候封大夫受降回軍獻上》詩注〔四〕。

〔六〕金山：同名金山者衆，此謂阿爾泰山。《新唐書·回鶻傳》：「葛邏禄本突厥諸族，在北庭西北，金山之西。」此詩「金山西見煙塵飛」，《輪臺歌》「單于已在金山西」，均謂今阿爾泰山。漢語曰金，蒙語曰阿爾泰。

〔七〕金甲：《管子·地數》：「葛盧之山發而出水，金從之，蚩尤受而制之以爲劍、鎧、矛、戟。」鎧者，甲也，金甲之由來舊矣。蔡琰《悲憤詩》：「卓衆來東下，金甲耀日光。」《三國志·吴主傳》黄武元年陸遜破劉備，注引《吴歷》曰：「權以使聘魏，具上破備獲印綬及首級、所得土地，並表將吏功勤宜加爵賞之意。文帝報使，致鼲子裘、明光鎧、騑馬。」明光鎧亦金甲也。金甲，銅爲之，後世鐵甲亦得稱之也。《太平御覽》卷三五五引車頻《秦書》曰：「苻堅使熊邈造金銀細鏤鎧，金爲綖以緾之。」此但豪奢，非爲用也。

〔八〕五花連錢：謂馬毛色斑駁。三花、五花，亦謂剪馬鬉成三瓣、五瓣，故名。然亦謂毛色也。《爾雅·釋畜》「青驪驎驒」郭璞注：「色有深淺，斑駁隱粼，今之連錢驄。」杜甫《高都護驄馬行》「五花散作雲滿身」，正謂毛色。蘇鶚《杜陽雜編》：「(代宗)因命御馬九花虬並紫玉鞭轡以賜(子儀)。九花虬即范陽節度李德山所貢，額高九寸，毛拳如麟，頭頸鬉鬣，真虬龍也。每嘶則群馬聳耳。以身披九花文，故號九花虬。」《唐語林》卷二述劉晏嘗言，「居取安便，不務華屋；食取飽適，不務多品；馬取穩健，不務毛色。」唐人重馬毛色也。

〔九〕檄：文告也。《國語·周語》：「有威讓之令，有文告之辭。」此即檄之本源。戰國始稱檄。《史記·張儀列傳》：「張儀既相秦，爲文檄告楚相。」《集解》：「徐廣曰：一作尺一之檄。」《索隱》：「徐廣云一作丈二檄。王劭按《春秋後語》云丈二尺檄。許慎云，檄，二尺書。」

〔一〇〕懾：懼也。《禮記·樂記》：「剛氣不怒，柔氣不懾。」注：「懾，猶恐懼也。」

〔一一〕短兵：刀劍之屬。《楚辭·九歌·國殤》：「操吴戈兮披犀甲，車接轂兮短兵接。」注：「短兵，刀劍也。」

〔一三〕車師西門：北庭城西門。唐北庭，漢之車師後國也。

【評論】

清陳僅《竹林答問》：「問：每句用韻，三句一换韻，如岑嘉州《走馬川行》，豈其創格，抑有所本邪？答：此體及兩句一换韻詩，昔人謂之促句换韻體，實本於《毛詩九罭》篇兩句一换之格。古辭《東飛伯勞歌》，崔顥《盧姬篇》，皆是本於《匏有苦葉》篇，此格三百篇中最多。」

沈德潛《説詩晬語》：「三句一轉，秦皇《嶧山碑》文體也，元次山《中興頌》用之，岑嘉州《走馬川行》亦用之。而三句一轉中，又句句用韻，與《嶧山碑》又别。」

方東樹《昭昧詹言》卷十二：「奇才奇氣，風發泉湧。平沙句奇句。」

輪臺歌奉送封大夫出師西征〔一〕

輪臺城頭夜吹角〔二〕，輪臺城北旄頭落〔三〕。羽書昨夜過渠黎〔四〕，單于已在金山西。戍樓西望煙塵黑，漢兵屯在輪臺北。上將擁旄西出征〔五〕，平明吹笛大軍行①〔六〕。四邊伐鼓雪海湧〔七〕，三軍大呼陰山動〔八〕。虜塞兵氣連雲屯，戰場白骨纏草根。劍河風急雪片闊②〔九〕，沙口石凍馬蹄脱〔一〇〕。亞相勤王甘苦辛〔一一〕，誓將報主静邊塵〔一二〕。古來青史誰不見〔一三〕，今見功名勝古人。

【校勘記】

①〔平明〕四部叢刊本《唐詩紀事》作小胡。　②〔雪片闊〕各集本雪均作雲，此從《唐百家詩選》、《唐詩紀事》。

【箋注】

〔一〕封大夫：底本眉注云：「封大夫，封常清也。天寶四載以高仙芝爲安西四鎮節度使，仙芝署常清爲判官，任以軍事。仙芝嘗破小勃律王及其旁二十餘國，題云西征，必此時也。」此注有誤。高仙芝開元末爲安西副都護，破達奚，封常清有功，《舊傳》云，「以破達奚功，授疊州地下戍主，便以爲判官」，非在後也。仙芝六載破小勃律，始代夫蒙靈詧爲安西節度使，非四載也。征小勃律時，常清未爲節度判官，得勝回軍，仙芝代爲節度始爲之，加朝散大夫，亦不得稱亞相也。《舊傳》謂常清乃「專知四鎮倉庫、屯田、甲仗、支度、營田」判官，非任軍事也。西征非破小勃律，其理甚明，不贅。　此詩當與《走馬川行》同時，在天寶十三載九月。

〔二〕吹角：軍中號令用鼓角。夜吹角，爲警時號令。《通典》卷一四九：「夫軍城及野營，行軍在外，日出日没時，撾鼓千搥，三百三十三搥爲一通。鼓音止，角音動，吹十二聲爲一疊。角音止，鼓音動。如此三角三鼓而昏明畢之。」《太平御覽》引此作《衛公兵法》。凡發軍出行亦吹角。王諫《安西請賜衣表》：「軍令有行，困不敢息，鐵衣不解，吹角便行。」《太平御覽》卷三三八引《衛公兵法》曰：「諸行軍立營，數則萬計，或逢泥溺，或阻山河，聽角聲俱共齊發。」教戰陣亦吹角。

《通典》卷一四九引《大唐衛公李靖兵法》曰：「諸教戰陣，每五十人爲隊，……聽角聲，第一聲絶，諸隊即一時散立。第二聲絶，諸隊一時捺槍、卷幡、張弓、拔刀。第三聲絶，諸隊一時舉槍。第四聲絶，諸隊一時籠槍、跪膝坐，目看大總管處大黄旗，耳聽鼓聲。黄旗向前亞，鼓角動，齊唱嗚呼、嗚呼，齊向前至中界，一時齊鬬，唱殺齊入。敵退敗，訖可。」詩言夜吹角，警時也。

〔三〕旄頭落：謂胡兵將滅。《史記·天官書》：「昴曰旄頭，胡星也。」《正義》：「昴七星爲旄頭，胡星，亦爲獄事。明，天下獄訟平；暗爲刑罰濫。六星明與大星等，大水且至，其兵大起。摇動若跳躍者，胡兵大起。一星不見，皆兵之憂也。」今其星落，謂胡兵滅也。

〔四〕羽書：徵兵文書。後漢劉陶上疏：「竊見天下前遇張角之亂，後遭邊章之寇，每聞羽書告急之聲，心灼内熱，四體驚竦。」虞喜《詠霍將軍北伐詩》：「羽書時斷絶，刁斗書夜驚。」《文選》注：「善曰：羽書，即羽檄也。銑曰：羽書，徵兵檄也。」《史記》卷九十三附陳豨傳，漢高祖曰「吾以羽檄徵天下兵」，《集解》：「魏武帝《奏事》曰：今邊有小警，輒露檄插羽，飛羽檄之意也。駰案：推其言，則以鳥羽插檄書，謂之羽檄，取其急速若飛鳥也。」渠黎：唐渠黎在天山北。清蕭雄《西疆雜述詩》四：「岑參《輪臺歌》：羽書昨夜過渠黎，單于已在金山西。渠黎，謂今之古城。蓋彼處沙磧有路北達金山以至單于地耳。」《大清一統志》卷五二〇：「古城，東至奇臺縣九十里，西至濟木薩爾六十里。」

〔五〕擁旄：謂大將指揮也。班固《涿邪山祝文》：「仗節擁旄，鉦人伐鼓。」按旄，旄牛尾也，注之竿首，用以指揮，亦作旌旗也。《尚書·牧誓》：「王左仗黄鉞，右秉白旄以麾。」麾者，指麾也。《周禮·春官·旄人注》：「旄，旄牛尾，舞者所持以指麾。」《詩·小雅·出車》：「我出我車，於彼郊矣。設此旐矣，建彼旄矣。」《詩·鄘風·干旄》：「孑孑干旄，在浚之郊。」傳：「注旄於干首，大夫之旃也。」

〔六〕吹笛：古時軍中樂有笛。《太平御覽》卷五八〇引《司馬法》曰：「軍中之樂，鼓笛爲上，使聞之者壯勇而樂和。」

〔七〕伐鼓：《詩·小雅·采芑》：「伐鼓淵淵，振旅闐闐。」箋：「伐鼓淵淵，謂戰時進士衆也。至戰止將歸，又振旅闐闐然。」《通典》云，大將陳將鼓百二十五面也。

〔八〕陰山：今天山也。見《北庭西郊候封大夫受降回軍獻上》詩注〔四〕。山動：《上林賦》：「千人唱，萬人和，山陵爲之震動，川谷爲之蕩波。」

〔九〕劍河：即劍水，葉尼塞河上游。見《北庭西郊候封大夫受降回軍獻上》詩注〔八〕。近人亦謂劍河當在北庭府左近，然亦未能確指何地。

〔一〇〕沙口：未詳。

〔一一〕亞相：即御史大夫。見《陪狄員外早秋登府西樓》詩注〔六〕。

〔一二〕静邊塵：蘇味道《單于川對雨》詩：「伐刑知有屬，已見静邊塵。」謂消除邊境戰火也。

〔一三〕青史：史册也，古人無紙，記事於竹簡也。見《過梁州奉贈張尚書大夫公》詩注〔一二〕。

【評論】

清王夫之《唐詩評選》：「雲間唐陳彝稱此詩韻凡八轉，如赤驥過九折坂，履險若平，足不一蹶。可謂知言。」

清毛先舒《詩辯坻》三：「嘉州輪臺諸作，奇姿傑出，而風骨渾勁，琢句用意，俱極精思，殆非達夫、子美所及。」

清吴瑞榮《唐詩箋要》：「悲壯語易易耳，於喬皇中見悲壯則難，於蒼勁中見之則難之難。」

敷水歌送竇漸入京〔一〕

羅敷昔時秦氏女〔二〕，千載無人空處所。昔時流水至今流，萬事皆逐東流去。此水東流無盡期，水聲還似舊來時。岸花仍自羞紅臉，堤柳猶能學翠眉〔三〕。春去秋來不相待，水中月色長不改。羅敷養蠶空耳聞，使君五馬今何在？九月霜天水正寒，故人西去度征鞍〔四〕。水底鯉魚幸無數，願君別後垂尺素〔五〕。

【箋注】

〔一〕敷水：在今陝西省華陰縣西。《水經·渭水注》：「渭水又東，敷水注之。水南出石山之敷谷，北逕告平城東，耆舊所傳，言武王伐紂告太平於此，故城得厥名，非所詳也。敷水又北逕集靈宫西，《地理志》曰，華陰縣有集靈宫，武帝起，故張昶《華嶽碑》稱，漢武慕其靈，築宫在其後，而北流注於渭。」　竇漸：未詳。　《岑詩繫年》以此詩爲關西判官時作，當在寶應元年秋九月。

〔二〕羅敷：古詩《陌上桑》：「日出東南隅，照我秦氏樓。秦氏有好女，自名爲羅敷。」崔豹《古今注》：「《陌上桑》者，出秦氏女子。秦氏，邯鄲人，有女名羅敷，爲邑人千乘王仁妻。王仁後爲趙王家令，羅敷出採桑於陌上，趙王登臺見而悦之，因飲酒欲奪焉。羅敷行彈筝，乃作《陌上桑》之歌以自明，趙王乃止。」家令，秦官也。秦以天下爲郡縣，以趙國爲邯鄲郡。漢高帝以戚夫人子如意爲趙王，吕后鴆殺之，以淮陽王友爲趙王。友因不愛其妃諸吕氏女，又被幽死，乃徙梁王恢爲趙王。恢妃爲吕産女，内擅權，恢自殺，孝文帝以友子遂爲趙王。立二十六年，從吴楚反，兵敗自殺，國除。王仁爲家令事，或即友、遂之世也。然趙在邯鄲，不在華陰，此敷水與羅敷未詳有何淵源。白居易《過敷水》詩：「垂鞭欲渡羅敷水，處分鳴騶且緩驅。秦氏雙蛾久冥漠，蘇臺五馬尚踟躕。」又以敷水爲羅敷水，未詳所據。

〔三〕翠眉：畫眉爲青黛色也。《古今注》：「梁冀改驚翠眉爲愁眉。」又：「魏宫人好畫長眉，多作翠眉、警鶴髻。」江總《宛轉歌》：「翠眉結恨不復開，寶髻迎秋度前亂。」

〔四〕度：越過也。《漢書·匡衡傳》上疏元帝：「偃武行文，將欲度唐虞之隆，絶殷周之衰也。」注：「度，過也。」又《揚雄傳》桓譚曰：「若使遭遇時君，更閲賢知，爲所稱善，則必度越諸子矣。」

〔五〕尺素：謂書信。古詩《飲馬長城窟行》：「客從遠方來，遺我雙鯉魚。呼兒烹鯉魚，中有尺素書。」素，生絹也。漢世書札相遺，書於絹素，疊爲魚形也。尺素，猶尺書、尺牘。《史記·匈奴列傳》：「漢遺單于書，牘以尺一寸，中行説令單于遺漢書以尺二寸牘」是也。

函谷關歌送劉評事使關西〔一〕

君不見函谷關，崩城毁壁至今在①。樹根草蔓遮古道②，空谷千年長不改。寂寞無人空舊山，聖朝無事不須關③。白馬公孫何處去〔二〕，青牛老子更不還④〔三〕。蒼苔白骨空滿地，月與古時長相似。野花不省見行人〔四〕，山鳥何曾識關吏。故人方乘使者車，吾知郭丹却不如〔五〕。請君時憶關外客⑤，行到關西多致書⑥。

【校勘記】

①〔毁壁〕《唐音統籤》毁作敗，注：一作毁。②〔遮古道〕《唐音統籤》遮作無，注：一作遮。③〔無事〕《唐百家詩選》事作外。④〔老子〕宋本、《唐百家詩選》子作人。⑤〔時憶〕《唐百家詩選》憶作懷。⑥〔致書〕底本注：致一作寄。

【箋注】

〔一〕函谷關：見《虢州郡齋南池幽興》詩注〔二〕。評事：出使推按之官。見《西蜀旅舍春歎寄朝中故人呈狄評事》詩注〔一〕。劉評事當爲軍幕中人。關西：或謂關西節度。「聖朝無事不須關」，可泛指往昔，亦可作天下不治則關亦無用解，因唐世函谷關早已廢棄，無可關者也。

岑參授官後居長安，不可自言「關外客」，而少年時居嵩洛間尚無七言歌行之作。故此或爲虢州詩，而關西當謂關西節度。　詩疑作於上元年間。

〔二〕白馬公孫：公孫龍，戰國時趙人，持「白馬非馬」之論。蓋馬者，泛指各色馬，白馬則專指一色馬，今所謂概念有異也。桓譚《新論》：「公孫龍常争論曰，白馬非馬，人不能屈。後乘白馬無符傳欲出關，關吏不聽。此虚言難以奪實也。」乘馬過關須酬馬税，秦國之法也，又見《韓非子·外儲説左上》：「兒説，宋人，善辯者也，持白馬非馬也，服齊稷下之辯者，乘白馬而過關，則顧白馬之賦。」此謂兒説事。

〔三〕青牛老子：《史記·老子列傳》云，老子名李耳，楚苦縣（今河南鹿邑）人，爲周守藏室史。「居周久之，見周之衰，迺遂去。至關，關令尹喜曰，子將隱矣，彊爲我著書。於是老子乃著書上下篇，言道德之意五千餘言而去，莫知其所終。」《列仙傳》謂老子過關時乘青牛。

〔四〕省：察也，息井切。《國語·魯語》：「民旁有慝，無由省之。」注：「省，察也。」《史記·韓長孺列傳》：「何梁王爲人子之孝，爲人臣之忠，而太后曾弗省也？」　行人：本爲禮儀之官，其中小行人掌禮待四方使者。《周禮·秋官》：「大行人掌大宰之禮及大客之儀，以享諸侯。」「小行人掌邦國賓客之禮籍，以待四方之使者。」亦爲使者之稱。《管子·侈靡》「行人不可有私」注：「行人，使人也。」亦稱道途中人。《詩·齊風·載驅》：「汶水湯湯，行人彭彭。汶水滔滔，行人儦儦。」

〔五〕郭丹：《後漢書·郭丹傳》云，丹字少卿，南陽穰（今鄧縣東北）人，從師長安，買符入函谷關。慨然歎曰：「丹不乘使者車，終不出關。」王莽時丹逃至北地，更始二年徵爲諫議大夫，持節使歸南陽。後遷并州牧，又遷左馮翊，永平三年爲司徒，五年卒。

天山雪歌送蕭治歸京①〔一〕

天山雪雲常不開②，千峰萬嶺雪崔嵬〔二〕。北風夜卷赤亭口〔三〕，一夜天山雪更厚。能兼漢月照銀山〔四〕，復逐胡風過鐵關。交河城邊鳥飛絶③，輪臺路上馬蹄滑。晻靄寒氛萬里凝④〔五〕，闌干陰崖千丈冰〔六〕。將軍狐裘卧不暖，都護寶刀凍欲斷。正是天山雪下時，送君走馬歸京師。雪中何以贈君别⑤？惟有青青松樹枝〔七〕。

【校勘記】

①〔天山雪歌〕《唐百家詩選》無歌字。〔蕭治〕《唐百家詩選》、《唐詩紀事》治作沼。②〔雪雲〕《唐百家詩選》、《唐詩紀事》作有雪。③〔鳥飛〕《唐百家詩選》、《唐詩紀事》作飛鳥。④〔晻靄〕《唐百家詩選》、《唐詩紀事》靄作濭。⑤〔雪中〕《唐百家詩選》、《唐詩紀事》雪作客。

【箋注】

〔一〕天山雪：天山即今新疆博格達山，在唐北庭府南，東西横亘兩千里，山上積雪冬夏不消，迤邐蜿蜒，層疊交錯，遠望如海濤。《元和志》卷四十伊州伊吾縣：「天山，一名白山，一名折羅漫山，在州北一百二十里，春夏有雪，出好木及金鐵。匈奴謂之天山，過之皆下馬拜。」伊州西至北庭府九百七十里，爲天山東段。　蕭治：未詳。　詩當作於天寶十四五載間，時在北庭。

〔二〕崔嵬：高峻貌。見《使交河郡》詩注〔四〕。

〔三〕赤亭口：今新疆鄯善縣（唐蒲昌、維語闢展）東北有地名七克臺（赤亭音轉），其東十三間房一帶爲百里風區。參見《武威送劉單》詩注〔六〕。

〔四〕銀山：天山中段之異名，在焉耆北，西達龜茲境。《讀史方輿紀要》卷六十五：「銀山在焉耆城北，其山連綿遠與龜茲接境。」唐貞觀十八年，郭孝恪出銀山道伐焉耆，又破突厥屈利啜於銀山是也。

〔五〕晻靄：《離騷》「揚雲霓之晻靄兮」王逸注：「晻靄，猶蓊鬱，蔭貌也。」《文選·王仲宣誄》「芳風晻靄」注：「濟曰：晻靄，盛貌。」　寒氛：《釋名·釋天》：「氛，粉也，潤氣著草木，因寒凍凝，色白若粉之形也。」劉熙所言乃霜也，應爲寒氣。

〔六〕闌干：縱横貌。見《白雪歌》注〔八〕。

〔七〕松樹枝：天山自古多松。《長春真人西遊記》上：「沿池正南下，左右峰巒峭拔，松樺陰森，高踰百尺，自顛及麓，何啻萬株。」林兢《西北叢編》日記民國八年六月十八日：「天山正幹及北山諸山之陰遍生紅松。按天山自伊犁始，至哈密止，三千餘里山陰産松樹，獨鎮西産紅松，質堅幹偉，有大數抱者，誠枕木之最好材料也。」今自烏魯木齊乘飛機南至庫爾勒，可見天山層層疊疊，東西横亘，北坡皆有松林，南坡則無樹。漸至庫爾勒，則山越低，樹愈少，漸爲紅黄色，草亦絶跡。蓋水汽自北而南，北坡多雨，南爲大沙漠之故。惟今日淺山森林砍伐已盡，自烏魯木齊乘車東行，數百里未見山上有樹也。

胡笳歌送顔真卿使赴河隴①〔一〕

君不聞胡笳聲最悲，紫髯緑眼胡人吹②。吹之一曲猶未了，愁殺樓蘭征戍兒〔二〕。凉秋八月蕭關道〔三〕，北風吹斷天山草。崑崙山南月欲斜〔四〕，胡人向月吹胡笳③。胡笳怨兮將送君，秦山遥望隴山雲。邊城夜夜多愁夢，向月胡笳誰喜聞。

【校勘記】

①〔使赴〕底本無使字，此從宋本、《唐詩紀事》。　②〔緑眼〕《唐音》緑作碧，注：一作緑。　③〔向月胡笳〕底本、宋本注：月一作夜。

【箋注】

〔一〕胡笳：樂器名。《太平御覽》卷五八一引三國魏杜摯《笳賦序》曰：「昔伯陽避亂入戎，戎越之思，有懷土風，遂建斯樂，美其出於戎貉之俗，有大韶夏之音。」又引《晋先蠶儀注》曰：「胡笳，《漢舊録》有其曲，不記所出本末。笳者，胡人卷蘆葉吹之以作樂也，故曰胡笳。」唐段安節《樂府雜録·鼓吹》：「哀笳，以羊角爲管，蘆爲頭也。」《文獻通考》謂大胡笳似觱篥而無孔。《清會典》謂蒙古有此樂器，木管三孔，兩端施角，末翹而哆，長二尺四寸。古制如何，難究其詳，要之爲管狀，其聲悲凉者也。李陵《答蘇武書》：「凉秋九月，塞外草衰，夜不能寐，側耳遠聽，胡笳互動，牧馬悲鳴。」蔡琰有《胡笳十八拍》。　顔真卿：見《送顔平原》詩注〔一〕。　河隴：河西、隴右地區。唐河西節度使治凉州（今武威），隴右節度使治鄯州（今樂都）。殷亮《顔魯公行狀》謂天寶七載真卿充河西隴右試覆屯交兵使。按王忠嗣本兼四節度使，以李林甫忌其可入相，忠嗣乃固辭河東、朔方兩節度。旋因董延光攻石堡不克，奏忠嗣沮泥軍計，徵忠嗣入朝，委三司鞫之，乃以安思順爲河西，哥舒翰爲隴右，代忠嗣爲節度使。真卿之赴河隴，在此忠良受誣、節帥易人後一年。

〔二〕樓蘭：漢西域國名。見《武威送劉單》詩注〔三〕。　征戍：《孟子·盡心下》：「征者，上伐下也，敵國不相征也。」《詩·王風·揚之水》「不與我戍申」傳：「戍，守也。」顔延之《還至梁城作》詩：「眇默軌路長，憔悴征戍勤。」李白《古風》：「不見征戍兒，豈知關山苦。」

〔三〕蕭關：漢關塞名，舊址在今寧夏固原縣東南。唐置蕭關縣。唐世赴河西有兩道，南道自岐州、隴州西度隴山，經秦州、渭州、蘭州，北至凉州。北道則經蕭關，於今景泰縣境渡河，西至凉州。真卿此次出使當走北道，故詩言蕭關道也。

〔四〕崑崙山：古籍所言崑崙山非指一地。《史記·大宛列傳》所言河源崑崙，爲今喀喇崑崙山。《穆天子傳》所言西王母所居崑崙，乃今祁連山西部。此詩所言當爲後者。崑崙山南，爲唐隴右節度地，真卿當歷其境，故言月欲斜也。

【評論】王夫之《唐詩評選》：「四用胡笳，各不相承，有如重見疊出，而端緒一如貫珠，腕下豈無神力。」

吴瑞榮《唐詩箋要》：「短章四見胡笳，不言地險，已凄然欲絶，與王維《答張五》四見終字，隨筆拈弄，皆覺奇情繚繞。」

火山雲歌送别〔一〕

火山突兀赤亭口〔二〕，火山五月火雲厚〔三〕。火雲滿山凝未開，飛鳥千里不敢來〔四〕。平明乍逐胡風斷〔五〕，薄暮渾隨塞雨回〔六〕。繚繞斜吞鐵關樹，氛氲半掩交河戍〔七〕。迢迢征路火山東〔八〕，山上孤雲隨馬去。

【箋注】

〔一〕岑參安西詩《經火山》有「今始見」，當作於九載冬，十載初春已赴涼州。此詩言五月，送行人由西州東去，當爲北庭詩，在十四載。

〔二〕赤亭口：赤亭道口也。赤亭即今七克台，已見前。

〔三〕火雲：今吐魯番一帶多有黄雲，雲層較高而薄，雲下時有雨脚半挂，未達地面即又消失，蓋以氣候極爲乾燥之故。

〔四〕飛鳥不來：火山上無草無樹，亦不見蟲蝶類，亦無鳥。即高昌古城村莊左近亦未見鳥也。

〔五〕乍：《廣雅·釋言》：「乍，暫也。」《孟子·公孫丑上》：「今人乍見孺子將入於井，皆有怵惕惻隱之心。」

〔六〕渾：齊同也，猶直也。見《武威送劉單》詩注〔三〕。

〔七〕氛氳：《楚辭·九章·橘頌》：「紛緼宜脩，姱而不醜兮。」注：「紛緼，盛貌。」紛緼同氛氳。謝惠連《雪賦》：「散漫交錯，氛氳蕭索。」李善注：「王逸《楚辭》注曰：氛氳，盛貌。」

〔八〕迢迢：《文選·古詩十九首》：「迢迢牽牛星，皎皎河漢女。」注：「濟曰：迢迢，遠貌。」亦作苕苕。謝靈運《初發石首城》：「苕苕萬里帆，茫茫終何之。」征路：行程也。鮑照《還都道中》：「鳴鷄戒征路，暮息落日分。」

秦箏歌送外甥蕭正歸京〔一〕

汝不聞秦箏聲最苦，五色纏絃十三柱〔二〕。怨調慢聲如欲語〔三〕，一曲未終日移午。紅亭水木不知暑，忽彈《黄鍾》和《白紵》〔四〕。清風颯來雲不去，聞之酒醒淚如雨。汝歸秦兮彈秦聲，秦聲悲兮聊送汝。

【箋注】

〔一〕秦箏：古秦箏似筑，五絃，漢仍之。《説文》：「箏，五絃筑身也。」後漢改形似瑟。《風俗通》云：「不知誰作，按《禮樂記》，五絃筑身也。今箏似瑟，不知誰改。」晉時箏爲十二絃。傅玄《箏賦》：「代以爲蒙恬造。今觀其器，上崇似天，下平似地，中空准六合，絃柱擬十二月……。乃仁智之器。」《玉篇》云：「箏似瑟，十三絃。」則南北朝時又加一絃。隋唐箏十三絃，今箏隋唐遺制也。

蕭正：未詳。　虢州詩多紅亭字，詩當作於上元年間。

〔二〕五色：謂五色絲也。《列仙傳》：「園客者，濟陰人也，姿貌好而性良，邑人多以女妻之，客終不取。常種五色香草，積數十年，食其實。一旦有五色蛾止其香樹末，客收而薦之，以布生桑蠶焉。至蠶時，有好女夜至，自稱客妻，道蠶狀。客與俱收蠶，得百二十頭，繭皆如甕大，繅一繭六十日始盡，訖則俱去，莫知所在。」五色，謂青、赤、黄、白、黑也。徐凝《員嶠先生》詩：「逢人借問陶唐主，欲進冰蠶五色絲。」

〔三〕慢聲：曲調緩慢，樂府有緩聲歌。《樂府詩集》卷六十五：「晉陸機《前緩聲歌》曰：游仙聚靈族，高會曾城阿，言將前慕仙游，冀命長緩，故流聲於歌曲也。宋謝惠連又有《後緩聲歌》，大略戒居高位而爲讒諂所蔽，與前題之意異矣。按緩聲本謂聲調之緩，非言命也。又有《緩歌行》，亦出於此。」　怨調：樂府楚調曲詞有《怨詩行》，其器有笙、笛、琴、箏等。《樂府詩集》卷四十一引《琴操》曰：「卞和得玉璞以獻楚懷王，王使樂正子治之，曰，非玉。刖其右足。平王立，復獻之，又以爲欺，刖其左足。平王死，子立，復獻之，乃抱玉而哭，繼之以血，荆山爲之崩。王使剖之，果有寶。乃封和爲陵陽侯。辭不受而作怨歌焉。」按楚懷王當戰國末期，平王當春秋魯昭公時，早於懷王二百年，説有誤。《韓非子和氏》則謂獻之厲王、武王、文王，楚亦無厲王。周成王封熊繹以子男之田，楚熊通三十七年自稱爲王，即楚武王也。《後漢書·趙壹傳》注引《琴操》亦言懷王子爲平王，懷王子爲頃襄王也。前漢班婕妤亦有《怨詩行》，乃失寵後供養太后於長信宫而作。後世又有《怨歌行》，辭旨不一。

〔四〕《黄鍾》：本音律名。《周禮·春官·大司樂》：「乃奏《黄鍾》，歌《大吕》，舞《雲門》，以祀天神。」後世轉爲歌曲名，唐崔令欽《教坊記》載曲名三百餘，中有《黄鍾樂》。《白紵》：舞曲名。《宋書·樂志》：「《白紵舞》，按舞詞有巾袍之言，紵本吴地所出，宜是吴舞也。晋俳歌又云：皎皎白緒，節節爲雙。吴音呼緒爲紵，疑白緒即白紵。」古辭有「輕軀徐起何洋洋，高舉兩手白鵠翔」，狀其舞姿之美。又「人生世間如電過，樂時每少苦日多，幸及良辰耀春華，齊倡獻舞趙女歌」，則爲及時行樂也。梁武帝時令沈約改其辭，爲《四時白紵歌》。唐世中原亦有《白紵歌》，辭旨又殊。

與獨孤漸道别長句兼呈嚴八侍御〔一〕

輪臺客舍春草滿，潁陽歸客腸堪斷①〔二〕。窮荒絶漠鳥不飛〔三〕，萬磧千山夢猶懶。憐君白面一書生，讀書千卷未成名。五侯貴門脚不到〔四〕，數畝山田身自耕。興來浪迹無遠近〔五〕，及至辭家憶鄉信。無事垂鞭信馬頭〔六〕，西南幾欲窮天盡〔七〕。奉使三年獨未歸〔八〕，邊頭辭客舊來稀。借問君來得幾日，到家不覺換春衣。高齋清晝卷羅幕②，紗帽接羅慵不著〔九〕。中酒朝眠日色高〔一〇〕，彈棋夜半燈花落。冰片高堆金錯盤〔一一〕，滿堂凜凜五月寒〔一二〕。桂林蒲萄新吐蔓③〔一三〕，武城刺蜜未可餐〔一四〕。軍中置酒夜撾鼓〔一五〕，錦筵紅燭月未午〔一六〕。花門將軍善胡歌〔一七〕，葉河蕃王能漢語〔一八〕。知爾園林壓渭濱，夫人堂上泣羅裙④。魚龍川北盤溪雨⑤〔一九〕，鳥鼠山西洮水雲〔二〇〕。臺中嚴公於我厚，別後新詩滿人口。自憐棄置天西頭，因君爲問相思否。

【校勘記】

①〔潁陽〕底本潁作穎，此從宋本。②〔羅幕〕《全唐詩》羅作帷。③〔桂林〕正德成都本桂作柱。④〔羅裙〕底本羅作紅，注：紅本作羅。此從宋本。⑤〔盤溪〕宋本盤作磐。

【箋注】

〔一〕獨孤漸：未詳。長句：唐人稱七言歌行爲長句。杜甫《蘇端薛復筵簡薛華醉歌》：「近來海内爲長句，汝與山東李白好。」嚴八：嚴武字季鷹，華陰人，行八。以蔭調太原府參軍事，隴右節度使哥舒翰奏充判官，遷侍御史。至德初赴行在鳳翔，遷給事中。收長安，拜京兆少尹。

房琯一案，武貶巴州，遷東川節度使。上元二年爲河南尹，入爲京兆尹，累遷吏部侍郎、黄門侍郎，出爲劍南節度使，永泰四月卒於成都。新、舊《唐書》本傳均有小誤。　此詩作於天寶十四載冬或十五載春。

〔二〕潁陽：唐縣名。古綸氏，漢置縣，屬潁川郡。後魏改潁陽縣，隋改嵩陽，武后改武林，開元十五年復爲潁陽。舊址在今登封縣西七十里潁陽鄉。

〔三〕窮荒：邊遠之地。李華《東都聖禪寺無畏三藏碑》：「越窮荒，踰毒水，至中天（竺）境上。」吕温《吐蕃别館月夜》詩：「三五窮荒月，還應照北堂。」《後漢書・王望傳》「百姓窮荒」，則謂災害民饑也。

〔四〕五侯：貴官也。見《送許子擢第歸江寧》詩注〔八〕。

〔五〕浪迹：江淹《雜體詩張廷尉綽》「浪迹無蚩妍」李善注：「浪，猶放也。戴逵《栖林賦》曰：浪迹潁湄，棲景箕岑。」

〔六〕信：任也。見《東歸發犍爲至泥溪》詩注〔五〕。

〔七〕西南：唐都長安，安西、北庭均在其西北。此云西南，或以時在北庭，而安西四鎮在其西南也。

〔八〕奉使三年：唐人戍邊以三年爲期。王建《聞故人自征戍回》詩：「昔聞著征戍，三年一還鄉。」令狐楚《從軍詞五首》：「萬里猶防塞，三年不見家。」岑詩《臨洮客舍留别祁四》：「三年絶鄉信，六月未春衣。」然此均當謂士人也。

〔九〕紗帽：《晉書·輿服志》：「二宫直官著烏紗帢。」帢，帽也。初爲圓頂，後高其屋云。南北朝時，天子至庶人皆可著之。《南史·宋明帝紀》：「上失履，跣，猶著烏紗帽。」又《齊和帝紀》：「百姓皆著下屋白紗帽，而反裙覆頂。」唯北齊爲天子服。《北齊書·平秦王歸彦傳》：「齊制，宫内惟天子紗帽，臣下皆戎帽，特賜歸彦紗帽以寵之。」唐人則士庶皆可服之也。方干《贈錢唐湖上唐處士》詩：「常共酒杯爲伴侣，復聞紗帽見公卿。」以紗帽爲官宦之服，明代始然也。接羅：亦帽也。又作接離、接䍦、睫㒿。《爾雅·釋鳥》「鷺」郭璞注：「白鷺也，頭、翅、背上皆有長翰毛，江東人取以爲睫㒿，名之曰白鷺縗。」晉山簡鎮襄陽，每酣飲習家池醉歸，「時時能騎馬，倒著白接䍦」是也。

〔一〇〕中酒：醉酒也。《三國志·魏·徐邈傳》：「時科禁酒，而邈私飲至於沈醉，校事趙達問以曹事。邈曰：中聖人。達白之太祖，太祖怒。度遼將軍鮮于輔進曰：平日醉客謂酒清者爲聖人，濁者爲賢人，邈性脩慎，偶醉言耳。」中，去聲，矢至的曰中。

〔一一〕冰片：猶冰塊也。古者冬日取冰藏於窖，夏日用以消暑。《禮記·月令》季冬之月，「冰方盛，水澤腹堅，命取冰」。《鄴中記》：「北則冰井臺，有屋一百四十間，上有冰室，室有數井，井深十五丈，藏冰及石墨。」唐世富貴之家冬日亦藏冰也。今中藥有冰片者，乃龍腦樹香，非詩所言也。　金錯盤：以黄金鑲嵌花紋之盤也。古有金錯杯，金錯刀。《鹽鐵論·散不足》：「古者汙尊杯飲，……今富者銀口黄耳，金罍玉鍾，中者舒玉紵器，金錯蜀杯。」張衡《四愁詩》：「美人贈我金錯刀，何以報之英瓊瑶。」

〔二〕五月：詩言春草，則相送不在五月。此言五月，當爲「到家不覺换春衣」之時，爲遥想之辭也。

〔三〕桂林：除正德成都本外，各本均作桂林，亦皆不可解，北庭不得有桂林蒲萄也。字當作洿林，《梁書·高昌傳》高昌置四十六鎮，中有洿林。《太平廣記》卷八十一《梁四公》：「高昌國遣使貢鹽二顆，顆大如斗，狀白似玉，乾蒲桃、刺蜜、凍酒、白麥麪，王公士庶皆不之識。……帝命杰公迓之，謂其使曰，鹽一顆是南燒羊山月望收之者，一是北燒羊山非月望收之者。蒲桃七是洿林，三是無半。凍酒非八風谷所凍者，又以高寧酒和之。刺蜜是鹽城所生，非南平城者。白麥麪是宕昌者，非昌壘真物。……蒲桃洿林者皮薄味美，無半者皮厚味苦。酒是八風谷凍成者，終年不壞，今臭其氣酸。洿林酒滑而色淺，故云然。」洿林遺址，馮承鈞以爲在高昌城南；柴劍虹以爲在蒲桃溝至交河城一帶；或謂即今之葡萄溝（錢百泉《高昌國郡縣城鎮的建置及地望考》）。

〔四〕武城：西州地名。吐魯番出土《西州高昌縣武城城主范羔墓誌》云，范於武后神功元年臘月卒，年七十四，葬武城東北四里。又有《張海伯墓志》碑，張爲高昌縣武城鄉六樂里人，貞觀十九年十一月卒，年六十七。馮承鈞以爲武城即今阿斯塔那墓地。日人橘瑞超所得吐魯番文書四三八二號有「（高昌）城西十里武城渠」一條，則武城當在高昌古城西。刺蜜：一種草類所生之糖蜜，古籍多有載記。《元和志》卷四十前庭縣：「澤間有草，名爲羊刺，其上生蜜，食之與蜂蜜不異，名曰刺蜜。」

〔一五〕撾鼓：擊鼓。《後漢書·陳球傳》「太守怒而撾督郵」注：「撾，擊也。」又《文苑·禰衡傳》：「聞衡善擊鼓，乃召爲鼓史。……衡方爲《漁陽三撾》。」

〔一六〕錦筵：猶錦席。《説文》：「筵，竹席也。」《周禮·春官》「司几筵」注：「筵，亦席也，鋪陳曰筵，藉之曰席。」《詩·小雅·賓之初筵》：「賓之初筵，左右秩秩。」箋：「筵，席也。」

〔一七〕花門將軍：唐人稱回紇爲花門。杜甫《留花門》詩：「花門既須留，原野轉蕭條。」岑詩有《戲問花門酒家翁》。此花門將軍當爲回紇族人而供職於北庭者。

〔一八〕葉河蕃王：唐北庭西有葉河守捉，然其地天寶年間無蕃王。蓋以葛邏禄在其北，突騎施又在其西也。此葉河當爲天山西之葉河。《大唐西域記》：「從此（笯赤建國）西行二百餘里，至赭時國，唐言石國，頼時國周千餘里，西臨葉河。」釋道宣《釋迦方志·遺迹篇》：「（自石國）又西行千餘里，至窣覩利瑟那國，周千四百里，東臨葉河。葉河出葱嶺北，西北流，又西北入大磧。」此葉河即今錫爾河，唐時此河上下爲石國及昭武九姓各國。天寶十二載封常清征大勃律及命楊和再征石國，大勝而回，故各國有王在北庭也。

〔一九〕魚龍川：亦稱龍魚川，即今陝西省汧水上游。《水經·渭水注》：「（汧）水有二源。一水出（汧）縣西山，世謂之小隴山，……其水東北流，歷澗注以成淵。潭漲不測，出五色魚，俗以爲靈，而莫敢採捕，因謂是水爲龍魚水，自下亦通謂之龍魚川。」按今汧河有南北二源。其北源出甘肅六盤山南，今名前河，東南流。南源又有三支流。一自關山梁下雙岔河村東北流，經六橋，至固關鄉與南河會。南河之一自上水南五十里之關山鄉東北流，至曹家灣與另一河會。另一水自上河東發源，東北流，名石腰河，又名蒲峪河，此河最長。此三河均源出隴山，均東北流，未詳酈氏何所指也。汧河南北二源會合後，至隴縣，東南流入渭。盤溪：水名，典籍無載。劉滿《唐詩二地名考證》以爲乃「唐潘原縣境之盤谷水，即今平凉縣境的潘揚澗河。」按今汧河與潘陽澗河中隔兩縣，其間又有汭河、涇河二水，均較潘陽澗河爲長。潘陽澗河僅爲涇水一小支流，其長度爲隴縣北涇水另一支流黑河四分之一。各河至隴縣距離，黑河五十里，汭河一百里，涇河一百二十里，潘陽澗河一百五十里。詩所言恐不宜捨近處三大水而取遠處一小水。《岑參集校注》以爲即陝西韓城縣之盤水，則又遠在東方，相距逾五百里，與詩更不符。意此盤溪應在今隴縣境内，方可言「魚龍川北盤溪雨」。今隴縣北山谷有名潘須口者，有汧河北源一支發源於此，或即唐之盤溪也。

〔二〇〕鳥鼠山：在今甘肅省渭源縣西南，古人謂渭水所出。《禹貢》：「導渭自鳥鼠同穴。」《元和志》卷三十九渭州渭源縣：「鳥鼠山，今名青雀山，在縣西七十六里，渭水所出。」按渭水上源名清源河，遠出鳥鼠山南二十里之太白山，鳥鼠所出者乃其小支流。鳥鼠山海拔二千七百公尺，太白山則三千七百公尺，就山之高、水之長而言，鳥鼠山均不足爲渭源也。洮水：源出今甘肅、青海兩省交界之西傾山，經甘南藏族自治州東流，至岷縣折而向北，於永靖縣入劉家峽水庫，水量豐沛，爲黄河上游一大支流。鳥鼠山西之水皆入洮，山東之水皆入渭。洮水幹流距鳥鼠山約六十里，故岑參經鳥鼠山時可見洮水之雲。以此爲例，盤溪有雨，必於汧水上可見者也。

送郭乂雜言①〔一〕

地上青草出，經冬今始歸②。博陵無近信〔二〕，猶未换春衣。憐汝不忍别，送汝上酒樓。初行莫早發，且宿灞橋頭③。功名須及早，歲月莫虚擲。早年已工《詩》，近日兼注《易》〔三〕。何時過東洛，早晚渡盟津〔四〕。朝歌城邊柳嚲地〔五〕，邯鄲道上花撲人〔六〕。去年四月初，我正在河朔。曾上君家縣北樓，樓上分明見恒嶽〔七〕。中山明府待君來〔八〕，須計行程及早回。到家速覓長安使，待汝書封我自開④。

【校勘記】

①〔雜言〕《唐百家詩選》無此二字。②〔今始歸〕底本今作方，此從《唐百家詩選》、宋本。③〔灞橋〕底本橋作陵，此從《唐百家詩選》、宋本。④〔待汝〕底本待作侍，此從《唐百家詩選》、宋本。

【箋注】

〔一〕郭乂：未詳。　雜言：《詩經》多四言，漢詩多五言，後歌行多七言，而雜言則不拘字數。岑詩則雜取五七言也。　岑參開元二十九年北遊河朔，此詩言去年在河朔，故作於天寶元年。

〔二〕博陵：東漢安平國，桓帝改博陵郡，在今河北省安平縣。隋置定州，煬帝改博陵郡，治鮮虞，舊曰盧奴，唐曰安喜，今定縣。岑參所至爲定縣也。

〔三〕《易》：書名，即《周易》。朱熹《易經本義序》：「周，代名也。易，書名也。其卦本伏羲所畫，有交易變易之義，故謂之易。其辭則文王、周公所繫，故繫之周。」《周易》爲儒家經典之一，故後世注家甚多。

〔四〕盟津：周武王伐紂，盟會諸侯之處，因名盟津。漢設河陽縣於渡口北岸，在今孟縣西南三十五里，宋爲孟州治。金大定中移治於今孟縣城，又設孟津縣於河陽南岸。明嘉靖十七年孟津圮於水，又移於今孟津老城，今又移於洛陽北長華鎮。唐津渡處即今黄河公路大橋附近。

〔五〕朝歌：殷商所都，漢設朝歌縣。隋改衛縣，治所移今浚縣西衛賢鄉，而朝歌爲其西之鹿臺鄉。元設淇州，明降爲縣，移治古朝歌，即今淇縣。　嚲：《廣韻》：「嚲，垂下皃。」杜甫《醉爲馬墜諸公攜酒相看》詩：「江村野堂争入眼，垂鞭嚲鞚凌紫陌。」

〔六〕邯鄲道：邯鄲，春秋衛邑，戰國屬趙，敬侯元年徙都之，秦置邯鄲郡。隋開皇十年置磁州，邯鄲縣屬之，唐因之，其地即今河北省邯鄲市。南朝宋劉義恭《遊子移》：「綢繆甘泉中，馳逐邯鄲道。」

〔七〕恒嶽：北嶽恒山。《禹貢》：「太行、恒山，至于碣石，入于海。」《爾雅·釋山》：「河南華、河西嶽，河東岱，河北恒，江南衡。」恒山最早即爲五嶽之一。《元和志》卷十八定州恒陽（今曲陽）縣：「東至州六十里。……恒山，在縣北一百四十里。」恒山主峰今名白石山，海拔二〇一八公尺，高出衆山之上。

〔八〕中山：春秋鮮虞國，戰國中山國，漢初爲中山郡，景帝封子勝爲中山王，都盧奴，即唐安喜縣。　明府：漢人稱郡守爲明府。《漢書·孫寶傳》寶爲京兆尹，郡吏侯文曰：「明府素重威名，今不敢取(杜)稚季，當且闔閣，勿有所問。」《後漢書·張湛傳》建武初爲左馮翊，告歸，望寺門而步，主簿進曰：「明府位尊德重，不宜自輕。」注：「郡守所居爲府，明府者，尊高之稱。《前書》韓延壽爲東郡太守，門卒謂之明府，亦其義也。」唐人稱縣令爲明府。《新唐書·張巡傳》真源縣吏華南金擅權威，邑人語曰：「南金口，明府手。」謂縣令聽其指使也。

送費子歸武昌〔一〕

漢陽歸客悲秋草〔二〕，旅舍葉飛愁不掃。秋來倍憶武昌魚〔三〕，夢着只在巴陵道〔四〕。曾隨上將過祁連〔五〕，離家十年恒在邊①。劍鋒可惜虚用盡〔六〕，馬蹄無事今已穿〔七〕。知君開館常愛客②，摴蒱百金每一擲〔八〕。平生有錢將與人〔九〕，江上故園空四壁。吾觀費子毛骨奇，廣眉大口仍赤髭〔一〇〕。看君失路尚如此〔一一〕，人生貴賤那得知。高秋八月歸南楚〔一二〕，東門一壺聊出祖〔一三〕。路指鳳凰山北雲〔一四〕，衣沾鸚鵡洲邊雨〔一五〕。莫歎蹉跎白髮新③〔一六〕，應須守道勿羞貧。男兒何必戀妻子④，莫向江村老却人〔一七〕。

【校勘記】

①〔離家〕《唐百家詩選》家作鄉。〔恒在邊〕明抄本恒作常。②〔常愛客〕底本常作恒，此從《唐百家詩選》、宋本。③〔莫歎〕《唐百家詩選》、宋本莫作勿。④〔何必〕底本、明抄本必作心，此從《唐百家詩選》、宋本。

【箋注】

〔一〕費子：未詳。　武昌：今湖北省鄂城市。本名鄂，漢設縣，孫權都之，改名武昌。隋唐爲武昌縣，屬鄂州江夏郡，民國四年復名鄂城。今之武昌本漢沙羨縣，隋改江夏縣，元改鄂州路爲武昌路，明清爲武昌府，治江夏縣，即今武昌城。又，今之武昌縣，移治紙坊鎮。

〔二〕漢陽歸客：謂將歸漢水之南。隋改漢津縣爲漢陽縣，唐置沔州，天寶爲漢陽郡，即今武漢三鎮之漢陽區。費子家在武昌（鄂城），故漢陽乃泛指方位，非縣也。

〔三〕武昌魚：即魴魚，出梁子湖者肉肥味美，地屬鄂城（即古武昌），因名武昌魚。《三國志·吴·陸凱傳》孫皓徙都武昌，凱上疏：「童謡言：寧飲建業水，不食武昌魚。寧還建業死，不止武昌居。」

〔四〕巴陵道：《元和志》卷二十七岳州巴陵縣：「昔羿屠巴蛇於洞庭，其骨若陵，故曰巴陵。」唐岳州治巴陵，宋設岳陽軍，清爲岳州府治，民國改縣爲岳陽，即今湖南省岳陽市。費子自長安歸武昌，或出武關至江陵，泛江而下經巴陵。

〔五〕祁連：當謂祁連城。《過酒泉憶杜陵別業》詩：「昨夜宿祁連，今朝過酒泉。」《送李副使赴磧西官軍》詩：「知君慣度祁連城，豈能愁見輪臺月。」《資治通鑑》卷二一三開元十六年八月，「辛卯，左金吾將軍杜賓客破吐蕃於祁連城下」。胡三省注：「祁連城在甘州張掖縣祁連山。」或即祁連戍，《元和志》卷四十肅州福禄縣：「西至州一百里。……祁連戍，在縣東南一百二十里。」肅州距甘州四百里，戍在肅州東二百二十里，而甘州條云，祁連山在張掖縣西二百里，則祁連戍即在山下也。

〔六〕劍鋒盡：吴均《詠懷詩》：「野戰劍鋒盡，攻城才智貧。」

〔七〕馬蹄穿：盧照鄰《早度分水嶺》詩：「馬蹄穿欲盡，貂裘弊轉寒。」

〔八〕摴蒱：博戲名。李肇《唐國史補》：「摴蒱法，三分其子三百六十，限以二關，人執六馬。其骰五枚，分上黑下白，黑者刻二爲犢，白者刻二爲雉。擲之，全黑爲盧，其采十六；二黑三雉爲雉，其采十四；二犢三白爲犢，其采十；全白爲白，其采八；四者貴采也。其采得連擲打馬過關，餘采則否。」據李翺《五木經》，摴蒱古以木爲之，後世以牙、角，戲時不過五人。晉劉毅大擲摴蒱，一判數百萬。

〔九〕將：送也。《詩·召南·鵲巢》「百兩將之」傳：「將，送也。」

〔一〇〕髭：《釋名·釋形體》：「口上曰髭，頤下曰鬚，在頰耳旁曰髯，其上連髪曰鬢。」

〔一一〕失路：不得志於世也。王勃《滕王閣序》：「關山難越，誰悲失路之人；萍水相逢，盡是他鄉之客。」

〔一三〕南楚：《史記·貨殖列傳》：「衡山、九江、江南、豫章、長沙，是南楚也。」

〔一三〕出祖：送行宴飲也。《詩·大雅·韓奕》：「韓侯出祖，出宿於屠，顯父餞之，清酒百壺。」箋：「將去而犯軷也，……餞送之，故有酒。」《漢書·臨江閔王榮傳》「祖於江陵北門」注：「師古曰，祖者，送行之祭，因饗飲也。」

〔一四〕鳳凰山：《大清一統志》：「在江夏縣北二里。」

〔一五〕鸚鵡洲：《元和志》卷二十七鄂州江夏縣：「鸚鵡洲，在縣西南二里。」江夏，今武昌城。

〔一六〕蹉跎：王褒《九懷株昭》「驥垂兩耳兮中坂蹉跎」王逸注：「蹉跎，失足。」亦謂失時。阮籍《詠懷詩》：「娱樂未終極，白日忽蹉跎。」

〔一七〕老却：事完畢曰却。《參同契》：「辟却衆陰邪，然後立正陽。」杜甫《一月五日夜對月》詩：「斫却月中桂，清光應更多。」

送魏升卿擢第歸東京因懷魏校書陸渾喬潭①〔一〕

井上梧桐雨②，灞亭卷秋風。故人適戰勝〔二〕，匹馬歸山東③。問君今年三十幾④，能使香名滿人耳。君不見三峰直上五千仞〔三〕，見君文章亦如此。如君兄弟天下稀，雄詞健筆皆若飛〔四〕。將軍金印嚲紫綬〔五〕，御史鐵冠重繡衣〔六〕。喬生作尉别來久，因君爲問平安否？魏侯校理復何如〔七〕，前日人來不得書。陸渾山水佳可賞，蓬閣閑時亦應往⑤〔八〕。自料青雲未有期，誰知白髮偏能長。壚頭青絲白玉瓶，别時相顧酒如傾⑥。摇鞭舉袂忽不見⑦〔九〕，千樹萬樹空蟬鳴。

【校勘記】

①〔升卿〕《唐百家詩選》作叔虹。〔東京〕底本、宋本京作都，此從《唐百家詩選》。②〔梧桐雨〕宋本作桐葉雨，《唐百家詩選》作桐葉赤。③〔匹馬〕《唐百家詩選》匹作走。④〔今年〕《唐百家詩選》作如今。⑤〔亦應往〕《唐百家詩選》亦作日。⑥〔如傾〕《唐百家詩選》作初醒。⑦〔忽不見〕底本、宋本注：忽一作去。

【箋注】

〔一〕魏升卿：身世不詳。李華《楊騎曹集序》：「與清河張茂之、房安禹、鉅鹿魏幼卿爲禪慧之交。」升卿或即幼卿昆弟行，鉅鹿人，屬館陶房，魏徵之族也。　校書：唐祕書省有校書郎八人（據《通典》），正九品上，「掌讎校典籍，爲文士起家之良選，其弘文、崇文館著作、司經局並有校書之官，皆爲美職，而祕書省爲最」。此魏校書當爲祕書省校書郎而分理東京圖書者。　陸渾：唐縣名。春秋時秦、晋遷陸渾之戎於伊川，漢設陸渾縣，後魏改伏流，隋復爲陸渾，唐屬河南府。五代時廢。舊址今爲陸渾水庫。　喬潭：字德源，約爲睢陽人，見李華《三賢論》。天寶初第進士，見喬潭《會昌主簿廳壁記》。李華《元魯山墓碣銘并序》：「維天寶十二載九月二十九日，魯山令河南元公終於陸渾草堂，……名高之士陸渾尉梁園喬潭，賻以清白之俸，遂其喪葬。」《新唐書》謂元德秀卒於十三載，與李華文不同。喬潭始爲尉當在此前，所謂「爲尉别來久」是也。　此詩約作於天寶十一、二載間。時洛陽稱東京。

〔二〕戰勝：唐人以選士爲文戰，擢第爲勝，爲捷，落第爲敗也。賈島《送雍陶及第歸成都》詩：「勿以攻文捷，而將學劍輕。」姚合《送狄兼謩下第歸故山》詩：「慈恩塔上名，昨日敗垂成。」

〔三〕三峰：華山高峰有三。東峰仙掌海拔二〇九九公尺，西峰芙蓉二〇八二公尺，南峰落雁二一六〇公尺。三峰聳立如蓮瓣，總名蓮花峰。三峰稱謂，古今説法不一。《方輿勝覽》謂芙蓉、明星、玉女，蓋以東峰爲明星，南峰爲玉女。今以過蒼龍嶺後所至之中峰爲玉女，然此峰遠低於他三峰也。　五千仞：八尺爲仞，四萬尺，極言之也。王處一《西嶽華山志》引《昭文館記》：「蓮花峰爲太上山，四面削成，高五千仞。」

〔四〕雄詞：《楚辭·大招》「雄雄赫赫」注：「雄雄，威勢勝也。」《逸周書·周祝解》「維彼大心是生雄」注：「雄謂雄桀於人也。」雄詞，猶高文也。

〔五〕金印紫綬：《漢書·百官公卿表》載，相國、丞相、太尉、太傅、太師金印紫綬，以下無此。唐百官皆銅印，見《舊唐書·職官志》。

〔六〕鐵冠：御史法冠。《舊唐書·輿服志》：「法冠，一名獬豸冠，以鐵爲柱，其上施珠兩枚，爲獬豸之形，左右御史臺流内九品以上服之。」　繡衣：法官之服也。《漢書·百官公卿表》：「侍御史有繡衣直指，出討奸猾，治大獄，武帝所制，不常置。」《後漢書·伏湛傳》「王莽時爲繡衣執法」注：「武帝置繡衣御史，王莽改御史曰執法。」然繡衣，富者、貴者亦得服之也。《左傳》閔公二年衛懿公「與夫人繡衣」，宋玉《神女賦》「振繡衣」，《墨子·貴義》「夫人衣文繡者數百人」。

〔七〕校理：校讐整理也。班固《西都賦》：「又有承明金馬著作之庭，……校理祕文。」《漢書·劉歆傳》與太常博士書：「陳發祕臧，校理舊文。」

〔八〕蓬閣：謂祕書省。後漢藏書東觀，置官點校、撰述。《通典》謂：「當時重其職，故學者稱東觀爲老氏藏室，道家蓬萊山焉。」後世乃稱祕書省爲蓬閣。蕭華《謝試祕書少監陳情表》：「已蒙殊奬，遽典雄藩；旋沐後恩，復登蓬閣。」

〔九〕袂：《儀禮·有司徹》「以右袂掩拂几三」注：「衣袖謂之袂。」《戰國策·齊策一》：「臨淄之中七萬户，舉袂成幕，揮汗成雨。」

送張獻心充副使歸河西雜句〔一〕

將門子弟君獨賢①，一從受命常在邊②。未年三十已高位，腰間金印色赭然③〔二〕。前日承恩白虎殿〔三〕，歸來見者誰不羨。篋中賜衣十重餘④〔四〕，案上軍書十二卷⑤。看君謀智若有神⑥，愛君詞句皆清新。澄湖萬頃深見底〔五〕，清冰一片光照人〔六〕。雲中昨夜使星動〔七〕，西門驛樓出相送。玉瓶素蟻臘酒香〔八〕，金鞍白馬紫遊韁⑦〔九〕。花門南〔一〇〕，燕支北〔一二〕，張掖城頭磧雲黑⑧〔一三〕，送君一去天外憶。

【校勘記】

①〔子弟〕《唐百家詩選》無弟字。　②〔常在〕《唐百家詩選》常作恒。　③〔赭然〕《唐百家詩選》赭作赩。　④〔十重〕《唐百家詩選》重作萬，底本、宋本注：一作千萬。　⑤〔十二卷〕《唐百家詩選》作二千卷。　⑥〔謀智〕《唐百家詩選》作智謀。　⑦〔金鞍〕《唐詩紀》鞍作鞭。　⑧〔磧雲〕《唐百家詩選》作雲正。

【箋注】

〔一〕張獻心：未詳。或爲張獻誠昆弟行，張守珪之子姪。　河西副使：唐節度使下有副大使知節度事一人，行軍司馬下又有副使一人，又有同節度副使十人，節度使兼安撫、支度、營田、招討、經略使者，亦各設副使一人。見《新唐書·百官志》。據《新唐書·方鎮表》，自景雲元年起，河西節度副使兼都知兵馬使，治甘州，天寶四載，以張掖太守領河西節度副使。張獻心「未年三十」，似非張掖太守，則或爲同節度副使十人之一，而駐地在張掖者。　雜句：即雜言。　此詩年代未詳。《岑詩繫年》以爲在至德二載，亦無證。詩中所言似非戰亂之年，或在安史亂前也。

〔二〕赭然：紅土色，銅印也。見《北庭西郊候封大夫受降回軍獻上》詩注〔一五〕、《下外江舟中懷終南舊居》詩注〔六〕。

〔三〕白虎殿：漢未央宫中殿名。見《送青龍招提歸一上人》詩注〔二〕。

〔四〕篋：筐也。《儀禮·士冠禮》「同篋」注：「隋方曰篋。」疏：「隋謂狹而長也。」《左傳》昭公十三年，「衛人使屠伯饋叔向羹與一篋錦。」　賜衣：見《送許拾遺恩歸江寧拜親》詩注〔四〕。

〔五〕澄湖：謝惠連《西陵遇風獻康樂》詩：「飲餞野亭館，分袂澄湖陰。」此喻張獻心人胸潔浄，猶送王著詩中「湛湛萬頃陂」之義也。

〔六〕清冰：謝朓《鏡臺》詩：「對風懸清冰，垂龍挂明月。」後魏温子昇《常山公主碑》：「立行潔於清冰，抗志高於黄鵠。」此謂獻心人品潔如冰也。

〔七〕使星：見《送張祕書充劉相公通汴河判官》詩注〔八〕。

〔八〕素蟻：酒膏上浮若蟻，因以之稱酒。張衡《南都賦》：「醪敷徑寸，浮蟻若萍。」曹植《七啓》：「浮蟻鼎沸，酷烈馨香。」又《酒賦》：「或雲沸潮湧，或素蟻浮萍。」　臘酒：十二月所釀之酒。《新唐書·曆志》：「永昌元年十一月改元載初，以十二月爲臘月，建寅月爲一月。」

〔九〕紫遊韁：《晋書·五行志》海西公太和中百姓歌曰：「青青御路楊，白馬紫遊韁。汝非皇太子，那得甘露漿？」按《釋名·釋車》：「韁，疆也，繫之使不得出疆限也。」

〔一〇〕花門：山名，在甘州北磧外。《新唐書·地理志》甘州删丹縣：「北渡張掖河西北行，出合黎山峽口，傍河東壖屈曲東北行千里，有寧寇軍，故同城守捉也，天寶二載爲軍。軍東北有居延海，又東北三百里有花門山堡，又東北千里至迴鶻牙帳。」花門山堡約在今蒙古境内勒吉納山一帶。

〔二〕燕支：山名，一作焉支，在張掖東南。《元和志》卷四十甘州删丹縣：「焉支山，一名删丹山，故以名縣。山在縣南五十里，東西一百餘里，南北二十里。水草茂美，與祁連山同。匈奴失祁連、焉支二山，乃歌曰：亡我祁連山，使我六畜不繁息；失我焉支山，使我婦女無顔色。」今名大黄山，通體赭黄，遠望不見草木，其與北山（龍首山）之間雖爲一大草灘，然未見有何泉流也。

〔三〕張掖：漢武帝元鼎六年分武威、酒泉地置張掖郡，北魏廢帝二年改甘州，因州東甘峻山爲名，或言地多甘草，故名。武德二年平李軌，復置甘州，天寶元年改張掖郡，治張掖縣，即今甘肅張掖。

送魏四落第還鄉①〔一〕

東歸不稱意②〔二〕，客舍戴勝鳴〔三〕。臘酒飲未盡〔四〕，春衫縫已成。長安柳枝春欲來，洛陽梨花在前開。魏侯池舘今尚在〔五〕，猶有太師歌舞臺〔六〕。君家盛德豈徒然〔七〕，時人注意在吾賢〔八〕。莫令别後無佳句，祇向壚頭空醉眠。

【校勘記】

①〔還鄉〕《唐百家詩選》鄉作都。　②〔稱意〕《唐百家詩選》稱作得。

【箋注】

〔一〕魏四：當爲魏徵之後，其他未詳。　詩或作於天寶四至七載間。

〔二〕稱意：合於心願也。《戰國策·齊策六》：「寡人憂勞百姓，而單亦憂之，稱寡人之意。」《史記・三王世家》丞相青翟上奏：「百蠻之君，靡不鄉風，承流稱意。」

〔三〕戴勝：鳥名。見《潼關鎮國軍句覆使院早春寄王同州》詩注〔八〕。

〔四〕臘酒：見《送張獻心》詩注〔八〕。

〔五〕魏侯池舘：謂魏徵宅，在洛陽勸善坊東北隅。徐松《唐兩京城坊考》：「魏徵宅山池院，有進士鄭光義畫山水，爲時所重。」

〔六〕太師：唐太師、太傅、太保爲三師，訓導之官，天子所師法，道德崇高者爲之，無其人則缺之。魏徵則爲太子太師。《資治通鑑》卷一九六貞觀十六年：「九月，丁巳，以魏徵爲太子太師」。《新唐書・百官志》：「太子太師、太傅、太保各一人，從一品，掌輔導皇太子。」

〔七〕盛德：道德盛大也。《史記・老子列傳》孔子問禮，老子曰：「良賈深藏若虚，君子盛德，容貌若愚。」《易・繫辭上》「盛德大業」疏：「極盛之德，廣大之業。」

〔八〕吾賢：對人尊稱，猶吾君。《南齊書・虞玩之傳》元徽中爲右丞，蕭道成時參政，與玩之書曰：「今漕藏有闕，吾賢居右丞，已覺金粟可貴也。」杜甫《送梓州李使君之任》詩：「近看除刺史，還喜得吾賢。」韓翃《送客水路歸陝》詩：「好是吾賢佳賞地，行逢三月會連沙。」

送韓巽入都覲省便赴舉〔一〕

槐葉蒼蒼柳葉黄，秋高八月天欲霜。青門百壺送韓侯〔二〕，白雲千里連嵩丘①〔三〕。北堂倚門望君憶〔四〕，東歸扇枕後秋色〔五〕。洛陽才子能幾人，明年桂枝是君得〔六〕。

【校勘記】

①〔嵩丘〕底本注：丘一作岡。

【箋注】

〔一〕韓巽：不詳。《新唐書·宰相世系表》，韓休第八子渾，渾次子武，武次子名巽。然此韓巽年輩過小，不當岑參之世。韓渾六兄滉曾相德宗，生於開元十一年（七二三），卒於貞元三年（七八七）。韓渾行八，必小於韓滉，更小於岑參（開元三年生）十歲以上。韓渾次子之次子當小於渾五十歲，小於岑參六十歲，則岑參五十五歲卒時此巽尚未出生也。故《新表》之韓巽必非此詩之韓巽也。　赴舉：周有舉賢能之事，漢文帝始詔天下舉賢良方正、極言直諫之士，武帝時詔舉孝廉，元帝曾詔丞相、御史舉質樸敦厚遜讓有行者。後漢詔三公舉茂才。歷代均有選士之制。唐循隋舊，上郡歲舉三人，中郡二人，下郡一人。每歲仲冬州、縣送尚書省，士子秋日即須提名於州、縣初選也。此即所謂貢舉，赴舉者，赴貢舉也。《舊唐書·代宗紀》廣德二年九月，「尚書左丞楊綰知東（當作西）京選，禮部侍郎賈至知東都舉，兩都分舉選，自此始也」。詩言八月，則應爲永泰元年作，蓋廣德二年九月始有東都舉，大曆元年岑參已入蜀也。

〔二〕韓侯：猶韓君，尊稱也。《爾雅·釋詁》：「天、帝、皇、王、后、辟、公、侯，君也。」此所謂君，國君也。秦廢封建，至漢又有封侯之制，乃有某侯，以尊稱人。劉屈氂爲澎侯，李廣利謂之曰：「願君侯早請昌邑王爲太子，如立爲帝，君侯長何憂乎？」楊惲爲平通侯，郎中丘常謂之曰：「聞君侯訟韓馮翊，當得活否？」晋潘岳《楊荆州誄》：「維咸寧元年夏四月乙丑，晋故折衝將軍荆州刺史東武戴侯滎陽楊史君薨。……矯矯楊侯，晋之爪牙。」則晋人亦沿漢舊也。其後南朝特重門閥，北朝則已稱未封侯之官宦爲侯。《北史·張普惠傳》杜弼遺書稱：「明侯深儒碩學，身負大才。」《魏書》亦載之，而謂莊弼致書云。至唐世已爲士人通稱。《新唐書·高智周傳》：「蔣侯宦不達，後且興。」杜甫詩稱李白、韋偃、崔戢、蘇端皆爲侯也。

〔三〕嵩丘：潘岳《懷舊賦》：「前瞻太室，旁眺嵩丘。」李善注：「小説曰，昔傅亮北征，在河中流，或人問之曰，潘安仁作《懷舊賦》曰，前瞻太室，旁眺嵩丘，嵩丘太室一山，何云前瞻旁眺哉？亮對曰，有嵩丘山，去太室七十里。此是寫書誤耳。《河南郡圖經》曰，嵩丘在縣西南十五里。」今登封西爲少室南岡，未知何所指。

〔四〕北堂：謂母也，然起源難考其詳。宋王楙《野客叢書》十《萱堂桑梓》：「今人稱母爲北堂，蓋祖《毛詩·伯兮》：焉得萱草，言樹之背。按注：萱草令人忘憂，背，北堂也。其意謂，君子爲王前驅，過時不反，家人思念之切，安得萱草種於北堂，以忘其憂。蓋北堂幽陰之地，可以種萱，初未嘗言母也，不知何以遂相承爲母事。借謂北堂居幽陰之地，則凡婦人，皆可以言北堂矣，何獨母哉！」明周嬰《巵林》頗不以此説爲然：「《儀禮·有司徹》主婦北堂，《士昏禮》曰，姑洗於北洗，鄭玄注曰：北洗在北堂。夫主婦也，姑也，非母之稱乎？李陵書，老母終堂；潘岳賦，太夫人在堂」；顔延之《秋胡詩》：「上堂拜嘉圖」：固知高堂之上慈母所居，自昔然矣。……隋侯夫人自傷詩曰「偏親老北堂」，杜甫送許拾遺歸覲詩「慈顔赴北堂」，岑參送韓巽覲省詩「北堂依門望君憶」：此後代之稱所祖耳。」然《儀禮》所載，與周嬰之説異趣。《士昏禮》「舅洗於南洗，姑洗於北洗」，僅以南北分位而已，並未言堂，更無以之代稱舅姑意。設北洗在北堂，因而謂母，則南洗豈在南堂，亦因而謂父乎？且《士昏禮》又有「婦洗在北堂」句，姑洗僅曰北洗，婦洗方曰北堂，則新婦在北堂明矣，新婦豈可謂母哉！北堂之語，古籍屢見。《戰國策·趙策三》：「秦攻趙，鼓鐸之音聞於北堂。」晉陸機《擬明月何皎皎》詩：「安寢北堂上，明月入我牖。」梁戴暠《月重輪行》：「北堂豈盈手，西園偏照人。」沈約《郊居賦》「負雪北堂之垂」。杜甫《奉觀嚴鄭公廳事岷山沱江畫圖》詩：「沱江流中座，岷山到北堂。」此皆謂居室，並無母意。侯夫人自傷詩、杜甫送許拾遺詩，亦但言其所在，並非以之稱母。惟岑此詩謂「北堂依門」，則可謂以北堂稱母最早之證矣。其師承何人，則待考。倚門：謂望子歸家也。宋戴植《鼠璞》下：「俗説母之望子曰倚門。按《戰國策》王孫賈事閔王，王走，失王之處，其母曰：女朝出晚而來，則吾倚門望女；女暮出而不還，吾倚閭望女。朝暮出入固可言倚門，若出稍久，當言倚閭，蓋門不可久倚故也。今人但用倚門事，豈以暮出不還爲俗忌耶？」

〔五〕扇枕：謂孝親。《東觀漢記·黄香傳》載，香父况爲郡五官掾，貧無奴僕，香盡心供養，「暑即扇枕席，寒即以身温席」。

〔六〕桂枝：謂擢第。《晋書·郤詵傳》載，詵遷雍州刺史，武帝問曰：「卿自以爲何如？」詵對曰：「臣舉賢良對策爲天下第一，猶桂林之一枝，崑山之片玉。」後世即以之喻擢第。孟浩然《送洗然弟進士舉》詩：「桂枝如已擢，早逐雁南飛。」此典後又轉爲月桂，爲蟾宫，均謂登科。宋葉夢得嘗譏之。《避暑録話》下：「世以登科爲折桂，此謂郤詵對策東堂，自謂桂林一枝也。自唐以來用之。温庭筠詩云：猶喜故人折新桂，自憐羈客尚飄蓬。其後以月中有桂，故又謂之月桂，而月中又言有蟾，故又改桂爲蟾，以登科爲登蟾宫。用郤詵事固亦可笑。而展轉相訛復尔，然文士亦或沿襲，因之弗悟也。」

送李副使赴磧西官軍①〔一〕

火山六月應更熱，赤亭道口行人絶。知君慣度祁連城〔二〕，豈能愁見輪臺月。脱鞍暫入酒家壚，送君萬里西擊胡〔三〕。功名只向馬上取，真是英雄一丈夫。

【校勘記】

①〔磧西〕底本西作石，此從宋本。

【箋注】

〔一〕李副使：未詳。磧西：即安西，唐人或稱安西節度爲磧西。此詩不作於天寶六載即作於十二載，説見注〔三〕。

〔二〕祁連城：在張掖、酒泉之間祁連山下。見《送費子歸武昌》詩注〔五〕。

〔三〕西擊胡：天寶六載高仙芝征小勃律、十二載封常清征大勃律乃安西兩次大戰役，俱載《資治通鑑》。「脱鞍暫入酒家壚，送君萬里西擊胡」當爲長安之語。或謂詩乃十載之作，其年春在凉州，夏六月在臨洮，似有不合。

送宇文南金放後歸太原寓居因呈太原郝主簿〔一〕

歸去不得意，北京關路賒①〔二〕。却投晋山老，愁見汾陰花②〔三〕。翻作灞陵客，憐君丞相家。夜眠旅舍雨，曉醉春城鴉③。送君繫馬青門口，胡姬壚頭勸君酒。爲問太原賢主人，春來更有新詩否？

【校勘記】

①〔北京〕底本注：京本作門。 ②〔汾陰〕《唐詩紀》陰作陽。 ③〔曉醉〕《唐詩紀》、明銅活字本醉作辭。

【箋注】

〔一〕宇文南金：詩言丞相家，宇文氏宰相三人。宇文士及武德八年檢校侍中，九年爲中書令，貞觀元年罷。宇文節永徽二年同中書門下三品，四年流桂州。節孫融開元十七年六月同中書門下平章事，九月貶汝州刺史。 放：唐官制，六品以下秩滿集吏部試書判，並觀其體貌、言詞、楷法，以黜陟之，「得者爲留，不得者爲放」。　太原：唐縣名，在今太原市西南。《讀史方輿紀要》卷四十太原府太原縣：「府西南四十五里，西至交城縣七十里。……原徙縣治汾水東，……明初復移縣於汾水西。」清及民國因之，今省入太原市。今太原市，原陽曲縣，明清之太原府治也。　主簿：隋、唐縣之佐吏。《通典》云，隋世以前州郡有主簿，其職事爲録門下衆事，省署文書。《漢書·百官公卿表》、《後漢書·百官志》不載州郡有主簿。古詩《孔雀東南飛》：「遣丞爲媒人，主簿通語言。直説太守家，有此令郎君。」則漢世州郡有主簿也。《後漢書·獨行繆彤傳》謂彤「仕縣爲主簿」，則縣亦有之。《通典》卷三十三《總論縣佐》：「主簿，大唐赤縣置二人，他縣各一人，掌府事，勾稽省署鈔目，糾正縣内非違，監印，給紙筆。」太原，赤縣也。　郝主簿：未詳。　詩作確切年代未詳，約在天寶前期。

〔二〕北京：武后天授元年置北都，玄宗天寶元年改北京。因太原爲唐高祖舉兵之地也。

〔三〕汾陰：漢設縣，唐開元十一年改寶鼎，宋改榮河，即今山西萬榮縣榮河鄉。亦或泛指汾水之南，爲宇文南金途經之地也。

西亭子送李司馬〔一〕

高高亭子郡城西，直上千尺與雲齊①。盤崖緣壁試攀躋〔二〕，群山向下飛鳥低〔三〕。使君五馬天半嘶，絲繩玉壺爲君提②。坐來一望無端倪〔四〕，紅花緑柳鶯亂啼③。千家萬井連回溪，酒行未醉聞暮鷄。點筆操紙爲君題④，爲君題，惜解攜〔五〕，草萋萋，没馬蹄。

【校勘記】

①〔直上〕底本上作下，注：本作上。此從宋本。②〔絲繩〕底本、宋本注：一作青絲。③〔緑柳〕底本、宋本注：柳一作錦。④〔爲君題〕底本不重復，此從宋本。

【箋注】

〔一〕西亭子：虢州詩多有西亭字，此亦當爲虢州詩。亭在虢州西山，即今靈寶城西原上。司馬：唐制，節度使下有行軍司馬，都督府、都護府均有司馬，爲武官。州郡之司馬則爲文官。《通典》卷三十三《總論郡佐》：「司馬本主武之官，自魏晋以後，刺史多帶將軍，開府者則置府僚司馬，爲軍府之官，理軍事。……至隋廢州府之任，無復司馬而有治中焉，治中，舊州職也，州廢遂爲郡官。開皇三年改治中爲司馬，煬帝又改司馬及長史，并置贊治一人，尋又改贊治爲郡丞。大唐武德初復爲治中，貞觀二十三年高宗即位，遂改諸州治中并爲司馬。所職與長史同。」虢州爲雄州，司馬視上州，從五品下。詩作於上元年間。

〔二〕攀躋：同躋攀，見《上嘉州青衣山中峰》詩注〔四〕。

〔三〕群山向下：雖爲增飾之辭，但有實感。虢州西南近處爲秦嶺支阜周家山，海拔一千五百五十公尺，西原與之相連，緩緩上升，如爲一體。南方、東南方遠處崤山餘脉諸阜多在千米以下，遠望均低於西山也。

〔四〕端倪：頭緒、涯際也。《莊子·大宗師》：「反覆終始，不知端倪，芒然彷徨乎塵垢之外，逍遥乎無爲之業。」疏：「端，緒也；倪，畔也。」

〔五〕解攜：離别。駱賓王《與博昌父老書》：「古人云，别易會難，不其然也。自解攜襟袖，一十五年，交臂存亡，略無半在。」杜甫《水宿遣興奉呈群公》詩：「異縣驚虚往，同人惜解攜。」

臨河客舍呈狄明府兄留題縣南樓①〔一〕

鳳陽城南雪正飛②〔二〕，黎陽渡頭人未歸③〔三〕。河邊酒家堪寄宿，主人小女能縫衣。故人高卧黎陽縣〔四〕，一别三年不相見。邑中雨雪偏着時〔五〕，隔河東郡人遥羨〔六〕。鄴都惟見古時丘〔七〕，漳水還如舊日流〔八〕。城上望鄉應不見，朝來好是懶登樓〔九〕。

【校勘記】

①〔臨河〕《唐百家詩選》作臨河縣。②〔鳳陽城〕宋本、明抄本均同。《唐詩紀》、《唐音統籤》、《全唐詩》鳳作黎。以鳳爲是，然疑城當作門，説見注〔二〕。③〔黎陽渡頭人未歸〕宋本、底本注：一作黎陽渡口人渡稀。

【箋注】

〔一〕臨河：唐縣名。漢武帝封魯王子賢爲臨河侯，邑於此。本漢黎陽縣地，隋開皇六年分黎陽置臨河縣，屬衛州。貞觀十七年改屬相州。其舊址在今浚縣東北，内黄縣南三十里。臨河客舍猶邯鄲客舍、冀州客舍、臨洮客舍也。　狄明府：臨河縣令，餘事不詳。　此詩或以爲北遊河朔歸途中作。岑參北遊時日甚久，歸途詩《題井陘雙溪李道士所居》有「惟求縮却地，鄉路莫教賒」語，當急欲歸潁陽，不至於折而東去臨河。岑參天寶四載曾至淇上（臨清縣），見《敬酬杜華淇上見贈兼呈熊曜》詩注〔一〕，時爲春日，則該年初曾途經臨河。

〔二〕鳳陽城：唐、宋、元均無鳳陽縣，故此鳳陽恐指鄴城之鳳陽門。《水經·濁漳水注》：「（鄴）城有七門，南曰鳳陽門。……鳳陽門三臺洞開，高三十五丈，石氏作層觀架其上，置銅鳳頭，高一丈六尺。」據《元和志》卷十六相州鄴城「南至州四十里」，臨河縣「西北至州一百二十里」，則鄴城、臨河相距不遠。「鳳陽城（門）南雪正飛」，正落於臨河縣境。若爲黎陽，南濱黄河，城南雪飛，將落於東郡境，「隔河東郡人遥羨」即不可解。詩又言鄴都、漳水，則鳳陽城亦即謂鄴都之鳳陽門矣。

〔三〕黎陽渡：漢黎陽渡謂白馬津，在今河南滑縣。此蓋泛指臨河縣之渡口，唐臨河縣即漢黎陽地也。

〔四〕黎陽縣：漢黎陽縣治在今河南浚縣東北，此蓋泛指臨河，以其本黎陽縣地也。

〔五〕邑：都邑也。《左傳》莊公二十八年，「凡邑，有宗廟先君之主曰都，無曰邑。」《周禮·地官·小司徒》「四井爲邑」注：「九夫爲井者，方一里。……四井爲邑，方二里。」《楚辭·大招》「田邑千畛」注：「邑，都邑也。」

〔六〕東郡：漢東郡治濮陽，管縣二十二，有白馬（唐滑州治）、南燕（唐匡城）等。臨河、濮陽隔河相距十五里。

〔七〕鄴都：魏文帝時稱鄴城爲鄴都。《元和志》卷十六：「故鄴城，（鄴）縣東五十步，本春秋時齊桓公所築也，自漢至高齊，魏郡、鄴縣並理之。今按魏武帝受封於此，至文帝受禪，呼此爲鄴都。」唐張説有《鄴都引》詩。

〔八〕漳水：有濁漳、清漳二源。《水經注》：「濁漳水出上黨長子縣西發鳩山。」《元和志》卷十六潞州長子縣：「發鳩山在縣西南六十五里，濁漳水出焉。」此爲南源，又有西源銅鞮水，北源洹水。《水經注》：「清漳水出上黨沾縣西北少山。」《元和志》卷十三太原府樂平縣：「本漢沾縣。……少山，一名河逢山，在縣西南三十里。」清濁二水於涉縣東南合流，東過鄴城，其下游古時入於九河。後黄河南徙，今漳河入於衛水，匯入南運河，過天津東入渤海。

〔九〕好是：猶好生，甚是也。

寄西岳山人李岡①〔一〕

君隱處，當一星〔二〕，蓮花峰頭飯黄精〔三〕，仙人掌上演《丹經》〔四〕。鳥可到，人莫攀，隱來十年不下山。袖中短書誰爲達？華陰道士賣藥還。

【校勘記】

①〔寄〕《唐詩紀》作贈。〔西岳〕《文苑英華》作華陰。

【箋注】

〔一〕《太平廣記》卷六十七《吴清妻》云：「唐元和十二年，虢州湖城小里正吴清，妻楊氏，號監真，居天仙鄉車谷村。因頭疼，乃不食，自春及夏，每静坐入定，皆數日。……四月十五日夜，更焚香端坐，忽不見。十七日，縣令自焚香祝請。其夜四更，牛驢驚，見墻上棘中衫子。逡巡，牛屋上見楊氏裸坐，衣服在前，肌肉極冷。扶至院，與村舍焚香聲磬，至辰時方醒。稱十四日午時……乃乘鶴去，到仙方臺，見道士云。華山有同行伴五人，煎茶湯相待。汴州姓吕，名德真；同州姓張，名仙真；益州姓馬，名辨真；宋州姓王，名信真。……却請歸去，有父在年老，遂還，有一女冠乘鶴送來。」云受仙詩五。其二曰：「心清境静聞妙香，憶昔期君隱處當。一星蓮花山頭飯，黄精仙人掌上經。」其三曰：「飛鳥莫到人莫攀，一隱十年不下山。袖中短書誰爲達，華山道士賣藥還。」篇後注謂出《逸史》。又卷六十八《楊敬真》云，虢州湖城縣長壽鄉天仙村王清妻楊敬真，元和十二年五月十五夜失所在，十八日夜還，云去華山雲臺峰，先有四女在，姓名、里貫與《吴清妻》全同，縣令李郁以狀聞於廉使崔從云云。五女各賦五言絶句一，則與《吴清妻》異。注謂出《玄怪録》。《吴清妻》仙詩二及三，即竄改《寄西岳山人李岡》而成。岑參爲虢州長史時，此詩當曾流傳民間也。據此，詩似作於虢州。李岡：當即李崗。孫逖《處分高蹈不仕舉人敕》：「其華陰郡李崗等十六人，雖所舉有名，或稱疾不到，宜令本部取諸色官物二十段，以充藥物之資。」孫逖於開元二十四年拜中書舍人，居職八年，天寶三載遷刑部侍郎。敕文稱郡，當在天寶初。李岡隱於華山，徵召不出，名聲更當大振。岑參去虢州在十七年之後，其時李岡當仍在世。隱十年云云，或爲約數。

〔二〕當一星：謂華山當太白金星之位也。漢人重木、火、土、金、水五星，以爲主東、南、中、西、北五方位，及春、夏、秋、冬四季。唐人更以五岳上應五星。《淮南子·天文訓》：「何謂五星？東方木也……南方火也……中央土也……西方金也……北方水也。」《新唐書·天文志》：「降婁、玄枵以負東海，其神主於岱宗（泰山），歲星（木星）位焉。星紀、鶉尾以負南海，其神主於衡山，熒惑（火星）位焉。鶉首、實沈以負西海，其神主於華山，太白（金星）位焉。大梁、析木以負北海，其神主於恒山，辰星（水星）位焉。鶉火、大火、壽星、豕韋爲中州，其神主於嵩丘，鎮星（土星）位焉。」降婁、玄枵等皆爲星名，見《爾雅·釋天》。

〔三〕黄精：百合科植物名。《本草綱目》卷十二，時珍曰：「仙家以爲芝草之類，以其得坤土之精粹，故謂之黄精。」弘景曰：「今處處有之，二月始生，一枝多葉，葉狀似竹而短，根似萎蕤。……大節而不平，雖燥而柔，有脂潤。……根、葉、花、實皆可餌服，酒、散隨宜。」頌曰：「黄精南北皆有，以嵩山、茅山者爲佳。三月生苗，高一二尺以來，葉如竹葉而短，雙雙相對。莖梗柔脆似桃枝，本黄末赤。四月開青白花，狀如小豆花，結子如黍粒，亦有無子者。根如嫩生薑而黄色，二月採根蒸過暴乾用。今過八月採，山中人九蒸九暴，作果賣，黄黑色而甚甘美。」

〔四〕《丹經》：煉丹之書。《隋書·經籍志》載，《雜神仙丹經》十卷，《太極真人九轉還丹經》一卷，《泰山八景神丹經》一卷。參見《上嘉州青衣山中峰》詩注〔二五〕。

玉門關蓋將軍歌〔一〕

蓋將軍，真丈夫，行年三十執金吾〔二〕，身長七尺頗有鬚〔三〕。玉門關城迥且孤，黄沙萬里白草枯①。南鄰犬戎北接胡〔四〕，將軍到來備不虞〔五〕。五千甲兵膽力粗②，軍中無事但歡娱。暖屋繡簾紅地爐〔六〕，織成壁衣花氍毹〔七〕。燈前侍婢瀉玉壺，金鐺亂點野酡酥〔八〕。紫紱金章左右趨③〔九〕，問着即是蒼頭奴④〔一〇〕。美人一雙閑且都〔一一〕，朱唇翠眉映明眸⑤。清歌一曲世所無。今日喜聞《鳳將雛》〔一二〕。可憐絶勝秦羅敷，使君五馬謾踟蹰〔一三〕。野草繡窠紫羅襦〔一四〕，紅牙鏤馬對樗蒱〔一五〕。玉盤纖手撒作盧〔一六〕，衆中誇道不曾輸。櫪上昂昂皆駿駒〔一七〕，桃花叱撥價最殊〔一八〕。騎將獵向城南隅，臘日射殺千年狐⑥〔一九〕。我來塞外按邊儲，爲君取醉酒剩沽〔二〇〕。醉争酒盞相喧呼，忽憶咸陽舊酒徒⑦。

【校勘記】

①〔白草〕底本白作百，此從《唐百家詩選》、明抄本。　②〔甲兵〕《唐百家詩選》、《唐詩紀事》兵作

士。〔膽力〕明抄本力作氣。③〔紫紱〕《唐詩紀事》紱作綬。④〔即是〕底本、明抄本注：即一作盡。《唐詩紀》即作只。⑤〔明眸〕《唐百家詩選》、汲古閣本《唐詩紀事》眸作矑。明抄本眸作珠。⑥〔臘日〕《唐詩紀事》日作月。⑦〔忽憶〕《唐百家詩選》、《唐詩紀事》忽作却。

【箋注】

〔一〕玉門關：漢玉門關在今甘肅敦煌西北小方盤城，唐玉門關在今安西縣東雙塔堡附近。《大慈恩寺三藏法師傳》一：「自是不敢公出，乃晝伏夜行，遂至瓜州。……因訪西路，或有報云，從此北行五十餘里有瓠𤬴河，下廣上狹，洄波甚急，深不可渡。上置玉門關，路必由之，即西境之襟喉也。」瓜州舊址在今甘肅省安西縣東南橋子鄉，地有二古城遺址，或云其中瑣陽城即唐瓜州也。瓠𤬴河，即今疏勒河。唐玉門關未聞駐軍五千。按《資治通鑑》卷二一五天寶元年，「河西節度斷隔吐蕃、突厥，統赤水、大斗、建康、寧寇、玉門、墨離、豆盧、新泉八軍，張掖、交城、白亭三守捉，屯涼、肅、瓜、沙、會五州之境，治涼州，兵七萬三千人。」注：「玉門軍在肅州西二百里，管兵五千二百人。」《新唐書·地理志》肅州酒泉郡玉門縣：「開元中没吐蕃，因其地置玉門軍，天寶十四載廢軍爲縣。」漢罷玉門關戍，徙其人於此，置縣而號玉門，歷代因之。今於老君廟設玉門市，原縣廢爲玉門鎮，在市西北甘新鐵路綫上，瀕疏勒河者是也。然則詩之玉門關或即玉門軍歟？　蓋將軍：底本眉注：「蓋嘉運也，時爲節度使。」此注有誤。蓋嘉運爲河西節度使在開元二十八年，此前爲北庭都護，二十九年吐蕃陷石堡城，嘉運不能禦，天寶元年王倕已代爲節度使，俱載《資治通鑑》。其時岑參尚未第進士也。聞一多以爲乃蓋庭倫。《資治通鑑》卷二一九至德二載正月，「河西兵馬使蓋庭倫與武威九姓商胡安門物等殺節度使周泌，聚衆六萬。武威大城之中小城有七，胡據其五，二城堅守。支度判官崔稱與中使劉日新以二城兵攻之，旬有七日，平之」。《岑參集校注》云，聞氏以詩作於至德元載臘日，則至德二載正月蓋將軍忽由射狐而變爲在涼州殺節度使，難以索解，故疑爲另一蓋將軍而爲玉門軍統帥者。然此詩與《玉關寄長安李主簿》同時，至德元載六月長安陷賊，百官星散，其年冬必不可寄詩長安主簿，故玉關詩當作於天寶十四載冬。蓋庭倫此年在玉門，至德元載亦或爲河西兵馬使兼玉門軍使，因而在武威。故聞説此點可從。

〔二〕行年：所經歷之年歲也。《莊子·天道》輪扁「行年七十而老斲輪」。《國語·晋語四》：「文公問元帥於趙衰，對曰：郤縠可，行年五十矣，守學彌惇。」注：「行，歷也。」　執金吾：禁衛武官名，《通典》卷二十八《左右金吾衛》：「秦有中尉，掌徼循京師，漢武帝太初元年更名執金吾。」《舊唐書·職官》：「左右金吾衛之職，掌宫中及京城晝夜巡警之法，以執禦非違。……凡車駕出入，則率其屬以清遊隊，建白澤、朱雀等旗隊先驅，如鹵簿之法。從巡狩、畋獵，則執其左右營衛之禁。」設大將軍各一人，正三品，將軍各二人，從三品。此蓋將軍則以金吾將軍銜充玉門軍使，爲員外置，非宫中之職也。

〔三〕身長七尺：唐尺約合今日七市寸。

〔四〕犬戎：中國古時稱西部民族爲犬戎，周穆王伐犬戎，幽王爲犬戎所敗是也。唐人則稱吐蕃爲犬戎。孫逖《爲宰相賀隴西破吐蕃表》：「彰睿略之天贊，知犬戎之日蹙。」王涯《論討吐蕃事宜疏》：「犬戎悖亂負恩，爲邊鄙患者數矣。」玉門關之南舊爲羌、吐谷渾界，唐世已爲吐蕃所併，「南鄰犬戎」者謂此。　胡：中國古時稱北方民族爲胡，唐人多稱突厥，岑詩中亦屢見。駱宏義《請急攻金嶺城疏》：「今有降胡來言，賀魯獨據一城，深溝高壘，用以自固。」張説《贈太尉裴公神道碑》：「調露中單于可汗伏念外叛，……群胡顛沛，殺傷滿野。」賀魯、伏念，皆突厥阿史那氏也。玉門關北接突厥界，「北接胡」者謂此。而突厥族又以其役屬之族爲胡，安禄山所謂父胡、母突厥，哥舒翰父突厥、母胡是也。然胡字亦爲泛稱，《送狄員外巡按西山軍》「胡兵猶不歸」，則謂羌、吐蕃也。

〔五〕不虞：謂非常寇盜之事。《尚書・大禹謨》「儆戒無虞」傳：「虞，度也。」《詩・大雅・抑》「用戒不虞」箋：「用備不億度而至之事。」《左傳》桓公十七年，「齊人侵魯疆，疆吏來告。公曰：疆埸之事，慎守其一，而備其不虞」。

〔六〕地爐：前代無聞，唐詩中則屢見。白居易《即事重題》：「重裘暖帽寬氈履，小閣低窗深地爐。」司空圖《修史亭》：「漸覺一家看冷落，地爐生火自温存。」生火，謂燒柴也。杜荀鶴《贈李鐔》：「地爐不暖柴枝濕，猶把蒙求授小兒。」今故宫中清帝居室亦爲地爐，燒炭於下。有氣道經室内而通於外。古制或亦近之。

〔七〕氍毹：毛料之壁毯、地毯。《廣韻》引《風俗通》：「織毛褥謂之氍毹。」

〔八〕鐺：一種三足鍋。《太平御覽》卷七五七引《通俗文》：「鬴有足曰鐺。」鐺，楚庚切。鬴，即釜也。

醍醐：酥爲乳製。《本草綱目》卷五十：「弘景曰：酥出外國，亦從益州來，本牛羊乳所作也。……時珍曰：酥乃酪之浮面所成，今人多以白羊脂雜之，不可不辨。按《臞仙神隱》云，造法以乳入鍋煎二三沸，傾入盆内冷定，待面結皮，取皮再煎，油出去渣，入在鍋内，即成酥油。」醍酥，疑即酥酡。《法苑珠林》卷一一二《酒肉篇》云：「諸天有以珠器飲酒者，受用酥酡之食，色觸香味，皆悉俱足。」宋林洪《山家清供玉糝羹》：「東坡一夕與子由飲，酣甚，搥蘆菔爛煮，不用他料，只研白米爲糝食之。忽放箸撫几曰：若非天竺酥酡，人間決無此味。」

〔九〕紫紱金章：紱，綬也。《後漢書·杜高傳》上書曰：「梁氏一門，……并帶無功之紱。」注：「《蒼頡篇》，紱，綬也。」漢代高官金印紫綬。見《送魏升卿擢第歸東都》詩注〔五〕。《蔡中郎文集讓高陽侯印綬符策》：「退省金龜紫紱之飾，非臣容體所當服佩。」金龜，金印龜紐也。金章，亦金印也。《晉書·輿服志》：「貴人、夫人、貴嬪，是爲三夫人，皆金章紫綬，章文曰：貴人、夫人，貴嬪之章。」南北朝時已多爲銅印。孔稚珪《北山移文》：「紐金章，綰墨綬。」注：「金章，銅印也。」

〔一〇〕蒼頭：漢世奴僕稱蒼頭。《漢書·鮑宣傳》：「蒼頭廬兒，皆用致富。」注：「孟康曰：黎民、黔首，黎、黔皆黑也。下民陰類，故以黑爲號。漢名奴爲蒼頭，非純黑，以別於良人也。諸給殿中者所居爲廬，蒼頭侍從因呼爲廬兒。」《後漢書·劉寬傳》：「嘗坐客，遣蒼頭市酒。」蓋其時以蒼巾爲飾，後遂爲隸僕之稱。古者軍士有蒼頭，《戰國策·魏策》魏王有「蒼頭二十萬」，《史記·項羽本紀》「異軍蒼頭特起」，亦謂蒼巾。則漢始爲僕隸之飾也。

〔二〕閑且都：静雅姣美也。《楚辭·招魂》「待君之閑些」注：「閑，静也。」曹植《美女篇》「美女妖且閑」注：「閑，雅也。」《史記·司馬相如列傳》「雍容閒雅甚都」注：「郭璞曰：都猶姣也。《詩》曰：洵美且都。」《漢書》顔師古注：「都，閒美之稱也。……都者，美也。」閒，同閑。

〔三〕《鳳將雛》：樂曲名。吴聲十四，三曰《鳳將雛》。《晋書·樂志》曰：「《鳳將雛歌》者，舊曲也。應璩《百一詩》言是《鳳將雛》，然則其來舊矣。」《古今樂録》謂其歌辭梁時尚有，陳時已失傳。《韻語陽秋》十五曰：「今日喜聞《鳳將雛》，非聞歌《鳳將雛》也，但取世所無之義耳。」

〔三〕踟蹰：《荀子·禮論》：「今夫大鳥獸，則失亡其群匹，越月踰時則必反鉛過故鄉，則必徘徊焉，鳴號焉，躑躅焉，然後能去之也。」注：「踟蹰，不能去之貌。」鉛，假借爲沿。

〔四〕繡窠：衣上綵繡之紋。崔令欽《教坊記》：「《聖壽樂舞》，衣上皆繡一大窠，……若短汗衫者以籠之，所以藏繡窠也。」　紫羅襦：紫綾所作之短上衣也。襦之制，無領或翻領，露胸，對襟，長僅及腰。其袖多樣，貴婦寬垂及膝，舞女細長，出手尺餘，常服或半袖（即半臂，其内又出小袖至腕，或露臂）。襦下繫長裙。永泰公主墓前室壁畫，侍女長裙上繫胸，襦略掩裙帶。宋徽宗臨摹唐張萱《搗練圖》，裙帶稍下，束在襦外。南唐顧宏才《韓熙載夜宴圖》中，樂伎腰帶亦束襦外，二腰帶下垂及足。以上均豐下儉上。古詩《陌上桑》：「頭上倭墮髻，耳中明月珠。湘綺爲下裙，紫綺爲上襦。」綺，繒帛也。羅敷之服，有墮馬髻，紫羅襦也。漢襦稍長，隋唐特短，五代至宋又漸長也。

〔一五〕紅牙鏤馬：馬，籌碼也，以象牙或骨刻鏤成之，染以紅色，賭博之具。

〔一六〕撒作盧：摴蒱擲骰，五枚全黑曰盧，爲上采。見《送費子歸武昌》詩注〔八〕。

〔一七〕櫪：馬厩也。《晉書・王敦傳》：「每酒後輒詠魏武帝樂府歌曰：老驥伏櫪，志在千里。烈士暮年，壯心不已。」　昂昂：《楚辭・卜居》：「寧昂昂若千里之駒乎？將氾氾若水中之鳧乎，與波上下偷以全吾軀乎？」

〔一八〕桃花叱撥：五代晉李石《續博物志》：「天寶中大宛國進汗血馬六匹，一曰紅叱撥，二曰紫叱撥，三曰青叱撥，四曰黄叱撥，五曰丁香叱撥，六曰桃花叱撥。」

〔一九〕臘日：《説文》：「臘，冬至後三戌臘祭百神。」《風俗通》：「臘者獵也，言因獵取獸，以祭其先祖也。」《荆楚歲時記》：「十二月八日爲臘日。」　千年狐：《太平廣記・説狐》：「狐五十歲，能變化爲婦人，百歲爲美女，爲神巫。……千歲即與天通，爲天狐。」出《玄中記》。《搜神記》卷十八《張茂先》有千年狐精。

〔二〇〕剩沽：再買酒也。《説文》：「賸，物相增加也。」賸同剩。《論語・鄉黨》「沽酒市脯不食」注：「沽，買也。」

贈酒泉韓太守〔一〕

太守有能政〔二〕，遥聞如古人。俸錢盡供客〔三〕，家計亦清貧①〔四〕。酒泉西望玉關道，千山萬磧皆白草。辭君走馬歸長安，思君倏忽令人老〔五〕。

【校勘記】

①〔亦清貧〕《唐百家詩選》亦作常。

【箋注】

〔一〕酒泉：唐肅州酒泉郡。地本月氏所居，匈奴據之，漢武帝元狩二年以其地置酒泉郡。應劭曰：「其水若酒，故曰酒泉也。」唐爲肅州，天寶間復曰酒泉郡，治酒泉縣，即今甘肅酒泉。　太守：州郡長官名。三代天下九州，州有牧。秦設監察御史，漢設刺史，乘傳巡行郡國，此唐按察使之職也。秦以天下爲三十六郡，郡置守，漢曰太守，歷代因之。隋開皇中罷郡，以州統縣，州刺史即太守矣。至唐州郡互爲名，刺史、太守實爲一官。唐初曰刺史，天寶間稱太守也。　詩當作於天寶十載，時由安西歸京途中。

〔二〕能政：能謂才能，能政，佳政也。《漢書·高帝紀上》：「吾非敢自愛，恐能薄，不能完父兄子弟。」注：「師古曰：能謂材也。能本獸名，形似熊，足似鹿，爲物堅中而强力，故人之有賢材者，皆謂之能。」顔説蓋本《説文》也。

〔三〕俸錢：周行井田制。公田視肥瘠分五等，上農夫百畝食九人，此亦下士之禄也，其中士、上士、大夫、卿累進倍之。秦有俸錢。《史記·蕭相國世家》：「高祖以吏繇咸陽，吏皆送奉錢三，何獨以五。」漢有禄米，亦有俸錢。《漢書·貢禹傳》上書曰：「臣禹年老貧窮，家貲不滿萬錢，妻子糠豆不贍，裋褐不完。有田百三十畝，陛下過意徵臣，臣賣田百畝以供車馬。至，拜爲諫議大夫，秩八百石，奉錢月九千二百。……又拜爲光禄大夫，秩二千石，奉錢月萬二千。」歷代因之，爲官者有禄有俸。唐肅州爲下州，刺史從四品下，二百六十石，月俸三千五百，加食料、防閤，通計十一千六百五十七。見《通典》卷三十五。

〔四〕家計：家口生計也。《晋書·甘卓傳》王敦謝卓曰：「君自是臣節，不相責也，吾家計急，不得不爾。」沈約《奏彈王源》：「寵奮胤胄，家計温足。」

〔五〕倏忽：時光疾逝也。見《青山峽口泊舟》詩注〔二〕。

銀山磧西館〔一〕

銀山峽口風似箭①，鐵門關西月如練。雙雙愁淚沾馬毛，颯颯胡沙迸人面〔二〕。丈夫三十未富貴，安能終日守筆硯〔三〕。

【校勘記】

①〔銀山峽口〕《唐詩紀》峽作磧。

【箋注】

〔一〕銀山磧：唐西州地名。《新唐書·地理志》西州交河郡：「自州西南有太平、安昌兩城，百二十里至天山，西南入谷，經礌石磧，二百二十里至銀山磧，又四十里至焉耆界呂光館。」天山，西州縣名，維語轉爲托克遜。自縣西南上大坡，長坂五十里，入谷即所謂銀山道，曲折蜿蜒，兩旁山崖陡立。出谷有一大磧，南北寬約五十里，西頭漸窄，抵山而止。東頭漸寬，出峽後蒼茫無邊，此即銀山磧。南北兩山之間爲沙磧，中間低窪處有水泉、樹木、小片農田。一村名庫米什，維語即銀也，距公路約五里。公路旁有汽車站，數家飯店，亦名庫米什，當爲唐時驛館所在。過庫米什向南登一大坡，又入山谷中，惟較前谷稍緩，約五十里出谷至烏什塔拉，始見人居，此或即古呂光館所在也。

〔二〕迸：崩散迸走也。《後漢書·樊準傳》：「時饑荒之餘，人庶流迸，家户且盡。」

〔三〕安能守筆硯：《後漢書·班超傳》與母至洛陽，家貧，爲官傭書以供養。久勞苦，嘗輟業，投筆歎曰：「大丈夫無它志略，猶當效傅介子、張騫立功異域，以取封侯，安能久事筆研間乎！」

邯鄲客舍歌〔一〕

客從長安來，驅馬邯鄲道〔二〕。傷心叢臺下〔三〕，一旦生蔓草①〔四〕。客舍門臨漳水邊〔五〕，垂楊下繫釣魚船。邯鄲女兒夜沽酒，對客挑燈誇數錢。酩酊醉時月正午②〔六〕，一曲狂歌壚上眠③。

【校勘記】

①〔一旦〕《唐詩紀》旦作帶。②〔月正午〕各本月作日，底本注：日本作月。詩有夜、挑燈字，以月爲是。此從底本注語。③〔狂歌〕《唐音》狂作長，注：一作狂。

【箋注】

〔一〕邯鄲：唐縣名。見《送郭乂雜言》詩注〔六〕。此詩爲北遊河朔之作，在開元二十九年。説見《冀州客舍酒酣貽王綺寄題南樓》詩注〔一〕。

〔二〕驅馬：《詩·鄘風·載馳》：「驅馬悠悠，言至於漕。」

〔三〕叢臺：戰國時趙都邯鄲宫殿遺址名。《漢書·高后紀》元年正月，「趙王宫叢臺灾。」注：「師古曰：連聚非一，故名叢臺。」按今邯鄲市郊西南有古城遺址，名趙王城，殘存基垣東西長五里。其西南角有大土臺，俗呼龍臺，東西二百六十五公尺，南北二百八十五公尺，高十九公尺，上部平坦，成爲農田，有碎瓦片甚多。其正北尚有兩大土臺，東西兩側另有土臺六處，皆爲宫殿遺址。已出土文物有陶瓦、陶水管等。龍臺正北稍遠處，今邯鄲市西北另有兩土臺，殘高十四公尺，縱横各約五六十公尺，俗呼梳妝樓。又今邯鄲城東北角有一高臺，周圍水池環繞，乃築臺取土所成，臺表包磚，上建樓閣，有明萬曆癸巳碑「趙武靈王叢臺遺址」，另郭沫若題字碑一通。此臺孤立一隅，形制較前二者爲新，顯爲後世所建。且既無叢可言，不可曰叢臺也。叢臺當爲龍臺及附近八臺之名也。

〔四〕蔓草：《説文》謂蔓葛屬，葛爲藤類多年生者，此當泛指莖蔓延細長各草，尤指一年生者也。《詩·鄭風·野有蔓草》：「野有蔓草，零露漙兮。」

〔五〕門臨漳水：今邯鄲不臨漳水。然馬戴《邯鄲驛樓作》詩亦云：「蕪没叢臺久，清漳廢御溝。」《水經·濁漳水注》：「白渠水出魏郡武安縣欽口山，東南流經邯鄲縣南，……又東，又有牛首水入焉。水出邯鄲西堵山，……其水東入邯鄲城……又東經叢臺南。」按今邯鄲東有滏陽河自南向北流，其西有堵河自西山來，經趙王城入滏陽河。又有沁河，在堵河北，東流入邯鄲市區，繞明清城西北，過今叢臺公園北，東入滏陽河。古漳水由鄴城東北流，經肥鄉、平鄉而北，今有所謂老漳河者是，不經邯鄲也。然則滏陽河唐世或與漳水相通歟？失考。

〔六〕酩酊：醉甚也。《水經·沔水注》：「山季倫之鎮襄陽，每臨此池，未嘗不大醉而還，恒言此是我高陽池。故時人爲之歌曰：山公出何去，往至高陽池。日暮倒載歸，酩酊無所知。」《世説新語》作茗艼。清黄生《義府》下：「酩酊二字古所無，《世説》茗艼無所知，蓋借用字，今俗云懵懂，即茗艼之轉也。又《列子》眠娗諈諉，張湛注，眠娗，不開通貌。詳注義，眠娗當讀茗艼。」

【評論】

王夫之《唐詩評選》：「短而不淺，較所謂《湖上對酒作》豈不有都野之别？看他轉韻不用承合，自然浹洽處豈非歌行獨步！」

宿蒲關東店憶杜陵别業〔一〕

關門鎖歸路①，一夜夢還家。月落河上曉，遥聞春樹鴉②。長安二月歸正好，杜陵樹邊純是花。

【校勘記】

①〔歸路〕《唐詩紀》路作客。　②〔春樹〕張遜業本春作秦。

【箋注】

〔一〕蒲關：一名蒲津關，宋改大慶關，舊址在黄河西岸，一九五八年河西徙，舊關址沖没，其地在今永濟縣蒲關鄉西淤成之河灘中。《元和志》卷十二蒲州河東縣：「蒲坂關，一名蒲津關，在縣西四里。……今造舟爲梁，其制甚盛，每歲徵竹索價，謂之橋脚錢，數至二萬，亦關河之巨防。」《新唐書·地理志》河東郡河西縣：「有蒲津關，一名蒲坂，開元十二年鑄八牛，牛有一人策之，牛下有山，皆鐵也，夾岸以維浮梁。」　杜陵：漢杜縣東有黄土原，漢宣帝葬其地，乃名杜陵，杜縣亦改名杜陵。《漢書·宣帝紀》：「元康元年春，以杜東原上爲初陵，更名杜縣爲杜陵。」又《元帝紀》：「初元元年春正月辛丑，孝宣皇帝葬杜陵。」注：「臣瓚曰：杜陵在長安南五十里也。」《元和志》京兆府萬年縣：「杜陵，在縣東南二十里。」漢長安在唐長安西北，故曰南五十里。三國魏改杜陵縣爲杜縣，北周廢入萬年，而杜陵之名至今不改。　岑氏杜陵别業：宋世已湮没。張禮《遊城南記》：「嘗讀唐人詩集，岑嘉州有杜陵別業，而石鱉谷、高冠谷皆有其居，……今皆湮没，漫不可尋，蓋不特何將軍山林而已。」　此遊河東詩，當作於天寶十一、二載年初。見《驪姬墓下作》詩注〔一〕。

感遇二首〔一〕

五花驄馬七香車〔二〕，云是平陽帝子家〔三〕。鳳凰城頭日欲斜〔四〕，門前高樹鳴春鴉①。漢家魯元君不聞〔五〕，今作城西一古墳。昔來惟有秦王女〔六〕，猶自吹簫乘白雲②。

又

北山有芳杜〔七〕，靡靡花正發〔八〕。未及得採之，秋風忽吹殺。君不見拂雲百丈青松柯，縱使秋風無奈何。四時長作青黛色③，可憐杜花不相識。

【校勘記】

①〔春鴉〕底本、明抄本注：春一作禁。　②〔猶自〕底本猶作獨，此從明抄本，蓋以弄玉吹簫有簫史相伴，非獨自也。〔乘白雲〕底本注：乘一作騎。　③〔長作〕明抄本長作純，正德成都本作常。

【箋注】

〔一〕此詩《唐詩紀》等分爲二詩，題同。　此詩年代未詳，或爲天寶年間之作。

〔二〕七香車：香木車也。《曹公與楊太尉書論刑楊修》：「謹贈足下……七香車一乘。」《古文苑》注：「以七種香木爲車。」

〔三〕平陽帝子：平陽公主，唐高祖李淵第三女，柴紹之妻，居長安。李淵將起兵，柴紹簡行赴太原，公主歸鄠縣莊所，招引亡命，得七萬人，掠地京兆以西下之。長安平，封平陽公主。平陽，後魏改鄘縣爲平陽也。前漢景帝、後漢明帝女均封平陽公主。春秋秦寧公居平陽，今岐山西南。

〔四〕鳳凰城：謂京都長安。盧照鄰《首春貽京邑文士》詩：「寒辭楊柳陌，春滿鳳凰城。」秦穆公女弄玉吹簫，引鳳凰來京城，因名京城爲鳳凰也。參見《左僕射東齋幽居》詩注〔八〕。

〔五〕漢家魯元：魯元公主，漢高祖長女，吕后所生，嫁張耳子敖。張守節云，魯元公主墓在咸陽西北二十五里。

〔六〕秦王女：《列仙傳》云，春秋秦繆公女弄玉好吹簫，一旦隨鳳仙去。

〔七〕芳杜：即杜蘅。見《宿華陰東郭客舍》詩注〔五〕。

〔八〕靡靡：本順隨之義，《尚書·畢命》「商俗靡靡」，《史記·張釋之列傳》「天下隨風靡靡」，義皆同。《詩·王風·黍離》「行邁靡靡」義爲遲遲。《戰國策·中山策》「以靡其財」注：「靡，猶穠麗也。」《吴都賦》「任俠之靡」注：「靡，美也。」此詩靡靡花發，作遲遲、穠麗解均通。

客舍悲秋有懷兩省舊遊呈幕中諸公〔一〕

三度爲郎便白頭〔二〕，一從出守五經秋〔三〕。莫言聖主長不用〔四〕，其那蒼生應未休〔五〕。人間歲月如流水，客舍秋風今又起。不知心事向誰論，江上蟬鳴空滿耳①。

【校勘記】

①〔蟬鳴〕《文苑英華》鳴作聲。

【箋注】

〔一〕詩言秋風又起，岑參大曆三年秋罷官，今又秋日，當爲大曆四年秋。

〔二〕三度爲郎便白頭：張衡《思玄賦》「尉龙眉而郎潛兮」，李善注引《漢武故事》曰：「顔駟不知何許人，漢文帝時爲郎。至武帝，嘗輦過郎署，見駟龙眉皓髮，上問曰：叟何時爲郎？何其老也？答曰：臣文帝時爲郎，文帝好文而臣好武，至景帝好美而臣貌醜，陛下即位好少而臣已老，是以三世不遇，故老於郎署。」杜確謂岑參「入爲詞部、考功二員外郎，轉虞部、庫部二正郎，又出爲嘉州刺史，副元帥相國杜公鴻漸表公職方郎中兼侍御史，列於幕府。」如此，應五度爲郎。

〔三〕五經秋：自永泰元年出守嘉州，至大曆四年爲五年。

〔四〕聖主：謂唐代宗李适。适音括。

〔五〕其那：那，奈何。王昌齡《從軍行》：「烽火城西百尺樓，黄昏獨上海風秋。更吹羌笛《關山月》，無那金閨萬里愁。」無那，無奈何也。此字唐人多用之。李白《長干行》：「那作商人婦，愁水復愁風。」那作，奈何作也。

衛節度赤驃馬歌①〔一〕

君家赤驃畫不得，一團旋風桃花色。紅纓紫鞚珊瑚鞭②〔二〕，玉鞍錦韉黄金勒〔三〕。請君鞴出看君騎③〔四〕，尾長窣地如紅絲④〔五〕。自矜諸馬皆不及，却憶百金初買時⑤。香街紫陌鳳城内〔六〕，滿城見者誰不愛⑥。揚鞭驟急白汗流〔七〕，弄影行驕碧蹄碎〔八〕。紫髯胡雛金剪刀，平明剪出三騣高。櫪上看時獨意氣〔九〕，衆中牽出偏雄豪〔一〇〕。騎將獵向南山口，城南狐兔不復有。草頭一點疾如飛，却使蒼鷹翻向後。憶昨看君朝未央〔一一〕，鳴珂擁蓋滿路香⑦〔一二〕。始知邊將真富貴，可憐人馬相輝光。男兒稱意得如此〔一三〕，駿馬長鳴北風起。待君東去掃胡塵，爲君一日行千里。

【校勘記】

①〔衛節度〕《唐百家詩選》、《唐詩紀事》作衛尚書，底本、明抄本亦注：一作衛尚書。衛伯玉作荆南節度使時始加檢校工部尚書，已在安史亂平之後，此詩爲亂中之作，時尚未加尚書也。②〔紫鞚〕明抄本鞚作䩫。〔珊瑚〕底本注：一作玳瑁。③〔鞴出〕《唐百家詩選》、《唐詩紀事》鞴作鞁。〔看君騎〕底本君作馬，此從明抄本、《唐百家詩選》。④〔窣地〕明抄本窣作窣。⑤〔初買〕《唐百家詩選》、《唐詩紀事》初作新。⑥〔滿城〕《唐百家詩選》作行人。⑦〔滿路香〕底本

注：路一作邑。

【箋注】

〔一〕衛節度：衛伯玉，天寶中爲安西員外諸衛將軍，又轉隴右神策軍爲將。肅宗即位，以神策軍兵馬使出鎮陝州。乾元二年十二月破安禄山將李歸仁，遷四鎮行營節度使。上元元年八月爲神策軍節度使，曾破史思明於長水、永寧間。後爲荊南節度使，大曆十一年入朝，卒於長安。新、舊《唐書》有傳。　節度：本謂部署制約。《後漢書·皇甫規傳》上疏：「自臣受任，志竭愚鈍，實賴兗州刺史牽顥之清猛，中郎將宗資之信義，得承節度，幸無咎譽。」又《劉虞傳》：「詔令公孫瓚討烏桓，受虞節度。」三國吴設節度之官，職掌軍糧。《三國志·吴·諸葛恪傳》：「權甚異之，欲試以事，令守節度。節度掌軍糧，文書繁猥，非其好也。」注引《江表傳》曰：「權爲吴王，初置節度官，使典掌軍糧，非漢制也。」晉始有使持節、持節、假節之名。《通典》卷三十二：「大唐諸州復有總管，亦加號使持節。……其邊方有寇戎之地則加以旌節，謂之節度使。自景雲二年四月始以賀拔延嗣爲涼州都督，充河西節度使。其後諸道因同此號，得以軍事專殺，行則建節，府樹六纛，外任之重莫比焉。」　此詩當作於上元年間，在虢州。

〔二〕紫鞚：紫色之馬勒。吴均《贈周散騎興嗣詩》：「朱輪玳瑁車，紫鞚連錢馬。」　珊瑚鞭：以珊瑚所飾之馬鞭。《晉書·吕纂載記》：「即序胡安據盜發張駿墓，見駿貌如生，得真珠簏、琉璃榼、白玉尊、赤玉簫、紫玉笛、珊瑚鞭、馬腦鍾。」《北堂書鈔》卷一二六《馬鞭》：「施象牙，飾珊瑚。」注引《涼州記》云：「咸寧二年，發張駿墓，得馬鞭，飾以珊瑚。」

〔三〕錦韉：馬身加鞍，鞍下藉以軟物，曰韉，此以綢緞類爲韉也。《木蘭詩》：「東市買駿馬，西市買鞍韉，南市買轡頭，北市買長鞭。」　黄金勒：以黄金飾勒也。王僧孺《白馬篇》：「千里生冀北，玉鞘黄金勒。」按《釋名·釋車》：「勒，絡也，絡其頭而引之也。」此即鞚字之義，所以制馬口也。然制馬口必有銜，俗所謂馬嚼子者，故後漢已單謂馬銜曰勒。《後漢書·杜篤傳·論都賦》：「席卷漠北，叩勒祁連。」注：「勒謂銜勒也。」又《烏桓傳》「男子能作弓矢鞍勒」注：「勒，馬銜也。」

〔四〕韛：加鞍韉，繫之，以備乘也。王昌齡《塞上曲》：「遥見胡地獵，韛馬宿嚴霜。」

〔五〕窣地：拂地也。唐玄宗《入秦川路逢寒食》詩：「洛陽芳樹映天津，灞岸垂楊窣地新。」

〔六〕香街：長安京城之街市也。宋之問《奉和九日登慈恩寺浮屠應制》詩：「香街稍欲晚，清蹕欲歸天。」羅隱《昇平公主舊第》詩：「壇場客散香街暝，惆悵齊竽次第吹。」　紫陌：京師街衢道路也。《史記·天官書》云，北極星爲天帝，衆星環之，謂之紫宫。後世以紫爲帝王、神仙之色。陌，路也。謝莊《烝齋應詔詩》：「紫陌協笙鏞，金途展應輮。」唐玄宗《遊興慶宫作》：「代邸青門右，離宫紫陌陲。」

〔七〕白汗：不緣暑而汗。《戰國策·楚策》汗明見春申君曰：「君亦聞驥乎？夫驥之齒至矣，服鹽車而上太行，蹄申膝折，尾湛胕潰，漉汁灑地，白汗交流，中阪遷延，負轅不能上。」

〔八〕碧蹄：碧，青色玉，碧蹄，貴之也，唐人多用之。韓翃《看調馬》詩：「鴛鴦赭白齒新齊，晚日花中散碧蹄。」張仲素《天馬辭》：「來時欲盡金河道，獵獵輕風在碧蹄。」

〔九〕意氣：意志氣度也。《呂氏春秋·審分覽》：「意氣得遊乎寂寞之宇矣，形性得安乎自然之所矣。」《史記·晏嬰列傳》：「晏子爲齊相，出，其御之妻從門間而闚其夫。其夫爲相御，擁大蓋，策駟馬，意氣揚揚，甚自得也。」

〔一〇〕雄豪：英武傑出也。《文選·吴都賦》：「英喆雄豪，佐命帝室。」

〔一一〕未央：漢宫殿名，借喻唐帝闕。

〔一二〕珂：馬勒飾物，見《送張祕書充劉相公通汴河判官》詩注〔三〕。 蓋：儀仗，狀如傘而圓邊下垂者。《周禮·夏官·道右》：「王式則下前馬，王下則以蓋從。」賈公彦曰：「蓋有二種，一者禦雨，二者志尊，此則志尊之蓋也。」《唐會要·輿服章·服品第》：「五品以上，著珂傘。」傘即蓋也。

〔一三〕稱意：順心合意也。見《送魏四落第還鄉》詩注〔二〕。

田使君美人如蓮花北鋋歌 此曲本出北同城①〔一〕

美人舞如蓮花旋②〔二〕，世人有眼應未見。高堂滿地紅氍毹③，試舞一曲天下無。此曲胡人傳入漢，諸客見之驚且歎。曼臉嬌娥纖復穠④〔三〕，輕羅金縷花葱蘢〔四〕。回裾轉袖若飛雪，左鋋右鋋生旋風。琵琶横笛和未匝〔五〕，花門山頭黄雲合⑤〔六〕。忽作《出塞》《入塞》聲〔七〕，白草胡沙寒颯颯。翻身入破如有神〔八〕，前見後見回回新。始知諸曲不可比，《採蓮》《落梅》徒聒耳⑥〔九〕。世人學舞只是舞，姿態豈能得如此。

【校勘記】

①〔北鋋〕明抄本同此。《唐百家詩選》鋋作鋌，《唐詩紀事》作旋（字書無此字），張遜業本作鋋，《岑參集校注》改此字作旋。《唐詩紀事》於北字上加舞字，《唐詩紀》於如字前加舞字。〔此曲本出北同城〕底本等無此題下小注，《唐百家詩選》有此注，此從之。②〔首句〕《唐百家詩選》作「如蓮花，如北鋌」，《唐詩紀事》同，鋌作旋（字書無此字）。③〔高堂〕底本、明抄本、《唐詩紀事》堂作臺，此從《唐百家詩選》。〔紅氍毹〕《唐詩紀事》紅作鋪。④〔曼臉〕底本、明抄本、《唐百家詩選》、《唐詩紀事》曼均作慢，底本《梁園歌》「嫦娥曼臉成草蔓」，此從之。慢，曼之假借字。劉孝綽《同武陵王看妓詩》「迴羞出曼臉」，《玉臺新詠》、《初學記》所引均作慢臉。⑤〔花門〕《唐百家詩選》門作開。⑥〔聒耳〕《唐詩紀事》耳作人。

【箋注】

〔一〕北鋋歌：底本注：「蓮花北鋋，舞曲名，未詳。」題曰「如蓮花」，則謂美人，曲名則只應作「北鋋」也。《樂府詩集》舞曲歌辭有《劍俞》、《矛俞》、《弩俞》，無北鋋之名。鋋，猶梃，亦兵器也，銅鐵爲之。《吕氏春秋·簡選》：「鋤櫌白梃，可以勝人之長銚利兵。」然則亦巴俞舞《劍俞》之類歟？　如蓮花：面色美也。《舊唐書・楊再思傳》：「易之弟昌宗以姿貌見寵倖，再思又諛之曰：人言六郎面似蓮花，再思以爲，蓮花似六郎，非六郎似蓮花也。」　北同城：即寧寇軍，原爲同城守捉。《元和志》卷四十甘州删丹縣：「寧寇軍，在居延水兩汊中，天寶二年置。」《資治通鑑》卷二〇三武后垂拱元年六月，「同羅、僕固等諸部叛，遣左豹韜衛將軍劉敬同發河西騎士出居延海以討之，同羅、僕固等皆敗散。敕僑置安北都護府於同城以納降者。」注：「同城，即删丹之同城守捉，天寶二載改爲寧寇軍。」陳子昂《爲喬補闕論突厥表》：「臣比在同城，接居延海，……其地東、西及北，皆是大磧，磧並石鹵，水草不生。突厥嘗所大入，道莫過同城。今居延海澤接張掖河，中間堪營田處數千百頃，水草畜牧，供巨萬人。」　詩當作於天寶九載，與《寄宇文判官》同時。說見該詩注〔一〕。

〔二〕舞如蓮花旋：《岑參集校注》改首句爲「如蓮花，舞北旋」，以北旋爲舞名，即胡旋一類。《樂府雜録・舞工》有胡旋、胡騰、旋甘州。按胡旋出自康居國，《舊唐書・音樂志》稱其舞「疾轉如風」。安禄山能作胡旋舞，亦疾如風。此詩所言雖旋轉而較慢，「若飛雪」即不能太疾也。《樂府雜録・俳優》曰：「舞有骨鹿舞，胡旋舞，俱於一小圓毬子上舞，縱横騰踏，兩足終不離於毬子上，其妙如此也。」此舞亦不在毬上。再者，旋字極易識，不當與鋋、錠字混。因之，北鋋恐非北旋之誤也。

〔三〕曼臉：美面也。見《梁園歌》注〔五〕。　嬌娥：美女也。《方言》卷一：「娥，好也，秦曰娥。」

又二：「秦晉之間美貌謂之娥。」徐陵《玉臺新詠序》：「本號嬌娥，曾名巧笑。」陳後主《關山月》：「看時使人憶，爲似嬌娥照。」嬌，美也。梁簡文帝《長安有狹斜行》：「小婦最容冶，映鏡學嬌顰。」　纖復穠：既苗條又豐潤也。宋玉《神女賦》：「穠不短，纖不長。」曹植《洛神賦》：「穠纖得衷，脩短合度。」穠，通穠。

〔四〕輕羅：細綢也。梁武帝《擣衣篇》：「輕羅飛玉腕，弱翠低紅妝。」　葱蘢：繁盛也。郭璞《江賦》「潛薈葱蘢」注：「葱蘢，青盛貌。」

〔五〕匝：周也，遍也。《史記·高祖本紀》：「更旗幟，黎明，圍宛城三匝。」

〔六〕花門山：居延海北三百里有花門山堡，其東北千里爲回紇牙帳。

〔七〕《出塞》《入塞》：樂府横吹曲名。《西京雜記》：「戚夫人善爲翹袖折腰之舞，歌《出塞》、《入塞》、《望歸》之曲。」本軍中之樂，馬上奏之，隋以後横吹始用於鹵簿。觀此詩，唐人亦用以伴舞也。

〔八〕入破：曲調中轉折之名。唐大曲有散序、中序、破，又再分爲十二編（亦作遍），破之首編爲入破。《大唐傳載》：「天寶中樂章多以邊地爲名，若涼州、甘州、伊州之類是焉，其曲編繁聲名入破。」《唐音癸籤》：「唐人一曲遍中繁聲爲入破。……如《水調歌頭》凡十一叠，第六叠爲入破。當是曲半調入急促，破其悠長者爲繁碎，故名破耳。」

〔九〕《採蓮》：曲名。《古今樂録》曰：「梁天監十一年冬，武帝改西曲，制《江南上雲樂》十四曲，《江南弄》七曲，一曰《江南弄》，二曰《龍笛曲》，三曰《採蓮曲》。」《落梅》：曲名。《樂府雜録》：「笛，羌樂也，有《落梅花》曲。」郭茂倩曰：「《梅花落》，本笛中曲也。按唐大角曲亦有《大單于》、《小單于》、《大梅花》、《小梅花》等曲，今其聲猶有存者。」或云，晋桓伊善吹笛，撰《落梅花》曲，又名《梅花落》。今笛曲中有《梅花三弄》，或其遺制也。聒耳：《潛夫論·勸將》：「今兵巧之械盈乎府庫，孫吴之言聒乎將耳。」王逸《九思·疾世》：「鴳雀列兮譁讙，鴝鵒鳴兮聒余。」注：「多聲亂耳爲聒。」嵇康《與山巨源絶交書》爲吏有七不堪，「或賓客盈座，鳴聲聒耳，囂塵臭處，千變百伎，在人目前，六不堪也。」

裴將軍宅蘆管歌〔一〕

遼東九月蘆葉斷〔二〕，遼東小兒採蘆管。可憐新管清且悲，一曲風飄海頭滿〔三〕。海樹蕭索天雨霜①〔四〕，管聲寥亮月蒼蒼〔五〕。白狼河北堪愁恨〔六〕，玄兔城南皆斷腸〔七〕。遼東將軍長安宅，美人蘆管會佳客。弄調啾颼勝洞簫，發聲窈窕欺横笛〔八〕。夜半高堂客未回，祇將蘆管送君杯。巧能陌上驚楊柳〔九〕，復向園中誤落梅〔一〇〕。諸客愛之聽未足，高捲珠簾列紅燭。將軍醉舞不肯休，更使美人吹一曲。

【校勘記】

①〔蕭索〕底本注：索本作條。

【箋注】

〔一〕裴將軍：未詳。　蘆管：樂器名。《文獻通考》卷一三八：「胡人截蘆爲之，大概與觱篥相類，出於北國。」唐馮翊《桂苑叢談》云：「其管絶微，每於一觱篥中常容三管也，聲如天際自然而來，情思寬閑。」今日本奈良正倉院有唐蘆管，其管爲竹木，以蘆葉爲簧也。見《北京晚報》一九八一年七月十五日四版《蘆管聲聲傳友情》。

〔二〕遼東：秦漢有遼東郡，唐有遼州，轄今遼寧省遼河以東地。

〔三〕海頭：海邊也。盧僎《稍秋晚坐閣遇舟東下揚州即事寄上族父江陽令》詩：「掌憲時持節，爲邦邈海頭。」

〔四〕蕭索：陶淵明《自祭文》：「天寒夜長，風氣蕭索。」江淹《恨賦》：「中散下獄，神氣激揚，濁醪夕引，素琴晨張，秋日蕭索，浮雲無光。」渭衰颯也。

〔五〕寥亮：清澈而高揚也。向秀《思舊賦序》：「於時日薄虞淵，寒冰凄然，鄰人有吹笛者，發聲寥亮。」

〔六〕白狼河：今大凌河。《水經·遼水注》：「遼水又右會白狼水，水出右北平白狼縣東南，……白狼水又北，逕黄龍城東，《十三州志》曰，遼東屬國都尉治，昌黎城有黄龍亭者也，魏營州刺史治。《魏氏土地記》曰，黄龍城西南有白狼河，東北流，附城東北下，即是也。」魏營州即今朝陽縣。

〔七〕玄兔城：漢武帝置玄兔郡，治沃沮，約在今圖門江南，昭帝時移治高句驪，在今撫順市東新賓縣一帶，晉時又移圖門江南。《漢書·地理志》：「玄菟郡，武帝元封四年開。户四萬五千六，口二十二萬一千八百四十五。縣三，高句驪，上殷台，西蓋馬。」《三國志·魏書·東沃沮傳》：「漢初，燕亡人衛滿王朝鮮，時沃沮皆屬焉。漢武帝元封二年伐朝鮮，殺滿孫右渠，分其地爲四郡，以沃沮爲玄菟郡。後爲夷貊所侵，徙郡勾麗西北，今所謂玄菟故府是也。」按《後漢書·郡國志》，遼東郡（治襄平縣，今遼陽北）在雒陽東北三千六百里，玄菟郡（治高句驪），在雒陽東北四千里。《漢志》謂高句驪「遼水所出」，郭璞注《山海經》謂乃小遼水。近人考證以爲小遼水即渾河，玄菟故址在新賓縣境也。

〔八〕窈窕：《詩·周南·關雎》「窈窕淑女」傳：「窈窕，幽閑也。」《楚辭·九歌·山鬼》「子慕余兮善窈窕」《補注》：「《方言》云，美膚爲窕，美心爲窈。注：窈，幽静，窕，閑都也。」

〔九〕驚楊柳：雙關語。驚楊柳樹，且使《楊柳》曲爲之失色也。《樂府詩集》卷二十漢鼓吹曲辭有《折楊柳》二十五首。卷二十五梁鼓角横吹曲又有五首，唐白居易等又有《楊柳枝》多首。

〔一〇〕誤落梅：亦雙關語，《落梅花》乃笛曲也。

太白胡僧歌并序〔一〕

太白中峰絶頂有胡僧，不知幾百歲，眉長數寸。身不製繒帛〔二〕，衣以草葉，恒持《楞伽經》①〔三〕。雲壁迥絶，人跡罕到。嘗東峰有鬬虎②，弱者將死，僧杖而解之。西湫有毒龍，久而爲患，僧器而貯之。商山趙叟③〔四〕，前年採茯苓〔五〕，深入太白，偶值此僧，訪我而説④。予恒有獨往之意，聞而悦之。乃爲歌曰：

聞有胡僧在太白，蘭若去天三百尺〔六〕。一持《楞伽》入中峰，世人難見但聞鐘。窗邊錫杖解兩虎〔七〕，牀下鉢盂藏一龍⑤〔八〕。草衣不針復不綫⑥，兩耳垂肩眉覆面。此僧年紀那得知⑦，手種青松今十圍。心將流水同清凈⑧，身與浮雲無是非。商山老人已曾識，願一見之何由得。山中有僧人不知⑨，城裏看山空黛色。

【校勘記】

①〔恒持〕《唐百家詩選》恒作常。②〔東峰〕底本、明抄本東作果，當誤，此從《唐百家詩選》。③〔商山趙叟〕底本作商叟，此從《唐百家詩選》。④〔訪我而説〕底本、明抄本無而説，此從《唐百家詩選》。⑤〔藏一龍〕《唐百家詩選》藏作盛。⑥〔復不綫〕《唐百家詩選》復作亦。⑦〔年紀〕張遜業本紀作幾。⑧〔同清凈〕《唐百家詩選》同作日。⑨〔人不知〕張遜業本知作識。

【箋注】

〔一〕太白：山名，在陝西省郿縣南。見《秋夜宿仙遊寺南涼堂》詩注〔二〕。詩作於廣德二年，時爲虞部郎中。

〔二〕繒帛：絲綢類總名。繒即帛，或云帛類總名繒，或云雜帛名繒，其義一也。

〔三〕《楞伽經》：楞伽本山名，在師子國（今斯里蘭卡）東南隅，傳説如來佛曾講經於此。《楞伽經》今有三譯本，南朝宋求那跋陀羅、北魏菩提流支、唐實叉難陀三人所譯卷次不同。

〔四〕商山：《資治通鑑》卷一五七梁武帝大同三年，「高敖曹自商山轉鬭而進」注：「杜佑曰：商山在商州上洛縣。」又二四五唐文宗太和九年，「顧師邕流儋州，至商山，賜死。」注：「商山即商嶺也，所謂繞霤七盤是也。刺史李西華患此路之險，自藍田至内鄉開新道七百餘里，迴山取途，人不病涉，謂之偏路，行旅便之。」

〔五〕茯苓：菌類，産於松樹根上，可入藥。《淮南子・説山訓》：「千年之松，下有茯苓，上有兔絲。」

〔六〕蘭若：寺院，見《寄青城龍溪奂道人》詩注〔六〕。　去天三百尺：《太平御覽》卷四十引辛氏《三秦記》云：「太白山在武功縣南，去長安三百里，不知高幾許。俗云：武功太白，去天三百。」

〔七〕錫杖解虎：《續高僧傳》十六：《齊鄴西龍山雲門寺釋僧稠傳》云，僧稠俗姓孫，鉅鹿人，備通經史，徵爲太學博士。二十八歲覽佛經，乃出家爲僧，曾求道於趙州、定州、少林寺、嵩岳寺。後遊懷州王屋山，「聞兩虎交鬭，乃以錫杖中解，各散而去。」

〔八〕鉢盂：僧食器名。見《送青龍招提歸一上人》詩注〔一〇〕。

范公叢竹歌並序〔一〕

職方郎中兼侍御史范公〔二〕，迺於陝西使院内種竹〔三〕，新製叢竹詩以見示。美范公之清致雅操〔四〕，遂爲歌以和之。

世人見竹不解愛，知君種竹府庭内。此君託根幸得所①，種來幾時聞已大。盛夏脩脩叢色寒②〔五〕，閑宵摵摵葉聲乾〔六〕。能清案牘簾下見，宜對琴書窗外看。爲君成陰將蔽日，迸笋穿階踏不出。守節偏凌御史霜〔七〕，虚心願比郎官筆〔八〕。君莫愛南山松樹枝，竹色四時也不移。寒天草木黄落盡，猶自青青君始知。

【校勘記】

①〔幸得所〕張遜業本所作地。　②〔盛夏〕張遜業本夏作暑。

【箋注】

〔一〕范公：《岑詩繫年》據杜詩《泛舟送魏十八倉曹還京因寄岑中允參范郎中季明》，以爲此范公即范季明。餘事不詳。　岑參虢州詩多有范侍御、范端公，當即此范公。此詩亦當作於虢州，在上元年間。

〔二〕職方郎中：唐尚書兵部曹官名。《通典》卷二十三兵部職方郎中：「《周禮·夏官》有職方氏，掌天下之圖，辨九州之國，歷代無聞。至後周依《周官》，隋初有職方侍郎，煬帝除侍字，武德中加中字。」《新唐書·百官志》：「職方郎中、員外郎各一人，掌地圖、城隍、鎮戍、烽候、防人道路之遠近及四夷歸化之事。凡圖經，非州縣增廢，五年乃脩，歲與版籍偕上。凡蕃客至，鴻臚訊其國山川、風土，爲圖奏之，副上於職方；殊俗入朝者，圖其容狀、衣服以聞。」此范公或以省郎入幕，或以京銜充職幕府，其時均爲員外官也。　侍御史：爲執法之官，歷代皆有。《通典》卷二十四：「侍御史凡四員，内供奉二員，掌糾察内外，受制出使，分判臺事，又分直朝堂。……侍御史之職有四，謂推、彈、公廨、雜事，定殿中、監察以下職事及進名改轉，臺内之事悉主之，號爲臺端，他人稱之曰端公，其知雜事者謂之雜端，最爲雄劇。」自天寶二年敕停諸道節度使以御史充判官，其後皆假以虚銜也。

〔三〕陝西使院：《舊唐書·肅宗紀》上元元年四月，「庚寅，以右羽林大將軍郭英乂爲陝州刺史、陝西節度、潼關防禦等使。」《新唐書·方鎮表》上元元年，「改陝虢華節度爲陝西節度，兼神策軍使，尋置觀察使」。陝西使院在陝州也。

〔四〕清致：風致清幽也。《南史·柳世隆傳》：「長子悦字文殊，少有清致。」　雅操：立身高雅也。《晉書·山濤傳》晉文帝與濤書：「足下在事清明，雅操邁時。」《周書·長孫儉傳》太祖謂儉曰：「名實理須相稱，尚書既志安貧素，可改名儉，以彰雅操。」

〔五〕翛翛：此字多音。《詩·豳風·鴟鴞》「予尾翛翛」，唐石經作脩脩。《莊子·大宗師》「翛然而往，翛然而來」《釋文》或音蕭，或音叔，或音悠。此詩當音蕭，草木茂盛貌。謝朓《冬日晚郡事隙詩》：「颯颯滿池荷，翛翛蔭窗竹。」

〔六〕摵摵：葉落聲，音索。晉盧諶《時興詩》：「摵摵芳葉零，橤橤芳華落。」

〔七〕御史霜：《通典》卷二十四：「御史爲風霜之任，彈糾不法，百僚震恐。」御史臺亦名霜臺也。

〔八〕郎官筆：漢郎官月賜赤管大筆一雙。見《漢官儀》。

優鉢羅花歌並序〔一〕

參嘗讀佛經，聞有優鉢羅花，目所未見。天寶景申歲①〔二〕，參忝大理評事〔三〕，攝監察御史〔四〕，領伊西北庭度支副使〔五〕。自公多暇〔六〕，乃於府庭内栽樹種藥〔七〕，爲山鑿池，婆娑乎其間，足以寄傲〔八〕。交河小吏有獻此花者，云得之於天山之南。其狀異於衆草，勢巃嵸如冠弁〔九〕，嶷然上聳〔一〇〕，生不傍引，攢花中拆〔一一〕，駢葉外包〔一二〕，異香騰風②，秀色媚景〔一三〕。因賞而歎曰：爾不生於中土，僻在遐裔〔一四〕，使牡丹價重〔一五〕，芙蓉譽高〔一六〕，惜哉！夫天地無私，陰陽無偏，各遂其生，自物厥性〔一七〕。豈以偏地而不生乎？豈以無人而不芳乎？適此花不遭小吏〔一八〕，終委諸山谷〔一九〕，亦何異懷才之士，未會明主，擯於林藪耶〔二〇〕？因感而爲歌。歌曰：

白山南〔二一〕，赤山北〔二二〕，其間有花人不識，緑莖碧葉好顔色。葉六瓣，花九房，夜掩朝開多異香，何不生彼中國兮生西方〔二三〕。移根在庭，媚我公堂，恥與衆草之爲伍，何亭亭而獨芳〔二四〕。何不爲人之所賞兮，深山窮谷委嚴霜〔二五〕。吾竊悲陽關道路長，曾不得獻於君王。

【校勘記】

①〔景申〕明抄本等景作庚，誤，説見注〔二〕。　②〔騰風〕底本空缺，此從明抄本補。正德成都本作

襲人。

【箋注】

〔一〕優鉢羅花：《慧苑音義》上：「優鉢羅，具正云尼羅烏鉢羅。尼羅者，此云青；烏鉢羅者，花號也。其葉狹長，近下小圓，向上漸尖，佛眼似之，經多爲喻。其花莖似藕，稍有刺也。」《新疆風物志》謂即今所謂雪蓮者。

〔二〕景申歲：即丙申年，天寶十五載。李淵祖名虎，諱虎爲武；父名昞，又諱丙爲景。

〔三〕忝：《爾雅·釋言》：「忝，辱也。」《書·堯典》：「岳曰：否德忝帝位。」《詩·小雅·小宛》：「夙興夜寐，勿忝爾所生。」忝某官，謂有辱官號也。　大理評事：杜甫《爲遺補薦岑參狀》謂「宣議郎、試大理評事、攝監察御史賜緋魚袋岑參」，則應爲試大理評事也。漢元帝時，人薦朱雲可以六百石秩試守御史大夫，謂初未即真，一歲後始給全俸。武后天授二年大置試官，謂無正職事之員外官。宋林駉《古今源流至論續集》八：「唐朝以職事高者爲守，以職事卑者爲行，未爲正命者爲試。」宋朝之制，下二等者爲試，此頗異於唐制。然岑參爲宣議郎，本品乃從七品下，今試八品下之大理評事，乃無職事之員外銜也。

〔四〕攝監察御史：杜甫《薦狀》、岑參自序均爲「攝」監察御史，杜確《序》則謂「兼」監察御史。攝之於官，古有二義。一爲代。《周禮·春官·大宗伯》：「大祭祀，王若不與，則攝而薦豆籩徹。」《周書·金縢》：「武王既喪，管叔及其群弟乃流言於國。」注：「武王死，周公攝政，其弟管叔及蔡叔、霍叔乃放言於國以誣周公。」此二例皆爲代義。二爲兼。《左傳》昭公十三年七月，晋治兵，「羊舌鮒攝司馬。」杜預曰：「攝，兼也。」然唐玄宗、肅宗、代宗命官用攝字，則爲第一義。《舊唐書·房琯傳》：「會北海太守賀蘭進明自河南至，詔授南海太守，攝御史大夫，充嶺南節度使。中謝，肅宗謂之曰：朕處分房琯與卿正大夫，何爲攝也？進明對曰：琯與臣有隙。」《舊唐書·李巨傳》：「尋授陳留譙郡太守，攝御史大夫，河南節度使。翌日，巨稱官銜奉謝，玄宗驚曰：何得令攝？即日詔兼御史大夫。」《通典》卷十八：「京官六品以下，右請各委本司長官自選用，初補稱攝，然後申吏部、兵部，吏部、兵部奏成，乃下敕牒並符告於本司，是爲正官。……州府佐官，右自長史以下至縣丞、縣尉，請各委州府長官自選用，不限土、客，其申報正、攝之制，與京官六品以下同。其邊遠羈縻等州，請兼委本道觀察使其銓擇補授。」又「頃年常見州、縣有攝官，皆是牧守所自署置。」可知此所謂攝，乃暫署之官，並非正授之義，自非兼也。《新唐書·李栖筠傳》：「遷安西封常清節度判官，常清被召，表攝監察御史，爲行軍司馬。」岑參天寶十四載未聞有監察御史之官，至十五載始云「忝」爲之，正與李栖筠同時，則其「攝監察御史」及「領伊西北庭度支副使」，亦爲「常清被召，表攝」爲之也。　即兼，亦有二義。《舊唐書·職官志》：「凡九品以上職事，皆帶散位，謂之本品。職事則隨才録用，或從閑入劇，或去高就卑，遷徙出入，參差不定。散位則一切以門蔭結品，然後勞考進叙。武德令，職事高者解散官，欠一階不至爲兼。……貞觀令，以職事高者爲守，職事卑者爲行，仍各帶散位，其欠一階，仍舊爲兼。……永徽以來，欠一階者或爲兼，或帶散官，或爲守，參而用之。其兩職事者亦爲兼，頗相雜亂。（原注：其欠一階之兼，古念反；其兩職事之兼，古恬反。字同音異耳。）咸亨二年，始一切爲守。」宣議郎，文散官，從七品下，此本品也。大理評事、監察御史，若爲京官，即爲職事，依舊例，其上當加「行」字，因其階低也。今爲幕府官，則爲員外置，僅有頭銜，乃因官寄禄者，以節度使、副使、判官因時而置，官制無其品秩，俸給無從計算也。度支副使，此爲職事，乃從事幕府者也。此前不得用兼字，故曰「領」，猶節度使亦常以某某京官銜「充」任之也。本品官、京銜、職事官，各有區别，不得混淆也。

監察御史：《通典》卷二十四：「秦以御史監理諸郡，謂之監察史，漢罷其名，至晋太元中始置檢校御史。……宋、齊以來無聞，後魏太和末亦置此官。……隋開皇十八年改檢校御史爲監察御史，凡十二人，煬帝增至十六員，掌出使檢校。大唐監察御史十員，裏行五員，掌内外糾察，並監祭祀及監諸軍、出使等。」典籍所載，監察御史有監軍者。《唐會要》卷六十二《推事》：「垂拱元年四月，監察御史蘇珦，按韓魯諸王獄，珦奏據狀無徵。則天召見詰問，珦執奏不迴。則天不悦曰：卿大雅之士，當别有驅使，此獄不假卿也。遂令珦於河西監軍。」此由朝中派遣者，使府僚屬帶憲銜者則爲員外置也。同書《雜録》載：「天寶二年八月七日敕，所置御史，職在彈違，雜充判官，誠非允當。其諸道節度使，先取御史充判官者，並停，自今已後，更不得奏。切須奏者，不得占臺中缺。」岑參所攝之監察御史，即不占臺中缺之員外官也。使府員外憲官兼司推劾之責者，僅見中唐。《唐會要》卷六十二《推事》：

「(太和)四年八月,御史中丞魏謩奏,諸道州府百姓,詣臺奏事,多差御史推劾。臣恐煩勞州縣,先請差度支户部鹽鐵院官帶憲銜者推劾。又各得三司使申稱,院官人數不多,例專掌院務課績。今諸道觀察使幕中判官,少不下五六人,請於其中帶憲銜者,委令推劾。如累推有勞,能雪冤滯,若御史臺缺官,便令聞奏。從之。」此事在天寶後七十四年,開元天寶間則未聞也。

〔五〕領:統率也,充任也。《漢書·魏相傳》:「統領衆職,甚稱上意。」　伊西北庭:唐節度使府名。睿宗景雲元年置河西節度使,領凉、甘、肅、伊、瓜、沙、西七州,治凉州。見《新唐書·方鎮表》。先天元年,伊州、西州從河西分出,由北庭都護領伊西節度使。開元十九年,合伊西北庭於安西,稱安西四鎮北庭經略節度使。不久又分出,至天寶十三載,封常清由安西節度使權北庭都護、伊西節度使,乃一人而二任焉。伊西北庭節度,治庭州,故城在今吉木薩縣北二十里。　度支副使:錢大昕《十駕齋養新録》卷十《度支支度不同》云:「度支者,户部四司之一,唐碑結銜稱度支郎中、度支員外郎者,皆郎官也。至各道節度使有帶支度營田使者,則其屬又有支度判官,此外任幕職也。宋初沿五代之制,以三司使總領天下財賦。三司者,即唐之户部、度支兩司及鹽鐵使也。三司使既總其要,又分置副使、判官佐之,於是有度支副使、度支判官之名。此則三司之屬,爲京朝官差遣,與外任幕職不同。一稱支度,一稱度支,其名亦不相混。校書者昧於官制,往往率意妄改,貽誤非淺。」聞一多據錢説,以爲岑集各本此詩皆作度支副使,乃支度副使誤倒。《岑參集校注》又據聞説,改此詩之度支爲支度。度支、支度,均爲計量出入義。《三國志·魏·徐邈傳》：「乃支度州界軍用之餘，以市金帛犬馬，通供中國之費。」此處用支度。崔位《代李僕射謝加營田表》：「軍營衣賜，久費度支。」此處用度支。裴度《請罷知政事疏》：「自京西京北城鎮及百司並遠近州縣，應是仰給支度之處，無不苦口切齒。」此處又用支度，字有別而義則一。魏文帝始置度支尚書，遂爲官名。唐承前制，户部下有度支郎官。安史亂起，又有勾當度支使之設。然節度使幕府之官，乃因軍務之需，臨時設置，初無專名。今見《文苑英華》所載孫逖所草制詔、《陸宣公文集》中所載制誥中，外官亦多稱「度支營田使」，與他人所草不同。例多，不枚舉。史籍亦有用度支者。《通典》卷三十二：「其邊方有寇戎之地則加旌節，謂之節度使，……皆兼度支營田使。」《册府元龜》卷七一六《幕府總序》：「（節度使）兼度支營田招討使者，又有度支、營田等判官。」《舊唐書》亦多用度支字。如《肅宗紀》天寶十五載七月，「以朔方度支副使、大理司直杜鴻漸爲兵部郎中」。《代宗紀》大曆十年二月，「辛未制，第四子述封睦王，充嶺南節度度支營田五府經略觀察處置等大使」。《憲宗紀》元和十三年七月，「乙酉詔，諸道節度使先帶度支營田使名者，並罷之」。制、敕、詔書，史官不能隨意改動，後世校書者亦不敢「率意妄改」也。中唐以後，内外官名稱漸見區别，至宋朝則内官度支，外官支度，界綫極清。《新唐書》對外官始一律稱支度。名稱沿革，有一漸變過程，知終而不知始，恐致謬誤。至如唐碑，外官亦有稱度支者。如鄭餘慶《左僕射賈耽神道碑》，賈耽曾由太原節度使王思禮「署度支判官」。《金石苑》收《唐巴州佛龕記》碑，上元元年嚴武牧巴州時，兼爲「山南西道度支判官」。王佑《成德軍節度使開府儀同三司檢校尚書右僕射兼御史大夫恒州刺史充管內度支營田使清河郡王李公紀功載政頌》(李寶臣碑)亦用度支。故此詩之「度支副使」乃其時之通稱,並非誤倒也。度支副使,職掌錢物糧賜者也。

〔六〕自公多暇:自公門中之暇也。見《冬宵家會餞李郎司兵赴同州》詩注〔一五〕。

〔七〕藥:花藥也。已見前。

〔八〕婆娑:徜徉、徘徊也。《爾雅·釋訓》:「婆娑,舞也。」《詩·陳風·東門之枌》:「東門之枌,宛丘之栩。子仲之子,婆娑其下。」疏:「孫炎曰:舞者之容,婆娑然。」《文選》李善注因文而異,不專一義:《神女賦》「婆娑乎人間」注:「盤姍也」;《北征賦》「聊須臾以婆娑」注:「容與之貌也」;《洞簫賦》「優嬈嬈以婆娑」注:「分散貌」;《答賓戲》「婆娑乎術藝之場」注:「偃息也」。　寄傲:陶淵明《歸去來》:「倚南窗以寄傲,審容膝之易安。」

〔九〕巃嵸:《楚辭·招隱士》「山氣巃嵸兮石嵯峨」洪興祖補注:「巃嵸,山孤貌。」　冠弁:古代帽名。《周禮·春官·司服》:「凡甸,冠弁服。」注:「甸,田獵也。冠弁,委貌。」《後漢書·輿服志》:「委貌冠,皮弁冠,同制,長七寸,高四寸,制如覆杯,前高廣,後卑鋭。」唐冠有皮弁。《通典》卷五十七皮弁:「大業中所造,通用烏漆紗,前後二傍如蓮葉,四間空處又安拳花,頂上當縫安金梁、梁上加璂,天子十二珠爲之,皇太子及一品九璂,二品八璂,……以玉爲之,皆犀簪導。六品以下無璂,皆象簪導。唯天子用含稜,後制鹿皮以賜近臣。」今其制無存,然花形似之,則狀如覆杯耳。

〔一〇〕嶷然：高拔貌。束晳《玄居釋》：「躭道修藝，嶷然山峙，潛朗通微，洽覽深識。」

〔一一〕攢：聚也。《西京賦》「攢珍寶之玩好」薛綜注：「攢，聚也。」　坼：裂也。《詩・大雅・生民》「不拆不副，無菑無害。」唐石經拆作坼。坼，土裂也。

〔一二〕駢：謂相對偶也。《説文》：「駢，駕二馬也。」

〔一三〕媚景：梁元帝《纂要》：「春景曰媚景。」

〔一四〕遐裔：邊僻之地。張華《鷦鷯賦》：「鵰鶡竄於幽險，孔翠生乎遐裔。」

〔一五〕牡丹價重：唐人重牡丹。李肇《唐國史補》中：「京城貴遊尚牡丹三十餘年矣，每暮春，車馬若狂，以不耽玩爲恥。執金吾鋪官圍外寺觀種以求利，一本有直數萬者。」以岑詩證之，天寶年間至李肇之世已五十餘年。牡丹，落葉小灌木，花大色艷，根入藥所謂丹皮是也。

〔一六〕芙蓉：江東人稱荷花爲芙蓉，又有木芙蓉，木蓮也。

〔一七〕自物厥性：謂萬物各有其本性。佛法有「自性」之説，謂諸法各有不變不滅之本性。

〔一八〕適：若也。《經傳釋詞》九：「適，猶若也。」《韓非子・外儲説右篇》國羊謂鄭君曰：「臣適不幸而有過，願君幸而告之。」謂臣若不幸有過，願君告之也。

〔一九〕委：棄也。《廣雅・釋詁》一：「委，棄也。」《孟子・公孫丑上》：「城非不高也，……委而去之，是地利不如人和也。」　諸：之於合音。《左傳》宣公二年，「爲之簞食與肉寘諸橐以與之。」

實諸橐，置之於囊也。

〔二〇〕擯：亦棄也。《莊子・徐無鬼》：「先生居山林，食芧栗，厭葱韭，以賓寡人。」《釋文》：「賓或作擯，司馬云，擯，棄也。」　林藪：《文選・班固・典引》：「斟酌道德之淵源，肴覆仁義之林藪。」蔡邕注：「叢木曰林，澤無水曰藪。」林藪，猶草野也。

〔二一〕白山：謂天山。《後漢書・竇固傳》：「遂破白山，降車師。」

〔二二〕赤山：即赤石山，白山南七十里。《北史・高昌傳》：「北有赤石山，山北七十里有貪汗山。夏有積雪。」貪汗山即天山也。

〔二三〕中國：中土。《管子・小匡》：「築五鹿、中牟、鄴，蓋與社丘，所以示勸於中國也。」

〔二四〕亭亭：《西京賦》：「干雲霧而上達，狀亭亭以苕苕。」薛綜注：「亭亭、苕苕，高貌也。」魏文帝《雜詩》：「西北有浮雲，亭亭如車蓋。」

〔二五〕窮谷：《左傳》昭公四年：「其藏冰也，深山窮谷，固陰沍寒」。

【評論】

宋許顗《彦周詩話》：「岑參詩亦自成一家，蓋嘗從封常清軍，其記西域異事甚多。如《優鉢羅花歌》、《熱海行》，古今傳記所不載者也。」

醉後戲與趙歌兒〔一〕

秦州歌兒歌調苦①〔二〕，偏能立唱《濮陽女》〔三〕。座中醉客不得意，聞之一聲淚如雨。向使逢着漢帝憐，董賢氣咽不能語〔四〕。

【校勘記】

①〔歌調〕正德成都本作聲最。

【箋注】

〔一〕歌兒：歌童也，始置見於漢。《史記·高祖本紀》十二年過沛，「悉召故人父老子弟縱酒，發沛中兒得百二十人，教之歌。」又：「及孝惠五年，思高祖之悲樂沛，以沛宮爲高祖原廟，高祖所教歌兒百二十人，皆令爲吹樂，後有缺，輒補之」。稍後，貴官之家蓄歌兒。《史記·日者列傳》，司馬季主謂賈誼曰：「事私利，枉主法，獵農民，以官爲威，……食飲驅馳，從姬歌兒。」富人遂效之，《鹽鐵論·散不足》：「今富者鐘鼓五樂，歌兒數曹。」唐世五品以上及州郡刺史可蓄絲竹音樂，亦得有歌兒也。

〔二〕秦州：秦州天水郡，管縣五，治上邽，在今甘肅天水市西南。詩有秦州，當作於自長安往返安西、北庭途中。

〔三〕《濮陽女》：《樂府詩集》卷八十：「《樂苑》曰，《濮陽女》，羽調曲也。」其辭曰：「雁來書不至，月照獨眠房，賤妾多愁思，不堪秋夜長。」蓋亦離別愁恨之音也。

〔四〕董賢：字聖卿，雲陽人，美姿容。漢哀帝悦其儀貌，常與卧起，賞賜無數。嘗晝寢身藉帝袖，帝欲起，不欲動賢，乃斷袖而起。二十二歲官大司馬，爲三公。哀帝卒，太后收其印綬，賢自殺，斥賣董氏財凡四十三萬萬。見《漢書·佞幸傳》。

漁父①〔一〕

扁舟滄浪叟，心與滄浪清。不自道鄉里〔二〕，無人知姓名。朝從灘上飯，暮向蘆中宿。歌竟還復歌〔三〕，手持一竿竹。竿頭釣絲長丈餘，鼓枻乘流無定居〔四〕。世人那得識深意②，此翁取適非取魚〔五〕。

【校勘記】

①〔漁父〕《河嶽英靈集》作觀釣翁。　②〔識深意〕《河嶽英靈集》識作解。《唐音》意作趣。

【箋注】

〔一〕此詩不知年代，《河嶽英靈集》述詩「起甲寅，終癸巳」，故此詩當作於天寶十二載以前。

〔二〕鄉里：邑居也。《周禮·地官·遺人》：「鄉里之委積，以恤民之囏阨。」注：「鄉里，鄉所居也。」《漢書·武帝紀》建元元年詔：「古之立教，鄉里以齒，朝廷以爵，……於鄉里先耆艾，奉高年，古之道也。」

〔三〕竟：《説文》：「樂曲盡爲竟。」《詩·大雅·瞻仰》：「譖始竟背」箋：「竟，猶終也。」

〔四〕鼓枻：《楚辭·漁父》：「漁父莞爾而笑，鼓枻而去。」注：「扣船舷也。」補：「舷，船邊也。」

〔五〕適：適志。《晋書·氾騰傳》：「屬天下兵亂，去官還家。……柴門灌園，琴書自適。」顔真卿《浪迹先生玄真子張志和碑銘》：「嗚榔杖挐，隨意取適，垂釣去餌，不在得魚。」

醉題匡城周少府廳壁①〔一〕

婦姑城南風雨秋〔二〕，婦姑城中人獨愁。愁雲遮却望鄉處，數日不上西南樓。故人薄暮公事閑，玉壺美酒琥珀殷〔三〕。潁陽秋草今黄盡②，醉卧君家猶未還。

【校勘記】

①〔醉題〕《唐百家詩選》無醉字。〔廳壁〕底本無此二字，明抄本無廳字，此從《唐百家詩選》。②〔潁陽〕底本潁作穎，此從《唐百家詩選》。

【箋注】

〔一〕匡城：唐縣名，舊址在今河南省長垣縣西南。《太平寰宇記》卷二：「隋開皇十六年於婦姑城置匡城縣，隸滑州，謂縣有古匡城，爲名。皇朝爲長垣縣。」按長垣縣秦置，唐廢入匡城，宋又廢匡城入長垣也。今長垣縣原爲蒲城，明初遷此。　天寶元年岑參自鐵丘經匡城至大梁，作此詩。説見《至大梁却寄匡城主人》詩注〔一〕。

〔二〕婦姑城：在今長垣縣西南十里，即隋唐匡城也。一説在杞縣東。《太平寰宇記》卷一開封府雍邱縣：「婦姑城，在縣東十里。按戴延之《西征記》云，梁東百里古有婦人寡居，養姑孝謹，鄉人義之，爲築此城，故名曰婦姑城。後人音訛，呼爲婦固城。」雍邱，岑參所未至也。

〔三〕琥珀：松脂化石。《太平御覽》卷八〇八引《博物志》曰：「松脂淪入地中，千年化爲茯苓，千年化爲琥珀。」其色黄褐，或赤褐，酒色似之。

燉煌太守後庭歌〔一〕

燉煌太守才且賢，郡中無事高枕眠〔二〕。太守到來山出泉〔三〕，黄沙磧裏人種田。燉煌耆舊鬢皓然①〔四〕，願留太守更五年②〔五〕。城頭月出星滿天③〔六〕，曲房置酒張錦筵〔七〕。美人紅妝色正鮮〔八〕，側垂高髻插金鈿〔九〕。醉坐藏鈎紅燭前〔一〇〕，不知鈎在若箇邊〔一一〕。爲君手把珊瑚鞭，射得半段黄金錢〔一二〕，此中樂事亦已偏④〔一三〕。

【校勘記】

①〔耆舊〕《唐百家詩選》舊作老。　②〔更五年〕底本、明抄本注：一作五三年。　③〔月出〕底本作出月，此從《唐百家詩選》、明抄本。　④〔亦已偏〕底本注：亦一作也。

【箋注】

〔一〕燉煌：《漢書·地理志》：「敦煌郡，武帝後元年分酒泉置。户萬一千二百，口三萬八千三百三十五。縣六：敦煌、冥安、效穀、淵泉、廣至、龍勒。」注引應劭曰：「敦，大也；煌，盛也。」敦同燉。魏、晉因之，張駿改置沙州，後魏改瓜州，隋煬帝稱敦煌郡，武德間稱西沙州，貞觀間去西字，天寶元年稱燉煌郡。今甘肅省敦煌縣河西有古沙州舊址，其東半部爲河水沖没，南、西、北有殘垣遺迹，東墻殘迹在河東岸。城西北角有臺墩一，高十六公尺。清雍正三年（公元一七二五），於河東另築新城，即今敦煌，惟城墻已不存。岑參在安西期間曾「兩度過陽關」，均經敦煌。此詩約作於天寶八、九載。

〔二〕高枕：謂安卧也。《戰國策·魏策一》張儀説魏王：「爲大王計，莫如事秦，事秦則楚、韓必不敢動，無楚韓之患，則大王必高枕而卧，國必無憂矣。」

〔三〕山出泉：敦煌無雨，民房均爲平板泥頂，農田賴山泉灌溉，以黨河爲主。

〔四〕耆舊：耆老宿舊也。《禮記·曲禮上》：「六十曰耆，七十曰老，八十、九十曰耄。」《後漢書·魯恭傳》：「恭再在公位，選辟高第，至列卿郡守者數十人，而其耆舊大姓，或不蒙薦舉，至有怨望者。」

〔五〕太守更五年：唐官制，六品以下四考爲滿，州牧不在此限。中宗景龍二年，御史中丞盧懷慎上疏云：「臣竊見比來州牧上佐等，在任多者一二年，少者三五月，遂即改遷，不論課最，争求冒進，不顧廉恥。……臣請望諸州都督、刺史、上佐等，在任未經四考已上，不許遷除。」玄宗即位後，勵精圖治，開元六年下詔：「與我共理，惟良二千石，久於其政，然後化成。承前代以來頗多僥倖，但因入考，即有改轉。自今以後，非灼然應黜陟者，更無遷易，敦此風俗，冀免苟且。」以此詩爲證，則天寶間太守一任五年爲滿。

〔六〕星滿天：唐瓜州（今安西）、沙州（今敦煌）一帶，氣候乾燥，極少雲氣，夜空明净，天幕遠較内地爲低，星月近地，似可摘取，光芒閃爍，似較内地大而且多。

〔七〕曲房：深奥曲折之住室也。枚乘《七發》：「往來游讌，縱恣於曲房隱間之中。」陸機《擬明月何皎皎》：「凉風繞曲房，寒蟬鳴高柳。」

〔八〕紅妝：《妝臺記》：「始皇宮中，悉好神仙之術，乃梳神仙髻，皆紅妝、翠眉，漢宮尚之。……隋文宮中梳九真髻，紅妝，謂之桃花面。」

〔九〕高髻：唐世婦女流行之髮式。《大唐新語·極諫》：「俗尚高髻，是宮中所化也。」《酉陽雜俎》卷八：「房孺复妻崔氏，性忌，左右婢不得濃粧高髻。」王涯《準敕詳度諸司制度條件奏》：「婦人高髻險粧，去眉開額，甚乖風俗，頗壞常儀，費用金銀，過爲首飾，並請禁斷。」其式或自中頂峰起，或自頂側起二峰，高約五六寸，側面扁平，唐墓壁畫多作此狀。高髻之始，至遲在東漢。《後漢書·馬廖傳》上疏引長安民謡：「城中好高髻，四方高一尺；城中好廣眉，四方且半額；城中好大袖，四方全匹帛。」此詩言側垂，當爲高髻之另式。隋盧思道《後園宴詩》：「纖腰如欲斷，側髻似能飛。」此或漢梁冀妻墮馬髻之遺風也。　金鈿：婦女首飾嵌金花者。

〔一〇〕藏鈎：鈎一作彄，環屬。《三秦記》云，漢武帝時鈎弋夫人手拳，時人效之，因爲藏鈎之戲。《藝文類聚》卷七十四引周處《風土記》：「義陽臘日飲祭之後，叟嫗兒童爲藏鈎之戲，分爲二曹，以較勝負。……一鈎藏在數手中，曹人當射之所在，一藏爲一籌，三籌爲一賭。」《酉陽雜俎續集》卷四《貶誤》：「舊言藏鈎起於鈎弋，蓋依辛氏《三秦記》……《列子》云：瓦摳者巧，鈎摳者憚，黄金摳者昏。殷敬順《敬訓》曰：彄與摳同，衆人分曹，手藏物，探取之，又令藏鈎剩一人，則來往於兩朋，謂之餓鴟。」然則此戲由來舊矣。

〔二〕若箇：宋范晞文《對牀夜話》二：「王孫若箇邊，若箇猶那箇。」

〔三〕射：《列子·説符》「樓上博者射明瓊張中」注：「凡戲争能取中皆曰射，亦曰投。」半段黄金錢：當謂所藏之鈎。

〔三〕偏：偏之通假字，義同遍，盡也。

涼州館中與諸判官夜集①〔一〕

彎彎月出挂城頭，城頭月出照涼州。涼州七城十萬家②〔二〕，胡人半解彈琵琶。琵琶一曲腸堪斷，風蕭蕭兮夜漫漫〔三〕。河西幕中多故人，故人别來三五春〔四〕。花門樓前見秋草③〔五〕，豈能貧賤相看老？一年大笑能幾回④，斗酒相逢須醉倒。

【校勘記】

①〔涼州〕底本、明抄本凉作梁，此從《唐百家詩選》。②〔七城〕底本、明抄本城作里，此從《唐百家詩選》。③〔花門樓前〕底本、明抄本作花樓門前，此從《唐百家詩選》。④〔一年〕底本、明抄本年作生，此從《唐百家詩選》。

【箋注】

〔一〕涼州：唐涼州武威郡，治姑臧，即今甘肅武威。唐睿宗景雲元年設河西節度使，治涼州，詩中諸判官皆使府之官也。字或作梁，凉州、梁州，後人已多誤用。《容齋隨筆》十四：「凉州今轉爲梁州，唐人已多誤用，其實從西凉府來也。」按《禹貢》天下九州，梁州在華山之陽，而凉州古屬雍州。然崔鴻《十六國春秋》中亦凉、梁不分。如《後凉録吕光傳》，苻秦建元二十一年，「九月光入姑臧，自領凉州刺史」。其下則又云：「太安元年，苻丕以光爲車騎大將軍，梁州牧。」此書今本已非原著面目，爲明人輯綴古籍而成者，然亦均有所自，凉、梁不分，由來久矣。此詩當作於天寶九載，説見注〔四〕。

〔二〕七城：凉州有七城。《資治通鑑》卷二一九，肅宗至德二載正月，「武威大城之中，小城有七，胡據其五」。胡三省曰：「舊城匈奴所築，南北七里，東西三里。張駿據河西，又增築四城，箱各千步，並舊城爲五。餘二城未知誰所築也。」作七里者，以其南北七里，然未含東西里數，故不如七城之完備也。

〔三〕夜漫漫：《史記·鄒陽列傳》獄中上書「甯齊飯牛車下」注引應邵曰：「齊桓公夜出迎客，而甯戚疾擊其牛角商歌曰：南山矸，白石爛，生不遭堯與舜禪，短布單衣適至骭，從昏飯牛薄夜半，長夜曼曼何時旦。」曼通漫。曼曼，長而遠也。甯戚事見《吕氏春秋》、《淮南子》。

〔四〕三五春：謂十五年。古人以三五稱年，多謂十五。故人當謂開元二十四、五年間居嵩潁者，九載出使凉州宴集，别來十五年也。八載赴安西乘驛急行，凉州未能宴集。

〔五〕花門：謂回紇，已見前。

【評論】

清王夫之《唐詩評選》："出落無一字虛設。"

喜韓樽相過〔一〕

三月灞陵春已老〔二〕，故人相逢耐醉倒。甕頭春酒黄花脂〔三〕，禄米只充沽酒資〔四〕。長安城中足年少，獨共韓侯開口笑。桃花點地紅斑斑①，有酒留君且莫還。與君兄弟日攜手②，世上虛名好是閑③〔五〕。

【校勘記】

①〔斑斑〕底本、明抄本注：一作如錦。②〔日攜手〕底本、明抄本注：日一作只。③〔世上〕明抄本上作人。〔虛名〕底本注：虛一作浮。

【箋注】

〔一〕韓樽：岑詩中韓樽名三見，然生平失考。相過：相過從，謂來訪也。《史記·田叔列傳》附田仁傳褚先生補："少府趙禹來過衛將軍"。《西京賦》："擊鍾鼎食，連騎相過。"鮑照《學陶彭澤體詩》："但使尊酒滿，朋舊數相過。"此詩當作於初授官後赴安西前，在天寶四至七載。

〔二〕老：久也。《國語·晋語四》："楚師老矣，必敗。"注："老，罷也，圍宋久，其師罷病。"

〔三〕黄花脂：即所謂浮蟻者也，唐世酒用粟米，色黄。

〔四〕禄米：岑參初授官右内率府兵曹參軍，正九品，禄米五十七石。

〔五〕虚名：浮名也。《古詩十九首》：「良無磐石固，虚名復何益。」

酒泉太守席上醉後作①〔一〕

酒泉太守能劍舞，高堂置酒夜擊鼓。胡笳一曲斷人腸，座上相看淚如雨。琵琶長笛曲相和，羌兒胡雛齊唱歌。渾炙犁牛烹野駝②〔二〕，交河美酒金叵羅③〔三〕。三更醉後軍中寢，無奈秦山歸夢何。

【校勘記】

①〔座上〕《唐人萬首絶句》上作客。　②〔犁牛〕犁當爲犛，即牦。　③〔金叵羅〕張遜業本金作歸。

【箋注】

〔一〕此詩洪邁《唐人萬首絶句》截取前四句作七絶，其後明刊岑集多分此詩爲二，題同。岑參過酒泉雖多次，而歸程只二次。太守置酒、岑參醉酒、醉後賦詩、詩又題同，諸事齊集於一，不能有兩次。故此詩當爲一次之作，不應分爲二詩，以底本、明抄本爲是。詩當作於天寶九載，與《寄宇文判官》同時。

〔二〕犁牛：犁當爲犛，音毛，以其形近嫠而誤音爲犁。古籍或作氂牛、髦牛、旄牛。《説文》：「犛牛，西南夷長髦牛也。」犛，莫交切。今青海、西藏多有此牛，有野生，有家養，體被長毛，耐高寒。　野駞：野生之駱駝，今新疆、内蒙、青海尚有之。

〔三〕金叵羅：金酒杯名，其形制久失。《北齊書·祖珽傳》：「神武宴僚屬，於座失金叵羅。竇泰令飲酒者皆脱帽，於珽髻上得之。」可藏於髻中，器不能大。唐尚有此制，至宋已失傳。宋陳叔方《潁川語小》下：「《邵氏聞見記》有叵羅，不知何物。文定公《端午》詩云：立瓶叵羅銀價踴，是直以沙羅爲叵羅。沙羅者，今之盥，古之洗也。當俟博古者。」李白《對酒》詩：「葡萄酒，金叵羅，吴姬十五細馬馱。」

登古鄴城〔一〕

下馬登鄴城，城空復何見①？東風吹野火，暮入飛雲殿②〔二〕。城隅南對望陵臺〔三〕，漳水東流不復回。武帝宫中人去盡，年年春色爲誰來。

【校勘記】

①〔城空〕《唐百家詩選》作空城。　②〔暮入飛雲殿〕《唐百家詩選》作日暮飛雲電，《唐詩紀》同底本，注：一作入暮飛雲電。

【箋注】

〔一〕古鄴城：遺址在今河北省臨漳縣西南。齊桓公始築鄴城，漢置鄴縣，三國魏爲鄴都，建有銅雀臺等。石季龍、冉閔、慕容儁、高齊均都鄴。北周大象二年，楊堅命韋孝寬破尉遲迥，毁鄴城，相州移治其南四十里之安陽。煬帝初，又於古鄴城西大慈寺再置鄴縣，貞觀八年復築小城，宋廢鄴縣，城漸毁棄。此詩所言乃曹魏舊城，爲北城，有東西大道分城爲南北二區，宫殿居北城中央，今考古發掘已確定其城墻、城門、街道位置，有二十座宫殿遺址。南城爲東魏始建，長方而圓角，其狀如龜，有中軸大道。宫城内有宫殿基址十餘，大者面積逾五千平方公尺。城有馬面，其東明門有三門道，門外有雙闕。城外有護城河，河中發掘出馬鎧、盔甲、兵器等物。詩作於開元二十九年北遊途中。

〔二〕野火、飛雲殿：火即燒野草之火，蓋舊城中惟餘蔓草也。殿，或即石虎所築，窗户皆作雲氣狀之太武殿。漢長安有飛雲殿，晋洛陽有飛雲閣。此或借喻也。

〔三〕望陵臺：謂銅雀臺。魏武帝《遺令》云：「吾死之後，……斂以時服，葬於鄴之西岡，上與西門豹祠相近。汝等時時登銅雀臺，望吾西陵墓田。」故詩以銅雀臺爲望陵臺。東漢獻帝建安十五年，曹操建銅雀臺，十八年又作金虎臺於南，作冰井臺於北，三臺各距六十步，上建樓閣。後漳水南滚，冰井沖没。銅雀臺僅餘東南一角，殘址南北長八十公尺，東西寬四十三公尺，高四至六公尺。金虎臺基址南北長一百二十公尺，東西寬七十一公尺，高十二公尺。二臺基如大碉堡狀。

【評論】

明胡應麟《詩藪》：「李杜外，短詩可法者，岑參《蜀葵花》、《登鄴城》。」

清王夫之《唐詩評選》：「韻無留而意不竭。」

偃師東與韓樽同詣景雲暉上人即事①〔一〕

山陰老僧解《楞伽》〔二〕，潁陽歸客遠相過。煙深草濕昨夜雨，雨後秋風渡漕河②〔三〕。空山終日塵事少，平郊遠見行人小③。尚書磧上黄昏鐘〔四〕，别鴛渡頭一歸鳥〔五〕。

【校勘記】

①〔景雲〕《文苑英華》無此二字。　②〔秋風〕《唐音》秋作西，注一作秋。　③〔平郊〕《文苑英華》平作出。〔行人小〕《文苑英華》作人行渺。

【箋注】

〔一〕偃師：縣名，即今河南省偃師縣。《元和志》卷五：「武王伐紂，於此築城，偃息戎師，因以名焉。」漢始置縣，隋唐因之，屬河南府。始成湯居西亳，即在偃師，則始城甚早也。　景雲：唐寺名，確址不詳。或以爲即鞏縣羅口之景雲寺，載《古今圖書集成·職方典》四三四者是。今無。　詣：《説文》：「詣，候至也。」《玉篇》：「詣，往也，到也。」　暉上人：未詳。上人，謂僧人。《能改齋漫録》卷七：「唐詩多以僧爲上人。……按《摩訶般若經》云：何名上人？佛言，若菩薩一心行阿耨菩提，心不散亂，是名上人。《十誦律》云：人有四種，一麄人，二濁人，三中間人，四上人。」　潁陽歸客云云，當爲自安西歸來東遊，在天寶十一二載。

〔二〕《楞伽》：佛經名，見《太白胡僧歌》注〔三〕。

〔三〕漕河：運糧之河，亦稱漕渠，即洛河。《資治通鑑》卷二〇九景雲元年八月庚寅，「明日，留守大出兵搜捕，重福赴漕渠溺死」。《元和志》卷五河陰縣引裴耀卿上疏：「竊見江淮諸州所送租庸等，……至六月、七月方至河口，即遇黄河漲溢，不得入河。又須停一兩月，待河水較小，始得上河入洛，即又漕洛乾淺，船艘不通。」

〔四〕尚書磧：或作尚書谷。新、舊《唐書·僕固懷恩傳》寶應元年官軍攻史朝義，沿洛陽北邙山東進，轉戰石榴園、老子廟，賊敗，「人馬蹂踐，填於尚書谷」。《通鑑》亦載之。石榴園在白馬寺。《洛陽伽藍記》卷四：「京師諺曰，白馬甜榴，一實直牛。」由此而東，尚書谷當在偃師北邙山下。

〔五〕别駕渡：當在洛水上，確址及得名由來未詳。

補遺一首

江行遇梅花之作〔一〕

江畔梅花白如雪，使我思鄉腸欲絶。摘得一枝在手中，無人遠向金閨説〔二〕。願得青鳥啣此花〔三〕，西飛直送到吾家。胡姬正在臨窗下，獨織留黄淺碧紗〔四〕。此鳥啣花胡姬前，胡姬見花知我憐。千説萬説由不得，一夜抱花空館眠。

【箋注】

〔一〕此詩據北京圖書館藏敦煌殘卷膠片伯氏二五五五，詩題下署岑參。《岑詩繫年》以該殘卷中《冀國夫人歌詞七首》爲岑參之作，並云：「聞一多先生曰：敦煌唐寫殘卷影片此六首（第五首全缺）不著名氏，在岑參《江行遇梅花之作》後，又格調視餘篇較高，疑亦岑詩。」可知聞氏以《江行》爲岑詩。然《岑詩繫年》則云：「案岑參江陵人，而足迹不及江陵以東，此曰西飛直送到吾家，其非岑作明矣。」以岑參爲江陵人而足迹不及江陵以東爲由，否定此詩爲岑作，蓋未細考岑參身世。唐世岑氏自岑文本移家長安後，岑參一支即與江陵無涉，其父、祖均不居江陵，岑參本人更一生足迹不及江陵，更未「家」於江陵。胡姬云云，恐爲寄託之辭，香草美人，不必實指。此詩僅見敦煌殘卷，既署岑參，自爲岑作。　此詩作於何時，頗難確定。梅花，蜀中甚多。杜甫有《江梅》詩：「梅蕊臘前破，梅花年後多。絶知春意早，最奈客愁何。」陸游蜀中詩多有梅花字。岑參生平惟在蜀中始見江水，「江行」也應在蜀中。故疑此詩爲蜀中詩，在大曆三、四年罷官後作。

〔二〕金閨：作婦人閨房義始見唐胡元範《奉和太子納妃太平公主出降》詩：「金閨未息火，玉樹鍾天愛。」當由《漢武故事》「若得阿嬌作婦，當作金屋貯之」來。然六朝人實以金閨謂朝廷也。謝朓《始出尚書省》詩：「既通金閨籍，復酌瓊筵醴。」江淹《別賦》「金閨之諸彦，蘭臺之群英。」李善

注：「金閨，金馬門也。《史記》宦者署，承明金馬，著作之庭。東方朔曰，公孫弘等待詔金馬門。」唐詩中用此義者甚多。李白《效古》：「謬題金閨籍，得與銀臺通。」杜甫《贈李白》：「李侯金閨彦，脱身事幽討。」劉長卿《賈侍郎自會稽使回》：「報恩看鐵劍，銜命出金閨。」錢起《和韋侍御寓直對雨》：「如何厭白簡，未得步金閨。」李德裕《招隱山觀玉蕊樹戲書寄江西沈大夫閣老》：「玉蕊天中樹，金閨曾共窺。」岑詩所言，固有閨閣義，然亦可作雙關義用，隱指朝廷也。

〔三〕青鳥：傳説西王母使者有三青鳥。《山海經・海内北經》：「西王母梯几而戴勝杖，其南有三青鳥，爲西王母取食。」又《大荒西經》：「有三青鳥，赤首黑目，一名曰大鵹，一名少鵹，一名曰青鳥。」郭璞曰：「皆西王母所使也。」後世以青鳥爲傳信之使。薛道衡《豫章行》：「願作王母三青鳥，飛去飛來傳消息。」

〔四〕留黄：通作流黄，五色絹也。古樂府《相逢行》：「大婦織綺羅，中婦織流黄，小婦無所爲，挾瑟上高堂。」　紗：紡絲而織之，輕者爲紗，暑日服之也。《漢書・江充傳》「衣紗縠襌衣」注：「師古曰：紗縠，紡絲而織之也，輕者爲紗，縐者爲縠。」

中國古典文學基本叢書

岑參詩箋注

下册

〔唐〕岑參　撰
廖立　箋注

中華書局

岑嘉州詩卷之三 五言律詩一百六十九首（原有僞詩一首入附録）補遺三首

磧西頭送李判官入京①〔一〕

一身從遠使，萬里向安西〔二〕。漢月垂鄉淚，胡沙費馬蹄②。尋河愁地盡〔三〕，過磧覺天低〔四〕。送子軍中飲，家書醉裏題。

【校勘記】

①〔磧西頭〕《文苑英華》注：西集作石。　②〔費馬蹄〕《文苑英華》費作損。

【箋注】

〔一〕磧：謂莫賀延磧，漢世稱白龍堆，在玉門關西。詩言「尋河」、「過磧」，乃初赴安西途中之作，在天寶八載。

〔二〕安西：唐節度使府名，舊址即今新疆庫車。見《初過隴山途中呈宇文判官》詩注〔八〕、《安西館中思長安》詩注〔一〕。

〔三〕尋河：尋，緣也，謂循河而行。《北史·長孫嵩傳》：「於是叔孫建等尋河趣洛，遂入關。」河，黄河。古人以塔里木河爲黄河上源，此謂沿塔里木河西行。

〔四〕過磧覺天低：沙磧中視天幕遠較内地爲低，黄雲横空，似可以竿觸及，蓋非親歷其境者，不能有此語。

滻水東店送唐子歸嵩陽〔一〕

野店臨官路①〔二〕，重城壓御堤〔三〕。山開灞水北〔四〕，雨過杜陵西〔五〕。歸夢秋能作②，鄉書醉懶題。橋迴忽不見，征馬尚聞嘶〔六〕。

【校勘記】

①〔臨官路〕宋本注：臨一作居。　②〔秋能作〕明抄本秋作愁。

【箋注】

〔一〕滻水：灞水支流。源出今陝西藍田縣西南雲臺山下廟臺子村南三公里，西北流，入長安縣界與湯峪河會，至少陵原東與庫峪河會，至白鹿原西，隋唐時於馬頭堰壅之向長樂坡入長安城，宮禁花囿多賴此水。其下游入於灞水。酈道元以爲此乃俗所謂滻水，而實爲荆溪水，其所謂滻水者乃今之輞川水也。　唐子：不詳。　嵩陽：當謂登封縣，武則天封嵩嶽，禪少室，改嵩陽縣爲登封縣。岑參一生不用登封字也。　此詩當爲授官後作，在天寶四至七載。

〔二〕官路：《周禮·地官·遂人》：「萬夫有川，川上有路，以達於畿。」《國語·周語》：「周制有之曰，列樹以表道，立鄙食以守路。」此官路之始也。秦有馳道，北周韋孝寬爲雍州刺史，夾道樹槐，周文帝令諸州同之，亦官道也。隋承周制，唐又因隋也。

〔三〕重城：層叠之城也。李嶠《樓》詩：「百尺重城際，千尋大道隈。」《廣韻》鍾：「重，複也，叠也。」

〔四〕灞水：源出藍田縣東北箭峪嶺，南流，納數小支流後折向西，左會藍橋水，酈氏所謂渥水，過藍田縣，左會輞川水，西北流，過霸陵東，左會滻水，北流入渭。

〔五〕杜陵：在滻水西，北接樂遊原。漢宣帝葬杜陵。

〔六〕征馬：江淹《別賦》：「驅征馬而不顧，見行塵之時起。」《爾雅·釋言》：「征，行也。」

送張子尉南海①〔一〕

不擇南州尉〔二〕，高堂有老親〔三〕。樓臺重蜃氣②〔四〕，邑里雜鮫人〔五〕。海暗三江雨③〔六〕，花明五嶺春④〔七〕。此鄉多寶玉⑤〔八〕，慎莫厭清貧〔九〕。

【校勘記】

①〔張子〕《文苑英華》作楊瑗。〔南海〕明抄本作海南。②〔樓臺〕《文苑英華》、《唐百家詩選》作縣樓。③〔三江〕《文苑英華》、《唐百家詩選》、宋本江作山。④〔花明〕《文苑英華》、《唐百家詩選》、宋本花作江。⑤〔此鄉〕《文苑英華》鄉作方。

【箋注】

〔一〕張子：未詳。南海：唐嶺南道縣名。秦漢置南海郡，治番禺縣，即今廣州市。隋文帝開皇十年分番禺縣置南海縣，唐因之，武后於縣南洲上別置番禺縣。民國於兩縣地置廣州市，移南海縣於佛山鎮。　此詩年代未詳。

〔二〕不擇：《孔子家語·致思》：「家貧親老，不擇禄而仕。」

〔三〕高堂：正室也。《楚辭·招魂》：「高堂邃宇，檻層軒此。」注：「言所造之室，其堂高顯，屋甚深邃，下有檻楯，上有樓板，形容異制，且鮮明也。」《蜀都賦》：「置酒高堂，以御嘉賓。」後世以高堂借謂母也。陳子昂《宿空舲峽青樹村浦》詩：「委别高堂愛，窺覦明主恩。」

〔四〕蜃氣：《禮記·月令》：「雉入大水爲蜃。」注：「大蛤爲蜃。」《史記·天官書》：「海旁蜄氣象樓臺。」蜄同蜃。

〔五〕邑里：鄉里也。《周禮·地官·小司徒》：「九夫爲井，四井爲邑。」注：「九夫爲井者，方一里；四井爲邑，方二里。」《列子·楊朱》：「奉養之餘，先散之宗族；宗族之餘，次散之邑里。」　鮫人：傳説中一種水居之人。《太平御覽》卷七九〇及八〇三引《博物志》：「南海有鮫人，水居如魚，不廢織績，其眼能泣珠。」「鮫人從水出，寓人家，積日賣綃，將去，從主人索一器，泣而成珠，滿盤以與主人。」

〔六〕三江：謂北、西、東三江。《荆州記》已有湞水與北江會之説，《元和志》謂鬱水即西江。則南北朝至唐已有三江之説矣。

〔七〕五嶺：説法不一，要以今廣東、廣西北部諸山爲五嶺也。《史記·張耳列傳》「南有五嶺之戍」，司馬貞引《廣州記》：「大庾、始安、臨賀、桂陽、揭陽，斯五嶺。」除大庾嶺無異説外，另有越城、萌渚、騎田、都龐之名。

〔八〕多寶玉：南海自古舶通海外，寶貨交臻。韓愈《送鄭尚書序》：「嶺之南，其州七十，其二十二隷嶺南節度府。……外國之貨日至，珠、香、象、犀、玳瑁，奇物溢於中國，不可勝用。」

〔九〕厭：倦也，憎也。《論語·憲問》：「夫子時然後言，人不厭其言；樂然後笑，人不厭其笑；義然後取，人不厭其取。」

【評論】

清王壽昌《小清華園詩説》上：「何謂忠厚？曰：平子《四愁》恐路遠之莫致，子建《七哀》願爲風以入懷，……他如岑嘉州之不擇南州尉、慎莫厭清貧，雖不必爲忠厚之語，而忠厚之義盎然於楮墨之間。」

清楊際昌《國朝詩話》一：「盛唐人送仕宦詩不作泛語，如此鄉多寶玉、慎莫厭清貧；别後能爲政，相思淇水長之類。」

送張都尉東歸 時封大夫初得罪①〔一〕

白羽緑弓弦〔二〕，年年只在邊。還家劍鋒盡，出塞馬蹄穿。逐虜西踰海〔三〕，平胡北到天。封侯應不遠，燕頷豈徒然〔四〕。

【校勘記】

①〔張都尉〕底本無張字，此從宋本、《唐百家詩選》。〔東歸〕《唐百家詩選》作歸東郡。

【箋注】

〔一〕張都尉：未詳。　都尉：秦於各郡置尉，漢景帝於邊郡置都尉。秦有護軍都尉、關都尉，漢又有附馬都尉、騪粟都尉等。後代郡不設尉，而有騎都尉、輕車都尉。唐行府兵制，天下爲十道，置上、中、下府六百二十四，府置折衝都尉一人，爲軍事長官，左右果毅都尉各一人，爲其副貳。其品秩正四品下至從六品下不等。此張都尉即府兵之都尉也。　封大夫初得罪：天寶十四載十一月，封常清奉召還京，授范陽平盧節度使，乘驛赴東京，募烏合之衆六萬人禦安禄山。十二月，兵敗奔陝州，勸高仙芝西守潼關。監軍使邊令誠譖之於帝，乃斬高、封於潼關。　此詩作於天寶十五載，在北庭。

〔二〕白羽：箭之尾翅，以白羽爲之，因以稱箭。《國語·吴語》「白羽之矰」注：「矰，矢名，以白羽爲衛。」司馬相如《上林賦》：「彎繁弱，滿白羽。」繁弱，弓名。　緑弓：即緑沉弓，以緑色漆之也。宋姚寬《西溪叢語》上：「杜甫詩：雨拋金鎖甲，苔臥緑沉槍。薛蒼舒注杜詩引車頻《秦書》云，苻堅造金銀緑沉細鎧，金爲綖以縲之，緑沉，精鐵也。《北史》隋文帝賜張奫緑沉甲，獸文具裝。《武庫賦》云，緑沉之槍。唐鄭概《聯句》，有亭亭孤筍緑沉槍之句。《續齊諧記》云，王敬伯夜見一女，命婢取酒，提一緑沉漆榼。王羲之《筆經》，有又以緑沉漆竹管見遺，亦可愛玩。蕭子雲詩云，緑沉弓項縱，紫艾刀横拔。恐緑沉如今以漆調雌黄之類，若調緑漆之，其色深沉，故謂之緑沉，非精鐵也。」緑沉者，色也。《鄴中記》：「石虎作雲母五明金箔莫難扇，……虎出時，以此扇夾乘輿。亦用牙桃枝扇，其上，竹或緑沉色，或木蘭色，或作紫紺色，或作鬱金色。」《南史·任昉傳》：「卒於官，……武帝聞問，方食西苑緑沉瓜，投之於盤。」《侯鯖録》引皮日休句「一架三百本，緑沉森冥冥」，以爲乃竹名，則恐誤矣。

〔三〕西踰海：唐北庭之西有夷播海（巴爾喀什湖）、雷翥海（鹹海）。

〔四〕燕頷：謂封侯之相。班超少時貧苦，嘗詣相者，相者謂當封侯萬里之外。超問其故，相者指曰：「生燕頷虎頸，飛行食肉，此萬里侯相也。」見《後漢書·班超傳》。　頷：《方言》十：「頷、頤，頜也。南楚謂之頷，秦晉謂之頜，頤其通語也。」

【評論】

清王壽昌《小清華園詩談》下：「至若陸士衡之鮮膚一何潤，秀色若可餐，……岑嘉州之逐虜西踰海，平胡北到天，……一韻之響，遂能振起百倍精神，此不可不知者。」

祁四再赴江南別詩〔一〕

萬里來又去，三湘東復西〔二〕。别多人换鬢，行遠馬穿蹄。山驛秋雲冷，江帆暮雨低。憐君不解説〔三〕，相憶在書題〔四〕。

【箋注】

〔一〕祁四：即祁樂，能詩善畫，天寶年間曾從軍赴邊，與岑參相交遊。于邵《送家令祁丞序》：「祁丞公表微造理之士也，嘗精其思而深於詩，警其神而存乎象。深於詩者得之於風雅，存乎象者受之於丹青。……去年八月，閩越納貢，而吾子實董斯役，水陸萬里，寒暄浹年。三江五湖，敻然復遊，遠與爲别，故人何情。虞部郎中岑公贈詩一篇，情言兼至，當時之絶也。」此詩作於廣德二年秋，時岑參爲虞部郎中也。

〔二〕三湘：泛指今湖南省境。三湘古説歧異，或謂湘潭、湘鄉、湘陰，或謂瀟湘、蒸湘、沅湘，或謂江、湘、沅。陶淵明《贈長沙公詩》：「遥遥三湘，滔滔九江。山川阻遠，行李時通。」宋之問《晚泊湘江》詩：「五嶺恓惶客，三湘憔悴顔。」杜甫《送魏司直充嶺南掌選崔郎中判官》詩：「選曹分五嶺，使者歷三湘。」此均泛指湘水上下之地。

〔三〕不解説：難以言説。王昌齡《青樓怨》：「腸斷關山不解説，依依殘月下簾鈎。」

〔四〕書題：唐人謂信札曰書題。李華《與外孫崔氏二孩書》：「見吾伯仲書題，誨責疏略，話及舊事，云無此例。吾伯仲書題，比今日中外書題，其間疏密不啻百十也。」趙匡《舉選議選人條例》：「但如曹判及書題如此，則不得拘以聲勢文律，翻失其真。」白居易《渭村退居寄禮部崔侍郎翰林錢舍人詩百韻》：「卹寒分賜帛，救餒减餘糧，藥物來盈裹，書題寄滿箱。」蔣防《霍小玉傳》：「雖生之書題竟絶，而玉之想望不移。」唐人重書法，選人四事曰身、言、書、判，楷法遒美爲其一焉。然書題一語僅謂信札，雖必有題寫，而義不在此也。

虢州送天平何丞入京市馬〔一〕

關樹晚蒼蒼，長安近夕陽。回風醒别酒，細雨濕行裝。習戰邊塵黑①，防秋塞草黄〔二〕。知君市駿馬，不是學燕王〔三〕。

【校勘記】

①〔邊塵〕明抄本塵作城。

【箋注】

〔一〕天平：漢湖縣，南朝宋加城字，隋開皇十六年移湖城治於縣西之閿鄉，改名閿鄉縣。唐復分閿鄉縣，於湖城舊址置湖城縣，乾元元年改爲天平縣，大曆四年復爲湖城。元至元二年又省湖城入閿鄉，而移治湖城縣址，明、清、民國因之。現今併入靈寶。閿鄉縣城爲三門峽淹没區，居民移居南原上，名文東村、文西村。隋唐閿鄉元改爲閿底鎮，亦爲淹没區，居民南移文底村。何丞：生平不詳。丞：爲縣令之副貳，通判縣事。漢諸縣皆有，兼主刑獄囚徒，晋後無之。隋唐復置，京縣丞二人，從七品上，畿縣以下一人，吏秩正八品下至正九品下。湖城，望，縣丞正八品下。詩作於上元年間。

〔二〕邊塵、塞草：安史亂中，官軍東拒賊於陝州，天平東臨前綫，與邊塞之地無異，故云。

〔三〕燕王市馬：《戰國策·燕策一》，郭隗謂燕昭王曰：「臣聞古之君人，有以千金求千里馬者，三年不能得。涓人言於君曰：請求之。君遣之三月得千里馬，馬已死，買其首五百金，反以報君。君大怒曰：所求者生馬，安事死馬而捐五百金？涓人對曰：死馬且買之五百金，況生馬乎？天下必以王爲能市馬，馬今至矣。於是不期年，千里之馬至者三。今王誠欲致士，先從隗始，隗且見事，況賢於隗者乎？豈遠千里哉？」及燕昭王爲郭隗築宫而師之，樂毅、鄒衍、劇辛争赴燕。昭王與百姓共甘苦，乃報齊宣王伐燕之恥，兵入臨淄，燒其宫室宗廟。此非燕王市馬，乃郭隗以古君人市馬爲喻説燕昭王也。

【評論】

清毛先舒《詩辯坻》三：「岑參關樹晚蒼蒼一首，今人當隸馬事，能超脱乃爾？」

陜州月城樓送辛判官入奏〔一〕

送客飛鳥外，城頭樓最高①。樽前遇風雨，窗裏動波濤〔二〕。謁帝向金殿〔三〕，隨身唯寶刀〔四〕。相思灞陵月②，衹有夢偏勞。

【校勘記】

①〔城頭樓最高〕底本作樓頭城最高，此從底本注語及宋本。城頭可有樓，樓頭難有城也。②〔灞陵月〕底本月作後，此從宋本。

【箋注】

〔一〕陝州：唐陝州陝郡，即今三門峽市。唐代宗寶應元年十月，雍王适會師陝州討史朝義，岑參被委以書奏之任，乃至陝州也。今於陝縣建三門峽市。　月城：城墻外又築半月形小城以助防守也。《新唐書·李密傳》：「(王)世充多短兵盾矟，蹙之，密軍卻，世充乘勝進攻密月城。」《資治通鑑》卷二九三後周世宗顯德四年，帝御駕親征南唐(李璟)，率匡國軍節度使、殿前都指揮使趙匡胤(《通鑑》稱太祖皇帝)破濠州：「乙巳，至泗州城下，太祖皇帝先攻其南，因焚城門，破水寨及月城。帝居于月城樓，督將士攻城。」胡三省注：「月城者，臨水築城，兩頭抱水，形如卻月。」　辛判官：似即虢州賦科斗錢送之辛子，未詳。　此詩當作於寶應元年。

〔二〕窗裏動波濤：句甚奇。蓋以城臨黄河，自城樓窗中可見其波濤也。

〔三〕謁：請也，晉見也。已見前。　金殿：皇帝之殿，金碧輝煌，故云。江總《侍宴瑶泉殿詩》：「何言金殿側，亟奉瑶池觴。」

〔四〕寶刀句：行軍之中判官可以刀隨身，謁帝時自不能帶刀也。

送王七録事赴虢州〔一〕

早歲即相知，嗟君最後時。青雲仍未達，白髮欲成絲①。小店關門樹，長河華岳祠。弘農人吏待②〔二〕，莫使馬行遲。

【校勘記】

①〔白髮〕底本注：白一作黑。　②〔人吏〕底本注：人一作民。唐避李世民諱改民作人。

【箋注】

〔一〕王七：即王季友。見《潼關使院懷王七季友》詩注〔一〕。　録事：唐州郡佐吏有録事參軍，即漢主簿之職。《通典》卷三十三，録事參軍「掌府事、句稽省署抄目，糾彈郡内非違，監印，給紙筆之事。」　此詩當作於潼關，在寶應元年。

〔二〕人吏待：《後漢書·郭伋傳》：「伋前在并州，素結恩信，及後入界，所到縣邑，老幼相攜，逢迎道路。」

送羽林長孫將軍赴歙州〔一〕

剖竹向江濆〔二〕，能名計日聞。隼旗新刺史①〔三〕，虎劍舊將軍〔四〕。驛舫宿湖月〔五〕，州城浸海雲②。青門酒樓上，欲別醉醺醺。

【校勘記】

①〔隼旗〕底本注：隼一作龍。　②〔浸海雲〕底本注：浸一作侵。

【箋注】

〔一〕羽林：漢置南北軍，北軍即後世之羽林軍。漢武帝初置羽林騎，後漢有羽林監，南朝因之，北朝曰羽林率。唐龍朔二年置左右羽林軍，有大將軍各一人，正三品，將軍各二人，從三品。掌統北衙禁兵，督攝左右廂飛騎儀仗。長孫將軍：長孫無忌之後，名全緒。《通鑑》卷二二三廣德元年十月，「子儀使左羽林大將軍長孫全緒將二百騎出藍田，觀虜勢」。《新唐書·代宗紀》永泰元年正月，「歙州人殺其刺史龐濬」。《元和志》卷二十八歙州祁門縣條載，永泰元年州民方清於此置昌門縣，「刺史長孫全緒討平之，因其舊城置縣，恥其舊號，以縣東北一里有祁山，因改爲祁門縣。」可知方清率州民殺龐濬，朝廷以長孫全緒爲刺史，平方清。據《新唐書·宰相世系表》，長孫無忌七世孫名全緒，寧州刺史。長孫無忌卒於顯慶四年，獨孤及《送長孫將軍拜歙州之任》詩有「四十更專城」句，則全緒當生於開元十三年，距無忌卒年隔六十六年，而已爲七世，恐有誤。《元和姓纂》三十六有長孫全緒，左金吾將軍，宋州刺史，與他書所載又異。　歙州：漢置歙縣，屬丹陽郡，孫權分立新都郡。晉改新安，隋改歙州。唐因之，宋改徽州，明清爲府，民國廢府，今爲黃山市，治屯溪。唐歙州治歙縣，另有休寧、黝、績溪、婺源、祁門等縣，戶三萬八千三百二十，上州也。　此詩作於永泰元年。

〔三〕剖竹：謂命郡守，見《送顏平原》詩注〔九〕。唐已無竹符。《新唐書·車服志》：「初，高祖入長安，罷隋竹使符，班銀菟符，其後改爲銅魚符，以起軍旅，易守長。」　江濆：江邊也。《詩·大雅·常武》「鋪敦沂濆」傳：「濆，涯。」陸雲《答吴王上將顧處微》詩：「于時翻飛，虎嘯江濆。」

〔三〕隼旟：即隼旟。周制，州里建旟，上繪鳥隼。此謂刺史儀仗。劉禹錫《泰娘歌》：「風流太守韋尚書，路旁忽見停隼旟。」

〔四〕虎劍：謂旗畫虎，身佩劍。《周禮·春官·司常》：「熊虎爲旗。」「凡軍事，建旌旗。」《新唐書·車服志》：「大將出，賜旌以顯賞，節以顯殺。旌以絳帛五丈，粉畫虎，有銅龍一，首纏緋幡，紫縑爲袋，油囊爲衣。」又，唐制，五品以上官朝服佩劍，長孫全緒爲三品將軍，有劍佩也。

〔五〕驛舫：水驛之船。《唐六典》卷五：「凡三十里一驛，天下凡一千六百三十有九所。」注：「二百六十所水驛，一千二百九十七所陸驛，八十六所水陸相兼。……凡水驛亦量閑要以置船，事繁者每驛四隻，閑者三隻，更閑者二隻。凡馬三匹給丁一人，船一給丁三人。」

送懷州吴別駕〔一〕

灞上柳枝黄，壚頭酒正香。春流飲去馬，暮雨濕行裝。驛路通函谷，州城接太行〔二〕。覃懷人總喜①〔三〕，別駕得王祥〔四〕。

【校勘記】

①〔人總喜〕底本總字空缺，此從宋本、《唐百家詩選》。

【箋注】

〔一〕懷州：漢置河内郡，治懷縣，舊址在今河南省武陟縣西南。晉移治野王，即今沁陽縣。後魏改懷州，隋因之，煬帝改河内郡，並改野王爲河内縣。唐初復爲懷州，天寶元年改河内郡，乾元元年復爲懷州。元改懷慶路，明、清改懷慶府，民國廢府，改河内縣爲沁陽縣。　　別駕：州郡上佐名。漢郡置別駕從事，刺史出行，別乘車從，故名。庾亮《答郭豫書》：「別駕舊與刺史別乘同流，宣王化於萬里者，其任居刺史之半，安可非其人也？」唐初以郡丞爲別駕，太宗改爲長史，後廢置不一。肅宗上元二年復置別駕，德宗時復省。吴別駕生平未詳。　　灞上語爲長安送人，詩當作於廣德元年，時河南北收復，而岑參入爲祠部員外郎。

〔二〕太行：山名，在懷州北。《元和志》卷十六懷州河内縣：「太行山，在縣北二十五里。……《述征記》曰：太行山首始於河内，自河内北至幽州，凡百嶺，連亘十二州之界。」

〔三〕覃懷：謂懷州。《禹貢》「覃懷底績」蔡沉《傳》：「曾氏曰，覃懷，平地也，當在孟津之東，太行之西，淶水出乎其西，淇水出乎其東。」淶當作濟。

〔四〕王祥：東漢末瑯琊臨沂人，王吉之後。事繼母孝，傳説王祥卧冰，得鯉奉母者也。漢末世亂，避地廬江。三國魏徐州刺史吕虔檄爲別駕，州界清浄，政化大行，時人歌之：「海沂之康，實賴王祥；邦國不空，別駕之功。」後封關内侯，轉司隸校尉，又拜司空，轉太尉。晋武帝時拜太保，進爵爲公。泰始四年（二六八）卒，年八十五。《晋書》有傳。

送襄州任別駕〔一〕

別乘向襄州〔二〕，蕭條楚地秋。江聲官舍裏，山色郡城頭①。莫羡黄公蓋〔三〕，須乘彦伯舟〔四〕。高陽諸醉客〔五〕，唯見古時丘。

【校勘記】

①〔郡城頭〕底本頭作樓，注：一作頭。此從宋本。

【箋注】

〔一〕襄州，漢置襄陽縣，魏武帝初置襄陽郡，後代因之。唐襄州襄陽郡管縣七，治襄陽縣。天寶户四萬七千七百八十，上州也。宋至清爲襄陽府，民國爲襄陽道，今爲襄樊市。　任别駕未詳。　此詩亦當作於廣德元年。

〔二〕别乘：謂别駕。《通典》卷三十二《總論州佐》：「别駕從事史一人，從刺史行部，别乘傳車，故謂之别駕，漢制也。」參見上詩注〔二〕。

〔三〕黄公蓋：漢宣帝時特賜揚州刺史黄霸之高車蓋。宣帝下詔褒美曰：「其以賢良高第揚州刺史黄霸爲潁川太守，秩比二千石，居官賜車蓋，特高一丈。别駕、主簿車，緹油屏泥於軾前，以章有德。」參見《潼關鎮國軍句復使院早春寄王同州》詩注〔六〕。

〔四〕彦伯舟：晋袁宏字彦伯，嘗乘舟夜詠。《晋書·文苑傳》：「宏有逸才，……少孤貧，以運租自業。謝尚時鎮牛渚，秋夜乘月，率爾與左右微服泛江。會宏在舫中諷詠，聲既清會，辭又藻拔，遂駐聽久之。遣問焉，答云：是袁臨汝郎誦詩，即其詠史之作也。尚傾率有勝致，即迎升舟，與之譚論，申旦不寐。」

〔五〕高陽醉客：漢酈食其，陳留圉縣高陽鄉人，詣沛公，沛公拒見儒生。酈生按劍叱使者曰：「走！復入言沛公，吾高陽酒徒也，非儒人也。」見《史記・酈生陸賈列傳》。晉山簡出鎮襄陽，每出遊，輒至習氏園池酣醉，名之曰高陽池。《世説新語・任誕》：「山季倫爲荆州，時出酣暢。人爲之歌曰：山公時一醉，徑造高陽池，日莫倒載歸，茗芋無所知。復能乘駿馬，倒著白接籬，舉手問葛彊，何如并州兒？高陽池在襄陽，彊是其愛將，并州人也。」

送崔員外入奏因訪故園①〔一〕

欲謁明光殿〔二〕，先趨建禮門②〔三〕。仙郎去得意〔四〕，亞相正承恩。竹裏巴山道〔五〕，花間漢水源。憑將兩行淚〔六〕，爲訪邵平園〔七〕。

【校勘記】

①〔入奏〕底本、宋本、《文苑英華》均同。張遜業本奏作秦，十二家唐詩各本、《唐詩紀》、《全唐詩》均從之。恐以入奏爲是，入秦不必趨建禮門而謁明光殿也。②〔先趨〕《文苑英華》先作應。

【箋注】

〔一〕崔員外：未詳。　詩有「亞相」，謂杜鴻漸，時尚未還朝，當作於大曆二年春。

〔二〕明光殿：漢尚書郎奏事之殿，以金玉珠璣爲簾箔，晝夜光明。此借喻。《雍録》：「尚書郎握蘭含鷄舌香奏事，此之明光殿，約其方向，必在未央正宫殿中。」

〔三〕建禮門：漢尚書郎更直之所。《雍録》：「尚書郎主作文書起草，更直於建禮門内，建禮門内得神仙門，神仙門内得明光殿省中，則近明光殿矣。」

〔四〕仙郎：唐稱尚書諸曹郎爲仙郎，亦猶稱天子儀仗爲仙仗也。仙郎注見《送顔平原》詩注〔九〕。

〔五〕巴山道：巴山即巴嶺也。《元和志》卷二十二興元府南鄭縣：「巴嶺，在縣南一百九里，東傍臨漢江，與三峽相接，山南即古巴國。」

〔六〕憑：依也，託也。《左傳》哀公七年：「魯弱晋而遠吴，馮恃其衆。」注：「馮，依。」馮通憑。

〔七〕邵平園：漢初邵平種瓜自給處，借稱隱居之所。《史記·蕭相國世家》：「召平者，故秦東陵侯，秦破，爲布衣，貧，種瓜於長安城東，故世俗謂之東陵瓜，從召平以爲名也。」召音邵。

送韋侍御先歸京得寛字〔一〕

聞欲朝龍闕〔二〕，應須拂豸冠〔三〕。風霜隨馬去〔四〕，炎暑爲君寒。客淚題書落，鄉愁對酒寛。先憑報親友①，後月到長安②。

【校勘記】

①〔報親友〕底本作親友報，此從宋本、《文苑英華》。②〔到長安〕張遜業本到作客。

【箋注】

〔一〕韋侍御：未詳。曹錫彤以爲即《世系表》韋有方之弟翃，無何佐證（《唐詩析類集訓》）。詩爲天寶十載夏日作於涼州。

〔二〕龍闕：帝宮也。許敬宗《奉和詠雨應詔》詩：「激溜分龍闕，斜飛灑鳳樓。」

〔三〕豸冠：亦名獬冠、獬豸冠，古執法者之服。《淮南子·主術訓》：「楚文王好服獬冠，楚國效之。」應邵《漢官儀》：「秦滅楚，以其冠賜近臣，御史服之。」唐御史臺監察以上服之。《舊唐書·輿服志》：「法冠，一名獬豸冠，以鐵爲柱，其上施珠兩枚，爲獬豸之形，左右御史臺流内九品以上服之。」《新唐書》云：「法冠者，御史大夫、中丞、御史之服也。」

〔四〕風霜：《通典》卷二十四：「御史爲風霜之任。」

武威春暮聞宇文判官西使還已到晋昌①〔一〕

片雨過城頭②，黄鸝上戍樓③。塞花飄客淚，邊柳挂鄉愁④。白髮悲明鏡，青春换弊裘。君從萬里使，聞已到瓜州〔二〕。

【校勘記】

①〔武威〕《文苑英華》威作城。〔春暮〕《文苑英華》暮作寒。②〔片雨〕底本雨作雲，此從宋本、《文苑英華》、《唐百家詩選》。③〔黄鸝〕《文苑英華》作鸝黄。④〔邊柳〕底本柳作樹，此從宋本、《文苑英華》、《唐百家詩選》。〔挂鄉愁〕《文苑英華》挂作送。

【箋注】

〔一〕武威：即涼州。　宇文判官：即初過隴山同行之人，餘未詳。　晉昌：晉惠帝元康五年分敦煌、酒泉二郡置晉昌郡，隋世併入敦煌，唐初又於晉昌縣置瓜州，天寶元年改晉昌郡。《新唐書·地理志》：瓜州晉昌郡，下都督府，武德五年析沙州之常樂置。土貢：野馬革、緊鞓、草豉、黄礬、絳礬、胡桐律。户四百七十七，口四千九百八十七。縣二，晉昌，本常樂，武德四年更名。唐瓜州舊址在今甘肅省安西縣橋子鄉，鄉有二古城，或謂即其中之鎖陽城也。　此詩作於天寶十載春。

〔二〕瓜州：本古地名。《左傳》襄公十四年，「范宣子親數諸朝曰：來，姜戎氏，昔秦人迫逐乃祖吾離于瓜州，乃祖吾離被苫蓋，蒙荆棘，以來歸我先君。」又昭公九年，「先王居檮杌于四裔以禦魑魅，故允姓之姦，居于瓜州」。後魏始置瓜州也。

【評論】

清王夫之《唐詩評選》：「温雅。是嘉州第一首五言律，直到尾聯方知具結構之妙。」

尋少室張山人聞與偃師周明府同入都〔一〕

中峰鍊金客〔二〕，昨日遊人間，葉縣鳧共去〔三〕，葛陂龍暫還〔四〕。暮雲凑深水①，秋雨懸空山②。寂寞青溪上③，空餘丹竈閑〔五〕。

【校勘記】

①〔暮雲〕底本、宋本暮作春，此從《唐百家詩選》。②〔秋雨〕底本注：秋本作夜。秋雨與春雲非同時所能見者也。③〔寂寞〕宋本、《唐百家詩選》作寂寂。

【箋注】

〔一〕少室：嵩山有二群峰，東曰太室，西曰少室。　張山人：未詳。山人，山居修道之人。周世虞官名山人，《左傳》昭公四年「山人取之」是也。後世亦用爲山鄉居民之稱，《晋書·蔡豹傳》刁協奏稱「山人便弓弩」是也。唐世又轉爲山中隱居修道人之稱，則天朝有嵩嶽山人武什方，肅宗朝有山人李泌是也。　明府：漢人稱郡守曰明府，唐人用稱縣令。　詩當爲隱嵩陽時作。

〔二〕鍊金客：燒鍊金液神丹以求長生之人。據葛洪《抱朴子·金丹篇》，「金液，太乙所服而仙者也。」其法用黄金一斤，加入多種礦物藥品鍊之成水，「金液入口，則其身皆金色，……服一兩便仙，……若服半兩，則長生不死，萬害百毒，不能傷之」。有九丹，多以他物火煉，成黄金，丹乃成，得一丹便成仙。此皆不經之説，而唐世流行，朝野好之。

〔三〕葉縣鳧：謂縣令。《後漢書·方術傳》：「王喬者，河東人也。顯宗世，爲葉令。喬有神術，每月朔望，常自縣詣臺朝。帝怪其來數，而不見車騎，密令太史伺望之。言其臨至，輒有雙鳧從東南飛來。於是候鳧至，舉羅張之，但得一隻舄焉。乃詔尚方診視，則四年中所賜尚書官屬履也。」

鳧，野鴨也。

〔四〕葛陂龍：謂張山人也。《後漢書·方術傳》云，費長房汝南人，隨壺翁學道，「長房辭歸，翁與一竹杖曰：騎此任所之，則自至矣，既至，可以杖投葛陂中也。……長房乘杖，須臾來歸，自謂去家適經旬日，而已十餘年矣。即以杖投陂，顧視則龍也」。葛陂：舊在新蔡縣北，今已淤平爲農田。

〔五〕丹竈：鍊丹之爐也。

歲暮磧外寄元撝〔一〕

西風傳戍鼓〔二〕，南望見前軍。沙磧人愁月，山城犬吠雲。別家逢逼歲〔三〕，出塞獨離群。髮到陽關白，書今遠報君①。

【校勘記】

①〔書今〕宋本同，明抄本今作令。

【箋注】

〔一〕元撝：天寶初爲韋堅水陸轉運使判官，除監察御史，轉京兆户曹，以李林甫婿，十一載貶官。此詩當作於天寶八九載，時在安西行軍。

〔二〕戍鼓：戍卒之鼓。劉孝綽《夕逗繁昌浦詩》：「隔山聞戍鼓，傍浦喧棹謳。」

〔三〕逼歲：年終也。《爾雅·釋言》：「逼，迫也。」迫近歲末也。

高冠谷口招鄭鄠①〔一〕

谷口來相訪，空齋不見君。澗花然暮雨，潭樹暖春雲。門徑稀人迹，簷峰下鹿群。衣裳與枕席，山靄碧氛氳②〔二〕。

【校勘記】

①〔高冠〕底本冠作宫。《文苑英華》作宫，注：集作冠。此從《英華》注語。集中高冠草堂、高冠潭屢見也。〔招鄭鄠〕《文苑英華》招作贈。②〔碧氛氳〕《文苑英華》碧作緑。

【箋注】

〔一〕鄭鄠：不詳。詩當作於開元末或天寶初，在授官前。

〔二〕山靄：山上雲氣。王昌齡《宿灞上寄侍御璵弟》詩：「不應百尺松，空老鍾山靄。」氛氳：盛貌。見《火山雲歌》注〔七〕。

寄左省杜拾遺①〔一〕

聯步趨丹陛〔二〕，分曹限紫微②〔三〕。曉隨天仗入〔四〕，暮惹御香歸③〔五〕。白髮悲花落，青雲羨鳥飛④。聖朝無缺事，自覺諫書稀〔六〕。

【校勘記】

①〔杜拾遺〕《文苑英華》遺下有甫字。　②〔紫微〕底本微作薇，此從宋本、《文苑英華》。　③〔暮惹〕《文苑英華》暮作夕。　④〔青雲〕底本雲作春，注：春一作雲。此從宋本、《文苑英華》。

【箋注】

〔一〕左省：謂門下省。《唐六典·尚書工部》：「興禮門内曰宣政殿，殿前東廊曰日華門，門東門下省。……宣政殿前西廊曰月華門，門西中書省。」《通典》卷二十一：「時謂尚書省曰南省，門下、中書爲北省。亦謂門下省爲左省，中書省爲右省，或通謂之兩省。」　杜拾遺：杜甫至德二載四月自長安城中逃出，抵鳳翔行在，授左拾遺，至乾元元年六月出爲華州司功。　拾遺：諫官，武后置。《舊唐書·職官志》武后垂拱元年二月二十九日敕：「記言書事，每切於旁求，補闕拾遺，未弘於注選。瞻言共理，必籍衆才，寄以登賢，期之進善。宜置左右補闕各二員，從七品上，左右拾遺各二員，從八品上，掌供奉諷諫，行立次左右史之下。」　此詩作於乾元元年春，在長安。

〔二〕聯步：猶連步。《禮記·曲禮上》「連步以上」注：「謂足相隨，不相過也。」聯連通。　丹陛：猶丹墀，天子宫殿臺階漆以丹朱者。唐太宗《元日》詩：「霜戟列丹陛，絲竹韻長廊。」

〔三〕分曹：因事分官署曰曹。《漢舊儀》：「尚書四人爲四曹。常侍曹尚書主丞相御史事，二千石曹主刺史二千石事，民曹尚書主庶人上書事，主客曹尚書主外國四夷事。」此漢成帝初置者也。後漢有西曹、東曹、户曹、奏曹、辭曹、法曹、尉曹、賊曹、决曹、兵曹、金曹、倉曹之分。左拾遺在門下省，岑參爲右補闕在中書省，故曰分曹也。　紫微：本星座名，古人以爲天帝之座，後轉指天子之居，此謂唐之宣政殿。殿在含元殿之後，爲天子正衙，凡朔望、起居、大册、拜對四夷君長、試制舉人皆在此。門下省、中書省即在此殿之東西兩廊外也。

〔四〕天仗：天子之儀仗，亦曰仙仗。《新唐書·儀衛志》：「凡朝會之仗，三衛番上，分爲五仗，號衙内五衛。一曰供奉仗，以左右衛爲之。二曰親仗，以親衛爲之。三曰勳仗，以勳衛爲之。四曰翊仗，以翊衛爲之。皆服鶡冠，緋衫裌。五曰散手仗，以親、勳、翊衛爲之，服緋絁裲襠，繡野馬。皆帶刀捉仗，列坐於東西廊下。」其每月以四十六人立内廊閤外，號曰内仗，内外諸門又有立門仗。元日、冬至大朝會又有黄麾仗，黄、赤、白、黑、青旗仗，殳仗，名目繁多。

〔五〕御香：天子宫殿所燃之香也。何遜《九日侍宴樂遊苑爲西封侯作》詩：「晴軒連瑞氣，同惹御香芬。」參見《送青龍招提歸一上人》詩「御筵出香爐」注。

〔六〕諫書稀：謙辭也。杜確《序》「頻上封章」也。

【評論】

宋黄徹《䂬溪詩話》：「岑參《寄杜拾遺》云：聖朝無闕事，自覺諫書稀；退之《贈崔補闕》云：年少得途未要忙，時清諫疏尤宜罕；皆謬承荀卿有聽從無諫諍之語，遂使阿諛奸佞用以借口。以是知凡造意立言，不可不預爲天下後世慮。」

明胡震亨《唐音癸籤》十一：「至德初，岑參與子美同爲諫職，子美詩：避人焚諫草，騎馬欲鷄栖；又：明朝有封事，數問夜如何。岑詩則云：聖朝無缺事，自覺諫書稀。時安史之亂未夷，上皇在蜀，朝野騷然，可云無闕事耶？亦語病也。」按兩詩作於乾元元年，時兩京已復，上皇已歸，故有宫廷唱和諸作也。

明謝臻《四溟詩話》四：「岑參《寄左省杜拾遺》詩云……，杜甫《答岑補闕見贈》云……。岑詩警絶，杜作殊不愜意，譬如善弈者，偶爾輕敵，輸此一着。」

清吴喬《圍爐詩話》三：「岑參《寄杜拾遺》云：聖朝無缺事，自覺諫書稀，反言以見意也。宋人譏其順從，以活句爲死句矣。」

【附録】

奉答岑參補闕見贈　杜甫

窈窕清禁闥，罷朝歸不同。君隨丞相後，我往日華東。冉冉柳枝碧，娟娟花蕊紅。故人得佳句，獨贈白頭翁。

春興思南山舊廬招柳建正字〔一〕

終歲不得意，春風今復來。自憐蓬鬢改〔二〕，羞見梨花開。西掖誠可戀，南山思早回。園廬幸接近，相與歸蒿萊〔三〕。

【箋注】

〔一〕柳建：未詳。　正字：祕書省官名。《通典》卷二十六：「祕書正字，後漢桓帝初置祕書監，掌圖書古今文字考合同異，其後監令掌圖籍之紀，監述作之事，不復專文字之任矣。今之正字，蓋令監之遺職。校書之通制，歷代無聞，齊集書省有正書，北齊祕書省有正字。隋置四人，大唐因之，掌刊正文字。其官資輕重與校書郎同。」正字正九品下。　詩有「西掖誠可戀」，則爲右補闕時。「終歲不得意，春風今復來」，則爲右補闕已歷二春，當在乾元二年春二月梨花開時。乾元元年春早朝唱和，興致甚佳，不久房琯一案，賈至出爲汝州刺史，杜甫出爲華州司功，嚴武貶巴州，舊友星散。宦官李輔國與張皇后相表裏，把持朝政，奸佞當道，賢良退位。岑參爲右補闕，「頻上封章，指述權佞」，均無結果。春風復來，而早朝唱和歌頌功德之心一變，「終歲不得意」蓋謂此也。

〔二〕蓬鬢：《莊子·說劍》：「吾王所見劍士，皆蓬頭、突鬢、垂冠，曼胡之纓，短後之衣。」庾信《謝滕王賚巾啓》：「蓬鬢髮（疑）颯，衰容耆朽。」杜甫《九日》詩：「即今蓬鬢改，但愧菊花開。」

〔三〕相與：《吕覽·慎行》：「始而相與，久而相信，卒而相親。」　蒿萊：草也。見《終南雲際精舍尋法澄上人不遇歸高冠東潭石淙望秦嶺微雨貽友人》詩注〔七〕。

酬崔十三侍御登玉壘山思故園見寄〔一〕

玉壘天晴望，諸峰盡覺低。故園江樹北，斜日嶺雲西。曠野看人小，長空共鳥齊。山高徒仰止①〔二〕，不得日攀躋。

【校勘記】

①〔山高〕《唐詩紀》作高山。

【箋注】

〔一〕崔十三：未詳。杜甫蜀中詩《贈崔十三評事公輔》、《季秋蘇五弟纓江樓夜宴崔十三評事韋少府姪》，未知是否此詩之崔十三。玉壘山：在今四川省灌縣西北。《元和志》卷三十一彭州導江縣：「玉壘山，在縣西北二十九里。……灌口鎮在縣西二十六里。」今灌縣即唐灌口鎮。

〔二〕山高徒仰止：《詩·小雅·車舝》：「高山仰止，景行行止。」仰，慕也。

奉和杜相公初發京城作①〔一〕

按節辭黄閣〔二〕，登壇戀赤墀〔三〕。銜恩期報主②〔四〕，授律遠行師〔五〕。野鵲迎金印〔六〕，郊雲拂畫旗〔七〕。叨陪幕中客〔八〕，敢和《出車》師〔九〕。

【校勘記】

①〔詩題〕底本、宋本初字下有夏字，誤，説見注〔一〕，今删去。《文苑英華》初字下作發城行。②〔期報主〕《文苑英華》期作思。

【箋注】

〔一〕杜相公：謂杜鴻漸。《舊唐書·代宗紀》大歷元年二月，「壬子，命黄門侍郎、同平章事杜鴻漸兼成都尹，持節充山南西道、劍南東川等道副元帥，仍充劍南西川節度使，以平郭英乂之亂也」。永泰元年四月劍南節度使嚴武卒，都知兵馬使郭英幹等請以右僕射郭英乂爲節度使，西山都知兵馬使崔旰則請大將王崇俊爲節度使。朝廷命英乂，及至蜀，誣殺王崇俊，召崔旰還成都，並絶其糧餉。旰轉入深山，英乂攻之。英乂入成都居玄宗行宫，撤去玄宗鑄金真容，崔旰言英乂反，率部襲成都，英乂敗逃簡州，爲刺史韓澄所殺。崔旰據成都，邛州牙將柏茂林、瀘州牙將楊子琳、劍州牙將李昌巎各舉兵討旰，蜀中大亂。朝廷乃命杜鴻漸平亂也。杜確《序》云：「副元帥相國杜公鴻漸表公職方郎中兼侍御史，列爲幕府。」岑參隨杜出發，乃有此和詩也。

〔二〕按節：緩行也。見《酬成少尹駱谷行見呈》詩注〔九〕。　黄閣：謂門下省。《藝文類聚》卷四十五引《漢舊儀》曰：「丞相……聽事閣曰黄閣。」明周祈《名義考》云：「唐門下省以黄塗門，謂之黄閣。」唐襲漢制也。杜爲黄門侍郎，即門下侍郎也。秦有黄門侍郎，漢因之，歷代皆有。入唐或曰東臺侍郎、鸞臺侍郎，天寶曰門下侍郎，乾元元年曰黄門侍郎，大曆二年復曰門下侍郎。

門下省亦稱黄門省也。

〔三〕登壇：謂拜將。見《過梁州奉贈張尚書》詩注〔二〕。

〔四〕銜恩：感恩於心之謂也。陸雲《爲顧彦先贈婦往還詩》：「遠蒙眷顧言，銜恩非望始。」

〔五〕授律：授之師律，謂出師也。《易·師》有「師出以律」，後世乃謂命將出師爲授律。《隋書·煬帝紀》：「今宜授律啓行，分麾届路。」獨孤及《爲郭令公請停親征表》：「縱微臣智力淺短，終無所成，陛下仍須别擇英才，授之師律。」

〔六〕鵲迎印：見《北庭西郊候封大夫受降回軍》詩注〔一五〕。

〔七〕畫旗：《通典》卷六十六《旌旗》：「後周太常寺（寺字衍）畫辰，旂畫青龍，旟畫朱烏，旌畫黄麟，旗畫白虎，旐畫玄武，皆加雲氣。其旞物在軍亦畫其事號，加之以雲氣。」隋、唐皆承後周之制，旗上有雲氣也。

〔八〕叨：猶忝也。《三國志·蜀·諸葛亮傳》街亭之敗，亮上疏自貶曰：「臣以弱才，叨竊非據……請自貶三等，以督厥咎。」王勃《秋日登洪府滕王閣餞别序》：「他日趨庭，叨陪鯉對，今兹捧袂，喜托龍門。」

〔九〕《出車》詩：《詩·小雅·出車》乃「勞還帥」之作，文王遣將出征，經年而返，乃有此勞辭。今借喻杜將獲勝而還也。

漢川山行呈成少尹〔一〕

西蜀方攜手，南宮憶比肩〔二〕。平生猶不淺〔三〕，羈旅轉相憐。山店雲迎客，江村犬吠船。秋來取一醉，待依月光眠①。

【校勘記】

①〔待依〕明抄本注：一作須待。

【箋注】

〔一〕漢川：當爲漢州。詩有「西蜀」、「秋來」字，必不在漢中也。《舊唐書·代宗紀》永泰二年（大曆元年）八月，「壬寅，以茂州刺史崔旰爲成都尹兼御史大夫、劍南西川節度行軍司馬」。此爲杜鴻漸入成都後表奏於朝者，則漢州之行當在七月也。《陪狄員外早秋登府西樓因呈院中諸公》有「嘗愛張儀樓」句，則七月已在成都也。漢州德陽郡，唐垂拱二年分益州置，領縣五，治雒縣，宋元明清因之，民國廢州，改廣漢縣。成少尹：成賁，見《酬成少尹駱谷行見呈》詩注〔一〕。詩作於大曆元年秋。

〔二〕南宮：謂尚書省，見《初至西虢官舍南池呈左右省及南宮諸故人》詩注〔一〕。比肩：並肩而立也。《戰國策·齊策三》齊宣王謂淳于髡：「千里而一士，是比肩而立；百世而一聖，若隨踵而至也。」

〔三〕猶：尚也。《詩·大雅·常武》「王猶允塞」箋：「猶，尚。允，信也。」

與鄠縣官泛渼陂岸闊水浮①〔一〕

萬頃浸天色，千尋窮地根〔二〕。舟移城入樹，岸闊水浮村。閑鷺驚簫管〔三〕，潛虬傍酒樽②〔四〕。暝來喧小吏③，列火儼歸軒〔五〕。

【校勘記】

①〔詩題〕集本均作《與鄠縣郡官泛渼陂》，《唐詩紀》郡作群。《文苑英華》題同集本，注云：集作《與鄠縣官泛渼陂岸闊水浮》。其所據爲宋刊集本，故從之。②〔潛虬〕《文苑英華》虬作蛇。③〔喧小吏〕底本、明抄本注：喧一作呼。

【箋注】

〔一〕鄠縣：《元和志》京兆府：「鄠縣，畿，東北至府六十五里。本夏之扈國，啓與有扈戰於甘之野。《地理志》古扈國，有户谷、户亭，又有甘亭。扈至秦改爲鄠邑，漢屬右扶風，自後魏屬京兆，後遂因之。」漢置縣，今爲西安市户縣。渼陂：一作美陂，池湖名。《元和志》卷二鄠縣：「美陂，在縣西五里，周迴十四里。」程大昌《雍録》引《十道記》：「本五味陂，陂魚甚美。」元季遊兵決陂取魚，陂遂廢，後世闢爲水田，近聞擬築堤修復云。詩當作於天寶十一二載。

〔二〕千尋：八千尺。《國語·周語》「不過墨丈尋常之間」注：「八尺爲尋。」《史記·張儀列傳》「秦馬之良……蹄間三尋」《索隱》：「七尺曰尋。」漢唐異説，兹從韋昭。

〔三〕簫管：《詩·周頌·有瞽》：「既備乃奏，簫管備舉。」箋：「編小竹管，如今賣餳者所吹也。管如篴（笛），編而吹之。」疏：「郭璞曰：簫大者編二十三管，長尺四寸；小者十六管，長尺二寸。」《爾雅·釋樂》：「大簫謂之言，小者謂之筊。」疏：「《風俗通》云，舜作簫，其形參差，以象鳳翼，十管，長二尺。」　管：《爾雅·釋樂》：「大管謂之簥，其中謂之篞，小者謂之篎。」注：「管長尺圍寸，併漆之，有底。賈氏以爲如篪六孔。」疏：「小師注云，管如笛，形小，併兩管而吹之，今大予樂官有之是也。其中不大不小者名篎。」　簫、管二器，均編小竹管而吹，今失其制。

〔四〕潛虬：深蟠之龍也。見《送王大昌齡赴江寧》詩注〔三〕。

〔五〕儼：《詩·陳風·澤陂》「碩大且儼」傳：「儼，矜莊貌。」

【評論】

清潘德輿《養一齋詩話》四：「詩不盡於句法，初學好以此求詩，因即拈此示之。偶與兒輩談及元僧圓至詩云：春路晴猶滑，山亭晚更凉，欲求句法，先準諸此，便無直率雜湊病。兒輩常憶此語，予笑曰：此清矣，未厚也。如岑嘉州舟移城入樹，錢仲文煙火隔雲深，一句凡幾轉折，此乃句法之正傳耳。然此厚矣，未化也。子建明月照高樓，陶公依依墟里煙，斯入於化，以此求三百篇風旨不遠矣。」

終南東溪口作①〔一〕

溪水碧於草，潺潺花底流。沙平堪濯足，石淺不勝舟。洗藥朝與暮，釣魚春復秋。興來從所適〔二〕，還欲向滄洲〔三〕。

【校勘記】

①〔東溪口〕《唐百家詩選》口作中，不少本從之。

【箋注】

〔一〕東溪：《還高冠潭留别舍弟》有「東溪憶汝處」，《題華嚴寺環公禪房》有「東溪草堂路」，則此東溪口即高冠谷口。詩當爲授官前居高冠谷時作。

〔二〕適：適志。見《漁父》詩注〔五〕。

〔三〕滄洲：渭隱居處也。阮籍《爲鄭冲勸晋王牋》：「臨滄洲而謝支伯，登箕山而揖許由。」

【評論】

元方回《瀛奎律髓》：「句句明白，不見其用力處。」

與鄠縣源少府泛渼陂得人字〔一〕

載酒入天色，水凉難醉人。清揺縣郭動，碧洗雲山新。吹笛驚白鷺，垂竿跳紫鱗〔二〕。憐君公事後，陂上日娛賓①。

【校勘記】

①〔日娛賓〕底本、明抄本注：日一作自。

【箋注】

〔一〕源少府：名不詳，鄠縣尉。　泛：浮也。漢武帝《秋風辭》：「泛樓船兮濟汾河，橫中流兮揚素波。」　詩爲天寶十一二載與杜甫同遊渼陂之作。

〔二〕紫鱗：左思《蜀都賦》：「吉日良辰，置酒高堂，……觴以清醥，鮮以紫鱗。」

【附録】

與鄠縣源大少府宴渼陂得寒字　　杜甫

應爲西陂好，金錢罄一餐。飯抄雲子白，瓜嚼水晶寒。無計迴船下，空愁避酒難。主人情爛熳，持答翠琅玕。

與鮮于庶子泛漢江得遲字〔一〕

急管更須吹〔二〕，杯行莫遣遲①。酒光紅琥珀〔三〕，江色碧琉璃〔四〕。日影浮歸棹，蘆花罥釣絲〔五〕。山公醉不醉，問取葛彊知〔六〕。

【校勘記】

①〔杯行〕《文苑英華》作金杯。

【箋注】

〔一〕鮮于庶子：即李叔明，見《與鮮于庶子自梓州……同行至利州道中作》詩注〔一〕。詩作於大曆元年。

〔二〕急管：音調急促之簫笛也。鮑照《代白紵曲》：「古稱綠水今白紵，催絃急管爲君舞。」

〔三〕琥珀：松脂化石，多黄褐色。見《醉題匡城周少府廳壁》詩注〔三〕。

〔四〕琉璃：一作流離。《漢書·西域傳》罽賓國出流離。注：「孟康曰：流離青色如玉。師古曰：《魏略》云大秦國出赤、白、黑、黄、青、緑、縹、紺、紅、紫十種流離，孟言青色，不博通也。此蓋自然之物，采澤光潤，踰於衆玉，其色不恒。今俗所用，皆銷冶石汁，加以衆藥，灌而爲之，尤虚脆不貞，實非真物。」廣州博物館南越王墓出土有琉璃，時在兩千年前，中國已有此。

〔五〕罥：《玉篇》：「罥，挂也。」木華《海賦》：「或屑没於黿鼉之穴，或挂罥於岑嶅之峰。」

〔六〕山公、葛彊句：《世説新語·任誕》云，山簡鎮襄陽，每酣飲習家池，醉歸，猶「舉鞭問葛彊，何如并州兒？」葛彊并州人，簡之愛將也。

登總持閣〔一〕

高閣逼諸天〔二〕，登臨近日邊。晴開萬井樹，愁看五陵煙。檻外低秦嶺〔三〕，窗中小渭川。早知清净理〔四〕，常願奉金仙〔五〕。

【箋注】

〔一〕總持：寺名。《長安志》十：「和平坊，坊内南北街之東築入莊嚴寺，街之西築入總持寺。永陽坊，半以東大莊嚴寺，半以西大總持寺。隋大業三年，煬帝爲文帝所立，初名大禪定寺，寺内制度與莊嚴寺正同，武德元年改名總持寺。莊嚴、總持，即隋文獻皇后宫中之號也。」總持，佛家語。《注維摩詰經·佛國品》：「總持謂持善不失，持惡不生，無所漏忌謂之持。」　閣：樓也。《玉篇》：「閣，樓也，揚雄校書於天禄閣。」《上林賦》「重坐曲閣」李善引司馬彪曰：「廊廡上級下級皆可坐，故曰重坐；曲閣，閣道委曲也。」吕延濟曰：「閣有兩重，上級下級皆可坐，故言重坐也。」

此詩寫作年代未詳，或在赴安西前。

〔二〕逼：迫近也。

〔三〕檻：欄杆也。《西京賦》「鏤檻文棍」薛綜注：「檻，蘭也。」蘭通欄。

〔四〕清净理：離人世煩惱之佛理也。見《上嘉州青衣山中峰惠净上人幽居》詩注〔一〇〕。

〔五〕金仙：佛也。《法華經·安樂品》：「諸佛身金色，百福莊嚴。」《本行經》云：能忍辱修行三千二百劫始證金仙。或謂因緣九十一劫，身皆金色，故佛稱金仙。

題金城臨河驛樓〔一〕

古戍依重險，高樓見五涼〔二〕。山根盤驛道，河水浸城墻。庭樹巢鸚鵡，園花隱麝香〔三〕。忽如江浦上〔四〕，憶作捕魚郎。

【箋注】

〔一〕金城：漢始置金城郡，治金城縣，隋初曰蘭州，改金城爲五泉，唐因之。今爲蘭州市。此詩亦見張謂集，題爲《登江陵臨江驛樓》。張謂亦曾從事封常清幕。或謂晉張駿曾置建康郡，唐王孝傑又置建康軍，金陵當謂此，詩可爲張謂作。《新唐書·地理志》甘州張掖郡：「西北百九十里祁連山北有建康軍，證聖元年，王孝傑以甘、肅二州相距回遠，置軍。」《資治通鑑》卷二一三玄宗開元十五年閏九月，「（蕭）嵩又奏以建康軍使河北張守珪爲瓜州刺史」，胡三省注：「甘州西北百九十里祁連山有建康軍。」則唐置軍於故建康郡城，因以名軍也。《讀史方輿紀要》云，城在今高臺縣西南四十里。然則建康城依山而不臨水，距張掖河四十里也，安得有臨河驛？且西北各水向無江名，「臨江」亦不符。故此詩當爲岑作，或以同僚而誤入張謂詩中也。詩作於天寶八載赴安西途中。

〔二〕五涼：謂河西一帶。西晉末張軌據涼州，奉晉正朔，爲前涼，其後亡於苻堅。後呂光爲涼州牧，稱天王，至吕隆亡於姚興，乃後凉。秃髮烏孤起西平，遷樂都，弟傉檀稱凉王，爲南凉，亡於乞伏熾磐。沮渠蒙遜起張掖，遷姑臧，稱河西王，與秃髮南北對峙，爲北凉，後亡於北魏。李暠居敦煌，徙酒泉，稱凉公，通表於東晋稱臣，爲西凉，後亡於沮渠蒙遜。此爲五凉。

〔三〕麝香：雄麝之分泌物，可作香料及入藥。《本草綱目》卷五十一：「弘景曰：麝形似麞而小，黑色，常食柏葉，又噉蛇。其香正在陰莖前皮内，别有膜袋裹之。五月得香，往往有蛇皮骨。」

〔四〕江浦：《吕覽·本味》：「江浦之橘，雲夢之柚。」浦，濱江處也。《詩·大雅·常武》「率彼淮浦」傳：「浦，涯也。」

攜琴酒尋閻防崇濟寺所居僧院得濃字〔一〕

相訪但尋鐘，門寒古殿松。彈琴醒暮酒①，捲幔引諸峰。事愜林中語〔二〕，人幽物外蹤〔三〕。吾廬幸相近②〔四〕，此地興偏濃③。

【校勘記】

①〔暮酒〕底本酒作雨，注本作酒。此從注語及明抄本。②〔相近〕底本注：近一作接。③〔偏濃〕張遜業本濃作慵。

【箋注】

〔一〕閻防：見《宿華陰東郭客舍憶閻防》詩注〔一〕。崇濟寺：《長安志》八：「昭國坊，西南隅崇濟寺。本隋慈恩寺，開皇三年魯郡夫人孫氏立。貞觀二十三年以尼寺與慈恩寺相鄰，而勝業坊甘露尼寺又比於崇濟僧寺，敕換所居。」詩當作於天寶前期。

〔二〕林中：山林中也，隱者之居。孟浩然《張七及辛大見尋南亭醉作》詩：「世外交初得，林中契已並。」

〔三〕物外：猶塵外。《晉書·單道開傳》：「獨處茅茨，蕭然物外。」李嶠《夏晚九成宫呈同僚》詩：「暫悦丘中賞，還希物外蹤。」

〔四〕廬幸相近：岑氏舊宅在天門街西，與昭國坊中隔一街。

喜華陰王少府使到南池宴集〔一〕

有客至鈴下〔二〕，自言身姓梅〔三〕。仙人掌裏使〔四〕，黄帝鼎邊來〔五〕。竹影拂棋局，荷香隨酒杯。池前堪醉卧，待月未須回。

【箋注】

〔一〕王少府：王季友。《潼關使院懷王七季友》、《送王七録事赴虢州》、《送王録事却歸華陰》等詩皆謂王季友也。此詩作於上元年間，在虢州。

〔二〕鈴下：鈴閣之下，謂州郡府廳。晉世將帥公府曰鈴閣。《晉書·羊祜傳》：「在軍常輕裘緩帶，身不披甲，鈴閣之下，侍衛者不過十餘人。」唐人用稱州郡府庭。劉禹錫《早春對雪奉寄澧州元郎中》詩：「梅蕊覆階鈴閣暖，雪峰當户戟枝寒。」貫休《歸東陽臨歧上杜使君》詩：「一從到後常無事，鈴閣公庭滿緑苔。」鈴下，謂鈴閣之下也。漢世鈴下爲主威儀之官。《漢舊儀》有鈴下、侍閣、辟車、騎吏、五百等官，出則乘前車以行。後漢及三國，門前侍衛曰鈴下。周紆爲邵陵侯相，因事問鈴下。；吴範自縛詣門欲諫孫權，使鈴下以聞，鈴下不敢是也。明王志堅《表異録》謂唐稱太守曰鈴下，則未知所據。

〔三〕身姓梅：謂身爲縣尉。《漢書·梅福傳》云，福九江壽春人，爲南昌尉，時王鳳擅權，福屢上書言事，帝不納。及王莽專政，福棄妻子，離九江，竟不知所終。

〔四〕仙人掌裏使：華陰在華山下，東峰曰仙掌。華陰縣武后垂拱元年曾更名仙掌，神龍元年復曰華陰。

〔五〕黄帝鼎：《史記·封禪書》載，齊人公孫卿言：「黄帝采首山銅，鑄鼎於荆山下，鼎既成，有龍垂胡須下迎黄帝。」《元和志》卷六虢州湖城縣：「荆山，在縣南，即黄帝鑄鼎之處。」唐湖城縣即故閿鄉縣舊地，在今靈寶縣西北黄河邊，荆山即其南方之黄土嶺。唐安史亂中驛道自潼關而來，經盤豆驛、湖城縣、稠桑驛，轉而向南至虢州。王少府自華陰東來，須經荆山之下也。

奉陪封大夫九日登高〔一〕

九日黄花酒〔二〕，登高會昔聞〔三〕。霜威逐亞相①，殺氣傍中軍②〔四〕。横笛驚征雁，嬌歌落塞雲〔五〕。邊頭幸無事，醉舞荷吾君〔六〕。

【校勘記】

①〔逐亞相〕底本注：逐一作從。　②〔殺氣〕底本殺作煞，俗寫。〔中軍〕底本、明抄本軍作原，此從張遜業本。

【箋注】

〔一〕九日登高：此事不知始於何代。南朝梁吴均《續齊諧記》云：「汝南譚景隨費長房遊學累年，長房謂曰：九月九日汝家當有灾，急宜去，令家各作絳囊，盛朱萸以繫臂，登高飲菊酒，此禍可除。景如言，齊家登山。夕還，見鷄犬牛羊一時暴死。長房聞之曰：此代也。今世人每九日登高飲菊酒，婦人帶朱萸囊，蓋始於此。」案《西京雜記》有九月九日飲菊酒事，《荆楚歲時記》有佩朱萸事，《續齊諧記》則多一登高也。　此詩當作於天寶十四載，十三載九月正出師西征，十五載封常清則已離北庭後且被斬也。

〔二〕黄花酒：即菊花酒。《西京雜記》三：「菊花酒令人長壽，菊花舒時，並採莖葉，雜黍米釀之，至來年九月九日始熟，就飲焉，故謂之菊花酒。」古菊花多黄色，後世乃見五采也。

〔三〕會：《爾雅·釋詁》：「會，合也。」《尚書·禹貢》：「雷夏既澤，灉沮會同。」疏：「謂二水會合而同入此澤也。」

〔四〕殺氣：陰氣。《禮記·月令》中秋之月，「是月也，日夜分，雷始收聲，蟄蟲壞户，殺氣浸盛，陽氣日衰，水始涸」。　中軍：主師所處也。見《北庭西郊候封大夫》詩注〔一二〕。

〔五〕嬌歌：節度使得蓄音樂也。《通典》卷三十五：「天寶七載九月敕，五品以上正員清官、諸道節度使及太守等，並聽常蓄絲竹，以展懽娱，行樂盛時，式覃中外。」

〔六〕荷：戴也。任昉《到大司馬記室牋》：「不勝荷戴屏營之情，謹詣廳奉白牋以聞。」

陪封大夫宴瀚海亭納涼得時字〔一〕

細管雜青絲〔二〕，千杯倒接䍦〔三〕。軍中乘興出，海上納涼時。日没鳥飛急，山高雲過遲。吾從大夫後〔四〕，歸路擁旌旗。

【箋注】

〔一〕瀚海亭：詩有「海上納涼」、「歸路」字，可知亭在海旁，海在府郊。今北庭古城東有一自南山下來之小河，繞城向西北注入一海子，周圍約數十里。唐時海子左近或有亭臺，以備遊賞。納涼：納，受也，納涼猶受涼，乘涼也。徐陵《内園逐涼》詩：「納涼高樹下，直坐落花中。」詩當作於天寶十三四載暑日。

〔二〕細管：庾信《和趙王春日詩》：「細管調歌曲，長衫教舞兒。」細管謂簫笛也。　青絲：仲子陵《五色琴絃賦》：「黑與青間，青與赤通，或以白而受采，或以黄而居中。」琴絃或張色絲也。

〔三〕倒接䍦：醉後失態，倒著帽也。典出山簡。

〔四〕吾從大夫後：《論語·先進》：「以吾從大夫之後，不可徒行也。」

梁州陪趙行軍龍岡寺北庭泛舟宴王侍御得長字①〔一〕

誰宴霜臺使〔二〕？ 行軍粉署郎〔三〕。 唱歌江鳥没，吹笛岸花香。 酒影摇新月，灘聲聒夕陽。
江鐘聞已暮，歸棹緑川長〔四〕。

【校勘記】

①〔北庭〕聞一多疑有誤字，或庭字衍也。 ②〔得長字〕底本無，據《文苑英華》補。

【箋注】

〔一〕趙行軍：名不詳。行軍，行軍司馬之簡稱。《舊唐書·賈耽傳》建中三年，耽爲山南東道節度使，有急牒至，以行軍司馬樊澤代耽，耽召澤以詔授之曰：「詔以行軍爲節度使，耽今即上路。」 龍岡寺：龍岡，山名。《隋書·地理志》漢川郡南鄭縣「有黄牛山，龍岡山。」《輿地紀勝》：「山在縣西十里。」唐時或有寺在山下，並以爲名，今無。 王侍御：未詳。 詩作於大曆元年春。

〔二〕霜臺使：謂侍御史。唐人稱御史臺爲霜臺。

〔三〕粉署郎：尚書郎也。

〔四〕棹：同櫂，檝也。王勃《臨江》詩：「去驂嘶别路，歸棹隱寒洲。」

過酒泉憶杜陵別業〔一〕

昨夜宿祁連①〔二〕，今朝過酒泉。黄沙西際海，白草北連天。愁裹難消日，歸期尚隔年〔三〕。陽關萬里夢，知處杜陵田。

【校勘記】

①〔昨夜〕《唐百家詩選》夜作日。

【箋注】

〔一〕杜陵別業：岑參何時居杜陵，文獻無載。然其授官前山居均在高冠谷，有詩可徵。杜甫《九日寄岑參》詩有「獨步曲江頭，難爲一相就」，則其時二人所居當不遠。杜甫天寶十載後曾居少陵原，少陵距杜陵十八里，故岑參居杜陵當在天寶十載之後。此前或以居京期間時而一過杜陵別業。此詩乃九載行役中又過酒泉也。

〔二〕祁連：即祁連城，在酒泉東南，《送李副使赴磧西官軍》詩所謂「知君慣度祁連城」是也。

〔三〕尚隔年：天寶間士人赴邊三年爲期，此當爲第二年行役中，故云。

宿鐵關西館〔一〕

馬汙踏成泥，朝馳幾萬蹄。雪中行地角，火處宿天倪〔二〕。塞迥心常怯，鄉遥夢亦迷。那知故園月，也到鐵關西。

【箋注】

〔一〕鐵關：在今新疆庫爾勒市北山峽中，見《銀山磧西館》詩注〔二〕。此詩寫作年代，《岑參集校注》以爲乃初赴安西途經火山、鐵關之作，在天寶八載秋冬間。岑參初赴安西途經隴山有「霧露凝貂裘」句，隴山高寒，盧照鄰《隴頭水》所謂「旌懸九月霜」者是，霧露非秋冬物候。故其初赴安西當在春末。又《寄宇文判官》詩「二年領公事，兩度過陽關」，知其初赴安西乃西出陽關，乃走法顯經鄯善、溯塔里木河西上一綫，不經西州，故亦不過火山。其過火山、經鐵關，當爲九載行役之時，與《寄宇文判官》同時，在九載冬。

〔二〕天倪：天邊也。李白《明堂賦》：「軋地軸以盤根，摩天倪而創規。」另義，自然之分也。《莊子·齊物論》：「和之以天倪，因之以曼衍，所以窮年也。」此義則與岑詩無關。

【評論】

陸游《老學庵筆記》六：「岑參在安西幕府詩云：那知故園月，也到鐵關西。韋應物作郡時亦有詩云：寧知故園月，今夕在西樓。語義悉同，而豪邁、閑淡之趣，居然自異。」

發臨洮將赴北庭留別 得飛字①〔一〕

聞説輪臺路，連年見雪飛②。春風不曾到③，漢使亦應稀④。白草通疏勒〔二〕，青山過武威。

勤王敢道遠⑤〔三〕，私向夢中歸⑥。

【校勘記】

①〔詩題〕底本赴前有將字，北下無庭字，此從《文苑英華》。 ②〔連年〕《文苑英華》作年年。

③〔不曾到〕《文苑英華》作曾不到，注：曾作常。 ④〔亦應〕底本注：亦一作日。《文苑英華》應作來。 ⑤〔敢道遠〕《文苑英華》作不敢道。 ⑥〔私向〕《文苑英華》作遠思。

【箋注】

〔一〕發：出行也。《爾雅・釋言》：「愷、悌，發也。」注：「發，發行也。」《詩・齊風・載驅》：「魯道有蕩，齊子發夕……魯道有蕩，齊子豈弟。」傳：「發夕，自夕發，至旦。」箋：「此豈弟，猶言發夕也。豈，讀當爲闓；弟古文《尚書》以弟爲圛，圛，明也。」 詩爲天寶十三載四月赴北庭途經臨洮時作。說見《年譜》，論證過繁，兹不贅。

〔二〕疏勒：漢西域國名。唐置疏勒都督府，爲安西四鎮之一，地即今新疆喀什市。或謂此乃北庭地名，即東漢耿恭屯兵之處。《後漢書・耿恭傳》永平十七年爲戊己校尉，屯車師後王金蒲城，次年匈奴來攻，「恭以疏勒城傍有澗水可固，五月，乃引兵據之。」此疏勒舊址在今新疆吉木薩南山中。

〔三〕勤王：《左傳》僖公二十五年（周襄王十七年），「狐偃言於晋侯（文公）曰：求諸侯莫如勤王，諸侯信之，且大義也」。按《史記》，周襄王十六年狄人入王城，襄王奔鄭，後母之子叔帶立爲王，居于温。晉文公乃圍温，殺叔帶，以其引狄人入也，迎襄王入王城。後世乃以盡力王事爲勤王。　敢，不敢之省語也。

【評論】

清冒春榮《葚原詩説》一：「詩賜之曲，……岑參勤王敢道遠，私向夢中歸，本怨赴邊庭，歸期難必，却反意不敢道遠，夢中可歸。」

首秋輪臺〔一〕

異域陰山外，孤城雪海邊。秋來唯有雁〔二〕，夏盡不聞蟬。雨拂氈墻濕，風摇毳幕羶〔三〕。輪臺萬里地，無事歷三年。

【箋注】

〔一〕首秋：初秋七月也。《初學記》三引梁元帝《纂要》曰：「七月：孟秋、首秋、上秋、肇秋、蘭秋。」　輪臺：謂北庭府城也，説見《北庭貽宗學士》詩注〔九〕。　至北庭三年，在天寶十五載（至德元載）。

〔二〕秋來唯有雁：王褒《出塞》詩：「塞禽唯有雁，關樹但生榆。」

〔三〕毳幕：即氈帳，今之蒙古包其遺制也。《李陵答蘇武書》：「韋韝毳幕，以禦風雨，羶肉酪漿，以充飢渴。」

【評論】

元方回《瀛奎律髓》：「唐之盛時，漢之所棄輪臺亦奄有之。然勤於邊略不如修實德以悦近人也。氈墻二字新。」

北庭作〔一〕

雁塞通鹽澤〔二〕，龍堆接醋溝〔三〕。孤城天北畔，絶域海西頭。秋雪春仍下，朝風夜不休。可知年四十，猶自未封侯。

【箋注】

〔一〕約天寶十四載春作於北庭府。

〔二〕雁塞：山隘口名，在今湖北省房縣南大神農架東段。《藝文類聚》卷九十一鳥部引盛弘之《荆州記》曰：「雁塞北接梁州汶陽郡，其間東西嶺屬天無際，雲飛風翥，望崖回翼。唯一處爲下，朔雁達塞，矯翮才度，故名雁塞，同於雁門也。」　鹽澤：即蒲昌海，今羅布泊。古籍鹽澤有多處。《漢書・地理志》朔方郡朔方縣：「金連鹽澤、青鹽澤皆在南。」然此郡無雁塞。又雁門郡「句注山在陰館」，此雁門關也。沃陽縣「鹽澤在東北」，此距雁門不遠。此詩所言未知是否指此。蒲昌海左近則未聞有雁塞也。或北庭府亦有鹽澤，而天山中有雁塞歟？未詳。

〔三〕龍堆：白龍堆之省稱。陸機《演連珠》「必辱鳳舉之使」李善注引班固《功德論》曰：「朱軒之使，鳳舉於龍堆之表。」　醋溝：水名，在今鄭州市郊及新鄭縣之間。《水經·渠水注》：「役水自陽丘亭東流，經山民城北，爲高榆淵。……又東北，爲醋溝。」《嘉慶一統志》卷一八六：「古役水在新鄭縣北，流經中牟縣南，今堙。」闞駰《十三州志》云，醋溝水在中牟。楊守敬《水經注圖》繪醋溝在中牟縣南，北流過中牟爲丈八溝。《鄭州志》謂役水即潮河，源出新鄭縣北郭店鄉，北流至鄭州市南郊南曹鄉，又東北至圃田鄉，東至中牟縣境入賈魯河。金章宗明昌五年河決陽武故堤，故役水下游今堙，而上游當即潮河也。唐李匡乂《資暇集》云：「鄭有醋溝，士流名家家其州，溝之東尤多甲族，以甲乙叙之，故曰醋大。」乾隆《新鄭縣志》云，醋溝「在東門外一里。……今城東有小溝甚狹而淺，溝畔多瓦礫，雨後土人往往得碎金玉及歷代古錢。」此爲又一醋溝，今無遺址。明周嬰《卮林》八以爲雁塞必近鹽澤，醋溝當近龍堆，因而以爲「醋溝必在瓜州之外」。然遍檢史籍，未見所據。或者敦煌、且末一帶自南山下來之小水流中古有名醋溝者歟？抑且末河音與醋近而特稱之歟？若謂家在中土而身在西域，因而以内地山川與邊地相比類以寄鄉思，亦可通也。

【評論】

方回《瀛奎律髓》：「鹽澤人所共知，醋溝則未之知也，甚新。中四句皆如鑄成。」

輪臺即事〔一〕

輪臺風物異，地是古單于〔二〕。三月無青草，千家盡白榆〔三〕。蕃書文字别，胡俗語音殊。

愁見流沙北，天西海一隅。

【箋注】

〔一〕即事：有感於目前之事爲詩。　此詩亦作於天寶十四載。

〔二〕古單于：謂古時匈奴單于曾居之地。

〔三〕白榆：榆樹之一種，皮色白，春日先發葉，後著莢，今烏魯木齊及天山北路多有之。內地多爲赤榆，春日先著莢，即所謂榆錢者，爾後始生葉也。王褒《出塞》：「塞禽惟有雁，關樹但生榆。」則塞外多榆，自古皆然。今天山北路尚有榆樹溝、榆樹灣、榆樹窩子等村名。

晚發五渡①〔一〕

客厭巴南地〔二〕，鄉鄰劍北天②。江村片雨外〔三〕，野寺夕陽邊。芋葉藏山徑，蘆花雜渚田③。舟行未可住，乘月且須牽〔四〕。

【校勘記】

①〔五渡〕底本、明抄本渡作溪，此從《文苑英華》。　②〔鄉鄰〕《文苑英華》鄰作憐。〔劍北〕底本、明抄本注：劍一作漢。　③〔雜渚田〕底本注：雜一作間。

【箋注】

〔一〕五渡：今樂山縣西一百三十里有五渡場，其地有五水相會，入大渡河，名五渡溪。五渡場舊有土城，長五里，今已頹圮。此詩若爲行縣之作，或即此五渡，在大曆二年。樂山至宜賓間未知唐時有否五渡，若有，詩當爲大曆三年罷官後泛舟東下之作。舟行須牽，當爲上溯，然亦未知自嘉州而西抑自戎州而北也。

〔二〕巴南地：泛指巴蜀之南也。《郡齋望江山》有「人煙北接巴」，嘉州亦可曰巴南也。

〔三〕片雨：庾信《遊山詩》：「澗底百重花，山根一片雨。」

〔四〕乘月：謝靈運《入華子岡是麻源第三谷》詩：「且申獨往意，乘月弄潺湲。」乘，趁也。

【評論】

方回《瀛奎律髓》：「詩律往往健整平穩，非晚唐纖碎可比。」

巴南舟中夜書事①〔一〕

渡口欲黄昏，歸人争渡喧。近鐘清野寺，遠火點江村②。見雁思鄉信，聞猿積淚痕。孤舟萬里夜③，秋月不堪論〔二〕。

【校勘記】

①〔夜書事〕《文苑英華》作夜事，注：事一作市。《唐詩紀》作夜市，《唐三體詩》無夜書事三字。詩雖有喧，乃言争渡，無市可言也。②〔點江村〕底本注：點一作照。③〔萬里夜〕《唐詩紀》夜作外。

【箋注】

〔一〕大曆三年秋淹泊戎州時作。書事，猶記事，《宋書·徐廣傳》：「左官述言，右官書事。」

〔二〕論：《西京賦》「不可勝論」薛綜注：「論，説也。」

【評論】

宋吴幵《優古堂詩話》：「岑參《巴南舟中夜書事》詩云：渡口欲黄昏，歸人争渡喧，蓋用孟浩然詩耳。浩然《夜歸鹿門寺歌》云：山寺鐘鳴欲黄昏，漁梁渡頭争渡喧。」

元方回《瀛奎律髓》：「句句分曉，無包含而自在。起句十字尤絶唱。」

初至犍爲作〔一〕

山色軒檻内〔二〕，灘聲枕席間。草生公府静，花落訟庭閑〔三〕。雲雨連三峽，風塵接百蠻〔四〕。到來能幾日，不覺鬢毛斑。

【箋注】

〔一〕犍爲：漢武帝初置犍爲郡，管十二縣，治僰道，舊址在今宜賓西。有南安縣，即唐嘉州治龍遊縣也。梁蕭紀立青州，周宣帝改嘉州，隋唐因之。龍遊即今樂山也。詩作於大曆二年秋。

〔二〕軒檻：《漢書·史丹傳》：「天子自臨軒檻上，隤銅丸以擿鼓。」注：「師古曰：軒檻，闌版也。」

〔三〕訟庭：郡守須決獄訟也。《通典》卷三十三：「漢景帝中元二年更名郡守爲太守，凡在郡國，皆掌治民、進賢、勸功、決訟、檢姦。」《新唐書·百官志》牧尹刺史之職：「掌宣德化，歲巡屬縣，觀風俗，録囚徒，恤鰥寡。」

〔四〕風塵：《後漢書·班固傳》：「設後北虜稍强，能爲風塵，方復求爲交通，將何及？」此謂戰亂。陸機《爲顧彦先贈婦詩》：「京洛多風塵，素衣化爲緇。」此言塵土。此詩當爲後一義也。百蠻：本指北方，《詩·大雅·韓奕》：「因時百蠻，奄有北國。」後指南方。《禮記·王制》：「南方曰蠻。」

詠郡齋壁畫片雲〔一〕

雲片何人畫，塵侵粉色微①。未曾行雨去，不見逐風歸。只怪偏凝壁，回看欲惹衣。丹青忽借便〔二〕，移向帝鄉飛〔三〕。

【校勘記】

①〔塵侵〕底本侵作清，注：清本作侵。此從注語及明抄本。

【箋注】

〔一〕大曆二年作於嘉州。

〔二〕丹青：繪畫也。見《劉相公中書江山畫障》詩注〔三〕。

〔三〕帝鄉：謂長安也。見《安西館中思長安》詩注〔二〕。

臨洮龍興寺玄上人院同詠青木香叢①〔一〕

移根自遠方，種得在僧房。六月花新吐，三春葉已長〔二〕。抽莖高錫杖，引影到繩牀〔三〕。只爲能除病②，傾心向藥王〔四〕。

【校勘記】

①〔青木〕底本木作本，此從明抄本。　②〔除病〕明抄本病作疾。

【箋注】

〔一〕臨洮：即臨洮軍，今甘肅省臨洮縣，唐臨州也。　龍興寺：唐神龍元年武后遜位，中宗即位，敕天下諸州各置大唐中興寺。景龍元年二月，敕改諸寺名爲龍興。　青木香：《南州異物志》：「青木香出天竺，是草根，狀如甘草也。」《本草綱目》卷十四：「時珍曰：一株五根，一莖五枝，一枝五葉，葉間五節，故名五香。……本名蜜香，以其香氣如蜜，訛爲木香，古人謂之青木香，即廣木香。或以馬兜鈴根爲青木香，非也。今人又呼一種薔薇爲木香，愈亂真矣。……恭曰：葉似羊蹄而長大，花如菊花，結實黄黑。」隋煬帝西征吐谷渾，武威太守樊子蓋獻青木香以禦瘴氣，即此也。　《臨洮客舍留別祁四》有「六月未春衣」，與此詩之六月時同，則均爲天寶十載歸京途中之作。

〔二〕三春：孟春、仲春、季春也。嵇康《琴賦》「若夫三春之初」李善注：「班固《終南山賦》曰：三春之季，孟夏之初。《纂要》曰：一時三月，謂之三春。」陶淵明《雜詩》：「昔爲三春蕖，今爲秋蓮房。」

〔三〕錫杖、繩牀：見《送青龍招提歸一上人》詩注〔三〕，《上嘉州青衣山中峰惠浄上人幽居》詩注〔四〕。

〔四〕藥王：《維摩詰經》有佛號藥王，因其以藥救病，成佛後爲藥王菩薩。

宿關西客舍寄東山嚴許二山人時天寶初七月三日在内學見有高道舉徵①〔一〕

雲送關西雨，風傳渭北秋②。孤燈然客夢〔二〕，寒杵搗鄉愁〔三〕。灘上思嚴子〔四〕，山中憶許由〔五〕。蒼生今有望，飛詔下林丘〔六〕。

【校勘記】

①〔詩題〕底本無「初七月三日在内學見有」十字，東山作山東。宋本無「天寶初」，以下字爲句首，宿下字爲句尾。此題從《文苑英華》，其所缺内字據宋本補。②〔渭北〕《文苑英華》北作水。

【箋注】

〔一〕東山：當指嵩山，岑參有《還東山洛上作》詩。内學：學道謂之内學。《列仙傳》：「關令尹喜者，周大夫也，喜内學，常服精華，隱德修行，時人莫知。」唐玄宗開元二十九年置玄學博士，教習《老》、《莊》、《文》、《列》，每歲依明經舉。《舊唐書·玄宗紀》（開元）二十九年九月「壬申，御興慶門，試明四子人姚子產、元載等」。皇帝親試，當爲制科。《唐會要》卷六十四載，天寶元年五月，中書門下奏：「……今冬崇玄學人，望准開元二十九年敕條考試，其《洞靈真經》請待業成，然後准式。從之。」則天寶元年仍有道舉也。代宗寶應元年道舉停。　此詩作於天寶元年七月。

〔二〕孤燈：謝惠連《秋懷詩》：「寒商動清閨，孤燈暖幽幔。」

〔三〕杵：擣衣槌也。《説文》：「杵，舂杵也。」此謂施於臼擣粟者。《廣雅·釋器》：「築謂之杵。」此謂擣土作墻者。班婕妤《擣素賦》：「於是投香杵，扣玟砧。」謝惠連《擣衣詩》：「櫚高砧響發，楹長杵聲哀。」此二者謂擣衣，乃施於砧者也。

〔四〕嚴子：謂嚴子陵。見《送李翥遊江外》詩注〔七〕。

〔五〕許由：《莊子·逍遥遊》有堯讓天下於許由之事。皇甫謐《高士傳》曰，許由字仲武，堯聞，致天下而讓焉，乃退於中嶽潁水之陽，箕山之下隱。「堯又召爲九州長，由不欲聞之，洗耳於潁水濱」。

〔六〕林丘：謝惠連《西陵遇風獻康樂詩》：「零雨潤墳澤，落雪灑林丘。」

長門怨〔一〕

君王嫌妾妬〔二〕，閉妾在長門①〔三〕。舞袖垂新寵〔四〕，愁眉結舊恩。緑錢生履跡②〔五〕，紅粉濕啼痕。羞被桃花笑③，看春獨不言④。

【校勘記】

①〔在長門〕底本注：在一作向。②〔生履跡〕《文苑英華》生作侵。③〔桃花〕《文苑英華》作夭桃。④〔看春〕底本春作君，此從《文苑英華》、《唐百家詩選》。

【箋注】

〔一〕《長門怨》：樂府楚調曲名。漢武帝陳皇后，其姑母長公主嫁陳午所生女，武帝兒時願以金屋貯之者也，及爲太子，取爲妃。及爲皇后，擅寵嬌貴，十餘年無子，巫蠱祠祭祝詛，廢居長門宫。《樂府解題》：「《長門怨》者，爲陳后作也。后退居長門宫，愁悶悲思，聞司馬相如工文章，奉黄金百斤，令爲解愁之辭，相如爲作《長門賦》。帝見而傷之，復得親幸。後人因其賦而爲《長門怨》也。」長門宫，在長安東北，本名長門園，長公主嫖所獻，武帝更名長門宫。　詩作年代不詳。

〔二〕妬：同妒，俗語所謂吃醋也，古人專用於女子，稱婦妬夫者。《詩·召南·小星序》「夫人無妬忌之行」箋：「以色曰妬，以行曰忌。」

〔三〕閉：本闔門之義，引申之，猶禁也。《楚辭·九章·橘頌》：「閉心自慎，終不失過兮。」《左傳》僖公十五年，「晋饑，秦輸之粟；秦饑，晋閉之糴。」《史記·樂書》「禮者所以閉謡」，《白虎通·嫁娶》「男女六十閉房」，皆此義也。

〔四〕舞袖句：云垂者，已不舞矣，然此袖新近尚受寵者也。或謂舒袖曼舞以求寵，袖既舒矣，何垂之有？且遠離君王，如何舞以求寵？恐失之也。

〔五〕緑錢：苔蘚也。以其形圓，故曰緑錢。沈約《冬節後至丞相第詣世子車中》詩：「賓階緑錢滿，客位紫苔生」。李善注：「崔豹《古今注》曰：空室無人行，則生苔蘚，或青或紫，一名緑錢。」

夜過盤豆隔河望永樂寄閨中效齊梁體①〔一〕

盈盈一水隔〔二〕，寂寂二更初〔三〕。波上思羅襪〔四〕，魚邊憶素書〔五〕。月如眉已畫〔六〕，雲似鬟新梳。春物知人意，桃花笑索居〔七〕。

【校勘記】

①〔盤豆〕底本及他集本豆作石，此從宋本。

【箋注】

〔一〕盤豆：唐館驛名。李商隱有《出關宿盤豆館對蘆叢有感》詩，韋莊有《題盤豆驛水館後軒》詩。相傳漢武帝過此，父老以牙豆盤獻，因名。其舊址在湖城、閿鄉二縣之間，相距各二十里。清詩人吴雯家永樂，其《河上望永樂歷歷然感詠》詩，有「倦馬争投盤豆館，饑烏空噪赫連臺」之句。民國時盤豆爲區公所，現今爲三門峽水庫淹没區，居民搬遷於南原上婁店之東、西，稱盤東村、盤西村。其舊址在黄河灘中，已爲農田。隴海鐵路原經盤豆，亦南移至故縣鎮，原路基改爲公路。　永樂：唐縣名，原與盤豆隔河相望，屬蒲州，金廢爲鎮。舊址亦爲淹没區，居民搬遷，永樂宫移至芮城北。　閨中：閨者門也，《離騷》「閨中既以邃遠兮」注：「小門謂之閨。」後世以之爲婦女所居。王昌齡《閨怨》「閨中少婦不知愁」。此詩則謂寄妻子也。　齊梁體：沈約撰《四聲譜》，興聲病之格，重音律對偶而詩多綺靡，遂爲齊梁詩風。效齊梁者蓋謂此。　此詩當作於開元末。

〔二〕盈盈：《古詩十九首》：「盈盈一水間，脉脉不得語。」盈者滿也，溢也。

〔三〕寂寂：左思《詠史》：「寂寂揚子宅，門無卿相輿。」李善注：「《説文》曰：寂寂，無人聲也。」《古詩爲焦仲卿妻作》：「菴菴黄昏後，寂寂人定初。」

〔四〕波上思羅襪：曹植《洛神賦》：「陵波微步，羅襪生塵。」

〔五〕魚邊憶素書：古樂府《飲馬長城窟行》：「客從遠方來，遺我雙鯉魚。呼兒烹鯉魚，中有尺素書。」

〔六〕畫眉：《漢書·張敞傳》：「敞無威儀，……又爲婦畫眉，……上問之，對曰：臣聞閨房之内，夫婦之私，有過於畫眉者。」

〔七〕索居：獨居也。《禮記·檀弓上》：「吾離群而索居，亦已久矣。」

趙少尹南亭送鄭侍御歸東臺得長字①〔一〕

紅亭酒甕香②，白面繡衣郎。砌冷蟲喧座〔二〕，簾疏月到牀③。鐘催離思急④，絃逐醉歌長⑤。關樹應皆落⑥，隨君滿路霜⑦。

【校勘記】

①〔詩題〕底本無歸下字，宋本、《文苑英華》加歸東臺，此從《唐百家詩選》。明抄本尹作府。②〔紅亭〕底本紅作江。此從宋本、《文苑英華》。③〔月到牀〕宋本、《文苑英華》、《唐百家詩選》月作雨。④〔離思〕宋本、《文苑英華》、《唐百家詩選》思作興。⑤〔絃逐〕《唐百家詩選》逐作綏。⑥〔皆落〕宋本、《文苑英華》、《唐百家詩選》皆作先。⑦〔滿路〕《文苑英華》路下注：集作鬢。

【箋注】

〔一〕趙少尹、鄭侍御：未詳。東臺：唐御史臺於東都有留臺。此詩當作於安史亂前。

〔二〕砌：以磚石壘成之階也。班固《西都賦》：「玄墀釦砌，玉階彤庭。」

敬酬李判官使院即事見呈〔一〕

公府日無事，吾徒只是閑。草根侵柱礎，苔色上門關。映硯時見鳥①，卷簾晴對山。新詩吟未足，昨夜夢東還〔二〕。

【校勘記】

①〔映硯〕底本注：映一作飲。宋本作飲，注：一作映。苔色字乃多雨之季，烏不當飲硯。映硯，閑也。

【箋注】

〔一〕李判官：未詳，當爲關西節度判官。使院：當爲潼關使院。寶應元年春，岑參由太子中允爲關西節度判官，經夏至秋，駐防潼關。或謂乃北庭使院，李判官名栖筠，恐非，詩中物候如苔色非北庭所有，且李栖筠乃安西節度判官，不在北庭，此詩所言乃同一節度内僚友即事見呈，亦不相符。詩作於寶應元年夏秋，在潼關。

〔二〕東還：謂還嵩洛也。時東都尚爲史朝義所據。

【評論】

元方回《瀛奎律髓》：「天寶年間詩，皆如此飽滿。」

晚過磐石寺禮鄭和尚①〔一〕

暫詣高僧話〔二〕，來尋野寺孤。岸花藏水碓，溪竹映風爐②。頂上巢新鶴③〔三〕，衣中帶舊珠④〔四〕。談禪未得去〔五〕，輟棹且踟蹰〔六〕。

【校勘記】

①〔磐石〕疑爲盤豆之訛。　②〔溪竹〕《唐詩紀》竹作水。　③〔新鶴〕《文苑英華》、明抄本等鶴作鵲。　④〔帶舊珠〕底本帶作得，此從《文苑英華》。

【箋注】

〔一〕磐石寺：疑爲盤豆寺，詩似出入兩郡時作。

〔二〕僧：梵語僧伽之省。《大智度論》卷三：「僧伽，秦言衆，多比丘一處和合，是名僧伽。」《僧史略》下：「西方受戒，以十夏前稱小師，十夏稱住位。……若單云僧，則四人以上方得稱之，今謂分稱爲僧，理亦無爽。如萬二千五百人爲軍，或單己一人亦稱軍也。僧亦同之。」《魏書·釋老志》：「諸服其道者，則剃落鬚髮，釋累辭家，結師徒，遵律度，相與和居，治心修静，行乞以自給，謂之沙門，或曰桑門，亦聲相近，總謂之僧，皆胡言也。」

〔三〕巢新鶴：謂鶴築巢於樹頂，黄河中游及渭水一帶多有之。王維《山居即事》詩：「鶴巢松樹遍，人訪蓽門稀。」杜甫《詠懷古蹟》詩：「古廟杉松巢水鶴，歲時伏臘走村翁。」此所謂鶴，非仙鶴，當謂白鸛，俗皆呼爲白鶴也。

〔四〕珠：念珠，亦稱數珠。《釋氏要覽》中：「《牟梨曼陀羅咒經》云：梵語鉢塞羅，梁云數珠。此乃是引接下根，牽課修業之具也。」《金剛頂瑜珈念珠經》：「念珠分別有四種，上品、最勝與中、下。一千八十以爲上，一百八珠爲最勝，五十四珠以爲中，二十七珠爲下類。二手持珠當心上，静慮離念心專注。」數珠質地不同，得福亦有别。《曼殊室利較量數珠經》載，以槵子爲珠掐一遍得福千倍，蓮子萬倍，水晶千億倍，菩提子得福無量。又有鐵珠得福五倍，赤銅十倍，珍珠百倍等説。

〔五〕談禪：談説禪定之佛理也。梵語禪那、禪定，棄絶諸惡之意。

〔六〕踟躕：徘徊也。《詩·邶風·静女》：「愛而不見，搔首踟躕。」或作躑躅、蹢躅、蹢跦。

奉送李太保兼御史大夫充渭北節度使即太尉光弼之弟①〔一〕

詔出未央宫〔二〕，登壇近總戎〔三〕。上公周太保〔四〕，副相漢司空〔五〕。弓抱關西月②，旗翻渭北風③。弟兄皆許國〔六〕，天地荷成功〔七〕。

【校勘記】

①〔詩題〕底本無奉字、使字及注語。《唐百家詩選》無使字、之字，《唐詩紀事》同《詩選》而末加也字，此從《文苑英華》。②〔弓抱〕《文苑英華》注：抱一作挽。③〔旗翻〕《唐詩紀事》翻作飛。

【箋注】

〔一〕李太保：李光進，營州柳城人。其先祖爲契丹酋長，父楷洛，開元初爲朔方節度副使，封薊國公。異母兄光弼，天寶十五載爲河北道采訪使，屢敗史思明。肅宗追赴行在，授户部尚書，兼北京留守，同中書門下平章事。以五千兵赴太原，敗史思明十萬衆。旋守河陽，使叛軍不敢西進，拜太尉，出鎮臨淮。時宦官程元振用事，讒害來瑱，光弼懼。代宗以吐蕃入寇徵兵，光弼不敢至。部下以其不赴朝命，乃不受節度，光弼耻愧成疾而卒。初，光弼在外，代宗以其弟光進掌禁兵，旋出爲渭北節席使。《舊唐書・李光弼傳》廣德二年正月，「以光進爲太子太保，兼御史大夫、涼國公、渭北節度使」。　太保：隋廢三師，貞觀十一年復置，然無其人則缺，天子所師法者也。李光進乃太子太保之官，其職輔導皇太子，非天子之師也。即此亦爲員外置，非正職也。　充：節度使乃睿宗後始設軍戎之官。官制無其品秩，故皆以他官銜充任。太子太保兼御史大夫乃官銜，有品秩俸禄之制；渭北節度使乃職事，有實職而無品秩，故以前銜充任後職，胡三省所謂因官寄禄者是。　渭北節度使：《新唐書・方鎮表》：「上元元年，置渭北鄜坊節度使，治坊州，并領丹、延二州。」　此詩作於廣德二年正月。

〔二〕未央宫：漢宫殿名，借喻唐朝廷。

〔三〕總戎：統領軍旅也。《魏書・尉元傳》上書：「臣以天安之初，奉律總戎，廓寧淮右。」《周書・王褒傳》：「及大軍征江陵，元帝授褒都督城西諸軍事，褒本以文雅見知，一旦委以總戎，深自勉勵，盡忠勤之節。」

〔四〕上公周太保：周制，天子之三公爲上公，即後世三師之官也。《尚書・周官》：「立太師、太傅、太保，兹唯三公，論道經邦，燮理陰陽。」三公，八命也。《周禮・典命》：「王之三公八命，其卿六命，其大夫四命。」上公有再加命者，爲九命，僅施於個別功大德高者。《周禮・典命》「上公九命爲伯」鄭玄注：「上公，謂王之三公，有德者，加命爲二伯。二王之後，亦爲上公。」周官一命至八命，此乃常制，然周公、召公爲成王叔父，分陝而治，故再加命，是爲二伯，代王統領天下者也。二王之後，謂周之前二代王，夏、殷之後也。太保爲王之三公，故云上公。後漢唯太傅爲上公。後魏以太師、太傅、太保爲三師，以太尉、司徒、司空爲三公，並爲上公，隋唐因之。李光進乃太子太保，並非上公之位，詩以上公尊之耳。

〔五〕副相漢司空：副相謂御史大夫。《通典》卷二十四：「御史大夫秦官，漢因之，位上卿，銀印青綬，掌副丞相。……成帝綏和元年更名大司空。……凡爲御史大夫而丞相次也。」又卷二十：「司空古官，孔安國曰，司空主穿土以居人，空，穴也，古者穿土爲穴以居人。……《周禮》司空爲冬官，掌邦事，凡營城起邑、復溝洫、修墳防之事，則議其利建其功。」此職事乃後代工部之任，與御史大夫異也。漢改御史大夫爲司空，又復爲御史大夫。後魏司空爲三公，後周司空爲冬官，隋唐復爲三公。

〔六〕許國：捨身爲國也。《晉書·陸玩傳》上書：「誠以身許國，義忘曲讓。」隋煬帝《白馬篇》：「本持身許國，况復武功彰。」

〔七〕荷：擔負也，任也。《詩·商頌·玄鳥》：「殷受命咸宜，百禄是何。」箋：「百禄是何，謂當擔負天下之多福。」何同荷。

【評論】

胡應麟《詩藪》四：「山隨平野闊，江入大荒流，太白壯語也；杜星垂平野闊，月湧大江流，骨力過之。……弓抱關西月，旗翻渭北風，嘉州壯語也；杜北風隨爽氣，南斗避文星，風神過之。」

清吴瑞榮《唐詩箋要》：「此詩與王灣《北固》、崔顥《潼關》、祖詠《旅情》俱盛唐傑制。」

餞李郎尉武康①〔一〕

潘郎腰綬新〔二〕，霅上縣花春〔三〕。山色低官舍，湖光映吏人。不須嫌邑小〔四〕，莫即恥家貧。更作《東征賦》〔五〕，知君有老親。

【校勘記】

①〔餞李郎〕底本缺郎字，此據《唐百家詩選》、明抄本補。明抄本餞作送。

【箋注】

〔一〕武康：唐湖州吴興郡下管縣名，本漢烏程縣之餘不鄉，孫權置永安縣，晉改爲武康。歷代因之，今併入德清縣爲武康鎮，亦名千秋鎮。李郎語似年老口吻，或作於廣德年間。

〔二〕潘郎：晉潘岳爲河陽、懷、長安令，未曾爲尉。史稱岳「美姿儀」，則李郎或以此可比潘岳也。

〔三〕霅上：霅水之上，謂苕水上下也。《元和志》卷二五湖州烏程縣謂霅溪乃西苕：「霅溪水一名大溪水，一名苕溪水，西南自長城、安吉兩縣東北流，至州南與餘不溪水、苧溪水合，又流入於太湖，在州北三十五里。」《太平寰宇記》卷九十四湖州烏程縣謂霅乃東苕：「霅溪，在縣南一里，凡四水合爲一水。自浮玉山曰苕溪，自銅峴山曰前溪，自天目山曰餘不溪，自德清縣前北流至州南興國寺前曰霅溪，東北流四十里合太湖。」烏程，即今吴興。浮玉山謂今西苕水，前溪謂武康之水。餘不溪謂臨安之水。顏真卿《乞御書題額恩敕批答碑陰記》曰：「（大曆）七年秋九月，……蒙除湖州刺史，……州東有苕、霅兩溪。」此亦謂苕、霅乃兩溪，唯不知指何者爲霅。武康瀨前溪，詩亦曰霅上，則以苕溪上下皆爲霅溪也。

〔四〕邑：亦即縣也。潘岳《河陽縣作》詩：「誰謂邑宰輕，令名患不劭。」時岳爲河陽宰也。《通典》卷三十三「縣邑之長曰宰、曰尹、曰公、曰大夫，其職一也。」此縣、邑實爲一事也。

〔五〕《東征賦》：後漢班昭所作。昭，班彪之女，班固之妹也，嫁扶風曹世叔，漢和帝數召入宫，令皇后、貴人師事之，號曰大家。其子穀爲陳留長，大家隨之官，乃作《東征賦》。詩用此語，蓋李郎亦奉母之官也。

送祕書虞校書赴虞鄉丞①〔一〕

花綬傍腰新〔二〕，關東縣欲春。殘書厭科斗〔三〕，舊閣別麒麟〔四〕。虞坂臨官舍〔五〕，條山映吏人〔六〕。看君有知己，坦腹向平津〔七〕。

【校勘記】

①〔祕書〕宋本書作省。〔赴〕底本無，據宋本、《唐百家詩選》補。〔虞鄉〕底本鄉作卿，此從宋本、

《唐百家詩選》。

【箋注】

〔一〕祕書：謂祕書省。韓翃有《送祕書謝監赴江西使幕》詩，格式類之。虞鄉，北周始置，唐因之，元省。今爲鎮。此詩當作於授官後。

〔二〕花綬：漢官佩綬花采長短各有别。《後漢書·輿服志》：「諸侯王赤綬，四采，赤黄縹紺，淳赤圭，長二丈一尺，三百首。公、侯、將軍紫綬，二采，紫白，淳紫圭，長丈七尺，百八十首。九卿、中二千石、二千石青綬，三采，青白紅，淳青圭，長丈七尺，百二十首。千石、六百石黑綬，三采，青赤紺，淳青圭，長丈六尺，八十首。四百石、三百石、二百石黄綬，一采，淳黄圭，長丈五尺，六十首。」花者，采也。唐車服不載綬，蓋沿襲漢制也。

〔三〕科斗：謂科斗文，孔子壁中書也。見《南池宴餞辛子賦得科斗子》詩注〔二〕。

〔四〕麒麟：漢蕭何造麒麟閣以藏祕書，處賢才，此喻祕書省。

〔五〕虞坂：在今山西省平陸縣北。《水經注》卷四，河水東經大陽城南，有沙澗水北出虞山，「橋之東北有虞原，上道東有虞城，堯妻舜以嬪於虞者也。周武王以封太伯弟虞仲於此，是爲虞公。……其城北對長坂二十許里，謂之虞坂。戴延之曰，自上及下，七山相重。《戰國策》曰，昔騏驥駕鹽車，上於虞坂，遷延負轅，而不能進，此蓋其困處也。」《山西通志》卷三十一解州安邑縣：「中條山，縣南二十里……有路名曰虞坂。」虞鄉距虞坂遠，詩謂「臨官舍」，恐泛指也。

〔六〕條山：即中條山，西起雷首，東接太行。

〔七〕坦腹：謂無挂慮也。《世説新語·雅量》：「郗太傅在京口，遣門生與王丞相書求女婿。丞相語郗信，君往東廂，任意選之。門生歸白郗曰，王家諸郎，亦皆可嘉，聞來覓婿，咸自矜持，唯有一郎在東牀上坦腹卧，如不聞。」此即王羲之也。　津：渡也，謂蒲津渡，地處平野，乃曰平津。

崔駙馬山池重送宇文明府分得苗字〔一〕

竹裏過紅橋，花間藉緑苗〔二〕。池凉醒别酒，山翠拂行鑣〔三〕。鳳去粧樓閉，鳧飛葉縣遥。不逢秦女在，何處聽吹簫〔四〕。

【箋注】

〔一〕崔駙馬：唐玄宗女晉國公主嫁崔惠童，其山池在長安城東。《舊唐書·哥舒翰傳》：「十一載加開府儀同三司，翰素與禄山、思順不協，上特和解之爲兄弟。其冬，禄山、思順、翰並來朝，上使内侍高力士及中貴人，於京城東駙馬崔惠童池亭宴會。」杜甫有《崔駙馬山亭宴集》詩。　宇文明府：似即出宰元城之宇文舍人。　詩當作於天寶十一、二載。

〔二〕藉：《易·大過》：「藉用白茅，柔在下也。」孫綽《遊天台山賦》：「藉萋萋之纖草，蔭落落之長松。」李善注：「以草薦地而坐曰藉。」

〔三〕行鑣：猶征騎。鑣，馬銜也。梁武帝《擣衣詩》：「駕言易水北，送别河之陽，沈思慘行鑣，結夢在空牀。」

〔四〕秦女吹簫：秦穆公女弄玉善吹簫，能引鳳凰來，嫁簫史，後乃乘鳳凰仙去。此喻晉國公主，時公主似不在山池也。

送張郎中赴隴右覲省卿公時張卿公亦充節度留後①〔一〕

中郎鳳一毛〔二〕，世上獨賢豪②。弱冠已銀印〔三〕，出身唯寶刀③。還家卿月迴④〔四〕，度隴將星高〔五〕。幕下多相識，邊書醉懶操。

【校勘記】

①〔詩題〕底本省字以下無，此從《文苑英華》。宋本注語中無公字，《唐百家詩選》注語中無張、亦二字。郎中疑中郎之訛，説見注〔二〕。②〔賢豪〕《唐百家詩選》賢作英。③〔唯寶刀〕底本注：唯一作隨。④〔卿月〕底本卿作鄉，此從《文苑英華》、《唐百家詩選》、宋本。

【箋注】

〔一〕隴右：貞觀初置隴右道，下管河西、隴右、安西、北庭之地。開元天寶間分爲四節度，隴右節度下管秦、河、渭、鄯、蘭、臨、武、洮、岷、廓、疊、宕十二州，治鄯州，今青海省樂都縣。卿公：邊將有功者加鴻臚卿等官銜，非實職也。節度留後：節度使朝覲、行軍，或朝官兼節度使而不出京，均以他官統領府事，名曰留後。《舊唐書·封常清傳》：「仙芝每出征討，常令常清知留後事。」《資治通鑑》卷二一四玄宗開元二十六年正月，「壬辰，以李林甫領隴右節度副大使，以鄯州都督杜希望知留後」。

此詩年代不詳。

〔二〕中郎：題爲郎中而句爲中郎，疑題有誤。唐尚書六部各有郎中之官，俱爲文職。即兵部下郎中亦爲文官，並非武人，以其職事非鬭戰而多文牘也。此張君「出身唯寶刀」、「度隴將星高」，乃將軍之官，非郎中也。中郎，秦漢武官名，分屬五官、左、右三署，署又有中郎將。晉人稱中郎將爲中郎，《世説新語》有王中郎、荀中郎，即王坦之與荀羨也，皆爲中郎將。唐左、右衛五府每府有中郎一人，武官也。《舊唐書·職官志》：「親府、勳一府、勳二府、翊一府、翊二府等五府，每府中郎一人，中郎將一人，皆四品下。」《資治通鑑考異》卷十二引《昭文館記》曰：「娑葛妄殺御史中丞馮嘉賓、殿中侍御史吕守素，破滅忠節，侵擾四鎮。時碎葉鎮守使中郎周以悌率鎮兵數百人大破之，奪其所侵忠節及于闐部衆數萬口。奏到，上大悦，拜以悌左屯衛將軍，仍以元振四鎮經略使授之。」周以悌即以中郎爲碎葉鎮守使也。此中郎乃官稱，非大郎、小郎之義也。《通鑑》開元二十三年有「契丹知兵馬中郎李過折來獻捷」，《吐魯番出土文書》交河郡某坊天寶間有目中郎、羅中郎、李中郎馬料賬。

鳳一毛：謂人子文采似父者。《世説新語·容止》：「王敬倫風姿似父，作侍中，加授桓公，公服從大門入，桓公望之曰：大奴固自有鳳毛。」

〔三〕銀印：此用漢事，漢中郎將秩比二千石，爲銀印。唐諸司俱爲銅印也。

〔四〕卿月：《尚書·洪範》「卿士惟月」傳：「卿士各有所掌，如月之有别。」後世乃以月稱卿。

〔五〕將星：《隋書·天文志上》：「河鼓三星……一曰三武，主天子三將軍。中央大星爲大將軍，左星爲左將軍，右星爲右將軍。」因之以星稱將軍。

送鄭少府赴滏陽〔一〕

子真河朔尉〔二〕，邑里帶清漳〔三〕。春草迎袍色〔四〕，晴花拂綬香①。青山入官舍，黄鳥度宫墻②〔五〕。若到銅臺上〔六〕，應憐魏寢荒〔七〕。

【校勘記】

①〔晴花〕《文苑英華》花作光。　②〔度宫墻〕《文苑英華》、《衆妙集》度作出。

【箋注】

〔一〕鄭少府：未詳，時爲滏陽尉。　滏陽：三國魏分漢武安縣置臨水縣，以在滏水之陽，亦曰滏陽。隋開皇三年於此置磁州，大業二年州廢，縣入相州。開元天寶間滏陽爲相州一縣，代宗永泰元年又立磁州，後代因之。民國廢州爲磁縣，即今河北省磁縣。　詩作年代未詳，似在安史亂前。

〔二〕子真：漢梅福字子真，曾爲南昌尉，此喻鄭少府。

〔三〕邑里：村邑鄉里也。謝朓《始出尚書省詩》：「邑里向疏蕪，寒流自清泚。」　清漳：滏陽河爲漳河支流，故云。

〔四〕青草迎袍色：唐縣尉衣青。《舊唐書·太宗紀》貞觀四年八月丙午詔：「三品以上服紫，五品以上服緋，六品七品以緑，八品九品以青。」

〔五〕宫墻：滏陽古非王都，無宫墻也。然南接鄴城，當以此而言之。

〔六〕銅臺：即銅雀臺，漢建安十五年曹操所建。

〔七〕魏寢：謂魏宫也。《周禮·天官》「宫人掌王之六寢」注：「六寢者，路寢一，小寢五。《玉藻》曰：君日出而視朝，退適路寢聽政，使人視大夫。大夫退，然後適小寢，釋服。是路寢以治事，小寢以時宴息焉。」《鹽鐵論·備胡》：「宋伯姬愁思而宋國火，魯妾不得意而魯寢灾。」魯寢者，魯宫也。

【評論】

清王夫之《唐詩評選》：「岑此詩較高藴藉，其餘則且不及達夫。要嘉州自七言手筆，五言便幾不成語。如玉壘天晴望，諸峰盡覺低；明主雖然棄，丹心亦未休；俗子面上汗汁濺人，當復不異。真云於杜荀鶴一流人先鞭，不謂之惡詩不得。」

送四鎮薛侍御東歸〔一〕

相送淚沾衣，天涯獨未歸。將軍初得罪〔二〕，門客復何依〔三〕。夢去湖山闊，書停隴雁稀。園林幸接近，一爲到柴扉〔四〕。

【箋注】

〔一〕四鎮：四鎮之稱，初唐與盛唐所指不盡相同。《新唐書·龜兹傳》貞觀二十一年，以阿史那社爾爲崑丘道行軍大總管，發鐵勒十三部兵討龜兹，「始建安西都護於其都，統于闐、碎葉、疏勒，號四鎮」。四鎮之名見於史傳者，始於此年。高宗咸亨元年，吐蕃陷四鎮，罷之。《資治通鑑》卷二〇一高宗咸亨元年，「夏，四月，吐蕃陷西域十八州，又與于闐襲龜兹撥换城，陷之。罷龜兹、于闐、焉耆、疏勒四鎮」。此乃以焉耆代碎葉，後人遂以爲四鎮之碎葉乃焉耆。《新唐書·焉耆傳》：「開元七年，龍賴突死，焉吐拂延立。於是十姓可汗請居碎葉，安西節度使湯嘉惠表以焉耆備四鎮。」可知以焉耆代碎葉爲四鎮，在開元七年之後，之前，四鎮無焉耆也。《新唐書·方鎮表》景雲元年置安西都護四鎮節度支度經略使，此後或單稱安西、或單稱四鎮，其實一也。

薛侍御：不詳。　　此詩作於天寶十五載。

〔二〕將軍初得罪：謂天寶十四載十二月封常清兵敗被斬於潼關之事，朝旨傳至北庭，必須一月之後，故此詩應作於十五載也。

〔三〕門客：生活依附於人之賓客也。《戰國策·齊策四》：「齊人有馮諼者，貧乏不能自存，使人屬孟嘗君，願寄食門下。……居有頃，倚柱彈其劍，歌曰：長鋏歸來兮，食無魚。左右以告，孟嘗君曰：食之，比門下之客。」唐使府幕僚多長官所辟請而表於朝，長官使罷，幕僚亦散，如戰國之門客依附於主人，故亦言門客也。

〔四〕一爲到柴扉：爲之一到柴扉也。爲，作也，行也。《國語·魯語下》：「季武子爲三軍，……遂作中軍。」注：「爲，作也。」《禮記·檀弓上》「不仁而不可爲也」注：「爲猶行也。」　柴扉：柴門也，柴户也。范雲《贈張徐州稷詩》：「還聞稚子説，有客款柴扉。」門扇曰扉。柴，小雜木，貧者以之爲門也。

送張卿郎君赴硤石尉①〔一〕

卿家送愛子，愁見灞頭春。草羨青袍色，花隨黄綬新〔二〕。縣西函谷路，城北大陽津〔三〕。日暮征鞍去，東郊一片塵。

【校勘記】

①〔郎君〕底本作郎中軍，此從宋本。

【箋注】

〔一〕卿：尊稱，《史記·刺客列傳》：「荆軻者，衛人也。其先乃齊人，徙於衛，衛人謂之慶卿。」《索隱》：「卿者，時人尊重之號，猶如相尊美亦稱子然也。」此非光禄、宗正等諸司長官也，否則當稱「送光禄張卿郎君」也。　郎君：對人子弟之尊稱。宋吴仁傑《兩漢刊誤補遺》卷十《郎君》：「《邛都夷傳》以張翕有遺愛，乃拜其子端爲太守，夷人歡迎曰：郎君儀貌類我府君。仁傑曰：古者諸侯不稱天而稱君，大夫而稱君，而稱主。春秋之世大夫爲主君，則已僭矣。由漢已來，相則謂之相君，尚書、中書令則謂之令君，御史大夫則謂之大夫君，使者曰使君，太守曰府君，左右丞相曰左君、右君，郎官曰郎中君。漢制，吏二千石以上得任同産若子爲郎，故謂人之子弟爲郎君，其稱謂始於此。」此張卿、郎君生平未詳。　硤石：後魏孝文帝分陝縣東界置崤縣，隋大業二年廢，義寧元年復置，理硤石塢，武德二年移崤縣於鴨橋，貞觀十四年還硤石塢，改名峽石縣，金廢。今陝縣南菜園鄉有南縣村，或即唐之鴨橋；東南七十里硤石鄉，當即金所廢之硤石縣，唐之硤石塢也。《元和志》卷六陝州硤石縣：「西至州五十里」，「底柱山，俗名三門山，在縣東北五十里黄河中。」此地望與南縣村相符。而硤石鄉距陝縣七十里，距底柱山二十里，未知《元和志》里數有誤，抑將鴨橋誤作硤石。　此詩作年代未詳。

〔二〕青袍、黄綬：唐硤石，上縣，尉從九品上，貞觀令服色爲青。漢縣丞、尉秩四百石至二百石，爲黄綬，唐襲漢制也。

〔三〕大陽津：大同太。《元和志》卷六陝州陝縣：「太陽故關，在縣西北四里，後周大象元年置，即茅津也。」《漢書·地理志》河東郡有大陽縣，字不作太也。

送揚州王司馬〔一〕

君家舊淮水，水上到揚州。海樹青官舍，江雲黑郡樓。東南隨去鳥①，人吏待行舟②。爲報吾兄道〔二〕，如今已白頭。

【校勘記】

①〔去鳥〕底本鳥作馬，此從宋本。　②〔行舟〕宋本注：一作歸舟。

【箋注】

〔一〕揚州：武德初於江寧縣置揚州，九年以江都爲揚州，置大都督府，天寶元年改爲廣陵郡，乾元元年復爲揚州，領縣七，治江都縣，即今揚州市。　司馬：魏晋以後，刺史多帶將軍開府，僚屬有司馬，理軍事。隋開皇三年改治中爲司馬，煬帝改司馬及長史置贊治，尋又改爲郡丞。唐武德初復爲治中，高宗又改爲司馬。《通典》云：「所職與長史同。」然則爲文官也。

〔二〕吾兄：岑况於至德間在丹陽，有劉長卿詩可證。此詩當作於乾元元年，其時岑况當在潤州一帶，與揚州一江之隔，故有「爲報」語。岑參二兄名况。

題永樂韋少府廳壁〔一〕

大河南郭外，終日氣昏昏。白鳥下公府，青山當縣門。故人是邑尉〔二〕，過客駐征軒〔三〕。不憚煙波闊〔四〕，思君一笑言。

【箋注】

〔一〕永樂：唐縣名。見《夜過盤豆隔河望永樂》詩注〔一〕。　韋少府：未詳。　此詩當作於出入兩郡時，在開元末或天寶初。

〔二〕邑尉：縣尉也。邑，縣邑也，見《送李郎尉武康》詩注〔四〕。

〔三〕征軒：猶征車，行旅之車也。征，行也。《詩·召南·小星》：「肅肅宵征，夙夜在公。」軒，車也。潘岳《閑居賦》：「太夫人乃御板輿，升輕軒。」

〔四〕憚：畏難也。《詩·小雅·緜蠻》：「豈敢憚行，畏不能趨。」又《大雅·雲漢》：「我心憚暑，憂心如薰。」

宿岐州北郭嚴給事別業①〔一〕

郭外山色暝〔二〕，主人林館秋。疏鐘入卧内，片月到牀頭。遥夜惜已半〔三〕，清言殊未休〔四〕。君雖在青瑣〔五〕，心不忘滄洲〔六〕。

【校勘記】

①〔給事〕明抄本事下有中字。

【箋注】

〔一〕岐州：本秦都雍城，後魏太武帝築雍城鎮，文帝改爲岐州。隋開皇元年在雍西五里置岐陽宫，爲岐州治。大業二年改扶風郡，武德元年復爲岐州。至德元載改爲鳳翔郡，二載升爲府，岑參其年有詩《鳳翔府行軍送程使君赴成州》是也。即今陝西省鳳翔縣。嚴給事：即嚴武。

給事：給事中之簡稱。秦漢爲加官，掌顧問應對，以有事殿中，故曰給事中。唐於門下省置給事中四員，正五品上。《通典》卷二十一云：「常侍從讀，署奏抄，駁正違失，分判省事。若侍中、侍郎並闕，則監封題，給驛券。前代雖有給事中之名，非今任也。今之給事中蓋因古之名，用隋之職。」《新唐書·嚴武傳》：「至德初，赴肅宗行在，房琯以其名臣子，薦爲給事中。」

岑參至德二載至鳳翔，杜甫等薦爲右補闕，在六月，此秋日之作，在其稍後也。

〔二〕山色暝：鳳翔北有一列東西向低山，夕陽下現紫褐色，距城約三十里。《明史·地理志》陝西鳳翔府：「東北有杜陽山，杜水所出；西北有雍山，雍水出焉，下流合漆水入渭。」《元和志》鳳翔府岐山縣：「岐山，亦名天柱山，在縣東北十里。」又岐陽縣：「蓋漢杜陽縣地，……以在岐山之陽，因以名之。」則杜陽山、雍山均岐山也。

〔三〕遥夜：長夜也。宋玉《九辯》：「靚杪秋之遥夜兮，心繚悷而有哀。」

〔四〕清言：超然之雅言也。晉樂廣善清言，每以約言析理，爲時所重。《北史·崔伯謙傳》：「親朋至，則置酒相娱，清言不及俗事。」亦謂談玄理之言，《世説新語·文學》王導與殷浩「既共清言，遂達三更」是也。義近清談，參見《上嘉州青衣山中峰》詩注〔八〕。

〔五〕青瑣：漢宫室門户刻爲連瑣文並以青塗之，此借謂唐朝廷。

〔六〕滄洲：猶山林，謂隱居。

巴南舟中思陸渾別業①〔一〕

瀘水南州遠②〔二〕，巴山北客稀。嶺雲繚亂起，溪鷺等閑飛。鏡裏愁衰鬢，舟中換旅衣。夢魂知憶處，無夜不先歸〔三〕。

【校勘記】

①〔思陸渾〕《文苑英華》無思字。　②〔南州〕《文苑英華》州作舟。

【箋注】

〔一〕陸渾：春秋時秦晉誘瓜州之陸渾戎居於伊川，因名其地爲陸渾。漢置縣，屬弘農郡，舊址在今河南嵩縣田湖鄉古田村。唐屬河南府，五代時縣廢。岑氏舊業在鳴皋山。郭沫若曰，李白詩《送岑徵君歸鳴皋山》有「岑公相門子，……中臺竟三折」，家世與岑參全同，則岑徵君即歸岑氏舊業。鳴皋山，在今陸渾水庫東北十餘里，其北有九皋山，較高而上平，鳴皋山在南，較低而峻拔秀雅，古墓累累。　詩作於大曆三年秋。

〔二〕瀘水：即金沙江，諸葛亮「五月渡瀘」者是。

〔三〕先歸：題思陸渾別業而句曰先歸，則岑參此次泛舟東下，蓋欲歸嵩洛也。

南樓送魏憑分得歸字①〔一〕

近縣多過客②〔二〕，似君誠亦稀。南樓取涼好，便送故人歸。鳥向望中滅③，雨侵晴處飛。應須乘月去，且爲解征衣。

【校勘記】

①〔魏憑〕底本作魏馮，《唐百家詩選》作衛馮，宋本同，明抄本作衛憑。今改馮字爲憑，説見注〔一〕。　②〔過客〕《唐百家詩選》過作來。　③〔鳥向〕抄本向作去。

【箋注】

〔一〕魏憑：《新唐書·宰相世系表》，憑爲魏徵曾孫，官獻陵臺令。魏氏池舘在東京洛陽，岑參隱嵩陽及出入東都時當曾相識，與詩言「故人」合。衛馮，失考。衛憑，見孫逖《唐濟州刺史裴公德政頌》：「予國之史臣也，……邑子校書郎衛憑假詞不能，徵拙於我。」云云。逖以起居舍人改爲集賢院撰修，史臣即謂起居，則《頌》爲起居舍人時作。《頌》言裴耀卿由濟州轉宣、冀二州，「今爲户部侍郎」，《舊唐書》謂耀卿開元二十年由户部侍郎爲信安王禕之副，出討契丹，則衛憑爲校書郎在開元十九年。憑爲孫逖同時人，年歲較岑參稍長。《全唐文》卷三〇一謂憑爲左威衛録事參軍，當以校書郎（正九品上）遷轉爲正八品上。其《王屋山中巖臺正一先生廟碣》言司馬承楨之姪爲河東郡寶鼎縣主簿，稱郡，在天寶初，則與岑參亦可相識。然衛憑緣何爲岑參「故人」則不得而知。此詩或以爲天寶十三載作於醴泉，惟其地非衝要，且「近縣多過客，似君誠亦稀」，似久居其地而作主人送客之語，與岑參經歷不合，疑此説未洽。詩作於上元年間，在虢州。

〔二〕近縣：謂虢州。《新唐書·韓休傳》：「出爲虢州刺史，虢於東西京爲近州，乘輿所至，常税厩芻。」近州猶近縣。既爲虢州詩，則「故人歸」處不當在關之東，以其爲叛亂所據也。歸或爲歸京，歸其任職之所也。

送王伯倫應制授正字歸〔一〕

當年最稱意，數子不如君。戰勝時偏許，名高人總聞①。半天城北雨，斜日灞西雲②。科斗皆成字〔二〕，無令錯古文〔三〕。

【校勘記】

①〔總聞〕宋本注：總一作共。　②〔灞西〕底本灞作嶺，注：本作灞。此從宋本。

【箋注】

〔一〕王伯倫：至德二載八月，御史大夫兼京兆尹崔光遠破賊於駱谷，其行軍司馬王伯倫、判官李椿將二千人攻中渭橋，殺賊千人，乘勝至苑門，遇賊合戰，伯倫死之，李椿被擒送洛陽。事載《舊唐書·肅宗紀》、《資治通鑑》。王伯倫此前曾任北庭節度掌書記。《吐魯番出土文書》第十册交河郡礌石館天寶十三載七月二十九日馬料賬：「郡坊帖天山館馬四疋送使掌書記王伯倫到，内一疋騰過銀山，食麥二斗五升，付李羅漢。」伯倫籍貫、家世均失考。應制：應制科舉，天子親自下詔取士，名目繁多，隨天子臨時所欲而定。參見《虢中酬陜西甄判官贈》詩注〔三〕。岑參安史亂前在京年份均可考。天寶十一、二載無制舉，十三載雖有制舉而考試在十月，時岑參已在北庭。天寶十載九月有制舉，時岑參已由安西返京，但時無科斗，與詩中季節不符。故詩當爲天寶前期之作。伯倫由正字而赴北庭爲掌書記，又回京任崔光遠行軍司馬也。

〔二〕科斗字：漢魯共王治宫室，壞孔子宅，於壁中得所藏虞夏商周之書，其字頭大尾小，形如科斗，因以名之。參見《南池宴餞辛子賦得科斗子》詩注〔二〕。

〔三〕古文：倉頡觀鳥獸跡以造字，出於傳説，文字非出於一時一人之手也。漢代於孔子宅得科斗文書，與其時秦漢隸書不同，即以科斗文爲古文。秦始皇焚詩書，漢代古籍僅以口授，如伏生之授《尚書》也。及孔子宅中書出，乃有古文《尚書》，較今文《尚書》多十六篇。其時所謂古文，即科斗文也。科斗文體形雖異，實爲大篆也。清光緒二十五年河南安陽殷墟出土龜甲、獸骨卜辭，今名之曰甲骨文，實較大篆更早，更爲古文，然漢人未見也。

送宇文舍人出宰元城分得陽字①〔一〕

雙鳧出未央〔二〕，千里過河陽〔三〕。馬帶新行色，衣聞舊御香〔四〕。縣花迎墨綬，關柳拂銅章〔五〕。別後能爲政，相思淇水長〔六〕。

【校勘記】

①〔分得陽字〕宋本作得陽，明抄本作得陽字。

【箋注】

〔一〕宇文舍人：未詳，或即初過隴山同行之宇文判官。唐中書省有中書舍人六人，正五品上，《通典》謂「爲文士之極任，朝廷之盛選，諸官莫比焉」。如非貶謫，其出當爲刺史、郡守，不當爲縣令。又有起居舍人二人，掌修記言之史，録制誥德音；通事舍人十六人，掌朝見引納，殿庭通奏。此二者吏秩俱爲從六品上，與諸州上縣令同。宇文氏或即此二舍人也。　元城：魏武侯公子元食邑於此，故名。漢置縣，歷代廢置不一，民國省入大名縣。唐元城爲魏州魏郡郭下，望縣也。　詩當作於天寶十一、二載。

〔二〕雙鳧：謂作縣令，用王喬典，見《尋少室張山人聞與周明府同入都》詩注〔三〕。　未央：謂朝廷。

〔三〕河陽：地名始見《左傳》僖公二十八年「天王狩於河陽」。漢始置縣，晋潘岳爲河陽令，地皆在今洛陽市吉利區冶戍村，又名野水村。村東南隅有古柏一，相傳潘岳手植。後魏因之，隋置河陽宫。唐爲縣，屬河南府，此北城也。又有南城，在河南岸光武陵西側牛窪村。又有中潬城，在兩城間黄河灘中。宋初河水北侵，河陽東移三十里，俗稱下孟州，在今孟縣南稍偏西十五里處。

金大定中又於其北築城，移孟州治之，俗稱上孟州，即今孟縣是也。古河陽、下孟州此後漸荒廢。唐河陽黄河渡口有浮橋，由京、洛赴河朔必經之。

〔四〕御香：皇帝朝會群臣所燃之香。《新唐書·儀衛志》：「朝日，殿上設黼扆、躡席、熏爐、香案。……宰相、兩省官對班於香案前。」起居舍人爲兩省官，通事舍人又有引導贊拜之職，與熏爐、香案爲近，故其衣得惹御香也。

〔五〕墨綬、銅章：漢縣令銅印墨綬，南朝宋刺史亦如之，南齊尚書、中書、祕書令丞、諸州刺史皆銅印，唐世諸司皆用銅印。此蓋用漢事。

〔六〕淇水：謂隋永濟渠，以其上承淇水也。《元和志》卷十六貝州永濟縣：「永濟渠，在縣西郭内，闊一百七十尺，深二丈四尺，南自汲郡引清、淇二水東北入白溝，穿此縣入臨清。按漢武帝時河決館陶，分爲屯氏河，東北經貝州、冀州而入渤海，此渠蓋屯氏古瀆，隋氏修之，因名永濟。」元城爲魏州郭下東界，與館陶爲鄰，距屯氏河甚近，亦即淇水下游也。

陪使君早春西亭送王贊府赴選分得歸字〔一〕

西亭繫五馬，爲送故人歸。客舍草新出，關門花欲飛①。到來逢歲酒〔二〕，却去换春衣。吏部應相待，如君才調稀〔三〕。

【校勘記】

①〔關門〕底本注：門一作外。

【箋注】

〔一〕使君：漢以後稱刺史郡守爲使君。劉備爲豫州牧，曹操曰：「天下英雄，惟使君與操耳。」此詩謂虢州刺史。　贊府：唐稱縣丞曰贊府。　赴選：唐官制，凡居官以年爲考，六品以下四考爲滿，秩滿赴京銓選，文官屬吏部，武官屬兵部。擇人取身、言、書、判四事，可則依德、才、勞計資量勞而擬其官，得者爲留，不得者爲放。　詩有西亭字，當爲虢州詩，在上元年間。

〔二〕歲酒：元日所飲之酒。《荆楚歲時記》：「正月一日，是三元之日也……長幼悉正衣冠，以次拜賀，進椒柏酒，飲桃湯，進屠蘇酒。」此謂王贊府初至縣日逢元旦也。

〔三〕才調：才氣格調。《南齊書·到撝傳》：「才調流瞻，善納交遊。」

送劉郎將歸河東同用邊字①〔一〕

借問虎賁將〔二〕，從軍凡幾年。殺人寶劍缺②，走馬貂裘穿。山雨醒别酒，關雲迎渡船。謝君賢主將，豈忘輪臺邊參曾北庭事趙中丞，故有下句③〔三〕。

【校勘記】

①〔送〕底本作同，此從宋本。　②〔寶劍〕宋本劍作刀。　③〔豈忘〕宋本注：一作曾在。〔末句注

語〕底本無，此據宋本補。

【箋注】

〔一〕郎將：唐武官左右衛親、勳、翊各府中各有郎將二人，正五品上。《舊唐書·職官志》：「中郎將領本府之屬以宿衛，左右郎將貳之。若大朝會、巡幸，以鹵簿之法以領其儀仗。」節度使幕府中武官帶郎將銜者，爲員外制，非朝中職事，因官寄禄者也。　此詩作於乾元二年，在虢州，説見注〔三〕。

〔二〕虎賁：如虎之奔走，勇猛之士也。《通典》卷二十九：「周官有虎賁氏，掌領虎士八百人，軍旅會同，君宿於外則守王閑。漢武帝建元三年初置期門，比郎中，蓋以微行出遊，選材力之士執兵從送，期之諸門，故名。期門無員，多至千人。平帝元始元年改名虎賁郎，置中郎將領之，故有虎賁中郎將，主虎賁宿衛。」唐無虎賁而有左右衛，職亦如之。

〔三〕趙中丞：趙玭也。聞一多《考證》云：「《送郭司馬赴伊吾郡請示李明府》詩原注曰：郭子與趙節度同好。集中又有《趙將軍歌》，似即一人。《方鎮表》北庭節度無姓趙者。《舊唐書·高仙芝傳》討小勃律時，使疏勒守捉使趙崇玼三千騎趣吐蕃連雲堡，自北谷入，使撥換守捉使賈崇瓘自赤佛堂路入。《通鑑》乾元元年九月以右羽林大將軍趙玭（《方鎮表》作泚）爲蒲同虢三州節度使。疑趙崇玭當作趙玭，崇字舊傳誤涉下賈崇瓘而衍。趙本安西將軍，或天寶十四載封常清被召入朝後，代爲北庭節度者。」劉郎將所歸之河東，即謂蒲同虢節度駐地蒲州，節度使即趙玭，亦即北庭之趙節度矣。《舊唐書·肅宗紀》乾元二年七月，「刑部尚書王璵爲蒲州刺史，充蒲同絳三州節度使」。則趙之爲節度使自乾元元年九月至乾元二年七月。詩有山雨字，九月已暮秋，郎將自州返京公幹畢又返州已入冬，且長安至蒲州途中無山，故非長安送行詩，而應爲虢州詩，在乾元二年五、六月間。

西亭送蔣侍御還京分得來字〔一〕

忽聞驄馬至，喜見故人來。欲語多時別，先愁計日回。山河宜晚眺，雲霧待君開①〔二〕。爲報烏臺客〔三〕，須憐白髮催。

【校勘記】

①〔待君開〕宋本注：待一作賴。

【箋注】

〔一〕西亭：虢州詩多有西亭字，此亦當爲虢州西亭。蔣侍御：未詳。詩作於上元年間。

〔二〕雲霧句：《世説新語·賞譽》衛瓘命子弟往造樂廣，曰：「此人，人之水鏡也，見之若披雲霧覩青天。」

〔三〕烏臺客：謂御史臺中人。《漢書·朱博傳》：「是時御史府吏舍百餘區井水皆竭，又其府中列柏樹，常有野烏數千棲宿其上，晨去暮來，號曰朝夕烏。」後世因稱御史臺爲柏臺、烏府、烏臺。杜甫《夏日楊長寧宅送崔侍御常正字入京》詩：「烏臺俯麟閣，長夏白頭吟。」

水亭送劉顒使還歸節度分得低字〔一〕

無計留君住，應須絆馬蹄。紅亭莫惜醉，白日眼看低。解帶憐高柳〔二〕，移牀愛小溪。此來相見少①，王事各東西②〔三〕。

【校勘記】

①〔此來〕疑此爲比之訛。②〔王事〕宋本王作正，《唐詩紀》作正，注：一作政。明抄本空缺二字。

【箋注】

〔一〕水亭：虢州詩多有水亭字，此亦當爲虢州水亭。劉顒：《新唐書·宰相世系表》顒爲劉邦之後，與劉秩同八世祖，官終殿中侍御史。餘未詳。節度：當爲陝虢華節度，乾元二年置，治陝州。

〔二〕帶：官服也。《漢書敘傳》「躬帶冕之服」注：「師古曰：帶，大帶也；冕，冠也。」

〔三〕王事：受王命而從事者。《詩·邶風·北門》：「王事適我，政事一埤益我。」

送楊録事充潼關判官得江字①〔一〕

夫子方寸裏〔二〕，清秋澄霽江②。關西望第一〔三〕，郡内政無雙。狹室下珠箔③，連宵傾玉缸。使乎仍未醉④〔四〕，斜月隱高窗⑤。

【校勘記】

①〔詩題〕底本作《送王録事充使》，此從《文苑英華》、宋本。②〔清秋〕《文苑英華》作秋天，注：集作秋清。③〔狹室〕底本狹作俠，此從《文苑英華》、宋本。④〔使乎仍〕《文苑英華》作平明猶。⑤〔斜月〕《文苑英華》月作日。〔高窗〕《文苑英華》高下注：集作書。宋本高作吟。

【箋注】

〔一〕録事：州郡佐吏名。《通典》卷三十三：「録事參軍，晋置，本爲公府官，非州郡之職也，掌總録衆曹文簿，舉彈善惡，後代刺史有軍事而開府並置之。……隋初以録事參軍爲郡官，則並州郡主簿之職矣。煬帝又置主簿，大唐武德元年復爲録事參軍，開元初改京尹屬官曰司録參軍，掌府事，勾稽省署抄目，糾彈部内非違，監印，給紙筆之事。」唐左右衛、親王府、都督府、各州郡均有録事參軍事一人，禄秩各異。虢州爲雄州，禄秩視上州，從七品上。録事參軍事之下，又有録事三人，從九品上。此楊某當爲虢州録事參軍，故有「郡内政無雙」之語。潼關判官：當爲防禦判官。《舊唐書·肅宗紀》乾元二年三月丙申，「以河西節度副使來瑱爲陝州刺史、充虢華節度、潼關防禦團練等使」。又上元元年四月庚申，「以右羽林大將軍郭英乂爲陝州刺史、陝西節度、潼關防禦等使」。防禦使下屬有判官。此詩約上元年間作於虢州。

〔二〕夫子：對男子之尊稱，見《青山峽口泊舟懷狄侍御》詩注〔三〕。方寸：《三國志·蜀·諸葛亮傳》徐庶指心謂先主曰：「本欲與將軍共圖王霸之業，以此方寸之地也，今已失老母，方寸亂矣。無益於事，請從此别。」後世以之稱心。

〔三〕關西望第一：此楊録事當爲楊震後人。東漢楊震字伯飛，華陰人，少好學，諸儒目之爲「關西孔子」。延光二年爲太尉。其子秉、孫賜、曾孫彪皆爲漢太尉。四世爲太尉，史傳所載，别無他姓。

〔四〕使乎：尊之也。見《青門歌》注〔三〕。

送裴判官自賊中再歸河陽幕府〔一〕

東郊未解圍，忠義似君稀。誤落胡塵裏〔二〕，能持漢節歸〔三〕。卷簾山對酒，上馬雪沾衣。却向嫖姚幕〔四〕，翩翩去若飛〔五〕。

【箋注】

〔一〕河陽幕府：乾元二年九月，史思明自范陽引兵南下汴鄭，兵馬元帥李光弼空洛陽城，退守河陽。史思明無所得，又懼光弼掎其後，乃不敢大舉西進。光弼堅守河陽，屢敗敵軍，又克懷州。上元二年二月，陜州觀軍容使宦官魚朝恩屢譖光弼不取東京，於是朝廷趣戰中使相繼。光弼不得已，出戰邙山，大敗，河陽、懷州俱没。河陽暮府起自乾元二年九月，止於上元二年二月，詩作於其間。

〔二〕誤落胡塵：李光弼守河陽一年半中，爭戰頻仍，裴判官當爲亂中被裹脅於賊中，又乘機逃出，轉號州而回軍中。再歸者，裴本在河陽，今又歸之耳。

〔三〕漢節：用蘇武陷胡十九年，終持漢節而歸故事。

〔四〕嫖姚幕：漢霍去病曾爲嫖姚校尉，出征匈奴，屢獲大勝。此喻李光弼亦屢戰屢勝，如漢之霍去病。幕，幕府。

〔五〕翩翩：飛貌。《詩·小雅·四牡》：「翩翩者鵻，載飛載下。」亦儒雅之貌。魏文帝《與吴質書》：「元瑜書記翩翩，致足樂也。」

送陝縣王主簿赴襄陽成親①〔一〕

六月襄山道②〔二〕，三星漢水邊〔三〕。求凰應不遠〔四〕，去馬膳須鞭。野店愁中雨，江城夢裏蟬。襄陽多故事〔五〕，爲我訪先賢。

【校勘記】

①〔襄陽〕底本陽作城，此從宋本。②〔襄山〕底本山作陽，此從宋本。

【箋注】

〔一〕陝縣：周、召分陝而治，蓋以有陝原爲名。漢置縣，歷代因之。唐爲陝州治，後世又因之，民國廢州爲縣。今與三門峽市同址。主簿：唐縣佐吏名，赤縣置二人，他縣一人，掌衙事，勾稽省署鈔目，糾正縣内非違，監印，給紙筆。　襄陽：漢置縣，以在襄水之陽，故名。曹操置襄陽郡，唐爲襄州，宋爲襄陽府，清因之，民國爲襄陽道，均治襄陽縣。今爲襄樊市。　詩作年代不詳，或爲虢州詩，在上元年間。

〔二〕襄山：在襄陽西。《讀史方輿紀要》卷七十九襄陽縣：「縣西五里又有襄山。《荆楚記》：水駕山而上曰襄。」

〔三〕三星：《詩·唐風·綢繆》：「綢繆束薪，三星在天。」傳：「三星，參也。……三星在天，可以嫁娶矣。」箋：「三星，謂心星也，心有尊卑、夫婦、父子之象，又爲二月之合宿，故嫁娶者以爲候焉。」後人或謂「三星在天」爲參宿，「三星在隅」爲心宿，「三星在户」爲河鼓（牽牛）。

〔四〕求凰：琴曲有《鳳求凰》。漢司馬相如客臨邛，鼓琴以挑文君，有「鳳兮鳳兮歸故鄉，遨遊四海求其凰」之詞。凰，雌鳳也。

〔五〕故事：前代舊事。漢末至魏晋，襄陽多名人軼事。諸葛亮曾隱於襄西隆中，羊祜鎮襄陽有墜淚碑，山簡鎮襄陽嘗酣飲習家池，東晋朱序鎮襄陽其母築夫人城助守。岑詩中多有涉及者。

賦得孤島石送李卿分得離字①〔一〕

一片他山石，巉巉映小池〔二〕。緑窠攢剥蘚〔三〕，尖頂坐鸕鷀②〔四〕。水底看常倒③，花邊勢欲攲〔五〕。君心能不轉，卿月豈相離④。

【校勘記】

①〔詩題〕宋本送李卿在前。明抄本同，島作凫。②〔尖頂坐〕宋本作尖碩坐，明抄本作□硯□。③〔常倒〕底本、宋本倒作到，此從《唐詩紀》。④〔卿月〕底本卿作鄉，此從宋本。

【箋注】

〔一〕李卿：不詳，似謫官出京者。詩亦不知年代。

〔二〕巉巉：高峻貌。見《入劍門作》詩注〔五〕。

〔三〕窠：《説文》：「窠，孔也。」剥蘚：亂蘚也。《易·雜卦》：「剥，爛也。」《後漢書·董卓傳論》「因遭崩剥之勢」注：「剥，猶亂也。《左傳》曰：天實剥亂。」

〔四〕鸕鷀：水鳥名。嘴彎似鷹，身黑似鴉，趾間有蹼，善捕魚，漁人常養以助漁也。

〔五〕欹：傾側也。王延壽《魯靈光殿賦》：「連拳偃蹇，崙菌踡嵼，傍欹傾兮。」注：「濟曰：皆屈曲高大傾側峻險貌。」

送二十二兄北遊尋羅中〔一〕

斗柄欲東指〔二〕，吾兄方北遊。無媒謁明主①〔三〕，失計干諸侯。夜雪入穿履〔四〕，朝霜凝敝裘②。遥知客舍飲，醉裏聞春鳩。

【校勘記】

①〔無媒〕底本注：媒一作謀。　②〔敝裘〕宋本敝作弊，二字通。

【箋注】

〔一〕二十二兄：名不詳。岑參行二十七，此爲其諸兄。　尋羅中：尋通鄩，地名。《通志·氏族略》以邑爲氏：「尋氏，亦作鄩，曹姓，古斟鄩之後。……周有鄩肹。」《左傳》昭公二十三年：「春王正月，壬寅朔，二師圍郊。癸卯，郊、鄩潰。」杜預注：「河南鞏縣西南有地名鄩中，郊、鄩二邑，皆子朝所得。」又：「秋七月戊申，鄩羅納諸莊宫。」杜預注：「鄩羅，周大夫鄩肹之子。」鄩本地名，古人以邑爲氏，遂有鄩氏。羅本人名，後世又爲地名也。《水經注》卷十五：「洛水又北，經偃師縣城東北，歷鄩中，……又東，羅水注之。水出方山羅川，西北流，蒲池水注之。水出南蒲坡，西北流，合羅水，謂之長羅川，亦謂羅中也。蓋鄩肹子鄩羅之宿居，故川得其名耳。」鄩羅中，即鄩中與羅中。鄩中，在洛水左岸。偃師舊志云，鄩，後世訛爲孫，今孫家灣即其地。羅中，在洛水右岸。今有鄔羅河，源出嵩山餘阜，經鄔羅、羅口等村，入洛水。迴郭鎮北又有北羅村，距孫家灣頗近。　詩當爲隱嵩陽時作。

〔二〕斗柄東指：謂春日。《鶡冠子·環流》：「斗柄東指，天下皆春；斗柄南指，天下皆夏；斗柄西指，天下皆秋；斗柄北指，天下皆冬。」

〔三〕媒：《説文》：「媒，謀也。」《周禮·地官序》「媒氏，下士二人，史二人，徒十人。」注：「媒之言謀也，謀合異類使和成者，今齊人名麴麩曰媒。」

〔四〕穿履：鞋之弊破者也。《鹽鐵論·褒賢》：「今舉亡而爲有，虛而爲盈，布衣穿履，深念徐行，若有遺亡，非立功成名之士，而亦未免於世俗也。」《史記·滑稽列傳》：「東郭先生久待詔公車，貧困饑寒，衣敝，履不完，行雪中，履有上無下，足盡踐地。」此或穿履之所出也。

送王録事却歸華陰王録事自華陰尉授虢州録事參軍旬日却復舊官①〔一〕

相送欲狂歌，其如此別何。攀轅人共惜②〔二〕，解印日無多。仙掌雲重見，關門路再過。雙魚莫不寄〔三〕，縣外是黄河。

【校勘記】

①〔詩題〕底本華陰以下字作注，此從宋本。　②〔共惜〕底本誤作亦借，此據宋本改。

【箋注】

〔一〕王録事：即王季友，見《送王録事赴虢州》詩注〔一〕。　關門再過，謂潼關，詩作於寶應元年。

〔二〕攀轅：謂吏民不欲其離去。《東觀漢記》卷十八《第五倫傳》：「作會稽郡，雖爲二千石，卧布被，自養馬，妻炊爨。俸禄常取赤米，與小吏受等，財留一月俸，餘皆賤糶於民饑羸者。爲事徵，百姓攀轅扣馬呼曰：『捨我何之！』」《華陽國志》載，巴郡莊王思爲揚州刺史，每遷官，吏民塞路攀轅，乃留州十八年。

〔三〕雙魚：謂書信。古人信函蓋以絹素結爲雙魚之形也。

送鄭甚歸東京汜水别業分得閑字①〔一〕

客舍見春草②，忽聞思舊山。看君灞陵去，匹馬成皋還。對酒風與雪，向家河復關。因悲宦遊子，終歲無時閑。

【校勘記】

①〔鄭甚〕宋本、《文苑英華》同，明抄本作郭□，張遜業本作鄭堪。②〔春草〕《文苑英華》春作青。

【箋注】

〔一〕東京：天寶年間稱洛陽爲東京。汜水：本名氾（音范）水，鄉人呼爲祀，乃改爲汜。秦漢爲成皋縣，隋開皇十八年改爲汜水，武后垂拱四年改爲廣武，神龍元年復爲汜水，治所在虎牢城，即今上街。開元二十九年移於汜水入黄河口之右，舊址在上街西十里，今滎陽縣汜水鄉，歷代因之。民國二十四年與滎陽（漢置縣）、廣武（民國置）合爲成皋縣，治滎陽，即今滎陽縣也。詩有「宦遊」、「無時閑」，作於授官後。

送崔全被放歸都覲省〔一〕

夫子不自衒〔二〕，世人知者稀。來傾阮氏酒〔三〕，去著老萊衣〔四〕。渭北草新出，關東花欲飛。楚王猶自惑〔五〕，片玉且將歸①〔六〕。

【校勘記】

①〔片玉〕《唐音統籤》同。宋本片作井，張遜業本作宋，明刻八卷本、《唐詩紀》同。明抄本空缺二字。

【箋注】

〔一〕崔全：不詳。　放：唐官甄試被罷免曰放。《新唐書·選舉志》：「凡官員有數，……每歲五月，頒格於州縣，選人應格，則本屬或故任取選解，列其罷免、善惡之狀，以十月會於省，過其時者不叙。以時至者，乃考其功過。……得者爲留，不得者爲放。」　詩似作於天寶前期。

〔二〕夫子：對男子之尊稱。見《青山峽口泊舟懷狄侍御》詩注〔三〕。　衒：自矜誇也。《越絶書·范伯》：「衒女不貞，衒士不信。」《漢書·東方朔傳》：「四方士多上書言得失，自衒鬻者以千數。」

〔三〕阮氏酒：《三國志·阮籍傳》裴松之注引《魏氏春秋》曰：「朝論以其名高，欲顯榮之，籍以世多故，禄仕而已。聞步兵校尉缺，厨多美酒，營人善釀酒，求爲校尉，遂縱酒昏酣，遺落世事。」

〔四〕老萊衣：見《梁州對雨懷麴二秀才》詩注〔八〕。

〔五〕楚王惑：《韓非子·和氏》：「楚人和氏得玉璞山中，奉而獻之厲王。厲王使玉人相之，玉人曰：石也。王以和爲誑，而刖其左足。及厲王薨，武王即位，和又奉其璞而獻之武王。武王使玉人相之，又曰：石也。王又以和爲誑，而刖其右足。武王薨，文王即位，和乃抱其璞，而哭於楚山之下，三日三夜，泣盡而繼之以血。」詩用此事，謂人主不識寶玉，埋没才士也。

〔六〕片玉將歸：《晉書·郤詵傳》晉武帝問郤詵自以爲如何，詵曰：「臣舉賢良對策，爲天下第一，猶桂林之一枝，崑山之片玉。」詩以崔全爲郤詵之儔，亦崑山之片玉，然不爲人識，乃抱璞而歸也。

送孟孺卿落第歸濟陽①〔一〕

獻賦頭欲白，還家衣已穿②。羞過灞陵樹，歸種汶陽田〔二〕。客舍少鄉信，牀頭無酒錢。聖朝徒側席〔三〕，濟上獨遺賢。

【校勘記】

①〔孟〕《唐百家詩選》作蓋。〔濟陽〕《唐百家詩選》作濟州。　②〔衣已穿〕底本衣作心，此從宋本、《唐百家詩選》。

【箋注】

〔一〕孟孺卿：生平不詳，包何有《賦得秤送孟孺卿》詩。　濟陽：《岑參集校注》：「濟陽、唐縣名，屬濟州，治今山東鄒平縣。」此説恐非是。今鄒平近臨山曰長白、九龍，其南又有泰山、魯山，與汶水相距頗遠，不能歸種汶陽田。古汶水注於濟水，其交匯處天寶間爲濟陽郡界。《水經·濟水》：「又東北過壽張縣西界安民亭南，汶水從東北來注之。」酈氏云：「李欽曰：汶水出太山萊蕪縣西南入濟是也。濟水又北逕梁山東，袁宏《北征賦》曰：背梁山，截汶波，即此處也。」按壽張縣即今山東梁山縣北壽張集，其地唐爲濟陽郡地。《舊唐書·地理志》河南道鄆州盧縣：「漢舊縣，隋置濟北郡，武德四年改濟州，領盧、平陰、長清、東阿、陽谷、范六縣。……天寶元年改爲濟陽郡……十三載六月一日廢濟州（入鄆州）。」《元和志》云，濟陽郡因城陷於河而廢。唐濟陽郡位汶水之北，故曰「歸種汶陽田」。唐亦有濟陽縣，景龍元年分高苑縣置，元和十五年又併入高苑，宋真宗景德元年移鄒平治於濟陽廢縣，沿襲至今。孟孺卿所歸之濟陽，不當在此也。另漢濟陽縣，屬陳留郡。在今河南蘭考縣東北，東周顯王二十八年城濟陽，即其地，縣有濟陽宫，漢光武帝生於此。晋世陷石勒，後廢。又五代周置濟州，宋亦稱濟陽郡，治鉅野，即今山東巨野。又金置濟陽縣，屬濟南府，元、明、清、民國均因之，即今德州地區濟陽縣，在黄河北岸。以上更無關。　此詩似作於天寶前期。

〔二〕汶陽田：《左傳》僖公元年，「公賜季友汶陽之田。」杜預曰：「汶陽田，汶水北地。汶水出泰山萊蕪縣，西入濟。」

〔三〕側席：本謂憂者所坐。《國語·吴語》：「（越王句踐夫人）乃闔左闔，填之以土，去笄側席而坐，不掃。」後轉爲側席坐以求賢。羊祜《讓開府表》：「側席求賢，不遺幽賤。」

送裴校書從大夫淄川郡覲省①〔一〕

尚書東出守②〔二〕，愛子向青州〔三〕。一路通關樹，孤城近海樓。懷中江橘熟③，倚處戟門秋〔四〕。更奉輕軒去〔五〕，知君無客愁。

【校勘記】

①〔淄川郡〕宋本郡作都，明抄本郡字空缺。②〔東出守〕《唐詩紀》東作未。③〔江橘〕各本同，惟疑江爲紅字之訛。〔熟〕宋本作熱，當誤。明抄本空缺。

【箋注】

〔一〕裴校書：裴敦復之子，失其名，時爲校書郎。大夫：御史大夫。裴敦復何時兼御史大夫，失考。淄川郡：漢般陽縣，以在般水之陽，故名。晉省，劉宋置貝丘縣，隋開皇十八年改爲淄川縣，並置淄州。大業初州廢，縣屬齊郡。武德元年又置淄州，天寶元年改淄川郡，治淄川縣。宋爲淄川，元改般陽路，明改淄川州，旋降爲縣，清及民國因之，今置淄博市，治張店，縣廢爲鎮。《通鑑》卷二一五天寶四載四月「乙巳，以刑部尚書裴敦復充嶺南五府經略等使。五月壬申，敦復坐逗留不之官，貶淄川太守，以光禄少卿彭果代之。上嘉敦復平海賊之功，故李林甫陷之」。敦復以逗留而貶官，此不當再逗留，故應於夏日之淄州。此詩爲秋日，乃裴校書赴淄川覲省其父，從者，就也，非同行也。　詩作於天寶四載。

〔二〕尚書：唐尚書省六部長官名。裴敦復爲刑部尚書，正三品，掌天下刑法及徒隸、勾覆、關禁之政令。唐上州刺史爲從三品，裴之禄秩已降，然唐人習慣例稱其朝官舊職，故仍曰尚書。

〔三〕青州：三代時分天下爲九州，唐淄川郡屬青州地。此非唐之青州北海郡（治益都）也。

〔四〕懷橘、倚門句：當爲裴校書在京孝養母親。《三國志·吴·陸績傳》：「績年六歲，於九江見袁術。術出橘，績懷三枚，去，拜辭墮地，術謂曰：陸郎作賓客而懷橘乎？績跪答曰：欲歸遺母。」倚門見《送韓巽入都覲省》詩注〔四〕。　戟門：戟本武器，至漢演爲儀仗。《後漢書·杜詩傳》「賜以棨戟」注：「《漢雜事》曰：漢制假棨戟以代斧鉞。崔豹《古今注》曰：棨戟，前驅之器也，以木爲之。」唐制，廟社、宫殿、府、州公門旁立戟，其數各有差等。三品以上勳貴私第亦得立戟，曰門戟。《宋史·輿服志》：「門戟，木爲之而無刃，門設架而列之。」此蓋承唐制。《新唐書·韋綬傳》：「俄以檢校户部尚書爲山南西道節度使，入辭，請門戟十二以行。」又《張介然傳》：「介然啓曰：臣位三品，當給棨戟，若列於京師，雖富貴，不爲鄉人知，願得列戟故里。玄宗許之，别賜戟京師門第。」又《盧坦傳》：「舊制，官、階、勳俱三品，始聽立戟，後雖轉四品官，非貶削者戟不奪。坦爲户部侍郎時降朝議大夫，勳護軍，以嘗任宣州刺史，請立戟，許之。時鄭餘慶淹練舊章，以爲非是，爲憲司劾正。詔罰一月俸，奪戟。」裴敦復京師第門得立戟，舊制也，後雖貶淄川，爲上州刺史，仍從三品，例不奪戟也。

〔五〕輕軒：安車也，奉母而行。潘岳《閑居賦》：「太夫人御板輿，升輕軒。」裴貶淄川，家屬留京，此則其子奉母赴州省父。

送楊千牛趁歲赴汝南郡覲省便成親分得寒字①〔一〕

問吉轉征鞍②〔二〕，安仁道姓潘③〔三〕。歸期明主賜，别酒故人歡。珠箔障爐暖，狐裘耐臘寒。汝南遥倚望，早去及春盤④〔四〕。

【校勘記】

①〔千牛〕宋本注：牛一作秋。〔成親〕《文苑英華》親作婚。②〔問吉〕明抄本空缺。③〔安仁〕《文苑英華》仁作人，當誤。④〔及春盤〕底本及作入，此從宋本、《文苑英華》。

【箋注】

〔一〕千牛：本刀名，蓋取《莊子》庖丁解牛十九年，而刀刃若新發於硎之義，後爲武官名。《通典》卷二十八左右千牛衛：「千牛，刀名，後漢有千牛備身，掌執御刀，因以名職。」北齊有千牛備身十二人，隋置二十人。唐左右千牛衛各有千牛備身十二人，掌執御刀、宿衛、侍從。太子左右内率府亦有千牛十六人，備身二十八人，開元中並爲千牛，共四十四人。岑參初授官爲右内率府兵曹參軍，與千牛同在一府，故此楊千牛或爲東宫武官，詩亦或作於天寶三至七載間。趁歲：乘年節也。趁，及也，乘也，俗語趁熱打鐵，乘時之意。汝南郡：漢置汝南郡，管縣三十七，治平輿。宋文帝於懸瓠城（今汝南縣）置司州，隋大業二年改蔡州，三年改汝南郡，武德四年改豫州，天寶年間改汝南郡，寶應元年改蔡州。治汝陽縣，即今汝南。元至元三十年改汝寧府，明清因之，均治汝陽，民國改縣爲汝南。

〔二〕問吉：問名納吉，成婚之禮也。按《儀禮·士昏禮》，其儀有六。先納采，次問名，次納吉（歸卜於廟，得吉兆，往告婦家，婚乃定，謂之納吉），次納徵（使者納幣以成禮），次請期，最後親迎。此儀後世多遵之，雖有變通，大致不差。《藝文類聚》六十八梁劉孝威《婚謝晋安王賜錢啓》：「問吉已通，請期有日。」謂婚禮已定，即將擇期成婚。此詩但云問吉，乃概而言之，總謂婚禮也。

〔三〕安仁：晋潘岳字安仁，美姿容，此喻楊千牛。

〔四〕春盤：唐世立春日盤具蔬果之儀。春盤不知始於何時。宋陳元靚《歲時廣記》八饋春盤條：「《摭遺》：東晋李鄂立春日命蘆菔、芹芽爲菜盤饋貺，江淮人多效之。」則晋時已有。同上書又引《四時寶鏡》：「立春日食蘆菔、春餅、生菜，號春盤。」宋龐元英《文昌雜録》三：「唐歲時節物……立春則有綵勝、鷄、燕、生菜，今歲時遺問略同。」杜甫《立春》詩：「春日春盤細生菜，忽憶兩京梅發時。」可知唐世立春日有春盤已爲通行之儀。宋周密《武林舊事》二立春條：「前一日……後苑辦造春盤，供進及分賜貴邸、宰臣。巨璫翠縷紅絲，金鷄玉燕，備極精巧，每盤直萬錢。」此宋世宫中之物，更見奢靡。金人元好問《春日》詩：「里社春盤巧欲争，裁紅暈碧助春情。」此俗金世尚有，後漸泯滅，近世無聞矣。

送胡象落第歸王屋別業①〔一〕

看君年尚少②，不第莫凄然。可即疲獻賦③〔二〕，山村歸種田。野花迎短褐〔三〕，河柳拂長鞭。置酒聊相送，青門一醉眠④。

【校勘記】

①〔落第〕《文苑英華》落作下。　②〔年尚少〕《文苑英華》作尚少年，宋本作尚年少。　③〔可即疲〕底本疲字空缺，明抄本三字空，宋本疲作被，此據《文苑英華》。然疑此有誤，明抄本空缺，良有宜也。可即似當作京都。　④〔青門〕底本門作山，此從《文苑英華》、宋本。

【箋注】

〔一〕王屋：唐河南府有王屋縣，即今濟源縣西王屋鄉。　詩似作於天寶前期。

〔二〕疲獻賦：疲，倦也。獻賦，求仕進也。

〔三〕短褐：粗布衣也，貧賤者所服。短褐，古籍或作裋褐，又作豎褐，各家注釋亦極紛紜。《墨子·非樂上》「萬人不可衣短褐」，孫貽讓注：「短褐，即裋褐之借字。《説文》衣部云：裋，豎使布長襦；褐，粗衣。《方言》云：襜褕，其短者謂之裋褕。又云，複襦，江湘之間謂之襡。襡即裋之俗。墨子書，此及《魯問》《公輸》三篇，字並作短。《韓非子・説林》上篇、賈子《新書・過秦》下篇、《戰國策・宋策》、《史記・孟嘗君列傳》、《文選・班彪・王命論》並同。《史記・秦本紀》：夫寒者利裋褐。徐廣云：一作短，小襦也。《索隱》云：蓋謂褐布豎裁爲勞役之衣，短而且狹，故謂之短褐，亦曰豎褐。《列子・力命》篇云：衣則裋褐。殷敬順釋文云：裋音豎。許慎注《淮南子》云：楚人謂袍爲裋。又有作短褐者，誤。《荀子・大略篇》云：衣則豎褐不完。楊注云：豎褐，僮豎之褐，亦短褐也。按：短、豎並裋之同聲叚借字。唐人説或讀短如字，或以短爲字誤，或釋豎爲僮豎，皆非也。」

送顏詔分得飛字〔一〕

遷客猶未老〔二〕，聖朝今復歸。一從襄陽住①〔三〕，幾度梨花飛。世事了可見，憐君人亦稀。相逢貪醉卧，未得作春衣。

【校勘記】

①〔襄陽住〕明抄本住作往。

【箋注】

〔一〕顏詔：身世不詳。據詩，顏謫襄陽數年，今返京，似謀職未成，乃又離去，友朋宴集賦詩送之。

年代亦不詳。

〔二〕遷客：猶逐臣。江淹《恨賦》：「遷客海上，流戍隴陰。」

〔三〕一從：一者數之始，事之初也，一從猶自從。《老子》「若之得一者」王弼注：「一，數之始，而物之極也。」

送杜佐下第歸陸渾別業①〔一〕

正月今欲半②，陸渾花未開。出關見青草，春色正東來。夫子且歸去，明時方愛才。還須及秋賦③〔二〕，莫即隱蒿萊④。

【校勘記】

①〔下第〕敦煌殘卷下作落。②〔今欲半〕宋本注：今一作初。③〔還須〕底本作須還，此從宋本。④〔蒿萊〕敦煌殘卷蒿作蓬。

【箋注】

〔一〕杜佐：杜甫詩《示姪佐》下《全唐詩》注云：「佐出襄陽房，侍御史暐之子，官大理正。」案《新表》，杜暐官殿中侍御史，子佐無官。官大理正之杜佐乃杜繁子，繁無官，其曾祖杜淹相太宗，佐子元穎相穆宗。此杜佐爲杜預十四世孫，杜甫爲十三世孫，故曰「示姪」也。杜暐子佐亦爲十三世孫，杜甫自不能「示姪」。岑參或因杜甫而識杜佐。則此詩當爲開元天寶間岑參居長安時作。

〔三〕秋賦：即秋日貢士。以異才之士略同異物之入貢，其時在秋，故曰秋賦也。漢始有貢士之名，唐貢士之法，上郡歲三人，中郡二人，下郡一人。每歲十月，禮部集貢士之州里名籍，春日考試之。各縣考選、州長覆核則須在秋日，合格，然後取解，均須在十月以前。《宋史·選舉志》所謂「秋取解，冬集禮部，春考試」者是也。唐人以秋賦字入詩文中。吕温《祭座主顧公文》：「三司秋賦，五掌春銓。」姚合《題永城驛》：「秋賦春還計盡違，自憐身是拙求知。」宋則見於詔命。《宋史·選舉志》：「寶元中詔州縣立學士在學三百日，乃聽預秋賦。」

送楚丘麴少府赴官①〔一〕

青袍美少年，黄綬一神仙。微子城東面〔二〕，梁王苑北邊〔三〕。桃花色似馬，榆莢小於錢②。單父聞相近〔四〕，家書早爲傳。

【校勘記】

①〔麴少府〕底本麴作麯，此從宋本。　②〔榆莢〕底本莢作筴，此從宋本。

【箋注】

〔一〕楚丘：本春秋地名，漢置己氏縣，隋開皇六年改爲楚丘，屬宋州，後代因之，明初省。舊址在今山東曹縣東南四十里。　詩有單父、家書，時岑況爲單父宰，約在天寶年間。

〔二〕微子城：微子名啓，《史記》避漢景帝諱改作開，殷紂王同母庶兄（《吕覽》以爲生微子時爲妾，及爲妃而生紂），紂無道，諫而不聽，亡去。周武王克殷，以紂子武庚禄父續殷祀。管叔、蔡叔與武庚作亂，周公誅之，乃命微子啓代殷後，國於宋，即今商邱也。楚丘在宋州北七十里。

〔三〕梁王苑：即梁園，在今商邱東。

〔四〕單父：舊縣名，在今山東單縣南，明改單父爲單縣。

送蜀郡李掾〔一〕

飲酒俱未醉，一言聊贈君。功曹善爲政〔二〕，明主還應聞。夜宿劍門月，朝行巴水雲。江城橘花發①，滿道香氛氳。

【校勘記】

①〔橘花〕《唐詩紀》橘作菊。

【箋注】

〔一〕蜀郡：秦惠王八年滅蜀國，置郡，治成都，漢因之。唐武德初改益州總管府，天寶元年改蜀郡，十五載改南京，乾元元年復爲蜀郡。此詩似乾元、廣德年間作。掾：漢稱公府佐吏曰掾、史。《後漢書·百官志》：「每郡置太守一人，……皆置諸曹掾史。」唐上州屬官有録事參軍、司功、司倉、司户、司田、司兵、司法、司士等參軍，品秩不等。

〔三〕功曹：唐之王府、京尹、都督府曰功曹參軍，州郡曰司功參軍。《新唐書·百官志》：「功曹司功參軍事，掌考課、假使、祭祀、禮樂、學校、表疏、書啓、禄食、祥異、醫藥、卜筮、陳設、喪葬。」

還高冠潭口留别舍弟〔一〕

昨日山有信，衹今耕種時。遥傳杜陵叟〔二〕，怪我還山遲。獨向潭上釣①，無人林下期②。東溪憶汝處，閑卧對鸕鷀。

【校勘記】

①〔潭上釣〕《唐詩紀》釣作酌。　②〔林下期〕宋本期作棋。

【箋注】

〔一〕高冠潭口：亦即高冠草堂、白閣西草堂、高冠谷口，詩中屢見。耕種時爲田假，詩作於初授官後。

〔二〕杜陵叟：疑爲杜陵老者而居於高冠谷者。杜陵在長安東南，高冠谷在長安西南，若居兩地無法怪其還山也。

【評論】

清賀貽孫《詩筏》：「詩家有一種至情，寫未及半，忽插數語，代他人請問，更覺情致淋漓，最妙在不作答語，一答便無味矣。……漢魏以來，此法不傳久矣。惟唐岑參昨日山有信一首，末四句只代杜陵叟説話便止，全不説别弟及還東溪語，深得古人之意。」

醴泉東溪送程皓元鏡微入蜀得寒字〔一〕

蜀郡路漫漫，梁州過七盤〔二〕。二人來信宿〔三〕，一縣醉衣冠〔四〕。溪逼春衫冷，林交宴席寒。西南如噴酒①〔五〕，遥向雨中看。

【校勘記】

①〔噴酒〕底本注：噴一作噀。

【箋注】

〔一〕醴泉：唐京兆縣名。《元和志》卷一京兆府醴泉縣：「次赤，東南至府一百二十里。」本漢谷口縣，在九嵕山東、仲山西，當涇水出山處，因名谷口。後世屢移其址，隋開皇十八年改名醴泉，後代因之，即今陝西禮泉縣。唐太宗葬昭陵，在醴泉九嵕山，岑文本爲陪葬者之一，其子孫又許從葬，故岑參父、祖墳墓均當在醴泉，每年清明掃墓當至醴泉也。程皓：代宗朝曾爲太常博士，有《駁顔真卿論韋陟不得謚忠孝議》。《封氏聞見記》卷九《掩惡》篇，記程皓爲檢校刑部郎中，性周慎，不談人短。《雲仙雜記》卷一《羔羊揮淚》章，載程皓以三十萬錢作鐵牀熁羊肉，油焰淋漓。元鏡微：鄭淥《唐故左武衛郎將河南元府君夫人滎陽鄭氏墓誌銘》有「年十八適河南元鏡遠」，鏡微似爲鏡遠昆弟行，當爲河南人。此詩當作於天寶年間。

〔二〕七盤：山嶺名，即五盤嶺。見《與鮮于庶于……至利州道中》詩注〔六〕。

〔三〕信宿：《左傳》莊公三年：「凡師，一宿爲舍，再宿爲信，過信爲次。」

〔四〕衣冠：衣者上曰衣，下曰裳。冠者男子成年加冠，禮也。古之國君十二而冠，太子十九而冠，士人二十而冠。後轉爲士大夫縉紳之義。《漢書·游俠傳》陳遵「所到衣冠懷之」，謂士大夫懷之也。

〔五〕噴酒：《後漢書·欒巴傳》注引《神仙傳》云：巴自守相徵拜爲尚書，正朝大會而後到，又飲酒向西噀之，有司責巴不敬。巴曰：「臣本縣成都市失火，臣故因酒爲雨以滅火，臣不敢不敬。」驛書問成都，果有正旦大火，有雨從東北來，火乃息，雨皆酒臭云。噀即噴也。

夏初醴泉南樓送太康顔少府〔一〕

何地堪相餞？南樓出萬家。可憐高處送，遠見故人車。野果新成子，庭槐欲作花〔二〕。愛君兄弟好，書向潁中誇〔三〕。

【箋注】

〔一〕太康：夏禹王之孫名太康，耽於遊畋，不恤民事，爲有窮之君羿所逐，卒於陽夏。秦漢置陽夏縣，隋開皇七年改爲太康，屬陳州，唐因之。即今河南太康縣。　詩當作於乾元元年，時河南光復，州縣須新任命官吏也。

〔二〕槐欲花：此乃無刺者，與刺槐俗名洋槐者非一物。其開花在六月。

〔三〕潁中：猶潁上，謂潁水之濱也。顔爲故人，岑參又有書札向潁中，則顔少府當爲隱嵩陽時相識者。

送嚴詵擢第歸蜀〔一〕

巴江秋月新，閣道發征輪〔二〕。戰勝真才子，名高動世人。工文能似舅〔三〕，擢第去榮親。十月天官待〔四〕，應須早赴秦。

【箋注】

〔一〕嚴詵：不詳。擢第在秋日，當爲制舉。唐制舉例由皇帝制詔徵選，不拘季節，其春日下詔者，則秋日應試。　詩似安史亂前之作。

〔二〕閣道：即棧道，見《赴犍爲經龍閣道》詩注〔一〕。

〔三〕工文能似舅：未詳出典，嚴詵之舅事亦無可考。或以爲典出晋何無忌。《晋書·何無忌傳》，桓玄曰：「何無忌，劉牢之之甥，酷似其舅。」按《晋書·劉牢之傳》，「牢之面紫赤色，鬚目驚人，而沈毅多計畫。」謝玄募勁勇，牢之「以驍猛應選」，每戰必勝，「敵人畏之」。此外無工文之事。何無忌曾爲太學博士，後爲將軍，亦未言工文。故事類似不符。

〔四〕十月天官待：秋日擢第，故於十月由吏部銓注官職，天官者，吏部也。

送張直公歸南鄭拜省〔一〕

夫子思何速，世人皆歎奇。萬言不加點，七步猶嫌遲①〔二〕。對酒落日後②，還家飛雪時③。北堂應久待④，鄉夢促征期⑤。

【校勘記】

①〔猶嫌遲〕《文苑英華》注：猶一作獨。②〔落日〕明抄本日作月。③〔飛雪〕《文苑英華》雪作絮。④〔久待〕《文苑英華》作多望。⑤〔促征期〕底本促作從，此從宋本、《文苑英華》。

【箋注】

〔一〕張直公：不詳，或爲張獻誠家子弟。南鄭：唐縣名。周幽王爲犬戎所滅，鄭桓公死之，鄭人南奔居此，故名南鄭。漢置縣，唐爲梁州及山南西道治所，故址在今漢中東，宋移今址，今爲漢中市。此詩不詳年代。

〔二〕七步：《世説新語》云，魏文帝曹丕欲刑其弟曹植，令於七步内作詩，植遂口吟曰：「煮豆然豆萁，豆在釜中泣。本是同根生，相煎何太急。」後世以七步爲才思敏捷之喻。

臨洮泛舟趙仙舟自北庭罷使還京得城字①〔一〕

白髮輪臺使，邊功竟不成。雲沙萬里地，孤負一書生〔二〕。池上風回舫〔三〕，橋西雨過城。

醉眠鄉夢罷，東望羡歸程。

【校勘記】

①〔得城字〕底本無。宋本作得城，明抄本作得城字。此據補。

【箋注】

〔一〕趙仙舟：王維有《淇上送趙仙舟》詩。生平不詳。　東望羡歸程云云，爲赴西域途中，當在天寶十三載。

〔二〕孤負：謂虧欠，背違。此字最早見漢李陵《答蘇武書》，其後用者甚多，後又轉爲辜負字，頗有非議者。宋黄朝英《緗素雜記》卷一《孤負》：「世之學者多以罪辜之辜爲孤負之字，殊乖禮意。蓋公正衆所附，私反而孤焉。衆所附則有相向意，故不孤。私反而孤，則有相背意，非向之也。孤負云者，言其背負而已。故李陵《與蘇武書》云：陵雖孤恩，漢亦負德；又云：孤負陵區區之意。馬嚴上書云：臣叔父援，孤恩不報；張俊上書云：臣孤恩負義；黄香上疏云：孤負聖恩；謝莊《月賦》云：孤負明恩；宋繇云：孤負聖明；謝晦云：孤背天日；垣崇祖云：孤負恩獎；江革云：孤負朝廷；《北史·后妃上》云：孤負遺旨；《隋宗室諸王傳》云：孤負付屬；李白云：孤負夙願：未嘗用辜字。今世先達士大夫亦未嘗錯用。如宋子京與李太傅云：徒軫深思，有孤高義；又云：敢忘自修，以孤大賜；舒王云：安能孤此意，顛倒就衰颯；又云：予豈敢孤其意，以受不腆之辭；魯直云：誤蒙器使，孤奉國恩；則孤負之孤，宜用孤字明矣。」元李治《敬齋古今注》卷二、清沈德潛《説詩晬語》下亦有此論。用辜負者，《三國志·魏·司馬朗傳》注引《魏書》曰：「朗臨卒，謂將士曰：辜負國恩。」唐詩中亦有用辜負者。張謂《湖上對酒行》：「風光若此人不醉，參差辜負東園花。」白居易《玉泉寺南三里澗下多深紅躑躅繁艷殊常感惜題詩以示遊者》：「猶有一般辜負事，不將歌舞管絃來。」又《戊申歲暮詠懷》：「幸得展張今日翅，不能辜負昔時心。」李商隱《爲有》：「無端嫁得金龜婿，辜負香衾事早朝。」羅隱《牡丹花》：「可憐韓令功成後，辜負穠華過此身。」辜訓罪，《尚書·大禹謨》：「與其殺不辜，寧失不經。」孤負不當有罪戾義，作辜負實有未洽。

〔三〕舫：《爾雅·釋言》：「舫，舟也。」注：「竝兩舟。」《史記·張儀列傳》：「舫船載卒，一舫載五十人與三月之食。」《索隱》：「謂並兩船也。」

送周子下第遊荆南①〔一〕

足下復不第〔二〕，家貧尋故人。且傾湘南酒〔三〕，羞對關西春②。山店橘花發，江城楓葉新。若從巫峽過，應見楚王神〔四〕。

【校勘記】

①〔下第〕宋本下作落。〔荆南〕底本、宋本荆作京，明抄本空缺，此從張遜業本。②〔關西春〕宋本春作城，庚韻，誤。《唐詩紀》作塵。

【箋注】

〔一〕周子：不詳。　荆南：六朝時稱江漢爲荆南。《晉書·應詹傳》：「鎮南大將軍劉弘，詹之祖舅也，請爲長史，謂之曰：君器識宏深，後當代老子於荆南矣。仍委以軍政。弘著績漢南，詹之力也。」劉弘時鎮襄陽，山簡之前任也。《宋書·王弘傳》：「敷政江漢，化被荆南。」唐至德二載置荆南節度使，治荆州，領荆、澧、郎、郢、復、夔、峽、忠、萬、歸十州，上元二年增領潭、岳、衡、郴、連、邵、永、道、涪九州，已至嶺南。詩似泛指，非謂節度，則或作於天寶前期。

〔二〕足下：對人尊稱也。《史記·項羽本紀》張良曰：「沛公不勝桮杓，不能辭，謹使臣良奉白璧一雙，再拜獻大王足下；玉斗一雙，再拜奉大將軍足下。」李陵《答蘇武書》：「子卿足下，勤宣令德，策名清時，榮問休暢，幸甚幸甚。」南朝宋劉敬叔《異苑》卷十：「介子推逃禄隱迹，抱樹燒死，文公拊木哀嗟，伐而製屐。每懷割股之功，俯視其屐曰：悲乎足下。足下之稱，當起於此。」

〔三〕湘南：泛指湘水上下。佚名《七召》：「隴西白榛，湘南朱橘。」《周禮·夏官·職方氏》「山鎮曰衡山」注：「衡山在湘南。」羅隱《湘南應用集序》：「河南公按察長沙郡，隱因請事筆硯，以資甘旨。……乞假歸覲，阻風於洞庭青草間，因思湘南文書十不一二，蓋以失落於馬上軍前故也。」長沙、衡陽均爲湘南也。

〔四〕楚王神：謂楚王所夢之巫山神女也。宋玉《高唐賦》云，楚先王嘗遊高唐，夢巫山之女，王因幸之。神去，乃於其地立高唐之觀。

送薛彦偉擢第東都覲省①〔一〕

時輩似君稀，青春戰勝歸。名登郄詵第〔二〕，身著老萊衣。稱意人皆羨，還家馬若飛。一枝誰不折〔三〕，棣萼獨相輝〔四〕。

【校勘記】

①〔東都覲省〕宋本無覲省，《唐詩紀》從之，都作歸。

【箋注】

〔一〕薛彦偉：河中寶鼎人。《舊唐書·薛播傳》：「初，播伯父元暧終隰城丞，其妻濟南林氏，丹陽太守洋之妹，有母儀令德，博涉五經，善屬文，所爲篇章，時人多諷詠之。暧卒後，彦輔、彦國、彦偉、彦雲及播兄據、揔並早幼孤，悉爲林氏所訓導，以至成立，咸致文學之名。開元天寶中二十年間，彦輔、據等七人並舉進士，連中科名，衣冠榮之。」此詩約作於開元末或天寶初。

〔二〕郄詵：字廣基，濟陰單父人，泰始中詔天下舉賢良直言之士，詵應選。以對策上第，拜議郎，不久召爲征東參軍，徙尚書郎，轉車騎從事中郎。吏部尚書崔洪薦爲左丞，後以事劾洪，洪怨詵，詵以公正拒之。累遷雍州刺史，卒於官。見《晉書·郤詵傳》。詩謂彦偉登上第。郄同郤。

〔三〕一枝折：謂中第也。郤詵遷雍州刺史，晋武帝問曰：「卿自以爲如何？」詵對曰：「臣舉賢良對策爲天下第一，猶桂林之一枝，崑山之片玉。」

〔四〕棣蕚獨相輝：謂兄弟皆及第。《詩·小雅·常棣》：「常棣之華，鄂不韡韡，凡今之人，莫如兄弟。」箋：「承華者曰鄂。」疏：「華以覆鄂，鄂以承華，華鄂相承覆，故得韡韡然而光明也。華鄂相覆而光明，猶兄弟相順而榮顯然。」華即花，鄂者蕚也。《毛詩陸疏》：「常棣，許慎曰，白棣樹也，如梨而小如櫻桃，正白，今官園種之。又有赤棣樹，亦似白棣，葉如刺榆葉而微圓，子正赤，如郁李而小，五月始熟，自關西、天水、隴西多有之。」常通棠。

澧頭送蔣侯①〔一〕

君住澧水北，我家澧水西。兩村辨喬木②，五里聞鳴雞。飲酒溪雨過，彈棋山月低。徒開蔣生徑〔二〕，爾去誰相攜。

【校勘記】

①〔澧頭〕宋本、《唐百家詩選》澧作澧，誤。　②〔兩村辨〕《唐百家詩選》作兩鄉見。

【箋注】

〔一〕澧頭：澧水之邊。澧水出南山後西北流，高冠谷水北流注之，岑氏高冠草堂在焉。此相送蔣侯至澧水邊而分手也。　詩當作於天寶初居高冠谷時。

〔二〕蔣生徑：《太平御覽》卷五一〇引嵇康《高士傳》云，漢蔣詡於王莽時託病歸隱，房前竹下開三徑，惟與求仲、羊仲遊。謝靈運《田南樹園激流植援詩》：「唯開蔣生徑，永懷求羊蹤。」

送永壽王贊府逕歸縣得蟬字①〔一〕

當官接閑暇，暫得歸林泉。百里路不宿②〔二〕，兩鄉山復連〔三〕。夜深露濕簟，月出風驚蟬。且盡主人酒〔四〕，爲君從醉眠。

【校勘記】

①〔逕歸〕張遜業本逕作遥，此詩入五古。〔得蟬字〕底本無，此據宋本、明抄本補。②〔路不宿〕明抄本路作終。

【箋注】

〔一〕永壽：後魏始置廣壽縣，後周改爲永壽，隋省。《元和志》卷三邠州：「永壽縣，上，西北至州九十里。武德二年分新平縣（按即今彬縣）南界，於今理北三十里永壽原西置永壽縣（今永平鎮），因原而名。貞觀二年移於州東南八十里（即今縣西北六里之永壽村），興元元年又移於順義店（即今縣治所在之監軍鎮），即今理是也。」元至元四年又移永平鎮南，清康熙中又移永平鎮，現今又移至監軍鎮。《岑詩繫年》以爲此王贊府即《陪使君早春西亭送王贊府赴選》詩中之人，此乃王某落選後於寶應元年還鄉，岑參送之於潼關。《岑參集校注》以爲早春於虢州送人赴選，不應於寶應元年岑參離虢州後在潼關時纔見其落選，故應爲上元元年或二年之夏日，王某落選後回原任職地公畢復經虢州回永壽故鄉。二説均有未洽處。一、兩位王贊府未必乃同一人。虢州王贊府既爲赴選，落選後即不再爲官，而此詩「當官接閑暇，暫得歸林泉」，乃爲官之中暫得閑暇，身份不同。二、虢州距長安四百三十里，永壽又在長安西北頗遠處，由虢州回永壽決不可言「百里路」。潼關也不可言百里。三、永壽王贊府者，唐詩慣例，即謂永壽縣之贊府，非謂其籍貫。李白詩《送當塗趙少府赴長蘆》，趙即當塗少府，非謂趙少府乃當塗人。杜甫詩《送陵州路使君赴任》，路即陵州使君，非謂路使君乃陵州人。韋應物詩《送洛陽韓丞東遊》，韓即洛陽縣丞，非謂韓丞乃洛陽人。虢州之王贊府自應爲弘農縣或州屬他縣之縣丞，非永壽縣丞也。兩詩所言既非一人，則送人地點亦不同。詳見下注。　王贊府：永壽縣丞，唐人稱縣丞爲贊府。餘不詳。　詩當作於安史亂前居長安時。

〔二〕百里路不宿：此里程可考證送行地點及所還處。若在虢州相送，陝州爲一百三里，然其時爲節度治所，地位較虢州爲高，似不宜以鄉相稱。閿鄉爲一百里，但乃從永壽、長安赴虢州中途，亦不宜行至虢州再折回縣。盧氏爲六十六里，玉城爲六十里，朱陽爲七十里，約言可稱百里，唯均爲虢州治下，似不宜並稱「兩鄉」。詩有「且盡主人酒」，則岑參亦爲客，與其虢州長史身份不合。若爲刺史設宴，岑參作陪，題目、篇中又無隻字相及，似乖禮儀。故疑此詩乃作於醴泉者，與《醴泉東溪送程皓元鏡微入蜀》詩相近。岑參之世，永壽縣在今縣西北六里永壽村。《太平寰宇記》卷三十一乾州：「北至邠州一百五十里。……永壽縣，西（北）六十里。」宋時永壽已移順義店，西北至邠州九十里，南至乾州六十里也。《讀史方輿紀要》卷五十四乾州永壽縣：「州北九十里，西北至邠州七十里，東南至醴泉一百一十里。」清永壽在永平鎮，在順義店北三十里，在永壽村北二十餘里。故永壽村距醴泉爲一百一十里減去二十餘里，約爲八十餘里也。王贊府於暇日至醴泉優遊，該縣佐吏宴餞，岑參作陪，乃有此詩也。王贊府逕歸縣仍任職。

〔三〕山復連：醴泉至永壽爲丘陵地。

〔四〕主人酒：醴泉之主人也。

鳳翔府行軍送程使君赴成州〔一〕

程侯新出守，好日發行軍〔二〕。拜命時人羨〔三〕，能官聖主聞。江樓黑塞雨〔四〕，山郭冷秋雲〔五〕。竹馬諸童子〔六〕，朝朝待使君。

【箋注】

〔一〕鳳翔府：《元和志》云，乾元元年改鳳翔府。《舊唐書·肅宗紀》至德二載十月「鳳翔郡給復五載」，十二月「鳳翔府爲西京」。《新唐書·地理志》則云：「二載復郡故名，號西京，爲府。」故名者，本爲岐州扶風郡也。證以此詩，則至德二載秋日已稱府也。至德二載岑參在鳳翔。成州：後魏於仇池山百頃嶺置仇池鎮，後改爲郡，西魏改成州，隋改漢陽郡，治上禄縣，唐因之。

及復置，移今成縣址，宋、元因之。《元和志》云，仇池山在縣南八十里。《讀史方輿紀要》云，仇池城在縣西北百里仇池山上。仇池山在今甘肅西和、禮縣交界處，又名香山。故成州舊址當在今西和縣境，西和、禮縣均後世所置也。

〔二〕好日：吉日也。

〔三〕拜命：以禮儀授官也。《史記·淮陰侯列傳》蕭何謂漢王曰：「王素慢無禮，今拜大將如呼小兒耳，此乃信所以去也。王必欲拜之，擇良日，齋戒，設壇場，具禮，乃可耳。」後世授官俱言拜也。

〔四〕江樓：唐成州位嘉陵江支流西漢水上游，《明史·地理志》階州「東北有犀牛江」是也。階州領文、成二縣。

〔五〕山郭：《元和志》成州上禄縣：「仇池山在縣南八十里，壁立百仞，有自然樓櫓却敵，分置均調，有如人功。上有數萬人家，一人守道，萬夫莫向。其地良沃，有土可以煮鹽。楊氏故累世據焉。」又：「鷄頭山在縣東北二十里。」

〔六〕竹馬童子：後漢郭伋，郭解之後也，屢爲郡守，政績均善。調爲并州牧，「始至行部，到西河美稷，有童兒數百，各騎竹馬，道次拜迎。」竹馬者，童兒跨竹杖以行，以作馬也。見《後漢書·郭伋傳》。

送張升卿宰新淦①〔一〕

官柳葉尚小，長安春未濃。送君潯陽宰〔二〕，把酒青門鐘〔三〕。水驛楚雲冷，山城江樹重。

遥知南湖上〔四〕，祇對香爐峰〔五〕。

【校勘記】

①〔新淦〕宋本淦作湰，誤。

【箋注】

〔一〕張升卿：未詳。　新淦：本漢舊縣，豫章南部都尉所居，縣有淦水，因以爲名。舊址在今江西省清江市（原樟樹鎮）東南。隋移縣治於西南之南市村，歷代因之，今名新干縣。　詩作年代未詳。

〔二〕潯陽宰：漢置潯陽縣，在大江北今湖北黄梅縣境，以其有潯水也。晋移於江南，亦稱潯陽而無潯水也。隋爲江州潯陽縣治，唐因之。南唐改潯陽縣爲德化縣，明清爲九江府治。民國廢府，改德化縣爲九江縣，今爲九江市。　宰：《周禮·天官序》「乃立天官冢宰」注：「宰，主也。」《春秋》僖公九年，「夏，公會宰周公、齊侯、宋子於癸丘」。《公羊傳》：「宰周公者何，天子之爲政者也。」注：「宰猶治也。」潯陽宰，爲潯陽主官也。宰新淦，治理新淦也。然潯陽、新淦相距頗遠，宰新淦者非潯陽之宰也。

〔三〕把酒：猶捧杯也。孟浩然《過故人莊》詩：「開筵面場圃，把酒話桑麻。」

〔四〕南湖：即今甘棠湖，在九江市南。《讀史方輿紀要》卷八十五九江府德化縣：「甘掌湖一名景星湖，唐長慶二年，刺史李渤徑湖心爲堤，長七百步，人不病涉，又立斗門，以蓄洩水勢，因名李渤湖，又以其德方召伯，名甘棠湖。」然岑參之世名南湖也。

〔五〕香爐峰：山名，在九江市南。《太平寰宇記》卷一一一江州德化縣：「廬山在縣南。……香爐峰，在廬山西北，其峰尖圓，雲霧聚散，如博山香爐之狀。」

送陳子歸陸渾別業〔一〕

雖不舊相識，知君丞相家。故園伊川上〔二〕，夜夢方山花〔三〕。種藥畏春過，出關愁路賒①。青門酒壚別，日暮東城鴉。

【校勘記】

①〔出關〕底本、宋本出作入，此從宋本注語「入一作出」改。

【箋注】

〔一〕陳子：詩謂丞相家，此詩似作於開元天寶之間，當謂陳叔達之後，叔達相高祖。蓋以陳希烈天寶五載始爲相，而陳夷行開成二年始爲相，已晚九十餘年矣。

〔二〕伊川：即伊水。《山海經》謂伊水出蔓渠之山，已難詳考，當以《漢書·地理志》謂出熊耳山爲是。伏牛山自欒川縣南由西向東行，熊耳山由伏牛山別出東北行，伊水即源於其間。《水經注》謂有二源，北曰鸞水，南曰蓌水，總曰鸞川，會合東北流，經陸渾，過伊闕，至洛陽南（今至偃師岳灘）入洛水。

〔三〕方山：《元和志》河南府伊闕縣：「陸渾山，俗名方山，在縣西五十五里。」《水涇注》謂之狐山：「其山分立豐上，單秀孤峙，故世謂之方山。」

稠桑驛喜逢嚴河南中丞便別得時字①〔一〕

驅馬映花枝，人人夾路窺。離心且莫問，春草自應知。不謂青雲客，猶思紫禁時參忝西掖曾聯接②〔二〕。別君能幾日，看取鬢成絲。

【校勘記】

①〔得時字〕底本無，此從宋本、明抄本補。②〔參忝西掖曾聯接〕底本無，此據宋本補。

【箋注】

〔一〕稠桑驛：在唐靈寶縣西。《通鑑》卷一八四隋恭帝義寧元年十二月，「（劉）文静遣竇琮等將輕騎與（桑）顯和追之（屈突通），及於稠桑」。胡三省注：「虢州湖城縣有稠桑驛。」清吴燾《遊蜀日記》：「十三日發靈寶縣，二十里至稠桑驛。……過稠桑四十里至閿鄉縣。」清之閿鄉縣，即唐、宋之湖城縣也。今靈寶縣（原虢州）北三十里有稠桑村，即爲原稠桑驛（三門峽水庫淹没）搬遷者。嚴河南：謂嚴武。史傳不載武曾爲河南尹。《岑詩繫年》：「此詩既寫春景，當作於乾元三年即上元元年。」此説有誤。嚴武於乾元元年貶爲巴州刺史，見《舊唐書·房琯傳》及《資治通鑑》。《金石苑》二《巴州佛龕記》：「巴州城南二里有古佛龕一所。右山南西道度支判官衛尉少卿兼侍御史内供奉嚴武奏，臣頃牧巴州，其州南二里許有前件古佛龕一所，……伏望特旌裔土，俯錫嘉名……。敕旨：其寺宜以光福爲名，餘依。乾元三年四月十三日。」可知其年春嚴武仍在巴州。王維詩《河南嚴尹弟見宿敝廬訪别人賦十韻》有「殘雪帶春風」句，爲早春，維卒於上元二年七月，則嚴武往訪只能在上元二年春。故其經虢州赴長水（河南尹寄治處）在其年二三月間也。

〔二〕紫禁：天帝所居爲紫宫，星座名也，亦曰紫微宫，漢未央宫亦名紫微宫，見《三秦記》。帝王宫禁因名紫禁。謝莊《宋孝武宣貴妃誄》：「掩綵瑶光，收華紫禁。」李善注：「王者之宫，以象紫微，故謂宫中爲紫禁。」　聯接：至德二載至乾元元年，嚴武爲給事中，在門下省；岑參爲右補闕，在中書省。朝會之時，供奉官左右散騎常侍、門下侍郎、中書侍郎、諫議大夫、給事中、中書舍人、左右補闕、左右拾遺、通事舍人同在横班，故云聯接。

送蒲秀才擢第歸蜀〔一〕

去馬疾如飛，看君戰勝歸。新登郤詵第，更著老萊衣。漢水行人少，巴山客舍稀。向南風候暖〔二〕，臘月見春暉〔三〕。

【箋注】

〔一〕蒲秀才：未詳。秀才，唐進士之通稱。見《梁州對雨懷麴二秀才便呈麴大判官》詩注〔一〕。

〔二〕風候：風向氣候也，各季節風向不同，可以風爲候而知季節也。《初學記》卷一引《易緯》曰：「立春條風至，春分明庶風至，立夏清明風至，夏至景風至，立秋涼風至，秋分閶闔風至，立冬不周風至，冬至廣漠風至。」杜審言《旅寓安南》詩：「交趾殊風候，寒遲暖復催，仲冬山果熟，正月野花開。」

〔三〕臘月見春暉：蜀中詩所謂「臘月江上暖，南橋新柳枝」是也。春暉，春光也。《太平御覽》卷九九二引傅咸《款冬花賦》：「顧見款冬，煒然始敷，華艷春暉，既麗且姝。」李白《惜餘春賦》：「見遊絲之横路，網春暉以留人。」

送郭司馬赴伊吾郡請示李明府郭子是趙節度同好①〔一〕

安西美少年，脱劍卸弓弦。不倚將軍勢，皆稱司馬賢。秋山城北面〔二〕，古治郡東邊〔三〕。池上舟中月②，遥思李郭仙〔四〕。

【校勘記】

①〔郭子是趙節度同好〕底本無，此據宋本補。　②〔池上〕底本池作江，此從宋本。

【箋注】

〔一〕郭司馬：詩言安西美少年，乃安西節度司馬，或爲郭子儀之侄郭昕，肅宗末爲四鎮留後，關隴陷，固守抗吐蕃，建中二年，與北庭節度使曹令忠遣使假道回紇入朝。　司馬：節度使下之行軍司馬，與州郡主軍事之司馬不同。《新唐書·百官志》：「行軍司馬，掌弼戎政，居則司蒐狩，有役則申戰守之法，器械、糧糒、軍籍、賜予皆專焉。」天寶後行軍司馬例爲儲帥者也。節度使姓趙，當爲趙玭，詩作於天寶十五載。

〔二〕秋山：謂天山。《元和志》卷四十伊州伊吾縣：「天山，一名白山，一名折羅漫山，在州北一百二十里。」

〔三〕古治郡東邊：古治謂漢伊吾城。《後漢書·明帝紀》永平十六年春二月，「竇固破呼衍王於天山，留兵屯伊吾廬城」。李賢注：「本匈奴中地名，既破呼衍，取其地置宜禾都尉，以爲屯田。今伊州納職縣伊吾故城是也。」《元和志》卷四十伊州納職縣：「東北至州一百二十里，貞觀四年置，其城鄯善人所立，胡謂鄯善爲納職，因名縣焉。」今之哈密，爲唐之伊吾縣，隋薛世雄所築城也。《隋書·薛世雄傳》：「歲餘，以世雄爲玉門道行軍大將……孤軍度磧。伊吾初謂隋軍不能至，皆不設備，及聞世雄兵度磧，大懼，請降，詣軍門上牛酒。世雄遂於漢舊伊吾城東築城，號新伊吾，留銀青光禄大夫王威，以甲卒千餘人戍之而還。」可知漢城在西，唐爲納職縣境；隋唐伊吾在東，唐爲伊吾縣，郡所治也。

〔四〕李郭仙：《後漢書·郭太傳》：「郭太字林宗，……始見河南尹李膺，膺大奇之，遂相友善，於是名振京師。後歸鄉里，衣冠諸儒送至河上，車數千兩。林宗惟與李膺同舟而濟，衆賓望之，以爲神仙焉。」詩謂郭司馬與李明府在伊吾池上舟中賞月，亦如當年李郭之同在舟中，如神仙焉。

送滕元擢第歸蘇州拜覲①〔一〕

送爾姑蘇客〔二〕，滄波秋正涼②。橘懷三個去〔三〕，桂折一枝香③〔四〕。湖上山當舍，天邊水是鄉。江村人事少，時作捕魚郎。

【校勘記】

①〔滕元〕宋本元作亢。〔拜覲〕宋本覲作親。②〔滄波〕底本波作浪，此從宋本。③〔一枝香〕宋本注：香一作將。

【箋注】

〔一〕滕元：未詳。　蘇州：周封太伯於吴，秦漢爲會稽郡，後割浙江以東爲會稽，以西爲吴郡。後代因之。隋平陳，改爲蘇州，唐因之。宋改平江府，明清爲蘇州府，民國廢府，今爲蘇州市。　秋日擢第，似爲制科。開元二十六年、二十七年、二十九年、天寶元年、三載、至德二載、乾元元年均有制舉，亦不知滕何年擢第也。

〔二〕姑蘇：山名，在蘇州西三十里。《史記·河渠書》：「太史公曰：余南登廬山，……上姑蘇，望五湖。」此詩以姑蘇代指蘇州。

〔三〕橘懷三個：用陸績事，見《送裴校書從大夫淄川郡覲省》詩注〔四〕。

〔四〕桂折一枝：晋郤詵答晋武帝問：「吾舉賢良對策爲天下第一，猶桂林之一枝，崑山之片玉。」後世乃以折桂爲擢第。

臨洮客舍留別祁四〔一〕

無事向邊外，至今仍不歸。三年絶鄉信，六月未春衣。客舍洮水聒〔二〕，孤城胡雁飛。心知別君後，開口笑應稀。

【箋注】

〔一〕臨洮：謂臨洮軍，即今甘肅臨洮。祁四：即祁樂。詩爲天寶十載自安西歸京途中作。

〔二〕洮水：《水經注》：「《沙州記》曰：洮水與墊江水俱出嵹臺山，山南即墊江源，山東則洮水源。……嵹臺，西傾之異名也。」今洮水出甘肅青海交界之支隆山，海拔四千三百餘米，爲西傾山之西端，其東端，岷山也。洮水東流至岷縣，折而西北，經臨洮等縣，入黄河，今爲劉家峽水庫。聒：《楚辭·九思·疾世》：「鴝鵒鳴兮聒余」注：「多聲亂耳爲聒。」

送弘文李校書往漢南拜親〔一〕

未識先已聞①，清詞果出群〔二〕。如逢禰處士〔三〕，似見鮑參軍〔四〕。夢暗巴山雨，家連漢水雲。慈親思愛子，幾度泣沾裙。

【校勘記】

①〔先已〕宋本作已先。

【箋注】

〔一〕弘文：即弘文館，唐門下省官署名。漢置東觀，爲著撰文史、鳩聚學徒之所，歷代均有建置而名稱或異。唐武德四年置修文館，九年改弘文館。貞觀元年詔京官職司五品以上子隸館習書法，後又置講經博士，儀鳳中又置詳正學士校理圖籍。垂拱以後，宰相兼領館主，給事中一人判館事。館中有四部書及圖籍，校書郎二人掌校理典籍、刊正謬誤，秩從九品上。李校書：未詳。此詩亦不知年代。漢南：《爾雅·釋地》：「漢南曰荆州。」曹植《與楊德祖書》：「昔仲宣獨步於漢南。」

〔二〕清詞：高雅之文辭。陳琳《答東阿王牋》：「音義既遠，清辭妙句，焱絶焕炳。」清辭同清詞。《文心雕龍·誄碑》：「清詞轉而不窮，巧義出而卓立。」

〔三〕禰處士：禰衡，東漢末人。孔融上疏薦之云：「竊見處士平原禰衡，年二十四，字正平。淑質貞亮，英才卓礫，初涉藝文，升堂覩奥。目所一見，輒誦於口；耳所瞥聞，不忘於心。性與道合，思若有神。」詩以此喻李校書。禰衡尚氣剛傲，矯時慢物，先不容於曹操，後受逐於劉表，終爲江夏太守黄祖所殺，死年二十六歲。

〔四〕鮑參軍：鮑照字明遠，南朝宋東海人。照文辭贍遠，善爲古樂府，詞藻遒麗，爲臨川王劉義慶知賞，宋孝武帝擢爲中書舍人，後爲臨海王劉子頊前軍參軍。此亦喻李校書。鮑照後以兵亂被殺。

送樊侍御使丹陽便覲①〔一〕

卧病窮巷晚，忽驚驄馬來〔二〕。知君京口去〔三〕，借問幾時回。驛舫江風引，鄉書海燕催②。慈親應倍喜，愛子在霜臺〔四〕。

【校勘記】

①〔使丹陽〕底本使作歸，此從宋本。乘驛舫當爲出使。　②〔海燕〕宋本燕作雁。

【箋注】

〔一〕樊侍御：未詳。　丹陽：唐潤州丹陽郡，治丹徒縣，即古之京口，今之鎮江。唐亦有丹陽縣，在州東南六十四里，本曲阿，天寶元年改丹陽，歷代因之。使丹陽，當謂郡，縣小，不須由朝廷遣使往也。　詩當作於天寶年間。

〔二〕驄馬：後漢桓典爲侍御史，常乘驄馬，京師畏憚。後世遂爲故實。

〔三〕京口：孫權自吴徙都丹徒，號爲京城，及還建業，乃以之爲京口，即今江蘇鎮江市。

〔四〕霜臺：《通典》卷二十四：「御史爲風霜之任，彈糾不法，百僚震恐。」御史臺名霜臺，亦曰憲臺。

送顔少府投鄭陳州①〔一〕

一尉便垂白〔二〕，數年唯草《玄》〔三〕。出關策匹馬〔四〕，逆旅聞秋蟬〔五〕。愛客多酒債②，罷官無俸錢。知君羈思少〔六〕，所適主人賢〔七〕。

【校勘記】

①〔鄭陳州〕宋本同，張遜業本去陳字。　②〔愛客〕底本客作君，此從宋本。

【箋注】

〔一〕顔少府：當爲《夏初醴泉南樓送太康顔少府》詩中之同一人。　鄭陳州：謂鄭陳節度。《新唐書·方鎮表》乾元二年，「置鄭陳節度使，領鄭、陳、亳、潁四州，治鄭州。尋增領申、光、壽三州，未幾，以三州隸淮西」。《舊唐書·肅宗紀》乾元二年四月，「甲辰，以鄧州刺史魯炅爲鄭州刺史，充鄭陳潁亳節度使」。六月己巳，「以右羽林大將軍彭元曜爲鄭州刺史，充陳鄭申光壽等州節度使」。九月丁亥「右羽林將軍李抱玉爲鄭州刺史、鄭陳潁亳節度使」。鄭陳節度廢於上元二年，見《新表》。　此詩當作於上元年間，詩有秋蟬字，岑參時在虢州，顔乃途中相過也。時鄭陳節度惟有行營，李抱玉先守河陽，後領澤州刺史也。

〔二〕一尉：唐縣尉四考秩滿，自乾元元年任至上元二年尚在一尉之内，均在戰亂之中。

〔三〕草《玄》：謂寂寞不爲人知。《漢書·揚雄傳》云，雄初給事黄門，與王莽、劉歆並，哀帝初又與董賢同官。後莽、賢皆位三公，而雄三世不徙官。劉歆嘗觀其《太玄》，謂之曰：「空自苦，今學者有禄利，然尚不能明《易》，又如《玄》何！吾恐後人用覆醬瓿也。」及王莽以符命自立，欲絶其源，劉歆子棻復獻之，莽投棻四裔。棻嘗從雄學奇字，治獄使者至天禄閣欲收雄，雄從閣投下，幾死，莽詔勿問。京師爲之謡曰：「惟寂寞，自投閣，爰清静，作符命。」

〔四〕策：馬箠也，亦作鞭策義。

〔五〕逆旅：《左傳》僖公二年，「今虢爲不道，保於逆旅，以侵敝邑之南鄙。」注：「逆旅，客舍也。」

〔六〕羈思：旅途之憂思也。謝惠連《燕歌行》：「飛霜被野雁南征，念君客遊羈思盈。」

〔七〕適：從也。《後漢書·荀爽傳》對策：「傳曰：截趾適屨，孰云其愚？」注：「適猶從也。」亦歸也。《左傳》昭公十五年，「民知所適」注：「適，歸也。」　主人：謂李抱玉。從李光弼屢建戰功，史傳稱「沈毅有謀，小心忠謹」，「除暴安人，爲將臣之良」。

送許員外江外置常平倉〔一〕

詔置海陵倉〔二〕，朝推畫省郎。還家錦服貴〔三〕，出使繡衣香〔四〕。水驛風催舫，江樓月透牀。仍懷陸氏橘，歸獻老親嘗。

【箋注】

〔一〕許員外：未詳，或即乾元年歸江寧之許拾遺，今遷尚書員外郎。　江外：謂江南。《三國志·魏·王基傳》：「率合蠻夷以攻其内，精卒勁兵以討其外，則夏口以上必拔，而江外之郡不守。」參見《送張祕書充劉相公通汴河判官便赴江外覲省》詩注〔二〕。

常平倉：漢昭帝時，用大司農中丞耿壽昌策，始置常平倉。《漢書·食貨志》：「壽昌遂白令邊郡皆築倉，以穀賤時增其價而糴，以利農；穀貴時減價而糶，名曰常平倉。」後代因之。

詩當作於廣德二年。《舊唐書·代宗紀》廣德二年正月甲子，「第五琦奏諸道置常平倉使司，量置本錢和糴，許之」。

〔二〕海陵倉：漢景帝時，吴王濞反，枚乘説之曰：「轉粟西鄉，陸行不絶，水行滿河，不如海陵之倉。」臣瓚曰：「海陵，縣名也，有吴大倉。」《輿地紀勝》云，以其地傍海而高，故曰海陵。漢海陵縣屬臨淮郡，唐海陵縣屬揚州廣陵郡，南唐於縣置泰州，後代因之，民國廢州爲縣，今爲江蘇泰州市。

〔三〕還家錦服貴：借用項羽故事。羽既屠咸陽，火秦宫室，懷思東歸曰：「富貴不歸故鄉，如衣錦夜行。」

〔四〕繡衣：漢御史之衣。見《青門歌送東臺張判官》詩注〔三〕。

送江陵泉少府赴任便呈衛荆州〔一〕

神仙吏姓梅〔二〕，人吏待君來。渭北草新出，江南花已開。城邊宋玉宅①〔三〕，峽口楚王臺〔四〕，不畏無知己，荆州甚愛才。

【校勘記】

①〔宋玉〕底本玉誤作王，此從宋本。

【箋注】

〔一〕江陵：漢縣名，爲南郡治所，唐初爲荆州治所。天寶元年改江陵郡，至德初置荆南節度，上元元年改府，稱南都，均治江陵。今爲湖北江陵縣。泉少府：未詳，時出任江陵尉。衛荆州：衛伯玉。《舊唐書·衛伯玉傳》：「廣德元年冬，吐蕃入京師，乘輿幸陝，以伯玉有幹略，可當重寄，乃拜江陵尹，兼御史大夫，充荆南節度、觀察等使。」此詩似作於永泰元年。獨孤及有《送江陵全少府赴任》詩，「劇縣得英髦」，則泉、全似爲一人。獨孤及永泰元年初入爲左拾遺，見《資治通鑑》。

〔二〕神仙吏姓梅：梅福爲南昌尉，王莽專政，福一旦棄妻子，離九江，不知所往，世傳爲仙。此喻泉少府。

〔三〕宋玉宅：《大清一統志》卷三四四：「宋玉宅，在江陵縣城西三里。」或謂在城北，或謂在渚宫内，唐詩中多謂在江邊。李商隱《過鄭廣文舊居》詩：「宋玉平生恨有餘，遠遁三楚吊三閭，可憐留着臨江宅，異代應教庾信居。」吴融《宋玉宅》詩：「草白煙寒半野陂，臨江舊宅指遺基。」

〔四〕楚王臺：詩有「峽口」，當謂巫峽。巫山神女居陽臺之下，本爲傳説之辭，《子虚賦》有陽臺之雲，孟康謂在雲夢澤中，將虚説指實，後世乃又於巫山之陽構臺，在巫山縣。楚有章華臺，後世亦附會多處。《夢溪筆談》卷四：「天下地名錯亂乖謬，率難考信。如楚章華臺，亳州城父縣、陳州商水縣，荆州江陵、長林、監利縣皆有之。……杜預注：章華臺在華容城中。華容即今之監利縣，非岳州之華容也，至今有章華臺在縣郭中，與杜預之説相符。」章華臺本實有，後世已難定其確址，至如陽臺本屬烏有，自無須考實也。

送江陵黎少府〔一〕

悔繫腰間綬，翻爲膝下愁〔二〕。那堪漢水遠，更值楚山秋。新橘香官舍，征帆拂縣樓。王程不敢住①〔三〕，豈是愛荆州。

【校勘記】

①〔王程〕宋本程作城。

【箋注】

〔一〕黎少府：未詳。詩作年代未詳，或與上詩同時，江陵爲次赤縣，有尉二人。

〔二〕翻：覆也，轉也，與反通。庾信《卧疾窮愁詩》：「有菊翻無酒，無絃則有琴。」膝下：《孝經·聖治章》：「故親生之膝下，以養父母日嚴。」注：「膝下，謂孩幼之時也。」《新唐書·高宗紀》：「太宗嘗命皇太子遊觀習射，太子辭以非所好，願得奉至尊，居膝下。」黎少府父母當在長安，故曰翻爲膝下愁。

〔三〕王程：朝廷命官外出所定之途程期限，不得逾越。見《酬成少尹駱谷行見呈》詩注〔四〕。

閿鄉送上官秀才歸關西別業〔一〕

風塵奈汝何①，終日獨波波②〔二〕。親老無官養〔三〕，家貧在外多。醉眠輕白髮③，春夢渡黄河〔四〕。相去關城近④，何時更肯過。

【校勘記】

①〔奈汝何〕宋本注：汝一作爾。②〔波波〕底本、明抄本上波字空缺，李本芳校本作奔波，此從宋本。③〔醉眠〕《全唐詩》眠作眼。④〔關城〕宋本注：城一作山。

【箋注】

〔一〕閿鄉：唐縣名，本漢湖縣之閿鄉，後世閿作閿。隋開皇十六年移湖城縣治於此，改閿鄉縣，唐復分閿鄉，置湖城、閿鄉二縣。元至元二年又併二縣於湖城，改稱閿鄉縣，明、清、民國因之。現今均併入靈寶縣。閿鄉舊址爲三門峽水庫淹没區，居民移於南原上，稱文東村、文西村。唐閿鄉縣在湖城縣（即元以後之閿鄉縣）西四十里，元改閿底鎮，西距潼關二十里，亦屬淹没區，居民南移原上，稱文底村。　上官秀才：未詳。秀才，進士之通稱。「相去關城近」似居潼關時語，在寶應元年。

〔二〕波波：詞殊不易解，或以波浪層叠不止，以喻上官之生活無定。李本芳改字爲奔波或以此故。

〔三〕官養：古有養老之禮。《禮記·王制》：「凡養老，有虞氏以燕禮，夏后氏以饗禮，殷人以食禮，周人修而兼用之。五十養於鄉，六十養於國，七十養於學，達於諸侯。」鄉、國、學，皆爲行禮之處。《禮記·樂記》：「食三老五更於大學，天子袒而割牲，執醬而饋。執爵而酳，冕而揔干，所以教諸侯之弟也。」注：「三老五更，互言之耳，皆老人，更知三德五事者也。」《禮記·文王世子》：「天子視學，……遂設三老五更群老之席位焉，適饌省醴，養老之珍具。」注：「三老五更各一人也，皆年老更事致仕者也，天子以父兄養之，以示天下之孝悌也。」此養老者，非庶民之謂也。《王制》養老疏：「皇氏云，人君養老有四種，一是養三老五更，二是子孫爲國難而死王養死者父祖，三是養致仕之老，四是引户校年養庶人之老。」此説與鄭玄異。《禮記·王制》：「凡三王，養老皆引年。」注：「已而引户校年，當行復除也。老人衆多，非賢者不可盡養。」鄭説是也。《周禮·地官·大司徒》「以保息六：一曰慈幼，二曰養老……」疏：「此謂七十養於鄉，亦謂有賢行者也。」《孟子·離婁上》，伯夷、太公避世而居，聞文王作，乃曰：「盍歸乎來，吾聞西伯善養老者。」《孟子》曰：「二老者，天下之大老也。」然則，小老豈得天子養之乎？漢代亦有養三老五更之禮，徒有其表耳。唯有大事，則施恩於下，老者可得粟、帛之賜。漢文帝初登基，大赦天下，二年，「有司請令縣、道，年八十已上，賜米人月一石，肉二十斤，酒五斗。其九十以上，又賜帛人二疋，絮三斤」。唐世已無養三老五更之禮。高宗登基，亦賜民八十以上粟、帛。唐致仕官，三品以上得半俸，四品以下無聞也。官養語見於《晋書·五行志中》：「安帝義熙初，童謡曰：官家養蘆化成荻，蘆生不止自成積。其時官養盧龍，寵以金紫，奉以名州，養之極也。而龍不能懷我好音，舉兵内伐，遂成仇敵。」盧循小名元龍，孫恩妹婿也，恩死後，衆推之爲主，據有廣州，朝廷乃假以征虜將軍、廣州刺史，而終又反叛，時人故刺時政也。此詩言「親老無官養」，但言家貧，又無禄位，不能養親也。

〔四〕渡黄河：關西、閿鄉俱在河之南，此言渡者，上官或以謀職而赴黄河北也。

送崔主簿赴夏陽〔一〕

常愛夏陽縣，往年曾再過〔二〕。縣中饒白鳥，郭外是黄河。地近行程少〔三〕，家貧酒債多。知君新稱意，好得奈春何。

【箋注】

〔一〕崔主簿：未詳。主簿，謂主諸簿目，漢、晉縣有之，後漢繆肜仕縣爲主簿，見《後漢書·獨行列傳》。南北朝闕載，隋唐京縣主簿二人，他縣一人。參見《送宇文南金放後歸太原寓居因呈太原郝主簿》詩注〔一〕。夏陽：唐縣名。《元和志》卷二同州夏陽縣：「古有莘國，漢郃陽縣之地。」李吉甫此説有誤。《漢書·地理志》左馮翊縣二十四，「夏陽，故少梁，秦惠王十一年更名」。另有郃陽，乃二縣也。《史記·張儀列傳》秦惠王十年公子華與張儀圍蒲陽，降之，儀因言秦復與魏，儀因説魏王，不可對秦無禮，魏乃入上郡、少梁以謝。「惠王乃以張儀爲相，更名少梁曰夏陽」。後魏以前皆因之，隋改韓城，唐武德三年置河西縣，乾元三年改爲夏陽也。舊址在今陝西郃陽縣東南四十里之莘里村。宋熙寧四年省爲鎮入郃陽。詩當作於上元年間。

〔二〕再過：岑參何時過夏陽，於詩無徵。意居晋州八九年間或以赴昭陵掃墓而過夏陽也。

〔三〕行程少：《元和志》夏陽西南至同州一百三十里，同州西至上都二百五十里。

送梁判官歸女几舊廬〔一〕

女几知君憶，春雲相送歸①。草堂開藥裹，苔壁取荷衣〔二〕。老竹移時小②，新花舊處飛。可憐真傲吏，塵事到山稀。

【校勘記】

①〔相送〕宋本送作逐。②〔移時小〕底本小作少，此從宋本。

【箋注】

〔一〕女几：山名，一作女机、女汲，在今河南宜陽縣最西陲。晋張軌與同郡皇甫謐善，隱於宜陽女几山。《晋書·文苑·曹毗傳》有神女杜蘭香事，蓋古之傳説也。李賀《昌谷詩》「燒桂祀天几」原注：「谷與女几山嶺阪相承，山即蘭香神女上天處也，遺几在焉。」《水經·洛水注》「（渠谷）水出宜陽南女几山」，而《伊水注》又作「（七谷）水出女机山之南七溪山」，「（蚤谷）水出女机山之東谷」。《名勝志》則云，「山乃晋女彭娥汲器所化」，此則又作女汲矣。《元和志》卷五河南府福昌縣：「女几山，在縣西南三十四里。」福昌舊址在今宜陽西五十六里，洛河北原上。今宜陽，本隋唐壽安縣，金改宜陽。女几山，今名花山或花果山，在宜陽西陲木柴鄉西十五里，南與嵩縣交界處，山高一八二一公尺。近年發現清乾隆十五年重修西佛殿斷碑：「宜陽西南百里許有花果山，即女几山也，古有神女遺几，故名。之後因山有奇花佳果，又名曰花果山。」詩似作於天寶前期。

〔三〕荷衣：隱者之服。《離騷》：「製芰荷以爲衣兮，集芙蓉以爲裳。」孔稚珪《北山移文》：「焚芰製而裂荷衣，抗塵容而走俗狀。」《幽閑鼓吹》載，李賀七歲時，韓愈、皇甫湜聯騎造門，「賀總角荷衣而出」。

送人歸江寧〔一〕

楚客憶鄉信，向家湖水長。住愁春草緑，去喜桂枝香。海月迎歸楚，江雲引到鄉。吾兄應借問，爲報鬢毛霜。

【箋注】

〔一〕詩中之吾兄，當謂岑況，時尚在江南。至德初，劉長卿在曲阿曾與岑況宴遊，則此詩似作於乾元元年。

送李司諫歸京得長字①〔一〕

別酒爲誰香？春官駁正郎〔二〕。醉輕秦樹遠②，夢怯漢川長。雨過風頭黑③，雲開日脚黄。知君解起草，早去入文昌〔三〕。

【校勘記】

①〔得長字〕底本無，此從宋本。②〔醉輕〕底本、宋本均作醉經，此從明抄本。③〔風頭黑〕底本注：風疑作峰。

【箋注】

〔一〕司諫：《周禮·地官》有司諫，唐無此官名。杜甫詩《送司馬入京》有「黄閣長司諫，丹墀有故人」；元稹《授楊汝士等右補闕制》有「我國家設司諫署，以神明其耳目」，蓋以杜甫曾在門下省任左拾遺，右補闕亦爲諫職也。《新唐書·藩鎮盧龍傳》，德宗建中三年，朱滔僭稱冀王，後二年設司文、司禮、司刑侍郎，「聘處士張遂、王道爲司諫」，乃以意設，非有官制。宋太宗雍熙五年二月，詔改補闕爲左右司諫，拾遺爲左右正言，始爲正制，然在唐後矣。詩作於大曆元年，在成都。

〔二〕春官：《周禮》有春官，魏晋後有祠部，隋唐改禮部。此李司諫當入禮部爲員外郎也，駁正則謂現職。

〔三〕文昌：謂尚書省。《新唐書·百官志》：「光宅元年改尚書省曰文昌臺，俄曰文昌都臺。」

送綿州李司馬秩滿歸京因呈李兵部①〔一〕

久客厭江月，罷官思早歸。眼看春色老②，羞見梨花飛。劍北山居小，巴南音信稀。因君報兵部，愁淚日沾衣。

【校勘記】

①〔因呈〕底本無因字，此據宋本補。　②〔春色〕宋本色作光。

【箋注】

〔一〕綿州：本漢涪縣，後魏置潼州，隋改綿州，歷代因之，民國州廢爲綿陽縣，今爲四川省綿陽市。　李司馬：未詳。綿州上州，司馬一人，從五品下。　秩滿：唐官有任期，至期曰滿。《通典》卷十五：「凡居官以年爲考，六品以下四考爲滿。」　李兵部：當爲李涵。《舊唐書·代宗紀》大曆三年春正月甲戌，「（尚書）左丞李涵、右丞賈至並爲兵部侍郎」。李涵，宗室之後，新、舊《唐書》有傳。　罷官後又爲春日，作於大曆四年。在成都。

送柳録事赴梁州〔一〕

英掾柳家郎〔二〕，離亭酒甕香。折腰思漢北，隨傳過巴陽〔三〕。江樹連官舍，山雲到卧牀。

知君歸夢積，來去劍川長〔四〕。

【箋注】

〔一〕柳録事：未詳。「折腰思漢北」句，題又赴梁州，蓋爲梁州録事參軍也。送人當在成都，詩爲大曆元年秋或二年春之作。

〔二〕掾：佐吏之稱也。見《送蜀郡李掾》詩注〔一〕。

〔三〕傳：直戀切，驛也。《左傳》成公五年，「晉侯以傳召伯宗」注：「傳，驛也。」《周禮·秋官·行夫》「掌邦國傳遽之小事」注：「傳遽，若今時乘傳騎驛而使者也。」唐世驛但置騎，而傳則以車。《禮記玉藻》「士曰傳遽之臣」注：「傳遽，以車馬給使者也。」《詩·大雅·江漢》：「經營四方，告成於王。」傳：「克勝則使傳遽告成於王。」《釋文》：「以車曰傳，以馬曰遽。」柳録事雖因公而行，然有馬而無車也。

〔四〕劍川：劍閣有大劍水、小劍水，然皆横渡者也，詩曰劍川長，恐謂劍閣路也。

送裴侍御赴歲入京得陽字①〔一〕

羡他驄馬郎，元日謁明光〔二〕。立處聞天語〔三〕，朝回惹御香。臺寒柏樹緑〔四〕，江暖柳條黄。惜別津亭暮，揮戈憶魯陽〔五〕。

【校勘記】

①〔赴歲入京〕《文苑英華》作趁歲赴京。〔得陽字〕底本無，此據宋本補。

【箋注】

〔一〕裴侍御：未詳，當爲西川節度幕中人。　江暖句，詩作於成都，在大曆元年冬。

〔二〕元日謁明光：舊時朝廷於正月一日朝萬國，會百官，慶賀一年之始。明光，漢宮殿名，借指含元殿。《舊唐書・職官志》禮部郎中：「凡元日，大陳設於含元殿，服衮冕臨軒，展宮懸之樂，陳歷代寶玉輿輅，備黄麾仗，二王後及百官、朝集使、皇親，並朝服陪位。」

〔三〕天語：《詩・大雅・皇矣》「帝謂文王」箋：「天語文王曰：女無如是拔扈者，妄出兵也，無如是貪羨者，侵人土地也。」後世稱天子之言曰天語。沈佺期《紅樓院應制》詩：「經聲夜息聞天語，爐氣晨飄接御香。」

〔四〕臺寒句：御史臺一名霜臺，漢御史臺院中列柏樹，故一名柏臺。

〔五〕揮戈憶魯陽：謂惜別不欲時光之速逝也。《淮南子・覽冥訓》：「魯陽公與韓構難，戰酣日暮，援戈而揮之，日爲之返三舍。」魯陽公，楚之王孫，其邑在南陽之魯陽，今河南省魯山縣。

送顏評事入京〔一〕

顏子人歎屈〔二〕，宦遊今未遲。佇聞名主用〔三〕，豈負青雲姿。江柳秋吐葉，山花寒滿枝。

知君客愁處①，月滿巴川時②〔四〕。

【校勘記】

①〔客愁〕宋本注：客一作窮。　②〔月滿〕宋本注：滿一作落，一作出。

【箋注】

〔一〕顔評事：未詳。似爲西川節度幕中人，今罷去而入京謀職者。評事，大理寺官名，從八品下，掌出使推按。詩作於大曆元年秋冬。在成都。

〔二〕顔子：《詩·衛風·氓》「送子涉淇」箋：「子者，男子之通稱。」

〔三〕佇聞：佇，待也。《漢書·外戚傳》漢武帝《悼李夫人賦》：「飾新宮以延貯兮，泯不歸乎故鄉。」注：「師古曰：貯與佇同，佇，待也。」詩謂稍待一時將聞知顔子被朝廷擢用也。

〔四〕巴川：謂巴水上下，顔子入京途中所經之處。

送趙侍御歸上都〔一〕

驄馬五花毛〔二〕，青雲歸處高。霜隨祛夏暑①〔三〕，風逐振江濤。執簡皆推直〔四〕，勤王豈告勞。帝城誰不戀，回望動離騷〔五〕。

【校勘記】

①〔祛夏暑〕宋本祛作軀。

【箋注】

〔一〕趙侍御：當爲杜鴻漸幕中人，今使罷歸京。餘未詳。　大曆二年夏作於成都。

〔二〕驄馬五花毛：即五花馬也。杜甫詩《高都護驄馬行》「五花散作雲滿身」，《全唐詩》注：「翦鬃爲瓣，或三花，或五花，或云印以三花飛風之字。」馬鬃不能散作雲滿身也，杜、岑二詩當謂馬毛色也。參見《走馬川行》注〔八〕。

〔三〕祛：去也。殷仲文《南州桓公九井作》「惑祛吝亦泯」李善注：「薛君《韓詩章句》曰：祛，去也。」

〔四〕執簡：戰國御史乃記事之職，朝有大事，執簡以記之。秦趙澠池之會，秦王請趙王鼓瑟，秦御史前書曰，某年月日，秦王與趙王會飲，令趙王鼓瑟。藺相如請秦王一擊缻，命趙御史亦書之是也。《通典》卷二十四侍御史條：「魏置御史八人，當大會殿中，御史簪白筆側陛而坐。帝問左右，此何官？辛毗曰：此謂御史，舊時簪筆以奏不法。」此以喻趙侍御。

〔五〕動離騷：班固《離騷贊序》：「屈原以忠信見疑，憂愁幽思而作《離騷》。離，猶遭也。騷，憂也。明己遭憂作辭也。」王逸《離騷經章句序》：「屈原執履忠貞而被讒衺，憂心煩亂，不知所愬，乃作《離騷經》。離，別也。騷，愁也。經，徑也。言己被放逐離別，中心愁思，猶依道徑，以風諫君也。」二説小異，似以班説爲是。離者罹也。《史記・屈原列傳》「離騷者，猶離憂也」，此離亦當讀罹。又《後漢書・鄧禹子訓傳》：「永元二年，大將軍竇憲將兵鎮武威，憲以訓曉羌胡方略，上求俱行。訓初厚於馬氏，不爲諸竇所親，及憲誅，故不離其禍。」注：「離，遭也。」則此離字亦當讀罹。又鄧禹孫騭上疏曰：「遭國不造，仍離大憂。」

送任郎中出守明州〔一〕

罷起郎官草〔二〕，初分刺史符①。城邊樓枕海，郭裏樹侵湖。郡政傍連楚，朝恩獨借吳〔三〕。觀濤秋正好〔四〕，莫不上姑蘇〔五〕。

【校勘記】

①〔初分〕《全唐詩》分作封。　②〔刺史〕底本史誤作吏，此據宋本改。

【箋注】

〔一〕任郎中：未詳。　明州：秦置鄮縣，唐初於縣置鄞州，旋廢州，以縣屬越州，開元二十六年於縣置明州，以境内有四明山爲名。五代時錢氏改鄮縣爲鄞縣，明清爲寧波府治，民國廢府爲寧波縣，今爲寧波市。《資治通鑑》二二二肅宗寶應元年八月，「台州賊帥袁晁攻陷浙東諸州，改元寶勝，民疲於賦斂者多歸之」。又廣德元年，「夏四月庚辰，李光弼奏擒袁晁，浙東皆平」。此任郎中乃於其時爲明州刺史也。　此詩當作於廣德元年秋。

〔二〕郎官草：前漢始置尚書郎四人，分主匈奴、羌夷、吏民、財帛之事。後漢置尚書侍郎三十六人，共分六曹主文書起草。《後漢書·百官志》：「尚書凡六曹，……侍郎三十六人，四百石，一曹有六人，主作文書起草。」或云三十五人，又有三十四人之説，未詳孰是。劉昭注引蔡質《漢儀》曰：「尚書郎初從三署詣臺試，初上臺稱守尚書郎，中歲滿稱尚書郎，三年稱侍郎。」

〔三〕借吴：明州春秋戰國皆爲越地，言吴者，或以勾踐殺夫差，平吴而盡有其地，吴越乃一也。至越王無彊，爲楚所敗，地皆入楚也。見《史記·越王勾踐世家》。

〔四〕觀濤：枚乘《七發》：「將以八月之望，與諸侯遠方交遊兄弟，並往觀濤乎廣陵之曲江。」唐以前，長江之口在廣陵之東，故可觀海濤也。

〔五〕姑蘇：山名。《元和志》卷二十五蘇州：「（吴郡）隋開皇九年平陳，改爲蘇州，因姑蘇山爲名。山在州西四十里，其上闔閭起臺。」

晦日陪侍御泛北池得寒字①〔一〕

春池滿復寬，晦節耐邀歡〔二〕。月帶蝦蟆冷〔三〕，霜隨獬豸寒〔四〕。水雲依錦席，岸柳覆金盤。日暮舟中散，都人夾道看〔五〕。

【校勘記】

①〔得寒字〕底本無，此據明抄本補。

【箋注】

〔一〕晦日：月之末爲晦日。唐世正月晦日宴遊，蓋相承前代。《隋書·禮儀志》：「後齊正月晦日中書舍人奏祓除。」又：「正晦泛舟，則皇帝乘輿，鼓吹，至行殿，升御座，乘板輿，以與王公登舟，置酒。非與泛者，坐於便幕。」《舊唐書·德宗紀》貞元四年九月丙午詔：「今方隅無事，烝庶小康，其正月晦日、三月三日、九月九日三節日，宜任文武百僚選勝地追賞爲樂。每節，宰相及常參官共賜錢五百貫文，翰林學士一百貫文，……委度支每節前五日支付，永爲常式。」此詩年代未詳。

〔二〕耐：堪任其事也。《荀子·正名》：「能有所合，謂之能。」注：「能當爲耐，古字通也。耐謂堪任其事。」　邀：求取也。劉孝標《廣絶交論》「邀潤屋之微澤」李善注：「賈逵《國語注》曰：邀，求也。」

〔三〕蝦蟇：即蟾蜍。《淮南子·精神訓》：「日中有踆烏，而月中有蟾蜍。」高誘注：「蟾蜍，蝦蟆（同蟇）。」《後漢書·天文志上》劉昭注引張衡《靈憲》：「羿請無死之藥於西王母，姮娥竊之以奔月。將往，枚筮之於有黃。有黃占之曰：吉。翩翩歸妹，獨將西行，逢天晦芒，毋恐毋驚，後其大昌。姮娥遂託身於月，是爲蟾蜍。」韓愈《毛穎傳》謂嫦娥騎蟾蜍入月也。姮音恒，漢文帝諱恒，漢人乃改姮爲嫦也。月中有蝦蟆，由此而來。

〔四〕獬豸：冠名，御史之服。《淮南子·主術訓》：「楚文王好服獬冠，楚國效之。」注：「獬豸之冠，如今御史冠。」《後漢書·輿服志下》：「法冠……或謂之獬豸冠。獬豸，神羊，能別曲直，楚王嘗獲之，故以爲冠。」注引《異物志》曰：「東北荒中有獸名獬豸，一角，性忠，見人鬬，則觸不直者；聞人論，則咋不正者。」

〔五〕都人：《詩·小雅·都人士》：「彼都人士，狐裘黄黄。」箋：「城郭之域曰都，古明王時，都人之有士行者，冬則衣狐裘。」《西都賦》：「都人士女，殊異乎五方。」

早春陪崔中丞泛浣花溪宴得暄字①〔一〕

旌節臨溪口〔二〕，寒郊斗覺暄②〔三〕。紅亭移酒席，畫枋逗江村③〔四〕。雲帶歌聲颺〔五〕，風飄舞袖翻。花間催秉燭〔六〕，川上欲黄昏。

【校勘記】

①〔泛〕明抄本作同泛。〔得暄字〕底本無，此據明抄本補。②〔斗覺〕明抄本斗字空缺，張遜業本斗作陡。③〔畫枋〕明抄本枋作舸。

【箋注】

〔一〕此詩《文苑英華》署張謂，聞一多以爲非其作，甚是。張謂未聞曾至蜀也。崔中丞：崔寧（七二三—七八三）原名旰，衛州人。曾從軍劍南，入爲折衝郎將。嚴武鎮劍南，以旰爲漢州刺史，統兵西山。旰善撫士卒，大敗吐蕃。武死，郭英乂入蜀，與旰交惡，英乂敗死。杜鴻漸入蜀，大曆二年七月，以旰爲西川節度使。詩言早春，又有旌節，當在大曆三年元月也。時岑參爲嘉州刺史，受旰節度，當以公務而至成都，乃有此宴遊也。《舊唐書·代宗紀》言，崔旰爲成都尹兼御史大夫，證以岑詩，當爲御史中丞。旰大曆三年四月入朝，賜名寧。十四年入爲京畿觀察、朔方節度等使。德宗建中四年，盧杞陷其與朱泚交通，帝命力士縊殺之，天下冤之。　浣花溪：在成都西。

〔二〕旌節：節度使儀仗。見《陪狄員外早秋登府西樓》詩注〔九〕。

〔三〕斗：突也。《史記·封禪書》：「八神……七曰日主，祠成山。成山斗入海，最居齊東北隅，以迎日出云。」杜甫《義鶻行》：「斗上捩孤影，噭哮來九天。」　暄：暖也。《初學記》卷三引梁元帝《纂要》曰：「春風，暄風。」

〔四〕枋：舫也。《後漢書·岑彭傳》：「（建武）九年，公孫述遣其將任滿、田戎、程汎，將數萬人乘枋箄下江關。」注：「枋箄，以木竹爲之，浮於水上。……枋即舫字，古通用耳。」

〔五〕颺：《漢書·叙傳幽通賦》：「繇凱風而蟬蛻兮，雄朔野以颺聲。」注：「師古曰：颺讀與揚同。」

〔六〕秉燭：持燭也。古詩：「生年不滿百，常懷千歲憂。晝短苦夜長，何不秉燭遊。」《爾雅·釋詁》：「秉，執也。」

雪後與群公過慈恩寺①〔一〕

乘興忽相招，僧房暮與朝。雪融雙樹濕〔二〕，紗閉一燈燒②〔三〕。竹外山低塔，藤間院隔橋③。歸家如欲懶④，俗慮向來銷。

【校勘記】

①〔慈恩〕《文苑英華》作報恩，注：報，集作慈。　②〔紗閉〕明抄本二字空，張遜業本閉作闇。　③〔隔橋〕《文苑英華》隔作接，注：集作隔。　④〔如欲懶〕《文苑英華》如作好。

【箋注】

〔一〕慈恩寺：今名雁塔寺，見《與高適薛據同登慈恩寺塔》詩注〔一〕。

〔二〕雙樹：娑羅雙樹，佛入滅之處，借謂佛土。見《出關經華嶽寺訪法華雲公》詩注〔四〕。此處爲雙關語。

〔三〕一燈：佛家以燈喻聖智，魔業爲黑闇，佛法承受喻爲傳燈。一燈者，佛之智燈也。《大方廣佛華嚴經》七十八：「譬如一燈然百千燈，其一燈無滅無盡，菩薩摩訶薩菩提心燈亦復如是。……譬如一燈入於闇室，百千年闇悉能破盡，菩薩摩訶薩菩提心燈亦復如是。」此處亦爲雙關語。

江行夜宿龍吼灘臨眺思峨眉隱者兼寄幕中諸公①〔一〕

官舍臨江口，灘聲人慣聞②。水煙晴吐月，山火夜燒雲。且欲尋方士〔二〕，無心戀使君。異鄉何可住③，況復久離群。

【校勘記】

①〔江行〕《文苑英華》無二字。　②〔人慣聞〕《文苑英華》人作已。　③〔異鄉何可住〕《文苑英華》作思鄉那可住。

【箋注】

〔一〕龍吼灘：未詳。高士奇注《唐三體詩》，謂龍吼灘俗名龍爪灘，在眉州。《大清一統志》謂青衣江在洪雅縣南有龍吟灘，《岑參集校注》以爲即此詩之龍吼灘。二者皆不在嘉州管内，而眉州者或爲赴任嘉州所路過，而洪雅者則行縣亦不當至此也。　詩有山火，似爲冬春。岑參早春曾至成都，此或往返途中之作也，在大曆三年。

〔二〕方士：《周禮·秋官》有方士，掌公卿大夫采地之獄訟。秦漢後稱煉丹藥以求長生之道術士爲方士。

宿東溪懷王屋李隱者①〔一〕

山店不鑿井，百家同一泉。晚來南村黑，雨氣和人煙②。霜畦吐寒菜③，沙雁噪河田〔二〕。隱者不可見，天壇飛鳥還④〔三〕。

【校勘記】

①〔宿東溪〕底本宿誤作宋，此據宋本改。　②〔雨氣〕宋本氣作色。　③〔和人煙、吐寒菜〕明抄本

和人、吐寒四字空缺。　④〔飛鳥還〕宋本還作邊。

【箋注】

〔一〕東溪：當謂青蘿河。《南池夜宿思王屋青蘿舊齋》詩有「東溪垂釣綸」。　李隱者：未詳。　此詩似作於天寶十一載東遊嵩洛時。見《宿華陰東郭客舍憶閻防》詩注〔一〕。

〔二〕沙雁：沙者，水旁。《詩·大雅·鳧鷖》「鳧鷖在沙」傳：「沙，水旁也。」《易·需》：「九二，需于沙，小有吉，終吉。」孔穎達疏：「沙是水傍之地。」此亦當據詩傳。蘇東坡《自金山放船至焦山》詩：「雲霾浪打人迹絶，時有沙户祈春蠶。」原注：「吴人謂水中可田者爲沙。」明楊慎《丹鉛總録》二一：「水邊可耕地曰沙，金陵有白沙，徽州有錦沙，楚有長風沙，秦塞有穆護沙，佛經有毗沙、瓶沙。」穆護沙未必有水可耕也。此詩之沙雁，則謂河邊沙田上之雁也。

〔三〕天壇：王屋山主峰名。《明一統志》卷二十八懷慶府：「天壇山在濟源縣西一百二十里，王屋山北。山峰突兀，其東曰日精，西曰月華，絶頂有石壇。」傳説軒轅皇帝祭天於此，因名。李白《寄王屋山人孟大融》詩：「願隨夫子天壇上，閑與仙人掃落花。」又《送王屋山人魏萬還王屋》詩：「至今天壇人，當笑爾歸遲。」

【評論】

清賀貽孫《詩筏》：「作詩必句句着題，失之遠矣。……如岑參《宿東溪懷王屋李隱者》題，若只將隱者高處贊歎，便是俗筆。岑詩云……。只寫山中幽絶景況，已有一高人宛然在目矣。」

虢州南池候嚴中丞不至〔一〕

池上日相待，知君殊未回。徒教柳葉長①〔二〕，謾使梨花開②。駟馬去不見，雙魚空往來③。相思不解説〔三〕，孤負舟中杯。

【校勘記】

①〔徒教〕宋本教作交。　②〔謾使〕宋本謾作漫。二字均當讀慢。　③〔往來〕底本往作復，此從宋本。

【箋注】

〔一〕嚴中丞：謂嚴武，上元二年初授河南尹，説見《稠桑驛喜逢嚴河南中丞便別》詩注〔一〕。武爲河南尹，時洛陽陷賊，寄治長水，赴任途中須經虢州。此詩云「殊未回」，則赴任後又將由長水返京也。　據《潼關鎮國軍句覆使院早春寄王同州》詩，知寶應元年初岑參已不在虢州，故此「梨花開」詩之作仍在上元二年。

〔二〕長：知丈切，養韻，上聲。

〔三〕不解説：難以言説。見《祁四再赴江南別》詩注〔三〕。

聞崔十二侍御灌口夜宿報恩寺①〔一〕

聞君尋野寺，便宿支公房②〔二〕。溪月冷深殿，江雲擁回廊。燃燈松林静，煮茗柴門香〔三〕。勝事不可接，相思幽興長。

【校勘記】

①〔聞崔十二〕《文苑英華》作同崔三十。　②〔便宿〕《文苑英華》便作夜。

【箋注】

〔一〕崔十二：當即《酬崔十三侍御登玉壘山思故園見寄》詩中之崔十三。　灌口：山名，即離堆，其下又有灌口鎮。《元和志》卷三十一彭州導江縣：「灌口山，在縣西北二十六里。」「灌口鎮，在縣西二十六里。」按唐導江縣在今灌縣東二十里導江鋪，今縣即唐灌口鎮。五代蜀於此置灌州，下管導江、青城二縣，元併二縣入州，明降州爲縣。　詩作於大曆元年，在成都。

〔二〕支公房：僧房。支公謂晋僧支遁（字道林），後世以之代指僧人。孟浩然《貽湛法師》詩：「晚途歸舊壑，偶與支公鄰。」又《同王九題就師山房》詩：「晚憩支公室，故人逢右軍。」

〔三〕茗：古人茶與茗有別。《太平御覽》卷八六七引《神農本草經》曰：「茗苦，茶味甘苦。」《封氏聞見記·飲茶》：「茶，早採者爲茶，晚採者爲茗。」然多以茶茗並稱也。《太平御覽》卷八六七引《宋録》曰：「新安王子鸞、豫章王子尚詣曇濟道人，道人設茶茗。尚味之曰：此甘露也，何言茶茗爲？」又引陶弘景《新録》曰：「茗茶輕身换骨。」然單曰茗，亦謂茶也。同卷引《天台記》曰：「丹丘出大茗，服之生羽翼。」又《桐君録》曰：「西陽、武昌、晋陵皆出好茗，巴東則有真香茗。」

寄宇文判官〔一〕

西行殊未已，東望何時還。終日風與雪，連天沙復山。二年領公事，兩度過陽關〔二〕。相憶不可見，别來頭已斑。

【箋注】

〔一〕宇文判官：即初過隴山同行之宇文判官。此詩年代，《岑參集校注》編於天寶九載而不言地點，惟繫於焉耆與苜蓿烽（該書以爲在托什罕河旁，今阿克蘇西）之間。詩言「二年領公事，兩度過陽關」，自爲往返安西至河西途中語。岑參初赴安西當西出陽關，度磧後沿今塔里木河而行，説見《日没莫賀延磧》詩注〔一〕。今又兩度，當爲自安西出使。然塔里木河一帶無山，故今西行者當不經陽關，而東行赴河西乃入陽關也。以「連天沙復山」句度之，自酒泉、晋昌西北行於大戈壁中，雖有時見山而遍地碎石無沙。惟自伊州西至西州途中，北有天山支阜，南有沙磧，與詩合。二年領公事，在天寶九載。

〔二〕陽關：在敦煌西南。見《過酒泉憶杜陵别業》詩注〔四〕。

郡齋南池招楊轔〔一〕

郡僻人事少，雲山遮眼前①〔二〕。偶從池上醉，便向舟中眠。與子居最近，同官情又偏〔三〕。閑時耐相訪，正有牀頭錢〔四〕。

【校勘記】

①〔遮眼前〕宋本注：遮一作常。

【箋注】

〔一〕楊轔：疑即充潼關判官之楊録事。　南池字多見於虢州詩，此亦上元年間之作也。

〔二〕雲山：虢州西南有老鴉岔脦（此字不見字書，地方志及省圖用之），高二四一五公尺，娘娘山二〇五〇公尺，正南冠雲山一八六六公尺，東南崤山一九〇二公尺，均在百里之内。

〔三〕同官：同爲郡吏也。《左傳》文公七年，「同官爲寮，吾嘗同寮，敢不盡心乎」。　偏：頗也，謂情厚也。

〔四〕牀頭錢：鮑照《代行路難》：「且願得志數相就，牀頭恒有沽酒錢。」又：「但願樽中九醖滿，莫惜牀頭百箇錢。」

丘中春臥寄王子〔一〕

田中開白室〔二〕，林下閉玄關〔三〕。卷迹人方處①〔四〕，無心雲自閑。竹深喧暮鳥，花缺露春山。勝事那能説，王孫去未還。

【校勘記】

①〔白室、卷迹人方處〕明抄本空室、卷、方、處四字。

【箋注】

〔一〕丘中：當謂嵩丘。《感舊賦》：「有嵩陽之一丘。」　王子：岑參故人中王姓者頗多，然交往甚密且早年均隱嵩陽者，唯有王季友，故疑此王子即季友也。　詩當爲隱嵩陽時作。

〔二〕白室：虛室也，即生白之室。《莊子·人間世》：「瞻彼闋者，虛室生白。」或謂即白屋，賤者之居。《漢書·蕭望之傳》「致白屋」，《王莽傳》「下及白屋」，顔師古曰：「白屋，謂白蓋之屋，以茅覆之。」程大昌《演繁露》曰：「古者宫室有度，官不及數，則屋室皆露本材，不容僭施采畫，是爲白屋也。」

〔三〕玄關：佛家謂入道之門曰玄關。或謂即屋門。

〔四〕卷迹：謂謝絶人事。卷音捲，《論語·衛靈公》：「邦無道，則可卷而懷之。」迹，行蹤也。

虢州酬辛侍御見贈〔一〕

門柳葉已大，春花今復闌〔二〕。鬢毛方二色，愁緒日千端。夫子屢新命〔三〕，鄙夫仍舊官〔四〕。相思難見面，時展尺書看。

春花復闌句，當爲至虢州之第二春，在上元二年。

【箋注】

〔一〕辛侍御：似即南池宴餞並賦科斗詩中之辛子。

〔二〕闌：盡也。潘岳《悼亡詩》：「清商應秋至，溽暑隨節闌。」李善注：「文穎《漢書》注曰，闌，希也。」謝靈運《永初三年七月十六日之郡初發都》詩：「述職期闌暑，理棹變金素。」李善注：「闌，猶盡也。」

〔三〕新命：《詩·唐風·無衣》「豈曰無衣七兮」傳：「侯伯之禮七命，冕服七章。」箋：「我豈無是七章之衣乎？晉舊有之，非新命之服。」周官自一命至九命，新命者，新有遷授也。

〔四〕鄙夫：鄉鄙之人，自稱則爲謙詞。《周禮·地官·遂人》：「五家爲鄰，五鄰爲里，四里爲酇，五酇爲鄙。」五百家之鄉也。《論語·子罕》：「子曰：吾有知乎哉？無知也。有鄙夫問於我，空空如也，我叩其兩端而竭焉。」

陪使君早春東郊遊眺得春字①〔一〕

太守擁朱輪〔二〕，東郊物候新。鶯聲隨坐嘯②〔三〕，柳色喚行春〔四〕。谷口雲迎馬，溪邊水照人。郡中叨佐理，何幸接芳塵。

【校勘記】

①〔得春字〕底本無，此據《唐百家詩選》補。　②〔坐嘯〕明抄本空缺嘯字。

【箋注】

〔一〕爲虢州長史時作，在上元年間。

〔二〕朱輪：漢太守乘朱輪車。揚雄《法言·孝至》：「朱輪駟馬，金朱煌煌。」

〔三〕坐嘯：坐而長吟，喻郡守不問事而郡得治。《後漢書·黨錮傳》：「南陽太守岑公孝，弘農成瑨但坐嘯。」太守成瑨委政功曹岑晊（字公孝）也。

〔四〕行春：漢制，郡守春日巡行屬縣，謂之行春。《後漢書·鄭弘傳》：「太守第五倫行春，見而深奇之。」注：「太守常以春行所屬縣，勸人農桑，振救乏絶，見《續漢志》也。」

登涼州尹臺寺是沮渠蒙尹夫人臺①〔一〕

胡地三月半，梨花今始開。因從老僧飯，更上夫人臺。清唱雲不去，彈絃風颯來。應須一倒載，還似山公回〔二〕。

【校勘記】

①〔題下注〕底本無，此從明抄本補。

【箋注】

〔一〕尹臺寺：原爲西涼李暠后尹氏被俘至涼州所居處，後世改爲寺。其地原爲一高土臺，鄉人呼曰皇娘娘臺。本世紀五十年代初臺寺俱存，後寺被拆掉，土臺因燒磚用土而挖平，殘存土臺基一處，被圍於營房院墻内。舊址在今武威城西北五里。　沮渠蒙：即沮渠蒙遜，其先爲匈奴左沮渠，乃以官爲氏。蒙遜博涉群史，雄傑有英略。初從吕光，以伯父二人被殺，乃奉段業爲涼王，旋殺業，自立爲涼王，是爲北涼。後爲北魏所滅。《晉書》有傳。　尹夫人：東晉安帝隆安四年，李暠（玄盛）據敦煌自立，奉晉正朔，是爲西涼。義熙十三年卒，子歆（士業）嗣，出兵伐沮渠蒙遜，母尹氏固諫，歆不從，兵敗身死國亡。尹氏至姑臧（武威），蒙遜嘉之，聘其女爲子茂虔妻。及北魏以武威公主妻茂虔，尹氏及女遷酒泉，俄而潛奔伊吾投孫李寶，卒。見《晉書》卷八十七、九十六。　詩作於天寶十載。

〔二〕山公：謂晉山簡，每飲習氏宅，大醉而歸。

郡齋望江山①〔一〕

客路東連楚②，人煙北接巴。山光圍一郡，江月照千家。庭樹純栽橘〔二〕，園畦半種茶。夢魂知憶處，無夜不京華〔三〕。

【校勘記】

①〔望江山〕明抄本望前加平字，題下注：時牧犍爲。　②〔客路〕明抄本客作水。

【箋注】

〔一〕大曆二年秋作於嘉州。

〔二〕純栽橘：《古文苑》卷四揚雄《蜀都賦》：「西有鹽泉鐵冶，橘林銅陵。」左思《蜀都賦》：「家有鹽泉之井，户有橘柚之園。」李善注：「大曰柚，小曰橘，犍爲南安縣出黄甘橘。」

〔三〕京華：京，大也；華，美盛也。謂京都長安也。參見《與鮮于庶子……同行至利州道中作》詩注〔一七〕。亦同華京。《魏書·張淵傳·觀象賦》：「覩夫天官之羅布，故作則於華京。」

春尋河陽聞處士別業①〔一〕

風暖日暾暾〔二〕，黄鸝飛近村。花明潘子縣〔三〕，柳暗陶公門〔四〕。藥椀摇山影②，魚竿帶水痕。南橋車馬客〔五〕，何事苦喧喧。

【校勘記】

①〔聞處士〕明抄本聞作陶。　②〔藥椀〕明抄本椀字空缺。

【箋注】

〔一〕詩似隱嵩陽時北遊尋友之作。　聞處士：未詳。

〔二〕暾暾：日光盛大貌。《楚辭·九歌·東君》「暾將出兮東方」注：「謂日始出東方，其容暾暾盛大也。」

〔三〕潘子縣：謂河陽。晋潘岳字安仁，滎陽中牟人。才名冠世，爲衆所疾，棲遲十年，出爲河陽令。今洛陽市黄河大橋北野戍村，爲河陽舊址，一古柏傳爲潘岳手植。

〔四〕陶公門：謂處士别業。晋陶潛未仕，著《五柳先生傳》以自況：「先生不知何許人，不詳姓字，宅邊有五柳樹，因以爲號焉。」

〔五〕南橋：黄河上之浮橋。晋杜預初作河陽橋，以船相繫而成。後世屢毁屢建。唐世河陽亦有浮橋。

尋鞏縣南李處士别居①〔一〕

先生近南郭，茆屋臨東川〔二〕。桑葉隱村户，蘆花映釣船。有時著書暇，盡日窗中眠。且喜閭井近〔三〕，灌田同一泉〔四〕。

【校勘記】

①〔別居〕張遜業本居作業。

【箋注】

〔一〕李處士：未詳。處士，未仕宦之士，猶女子未嫁也。　詩當爲隱嵩陽時居緱山之作。

〔二〕茆屋：同茅屋，茆音茅。《周禮·天官·醢人》「茆菹」注：「鄭大夫讀茆爲茅，茅菹，茅初生。或曰茆水草。」水草之茆即蓴，與茅異。　東川：鞏縣老城在今城孝義鎮東北洛河之南，其南郭謂東川者，疑即今之東寺河、西寺河。

〔三〕閭井：鄉居也。《宋書》何承天《安邊論》：「猋騎蟻聚，輕兵鳥集，並殘禾稼，焚爇閭井。」

〔四〕同一泉：未聞岑參曾居鞏縣。岑氏緱山草堂在今偃師縣府店西，瀕馬澗河（休水），其水北入伊河，不至鞏縣。或以鞏縣水皆伊洛支流，乃曰同一泉。

暮秋會嚴京兆後廳竹齋①〔一〕

京尹小齋寬②〔二〕，公庭半藥欄〔三〕。甌香茶色嫩〔四〕，窗冷竹聲乾。盛德中朝貴〔五〕，清風畫省寒〔六〕。能將吏部鏡〔七〕，照取寸心看。

【校勘記】

①〔後廳〕明抄本廳作亭。　②〔京尹〕《唐詩紀》尹作兆。

【箋注】

〔一〕嚴京兆：謂嚴武。《新唐書·劉晏傳》：「代宗立，復爲京兆尹、户部侍郎，領度支、鹽鐵、轉運、鑄錢、租庸使。晏以户部讓顔真卿，改國子祭酒，又以京兆讓嚴武，即拜吏部尚書，同中書門下平章事，使如故。」即拜，讓京兆後拜也。《通鑑》載晏爲相在廣德元年正月癸未，此亦嚴武爲京兆之時也。《資治通鑑》卷二二三廣德二年正月，「癸卯，合劍南東西川爲一道，以黄門侍郎嚴武爲節度使」。二年正月已入川，則此暮秋必爲廣德元年也。《舊唐書·代宗紀》廣德元年十月嚴由吏部轉黄門侍郎。　京兆：《通典》卷三十三「京兆尹」注：「絶高曰京，十億曰兆，大衆所聚，故曰京兆。」嚴京兆，猶嚴河南、韓荆州，謂其地之長官也。

〔二〕京尹：尹，長官也。《尚書·立政》「百司……尹伯」傳：「尹伯，長官大夫。」又《顧命》：「成王將崩……乃同召太保奭……百尹、御事。」傳：「百尹，百官之長。」京尹，京兆尹也。《漢書·百官公卿表》：「内史，周官，秦因之，掌治京師。景帝二年分置左右内史，右内史武帝太初元年更名京兆尹。」《通典》卷三十三：「大唐京兆府本爲雍州，置牧一人，以親王爲之……多以長史理人。開元元年改雍州爲京兆府，置牧如故，掌宣風導俗，肅清所部，或以親王居閤而遥領焉。初，雍州置别駕以貳牧之事，永徽中改别駕爲長史，開元初改雍州長史爲京兆尹，總理衆務。凡前代帝王所都皆曰尹。」

〔三〕藥欄：唐李濟翁《資暇録》云：「今園廷中藥欄，欄即藥，藥即欄，猶言圍援，非花藥之欄也。有不悟者，以爲藤架、蔬圃堪作切對，是不知其由，乖之矣。按漢宣帝詔曰：池藥未御者，假與貧民。蘇林注云，以竹繩連綿爲禁藥，使人不得往來爾。《漢書》闌入宮禁字多作草下闌，則藥欄作藥蘭，尤分明易悟也。」李濟翁此説，宋人已證其誤。胡仔《苕溪漁隱叢話·後集》卷八云：「《復齋漫録》云，李濟翁《資暇録》謂……，方悟子美詩沙崩損藥欄及乘興還來看藥欄之意。苕溪漁隱曰：復齋乃承《資暇集》之誤，引此以證子美詩。今以漢史《宣帝紀》考之，地節三年詔曰，池籞（按原字有竹頭）未御幸者，假與貧民。蘇林注云，折竹以繩編綿連禁籞，使人不得往來。律名爲禁籞，李濟翁殊不審細，乃以籞爲藥，遂穿鑿爲説，復齋從而信之，皆過矣。且子美詩云藥欄者，直花藥之欄耳。」《四庫全書總目提要》也曾指濟翁之誤云：「黄伯思《東觀論》嘗駁其茶託一條，黄朝英《緗素雜記》嘗駁其僂直一條，胡仔《苕溪漁隱叢話》嘗駁其藥欄一條，……又解龍鍾爲龍所踐處，亦涉穿鑿。」因李濟翁誤籞爲藥，後世字書遂以爲藥通籞，則一誤再誤矣。

〔四〕甌：《方言》五：「甂，其大者謂之甌。」《説文》：「甌，小盆也。」按《説文》謂甂「大口而卑」，則今日所謂碗也，而甌腹深，則爲杯也。《南齊書·謝超宗傳》：「朝宗既坐，飲酒數甌，辭氣横出。」入座既飲數甌，雖略有醉意，而量仍有限，其容亦不多。

〔五〕盛德：謂德高也。《史記·老子列傳》：「良賈深藏若虚，君子盛德，容貌若愚。」　中朝：周制，天子之朝位有四。《通典》卷七十五《天子朝位》：「周制，天子有四朝。一曰外朝（在臯門内，决罪聽訟之朝也），秋官朝士掌之。……二曰中朝（在路門外），夏官司士正其位，辨其貴賤之等。……三謂内朝，亦謂路寢之朝。……四曰詢事之朝（在雉門外），小司寇掌其政，以致萬人而詢焉。」通常但言三朝，不言詢事之朝也。此詩言中朝，則謂朝中也。唐玄宗《賜崔日知往潞州》詩：「禮樂中朝貴，神明列郡欽。」

〔六〕畫省：謂尚書省。

〔七〕吏部鏡：謂吏部銓衡之職如鏡照人。《南史·劉之遴傳》，任昉稱吏部尚書王瞻爲水鏡是也。梁王筠《爲第六叔讓重除吏部尚書表》：「可以銓鏡流品，平均衡石。」時嚴武兼吏部侍郎，故云。

【評論】

清賀貽孫《詩筏》：「看盛唐詩，當從其風格渾老、神韻生動處賞之，字句之奇，特其餘耳。……岑參甌香茶色嫩，窗冷竹聲乾，此等語皆晚唐人極意刻畫者，然出王、孟、張、岑手，即是盛唐詩。……蓋盛唐人一字一句之奇皆從全首之氣中苞孕而出，全首渾老生動，則句句渾老生動。」

尋楊郎中宅即事①〔一〕

萬事信蒼蒼〔二〕，機心久已忘。無端來出守，不是厭爲郎。雨滴芭蕉赤〔三〕，霜催橘子黄。逢君開口笑，何處有他鄉。

【校勘記】

①〔楊郎中〕明抄本楊下有七字，題下注：在成都。

【箋注】

〔一〕楊郎中：疑即楊炎。杜鴻漸入蜀，兵部郎中楊炎、杜亞并爲判官。楊郎中在成都有宅，猶嚴給事在鳳翔有别業也。詩作於大曆元年暮秋。

〔二〕蒼蒼：謂天也。《爾雅·釋天》：「穹蒼，蒼天也。」注：「天形穹窿，其色蒼蒼，因名云。」萬事信天，謂順其自然。

〔三〕芭蕉：觀賞植物名。葉寬且長，高五六尺，喜温熱，北方越冬須以草護幹，春日抽葉。參見《東歸留題太常徐卿草堂》詩注〔二〕。

題新鄉王釜廳壁〔一〕

憐君守一尉，家計復清貧。禄米常不足①，俸錢供與人。城頭蘇門樹〔二〕，陌上黎陽塵〔三〕。

不是舊相識，聲同心自親〔四〕。

【校勘記】

①〔常不足〕明抄本常作嘗。

【箋注】

〔一〕新鄉：唐縣名。《元和志》卷十六衛州新鄉縣：「本漢獲嘉縣、汲縣二縣地，隋開皇六年於兩縣地古新樂城中置新鄉縣。」宋熙寧初省入汲縣，元祐初復置，元、明、清、民國因之。今爲新鄉市。　王釜：不詳。或疑爲王崟，然崟尉渭南，非新鄉。　詩或爲開元二十九年北遊途中作。

〔二〕蘇門：山名。《元和志》謂在衛州衛縣西北十一里，《通典》、《新唐書·地理志》皆同，《明史·地理志》始謂在輝縣西北也。見《虢中酬陝西甄判官贈》詩注〔二〕。

〔三〕黎陽：即今河南省浚縣，在新鄉東北。

〔四〕聲同：謂同聲。《易·乾》：「子曰：同聲相應，同氣相求。」

題山寺僧房〔一〕

窗影摇群木，墻陰戴一峰①。野爐風自爇〔二〕，山碓水能舂。勤學翻知誤，爲官好欲慵②〔三〕。高僧暝不見〔四〕，月出但聞鐘。

【校勘記】

①〔戴一峰〕明抄本戴作載。②〔爲官〕底本官作君，此從明抄本。

【箋注】

〔一〕山寺：長安各寺皆有名目，此爲無名野寺，當在虢州。「爲官」一語與虢州長史之官合。詩作於上元年間。

〔二〕爇：如劣切，燒也。《左傳》僖公二十八年，晉人入曹，魏犨怒晉文公不賞其功，「爇僖負羈氏」注：「爇，燒也。」負僖羈，曹大夫，曾禮遇晉公子重耳。

〔三〕好：宜也。《詩·鄭風·緇衣》：「緇衣之宜兮……緇衣之好兮。」傳：「好，猶宜也。」欲：想望之辭。慵，懶也。爲官好欲慵，意謂懶得爲官也。

〔四〕暝：日暮也。《古詩爲焦仲卿妻作》：「淹淹日欲暝，愁思出門啼。」

行軍雪後月夜宴王卿家得初字①〔一〕

子夜雪華餘〔二〕，卿家月影初。酒香薰枕席，爐氣暖軒除。晚歲宦情薄〔三〕，行軍歡宴疏。相逢剩取醉，身外盡空虚。

【校勘記】

①〔得初字〕底本無，此從明抄本補。

【箋注】

〔一〕此詩年代，《岑參集校注》以爲至德二載作。其年九月收長安，十月壬戌克東京，癸亥，肅宗發鳳翔，四日後入長安，時在十月中旬，季節稍早。寶應元年十一月雍王适發陝州，十月克東京，十一月尚戰於滑、衛。岑參隨軍任書奏，當駐洛陽，詩或其時之作也。

〔二〕雪華餘：餘者末也，謂雪後也。

〔三〕晚歲：歲晚也，謂一年將終。劉禹錫《酬樂天醉後狂吟十韻》詩：「文墨中年舊，松筠晚歲堅。」又有《晚歲登武陵城顧望水陸悵然有作》，「霜輕菊秀晚」，亦年將終時也。王績《晚年叙志示翟處士》詩，「晚歲聊長想，生涯太若浮」，此則謂年老也。

奉陪封大夫宴得征字時封公兼鴻臚卿〔一〕

西邊虜盡平，何處更專征〔二〕。幕下人無事，軍中政已成。坐參殊俗語〔三〕，樂雜異方聲。
醉裏東樓月，偏能照列卿。

【箋注】

〔一〕鴻臚卿：周有大行人，秦爲典客，漢改爲鴻臚，唐鴻臚寺置卿一人，從三品。《通典》卷二十六：「掌賓客、凶儀之事，及册諸蕃。」封常清兼此銜乃員外置也。詩當作於天寶十四載。

〔二〕專征：古侯伯受天子命得專征伐。《竹書紀年》上，帝辛三十三年，「王錫命西伯得專征伐」。

〔三〕殊俗：《吕覽·諭大》：「禹欲帝而不成，既足以正殊俗矣。」注：「殊俗，異方之俗也。」賈誼《過秦論》：「秦王既没，餘威震於殊俗。」

虢州西亭陪端公宴集〔一〕

紅亭出鳥外，驄馬繫雲端①。萬嶺窗前睥〔二〕，千家肘底看〔三〕。開瓶酒色嫩，踏地葉聲乾。爲逼霜臺使，重裘也覺寒。

【校勘記】

①〔驄馬〕明抄本驄作駿。以下並空缺睥、裘也覺寒。

【箋注】

〔一〕端公：謂侍御史。《通典》卷二十四：「侍御史之職有四，謂推、彈、公廨、雜事，定殿中監察以下職事及進名改轉，臺内之事悉主之，號爲臺端，他人稱之曰端公。」虢州詩屢有范侍御、范端公字，此端公亦疑爲范季明。　詩作於上元年間。

〔二〕睥：斜視曰睥。《史記·魏其武安侯列傳》「辟倪兩宫間」《索隱》：「《埤蒼》云，睥睨，邪視也。」《淮南子·修務訓》：「今夫毛嬙、西施，天下之美人，若使之銜腐鼠、蒙猬皮、衣豹裘、帶死蛇，則布衣韋帶之人過者，莫不左右睥睨而掩鼻。」辟倪即睥睨，漢人多用通假字。

〔三〕千家句：西亭在虢州西山，其上雖爲平野，而東面則爲絶壁，州署民居盡在其下，望之如堆積木也。肘，臂節也。

虢州卧疾喜劉判官相過水亭〔一〕

卧疾嘗晏起〔二〕，朝來頭未梳。見君勝服藥，清話病能除〔三〕。低柳供繫馬①，小池堪釣魚。觀棋不覺暝，月出水亭初。

【校勘記】

①〔供繫馬〕明抄本供作共。

【箋注】

〔一〕卧疾：《説文》「卧，伏也」段注：「卧與寢異，寢於牀，《論語》寢不尸是也。卧於几，《孟子》隱几而卧是也。卧於几，故曰伏。……此析言之耳，統言之則不别。」　詩作於上元年間。

〔二〕晏：晚也。《離騷》「及年歲之未晏兮」注：「晏，晚。」

〔三〕清話：猶清言，言談不及俗事也。此與六朝人玄談之言不同。

河西春暮憶秦中〔一〕

渭北春已老〔二〕，河西人未歸。邊城細草出，客館梨花飛。别後鄉夢數，昨來家信稀〔三〕。

涼州三月半，猶未脱寒衣。

【箋注】

〔一〕河西：唐睿宗景雲元年置河西節度使，領涼、甘、肅、伊、瓜、沙、西七州，治涼州。先天元年，伊、西另立節度，由北庭都護兼領。河西節度隔斷吐蕃、突厥，有兵七萬三千人。秦中：謂長安也。《史記·封禪書》：「其河巫祠河於臨晋，而南山巫祠南山秦中。」以其秦地，故云。詩作於天寶十載，在涼州。

〔二〕春已老：老者，衰朽也，謂春將去也。見《喜韓樽相過》詩注〔二〕。

〔三〕昨來：往日以來也。昨與昔通。《孟子·公孫丑下》「昔者辭以病，今日弔，或者不可乎？」注：「昔者，昨日也。」

早發焉耆懷終南別業〔一〕

曉笛引鄉淚①，秋冰鳴馬蹄。一身虜雲外，萬里胡天西。終日見征戰，連年聞鼓鼙〔二〕。故山在何處，昨日夢清溪②。

【校勘記】

①〔引鄉淚〕《唐詩紀》、《唐音統籤》引作別。②〔昨日〕疑當爲昨夜。

【箋注】

〔一〕焉耆：本漢西域都護下國名，王治員渠城。晉張駿、吕光及北魏皆曾擊降之。唐初依西突厥，郭孝恪復虜其王龍突支，開元天寶間爲四鎮之一。舊址在今新疆焉耆南。詩作於天寶九載。

〔二〕連年聞鼓鼙：高仙芝九載連續用兵，據《通鑑》卷二一六載，十載正月，「安西節度使高仙芝入朝，獻所俘突騎施可汗、吐蕃酋長、石國王、朅師王」。鼓鼙：古者師萬人執鼓，千人執鼙。鼙，小鼓也。見《虢州郡齋南池幽興因與閻二侍御道别》詩注〔八〕。

還東山洛上作〔一〕

春流急不淺，歸枻去何遲。愁客葉舟裏，夕陽花水時。雲晴開螮蝀〔二〕，棹發起鸕鷀。莫道東山遠，衡門在夢思。

【箋注】

〔一〕東山：謂嵩山。《感舊賦》：「我從東山，獻書西周。」詩云東山，云衡門，時尚隱於嵩陽也。然所歸者不當在潁陽之少室居止，而應爲緱山或太室。唐潁陽西至府（洛陽）九十里，東至登封七十里，登封西北至府一百三十里。詩云「春流急」而怨「去何遲」，則爲泛洛順流東行，過偃師後捨船登陸南行，必非去潁陽也。詩當作於開元二十二年至二十四年間。

〔三〕螮蝀：虹也，以形似蟲，故從蟲。螮音帝，或作蝃。《詩·鄘風·蝃蝀》：「蝃蝀在東，莫之敢指。」傳：「蝃蝀，虹也。」《爾雅·釋天》：「螮蝀謂之雩，螮蝀，虹也。」郭璞注：「俗名爲美人虹，江東呼雩。」《説文》：「虹，螮蝀也，狀似虫，從虫工聲。」段注：「虫，各本作蟲，今正。虫者，它也，虹似它，故字從虫。」

楊固店〔一〕

客舍梨葉赤，鄰家聞擣衣〔二〕。夜來常有夢①，墜淚緣思歸。洛水行欲盡，緱山看漸微。長安只千里，何事信音稀。

【校勘記】

①〔常有夢〕張遜業本常作嘗。

【箋注】

〔一〕楊固店：詩言「洛水行欲盡，緱山看漸微」，乃離緱山溯洛水西去之語。蓋嵩山餘阜自登封向北經鞏縣直向黄河，東行不得見緱山也。故此店當在偃師西、洛陽東。詩言長安而曰思歸，則爲移家長安之後。梨葉赤爲深秋日。初授官後曾至淇上，在春日，此後「終日無時閑」，不當外出過久。唯自安西返京後曾悠遊二年，並曾東返嵩洛（見《年譜》），故此詩亦當爲東遊時之作，在十一二載。

〔三〕擣衣：直舂曰擣，六朝畫中有直立執杵擣衣者，後世改爲坐而槌之。庾信《夜聽擣衣詩》：「秋夜擣衣聲，飛度長門城。」擣亦作擣。晋曹毗、南朝宋謝惠連有《擣衣詩》。李白有《擣衣篇》，又《子夜吴歌·秋歌》：「長安一片月，萬户擣衣聲。」

初授官題高冠草堂〔一〕

三十始一命〔二〕，宦情都欲闌①〔三〕。自憐無舊業〔四〕，不敢耻微官。澗水吞樵路，山花醉藥欄〔五〕。只緣五斗米〔六〕，孤負一漁竿②〔七〕。

【校勘記】

①〔都欲闌〕《唐詩紀》都作多。　②〔孤負〕明抄本、張遜業本孤作辜。

【箋注】

〔一〕初授官：岑參天寶三載進士高第，最早見於杜確《岑嘉州詩序》，後世皆無二説。近人雖有别説，證均不足，難以成立，詳見《年譜》。聞一多云，正月考試，二月放榜，三月由禮部轉吏部，四月授官，與詩言「山花」時令相合。《新唐書·選舉志》：「進士、明法，甲第從九品上，乙第從九品下。」岑參初授官右内率府兵曹參軍爲正九品下，恐兼用蔭也。《新唐書·選舉志》：「凡用蔭，一品子正七品上，二品子正七品下，……正五品子從八品上，從五品及國公子，從八品下。……三品以上蔭曾孫，五品以上蔭孫，孫降子一等，曾孫降孫一等。」岑參曾祖岑文本，爲中書令，正二品，父爲上州刺史，從三品。然唐制官品乃取俸禄，階品方爲本品，二者並不相符。加以嫡、庶有别，褚遂良有《請千牛不問嫡庶表》，知唐世命官嫡、庶不同，故岑參之正九品下據何而來，難以考實。　此詩作於天寶三載四月，時考試後閑居别業。

〔二〕一命：謂授微官。周制，周公、召公九命，其餘三公八命，侯伯七命，卿六命，子男五命，大夫四命，上士三命，中士再命，下士一命。見《周禮·典命》。

〔三〕宦情：仕宦之心。謝靈運《擬魏太子鄴中集詩》：「徐幹：少無宦情，有箕潁之心事，故仕世多素辭。」　闌：盡也。

〔四〕舊業：先祖所遺産業。《漢書·王莽傳》陳崇上疏頌莽功德：「克身自約，糴食逮給，……入錢獻田，殫盡舊業。」岑氏自文本起不置産業，子孫恪遵遺訓，故岑參早歲孤貧也。

〔五〕藥欄：花園也。見《暮秋會嚴京兆後廳竹齋》詩注〔三〕。

〔六〕五斗米：謂微官之薄俸也。陶潛爲彭澤令，不願爲五斗米折腰，乃解印去縣。

〔七〕孤負：違背也，虧欠也。見《臨洮泛舟趙仙舟自北庭罷使還京》詩注〔二〕。

【評論】

清吴喬《圍爐詩話》二：「岑參云：三十始一命……不敢恥微官；與韓偓一名所係無窮事，争肯當年便息機，……皆正人由中之言。」

題虢州西樓〔一〕

錯料一生事，蹉跎今白頭〔二〕。縱横皆失計〔三〕，妻子也堪羞。明主雖然棄①，丹心亦未休〔四〕。愁來無去處，只上郡西樓②。

【校勘記】

①〔雖然〕《唐百家詩選》然作能。　②〔只上〕底本、明抄本上作在，此從《唐百家詩選》。

【箋注】

〔一〕此詩爲乾元二年秋初至虢州時作。

〔二〕蹉跎：失時也。見《送費子歸武昌》詩注〔一五〕。

〔三〕縱横：南北曰縱，東西曰横，今俗語曰竪横是也。宋玉《高唐賦》：「黿鼉鱣鮪，交積縱横。」魏徵《述懷》詩：「縱横計不就，慷慨志猶存。」

〔四〕丹心：猶赤心，忠心也。阮籍《詠懷》詩：「丹心失恩澤，重德喪所宜。」謝朓《始出尚書省》詩：「既秉丹石心，寧流素絲涕。」

省中即事〔一〕

華省謬爲郎，蹉跎鬢已蒼。到來恒襆被①〔二〕，隨例且含香〔三〕。竹影遮窗暗，花陰拂簟涼〔四〕。君王新賜筆②，草奏向明光③〔五〕。

【校勘記】

①〔恒襆被〕明抄本恒作還。 ②〔新賜筆〕底本新作親，此從明抄本。 ③〔草奏〕底本、明抄本等均作莫奏，此從《唐詩紀》、《唐音統籤》。

【箋注】

〔一〕省中：謂尚書省中。蔡邕《獨斷》云，本爲禁中，謂宫禁之内門户有禁，故云。孝元皇后父名禁，乃諱之爲省中。《魏都賦》「禁臺省中」李善注：「漢制，王所居曰禁中，諸公所居曰省中。」二説不同。

詩爲廣德元年春入爲祠部員外郎時作。

〔二〕襆被：以巾束被，猶今所謂行李、行囊。《晉書·魏舒傳》：「時欲沙汰郎官，非其才者罷之。舒曰：吾即其人也。襆被而出。」《新唐書·蘇瓌傳》：「久之，轉揚州大都督府長史。州據都會，多名珍怪産，前長史張潛、于辨機貲取巨萬，瓌單身襆被自將。」獨孤及《送李白之曹南序》：「一旦襆被金馬，蓬累而行。」此謂李白被放出朝，俗語所謂捲行李也。然衛宏《漢舊儀》上云：「尚書郎宿留臺，中官給青縑白綾被，或錦被，帷帳、氈褥、通中枕。」唐世多遵漢制，尚書郎入宿省中，似勿須自帶行李也。襆，幞或字，巾也。然則入直或有巾有被歟？

〔三〕含香：郎官含香奏事答對，以使氣味芳香。香者，鷄舌香也。應邵《漢官儀》：「桓帝時侍中迺存年老口臭，上出鷄舌香與含之。鷄舌香頗小，辛螫，不敢咀咽。自嫌有過，得賜毒物，歸舍辭決，欲就便宜。家人哀泣，不知其故。賴僚友諸賢聞其僁失，求視其藥，出在口香，咸嗤笑之，更爲吞食，其意遂解。」晋嵇含《南方草木狀》中：「蜜香、沉香、鷄骨香、黄熟香、棧香、青桂香、馬蹄香、鷄舌香，案此八物，同出於一樹也。交趾有木香樹，幹似柜柳，其花白而繁，其華如橘，欲取香，伐之經年，其根、幹、枝、節，各有别色也。木心與節堅黑，沉水者爲沉香，……其花不香，成實乃香，爲鷄舌香。」

〔四〕簟：席也，以竹、葦爲之。《詩·小雅·斯干》「下莞上簟」鄭玄注：「竹、葦爲簟。」《禮記·喪大記》「君以簟席」鄭玄注：「簟，細葦席也。」《説文》則謂，簟，竹席。

〔五〕明光：漢宫殿名，借喻唐朝廷。

江上春歎〔一〕

臘月江上暖〔二〕，南橋新柳枝。春風觸處到〔三〕，憶得故園時。終日不得意①，出門何所之②。從人覓顔色〔四〕，自歎弱男兒③。

【校勘記】

①〔不得意〕明抄本得作如。　②〔何所之〕底本、明抄本注：一作知告誰。　③〔自歎〕底本注：自一作可。

【箋注】

〔一〕大曆元年十二月作於成都。

〔二〕臘暖：蜀中氣暖，臘月見春。雍陶《送蜀客》詩：「劍南風景臘前春，山鳥江風得雨新。」陶蜀人，故知之稔也。

〔三〕觸處：猶今語隨處也，唯唐人愛用之。唐李靖《李衛公問對》：「四頭八尾，觸處爲首，敵衝其中，兩頭皆救。」此所言乃軍陣。唐詩中用此語者甚多。如白居易詩《春盡日罷宴感事獨吟》：「閑聽鶯語移時立，思逐楊花觸處飛。」元稹《清明日》詩：「常年寒食好風輕，觸處相隨取次行。」姚合《楊柳枝詞》：「二月楊花觸處飛，悠悠漠漠自東西。」李商隱《月》詩：「過水穿樓觸處明，藏人帶樹遠含清。」皮日休《襄州春遊》詩：「信馬騰騰觸處行，春風相引與詩情。」羅隱《送内史周大夫自杭州朝貢》詩：「雲歸閬苑何時見，水到瑶池觸處通。」按觸，《説文》訓牴，亦作觸摩義。《莊子·養生主》庖丁解牛，「手之所觸，肩之所倚，足之所履，膝之所踦」，觸者接觸也。觸處即凡接觸之處，亦即隨處之義。

〔四〕從人句：人，當謂崔旰。杜鴻漸以宰相出鎮劍南，岑參原爲其屬下，執禮宜恭，自不當有「覓顔色」之歎。及崔旰以兵亂受職，爲成都尹、西川節度使，岑參反受其節度，身爲部屬，乃有從人覓顔色之歎也。　顔色：面容臉色也。《論語·泰伯》：「正顔色，斯近信矣。」注：「正顔色能矜莊嚴栗，則人不敢欺詐之。」《南史·王弘傳》：「既無以爲惠，又不微借顔色，即大成怨府。」

此謂和顏悅色也。荆軻遊榆次，「與蓋聶論劍，蓋聶怒而目之」，此亦顏色也。

使院新栽柏樹子呈李十五棲筠①〔一〕

愛爾青青色，移根此地來〔二〕。不曾臺上種〔三〕，留向磧中栽。脆葉欺門柳，狂花笑院梅。不須愁歲晚〔四〕，霜露豈能摧。

【校勘記】

①〔使院〕明抄本院下有中字。唯題下注語「棲筠者，吉甫之父，德裕之祖」顯爲後人所加。

【箋注】

〔一〕使院：當爲伊西北庭節度使院。　李棲筠：趙郡人，進士高第，調冠氏主簿，遷安西封常清節度判官。常清被召，表攝監察御史，爲行軍司馬。常清被召在天寶十四載十一月，則表攝監察御史、爲行軍司馬，在十二月，此詩當作於十五載春。《資治通鑑》卷二十八肅宗至德元載七月，「上又徵兵於安西，行軍司馬李棲筠發精兵七千人，勵以忠義而遣之」。棲筠在安西，不在北庭，則此詩當爲寄呈。棲筠官終御史大夫，受元載忌，憂憤卒。新、舊《唐書》有傳。

〔二〕移根：庾信《枯樹賦》云，殷仲文出爲東陽太守，忽忽不樂，顧庭槐而歎，有「此樹婆娑，生意盡矣，……昔之三河徒植，九畹移根，開花建始之殿，落實睢陽之園」，蓋傷流落也。唐孔紹安，虞世南妹婿，與詞人孫萬壽爲友，與夏侯端同爲監察御史，監李淵軍於河東。夏侯端先歸朝，授祕書監，紹安晚至，授内史舍人。因應詔賦《侍宴詠石榴》詩曰：「可惜庭中樹，移根逐漢臣。只爲來時晚，花開不及春。」此兩例用移根字，均有失時之意也。孔事見《舊唐書·文苑傳》。

〔三〕臺上：謂御史臺。漢御史臺列柏樹，此柏樹移根沙磧中，故有此歎也。

〔四〕歲晚：《國語·越語下》：「至於玄月，王召范蠡而問曰……，今歲晚矣，子將奈何？」注：「《爾雅》曰，九月爲玄，九月秋盡，霜雪隨至，一年將終也。」

送李别將攝伊吾令充使赴武威便寄崔員外①〔一〕

詞賦滿書囊〔二〕，胡爲在戰場。行間脱寶劍〔三〕，邑裹挂銅章〔四〕。馬疾行千里②，鳧飛向五涼〔五〕。遥知竹林下，星使對星郎〔六〕。

【校勘記】

①〔攝〕底本作還，此從宋本。　②〔行千里〕宋本行作飛。

【箋注】

〔一〕李别將：未詳。别將，唐府兵軍官名。西魏始置府兵，北周、隋、唐因之。唐分置天下爲五百七十四府，其領兵千二百人爲上府，千人爲中府，八百爲下府。每府置折衝都尉、果毅都尉及别將、長史等官。上府别將正七品下，中府從七品上，下府從七品下。　攝：暫署也。見《優鉢羅花歌》注〔四〕。　伊吾：唐縣名。古有昆吾，後轉爲伊吾。周穆王西征，昆吾獻赤刀。後漢明帝永平十六年於伊吾盧地置宜禾都尉，順帝置伊吾司馬，魏立伊吾縣，隋大業六年置伊吾郡，唐置伊州，天寶間稱伊吾郡，治伊吾縣。下縣也，令從七品下。伊吾，今哈密。　崔員外：當爲河西節度幕中人，生平未詳。　詩作於天寶十四載。

〔二〕詞賦：文章詩賦也，唐世取士重之。《新唐書・薛登傳》武后天授中上疏論選舉：「漢世求士，必觀其行，故士有自修，爲閭里推舉，然後府寺交辟。魏取放達，晋先門閥，梁陳薦士特尚詞賦。」隋、唐進士科亦尚詞賦也。

〔三〕行間：猶軍中也。行，胡郎切。《商君書・畫策》：「行間無所逃，遷徙無所入，入行間之治連以五，辨之以章，束之以令，……是以三軍之衆，從令如流，死而不旋踵。」《史記・三王世家》霍去病上疏：「陛下過聽，使臣去病待罪行間。」《左傳》隱公十一年，「鄭伯使卒出豭，行出犬鷄，以詛射潁考叔者」。注：「百人爲卒，二十五人爲行，行亦卒之行列。」

〔四〕邑：縣邑也。　脱寶劍、挂銅章：謂不作别將而作縣令。唐官皆爲銅章。章，印也。

〔五〕五凉：謂前凉、後凉、北凉、南凉、西凉，即河西節度使下管之地。見《題金城臨河驛樓》詩注〔二〕。

〔六〕星使：本謂天子之使上應列宿，今泛指爲使。星郎，謂尚書郎亦上應星宿也。《史記・天官書》：「南宫朱鳥，……後聚一十五星，蔚然，郎位。」

春日醴泉杜明府承恩五品宴席上賦詩〔一〕

鳧舄舊稱仙〔二〕，鴻私降自天〔三〕。青袍移草色〔四〕，朱紱奪花然〔五〕。邑裏雷仍震〔六〕，臺中星欲懸〔七〕。吾兄此棲棘〔八〕，因得賀初筵〔九〕。

【箋注】

〔一〕醴泉：漢於涇水出山口置谷口縣，後漢及晉爲池陽縣，後魏改爲寧夷，隋改醴泉，唐因之。城址數移，元移今址，現爲醴泉縣。　杜明府：醴泉縣令，生平未詳。　承恩五品：《岑詩繫年》云：「《舊唐書・玄宗紀》天寶十三載二月，令丞各升一階。《新唐書・百官志》京兆府醴泉縣爲次赤縣。此詩云，杜明府承恩五品，蓋原只六品，天寶十三載春始升一階而爲五品也。」此處引書理解有小誤，解釋亦有不清處。按《舊唐書・玄宗紀》，天寶十三載二月朝獻太清宮，饗太廟，受徽號。「禮畢，大赦天下，左降官遭父母憂，放歸。獻陵等五署改爲臺，令丞各升一階。文武三品以上賜爵一級，四品以下加一階。賜酺三日」。《新唐書・百官志》宗正寺，「諸陵臺：令各一人，從五品上；丞各一人，從七品下」。唐高祖獻陵、唐太宗昭陵等有臺令及丞，各升一階者，令由從五品上升正五品下，丞由從七品下升從七品上。此非縣令也。杜明府爲縣令，乃「四品以下加一階」之類，不屬各陵臺「令丞各升一階」之類也。然「恩加五品」者，非官秩之品，而應謂階品，詩言「朱紱奪花然」可證（詳見注〔四〕及〔五〕）。《舊唐書・王鉷傳》裴冕斥鉷弟銲云：「聖上以大夫之故，以足下爲户部郎中，又加五品，恩亦厚矣。」尚書諸司郎中官秩從五品上，已爲五品矣，何又謂「加五品」耶？蓋官品非階品，階品方爲本品。雖爲郎中，而散官非朝請大夫，不得爲從五品上；如非朝散大夫，亦不得爲從五品下也。此杜明府蓋以朝議郎（正六品上）而爲醴泉令，今恩加五品爲朝散大夫也。　此詩作於天寶十三載二月。

〔二〕舄舄：漢王喬爲葉令，每入朝駕雙舄，太史網之，僅得兩隻舄。此借指爲縣令。　舄：鞋也。《周禮·天官·屨人》：「掌王及后之服屨，爲赤舄、黑舄。」注：「複下曰舄，禪下曰屨。」下，謂鞋底也。疏：「下謂底，複，重底，重底者名曰舄，禪底者名曰屨也。無正文，鄭目驗而知也。」

〔三〕鴻私：特大之恩獎。虞世南《奉和幸江都應詔》詩：「鴻私浹幽遠，厚澤潤凋枯。」

〔四〕青袍移草色：謂换下青色服而衣緋也。唐官六品七品衣緑，四品五品衣緋，此服色唯依階品，不依官品。白居易《重和元少尹》詩：「鳳閣舍人京亞尹，白頭俱未著緋衫。」南宫起請無消息，朝散何時得入銜。」時白爲中書舍人，正五品上；元爲京兆少尹，從四品下，俸禄雖增，而不得著緋。朝散大夫，從五品下，文散官，非有此銜，不得著緋也。唐制，階低官高爲守，階高官低爲行。入銜者，朝散大夫守中書舍人也。居易爲忠州刺史時始著緋，然此乃「借緋」，以其爲刺史須重其威也。然離此職即須脱去，有《除尚書郎脱刺史緋》詩可證。此外又有「賜緋」「賜紫」，則爲殊恩，非常制也。杜甫薦岑參《狀》稱：「宣議郎試大理評事攝監察御史賜緋魚袋岑參」，試、攝均非正命之官，宣議郎爲從七品下之文散官，然賜緋，乃特恩也。魚袋，高官飾物，恩賜緋紫，例兼魚袋，著紫者金裝，著緋者銀裝。白居易有《韓公武授右驍衛上將軍制》，其銜爲「朝散大夫檢校左散騎常侍兼右金吾衛將軍御史大夫上柱國賜紫金魚袋」，散騎常侍爲正三品，金吾將軍、御史大夫俱爲三品，此三者爲官，即食禄者也。上柱國正二品，乃因功授之勳官也；然銜有朝散大夫，按本品例應服緋，今「賜紫金魚袋」，亦特恩也。杜明府承恩五品而袍色改移，乃加一階爲朝散大夫，服緋，而其原階爲朝議郎，正六品上文散官，須衣緑也。

〔五〕朱紱：《岑參集校注》疑爲朱紱之誤，當是。《漢書·韋賢傳》「黻衣朱紱」顔師古注：「朱紱爲朱裳畫爲亞文也。」承恩五品，所服緑色已移，自應爲朱裳，即緋也。

〔六〕邑裏雷震：《白孔六帖》七十七：「雷震百里，縣令象之。」

〔七〕臺中星懸：臺，謂省中。《後漢書·鍾離意傳》附藥崧：「家貧爲郎，常獨直臺上，無被、枕杫，食糟糠，帝每夜入臺，輒見崧。」注引蔡質《漢官儀》曰：「尚書郎入直臺中，官供新青縑白綾被或錦被。」臺中，亦臺上也。傳謂無被，注謂官供被，恐有一誤。詩言杜令爲縣令，預期將入尚書省爲郎官也。古人以尚書郎上應星宿。《後漢書·明帝紀》館陶公主爲子求郎，不許，而賜錢千萬。帝曰：「郎官上應列宿，出宰百里，有非其人，則民受其殃，是以難之。」漢尚書郎出爲縣令也。

〔八〕棲棘：《詩·秦風·黄鳥》：「交交黄鳥，止于棘。」傳：「黄鳥以時往來，得其所。」箋：「黄鳥止於棘，以求安已也，此棘若不安，則移。」棲棘，謂止棲也。

〔九〕初筵：《詩·小雅·賓之初筵》：「賓之初筵，左右秩秩。」《藝文類聚》卷七十二張載《酃酒賦》：「嘉衛武之能悔，著屨舞於初筵。」謂筵宴初開也。

盛王輓歌①〔一〕

幽山悲舊桂〔二〕，長坂愴餘蘭〔三〕。地底孤燈冷〔四〕，泉中一鏡寒〔五〕。銘旌門客送〔六〕，騎吹路人看〔七〕。謾作琉璃盌②〔八〕，淮王誤合丹〔九〕。

【校勘記】

①〔盛王〕底本、明抄本等盛均作成。聞一多曰，成王爲唐代宗在藩時封號，此當爲盛王。此從之。明抄本注：一作晟王。史傳所載，玄、肅、代三宗子無晟王其人。②〔謾〕明抄本作慢，張遜業本作漫。《行軍詩》兩本又均作「少小謾讀書」，則此字亦當作謾也。

【箋注】

〔一〕盛王：玄宗第二十一子，原名沐，壽王瑁母弟，開元十三年封盛王，二十年改名琦。《資治通鑑》卷二二二代宗廣德二年三月，「甲子，盛王琦薨」。《舊唐書》謂四月。詩當作於其時。　輓歌：輓通挽，挽柩之歌，後世但作追悼之辭也。崔豹《古今注》：「《薤露》、《蒿里》，並喪歌也，出田横門人。横自殺，門人傷之，爲之悲歌，言人命如薤上之露，易晞滅也。……至李延年乃分爲二曲，《薤露》送王公貴人，《蒿里》送士大夫庶人，使挽柩者歌之，世呼爲挽歌。」

《左傳》哀公十一年，魯、吴伐齊，「公孫夏命其徒歌《虞殯》」。杜預注：「《虞殯》，送葬歌曲，示必死。」孔穎達疏：「送葬得有歌者，蓋挽行之人爲歌聲以助哀，今之挽歌是也。」然則，挽歌始於春秋末年也。唐制，皇帝喪車有挽紼六，各長三十丈，其挽士虎賁千人，挽郎二百人，挽歌二部各六十四人。百官喪車三品以上挽歌六行，三十人。然以挽歌爲名之詩，則爲憑弔之哀辭，非必送葬之所歌也。

〔二〕幽山：謂墳墓中也。山者，陵冢也。《漢書·地理志下》：「世世徙吏二千石、高訾富人及豪桀并兼之家於諸陵，蓋亦以彊幹弱支，非獨爲奉山園也。」注：「如淳曰：《黄圖》謂陵冢爲山。」任昉《爲范始興作求立太宰碑表》：「瞻彼景山，徒然望慕。」李善注：「景山，謂墳也。」　桂：服食之藥也。《本草經》一：「牡桂味辛温，主上氣咳逆結氣，喉痺吐吸，利關節，久服通神輕身，不老。」《列仙傳》：「桂父者，象林人也，色黑而時白、時黄、時赤，南海人見而尊事之。常服桂及葵，以龜腦和之，千丸十斤桂。」《抱朴子·仙藥》：「桂可以葱涕合蒸作水，可以竹瀝合餌之。……服之七年，能步行水上，長生不死也。」又：「石桂芝，生名山石穴中，似桂樹而實石也。高尺許，大徑尺，光明而微辛，有枝條。擣服之，一斤得千歲也。」詩言盛王誤服丹藥致死，恐爲石桂，即鐘乳石也。

〔三〕長坂：坂者，坡也。唐人墳墓多依山勢，此當謂送葬行列所行之路也。　蘭：亦服食之藥也，《本草經》一：「蘭草味辛平，主利水道，殺蠱毒，辟不祥。久服益氣輕身，不老，通神明。」

〔四〕燈：殉葬品也。《江南野史》卷六：「沈彬者，筠陽高安人。……謂家人曰：吾死可葬於是處。既葬，穴其處，乃古冢耳。觀其間儼然，且絶腐朽之物。復見一石燈，臺上放一漆盌，壙頭獲一銅牌，上鐫篆文云。」今明定陵中亦有燈及油缸之類也。

〔五〕泉：謂黄泉，亦地下也。《左傳》隱公元年，「不及黄泉，無相見也」。謂死後見於墳墓。鏡：亦殉葬品也。《廣異記》：「盧彦緒曾開壙獲寶鏡一枚，背是金花，持以照日，花如金輪之狀。」壙，墓穴也。

〔六〕銘旌：喪具也，古制非一。唐制，以絳帛爲之，廣充幅，皇帝長二丈九尺，題曰「某皇帝之柩」。三品以上官長九尺，五品以上八尺，六品以下七尺，上書「某官封之柩」。旌竿長如之。見《通典》。

〔七〕騎吹：謂鹵簿中之鼓角，皆在馬上奏之。唐制，親王鹵簿中除侍從、儀仗外，尚有棡鼓、金鉦各一面，大鼓十八面，長鳴十八具，小鼓十面，中鳴十具，大角八，鐃吹一部，横吹一部，婚葬大事用之。其葬日，靈車始動，則鼓吹振作而行。其器物、人數，由一品至五品，逐級減少，六品以下無之。按《漢書·禮樂志》「騎吹鼓員三人」，其時已有馬上吹奏之樂，蓋爲軍樂。《樂府詩集》卷十六：「應邵《漢鹵簿圖》唯有騎執箛，箛即笳。……《建初録》云，《務成》、《黄爵》、《玄雲》、《遠期》，皆騎吹曲，非鼓吹曲。……按《西京雜記》：漢大駕祠甘泉、汾陰，備千乘萬騎，有黄門前後部鼓吹。則不獨列於殿庭者名鼓吹也。漢《遠如期曲》辭，有雅樂陣及增壽萬年等語，馬上奏樂之意，則《遠期》又非騎吹曲也。」又卷二十一：「横吹曲，其始亦謂之鼓吹，馬上奏之，蓋軍中之樂也。北狄諸國皆馬上作樂，故自漢以來，北狄樂總歸鼓吹署。其後分爲二部，有簫笳者爲鼓吹，用之朝會、道路，亦以給賜。有鼓角者爲横吹，用之軍中，馬上所奏者是也。……自隋之後，始以横吹用之鹵簿。」

〔八〕謾：輕慢之意，猶徒然也。　琉璃盌：有色玉石作成之盌。鮑照《代淮南王》詩：「淮南王，好長生，服食鍊氣讀仙經，琉璃作盌牙作盤，金鼎玉匕合神丹。」

〔九〕淮王：即淮南王劉安，高帝之孫也。喜神仙黃白之術，招致賓客方士數千人，著書數十萬言。後有罪自殺。淮南王未聞有誤合丹藥之事，此蓋代指盛王，誤合丹藥求長生，反而致死也。此亦「服食求神仙，多爲藥所誤」之意也。

苗侍中輓歌①〔一〕

攝政朝章重〔二〕，持衡國相尊②〔三〕。筆端通造化〔四〕，掌内運乾坤〔五〕。青史遺芳滿〔六〕，黄樞故事存〔七〕。空悲渭橋路〔八〕，誰對漢皇言。

其二

天子悲元老〔九〕，都人惜上公〔一〇〕。優賢几杖在〔一一〕，會葬市朝空〔一二〕。丹旐翻斜日③〔一三〕，清笳怨暮風。平生門下客，繼美廟堂中〔一四〕。

【校勘記】

①〔輓歌〕明抄本下有二首二字。　②〔持衡〕底本衡誤作行，此據明抄本改。　③〔翻斜日〕《唐詩紀》翻作飛。

【箋注】

〔一〕苗侍中：苗晉卿（六八五—七五六）潞州壺關人，第進士，歷縣尉、侍御史、尚書郎、吏部侍郎、郡太守、採訪使、東京留守。肅宗至鳳翔，追拜左相，旋拜韓國公，改侍中。玄宗、肅宗崩，均攝冢宰。廣德二年以太保致仕，永泰元年四月卒。新、舊《唐書》有傳。　侍中：周有太僕，秦有侍中，漢爲加官，多至數十人，得入禁中侍左右，分掌乘輿服物，下至褻器虎子之屬。武帝時孔安國爲侍中，特聽掌御唾壺。魏晋置四人，後魏北齊爲六人，隋改二人，唐因之。隋唐侍中爲宰相。

〔二〕攝政：謂攝冢宰。殷高宗父小乙崩，諒闇之中，三年不言，百官聽於冢宰。唐無此制，玄宗崩，肅宗五日而聽政，然亦命冢宰攝政五日。《新唐書·苗晋卿傳》：「德宗曰：晋卿往攝政，有不臣之言。」此即謂其攝冢宰時也。　朝章：朝廷之典章制度。任昉《王文憲集序》：「自朝章國紀，典彝備物，奏議符策，文辭表記，素意所不蓄，前古所未行，皆取定俄傾。」《新唐書·太宗紀》十年六月，「魏徵罷爲特進，知門下省事，參議朝章國典」。

〔三〕持衡：謂執政。見《左僕射相國冀公東齋幽居》詩注〔一四〕。

〔四〕筆端：猶筆下，謂文辭也。《韓詩外傳》卷七：「是以君子避三端，避文士之筆端，避武士之鋒端，避辯士之舌端。」陸機《文賦》：「籠天地於形内，挫萬物於筆端。」

〔五〕乾坤：陰陽造化也。《易·繫辭下》：「乾坤其易之門邪？乾，陽物也；坤，陰物也。」

〔六〕遺芳：身後之名聲也。嚴忌《哀時命》：「廓落寂而無友兮，誰可與玩此遺芳。」《晋書·武元楊皇后傳》哀策：「昔我先妣，暉曜休光，后承前訓，奉述遺芳。」

〔七〕黄樞：即黄門，謂門下省。樞者，門之轉軸，居中制外，故亦有樞要義。《梁書·蕭昱傳》上表梁高祖：「聖監既謂臣愚短，不可試用，豈容久居顯禁，徒穢黄樞。」時爲黄門侍郎也。賈至《授張孚給事中制》：「宜擢拜於青瑣，俾駁議於黄樞。」給事中在門下省也。　故事：已成之舊例也。《漢書·郊祀志》：「宣帝即位，……修武帝故事，盛車服，敬齊祠之禮，頗作詩歌。」詩謂苗爲門下省長官期間有所創制，爲後者法也。

〔八〕渭橋：長安之渭橋有三。一曰西渭橋，唐稱咸陽橋，在長安西四十里，漢武帝所造，以通茂陵，又稱便民橋。二曰中渭橋，本名横橋，秦始皇於渭水北作咸陽宫，水南有長樂宫，乃作此橋。三曰東渭橋，《史記》漢景帝五年作陽陵渭橋，即此，在長安東北五十里。苗晋卿當葬於渭北，故詩言「空悲渭橋路」也。

〔九〕元老：《詩·小雅·采芑》「方叔元老」傳：「元，大也，五官之長，出於諸侯，曰天子之老。」《後漢書·章帝紀》初即位詔：「行太尉事節鄉侯熹三世在位，爲國元老。」注：「元，長也。」

〔一〇〕上公：周以太師、太傅、太保爲三公，即上公也。見《奉送李太保兼御史大夫充渭北節度使》詩注〔四〕。

〔一一〕優賢：優待賢者。賈誼《新書·道術》：「優賢不逮謂之寬。」左思《魏都賦》：「優賢著於揚歷，匪孽形於親戚。」　几杖：古時尊養老者之物。《禮記·曲禮上》：「大夫七十而致事，若不得謝，則必賜之几杖。」几，或云長三尺，或云長五尺，廣二尺，高尺二。古尺小於今尺遠甚，略可憑依之耳。杖，手持以扶行。《禮記·王制》：「五十杖於家，六十杖於鄉，七十杖於國，八十杖於朝。」

〔一二〕會葬：聚衆送葬也。《左傳》隱公元年，「衛侯來會葬」，葬隱公之父惠公也。又文公元年，「王使内史叔服來會葬」，葬文公父僖公也。　市朝：易貨貿物之所爲市，君臣議事之所曰朝。《國語·魯語下》：「刑五而已，……大者陳之原野，小者致之市朝。」注：「其死刑，大夫以上屍諸朝，士以下屍諸市。」《戰國策·秦策一》張儀曰：「臣聞：争名者於朝，争利者於市。今三川周室，天下之市朝也。」

〔一三〕丹旐：丹，赤色。旐，旗也。《周禮·春官·司常》：「龜蛇爲旐，……縣鄙建旐。」旐本黑旗。《爾雅·釋天》：「緇廣充幅、長尋曰旐。」緇，黑帛也。後世稱喪柩之旌曰旐。潘岳《寡婦賦》「飛旐翩以啓路」李善注：「旐，喪柩之旌也。」周禮銘旌以緇，唐以絳帛，故曰丹旐。駱賓王《樂大夫輓詞》：「彤騶朝帝闕，丹旐背王畿。」

〔一四〕門下客繼美廟堂：苗晉卿爲東都留守時，引大理評事元載爲推官，苗卒時，元已爲相多年，故云。　廟堂：廟者，宗廟，祀先祖者也。《詩·周頌·清廟》：「於穆清廟，肅雝顯相。」周公祀文王之詩也。堂者，明堂，布政之處也。《禮記·明堂位》：「昔者，周公朝諸侯於明堂之位。」合言廟堂，謂朝廷也。劉向《九歎》：「始終言於廟堂兮，信中途而叛之。」注：「言人君爲政舉事，必告於宗廟，議之於明堂也。」《莊子·在宥》：「故賢者伏處大山嵁巖之下，而萬乘之君憂慄乎廟堂之上。」

僕射裴公輓歌①〔一〕

盛德資邦傑〔二〕，嘉謨作世程②〔三〕。門瞻駟馬貴，時仰八裴名③〔四〕。罷市秦人送〔五〕，還鄉絳老迎〔六〕。莫埋丞相印，留着付玄成〔七〕。

其二

五府瞻高位④〔八〕，三臺喪大賢〔九〕。禮容還故絳〔一〇〕，寵贈冠新田⑤〔一一〕。氣歇汾陰鼎〔一二〕，魂歸京兆天⑥。先時劍已没〔一三〕，壠樹久蒼然〔一四〕。

其三

富貴徒言久，鄉閭没後歸。錦衣都未着⑦，丹旐忽先飛〔一五〕。哀輓辭秦塞〔一六〕，悲笳出帝畿〔一七〕。遥知九原上〔一八〕，漸遠弔人稀⑧。

【校勘記】

①〔詩題〕《文苑英華》、明抄本僕前有故字，歌後有三首二字。②〔嘉謨〕《文苑英華》謨作謀。③〔八裴名〕底本、明抄本注：一作衮龍榮。④〔五府〕《文苑英華》五作二。⑤〔寵贈〕《文苑英華》作增寵。〔冠新田〕《文苑英華》注：冠集作過。⑥〔魂歸〕《文苑英華》歸作飛。〔京兆天〕《文苑英華》注：天一作阡。⑦〔都未着〕底本作都欲未，此從《文苑英華》、明抄本。⑧〔漸遠〕明抄本注：遠一作覺。

【箋注】

〔一〕裴公：裴冕，見《左僕射相國冀公東齋幽居》詩注〔一〕，該詩爲罷相後官僕射待制集賢院作，此詩爲再次拜相後病卒而作也。《資治通鑑》卷二二四代宗大曆四年十月，「丙子，以左僕射裴冕同平章事。初，元載爲新平尉，冕嘗薦之，故載舉以爲相，亦利其老病易制。受命之際，蹈舞仆地，載趨而扶之，代爲謝詞。十二月戊戌，冕薨」。此詩爲冕卒後岑參在成都聞訊而作。

〔二〕盛德：德高也。《史記・老子列傳》：「君子盛德，容貌若愚。」資：助也。《莊子・大宗師》：「意而子見許由，許由曰：堯何以資汝？」《新唐書·陸贄傳》上書：「夫治或生亂，亂或資治。」　邦傑：國之英傑也。《詩·衛風·伯兮》：「伯兮朅兮，邦之桀兮。」傳：「桀，特立也。」箋：「桀，英桀，言賢也。」宋之問《范陽王輓詞》：「賢相稱邦傑，清流舉代推。」桀通傑。

〔三〕嘉謨：《爾雅·釋詁》：「嘉，善也。謨，謀也。」《禮記·坊記》：「爾有嘉謨嘉猷，則入告爾君於内。」《尚書·君陳》作嘉謀，君作后。《法言·孝至》：「或問忠言嘉謨。曰：言合契稷之謂忠，謨合皋陶之謂嘉。」　世程：《漢書·高帝紀下》，十一年二月詔：「欲省賦甚，今獻未有程。」注：「師古曰：程，法式也。」張説《五君詠蘇許公瓌》：「百事資朝問，三章廣世程。」

〔四〕八裴：晋世裴、王爲望族，各有八人爲世所稱。八裴謂徽、楷、康、綽、瓚、遐、頠、邈。見《世説新語·品藻》。唐世開元、天寶中絳州聞喜裴寬弟兄八人，皆明經及第，入臺省、典郡者五人。《舊唐書》稱：「寬性友愛，……於東京立第同居，八院相對，甥姪皆有休憩所，擊鼓而食，當世榮之。」裴冕則未聞有弟兄八人。或以同爲裴氏之族因而言之歟？

〔五〕罷市：停止貿易也。《晋書·羊祜傳》：「南州人征市日，聞祜喪，莫不號慟，罷市，巷哭者聲相接。」沈約《齊故安陸昭王碑文》：「鄧訓致剺面之哀，羊公深罷市之慕。」

〔六〕絳老：泛指晋人。然史傳亦專指晋絳邑之老者。《左傳》襄公三十年，「三月癸未，晋悼夫人食輿人之城杞者。絳縣人或年長矣，無子，而往與於食。有與疑年，使之年。曰：臣小人也，不知紀年。臣生之歲，正月甲子朔，四百有四十五甲子矣。其季於今，三之一也。」吏不能解，訴於朝，師曠、史趙、士文伯乃各爲之解，爲七十三歲，二萬二千六百另六旬也。趙孟乃向絳老謝罪，以之爲絳縣師。李嶠《神龍曆序》：「時乖兩閏，始載鄒人之語；亥有二首，方聞絳老之言。」晉絳老，賢者也。

〔七〕印付玄成。《漢書·韋賢傳》，賢號稱鄒魯大儒，七十餘始爲相，八十二歲薨。少子玄成好學，擢爲諫大夫，遷河南太守，後繼爲丞相。

〔八〕五府：《後漢書·樊準傳》「五府調省中都官吏京師作者」注：「五府謂太傅、太尉、司徒、司空、大將軍也。」以皆開府置官屬，故稱五府。《漢書·趙充國傳》有四府，其時無太傅。隋唐有太師、太保、太傅，是爲三師；太尉、司徒、司空，是爲三公。然均無官屬，亦即無府也。裴冕未爲三師、三公，然曾爲宰相，猶漢之太尉、司徒、司空，故以漢事言之。

〔九〕三臺：朝中三官署也。《漢官儀》上：「尚書爲中臺，謁者爲外臺，御史爲憲臺，謂之三臺。」唐無此三臺，而有三省：尚書省、中書省、門下省。但亦可稱臺，高宗龍朔二年改尚書省爲中臺，中書省爲西臺，門下省爲東臺。《資治通鑑》卷二百龍朔二年，「二月甲子，改百官名。以門下省爲東臺，中書省爲西臺，尚書省爲中臺，侍中爲左相，中書令爲右相，僕射爲匡政，左、右丞爲肅機，尚書爲太常伯，侍郎爲少常伯」。

〔一〇〕禮容：禮儀制度。《史記·孔子世家》：「孔子爲兒嬉戲，常陳俎豆，設禮容。」陳子昂《奉和皇帝上禮撫事述懷應制》詩：「軒宫帝圖盛，皇極禮容申。」　故絳：春秋晉穆公都絳，在今山西翼城縣東南十五里。後還新田，亦名之曰絳，在今曲沃西南。乃名舊都曰故絳，亦曰翼也。隋開皇十八年曰翼城縣，五代唐徙今址。

〔一一〕寵贈：天子於大臣卒後常贈官號並有所賻賵也。《舊唐書·裴冕傳》：「上悼之，輟朝三日，贈太尉，賻帛五百匹，粟五百石。」潘岳《馬汧督誄》：「光光寵贈，乃牙其門。」　新田：《左傳》成公六年，「晋人謀去故絳。諸大夫皆曰：必居郇瑕氏之地，沃饒而近鹽，國利君樂，不可失也。……（韓獻子）對曰：不可，郇瑕氏土薄水淺，其惡易覯，易覯則民愁，民愁則墊隘，於是乎有沈溺重腿之疾。不如新田，土厚水深，居之不疾，有汾澮以流其惡，十世之利也。……夏四月丁丑，晋遷於新田」。故絳、新田，皆晋國都，此乃代指晋地也。

〔一二〕汾陰鼎：《漢書·武帝紀》元鼎四年十月（漢以十月爲歲首），「行自夏陽，東幸汾陰。十一月甲子，立后土祠於汾陰脽上。……六月，得寶鼎后土祠旁」。汾陰，漢縣，舊址在今山西省萬榮縣榮河鄉北九里。劉元海時廢汾陰入蒲坂，後魏孝文帝復置，唐開元十一年改汾陰爲寶鼎，宋改寶鼎爲榮河，歷代因之。今爲榮河鄉，併入萬泉縣，改萬泉爲萬榮。此亦泛指晋地也。

〔一三〕劍已没句：悼别之意也。春秋時，吴使季札聘於齊、晋，北過徐。徐君好其劍而未敢言。季札以使未畢，未獻。使還至徐，徐君已死，季札乃解劍挂其冢樹而去。陳徐陵《别毛尚書》詩：「嗟余今老病，此别畏長離。……徒勞脱寶劍，空挂壠頭枝。」《梁書·劉峻傳》，劉沼卒，峻爲書以序之曰：「懸劍空壠，其恨如何。」

〔一四〕壠樹：墳園中之樹也。壠，亦作壟，《禮記·曲禮上》：「適墓不登壟。」注：「壟，冢也。」

〔一五〕錦衣未着，丹旐先飛：謂未着錦衣還鄉，而今丹旐飛歸故土也。《史記·項羽本紀》，項王屠咸陽，火秦宫，引兵東歸。人勸其都關中，項王曰：「富貴不歸故鄉，如衣繡夜行，誰知之者？」《漢書》繡作錦也。

〔一六〕秦塞：秦地有四塞之固，故云。《史記·蘇秦列傳》説秦惠王曰：「秦四塞之國，被山帶渭。」《正義》：「東有黄河，有函谷、蒲津、龍門、合河等關，南山及武關、嶢關，西有大隴山及隴山關、大震、烏蘭等關，北有黄河南塞，是四塞之國。」

〔一七〕帝畿：京都之地。班固《西都賦》：「横被六合，三成帝畿。」《周禮·夏官·職方氏》：「方千里曰王畿。」方千里者，自王城向外，東、西、南、北各五百里。

〔一八〕九原：晋卿大夫之墓地也，在今山西絳縣北。《禮記·檀弓下》，趙文子曰：「武也得歌於斯，哭於斯，聚國族於斯，是全要領以從先大夫於九京也。」注：「全要領者，免於刑誅也。晋卿大夫之墓地在九原，京蓋字之誤，當爲原。」

西河太守杜公輓歌①〔一〕

蒙叟悲藏壑〔二〕，殷宗惜濟川〔三〕。長安非舊日，京兆是新阡②〔四〕。黄霸官猶屈〔五〕，蒼生望已愆〔六〕。惟餘卿月在〔七〕，留向杜陵懸〔八〕。

其二

鼓角城中出③〔九〕，墳塋郭外新〔一〇〕。雨隨思太守，雲從送夫人。蒿里埋雙劍〔一一〕，松門閉萬春〔一二〕。回瞻北堂上，金印已生塵。

其三

憶昨明光殿，新承天子恩。剖符移北地〔一三〕，受鉞領西門〔一四〕。塞草迎軍幕，邊雲拂使軒〔一五〕。至今聞隴外，戎虜尚亡魂〔一六〕。

其四④

漫漫澄波闊〔一七〕，沉沉大厦深⑤〔一八〕。秉心常匪席⑥〔一九〕，行義每揮金。汲引窺蘭室〔二〇〕，招攜入翰林〔二一〕。多君有令子〔二二〕，猶注世人心。

【校勘記】

①〔西河〕明抄本作河西。《唐百家詩選》無西河太守四字，下有四首二字，小注：銀青光禄大夫河西太守。②〔新阡〕明抄本阡作天。③〔鼓角〕《唐百家詩選》角作吹。④〔其三、其四〕底本

次序相反，此從《唐百家詩選》、明抄本。⑤〔沉沉〕《唐百家詩選》、明抄本作耽耽。⑥〔匪席〕《唐百家詩選》席作石。

【箋注】

〔一〕西河：戰國魏有西河，吴起爲守者也。漢武帝元朔四年置西河郡，領縣三十六，今晉、陝、内蒙交界各縣皆其地也。後世屢有廢置。唐汾州西河郡，領縣五，治西河縣，今山西省汾陽縣是也。杜公：謂杜希望，京兆萬年人。歷靈州別駕、代州都督、鄯州都督，知隴右留後。開元末，宦官牛仙童行邊索賄未遂，誣奏希望不職，下遷恒州刺史，徙西河太守，卒。見《新唐書·杜佑傳》。詩稱西河郡，當爲天寶年間，約在四至七載。王維有《故西河郡杜太守輓歌》詩，應爲同詠。

〔二〕蒙叟：莊周，蒙人也。《元和志》卷七宋州宋城縣（今河南商邱縣）：「小蒙故城，縣北二十二里，即莊周之故里。」《讀史方輿紀要》謂在縣南二十五里也。藏壑：謂死生變化。《莊子·大宗師》：「善吾生者，乃善吾死也。藏舟於壑，藏山於澤，謂之固矣，然而夜半有力者負之而走，昧者不知也。」

〔三〕殷宗：殷高宗武丁。成湯之後，殷數有興衰，盤庚行湯政，諸侯來朝。盤庚崩，弟小辛立，殷復衰。小辛崩，弟小乙立，小乙崩，子武丁立，欲復興殷，得傅説，任之以政，作《説命》。濟川：《尚書·説命》：「若金，用汝作礪。若濟巨川，用汝作舟楫。若歲大旱，用汝作霖雨。」此詩用此喻杜之逝，國失良輔。

〔四〕京兆阡：阡，墓道也。阡同仟。《漢書·遊俠原涉傳》：「初，武帝時京兆尹曹氏葬茂陵，民謂其道爲京兆仟。涉慕之，乃買地開道，立表署曰南陽仟。人不肯從，謂之原氏仟。」駱賓王《丹陽刺史輓詞》：「佳城非舊日，京兆即新阡。」

〔五〕黄霸：漢宣帝時潁川太守，治爲天下第一，後曾爲丞相。此喻杜才可爲台輔，而卒於太守之任，惜之也。

〔六〕愆：過失也。《尚書·大禹謨》「帝德罔愆」傳：「愆，過也。」《詩·小雅·楚茨》：「我孔熯矣，式禮莫愆。」詩言杜屈居外藩，百姓失望。

〔七〕卿月：杜希望破敵有功，擢鴻臚卿。《尚書·洪範》：「王省惟歲，卿士惟月。」

〔八〕杜陵句：此句言杜公葬杜陵也。

〔九〕鼓角：擊鼓吹角，鹵簿也，婚葬用之。《通典》卷一百七《群官鹵簿》中，大鼓一品十六面，二品十四，三品十，四品八；長鳴一品十六具，二品十四，三品十，四品八。鐃吹簫、笳各四；横吹節鼓一，笛、簫、篳篥、笳各四。

〔一〇〕墳塋：《後漢書·公孫瓚傳》：「日南多瘴氣，恐或不還，便當長辭墳塋。」潘岳《西征賦》：「眷鞏洛而掩涕，思纏綿於墳塋。」塋，墓地也。

〔一一〕蒿里：墓葬之處也。古喪歌有《薤露》、《蒿里》，李延年分爲二曲，《蒿里》送士大夫庶人，古辭有「蒿里誰家地，聚斂魂魄無賢愚。」古人以爲人死後魂歸蒿里，故亦爲墳墓代稱。陶淵明《祭從弟敬遠文》：「長歸蒿里，邈無還期。」或謂蒿里乃山名，在泰山旁。李白《擬恨賦》：「晨登泰山，一望蒿里，松楸骨寒，宿草墳毀。」《元和志》卷十兗州乾封縣：「泰山，一曰岱宗，在縣西北三十里。……高里山，一曰蒿里山，在縣西北二十五里。」　雙劍：謂雌雄劍也。《吴越春秋》云，干將，吴之善鑄劍者也，其妻名莫邪。吴王命干將爲劍，干將採五山鐵精與六合金精，合於爐中三月而不熔。其妻莫邪斷髮剪爪，自投於爐中，乃成二劍，即以干將、莫邪爲名。干將獻其雌而留其雄。《搜神記》謂楚王命干將作劍，三年而成，獻雌留雄，王怒，殺之。其妻莫邪生子名赤比，及長，將劍而出，王聞之，購其頭千金。赤比入山哭，有客願爲之報仇，赤比乃自刎。客攜頭及劍見王，煮頭於鑊，三日不爛。王臨視之，客即以劍擬王頭，並己頭俱墜鑊中，三頭俱爛，不可識別，分而葬之，名三王墓云。詩以雙劍喻杜公夫婦，蓋二人同時俱殁，且葬杜陵也。《漢書·賈誼傳·弔屈原賦》「莫邪爲劍」注引應劭曰：「莫邪，吴大夫也。」《文選·子虛賦》李善注引張揖曰：「干將，韓王劍師也。」然則干將、莫邪不可爲雌雄也。

〔三〕松門：古人冢墓植松柏。《古詩十九首》：「驅車上東門，遥望郭北墓。白楊何蕭蕭，松柏夾廣路。」李善注引《白虎通》曰：「庶人無墳，樹以楊柳。」又：「仲長子《昌言》曰：古之葬者，松柏梧桐，以識其墳也。」識音誌。後世則列柏爲墻，樹松作門也。庾信《周柱國大將軍紇于弘神道碑銘》：「山如北邙，樹似東平，松門石起，碑字金生。」駱賓王《樂大夫輓詞》：「蒿里誰家地，松門何代丘。」宋之問《范陽王輓詞》：「蒿里衣冠送，松門印綬迎。」

〔一三〕剖符移北地：杜希望曾爲代州都督、恒州刺史，二州皆北地也。唐代州雁門郡，在長安東北一千六百里。恒州常山郡，在東都北一千一百三十里。見《元和志》。秦、漢有北地郡，在今甘肅、寧夏一帶。秦始皇巡隴西、北地，匈奴殺漢北地都尉卬，皆是也。詩言北地，多爲泛指。宋之問《至端州驛見杜五審言……題壁》詩：「逐臣北地承嚴譴，謂到南中每相見。」

〔一四〕受鉞：鉞者大斧，天子授之將軍以專征伐。《東京賦》「授鉞四七」注：「《六韜》曰，凡國有難，君召將授以斧鉞。」以臣下言之，則爲受鉞。《漢書·王莽傳上》：「莽以太保甄邯爲大將軍，受鉞高廟，領天下兵，左杖節，右把鉞，屯城外。」時宣帝玄孫嬰方二歲，王莽居攝，故至高廟受鉞也。　西門：杜希望爲鄯州都督，開元二十六年，李林甫以宰相遥領隴右節度使，希望爲留後，總府事。西部重鎮故謂西門也。《宋書·蕭惠開傳》：「先劉瑀爲益州，張悦代之，瑀去任，凡所携將佐有不樂反者，必逼制將還，語人曰：隨我上，豈可爲張悦作西門客邪？」

〔一五〕使軒：使車也。唐節度使爲大使，《舊唐書·封常清傳》曾在「副大使幕下」是也，然留後亦得稱使也。《舊唐書·封常清傳》高仙芝出討，常清知留後事，出迴，仙芝乳母子自後走馬突常清而去。常清曰：「常清起自細微，預中丞兵馬使傔，中丞再不納，郎將豈不知乎？今中丞過聽，以常清爲留後使，郎將何得無禮，對中使相凌！郎將須暫死以肅軍容！」此詩言希望爲隴右留後知節度事也。

〔一六〕戎虜尚亡魂：《新唐書·杜佑傳》附父希望事云：「馳傳度隴，破烏蒙衆，斬千餘級，進拔新城，振旅而還，擢鴻臚卿。於是置鎮西軍，希望引師部分塞下，吐蕃懼，遣書求和。」

〔一七〕漫漫。《玉篇》：「漫，水漫漫平遠貌。」　澄波闊：謂器度深廣。《世説新語·德行》：「叔度汪汪，如萬頃之陂，澄之不清，擾之不濁，其器深廣，難測量也。」

〔一八〕沉沉：《史記·陳涉世家》載，陳涉王後六月，其傭耕時故人入宫見其殿屋帷帳，曰：「夥頤，涉之爲王沉沉者！」《集解》：「應劭曰：沉沉，宫室深邃之貌也。」

〔一九〕秉心常匪席：謂心志剛直，不可屈撓。《詩·邶風·柏舟》：「我心匪石，不可轉也，我心匪席，不可卷也。」《新唐書》云：「時軍屢興，府庫虚寡，希望居數歲，芻粟金帛豐餘。宦者牛仙童行邊，或勸希望結其歡，答曰：以貨藩身，我心不忍。仙童還奏希望不職，下遷恒州刺史，徙西河。」匪，本竹器，假借爲非。《詩·衛風·氓》：「匪來貿絲，來即我謀。」箋：「匪，非；即，就也。此民非來買絲，但來就我，欲與我謀，爲室家也。」

〔二〇〕汲引：提攜獎掖也。《漢書·劉向傳》上疏：「昔孔子與顔淵、子貢更相稱譽，不爲朋黨；禹、稷與皋陶傳相汲引，不爲比周。」　蘭室：蘭臺石室，謂祕書省。《宋書·百官志下》：「漢西京圖籍所藏，有天禄、石渠、蘭臺、石室、延閣、廣内之府是也。」唐人亦稱祕書省爲蘭臺、蘭省，或稱祕府、祕閣，亦稱祕室也。常衮《授李濾祕書監制》：「昔劉向父子代典文籍，今之祕室，豈曰避親。」

〔二〕招攜：招撫提攜也。《左傳》僖公七年，「招攜以禮，懷遠以德。」注以攜爲離。謝惠連《擣衣詩》：「美人戒裳服，端飾相招攜。」李善注亦引《左傳》管仲之言，又引何休《公羊傳》注曰：「攜，提將也。」岑詩所言，當爲提攜之義也。　翰林：文翰之林也。揚雄《長楊賦》「藉翰林以爲主人」注：「韋昭曰：翰，筆也。善曰：翰林，文翰之多若林也。」唐初有待詔之文士，未有名目，乾封中乃有北門學士之名。玄宗初置翰林待詔，後又名翰林供奉，又名曰翰林學士，入選者文士榮之。此詩所言或泛稱辭賦之士。如被希望所引之崔顥，即爲名重當時之詩人也。

〔三〕多：善之也，高之也。《韓非子·五蠹》：「以其犯罪也罪之，而多其有勇也。」　令子：佳兒也。杜希望有子多人。信，太子賓客。位，考功郎中，湖州刺史。佋，詹事司直，金城丞。任，河南府兵曹參軍。儒，武進主簿。佑，相武、順、憲三宗。供，洪州刺史。《新唐書·宰相世系表》又有巨卿者，兼侍御史，而杜儒字巨卿，杜佑字君卿，故此處恐誤。

河南尹岐國公贈工部尚書蘇公輓歌①〔一〕

河尹恩榮舊〔二〕，尚書寵贈新②〔三〕。一門傳畫戟〔四〕，幾世駕朱輪。夜色何時曉，泉臺不復春〔五〕。惟餘朝服在〔六〕，金印已生塵。

其二

白日扃泉户〔七〕，青春掩夜臺〔八〕。舊堂階草長〔九〕，新院砌花開③〔一〇〕。山晚銘旌去，郊寒騎吹回〔一一〕。三川難可見〔一二〕，應惜庾公才〔一三〕。

【校勘記】

①〔詩題〕明抄本河前有故字，歌下有二首二字。②〔寵贈〕底本贈作賜，此從明抄本。③〔新院〕明抄本新作空。

【箋注】

〔一〕贈：卒後追封官爵曰贈。前漢周昌卒，謚悼侯，任敖卒謚懿侯，蓋追贈之始。《後漢書·鄧禹子訓傳》：「使謁者持節至訓墓，賜策追封，謚曰平壽敬侯。」按謚法始自周，以生前行迹卒後定其稱號，非封贈官爵之謂也。漢周昌、任敖、後漢鄧訓生前非侯爵，其悼、懿、敬雖合謚法，而侯乃封爵也。鄧禹孫弘卒，《後漢書》曰：「有司奏贈弘驃騎將軍，位特進，封西平侯。太后追思弘意，不加贈位衣服，但賜錢千萬，布萬匹，騭等復辭不受。」此但言封贈爵位，未加謚字，乃史傳記載之始也。唐人有謚復有贈。陳叔達爲高祖納言，太子建成等鬩間太宗，帝惑之，叔達極意救辯。《新唐書》本傳云：「後閨薄汙慢，爲有司露劾，帝以名臣爲護掩，授散秩歸第。卒，謚曰繆。久之，贈户部尚書，更謚曰忠。」初謚繆，以閨薄汙慢也；更謚曰忠，以曾極意救辯太宗也。户部尚書乃卒後贈官也。他如楊恭仁卒贈潭州都督，謚曰孝；楊師道卒贈吏部尚書，謚曰懿，皆此義。　蘇公：蘇震，以蔭補千牛，歷殿中侍御史、長安令。肅宗興師靈武，震奔赴行在，拜御史中丞，遷文部侍郎。二京平，爲河南尹，以兵敗奔襄鄧，貶濟王府長史。後爲泰陵、建陵鹵簿使，以勞封岐國公。《新唐書·蘇震傳》：「代宗將幸東都，復以震爲河南尹，未行，卒，贈禮部尚書。」《舊唐書·代宗紀》廣德二年十月，「甲申，河南尹蘇震卒」。詩即作於其時。

〔二〕恩榮：天子所給之榮譽。李白《入朝曲》：「濟濟雙闕下，歡娛樂恩榮。」

〔三〕尚書寵贈：詩言贈工部尚書，《新唐書》云贈禮部尚書，或以詩言爲是。

〔四〕門傳晝戟：唐制：三品以上門施棨戟。蘇震祖瓌，神龍元年三月以户部尚書守侍中，十月即真。景龍三年又以右僕射同中書門下三品，景雲元年以老病罷爲太子少傅。震父頲開元四年以紫微侍郎同紫微黄門平章事，八年罷爲禮部尚書。震爲河南尹，從三品，亦得立戟，故三世傳晝戟也。

〔五〕泉臺：謂墓穴也。駱賓王《樂大夫輓詞》：「忽見泉臺路，猶疑水鏡懸。」春秋文公十六年「毀泉臺」則爲臺名也。

〔六〕朝服：即具服。《新唐書·車服志》：「具服者，五品以上陪祭、朝饗、拜表、大事之服也，亦曰朝服。冠幘，簪笏，絳紗單衣，白紗巾單，黑領、袖，黑褾、襈、裾，白裙襦，革帶金鉤■，假帶，曲領方心，絳紗蔽膝，白襪，烏皮舄，劍，紛，鞶囊，雙佩，雙綬。六品以下去劍、佩、綬，七品以下以白筆代簪，八品、九品去白筆、白紗中單，以履代舄。」

〔七〕扃：關閉也。班倢伃《自傷賦》：「潛玄宫兮幽以清，石門閉兮禁闥扃。」顔延之《陽給事誄》：「金柝夜擊，和門晝扃。」　泉户：墓門也。張説《贈工部尚書馮公輓歌》：「泉户一朝閉，松風四面來。」

〔八〕夜臺：亦謂墓穴也。阮瑀《七哀詩》：「冥冥九泉室，漫漫長夜臺。」陸機《輓歌詩》：「按轡遵長薄，送子長夜臺。」

〔九〕舊堂：疑謂祠堂也。司馬光《文潞公家廟碑》：「漢世公卿貴人多建祠堂於墓所，在都邑則鮮焉。……唐世貴臣皆有廟。」陸機《輓歌詩》有「壽堂延魑魅」句，亦似建於墓地也。蘇瓌、蘇頲自應有祠堂，故曰舊。

〔一〇〕新院：亦似謂祠堂之院。蘇震新卒，乃又建院也。

〔一一〕騎吹：鹵簿也。見《盛王輓歌》注〔七〕。

〔一二〕三川：秦置三川郡，以地有河、洛、伊三水，故名。漢改河南郡，唐爲河南府。

〔一三〕庾公：庾信，新野人，與父肩吾同爲諫官。侯景之亂，流徙荆襄，後入北周，曾爲洛州刺史。此以喻蘇震。

韓員外夫人清河縣君崔氏輓歌①〔一〕

令德當時重〔二〕，高門舉世推〔三〕。從夫榮已絶，封邑寵難追〔四〕。陌上人皆惜〔五〕，花間鳥亦悲②。仙郎看隴月〔六〕，猶想畫眉時③〔七〕。

其二

遽聞傷別劍〔八〕，忽復歎藏舟〔九〕。燈冷泉中夜，衣寒地下秋。青松弔客思④，丹旐路人愁。徒有清河在，空悲逝水流。

【校勘記】

①〔詩題〕明抄本下有二首二字。②〔鳥亦悲〕底本亦作自，此從明抄本。③〔猶想〕底本注：想一作憶，明抄本作憶。④〔弔客思〕底本注：思一作淚。《唐詩紀》作淚。

【箋注】

〔一〕韓員外：未詳。岑參故友中有韓樽、韓巽，未知與此員外是否相關。　縣君：唐官五品者母、妻得封縣君。尚書員外郎爲從六品上，未逮五品，此當以散官階爲從五品下之朝散大夫也。《舊唐書·職官志》吏部司封郎中：「五品若勳官三品有封，母、妻爲縣君，散官並同職事。」　詩或爲廣德年間之作。

〔二〕令德：美德也。《左傳》隱公三年：「光昭先君之令德，可不務乎」！《古詩十九首》：「令德唱高言，識曲聽其真。」

〔三〕高門：門第高貴。《莊子·達生》：「有張毅者，高門懸薄無不走。」注：「宣云：高門，大家；

懸簾薄以蔽門，小家也。」《莊子集釋》疏：「高門，富貴之家也；懸薄，垂簾也。」言張毅是流俗之人，追奔世利，高門甲第，朱户垂簾，莫不馳驟參謁，趨走慶弔。」懸薄解釋有異。崔氏爲唐世著姓，有宰相二十三人，名宦如雲。崔氏出自姜姓，齊丁公伋嫡子季子讓國叔乙，食采於崔，遂爲崔氏。十六世孫業爲漢東萊侯，居清河東武城，子孫曼延，南北朝時多居高官。故云高門也。

〔四〕封邑：戰國時與有功者以封地，衛鞅封於商是也。唐世封爵九等，一曰王，食邑萬户；二曰嗣王、郡王，食邑五千户；三曰國公，食邑三千户；至九爲開國縣男，食邑三百户。然睿宗子成器中宗時封蔡王，實封僅七百户；後以嫡長讓儲位，實封至二千户，玄宗平太平公主亂，又加實封一千户；開元四年改名憲，改封寧王，實封至五千五百户，他王莫及之，亦未至萬户也。哥舒翰天寶十二載進封凉國公，又爲西平郡王，食實封僅三百户耳。可知封爵雖有，而封土皆未至也。至若夫人封縣君，更徒有空號，實無封邑也。

〔五〕陌上：道路之上也。陌者田上界。《史記·秦本紀》孝公七年「田開阡陌」，《索隱》：「《風俗通》曰，南北爲阡，東西曰陌。」陌上，路上也。梁何遜《塘邊見古冢》詩：「陌上驅馳人，笑歌自侈靡。」

〔六〕隴月：墳墓上之月也。隴通壠，墳也，亦作壟。《禮記·曲禮上》：「適墓不登壟」注：「壟，冢也。」

〔七〕畫眉時：《漢書·張敞傳》爲京兆尹，「敞無威儀，時罷朝會，過走馬章臺街，使御史驅，自以便面拊馬。又爲婦畫眉，長安中傳張京兆眉憮。有司以奏敞。上問之，對曰：臣聞閨房之内，夫婦之私，有過於畫眉者」。

〔八〕別劍：徐公愛季札劍，徐公死，季札挂劍於冢樹。此喻死別。

〔九〕藏舟：猶藏壑，見《莊子·大宗師》，謂死生變化。駱賓王《樂大夫輓詞》：「居然得物化，何處欲藏舟。」

補遺三首

送人赴安西①〔一〕

上馬帶吴鉤②〔二〕，翩翩度隴頭〔三〕。小來思報國〔四〕，不是愛封侯。萬里鄉爲夢，三邊月作愁〔五〕。早須清黠虜〔六〕，無事莫經秋。（《文苑英華》、明抄本）

【校勘記】

①〔赴安西〕《唐詩紀》赴作到。　②〔吴鉤〕《唐詩紀》吴作胡。

【箋注】

〔一〕此詩寫作年代不詳，或在天寶六載春，以其年有征小勃律之役也。詩當作於長安。

〔二〕吴鉤：彎刀名。左思《吴都賦》「吴鉤越棘」李善注引《越絶書》曰：「闔閭既重莫耶，乃復命國中作金鉤。有人貪王賞之重，殺其兩兒，以血釁鉤，遂成二鉤，獻之闔閭，詣官求賞。王曰：爲鉤者衆多，而子獨求賞，何以異於衆人之鉤乎？曰：我之作鉤也，殺二子成兩鉤。王曰：舉鉤以示之，何者是也？於是鉤師向鉤而哭，呼其兩子之名吴鴻、扈稽曰：我在此，王不知汝之神也。聲未絶於口，兩鉤俱飛著於父之背。吴王大驚曰：嗟乎！寡人誠負子。乃賞之百金，遂服其劍。」今見《吴越春秋》載之，文小異也。《夢溪筆談》十九：「唐人詩多有言吴鉤者，吴鉤刀名也，刃彎，今南蠻用之，謂之葛黨刀。」

〔三〕隴頭：隴山頭也。樂府有《隴頭水》，傳爲李延年所造。虞羲《詠霍將軍北伐》詩：「胡笳關下思，羌笛隴頭鳴。」

〔四〕小來：謂少年也。唐詩中用之。李商隱《鄠杜馬上念漢書》詩：「小來惟射獵，興罷得乾坤。」

〔五〕三邊：泛指北方邊地。王應麟《小學紺珠》：「三邊：幽、并、凉。」

〔六〕黠虜：謂狡敵也。《後漢書·伏湛傳》諫光武帝上疏：「漁陽之地，逼近北狄，黠虜困迫，必求其助。」

送楊子①〔一〕

斗酒渭城邊〔二〕，壚頭耐醉眠。梨花千樹雪，柳葉萬條煙②。惜别添壺酒③，臨岐贈馬

鞭〔三〕。看君潁上去〔四〕，新月到家圓。（宋本、《文苑英華》、《唐百家詩選》）

【校勘記】

①〔詩題〕《文苑英華》楊作陽，此從《唐百家詩選》、宋本。宋本題下注：誤載太白律詩。則所據岑集中原有此詩，南宋人翻刻時妄加注語也。　②〔柳葉〕《唐百家詩選》、宋本柳作楊，此從《文苑英華》。　③〔壺酒〕《文苑英華》酒作醒，此從《唐百家詩選》、宋本。

【箋注】

〔一〕此詩亦見李白集中。然除《文苑英華》、《唐百家詩選》作岑詩外，嚴羽《滄浪詩話考證》云：「太白詩斗酒渭城邊，爐頭耐醉眠，乃岑參之詩誤入。」祝穆《古今事文類聚》別集卷二十四、魏慶之《詩人玉屑》均以之爲岑詩，則宋人大多同此。計敏求編《李太白文集》卷十五亦收此詩，文小異。清王琦注李白詩亦云此當爲岑作。按岑詩中梨花字凡十一見，另有梨葉字，且雪如梨花，梨花如雪，更爲善喻。而由京至潁水上新月到圓，十天光景，更爲出入兩郡多次之體會，非他人能言者。故此詩自爲岑作，作李白誤也。詩當作於天寶前期。

〔二〕渭城：漢武帝改咸陽爲渭城，在渭北。在長安送人東行不當至渭北。宋吴曾《能改齋漫録》以爲王維詩渭城朝雨，乃渭城驛，在長安西三十里。今送人赴潁上，亦不當出長安西行三十里。故此渭城者，即長安城也。

〔三〕臨岐：岐通歧。《爾雅·釋宫》：「一達謂之道路，二達謂之歧旁。」注：「歧，道旁出也。」鮑照《舞鶴賦》：「指會規翔，臨岐矩步。」注：「會，四會之道；岐，岐路也。」　贈馬鞭：臨别折柳枝相贈，非真馬鞭也。《三輔黄圖》：「灞橋在長安東，跨水作橋，漢人送客至此橋，折柳贈别。」

〔四〕潁上：謂潁水之上，與淇上、霅上義同，非潁上縣也。新月到家圓，途中約需十天，距長安當在千里之内。據《元和志》，長安東至洛陽八百五十里，潁陽縣至洛陽九十里，登封縣至洛陽一百三十里，楊子家當在嵩潁之間也。而潁上縣西北至潁州（阜陽）一百一十七里，潁州至長安一千八百二十七里，共一千九百四十四里，途程過遠，不能「新月到家圓」也。

西河郡太守張夫人輓歌①〔一〕

鵲印慶仍傳〔二〕，魚軒寵莫先〔三〕。從夫元凱貴〔四〕，訓子孟軻賢〔五〕。龍是雙歸日〔六〕，鸞非獨舞年〔七〕。哀容今共盡〔八〕，悽愴杜陵田〔九〕。（《唐詩紀》）

【校勘記】

①〔太守〕《唐詩紀》作太原守，《唐音統籤》、《全唐詩》沿襲之。李嘉言《岑詩繫年》以爲原字衍，此從其説，删去原字。

【箋注】

〔一〕張夫人：當爲西河太守杜希望之夫人。《岑詩繫年》：「此詩重見《全唐詩》卷九李岑、李峰二人集中，俱失注。……《杜公輓歌》云：雨隨思太守，雲從送夫人，蒿里埋雙劍，松門閉萬春；此詩云：龍是雙歸日，鸞非獨舞年，哀容今共盡，悽愴杜陵田：是杜與夫人並亡，此詩之夫人即杜公之夫人。然則太原守之原字當係衍文，此詩亦當作岑參，作李岑、李峰者，傳寫之誤耳。」按輓杜公詩「留向杜陵懸」與此詩「悽愴杜陵田」同，知二人同葬杜陵；輓杜公詩「多君有令子」與此詩「訓子孟軻賢」同，知二人同有令子。此詩又有「從夫元凱貴」，明言夫人乃杜氏婦，故此張夫人乃杜希望之妻已無疑問矣。

〔二〕鵲印：《搜神記》九：「常山張顥爲梁州牧，天新雨後，有鳥如山鵲，飛翔入市，忽然墜地。人争取之，化爲圓石。顥椎破之，得一金印，文曰：忠孝侯印。顥以上聞，藏之祕府。後議郎汝南樊衡夷上言：堯舜時舊有此官，今天降印，宜可復置。顥後官至太尉。」詩言慶仍傳，謂夫人有子可繼父業。

〔三〕魚軒：周時諸侯夫人之車。《左傳》閔公二年：「衛戴公立，齊侯歸夫人魚軒。」杜預注：「魚軒，夫人車，以魚皮爲飾。」唐之太守，可比周之諸侯，故稱其夫人車爲魚軒也。

〔四〕元凱：晋杜預字元凱，爲征南大將軍，獻策平吴，撰《春秋左氏經傳集解》，成一家之言。杜希望即杜預之後，故云「從夫元凱貴」也。

〔五〕訓子孟軻：《古列女傳·鄒孟軻母》：「其舍近墓，孟子之少也，嬉戲爲墓間之事，踴躍築埋。孟母曰：此非吾所以居處子。乃去舍市旁，其嬉戲爲賈人衒賣之事。孟母又曰：非吾所以居處子也。復徙舍學宮之旁，其嬉戲乃設俎豆揖讓進退。孟母曰：真可以居吾子矣，遂居之。……孟子之少也，既學而歸，孟母方績，問曰：學所至矣？孟子曰：自若也。孟母以刀斷其織。孟子懼而問其故，孟母曰：子之廢學，若吾斷斯織也。……孟子懼，旦夕勤學不息。」詩言夫人善於訓子如孟母也。

〔六〕龍歸：《後漢書·周舉傳》：「太原一郡，舊俗以介子推焚骸，有龍忌之禁。」《説苑·復恩》載介子推歌曰：「龍返其淵，安其壤土。」此或以龍歸謂永息也。

〔七〕鸞舞：鸞，瑞鳥也，《説文》謂赤色五采，鷄形者也。或謂鸞乃鳳之雛，或謂鳳之佐。《初學記》三十謂雄曰鳳，雌曰鸞。鸞不獨舞，謂鳳已去，鸞亦將隨其雄俱去也。

〔八〕哀容：《孔子家語·曲禮·子夏問》：「請勿瘠色，無揮涙拊膺，無哀容，無加服，有降服，從禮而静，是昭吾子也。」哀思逝者之容也。

〔九〕悽愴：《禮記·祭義》：「霜露既降，君子履之，必有悽愴之心。」《楚辭·九辯》：「中憯惻之悽愴兮，長太息而增欷。」　杜陵田：杜陵之墓田也。《太平御覽》卷五六〇引魏武《遺令》曰：「汝等時時登銅雀臺，望吾西陵墓田。」《晋書·嵇紹傳》：「帝乃遣使册贈侍中……賜墓田一頃。」

岑嘉州詩卷之四 五言長律十二首補遺一首

送嚴黃門拜御史大夫再鎮蜀川兼覲省〔一〕

授鉞辭金殿〔二〕，承恩戀玉墀〔三〕。登壇漢主用〔四〕，講德蜀人思〔五〕。副相韓安國〔六〕，黃門向子期〔七〕。刀州重入夢〔八〕，劍閣再題辭〔九〕。春草連青綬〔一〇〕，晴花間赤旗。山鶯朝送酒，江月夜供詩。許國分憂日〔一一〕，榮親色養時〔一二〕。蒼生望已久，來去不應遲〔一三〕。

【箋注】

〔一〕嚴黃門：謂嚴武。《資治通鑑》卷二二三代宗廣德二年正月，「癸卯，合劍南東西川爲一道，以黃門侍郎嚴武爲節度使」。《舊唐書·嚴武傳》：「尋還黃門侍郎，與宰臣元載深相結託，冀其引在同列。事未行，求爲方面，復拜成都尹，充劍南節度等使。」　拜御史大夫：《新唐書》不載武此時爲御史大夫，僅有「還黃門侍郎，與元載厚相結，求宰相不遂，復節度劍南」，與《舊唐書》同。《舊唐書》此後雖有御史大夫字，而記事錯亂：「出爲綿州刺史、遷劍南東川節度使，入爲太子賓客，兼御史中丞。上皇誥以劍兩川合爲一道，拜武成都尹、兼御史大夫，充劍南節度使；入爲太子賓客，遷京兆尹，兼御史大夫。二聖山陵，以武爲橋道使。無何，罷兼御史大夫，改吏部侍郎，尋還黃門侍郎。」武出爲巴州，見肅宗詔。爲河南尹兼御史中丞，見岑詩，在上元二年初。

其爲東川，見《杜集錢箋》引趙抃《玉壘記》：「東劍段子璋反，崔光遠命花驚定平之，監軍按其罪，冬十月，恚死。其月，廷命嚴武。」武爲西川在寶應元年，杜詩有「嚴中丞」字，時亦未爲大夫也。劍南節度分東西川在至德二載，復合在廣德二年，又分在大曆元年也。證以岑詩，嚴武於廣德二年出鎮蜀川時乃拜御史大夫，時合兩川爲一也。　黄門：黄門侍郎之簡稱。《通典》卷三十一：「秦官有黄門侍郎，漢因之。……凡禁闥，黄門，故號黄門。其官給事於黄闥之内，故曰黄門侍郎。」唐龍朔二年稱東臺侍郎，垂拱元年曰鸞臺侍郎，開元元年曰門下侍郎，乾元元年曰黄門侍郎，大曆二年復曰門下侍郎。《舊唐書·職官志》：「門下侍郎掌貳侍中之職，凡政之弛張，事之與奪，皆參議焉。若大祭祀，則從升壇以陪禮。皇帝盥手，則奉巾以進。既帨，則奠巾於篚，奉瓠爵以贊獻。凡元正，冬至天子視朝，則以天下祥瑞奏聞。」　再鎮：《資治通鑑》寶應元年六月，「壬戌，以兵部侍郎嚴武爲西川節度使」。此廣德元年再赴成都，故云再鎮。其上元元年爲東川節度使在梓州，不在蜀川，故未計在内。杜詩「主恩前後三持節」，則計東川言之也。《通鑑》永泰元年四月「武三鎮劍南」胡三省注：「按至德二載收長安，以武爲劍南東川節度使，上皇誥以劍南兩川合爲一道，拜武成都尹，充劍南節度使，既，召入朝，去年復以武鎮劍南，凡再鎮劍南，前後三受命耳。」胡云再鎮劍南，亦有語病，武一鎮東川，二鎮西川，最後始以劍南名鎮也。而以至德二載爲東川則謬矣。　蜀川：稱地爲川，首見秦置潁川郡，《史記·貨殖列傳》有「渭川千畝竹」。後漢趙曄《吴越春秋·越王無餘外傳》：「家於西羌地，曰石紐，石紐在蜀西川也。」此或即稱蜀爲川之始也。

〔二〕授鉞：鉞，大斧。《晉書·禮志下》：「漢魏故事，遣將出征，符節郎授節鉞於朝堂。」　金殿：天子宫殿金碧輝煌也。江總《置酒高殿上》詩：「羽籥響鐘石，流泉灌金殿。」

〔三〕玉墀：顔延之《宋文皇帝元皇后哀策文》：「灑零玉墀，雨肆丹掖。」《文選》注：「向曰：玉墀、丹掖，皆宫殿之間也，而以玉、丹飾也。」

〔四〕登壇：用韓信登壇拜將事。《史記·淮陰侯列傳索隱述贊》：「相國深贊，策拜登壇。」古者盟會亦設壇，《史記》「曹沫以匕首劫（齊）桓公於壇上」是也。庾信《擬連珠》：「曹劌（按即曹沫）登壇，汶陽之田遽反。」

〔五〕講德：《漢書·王褒傳》，宣帝時天下殷富，乃講論六藝群書，博盡奇異之好，徵召材能，待詔金馬門。益州刺史王襄欲宣風化於衆庶，乃使王褒作《中和》、《樂職》、《宣布》之詩以頌聖德。褒又作《四子講德論》，以微斯文學、虚儀夫子、浮遊先生、陳丘子四人辯論以明意也。文載《文選》。

〔六〕韓安國：安國字長孺，漢景帝時事梁孝王爲中大夫，吴楚反，用爲將禦之，有功。武帝時閩、東越相攻，遣安國、王恢將兵討之，東越殺其王，降。安國歸，以之爲御史大夫。此喻嚴武也。韓安國後墮車蹇甚，病免，又爲衛尉，與匈奴戰不利，徙屯右北平，忽忽不樂，嘔血死。見《漢書·韓安國傳》。

〔七〕向子期：向秀字子期，清悟有遠識，雅好《莊》、《老》。與嵇康、吕安爲友，二人爲鍾會譖誅，作《思舊賦》以見意。後爲散騎侍郎，轉黄門侍郎、散騎常侍，卒。見《晋書·向秀傳》。

〔八〕刀州入夢：《晋書·王濬傳》：「轉廣漢太守，垂惠布政，百姓賴之。濬夜夢懸三刀於卧屋梁上，須臾又益一刀。濬驚覺，意甚惡之。主簿李毅再拜賀曰：三刀爲州字，又益一者，明府其臨益州乎？及賊張弘殺益州刺史皇甫晏，果遷濬爲益州刺史。」王濬平吴，封萬户侯，卒年八十。

〔九〕劍閣題辭：《晋書·張載傳》：「張載字孟陽，安平人也。父收，蜀郡太守。載性閑雅，博學有文章。太康初，至蜀省父，道經劍閣。載以蜀人恃險好亂，因著銘以作誡曰：……（《劍閣銘》亦見《文選》）。益州刺史張敏見而奇之，乃表上其文，武帝遣使鐫之於劍閣山焉。」載爲著作郎，補肥鄉令，轉太子中舍人，遷樂安相、弘農太守，拜中書侍郎，領著作。見世方亂，稱疾告歸，卒。

〔一〇〕青綬：漢制，御史大夫銀印青綬。唐御史大夫紫綬。《舊唐書·輿服志》：「一品、三品紫綬，三綵：緑、黄、赤，純紫質，長一丈六尺，一百八十首，廣八寸。」綬組曰首。

〔一一〕許國：《晋書·陸玩傳》上疏自陳：「誠以身許國，義志曲讓。」　分憂：《晋書·宣帝紀》魏黄初五年加給事中，録尚書事，文帝謂之曰：「此非以爲榮，乃分憂耳。」

〔一二〕色養：謂孝養父母須承順顔色。《論語·爲政》：「子游問孝，子曰：今之孝者，是爲能養，至於犬馬，皆能有養，不敬，何以别乎？子夏問孝，子曰：色難。」注：「色難者，謂承順父母顔色乃爲難。」

〔一三〕來去：當爲去來之誤倒。陶淵明《歸去來辭》：「歸去來兮，田園將蕪胡不歸。」此但爲歸去，來字無義也。《晉書・祈嘉傳》：「年二十餘，夜忽窗中有聲呼曰：祈孔賓，祈孔賓！隱去來，隱去來！」此亦但謂隱去也。詩言嚴武不應遲去，故云去來不應遲。若云來去，則有來有去矣。

【評論】

清吳瑞榮《唐詩箋要》：「此在嘉州集中已爲小乘禪矣，然猶未墮俗諦。」

送郭僕射節制劍南〔一〕

鐵馬擐紅纓〔二〕，幡旗出禁城〔三〕。明主親授鉞①，丞相欲專征〔四〕。玉饌天厨送〔五〕，金杯御酒傾。劍門乘嶮過〔六〕，閣道踏空行。山鳥驚吹笛，江猿看洗兵〔七〕。曉雲隨去陣，夜月逐行營。南仲今時往②〔八〕，西戎計日平③〔九〕。將心感知己〔一〇〕，萬里寄懸旌④〔一一〕。

【校勘記】

①〔明主〕宋本主作王。　②〔今時〕底本、宋本注：今一作令。　③〔計日〕底本注：計一作刻。

④〔懸旌〕底本懸作旗，注：本作懸。此從宋本。

【箋注】

〔一〕郭僕射：郭英乂。《舊唐書・代宗紀》永泰元年四月，「庚寅，劍南節度使、檢校吏部尚書嚴武卒。五月癸丑，以尚書右僕射、定襄郡王郭英乂爲成都尹、御史大夫，充劍南節度使。」英乂字元武，名將郭知運季子，累遷諸衛員外將軍。至德初遷隴右節度使，還京爲羽林大將軍，上元年間爲陝西節度使。收東都，權知留守，廣德元年拜右僕射，封定襄郡王。及代嚴武爲劍南節度使，誣殺大將王崇俊，出兵襲西山兵馬使崔旰，反爲所敗，奔簡州，爲刺史韓澄所殺。新、舊《唐書》有傳。　詩作於永泰元年五月。

〔二〕鐵馬：猶鐵騎，披甲之馬。梁陸倕《石闕銘》：「鐵馬千群，朱旗萬里。」李善注：「鐵馬，鐵甲之馬。」

〔三〕幡旗：作戰用旗幡也。《後漢書·吴漢傳》：「多樹幡旗，使煙火不息。」　禁城：宫城也。顏延之《拜陵廟作》詩：「夙御嚴清制，朝駕守禁城。」按天子所居宫中，亦稱禁中。《史記·秦始皇本紀附二世紀》「於是二世常居禁中」《集解》：「蔡邕曰：禁中者，門户有禁，非侍御者不得入，故曰禁中。」

〔四〕丞相：唐初，左右僕射爲尚書令之副貳。自太宗嘗爲尚書令，後人不敢居此位，而兩僕射與中書令、侍中同爲宰相，然必加同中書門下平章事、參知機務等名。開元元年改左、右僕射爲左、右丞相，亦須同平章事方爲真宰相。開元十四年張説罷爲右丞相，即已不再執政。天寶元年復爲左、右僕射，亦不執政，而以侍中爲左相，中書令爲右相。肅、代兩朝，僕射亦無丞相之名，此蓋以開元舊稱尊之耳。

〔五〕玉饌：珍食也。《吴都賦》：「競其區宇，則并疆兼巷；矜其宴居，則珠服玉饌。」《文選》注：

「翰曰：玉饌，言珍美而比於玉。」亦猶玉食也。《尚書·洪範》：「惟辟作威，惟辟玉食。」傳：「惟君得專威福，爲美食。」　天厨：天子之厨，清朝之御膳房是也。

〔六〕巘：巘通險。嵇康《琴賦》：「丹崖巘巇，青壁萬尋。」

〔七〕洗兵：左思《魏都賦》：「洗兵海島，刷馬江洲。」李善注：「魏武《兵接要》曰：大將將行，雨濡衣冠，是謂洗兵。」按《三國志·魏·武帝紀》注引孫盛《異同雜語》曰：「抄集諸家兵法，名曰《接要》。」又《太平御覽》卷十一：「魏武帝《兵書接要》曰：大軍將行，雨濡衣冠，是謂灑兵，其師有慶。」劉向《説苑·權謀》：「武王伐紂，……大風折旆，散宜生諫曰：此其妖歟？武王曰：非也，天落兵也。風霽而乘以大雨，水平地而嗇，散宜生又諫曰：此其妖歟？武王曰：非也，天灑兵也。」

〔八〕南仲：西周將軍名。《詩·大雅·常武》「南仲大祖」箋：「南仲，文王時武臣也。」周宣王遣南仲征徐方，得勝而還。此以喻郭。

〔九〕西戎：上古時西戎泛指西方之族，唐世則概指吐蕃。于休烈《請不賜吐蕃書籍疏》：「今西戎，國之寇仇。」常衮《賀劍南破西蕃表》：「陛下以西戎負恩，連歲設備。」杜佑《論邊將請擊党項及吐蕃表》：「臣伏見近者党項與西戎潛通，屢有降人指陳事迹。」例證尚多，不詳舉。

〔一〇〕知己：知己一語，後世多施於同儕，而古人亦用於君臣之間也。《戰國策·趙策一》：「晋畢陽之孫豫讓，始事范、中行氏而不説，去而就知伯，知伯寵之。及三晋分知氏，趙襄子最怨知伯，而將其頭以爲飲器。豫讓遁逃山中，曰：嗟乎！士爲知己者死，女爲悦己者容，吾其報知氏之仇矣。……其友謂之曰：子之道甚難而無功，謂子有志則然矣，謂子智則否。以子之才，而善事襄子，襄子必近幸子，子之得近而行所欲，此甚易而功必成。豫讓乃笑而應之曰：是爲先知報後知，爲故君賊新君，大亂君臣之義者無（無下疑脱過字）此矣。凡吾所謂爲此者，以明君臣之義，非從易也。且夫委質而事人，而求弑之，是懷二心以事君也。吾所爲難，亦將以愧天下後世人臣懷二心者。」豫讓所謂知己者，「知伯以國士遇臣，臣故國士報之」。詩言郭亦受天子知遇之恩，心懷報效也。

〔二〕懸旌：《戰國策》楚王「心摇摇如懸旌」，喻心神不定。然亦謂軍旗之飄揚也。《漢書·陳湯傳》劉向爲陳湯上疏：「搴歙侯之旗，斬郅支之首，懸旌萬里之外，揚威昆山之西。」《三國志·魏·武帝紀》建安二十一年爲魏王，注引《獻帝傳》載詔書：「盪定西陲，懸旌萬里，聲教遠震，寧我區夏。」詩言郭將報效之心寄於懸旌萬里之上也。

送盧郎中除杭州赴任〔一〕

罷起郎官草〔二〕，初分刺史符〔三〕。海雲迎過楚①〔四〕，江月引歸吴〔五〕。城底濤聲震②〔六〕，樓端蜃氣孤〔七〕。千家窺驛舫〔八〕，五馬飲春湖。柳色供詩用，鶯聲送酒須〔九〕。知君望鄉處，枉道上姑蘇〔一〇〕。

【校勘記】

①〔海雲〕底本注：海一作山。　②〔濤聲震〕底本注：震一作壯。

【箋注】

〔一〕盧郎中：盧幼平范陽人，曾爲兵部郎中、杭州刺史，太子賓客。李華《杭州刺史廳壁記》：「杭州東南名郡，……詔以兵部郎中范陽盧公幼平爲之。麾幢戾止，未逾三月，降者遷忠義，歸者喜生育。永泰元年七月二十五日記。」降者，謂從袁晁、方清起事之民也。聞一多曰：「詩曰千家窺驛舫，五馬飲春湖，柳色供詩用，鶯聲送酒須，此所記幼平出京時物候，明爲暮春。李《記》作於七月，而曰麾幢戾止，未逾三月，是幼平至杭州爲四月。三月出京，四月到杭，詩與《記》紀時正合，則作於永泰元年矣。」又權德輿《唐故銀青光禄大夫守吏部尚書兼御史大夫充諸道鹽鐵轉運等使上柱國趙郡開國公贈尚書右僕射李公（巽）墓誌銘并序》：「凡三合姓，初曰范陽盧夫人，太子賓客幼平之女。」則幼平於杭州刺史之後，又曾遷太子賓客也。　除：除舊布新，謂任新官也。《夢溪筆談·辯證》：「除拜官職，謂除其舊籍，不然也。除，猶易也，以新易舊曰除。如新舊歲之交，謂之歲除。《易》除戎器戒不虞，以新易弊，所以備不虞也。階謂之除者，自下而上，亦更易之義。」然更易，亦除舊布新也。　杭州：漢屬會稽，爲西部都尉治所，曰錢唐縣，唐世加土旁，爲錢塘。陳禎明中置錢唐郡，隋平陳，改杭州，大業初改餘杭郡，唐初又曰杭州。五代時吴越都之，南宋改臨安府，元曰杭州路，明清曰杭州府，民國廢府，曰杭縣，今爲杭州市。

唐杭州管縣八，開元户八萬四千餘，上州也。

〔二〕郎官草：應劭《漢官儀》：「尚書郎主作文書起草。」

〔三〕刺史符：漢文帝初與刺史銅虎符、竹使符。《新唐書·高祖紀》義寧元年四月，「辛巳，停竹使符，班銀菟符」。武德元年九月，「癸丑，改銀菟符爲銅魚符。」

〔四〕過楚：自長安赴杭州，途經今豫東、皖北、江蘇中南部，均爲戰國楚地。

〔五〕歸吴：春秋時今蘇州、杭州均爲吴國。

〔六〕濤聲震：謂浙江潮也。《元和志》卷二十五杭州錢塘縣：「浙江，在縣南一十二里。……江濤每日晝夜再上，常以月十日、二十五日最小，月三日、十八日極大，小則水漸漲不過數尺，大則濤湧高至數丈。每年八月十八日，數百里士女，共觀舟人漁子泝濤觸浪，謂之弄潮。」唐世今海寧縣鹽官鎮爲錢塘縣地也。宋周密《武林舊事·觀潮》：「浙江之潮，天下之偉觀也。自既望至十八日爲最盛。方其遠出海門，僅如銀綫，既而漸定（近？），則玉城雪嶺際天而來，大聲如雷霆，震撼激射，吞天沃日。」

〔七〕蜃氣：海市蜃樓，近年寧波尚有之。

〔八〕驛舫：唐制，水驛有船二至四隻，每船給丁三人。見《送羽林長孫將軍赴歙州》詩注〔五〕。

〔九〕須：猶用也。《漢書·馮奉世傳》：「願得其衆，不須煩大將。」《南史·蔡廓傳》答妻書：「知須夏服，計給事自應相供，無容别寄。」

〔一〇〕姑蘇：山名，在蘇州西三十里。

六月十三日水亭送華陰王少府還縣得潭字①〔一〕

亭晚人將别，池凉酒未酣。關門勞夕夢，仙掌引歸驂〔二〕。荷葉藏魚艇〔三〕，藤花罥客簪。殘雲收夏暑，新雨帶秋嵐〔四〕。失路情無適〔五〕，離懷思不堪〔六〕。賴此庭户裏，别有小江潭〔七〕。

【校勘記】

①〔十三〕底本、宋本注：一作三十。

【箋注】

〔一〕水亭：虢州詩多有水亭字，此亦虢州之作也。王少府：王季友，時爲華陰尉。已見前。此詩《岑詩繫年》以爲上元元年作，當是。失路云云，與初至州時情、言俱同。然注語中三十字不妥。上元元年閏四月，太陰曆六月十三日，爲陽曆七月二十九日，已近立秋，尚未立秋，新雨之後，收夏暑、帶秋嵐乃可言之。若爲三十日，陽曆八月十五日，在立秋後多日，新雨之後，不可言夏暑，亦不可言「帶」秋嵐也。

〔二〕仙掌：華山東峰也。歸驂：猶歸軒也。古者大夫車云乘，中馬曰靳，兩旁馬曰驂。《左傳》定公九年，「吾從子，如驂云靳」。注：「靳，中馬也。……如驂馬之隨靳也。」詩言歸驂，以之代馬也。沈約《爲柳世隆讓封公表》：「還軸歸驂，再踐鄉路。」庾信《李陵蘇武别讚》：「李陵北去，蘇武南旋，歸驂欲動，别馬將前。」

〔三〕艇：《釋名·釋船》：「二百斛以下爲艇。」《淮南子·俶真訓》：「越舲蜀艇，不能無水而浮。」注：「舲，小船也。蜀艇，一版之舟。」

〔四〕秋嵐：秋日山靄也。

〔五〕失路：揚雄《解嘲》：「當塗者升青雲，失路者委溝渠。」

〔六〕懷：猶情也。《古詩爲焦仲卿妻作》：「感君區區懷。」

〔七〕小江潭：謂深池。《楚辭·九章·抽思》「泝江潭」王逸注：「潭，淵也。楚人名淵曰潭。」

【評論】

清吴瑞榮《唐詩箋要》：「寫還縣，寫水亭，寫六月時序，細密不遺。」

早秋與諸子登虢州西亭觀眺得低字〔一〕

亭高出鳥外，客到與雲齊。樹點千家小，天圍萬嶺低〔二〕。殘虹挂陝北①〔三〕，急雨過關西。酒榼緣青壁〔四〕，瓜田傍緑溪。微官何足道，愛客且相攜〔五〕。唯有鄉園處，依依望不迷〔六〕。

【校勘記】

①〔挂陝北〕底本挂誤作桂，此據明抄本改。

【箋注】

〔一〕觀眺：近觀遠望也。《禮記·月令》仲夏之月，「可以遠眺望」。　詩當作於乾元二年初至虢州時。

〔二〕天圍：謝朓《奉和隨王殿下》詩：「玄冬寂修夜，天圍静且開。」

〔三〕殘虹：褚亮《和御史韋大夫喜霽之作》：「晴天度旌雁，斜影照殘虹。」　陝北：陝州之北。《元和志》陝州距虢州一百零三里，虹在陝州之北，虢州不能見也，此蓋以方位言之耳。

〔四〕酒榼：盛酒器。晋劉伶《酒德頌》：「止則操巵執觚，動則挈榼提壺，惟酒是務，焉知其餘。」巵、觚爲飲器，榼、壺爲盛器。《北齊書·元韶傳》：「齊神武帝以孝武帝后配之，魏室奇寶，多隨后入韶家。……馬腦榼容三升。」則古制其器不大也。《太平御覽》卷七六一引《孔叢子》：「孟路嗑嗑飲百榼。」

〔五〕相攜：《淮南子·覽冥訓》：「人羸車弊，泥塗至膝，相携於道，奮首於路。」注：「携，引也。」

〔六〕依依：蘇武詩：「胡馬失其群，思心常依依。」李善注：「依依，思戀之貌也。」

【評論】

清沈德潛《説詩晬語》上：「起手貴突兀。王右丞風勁角弓鳴，杜工部莽莽萬重山、帶甲滿天飛，岑嘉州送客飛鳥外等篇，直疑高山墜石，不知其來，令人驚絕。」

清吴瑞榮《唐詩箋要》：「壯偉闊遠，殆罕其儷。雲齊上着客到，更硬插得妙。」

陪群公龍岡寺泛舟 得盤字〔一〕

漢水天一色，寺樓波底看。鐘鳴長空夕〔二〕，月出孤舟寒。映酒見山火，隔簾聞夜灘。紫鱗掣芳餌〔三〕，紅燭燃金盤〔四〕。良友興正愜，勝遊情未闌〔五〕。此中堪倒載，須盡主人歡。

【箋注】

〔一〕龍岡寺：在漢中。見《梁州陪趙行軍龍岡寺北庭泛舟宴王侍御》詩注〔一〕。　山火句當爲冬日，則作於永泰元年冬。

〔二〕長空：唐太宗《遠山澄碧霧》詩：「殘雲收翠嶺，夕霧結長空。」

〔三〕掣：《爾雅·釋訓》：「掣，曳也。」《西征賦》：「貫鰓罥尾，掣三牽兩。」李善注：「《字書》曰：掣，牽也。」　芳餌：《吴越春秋》：「大夫種曰：臣聞，高飛之鳥，死於美食；深泉之魚，死於芳餌。」

〔四〕金盤：《後漢書·陶謙傳》：「大起浮屠寺，上累金盤，下爲重樓。」此佛寺飾物也。岑之敬《對酒》詩：「舒文泛玉盌，漾蟻溢金盤。」此酒器也。岑詩所言乃燭盤，有把手，有插座，下有盤用承燭淚也。《宋書·庾炳之傳》：「見好燭盤，便復乞之。」或以金爲之也。

〔五〕勝遊：宋璟《奉和聖制樂遊園宴》詩：「侍飲終酺會，承恩續勝遊。」佳遊也。

送李賓客荆南迎親①〔一〕

迎親辭望苑〔二〕，恩詔下儲闈②〔三〕。昨見雙魚去〔四〕，今看駟馬歸。驛帆湘水闊，客舍楚山稀。手把黄香扇〔五〕，身披萊子衣〔六〕。鵲隨金印喜，烏傍板輿飛③〔七〕。勝作《東征賦》〔八〕，還家滿路輝。

【校勘記】

①〔送〕宋本作奉送。　②〔儲闈〕底本儲作慈，此從宋本。　③〔烏傍〕底本、明抄本烏作鳥，此從宋本。

【箋注】

〔一〕李賓客：李之芳，太宗七子蔣王惲曾孫，開元末爲駕部員外郎，歷右司郎中、工部侍郎、太子右庶子。《資治通鑑》卷二二三廣德元年四月，「辛丑，遣兼御史大夫李之芳等使於吐蕃，爲虜所留，二年乃得歸。」《舊唐書・吐蕃傳》：「（廣德）二年五月，放李之芳還。」《舊唐書・蔣王惲傳》作「被留境上二年而歸，除禮部尚書，尋改太子賓客。」獨孤及有《送李賓客荆南迎親》詩，當爲同詠者。及入京在永泰元年，而大曆元年岑參已入蜀，故此詩作於永泰元年也。　太子賓客：古無此官。漢武帝爲太子立博望苑以通賓客，晋惠帝以衛瓘等五人爲太子賓左，然均非設官。唐高宗始以韓瑗等四人爲太子賓客，後遂爲定制。其職掌調護、侍從、規諫、贊相禮儀，官秩正三品。

〔二〕迎親：親者，父母也。《禮記・奔喪》：「始聞親喪，以哭答使者盡哀。」注：「親，父母也。」《公羊傳》莊公三十二年：「君親無將，將而誅焉。」注：「親，謂父母。」近世以親爲婚姻之辭，俗言迎親乃迎娶也。　望苑：即博望苑，漢武帝爲太子劉據立。《三輔黄圖》四：「博望苑在長安城南杜門外五里，有遺址。」此但謂李賓客供職處耳。

〔三〕儲闈：謂太子所居處也。沈約《奏彈王源》「升采儲闈」劉良注：「儲闈，東宫也。」

〔四〕雙魚：謂書信。已見前。

〔五〕黄香扇：黄香孝父，夏扇枕席。見《送韓巽入都覲省便赴舉》詩注〔五〕。

〔六〕萊子衣：老萊子年七十，穿綵衣戲於雙親前。見《梁州對雨懷麴二秀才》詩注〔八〕。

〔七〕烏飛：《説文》：「烏，孝鳥也。」李時珍云：慈烏哺幼雛六十日，及長，反哺親鳥六十日。又言慈烏小而純黑，小嘴。反哺之説，古人信之，今所未見也。　板輿：步輿也。潘岳《西征賦》「太夫人乃御板輿」，後世以之爲奉親之辭。見《酬成少尹駱谷行見呈》詩注〔一八〕。

〔八〕勝作《東征賦》：曹大家隨子之官，作《東征賦》，見《餞李郎尉武康》詩注〔五〕。此言「勝」者，李賓客親迎其母，較班昭爲優也。

餞王崟判官赴襄陽道〔一〕

故人漢陽使〔二〕，走馬向南荆〔三〕。不厭楚山路，只憐襄水清〔四〕。津頭習氏宅〔五〕，江上夫人城〔六〕。夜入橘花宿，朝穿桐葉行①。害群應自懾〔七〕，持法固須平〔八〕。暫得青門醉，斜光速去程〔九〕。

【校勘記】

①〔桐葉〕底本、宋本注：桐一作楓。

【箋注】

〔一〕王崟：梁太尉王僧辯從玄孫，歷渭南尉、尚書員外郎、信、懷二州刺史、禮部侍郎。杜甫、獨孤及均曾贈詩王崟。岑仲勉《郎官石柱題名新考訂》二《左司員外郎》王崟條，引《千唐誌》大和八年《太原王夫人誌》：「曾王父崟，實亞宗伯，王父諱楚，擁節黔巫。」知崟官終禮部侍郎，可補《新唐書·宰相世系表》之不足。　襄陽道：謂山南東道，以其治襄陽郡，故名。　此詩當作於天寶年間。

〔二〕漢陽使：謂襄陽使。襄水在襄陽之南，故襄陽因之得名，若以漢水而言，則應爲漢陰也。此或以所管鄧州南陽郡、唐州淮安郡、隨州漢東郡均在漢水之北，故曰漢陽使也。

〔三〕南荆：陸機《演連珠》：「南荆有寡和之歌，東野有不釋之辯。」寡和，謂《陽春白雪》也。劉孝標

《廣絶交論》：「南荆，之跋扈，東陵之巨猾。」李善注：「南荆，謂楚也。」

〔四〕襄水清：襄水，即檀溪也。《水經·沔水注》：「沔水又東合檀溪水，水出縣西柳子山下……又北逕檀溪，謂之檀溪（水）。……一水東南出，應郡曰：城在襄水之陽，故曰襄陽也。是水當即襄水也。」然今南陽、襄陽一帶人，亦稱漢水爲襄江也。襄江沙白水清，秋日望之，碧藍如天。

〔五〕習氏宅：在襄陽南峴山下。《世説新語·任誕》山季倫條注引《襄陽記》：「漢侍中習郁於峴山南依范蠡養魚法作魚池，池邊有高隄，種竹及長楸，芙蓉菱芡覆水，是遊宴名處也。」郁亡，葬於池側，所謂習氏宅者也，後世屢有修建。

〔六〕夫人城：在襄陽城西北隅。《晋書·朱序傳》序爲梁州刺史，「苻堅遣其將苻丕率衆圍序，序固守，賊糧將盡，率衆苦攻之。初，苻丕之來攻也，序母韓自登城履行，謂西北角當先受弊。遂領百餘婢並城中女子，於其角斜築城二十餘丈。賊攻西北角，果潰，衆便固新築城。丕遂引退。襄陽人謂此城爲夫人城。」

〔七〕害群：謂害群之馬，亦曰害馬。《莊子·徐無鬼》：「夫爲天下者亦奚以異乎牧馬者哉，亦去其害馬者而已矣。」孫綽《遊天台山賦》：「害馬已去，世事都捐。」　懾：《禮記·樂記》：「剛氣不怒，柔氣不懾。」注：「懾，猶恐懼也。」

〔八〕持法平：《漢書·黄霸傳》：「會宣帝在民間時，知百姓苦吏急也，聞霸持法平，召以爲廷尉正。」

〔九〕斜光：斜陽也。王僧孺《秋閨怨》：「斜光隱西壁，暮雀上南枝。」

送薛弁歸河東①〔一〕

薛侯故鄉處②，五老峰西頭〔二〕。歸路秦樹滅，到鄉河水流。看君馬首去〔三〕，滿耳蟬聲愁。獻賦今未售〔四〕，讀書凡幾秋〔五〕。應過伯夷廟〔六〕，爲上關城樓。樓上能相憶，西南指雍州〔七〕。

【校勘記】

①〔薛弁〕底本弁作昪，此從宋本。　②〔薛侯〕底本侯作丈，此從宋本。

【箋注】

〔一〕薛弁：《新唐書·宰相世系表》載，蜀漢薛永從先主入蜀，子齊爲巴、蜀二郡太守，降魏，徙河東汾陰，又有南祖、西祖。薛據、薛彥偉、薛弁皆西祖之後。獨孤及《送蔣員外奏事畢還揚州序》：「揚州牧趙國崔公使其部從事侍御史吳興蔣晁如京師，條奏官府之廢置，歲月之要會。其來也，吳楚之衆君子酒而詩之，而薛水部弁、李司直翰雙爲之序，以冠篇首。既將命，趙公拜左僕射，蔣侯加尚書郎之位。」《新唐書·崔圓傳》：「至德二載，遷中書令，封趙國公。……徙淮南節度使，在鎮六年，請朝京師，吏民乞留，詔檢校尚書右僕射，還之。」賈至《送蔣十九丈奏事畢正拜殿中歸淮南幕府序》：「天子以淮海多虞，黎人未乂，命舊相崔公董之。……於此五稔，方隅克定，乃朝天闕，將命述職。」《舊唐書・代宗紀》大曆元年，「六月戊戌，以淮南節度使崔圓檢校尚書右僕射」。崔圓於上元二年十月爲江淮都統，見《通鑑》，至大曆元年首尾六年。然云「五稔」，以十月秋收已過，未計入也。送蔣晁在大曆元年，其年薛弁爲水部員外郎。此獻賦未售當在天寶年間。

〔二〕五老峰：《元和志》卷十二河中府永樂縣：「五老山，在縣東北十二里。堯升首山觀河渚，有五老人飛爲流星上入昴，因號其山爲五老山。」

〔三〕馬首：《左傳》襄公十四年，「荀偃令曰：雞鳴而駕，塞井夷竈，唯余馬首是瞻。欒黶曰：晉國之命，未是有也，余馬首欲東。乃歸」。

〔四〕未售：未行也。《西京賦》：「挾邪作蠱，於是不售。」薛綜注：「售，猶行也。」獻賦見《送祁樂歸河東》詩注〔四〕。

〔五〕秋：《説文》「秌，禾穀熟也。」《詩・王風・采葛》：「一日不見，如三秋兮。」三秋，三年也。

〔六〕伯夷廟：在雷首山。《元和志》卷十二河中府河東縣：「伯夷廟在縣南三十五里雷首山。」《漢志》謂蒲反縣有堯山、首山祠，未言所祠爲誰。北魏始立廟於首山。《水經注》引闞駰《十三州志》：「山一名獨頭山，夷齊所隱也。山有古冢，陵柏蔚然，攢茂丘阜，俗謂之夷齊墓。」《魏書・世祖紀》正始元年六月，「戊戌，詔立周旦、夷齊廟於首陽山」。按首陽山古説有五，見《史記・伯夷列傳》注，裴駰以爲岐陽西北者是。

〔七〕雍州：古雍州爲天下九州之一，境域甚大。東漢以關中爲雍州，隋以京兆尹爲雍州，又稱京兆郡，武德元年復爲雍州，開元元年改京兆府。此詩所指蓋謂長安也。

送薛播擢第歸河東〔一〕

歸去新戰勝，盛名人共聞①〔二〕。鄉連渭川樹〔三〕，家近條山雲〔四〕。夫子能好學②，聖朝全用文。弟兄負世譽〔五〕，詞賦超人群〔六〕。雨氣醒别酒，城陰低暮曛〔七〕。遥知出關後③，更有一終軍④〔八〕。

【校勘記】

①〔盛名〕底本盛作成，此從宋本。②〔好學〕底本好空缺，此據宋本補。③〔出關後〕宋本注：後一作去。④〔一終軍〕底本一空缺，此據宋本補。

【箋注】

〔一〕薛播：寶鼎人，薛據之弟，天寶十一載舉進士（五百家注韓文《國子助教河東薛君墓誌銘》），補校書郎，歷萬年縣丞、武功令、殿中侍御史、刑部員外郎、中書舍人、汝、泉、晋三州刺史、河南尹、尚書左丞、禮部侍郎，貞元三年（七八九）卒。新、舊《唐書》有傳。

〔二〕盛名：《後漢書·黄瓊傳》李固遺書云：「嶢嶢者易缺，皦皦者易汙。《陽春》之曲，和者必寡；盛名之下，其實難符。近魯陽樊君被徵初至，……而毁謗流布，應時折减者，豈非觀聽望深，聲名太盛乎?」

〔三〕渭川:謂關中之地也。《史記・貨殖列傳》:「齊魯千畝桑麻,渭川千畝竹。」然此詩下句「條山」驗之,渭川當謂渭河。河中府西臨黄河,再西爲北洛水,再西始爲渭河,「鄉連」云云,似有未當。疑此乃澮川之訛。自古汾澮連稱,所謂有汾澮以流其惡者也。河中府南有條山,北界汾澮也。

〔四〕條山:即中條山,西起雷首,東至王屋,凡十一名。《括地志》有歷山、首陽山、襄山、甘棗山、豬山、獨頭山、薄山、吴山等名。

〔五〕世譽:衆人讚譽也。《莊子・逍遥遊》:「舉世譽之而不加勸,舉世非之而不加沮。」《南齊書・柳世隆傳》:「風韻清遠,甚獲世譽。」薛元曖終隰城丞後,妻林氏輔導諸子彦輔、彦國、彦偉、彦雲、及姪據、揔、播七人均舉進士,《舊唐書・薛播傳》謂:「連中科名,衣冠榮之。」

〔六〕詞賦:詩賦文章也。《新唐書・薛登傳》天授中上疏云:「梁陳薦士,特尚詞賦。」

〔七〕暮曛:日没時餘光也。謝靈運《晚出西射堂》詩:「晚霜楓葉丹,夕曛嵐氣陰。」李善注:「《楚辭》曰:與曛黄而爲期,王逸曰,黄昏時也。」

〔八〕終軍:《漢書・終軍傳》云,終軍濟南人,年十八,選爲博士弟子,詣長安入關,關吏與軍繻,軍問:「以此何爲?」吏曰:「爲復傳還,當以合符。」軍曰:「大丈夫西遊,終不復傳還。」棄繻而去。及爲謁者使行郡國,乃建節東出關。此喻薛播及第榮歸。終軍後使南越,越王舉國内屬,其相吕嘉攻殺王及漢使，軍死時年二十六。

和刑部成員外秋寓直臺省寄知己①〔一〕

列宿光三署〔二〕，仙郎直五宵〔三〕。時衣天子賜，厨膳太官調②〔四〕。長樂鐘應近，明光漏不遥③〔五〕。黄門持被覆〔六〕，侍女捧香燒〔七〕。筆爲題詩點，燈緣起草挑。竹喧交砌葉，柳彈拂窗條〔八〕。粉署榮新命〔九〕，霜臺憶舊寮〔一〇〕。名香播蘭蕙，重價藴瓊瑶④〔一一〕。擊水翻滄海，摶風透赤霄〔一二〕。微才喜同舍，何幸忽聞《韶》〔一三〕。

【校勘記】

①〔秋寓直〕宋本同此。《唐詩紀》秋後加夜字，《唐音統籤》、《全唐詩》從之。〔寄〕宋本此字在臺省前。②〔太官〕底本太作大，此從宋本。③〔漏不遥〕底本漏作路，此從宋本。④〔重價〕宋本作價重。

【箋注】

〔一〕刑部：尚書省六曹之一，即《周禮》秋官大司寇之職，掌天下刑獄。漢成帝置三公曹，主斷獄。光武帝改二千石曹，亦名賊曹。晋以三公尚書掌刑獄。南北朝有都官尚書，隋開皇三年改刑部尚書，下有都官、刑部、比部、司門四司。唐因之。《新唐書·百官志》：「刑部郎中、員外郎，掌律法，按覆大理及天下奏讞，爲尚書、侍郎之貳。」　成員外：《岑詩繫年》：「成員外謂成賁。《郎官石柱題名》左司員外郎有成賁。獨孤及《送成都成少尹赴蜀序》曰：歲次乙巳（案即永泰元年）定襄郡王英乂出鎮庸蜀，謀亞尹，僉曰左司郎中成公可。案成賁官員外郎當在爲郎中之前，其爲郎中既在永泰元年，則爲員外郎當在廣德元、二年之間。」此成員外乃刑部員外郎，非左司員外郎，或以刑部員外郎轉左司員外郎，又遷郎中。杜確《序》：「入爲祠部、考功二員外郎」，詩言榮新命，蓋初爲祠部。應在廣德元年安史亂平之年。

寓直：猶今語所謂值班也。潘岳《秋興賦》：「晋十有四年，余春秋三十有二，始見二毛，以太尉掾兼虎賁中郎將，寓直於散騎之省。」又「高閣連雲，陽景罕曜」注：「言閣之高而且深，故日罕曜其中。」則寓直爲白天也。《唐會要》卷八十二《當直》：「會昌四年三月，御史臺奏，今月三日，左右金吾仗當直將軍烏漢正、季玕並不到，准會昌三年二月四日敕，比來當日多歸私第，近晚方至本仗宿直，事頗容易，須有提撕，今日以後，晝日並不得離本仗。縱有公事期集，當直人亦不得去。仍令御史臺差朝堂驅使官覺察，如有違者，録名聞奏。敕旨：宜各罰一月俸。」可知當直者晝夜均在也。李匡義《資暇集》中「寓直」條：「常見直宿公署咸曰寓直，徒以當直字俗，稍貴文言，而不究其義也。案字書，寓，寄也。寓直二字出潘岳之爲武賁中郎將，晋朝未有將校省，故寄直散騎省。今百官各當本司，而直固是當直，安可云寓？何異坐自居第而稱僑僦也。」然唐人寓直字已通用，唯不僅夜宿而已。詩言夜事多，蓋以晝日在省乃常事，唯夜直經歷爲新也。

臺省：謂尚書省也，尚書省亦稱中臺。《通典》卷二十二：

「(後漢)總謂尚書臺,亦謂中臺。……宋曰尚書寺,亦曰尚書省。……(唐)龍朔二年改尚書省爲中臺。」　詩當作於廣德年間。

〔二〕列宿:衆星也。《史記·天官書》:「天則有列宿,地則有州城。」尚書郎上應列宿,故以之稱尚書郎。《後漢書·明帝紀》:「郎官上應列宿,出宰百里。」謝靈運詩《會吟行》:「列宿炳天文,負海横地理。」　三署:漢時三署謂五官、左、右署。《漢官儀》上:「三署謂五官署也,左、右署各置中郎將以司之。郡國舉孝廉以補三署郎,年五十以下屬五官,其次分左、右署。凡有中郎、議郎、侍郎、郎中四等,無員。」此喻唐尚書諸司。

〔三〕仙郎:謂尚書郎。已見前。　直五宵:《漢官儀》:「尚書郎主作文書起草,夜更直五日於建禮門内。」此謂夜直,或乃漢制也。

〔四〕太官:唐光禄寺掌御膳食之官也,有太官令二人。衛宏《漢舊儀》:「太官供食,湯官供餅餌。」《舊唐書·職官志》光禄寺太官署:「太官令掌供膳食之事。……凡朝會、宴饗,九品以上并供其膳食。……凡宿衛當上,及命婦朝參宴會者,亦如之。」

〔五〕長樂、明光:漢宫殿名,借以喻唐。　漏:古代計時器名,有燈漏、沙漏、水漏,以後者爲多。《初學記》卷二十五引殷夔《漏刻法》:「爲器三重,圓皆徑尺,差立於水輿、踟蹰之上。爲金龍口吐水,轉注入踟蹰、經緯之中。蓋鑄金爲司辰,具衣冠,以兩手執箭。」明方以智《通雅》十一:「漏水之制,以銅作四櫝,一夜天池,二日人池,三平壺,四萬分壺,自上而下,一層低一層,以次注水入海。浮箭刻分而上，每刻計水二斤八兩，而兩箭當一氣，每氣率差二分半。」此所述，又傳爲唐吕才之制也。

〔六〕黄門：宦官也。《漢書·百官公卿表》少府：「屬官有……又中書謁者、黄門、鉤盾、尚方、御府、永巷、内者、宦者八官令丞。諸僕射、署長、中黄門皆屬焉。」注：「師古曰：中黄門，奄人居禁中，在黄門之内給事者也。」嵇康《與山巨源絶交書》：「吾多病困，欲離事自全，以保餘年，此真所乏耳，豈可見黄門而稱貞哉。」

〔七〕侍女捧香：《漢官儀》：「尚書郎……給尚書史二人，女侍史二人，皆選端正從直女侍，執香爐燒，從入臺護衣。」

〔八〕嚲：垂下貌。已見《送郭乂雜言》。

〔九〕粉署：謂尚書省。《漢官儀》：「尚書郎……奏事明光殿省，省中皆胡粉塗壁，畫古賢人烈女。」　榮新命：謂作尚書郎。唐人重郎官，以他官遷尚書郎爲美遷。《通典》卷二十一《歷代郎官》：「大唐改隋諸司郎爲郎中，每曹又復置員外郎，……其諸曹諸司郎中總三十人，員外郎總三十一人，通謂之郎官，尤重其選。」

〔一〇〕霜臺：謂御史臺。杜確《序》：「尋出虢州長史，又改太子中允兼殿中侍御史，充關西節度判官。」殿中侍御史爲御史臺之官也。　舊寮：舊日同爲官者。《左傳》文公七年：「同官爲寮，吾嘗同寮，敢不盡心乎」！

〔二〕蘭蕙、瓊瑶：香草與美玉。《離騷》：「余滋蘭之九畹兮，又樹蕙之百畝。」《詩・衛風・木瓜》：「投我以木桃，報之以瓊瑶。」

〔三〕擊水、摶風：《莊子・逍遥遊》云，北溟有魚名鯤，其大不知幾千里，化而爲鳥名鵬，其背不知幾千里，怒而飛，將適南溟。並引《齊諧》云：「鵬之徙於南溟也，水擊三千里，摶扶摇而上者九萬里，去以六月息者也。」扶摇，旋風名。 赤霄：《淮南子・人間訓》：「夫鴻鵠之未孚於卵也，一指篾之，則靡而無形矣。及至其筋骨之已就，而羽翮之既成也，則奮翼揮䎗，凌乎浮雲，背浮青天，膺摩赤霄。」注：「赤霄，飛雲也。」

〔三〕聞《韶》：《韶》，舜時樂曲名。《論語・述而》：「子在齊聞《韶》，三月不知肉味。」此以《韶》喻成員外所作寓直詩之古雅也。

送嚴維下第還江東〔一〕

勿歎今不第，似君殊未遲。且歸滄洲去，相送青門時。望鳥指鄉遠〔二〕，問人愁路疑。敝裘沾暮雪，歸棹帶流澌〔三〕。嚴子灘復在，謝公文可追〔四〕。江皐如有信〔五〕，莫不寄新詩。

【箋注】

〔一〕嚴維：字正文，越州人，至德二載於江東進士及第，授諸暨尉。上元二年爲嚴武河南尹幕僚，劉長卿有《送嚴維赴河南充嚴中丞幕府》詩，嚴武爲河南尹兼御史中丞事，見《稠桑驛喜逢嚴河南中丞便别》詩及注〔一〕。劉長卿又有《送嚴維尉諸暨》詩。據《唐才子傳》載，嚴維及第授官時已四十餘歲，今下第而曰「殊未遲」，當在開元末、天寶初不足三十歲時。嚴維後遷餘姚令，終右補闕。

〔二〕望鳥：梁張率詩《長相思》：「望雲雲去遠，望鳥鳥飛滅。」

〔三〕流澌：浮冰也。《楚辭·九歌·河伯》：「與女遊兮河之渚，流澌紛兮將來下。」注：「流澌，解冰也。」曹操《步出夏門行》：「流澌浮漂，舟船難行。」

〔四〕謝公文：謂謝靈運之詩文。《宋書·謝靈運傳》：「靈運少好學，博覽群書，文章之美，江左莫逮。」又：「遂移籍會稽，修營别業，傍山帶江，盡幽居之美。……每有一詩至都邑，貴賤莫不競寫，宿昔之間，士庶皆徧，遠近欽慕，名動京師。」又：「靈運詩書皆兼獨絶，每文竟，手自寫之，文帝稱爲二寶。」史臣曰：「爰逮宋氏，顔、謝騰聲，靈運之興會標舉，延年之體裁明密，並方軌前秀，垂範後昆。」靈運性情褊激，多愆禮度，得罪當政，終致棄市，死年四十九。

〔五〕江皐：《楚辭·九歌·湘君》：「鼂馳騖兮江皐，夕弭節兮北渚。」注：「澤曲曰皐。」《漢書·賈山傳》載《至言》：「地之磽者，雖有善種，不能生焉；江皋河瀕，雖有惡種，無不猥大。」注：「李奇曰：皋，江邊淤地也。」皋同皐。

補遺一首

送陶鋭棄舉荊南覲省①〔一〕

明時不愛璧〔二〕，浪跡東南遊〔三〕。何必世人識，知君輕五侯〔四〕。採蘭度漢水〔五〕，問絹過荊州〔六〕。異國有歸興〔七〕，去鄉無客愁。天寒楚塞雨〔八〕，月浄襄陽秋。坐見吾道遠，令人看白頭〔九〕。（《文苑英華》）

【校勘記】

①〔陶鋭〕《唐詩紀》鋭作銑。該書補入此詩必據《文苑英華》，當爲傳寫致誤。《全唐詩》從之，再誤矣。

【箋注】

〔一〕陶鋭：《資治通鑑》卷二二二寶應元年建辰月，李輔國以元載爲京兆尹，載固辭，「壬寅，以司農卿陶鋭爲京兆尹」。其年已居高位，則及第當遠在前，棄舉又更在前。詩當作於開元末。　荊南：江漢之地也。見《送周子下第遊荊南》詩注〔一〕。

〔二〕明時：曹植《求自試表》：「志欲自効於明時，立功於聖世。」　璧：《爾雅·釋器》「肉倍好謂之璧，好倍肉謂之瑗，肉好若一謂之環。」注：「肉，邊；好，孔。」《周禮·春官·大宗伯》「以蒼璧禮天」注：「璧圓象天。」知古所謂璧者，形扁而圓，中開圓孔，孔徑三之一者也。

〔三〕浪跡：江淹《雜體孫廷尉綽》詩：「浪跡無蚩妍，然後君子道。」李善注：「戴逵《栖林賦》曰：浪跡潁湄，棲景箕岑。」

〔四〕五侯：謂權貴之家。見《送許子擢第歸江寧拜親因寄王大昌齡》詩注〔八〕。

〔五〕採蘭：謂孝養。《詩·小雅·南陔序》：「《南陔》，孝子相戒以養也。……有其義而亡其辭。」晉束晳《補亡詩》：「循彼南陔，言採其蘭。眷戀庭闈，心不遑安。」採蘭謂孝養，不自束晳始。《後漢書·楊震傳》：「不答州郡禮命數十年。」注引《續漢書》曰：「教授二十餘年，州請召，數稱病不就。少孤貧，獨與母居，假地種植，以給供養。諸生嘗有助種蘭者，震輒拔，更以拒其後，鄉里稱孝。」諸生助種而拒之，蓋以孝養須躬親爲之也。後世採蘭一語皆謂孝養。《晉書·孝友傳序》：「循陔有採蘭之詠，事親之道也。」劉長卿《送張七判官還京覲省》詩：「春蘭方可採，此去葉初齊。」錢起《送邊補闕東歸覲省》詩：「鳳凰銜詔下，才子採蘭歸。」

〔六〕問絹：謂覲省。《三國志·魏·胡質傳》子威：「官至徐州刺史」注引《晉陽秋》曰：「質之爲荆州也，威自京都省之。……臨辭，質賜絹一疋，爲道路糧。威跪曰：大人清白，不審於何得此絹？質曰：是吾俸禄之餘，故以爲汝糧耳。威受之，辭歸。」後世遂以問絹爲覲省之辭。杜甫《送竇九歸成都》詩：「讀書雲閣觀，問絹錦官城。」

〔七〕異國：異鄉也。《左傳》莊公二十二年：「不在此，其在異國。」李陵《答蘇武書》：「遠託異國，昔人所悲。」

〔八〕楚塞：江淹《望荊山》詩：「奉義至江漢，始知楚塞長。」李善注引《荊州記》曰：「魯陽縣其地重險，楚之北塞也。」此詩泛指楚地也。

〔九〕吾道遠、看白頭句：《論語·里仁》：「子曰：參乎，吾道一以貫之。……曾子曰：夫子之道，忠恕而已矣。」詩所言蓋謂清廉、孝養之道，世風日沮，吾等所遵奉之道與世日遠，君今棄舉還荊南，將以此終老乎？

長短五七言一首

題李士曹廳壁畫度雨雲歌①〔一〕

似出棟梁裏〔二〕，如和風雨飛。掾曹有時不敢歸〔三〕，謂言雨過濕人衣。

【校勘記】

①〔士曹〕底本士誤作氏，題下無歌字，此據明抄本改。

【箋注】

〔一〕李士曹：謂李翥。高適有《同李九士曹觀壁畫雲作》詩，句式同此詩，當爲同詠。又有《觀李九少府翥樹宓子賤神祠碑》詩，知李九即李翥也。高適又有《同崔員外綦毋拾遺九日宴京兆府李士曹》詩，錢起有《李士曹廳對雨》詩，均當爲李翥。岑參天寶十載始還京，此前李翥先爲單父尉，繼而遊江外，不爲士曹，故詩當作於十一載。士曹：京都府尹佐吏，從七品下。《舊唐書·職官志》：「士曹、司士，掌津梁、舟車、舍宅、百工衆藝之事。」

〔二〕棟梁：《莊子·人間世》：「南伯子綦遊乎商之丘，見大木焉，……仰而視其細枝，則拳曲不可以爲棟梁。」《爾雅·釋宫》：「棟謂之桴。」注：「屋檼。」又：「杗廇謂之梁。」注：「屋大梁也。」按，今俗謂棟曰檩，用托椽者也。南北向屋之棟東西向。梁則南北向，上立小柱，以支棟者也。

〔三〕掾曹：州府佐吏之稱也。《西京雜記》四：「京兆有古生者，學縱横、揣磨、弄矢、摇丸、樗蒲之術，爲都掾史四十餘季，……京師至今俳戲稱古掾曹。」

【附録】

同李九士曹觀壁畫雲作　　高適

始知帝鄉客，能畫蒼梧雲。秋天萬里一片色，只疑飛盡猶氛氳。

銘二首

唐博陵郡安喜縣令岑府君墓銘〔一〕

涇水湯湯〔二〕，漢陵蒼蒼〔三〕。木蕭蕭兮草自黄，門一閉兮夜何長。

【箋注】

〔一〕博陵郡：唐定州，天寶元年改博陵郡。　安喜縣：漢置盧奴縣，後漢改安喜縣，舊址在今河北省定縣東三十里，高齊移今定縣址。　隋改鮮虞縣，武德四年復爲安喜，明省入定州，民國改州爲縣，即今定縣。　岑府君：據《新唐書·宰相世系表》，岑參父植下有四弟，其第二弟名棓，官終安喜縣令。　稱郡，詩當作於天寶年間，約在授官後四五載間。

〔二〕涇水：渭水支流，源出六盤山，經今甘肅平凉地區，至陝西省，於醴泉縣境出山，東南入渭。　唐太宗葬昭陵，在醴泉縣，岑文本陪葬昭陵，子孫許從葬，知岑棓乃從葬其祖父者也。　湯湯：式羊切。《書·堯典》：「湯湯洪水方割，蕩蕩懷山襄陵。」傳：「湯湯，水流貌。」《詩·衛風·氓》：「淇水湯湯，漸車帷裳。」傳：「湯湯，水盛貌。」

〔三〕漢陵：西漢諸帝陵寢多在渭北原上。　見《同高適薛據登慈恩寺塔》詩注〔九〕。　蒼蒼：謝朓

《暫使下都夜發新林至京邑贈西府同僚》詩：「秋河曙耿耿，寒渚夜蒼蒼。」《文選》注：「善曰：《毛詩》曰：蒹葭蒼蒼。濟曰：蒼蒼，秋色也。」

果毅張先集墓銘〔一〕

茂陵南頭〔二〕，渭水東流。山原萬秋〔三〕，兄弟一丘。白楊脩脩〔四〕，只令人愁。

【箋注】

〔一〕果毅：即果毅都尉，武官名。隋行府兵制，唐因之，每府置折衝都尉一人，左右果毅都尉各一人。上府果毅從五品下，中府正六品上，下府從六品下。張先集：未詳。詩作年代失考。

〔二〕茂陵：《漢書·武帝紀》後元二年二月，「丁卯，帝崩于五柞宮，入殯于未央宮前殿。三月甲申，葬茂陵。」注：「臣瓚曰：茂陵在長安西北八十里也。」

〔三〕山原：山陵黄土原也。《後漢書·龐參傳》奏記：「三輔山原曠遠，民庶稀疏，故縣丘城，可居者多。」《初學記》卷十四陸機《感丘賦》：「隨陰陽以融治，託山原以爲疇。」

〔四〕脩脩：本音絛絛，整齊貌。然此詩頭、流、秋、丘、愁均爲尤韻，故脩乃息流切，音羞。脩脩，猶蕭蕭，象聲之辭。

岑嘉州詩卷之五 七言律詩十首（原有僞詩一首入附録）

和祠部王員外雪後早朝即事〔一〕

長安雪後似春歸，積素凝華連曙暉〔二〕。色借玉珂迷曉騎〔三〕，光添銀燭晃朝衣〔四〕。西山落月臨天仗〔五〕，北闕晴雲捧禁闈〔六〕。聞道仙郎歌《白雪》〔七〕，由來此曲和人稀〔八〕。

【箋注】

〔一〕祠部：《通典》卷二十三祠部郎中注：「魏尚書有祠部郎，歷代皆有，主禮制。……天寶十一年改祠部爲職祠，至德初復舊。掌祠祀、天文、漏刻、國忌、廟諱、卜祝、醫藥等及僧尼簿籍。」王員外：《郎官石柱題名》有祠部員外郎王紞，名列岑參之後。紞爲王維之弟，官終太常少卿。《岑詩繫年》云：「永泰元年及大曆元年皆大雪，詩蓋作於此二年間。」詩言「雪後」，未必大雪。且永泰元年十一月岑參已赴嘉州，城固詩已有「雪初霽」，則其年冬滯留梁州。其大曆元年二月又隨杜鴻漸出京入蜀，故返京或在永泰元年底、大曆元年初，時已受任外職，似未必預早朝也。廣德元年冬吐蕃入長安，唯廣德二年冬京中無事，岑參爲虞部郎中，時王紞當爲祠部員外郎也。詩當作於其時。

〔二〕積素：謝惠連《雪賦》：「積素未虧，白日朝鮮。」《文選》注：「翰曰：言積雪未消，白日鮮明。」

素，絹之細且白者也。唐詩愛用積素字。王維《冬晚對雪憶胡居士家》：「灑空深巷靜，積素廣庭閑。」錢起《和王員外雪晴早朝》：「獨看積素凝清禁，已覺輕寒讓太陽。」此字亦有他義。王褒《四子講德論》：「非有積素累舊之歡，皆塗覯卒遇，而以爲親者也。」謂舊交。李白《早過漆林渡寄萬巨》：「水色倒空青，林煙橫積素。」則謂匹帛也。　凝華：如光華之凝結也。鮑照《代白紵舞歌詞》：「紅顏難長時易戢，凝華結藻空竚立。」駱賓王《上齊州張司馬啓》：「飛英鳳穴，藻五色以凝華；顯曜驪泉，含九重而流潤。」　曙暉：晨光也。《楚辭·遠遊》：「夜耿耿而不寐兮，魂煢煢而至曙。」曙者，曉也，旦也。《説文》：「暉，光也。」

〔三〕玉珂：馬勒飾物，貝製也。見《送張祕書充劉相公通汴河判官》詩注〔三〕。　曉騎：唐百官清晨入朝皆乘馬。《資治通鑑》卷二一六天寶十二載，楊國忠子暄舉明經不及格，禮部侍郎達奚珣遣子撫往白之：「撫伺國忠入朝，趨至馬下。……國忠策馬不顧而去。」《舊唐書·武元衡傳》早朝遇刺客，「賊乃持元衡馬，東南行十餘步害之」。知唐宰相入朝皆乘馬也。岑詩《西掖省即事》：「平明端笏陪鵷列，薄暮垂鞭信馬歸。」則百官入朝皆乘馬也。宋徐度《却掃篇》下：「京城士大夫自宰臣至百執事皆乘馬出入。司馬温公居相位，以病不能騎，乃詔許肩輿至内東門，蓋特恩也。」此爲宋制，然承唐而來。

〔四〕銀燭：光亮如銀之燭也。江總《和衡陽殿下高樓看妓》詩：「挂纓銀燭下，莫笑玉釵長。」陳子昂《春夜別友人》詩：「銀燭吐青煙，金樽對綺筵。」　朝衣：即朝服，《通典》名之曰具服。與公服不同者，有白紗中單，皂領褾、裙，劍、佩、綬，用舄不用履。

〔五〕西山：唐大明宫之西無山。或以宫墻高大如山歟？天仗：天子之儀仗。見《寄左省杜拾遺》詩注〔四〕。

〔六〕北闕：《史記·高祖本紀》八年，「蕭丞相營作未央宫，立東闕，北闕」。《集解》引《關中記》曰：「東有蒼龍闕，北有玄武闕。玄武所謂北闕。」按闕，立左、右二臺，臺上建樓閣，可以遠觀，名之曰闕。今西安大明宫含元殿遺址前方尚有兩土臺殘基。大明宫北門玄武門也有兩闕。但早朝入宫，難見玄武門，此闕但謂帝宫耳。江淹《詣建平王上書》「升降承明之闕」，李白《梁園吟》「我浮黄河去帝闕」，岳飛《滿江紅》「朝天闕」，均謂帝宫也。禁闈：宫禁内也。《後漢書·周舉傳》：「出入京輦，有欽哉之績，在禁闈，有密静之風。」

〔七〕《白雪》：雪後早朝，白雪本實景，但亦爲雙關語，蓋謂《陽春白雪》，所謂曲高和寡者也。

〔八〕由來：從來也。《易·坤》：「臣殺其君，子弑其父，非一朝一夕之故，其所由來者漸矣。」疏：「言弑君弑父非一朝一夕率然而起，其禍患所從來者積漸久遠矣。」阮籍《詠懷詩》：「天馬出西北，由來從東道。」按由，自也，從也。《爾雅·釋詁》：「由、從：自也。」《詩·王風·君子陽陽》：「左執簧，右招我由房。」箋：「由，從也。」

【評論】

明李攀龍《唐詩訓解》：「落月晴雲借虚對實，蓋言雪光如月也。若直指落月便與雪後無關。晴也。」

清吴瑞榮《唐詩箋要》：「句句見雪後意，字義温麗，音律雄渾。」

奉和中書賈至舍人早朝大明宫①〔一〕

鷄鳴紫陌曙光寒②〔二〕，鶯囀皇州春色闌③〔三〕。金闕曉鐘開萬户④〔四〕，玉階仙仗擁千官〔五〕。花迎劍佩星初落⑤〔六〕，柳拂旌旗露未乾。獨有鳳凰池上客⑥〔七〕，《陽春》一曲和皆難⑦〔八〕。

【校勘記】

①〔詩題〕宋本同。明抄本無中書二字。《文苑英華》賈至詩作《早朝大明宫》，其下《和前》詩第三首此詩署崔顥，注：「一作岑參，附見杜集。」《唐百家詩選》作岑參，題無奉、中書、至四字。②〔曙光〕《文苑英華》曙作曉。③〔春色闌〕《文苑英華》色作欲。④〔金闕〕宋本闕作鎖。〔曉鐘〕《文苑英華》曉作曙。⑤〔花迎〕《唐詩紀》注：迎一作明。〔星初落〕《文苑英華》落作没。⑥〔獨有〕《文苑英華》獨作别。〔池上客〕《文苑英華》客作閣。⑦〔和皆難〕《文苑英華》皆作仍。

【箋注】

〔一〕中書：謂中書省。漢武帝以宦者爲中書謁者令，成帝始以文士爲之，魏文帝置中書令與監，掌機密。隋唐中書令爲宰相，中書省設令、侍郎、舍人等官。參見《劉相公中書江山畫障》詩注

〔一〕。

中書舍人：《通典》卷二十一：「魏置中書通事舍人，……梁除通事字，直曰中書舍人，專掌詔誥，兼呈奏之事。……大唐初，爲内史舍人，至武德三年改爲中書舍人，置六員。專掌詔誥、侍從、署敕、宣旨、勞問、授納、訴訟、敷奏文表，分判省事。自永淳以來，天下文章道盛，臺閣髦彦無不以文章達，故中書舍人爲文士之極任，朝廷之盛選，諸官莫比焉。」官秩正五品上。　賈至：字幼鄰，洛陽人。明經擢第，解褐校書郎，天寶初爲單父尉。天寶末隨玄宗入蜀，拜起居舍人知制誥。旋爲册禮使判官，隨宰臣韋見素、房琯等奉傳國寶、玉册至順化郡，遷中書舍人。出爲汝州刺史，乾元二年以鄴城兵敗南奔襄鄧，貶岳州司馬。旋復故官，遷尚書左丞，轉禮部侍郎，大曆初徙兵部，進京兆尹。七年，以右散騎常侍卒。新、舊《唐書》有傳。

早朝：謂朝參。《舊唐書·職官志》禮部郎中：「凡京司文武職事九品以上，每朔望朝參。五品以上及供奉官、員外郎、監察御史、太常博士，每日參。」朝日，殿上設黼扆、躡席、熏爐、香案，百官就班。平明傳點畢，監察御史領百官入，監門校尉唱籍，文武分入宣政殿東西門，宰相、兩省官班於香案前，百官按品階班於殿庭左右。皇帝升御座，扇開，通事舍人贊宰相等再拜。朝畢，皇帝步入東序門，然後放仗。詩有落月，則爲望日參也。　大明宫：即東内。唐太宗初營永安宫於龍首山，後改大明宫，高宗龍朔二年改蓬萊宫，武后長安五年復爲大明宫。舊址在今西安市北，含元殿基與雙闕遺基尚存土臺，宣政殿、紫宸殿亦略可辨認位置。朝參多在宣政殿也，冬至、元日大會則在含元殿。《唐會要》卷二十四，開元十一年十一月十三日敕：「自今以後，冬至日受朝，永爲常式。……永泰元年十一月三日，詔以十三日甲子冬至，令有司祭南郊後，於含元殿受朝賀。」「建中元年十一月朔，御宣政殿，朝集使及貢士見。自兵興以來，典禮廢墜，州郡不上計，内外不會同者二十五年，至此始復舊典。二年正月朔，御含元殿，四方貢獻，列爲庭實，復舊例也。」「會昌二年四月，中書門下奏，元日御含元殿……臣等商量，請御殿日，昧爽，宰相兩省官對班於香案前，俟扇開，通事贊兩省官再拜訖，遂升殿侍立。從之。」唐之正衙爲宣政殿，魏有太極殿，晋以後天子正殿多名太極也。唐西内太極殿，天寶後天子罕至也。《文苑英華》此詩署崔顥，誤。杜甫、王維皆有和詩，均作於乾元元年，其年賈至始爲中書舍人，杜甫爲左拾遺。此後四人即各分散南北，不能相聚在朝。而崔顥早卒。

〔二〕紫陌：京師街衢也。紫陌字最早見《鄴中記》：「紫陌宫在臨漳縣城西五里，石虎建於紫陌橋側。……文宣嘗西巡，百官辭於紫陌。」《水經·濁漳水注》：「漳水又北逕祭陌西，戰國之時，俗巫爲河伯取婦，祭於此陌。……田融以爲紫陌也。趙建武十一年，造紫陌浮橋於水上，爲佛圖澄先造生墓於紫陌。」按紫，神仙、帝王之色也，其所居多以紫尊之。南北曰阡，東西曰陌，統言紫陌，泛指京師道路也。李白《南都行》：「高樓對紫陌，甲第連青山。」　曙光：猶曙暉，晨光也。唐太宗《除夜》詩：「對此歡終宴，傾壺待曙光。」

〔三〕皇州：京畿也。鮑照《代結客少年場行》：「升高臨四關，表裏望皇州。」謝朓《和徐都曹出新亭渚詩》：「宛洛佳遨遊，春色滿皇州。」　闌：晚也。謝莊《宋孝武宣貴妃誄》：「移氣朔兮變羅紈，白露凝兮歲將闌。」李善注：「闌，猶晚也。」

〔四〕金闕：《神異經》：「西北荒中有二金闕，相去百丈，有明月珠徑二尺，光照二千里。」張正見《神仙篇》：「鸞歌鳳舞集天台，金闕銀宮相向開。」　萬户：《西都賦》：「張千門而立萬户，順陰陽以開闔。」李善注：「《漢書》曰，建章宮度爲千門萬户。」

〔五〕玉階：《西都賦》：「玄墀釦砌，玉階彤庭。」李善注：「《漢書》曰，昭陽舍中庭彤朱，而殿上髹漆，砌皆銅沓，黄金塗，白玉階。」　仙仗：天子儀仗，即天仗也，唐人亦稱之曰仙仗。杜甫《洗兵馬》詩：「已喜皇威清海岱，常思仙仗過崆峒。」又《收京》詩：「仙仗離丹極，妖星照玉除。」　千官：《吕覽·君守》：「至精無象而萬物以化，大聖無事而千官盡能。」

〔六〕劍佩：帶劍垂佩，均爲高官之飾物。《晉書·輿服志》：「漢制，自天子至於百官無不佩劍，其後惟朝帶劍。」《初學記》卷二十二：「舊制，上公九命，則劍履上殿。……漢儀，諸臣帶劍，至殿階解劍，晋世則代之以木，貴者猶用玉首，賤者用蚌、金銀、玳瑁爲飾。」佩，見《送張祕書充劉相公通汴河判官》詩注〔三〕。唐官五品以上朝參時帶劍佩綬，六品以下無。乾元元年賈至爲中書舍人，王維爲太子中允，均爲五品，詩有劍佩乃自道；岑參爲右補闕，杜甫爲左拾遺，乃六品以下，詩有劍佩乃所見也。

〔七〕鳳凰池：謂中書舍人草擬制誥，承旨宣詔，如魏晋之中書令、監，其位甚重也。《通典》卷二十一：「魏晋以來，中書監、令掌贊詔命，紀會時事，典作文書，以其地在樞近，多承寵任，是以人固其位，謂之鳳凰池焉。」《晉書·荀勖傳》：「勖久在中書，專管機事。及失之，甚罔罔悵悵。或有賀之者，勖曰：奪我鳳凰池，諸君賀我邪！」

〔八〕《陽春》：古曲名，即宋玉《對楚王問》中之《陽春白雪》。賈至詩有「禁城春色曉蒼蒼」句，故稱之曰《陽春》，並喻之爲曲高和寡也。

【評論】

宋楊萬里《誠齋詩話》曰：「七言褒頌功德，如少陵賈至諸人唱和《早朝大明宫》，乃爲典雅重大。和此詩者，岑參云：花迎劍佩星初落，柳拂旌旗露未乾，最佳。」

元方回《瀛奎律髓》二：「四人早朝之作，俱偉麗可喜，不但東坡所賞子美龍蛇、燕雀一聯也。然京師喋血之後，瘡痍未復，四人盡夸美朝儀，不已泰乎？」

明李日華《恬致堂詩話》二：「唐人早朝詩，賈至倡詠，王維、岑參、杜甫和之，俱稱典麗。……（王岑賈）氣象誠高，波瀾誠闊，終是落境語耳。杜子……有比有興，六義俱涵，轉輾詠之，堪稱咀味。杜真詩聖，三子俱當北面。」

明胡應麟《詩藪》：「早朝四詩妙絶千古。……岑通章八句，皆精工整密，字字玉成，景聯絢爛鮮明，早朝意宛然在目。獨頷聯雖壯麗，而氣勢迫促，音韻微乖，不爾當爲唐七言律冠矣。王起語意偏，不若岑之大體；結語思窘，不若岑之自然，景聯甚活，終不若岑之駢切。獨頷聯高華博大……。岑以格勝，王以調勝。岑以篇勝，王以句勝。岑極精嚴縝匝，王較寬裕悠揚。」

清王夫之《唐詩評選》：「刻寫入冥，如兩鏡之取影。《毛詩》庭燎有輝，言觀其旂，以狀夜向晨之象，景外獨絶。千載後乃得花迎劍佩一聯，星落乃知花之相迎，旌之拂柳也。三百篇後不可無唐律者以此。」

清趙殿成《王右丞集箋注》卷十於四詩之後引毛西河曰：「律，律也。既題早朝，則鷄鳴、曉鐘，衣冠、閶闔，律法如是矣。王維歉於岑參者，岑能以花迎、柳拂、《陽春》一曲補舍人原唱春色二字，則王稍減耳。其他則無不同者。何則？律也。杜則不然，王母仙桃，非朝事也；堂成而燕雀賀，非朝時境也。且日暖非早時也。若夫旌旗之動、宫殿之高，未嘗朝者也，曰朝罷，亂也。詩成與早朝半四句，乏主客也。如是非律矣。」趙殿成曰：「成按：早朝四作，氣格雄深，句調工麗，皆律詩之佳者。結句俱用鳳池事，惟老杜獨别，此其妙處不容掩者也。若評較全篇，定其軒輊，則岑爲上，王次之，杜賈爲下。」

清施補華《峴傭説詩》：「和賈至舍人早朝詩，究以岑參爲第一，花迎劍佩、柳拂旌旗，何等華貴自然！摩詰九天閶闔失之廓落，少陵九重春色更不妥矣。詩有一日短長，雖大手筆不免也。」

（其他議論尚多，不盡録。）

【附録】

早朝大明宫呈兩省僚友　賈至

銀燭熏天紫陌長，禁城春色曉蒼蒼。千條弱柳垂青瑣，百囀流鶯繞建章。劍佩聲隨玉墀步，衣冠身惹御爐香。共沐恩波鳳池裏，朝朝染翰侍君王。

奉和賈至舍人早朝大明宫　杜甫

五夜漏聲催曉箭，九重春色醉仙桃。旌旗日暖龍蛇動，宫殿風微燕雀高。朝罷香煙携滿袖，詩成珠玉在揮毫。欲知世掌絲綸美，池上于今有鳳毛。

和賈至舍人早朝大明宫之作　王維

絳幘鷄人送曉籌，尚衣方進翠雲裘。九天閶闔開宫殿，萬國衣冠拜冕旒。日色纔臨仙掌動，香煙欲傍衮龍浮。朝罷須裁五色詔，佩聲歸向鳳池頭。

西掖省即事①〔一〕

西掖重雲開曙暉②〔二〕，北山疏雨點朝衣〔三〕。千門柳色連青瑣〔四〕，三殿花香入紫微〔五〕。

平明端笏陪鴛列③〔六〕，薄暮垂鞭信馬歸④〔七〕。官拙自悲頭白盡，不如巖下掩荆扉⑤〔八〕。

【校勘記】

①〔西掖〕《文苑英華》無掖字。②〔曙暉〕《文苑英華》作邑曙。③〔鴛列〕《唐詩紀》鴛作鵷。④〔薄暮〕底本暮作莫，此從《文苑英華》。⑤〔巖下〕《文苑英華》注：下集作石。〔掩荆扉〕底本掩作偃，此從《文苑英華》。

【箋注】

〔一〕詩言西掖，蓋爲右補闕時，有柳色、花香，爲春日，乃乾元二年春日作。元年春唱和宫廷，無「自悲」心也。

〔二〕重雲：層雲也。束晳《補亡詩·華黍》：「黮黮重雲，輯輯和風。」黮，黑色。重，複也。　曙暉：曙光也。見《和祠部王員外早朝》詩注〔二〕。

〔三〕北山：渭北之山，《詩·小雅·南山有臺》「北山有萊」，又《杕杜》「陟彼北山」是也。今陝西涇陽縣西北有鑽天嶺，海拔一五九九公尺，三原縣西北嵯峨山一四二二公尺，富平縣西北將軍山一三四七公尺，距長安均在百里左右。或謂即龍首山，恐非。《長安志》卷十二引《括地志》：「龍首山，……自漢築長安城及營宫殿，咸以堙平。」

〔四〕千門：《西都賦》：「張千門而開萬户。」　青瑣：漢宫殿門名。《資治通鑑》卷五十九漢靈帝中平六年，中常侍張讓等殺何進，「虎賁中郎將袁術……因燒南宫青瑣門」。此泛指唐宫殿門也。

〔五〕三殿：《新唐書·李絳傳》：「後閲月不得賜對，絳曰……臣等飽食不言，無履危之患，自爲得計矣，顧聖治如何？有詔，明日對三殿。」唐韋述《兩京新記》：「仙居西北曰麟德殿，此殿三面，故以三殿名。」《雍録》四《唐翰院位置》：「三殿者，麟德殿也，一殿而有三面，故名三殿也。」按唐大明宫亦曰東内，南北五里，東西三里，正南門曰丹鳳門，門内爲含元殿。殿北宣政門，門内宣政殿。其北紫宸門，門内紫宸殿。此唐天子之外朝、中朝（正牙）、内朝也。其西北有金鑾殿，殿後爲麟德殿，此殿三面，即稱三殿。因地近寢殿，召對近臣，接見蕃夷亦在此殿。唐西内曰太極宫，在大明宫西南，本隋大興宫，其正殿曰太極殿，唐帝即位不在宣政殿，即在太極殿。天子正衙亦稱紫微殿，高宗前正衙爲太極殿，玄宗後則在宣政殿，唯武后都洛陽，其正衙爲乾元殿也。　紫微：宣政殿也。見《寄左省杜拾遺》詩注〔三〕。

〔六〕端笏：《説文》：「端，直也。」《廣韻》桓韻：「端，正也。」《唐會要》卷三十二：「武德四年八月十六日，詔五品已上執象笏，已下執竹木笏。舊制，三品已下：前挫後直，五品已上，前挫後屈。武德已來，一例上圓下方。」江淹《從建平王遊紀南城》詩：「斂衽依光采，端笏奉仁明。」　鴛列：鴛行兩兩相隨，以喻朝臣行列。

〔七〕信：任也。已見前。

〔八〕巖下：山巖之下，隱者所居。《法言·問神》：「谷口鄭子真，不屈其志而耕乎巖石之下，名震於京師。」　荆扉：柴門也。陶潛《歸園田居》詩：「白日掩荆扉，虚室絶塵想。」王褒《山池落照》詩：「竹館掩荆扉，池光晦晚暉。」

九日使君席奉餞衛中丞赴長水①〔一〕

節使横行東出師②〔二〕，鳴弓擐甲羽林兒〔三〕。臺上霜威凌草木〔四〕，軍中殺氣傍旌旗。預知漢將宣威日③〔五〕，正是胡塵欲滅時。爲報使君多泛菊〔六〕，更將絃管醉東籬〔七〕。

【校勘記】

①〔九日〕底本日作月，此從宋本。　②〔東出師〕底本、宋本東均作西，注：西一作東。由虢州赴長水乃東行，故從注語。　③〔預知〕《唐詩紀》預作須。

【箋注】

〔一〕九日：重陽節。見《陪封大夫九日登高》詩注〔一〕。　衛中丞：衛伯玉。見《衛節度赤驃馬歌》注〔一〕。伯玉兼御史中丞事，史傳闕載。《資治通鑑》卷二二二肅宗上元二年十一月（建子月）：「神策軍節度使衛伯玉攻史朝義，拔永寧，破澠池、福昌、長水等縣。」此九月出兵路過虢州時之作也。　長水：唐縣名。《元和志》卷五河南府長水縣：「畿，東至府二百三十里。本漢盧氏縣地，……後魏宣武帝分盧氏東境置南陜縣，屬弘農郡，西魏廢帝改爲長淵。隋義寧元年，以犯高祖廟諱，改爲長水。貞觀八年，自虢州割屬穀州，顯慶二年屬河南府。」宋、金有長水縣，元廢。今河南省洛寧縣西四十五里有長水鄉。

〔二〕節使：古者奉旨出使，仗節而行。《史記·司馬相如列傳》：「乃拜相如爲中郎將，建節往使。」《漢書·蘇武傳》武帝天漢元年，「遣武以中郎將使持節送匈奴使留在漢者」。魏晉以後督軍鎮守者加使持節，持節、假節等號，唐初亦有此制。及有節度使，舊號遂廢。劉孝威《結客少年場行》：「邊城多警急，節使滿郊衢。」此即使持節之類。岑詩所言即謂節度使也。　横行：《莊子·盜跖》：「盜跖從卒九千人，横行天下侵暴諸侯。」

〔三〕羽林兒：《漢書·百官公卿表》：「郎中令，……期門、羽林皆屬焉。」注：「師古曰：羽林，亦宿衛之官，言其如羽之疾，如林之多也。一説，羽所以爲王者羽翼也。」又：「又取從軍死事之子孫養羽林，官教以五兵，號曰羽林孤兒。」《新唐書·衛伯玉傳》：「乾元二年……遷羽林大將軍，徙四鎮、北庭行營節度使，俄爲神策軍節度。」羽林大將軍爲唐十六衛武官，掌北衙禁兵，大朝會則守衛階陛，有宿衛之責。衛伯玉乃以此銜充節度使，爲員外置，非正職。詩所言乃尊寵之，並以喻其部下兵士也。

〔四〕臺上：中丞爲御史臺官名，故云。

〔五〕宣威：任昉《王文憲集序》：「每荒服請罪，遠夷慕義，宣威授指，寔寄宏略。」駱賓王《兵部奏姚州破賊設蒙儉等露布》：「大帝宣威，有征無戰。」

〔六〕泛菊：《周禮·天官·酒正》：「辨五齊之名，一曰泛齊，二曰醴齊……。」注：「泛者，成而滓浮，泛泛然，如今宜成醪矣。」疏：「言泛者，此齊孰時滓浮在上，泛泛然。」酒人造酒，酒正辨之，泛齊，其一也。漢人有菊花酒，故又有泛菊之稱，宋之問《奉和九日幸臨渭亭登高應制》詩：「仙杯還泛菊，寶饌且調蘭。」

〔七〕絃管：猶絲竹。庾信《擬連珠》：「雀臺絃管，空望西陵之松。」　東籬：陶淵明《飲酒》詩：「採菊東籬下，悠然見南山。」

【評論】

清金聖歎《唐詩評選》：「此詩前後二解，一低一昂，備極筆墨之勢。讀前解，更不謂其後解却如此去；讀後解，亦不謂其前解乃如此來。……此是唐初人大開大闔文字，後來韓昌黎、杜樊川便極力欲學而終不得，可見此事真關氣運也。」

使君席夜送嚴河南赴長水得時字①〔一〕

嬌歌急管雜青絲〔二〕，銀燭金杯映翠眉〔三〕，使君地主能相送〔四〕，河尹天明坐莫辭〔五〕。春城月出人皆醉，野戍花深馬去遲〔六〕。寄聲報爾山翁道〔七〕，今日河南勝昔時〔八〕。

【校勘記】

①〔赴長水得時字〕明抄本無。底本無得時字。此從宋本（得時）、《唐詩紀》。

【箋注】

〔一〕嚴武於上元二年春爲河南尹，見《稠桑驛喜逢嚴河南中丞便別》詩注〔一〕。時史思明陷洛陽，河南尹寄治長水，嚴武乃經虢州赴任。

〔二〕嬌歌：梁簡文帝《美女篇》：「密態隨流臉，嬌歌逐軟聲。」　急管：鮑照《代白紵曲》：「古稱《渌水》今《白紵》，催絃急管爲君舞。」謂短促之笛聲也。

〔三〕翠眉：畫眉也。見《敷水歌》注〔三〕。

〔四〕地主：《左傳》襄公十二年，「夫諸侯之會，事既畢矣，侯伯致禮地主歸餼。」注：「地主，所會主人也。」

〔五〕河尹：河南尹也。杜甫《寄河南韋尹丈人》詩：「有客傳河尹，逢人問孔融。」

〔六〕野戍：庾信《至老子廟應詔詩》：「野戍孤煙氣，春山百鳥啼。」邑外曰郊，郊外曰牧，牧外曰野。

〔七〕山翁：當謂山中老叟。河南府其時唯有山中諸縣，平原各縣俱陷賊也。鄭畋《杪秋夜直》：「待報君恩了歸去，山翁何急草《移文》。」按孔稚珪隱於鍾山，周彦倫應詔出爲海鹽令，孔乃作《北山移文》，不許再至。李咸用《鷄鳴曲》：「太平才子能歌謡，山翁夢斷出衡茅。」此所云皆山林隱者，然亦山叟也。

〔八〕河南：唐有河南道，管州三十餘，縣二百餘，此時均陷賊手。嚴武之爲尹，但謂河南府，原管縣二十六，此時亦僅有山區一隅也。詩云勝昔時，乃頌贊嚴必有美政也。

【評論】

清吴瑞榮《唐詩箋要》：「起語略緊，頷聯緩受之。人皆醉從地主相送生出，馬去遲從天明莫辭生出，章法如一綫相引。」

暮春虢州東亭送李司馬歸扶風别廬〔一〕

柳嚲鶯嬌花復殷〔二〕，紅亭緑酒送君還〔三〕。到來函谷愁中月〔四〕，歸去磻溪夢裏山〔五〕。簾前春色應須惜，世上浮名好是閑〔六〕。西望鄉關腸欲斷①，對君衫袖淚痕斑。

【校勘記】

①〔鄉關〕宋本關作園。

【箋注】

〔一〕東亭：虢州有西亭，又有水亭，即紅亭，在南池。未知東字是否字誤，歸扶風乃西去，似不宜餞送於東亭也。　李司馬：未詳。　扶風：唐岐州扶風郡，後改名鳳翔府。又有扶風縣，即今陝西扶風。詩所言當謂郡，扶風縣無磻溪也。　詩當作於上元年間。

〔二〕鶯嬌，王褒《燕歌行》：「初春麗景鶯欲嬌，桃花流水没河橋。」宋之問《春日芙蓉園侍宴應制》詩：「飛花隨蝶舞，艷曲伴鶯嬌。」謂鶯聲之婉轉也。

〔三〕緑酒：《周禮》酒正辨五齊，不言酒色。漢人已有碧酒。《洞冥記》二：「（漢武帝）起神明臺，……酌瑶琨碧酒。」陶淵明《諸人共遊周家墓柏下》詩：「清歌散新聲，緑酒開芳顔。」則其時緑酒已不僅宫廷用之。唐宋詩中碧酒、緑酒屢見。杜甫《送率府程録事還鄉》詩：「素絲挈長魚，碧酒隨玉粒。」陸龜蒙《子夜警歌》：「鏤椀傳緑酒，雕爐薰紫煙。」黄庭堅《廖致平送緑荔支爲戎州第一王公權荔支緑酒亦爲戎州第一》詩：「王公權家荔支緑，廖致平家緑荔支，試傾一杯重碧色，快剥千顆輕紅肌。」朱弁《曲洧舊聞》七酒名中有杭州竹葉青、碧琳，亦緑酒也。

〔四〕函谷：當謂函谷道也，自潼關東出皆函谷也，李司馬到來必經此路。

〔五〕磻溪：在唐寶鷄縣（本陳倉縣，至德二載改寶鷄縣，今爲寶鷄市）東南，今寶鷄縣（唐虢縣，元省爲鎮）渭河南。《水經注》：「渭水之右，磻溪水注之。水出南山兹谷，乘高激流，注於溪中。溪中有泉，謂之兹泉，泉水潭集，自成淵渚，即《吕氏春秋》所謂太公釣兹泉也。今人謂之几谷。石壁深高，幽隍邃密，林障秀阻，人迹罕交。東南隅有石室，蓋太公所居也。其投竿跽餌，兩膝遺迹猶存，是有磻溪之稱也。」　夢裹山：王夫之謂檃括成語，未詳。

〔六〕浮名：虚名也。李白《留别西河劉少府》詩：「東山春酒緑，歸隱謝浮名。」

【評論】

明顧璘《唐音評點》：「此篇起語絶麗，而音急切，故下面寬緩，而意直切，又深厚宛轉，盛唐四虚之最者。然亦略帶景，不作全虚。結意深長，音却略急，以徼上文制作之妙。」

清王夫之《唐詩評選》：「此乃大似杜審言，開元間所絶少。方送未歸曰夢裹山，亦以見其欲歸之久也。櫽括成語，妙。」

清金聖歎《選批唐詩》：「柳䆉花殷中，忽然横插鶯嬌，一奇。下再硬接紅亭緑酒，二奇。二句十四字，先閑寫去十一字，只餘三字寫得送君還，三奇。……看他三、四寫此司馬來便是愁，不是他人來而不得意始愁。夢久已去，不是今日直至送之始歸去，便知此三字真是寫出此司馬通體輕快。此爲名家之名筆，大家之大筆也。」

清吴瑞榮《唐詩箋要》：「留滯迍邅，兩人一樣光景，結語和盤托出，沈痛處但覺意味深長。」

赴嘉州過城固縣尋永安超禪師房〔一〕

滿寺枇杷冬著花①〔二〕，老僧相見具袈裟〔三〕。漢王城北雪初霽〔四〕，韓信壇西日欲斜②〔五〕。門外不須催五馬，林中且聽演三車〔六〕。豈料巴川多勝事〔七〕，爲君書此報京華〔八〕。

【校勘記】

①〔滿寺〕張遜業本寺作樹。②〔韓信壇〕張遜業本壇作臺。

【箋注】

〔一〕城固縣：唐梁州縣名，西去州七十里，本漢成固縣，劉宋改成爲城。歷代因之，今陝西城固縣。永安：寺名。超禪師：寺僧也。禪師，僧人尊稱。《聖善住意天子所問經》：「天子問言文殊師利，言禪師者，何等比丘得言禪師？文殊師利答言，天子，此禪師者，於一切法，一行思量，所謂不生，若如是知，得言禪師。乃至無有少法可取，得言禪師。不取何法？所謂不取此世、彼世，不取三界，至一切法悉皆不取，謂一切法悉無衆生，如是不取，得言禪師。天子，若彼禪師，無少法取，非取不取，以是義故，得言禪師。」按該經此下載聽衆諸多疑問，文殊更進而講解之。　永泰元年十一月岑參出京，經駱谷，走城固，至梁州，詩乃途中之作。

〔二〕枇杷：木名。《本草綱目》卷三十：「宗奭曰：其葉形似琵琶，故名。」又：「頌曰：枇杷舊不著所出州土，今襄、漢、吴、蜀、閩、嶺、江西、湖南、北皆有之。木高丈餘，肥枝，長葉大如驢耳，背有黄毛，陰密婆娑可愛，四時不凋。盛冬開白花，至三月成實作梂，生大如彈丸，熟時色如黄杏，微有毛，皮肉甚薄，核大如茅栗，黄褐色。」謂「舊不著所出州土」，非也。《太平御覽》卷九七一：「《廣志》曰：枇杷冬華，實黄，大如鷄子，小者如杏，味甜酢，出犍爲。」唯所著州土過狹耳。

〔三〕具：俱也，偕也。《詩·鄭風·大叔于田》「火烈具舉」傳：「具，俱也。」《詩·小雅·節南山》：「赫赫師尹，民具爾瞻。」具袈裟，言僧服袈裟以見也。

〔四〕漢王城：清畢沅《關中勝迹圖志》卷二十二：「漢王城，在南鄭縣東十里。」

〔五〕韓信壇：漢高帝拜韓信爲大將之壇。《水經注》沔水（漢水）「又東南逕大城固北，城乘高勢，北臨壻水，水北有韓信臺，高十餘丈，上容百許人。相傳高祖齋七日，置壇設九賓禮，以禮拜信也」。

〔六〕演三車：推演講説佛家乘三車達於彼岸之禪理。《妙法蓮華經·譬喻品》：「羊車、鹿車、大牛之車，今在門外，汝等出來，吾爲汝等，造作此車。……當以三車，隨汝所欲。……乘是寶車，遊於四方，嬉遊快樂，自在無碍。」

〔七〕巴川：漢中一帶，當稱漢川。此云巴川，或以南鄰巴山也。

〔八〕書：寫也。《周禮·地官·黨正》：「正歲，屬民讀法，而書其德行道藝。」注：「書，記之。」《墨子·尚賢下》：「古者聖王，既審尚賢，故書之竹帛，琢之槃盂，傳以遺後世子孫。」

【評論】

明胡應麟《詩藪》：「岑參滿樹枇杷冬著花，老僧相見具袈裟，……雖意稍疏野，亦自一種風致。」

明顧璘《唐音評點》：「此篇音律柔緩，獨似中唐。」

清金聖歎《選批唐詩》：「《法華經》云：衆生見劫盡，大火所燒時，我此土安穩，天人常充滿。先生正用此義寫超禪師房中也。」

奉和相公發益昌①〔一〕

相國臨戎别帝京②〔二〕，擁旄持節遠横行③〔三〕。朝登劍閣雲隨馬〔四〕，夜渡巴江雨洗兵④〔五〕。山花萬朵迎征蓋⑤〔六〕，川柳千條拂去旌⑥。暫到蜀城應計日〔七〕，須知明主待持衡〔八〕。

【校勘記】

①〔奉和〕宋本奉作春，明抄本作春日。〔相公〕《唐詩紀》相前空一字。②〔别帝京〕《文苑英華》别作發。③〔擁旄〕宋本旄作麾。④〔夜渡〕《文苑英華》注：夜一作晚。宋本夜作曉。⑤〔迎征蓋〕《文苑英華》迎作垂。⑥〔拂去旌〕《文苑英華》拂作撥。

【箋注】

〔一〕相公：謂杜鴻漸。《舊唐書·崔寧傳》：「鴻漸出駱谷，有謀者曰：相公駐車閬州，遥制劍南，數移牒述英乂過失，言旰有方略，旰腹心攝諸州刺史者皆奏正之，令旰及將校不疑怨。然後與東川節度使張獻誠及諸賊帥合議，數出兵攻旰。既數道連兵，未經一年，兵勢减耗，旰窮，必束身歸朝。此上策也。鴻漸畏懦，計疑未決。會旰使至，卑辭厚禮，送繒綵數千匹。鴻漸貪其利，遂至成都。」《新唐書》記載略同，均未著月日。《資治通鑑》卷二二四大曆元年：「三月癸未，（山南西道節度使兼東川節度使張）獻誠與旰戰於梓州，獻誠軍敗，僅以身免，旌節皆爲旰所奪。……秋八月……杜鴻漸至蜀境，聞張獻誠敗而懼，使人先達意於旰，許以萬全。旰卑辭重賂以迎之，鴻漸喜，進至成都，見旰，但接以温恭，無一言責其干紀，州府事悉以委旰」。《通鑑》以至蜀境在八月，恐誤。岑詩《陪狄員外早秋登府西樓》乃至成都之作，早秋，七月也。此奉和發益昌之作必不能在上詩之後，則杜鴻漸約四五月至益昌，聞張獻誠敗梓州，停兵不前，約六月間崔旰賂之，六月底或七月初發益昌，遂至成都也。詩即作於其時。　益昌：唐利州益昌郡，治綿谷縣。元爲廣元路，明洪武七年改廣元府，又改爲州，十四年改爲廣元縣，即今四川省廣元縣。利州下管縣又有益昌，劉宋始置，宋開寶五年改爲昭化縣，今併入廣元爲鎮。杜鴻漸駐地當爲州治，即益昌郡綿谷縣也。

〔二〕相國：猶相公。《史記·秦始皇本紀》：「呂不韋爲相，……十年，相國呂不韋坐嫪毐免。」《漢書·百官公卿表》高帝元年「沛相蕭何爲丞相」。九年「丞相何遷爲相國」。孝惠二年「七月辛未，相國何薨。七月癸巳，齊相曹參爲相國」。漢初以相國尊於丞相，然曹參之後，遂無相國之名，但稱丞相耳。　臨戎：謂治軍也。臨，治也；戎，軍戎也。《國語·晉語五》趙宣子語韓獻子：「臨長晋國者，非女其誰？」注：「臨，監也。」《華嚴經音義》下「大王臨庶品」注：「賈注《國語》曰：臨，治也。」梁簡文帝《京洛篇》：「劉蒼歸作相，竇憲出臨戎。」

〔三〕擁旄：任昉《宣德皇后令》：「擁旄司部，代馬不敢南牧。」李善注：「班固《涿邪山祝文》曰：仗節擁旄，鉦人伐鼓。」旄，旌旃之屬，用以指揮。《書·牧誓》：「王左仗黄鉞，右秉白旄以麾。」注白旄於竿首，取其易見也。　持節：受帝命持符節出行治事也。《史記·大宛列傳》：「（匈奴）留騫十餘年，與妻，有子，然騫持漢節不失。」又：「拜騫爲中郎將，將三百人……齎金帛直數千巨萬，多持節副使，道可使，使遣之他旁國。」《後漢書·光武帝紀》「持節北渡河」注：「節，所以爲信也，以竹爲之，柄長八尺，以旄牛尾爲其眊，三重。」

〔四〕劍閣：在劍門山，以其有閣道，故曰劍閣也。

〔五〕巴江：即嘉陵江。《太平寰宇記》卷一三六引《三巴記》云：「閬、白二水東南流，曲折三迴如巴字，故謂三巴。」自廣元西行須渡嘉陵江，故曰「夜渡巴江」也。洗兵：行軍遇雨也。見《送郭僕射節制劍南》詩注〔七〕。

〔六〕征蓋：唐制，五品以上有車輅，皆有蓋。《舊唐書·輿服志》：「王公以下車輅，親王及武職一品，象飾輅；自餘及二品、三品，革輅；四品，木輅；五品，軺車。……諸輅皆朱質朱蓋，朱旂旜」。

〔七〕計日：《後漢書·郭伋傳》爲并州牧，「始至行部，到西河美稷，有童兒數百，各騎竹馬，道次拜迎。……及事訖，諸兒復送至郭外，問使君何日當還，伋謂别駕從事，計日告之。行部既還，先期一日，伋爲違信於諸兒，遂止於野亭，須期乃入」。蓋謂示信於人也。

〔八〕持衡：謂執政。見《左僕射相國冀公東齋幽居》詩注〔一四〕。

【評論】

清葉燮《原詩》：「盛唐大家，稱高、岑、王、孟。高、岑相似，而高爲稍優。孟則大不如王矣。高七古爲勝，時見沈雄，時見冲淡，不一色，其沈雄直不減杜甫。岑七古間有傑句，苦無全篇，且起結意調，往往相同，不見手筆。高、岑五七律相似，遂爲後人應酬活套作俑。如高七律一首中，疊用巫峽啼猿、衡陽歸雁、青楓江、白帝城；岑一首中，疊用雲隨馬、雨洗兵、花迎蓋、柳拂旌，四語一意。高、岑五律如此尤多。後人行笈中，攜《廣輿記》一部，遂可吟咏徧九州，實高、岑啓之也。總之，以月白風清、鳥啼花落等字裝上地頭，一名目則一首詩成，可以活板印就也。」

清薛雪《一瓢詩話》：「前輩論詩，往往有作踐古人處。如以高達夫、岑嘉州五七言相似，遂爲後人應酬活套，是作踐高、岑語也。後人苟能師法高、岑，其應酬活套，必不致如近日之惡矣。」

清金聖歎《選批唐詩》：「前解爲相國紀程，此（後）解爲相國紀時，雖暗用出將入相爲結，使相公平添身分，然用意却只在一暫字。正反《詩》云昔我往矣，楊柳依依，今我來思，雨雪霏霏句，成佳作矣。」

首春渭西郊行呈藍田張主簿①〔一〕

迴風度雨渭城西〔二〕，細草新花踏作泥。秦女峰頭雪未盡〔三〕，胡公陂上日初低〔四〕。愁窺白髮羞微禄，悔别青山憶舊溪②。聞道輞川多勝事〔五〕，玉壺春酒正堪攜。

【校勘記】

①〔張主簿〕明抄本張下有二字。　②〔舊溪〕明抄本溪作栖。

【箋注】

〔一〕首春：正月也。《初學記》卷三引梁元帝《纂要》曰：「正月孟春，……上春、初春、開春、發春、獻春、首春。」　渭西：渭城西，當謂長安也。「胡公陂上日初低」，胡公陂在鄠縣，日初低當謂日偏西下落，若以咸陽爲渭城，方位在北，日落不在南方也。　藍田：唐京兆府縣名，在長安東南八十里，即今陝西省藍田縣。《元和志》卷一京兆府藍田縣：「本秦孝公置，按《周禮》，玉之美者曰球，其次爲藍，蓋以縣出美玉，故曰藍田。」　張主簿：未詳，同遊者也。　詩或作於天寶間。

〔二〕迴風：《爾雅·釋天》：「迴風爲飄。」注：「旋風也。」《楚辭·九章·悲回風》：「悲回風之摇蕙兮，心宛結而内傷。」回同迴。　度雨：度，投也。《詩·大雅·緜》「度之薨薨」箋：「度，猶投也。」庾肩吾《尋周處士弘讓》詩：「泉飛疑度雨，雲積似重樓。」

〔三〕秦女峰：當謂太白山。《秋夜宿仙遊寺南凉堂呈謙道人》詩：「太乙連太白，兩山知幾重？……秦女去已久，仙臺在中峰。」秦女，謂秦繆公女弄玉也。清畢沅《關中勝迹圖志》卷二《名山》：「龍尾坡在渭南縣南五里。縣志，上有朝元洞，又上有秦女峰。」此山在東，距渭西過遠，恐非是。

〔四〕胡公陂：鄠縣渼陂上有胡公泉。《長安志》謂渼陂水「出終南諸谷，合胡公泉爲陂」。未知胡公泉另有陂澤，抑即謂渼陂。

〔五〕輞川：今名輞峪河，在藍田縣南。《長安志》：「輞谷水出南山輞谷，北流入灞。」《讀史方輿紀要》卷五十三藍田縣：「輞谷水，在縣南八里。谷口乃驪山、藍田山相接處，山峽險隘，鑿石爲途約三里許。商嶺水自藍橋伏流至此，有千聖洞、細水洞、錫水洞諸水會焉，如車輞環輳，自南而北，圜轉三十里。過此則豁然開朗，林野相望。」

【評論】

清王夫之《唐詩評選》：「起束如化。景中生情，情中含景，故曰，景者情之景，情者景之情也。高達夫則不然，如山家村筵席，一葷一素。窺字中隱一鏡字亦可。」

清金聖歎《選批唐詩》：「回風度雨，喻言時事翻覆；細草新花，喻言新進少年；踏作泥，喻言大勢已傾，遂無一完也。」（按：此説似過曲）

秋夕讀書幽興獻兵部李侍郎〔一〕

年紀蹉跎四十强〔二〕，自憐頭白始爲郎〔三〕。雨滋苔蘚侵階緑〔四〕，秋颯梧桐覆井黄〔五〕。驚蟬也解求高樹，旅雁還應厭後行〔六〕。覽卷試穿鄰舍壁〔七〕，明燈何惜借餘光〔八〕。

【箋注】

〔一〕兵部：《通典》云，周有夏官大司馬，魏有五兵尚書，晉、宋、齊、梁、陳皆有之。後周置大司馬，隋置兵部尚書，統兵部、職方、駕部、庫部四曹。唐因之，曾幾度改名司戎太常伯、夏官、武官。設尚書一人，侍郎二人，郎中四人，員外郎五人。　李侍郎：未詳。侍郎之職，《通典》卷二十二：「掌署武職、武勳官、三衛及兵士以上簿書，朝集、禄賜、假使、差發、配親士、帳内考覈及給武職告身。」　詩言恥居後行，蓋已爲祠部員外郎有日，當作於廣德元年秋。

〔二〕四十强：廣德元年岑參四十九歲，言强者，蓋爲叶韻。

〔三〕自憐：宋玉《九辯》：「廓落兮羈旅而無友，惆悵兮而私自憐。」王逸注：「竊内念己，自憫傷也。」　頭白始爲郎：張衡《思玄賦》：「尉尨眉而郎潛兮，逮三葉而遘武。」李善注：「《漢武故事》曰：顔駟，不知何許人，漢文帝時爲郎。至武帝，嘗輦過郎署，見駟尨眉皓髮。上問曰：叟何時爲郎，何其老也？答曰：臣文帝時爲郎，文帝好文而臣好武，至景帝好美而臣貌醜，陛下即位，好少，而臣已老，是以三世不遇，故老於郎署。上感其言，擢拜會稽都尉。」

〔四〕滋：潤也。《華嚴經音義》上：「滋榮：《韻譜》稱，滋，潤也。」

〔五〕颯：衰落也。《藝文類聚》卷三十六引陸倕《思田賦》：「歲聿忽其云暮，庭草颯以衰黄。」

〔六〕旅雁：遷飛之雁。沈約《詠湖中雁》詩：「白水滿春塘，旅雁每迴翔。」　後行：《通典》卷二十三《吏部尚書》：「尚書六曹，吏部、兵部爲前行，户、刑爲中行，禮、工爲後行，其官屬自後行遷入二部者以爲美。自魏晋以來，凡吏部官屬悉高於諸曹。」

〔七〕卷：書卷也。胡應麟《少室山房筆叢》四：「三代漆文竹簡，冗重艱難，不可名狀。秦漢以還，浸知鈔録，楮墨之功，簡約輕省數倍前矣。自漢至唐猶用卷軸，必重裝一紙，表裏常兼數番，且每讀一卷，或每檢一事，紬閲展舒甚爲煩數，收集整比，彌費辛勤。至唐末宋初，鈔録一變而爲印摹，卷軸一變而爲書册，易成難毁，節費便藏，四善具焉。」岑參之世，尚無書册，讀書爲卷軸也。

　穿鄰舍壁：漢匡衡苦讀故事。《西京雜記》：「匡衡字稚圭，勤學而無燭，鄰舍有燭而不逮，衡乃穿壁引其光，以書映光而讀之。」此乃借喻，求李援引也。

〔八〕餘光：《史記·甘茂列傳》茂謂蘇代曰：「臣聞貧人女與富人女會績，貧人女曰：我無以買燭，而子之燭光常有餘，子可分我餘光，無損於子而得一斯便焉。今臣困而君方使秦而當路矣，茂之妻子在焉，願君以餘光振之。」

岑嘉州詩卷之六五言絶句十七首

題三會寺蒼頡造字臺〔一〕

野寺荒臺晚，寒天古墓悲。空階有鳥迹〔二〕，猶似造書時〔三〕。

【箋注】

〔一〕三會寺：遺址在今西安市區西南弓張村，其地有土臺，俗傳爲蒼頡造字處。宋張禮《遊城南記》：「天門街當畢原之中，……西望三會寺，寺邊有大冢，世傳爲周穆王陵，北有池。……有臺，俗曰迦葉佛説法臺，而傳説以爲蒼頡造書臺。」或云本蒼頡增土造臺觀鳥跡，後迦葉佛於此第三會説法度人，因造三會道場。見《法苑珠林》。計敏求《長安志》云：「其地本蒼頡造書堂，太平興國三年改。」改者，謂改爲三會寺，此説誤。唐中宗曾至三會寺，侍臣作詩奉和者多人，寺名三會必在其前，非宋改名也。　此詩似開元天寶間居高冠谷時作。

〔二〕鳥迹：必非蒼頡造臺始得觀之也。《孟子·滕文公上》：「當堯之時，……獸蹄鳥迹之道交於中國。」

〔三〕造書：造字也。《易·繫辭下》：「上古結繩而治，後世聖人易之以書契。」又：「古者包犧氏之王天下也，仰則觀象於天，俯則觀法於地，觀鳥獸之文與地之宜，近取諸身，遠取諸物，於是始作八卦。」孔安國《尚書序》：「古者伏犧氏之王天下也，始畫八卦，造書契。」注：「畫者，文字。契者，刻木而書其側，故曰書契也。」疏曰：「畫亦書也。」蒼頡造書，出於《世本》，其生世，或云伏犧前，或云其時，或云神農黄帝之間，或云黄帝史官，傳説紛紜，皆無所據。文字由圖畫演變而成，非出於一人之手也。

【評論】

明顧璘《唐音評點》：「此篇所貴二十字中備見題意。」

秋思〔一〕

那知芳歲晚〔二〕，坐見寒葉墮〔三〕。吾不如腐草，翻飛作螢火〔四〕。

【箋注】

〔一〕此詩亦或爲開元天寶間居高冠谷時作。

〔二〕芳歲：華年也。見《送李翥遊江外》詩注〔二〕。

〔三〕寒葉：何遜《南還道中送贈劉諮議别詩》：「岸薺生寒葉，村梅落早花。」李百藥《王師渡漢水經襄陽》詩：「喬木下寒葉，亭林落曉霜。」何詩早春，李詩晚秋也。

〔四〕腐草作螢：《禮記·月令》：「季夏之月……腐草爲螢。」注：「或作腐草化爲螢者，非也。」疏：「腐草爲螢者，腐草此時得暑濕之氣，不云化者，蔡氏云，鳩化爲鷹，鷹還化爲鳩，故稱化。今腐草爲螢，螢不復爲腐草，故不稱化。」螢爲昆蟲，産卵草中，幼蟲狀如大蛆，冬日蟄伏土中，春季蛹化，夏日成蟲，如小天牛而色黑褐，尾部可發淡緑色光，然實非腐草所成也。

行軍九日思長安故園時未收長安〔一〕

强欲登高去，無人送酒來〔二〕。遥憐故園菊，應傍戰場開。

【箋注】

〔一〕詩作於至德二載秋，在鳳翔。

〔二〕送酒：《南史·陶潛傳》：「嘗九月九日無酒，出宅邊菊叢中坐，久之，逢弘送酒至，即便就酌，醉而後歸。」王弘，江州刺史也。

【評論】

明顧璘《唐音評點》：「此篇亦貴於二十字中備見題意。」

歎白髮〔一〕

白髮生偏速①，教人不奈何②。今朝兩鬢上〔二〕，更覺數莖多③。

【校勘記】

①〔偏速〕張遜業本偏作太。　②〔教人〕張遜業本教作交。　③〔更覺〕明抄本覺作較，注：一作

覺。洪邁《萬首唐人絶句》更作又。

【箋注】

〔一〕安西詩始言白髮，此或天寶後期之作。

〔二〕鬢：《釋名·釋形體》：「連髮曰鬢，鬢，濱也。濱崖也，爲面額之崖岸也。」

日没莫賀延磧作①〔一〕

沙上見日出，沙上見日没。悔向萬里來，功名是何物。

【校勘記】

①〔莫賀延磧〕各本均脱莫字，此據文獻補。説見注〔一〕。

【箋注】

〔一〕莫賀延磧：《大唐慈恩寺三藏法師傳》：「(玉門)關外又有五烽，……五烽之外，即莫賀延磧，伊吾國境。」《釋迦方志·遺跡篇》：「其北道入印度者，從京師西北行三千三百餘里，至瓜州，又西北三百餘里，至莫賀延磧口，又西北八百餘里出磧，至柔遠縣，又西南百六十里至伊州。」《元和志》卷四十伊州：「東南取莫賀磧路至瓜州九百里。」此條無延字，然有莫字。《太平寰宇記》卷一五三伊州柔遠縣：「柳谷水，南流入莫賀延磧。」文獻所載，無名賀延磧者。唐人亦稱玉門、陽關之西沙磧爲莫賀延磧，非特瓜州、伊州之間者也。《新唐書·吐蕃傳》，武后時，議者請廢四鎮，右史崔融曰：「高宗時，有司無狀，棄四鎮不能有，而吐蕃遂張，入焉耆之西，長鼓右驅，踰高昌，歷車師，鈔常樂，絶莫賀延磧以臨敦煌。」則敦煌之外亦莫賀延磧也。又，長慶二年劉元鼎使吐蕃，經河源，「河源東北直莫賀延磧尾殆五百里，北自沙州，南入吐谷渾浸狹，故號磧尾」。吐谷渾，今青海以西之地，則唐人以之爲莫賀延磧尾也。　詩云「沙上見日出，沙上見日没」，自唐玉門關經五烽至伊州，大半爲戈壁，佈滿碎石，或石多沙少。自陽關而西，除近南山根有小片戈壁，其餘廣大地區純爲沙漠，或經風吹攏成丘，所謂白龍堆者。岑參初赴安西乃走陽關一路，《寄宇文判官》詩「二年領公事，兩度過陽關」可證。故此沙上日出日没詩，乃初赴安西途中作也。

憶長安曲二章寄龐漼①〔一〕

東望望長安，正值日初出。長安不可見，喜見長安日②。

長安何處在？只在馬蹄下。明日歸長安，爲君急走馬。

【校勘記】

①〔龐漼〕正德成都本漼作淮。　②〔喜見〕《樂府詩集》喜作但。

【箋注】

〔一〕龐漼：未詳。《新唐書·代宗紀》永泰元年正月，歙州人殺其刺史龐濬，未知此漼與濬是否昆弟行。　此詩當作於至安西之次年，在天寶九載。

西過渭州見渭水思秦川〔一〕

渭水東流去，何時到雍州〔二〕。憑添兩行淚，寄向故園流。

【箋注】

〔一〕渭州：唐渭州襄武郡，治襄武縣，舊址在今甘肅省隴西縣東南五里。轄縣有渭源、隴西、鄣縣，開元户五千二百餘，下州也。　渭水：《禹貢》：「導渭自鳥鼠同穴。」《水經注》謂渭水出高城嶺，在鳥鼠山西北。今鳥鼠山在甘肅渭源縣西南五竹鄉祁家莊西北，海拔二一六零九公尺。河源常例，取其最遠者，非僅取方向一致。渭源實出鳥鼠山南二十餘里之太白山，海拔三四九五公尺，水北流，過祁家莊，納鳥鼠山來之小支流，折而東，至對窩河村，又東北流，過五竹鄉，約三十里至渭源縣，逐漸折而東南，過隴西，至武山，然後東流也。　秦川：其説有四。一、秦嬴初封地，在今甘肅清水。《史記·秦本紀》「邑之秦」《正義》引《括地志》曰：「秦州清水縣本名秦，嬴姓邑，《十三州志》云秦亭、秦谷是也。」《水經·渭水注》東亭川水：「又西與秦水合，水出東北大隴山秦谷，二源雙導，歷三泉合成一水，而歷秦川，秦仲所封也。……清水上下，咸謂之秦川。」二、陝甘之間。《三國志·諸葛亮傳》：「天下有變，則命一上將將荆州之軍，以向宛洛，將軍身率益州之衆出於秦川。」三、長安秦嶺之間。《西征賦》「倬樊川以激池」李善注：「《三秦記》曰：長安正南秦嶺，嶺根水流爲秦川，一名樊川。」四、關中之地。盧照鄰《入秦川界》詩：「隴阪長無極，蒼山望不窮。」唐玄宗《初入秦川路逢寒食》詩：「自從關路入秦川，争道何人不戲鞭。」岑詩秦川當爲第四義，亦代指長安也。　詩言至渭州始見渭水，則西過隴山後，正西行於渭北原上，經今張家川、秦安縣境而至渭州。　此詩作於天寶八載初赴安西途中。

〔三〕雍州：謂京兆府。見《送薛弁歸河東》詩注〔七〕。

經隴頭分水〔一〕

隴水何年有，潺潺逼路旁。東西流不歇，曾斷幾人腸〔二〕。

【箋注】

〔一〕分水：《元和志》卷三十九秦州清水縣：「小隴山一名隴坻，又名分水嶺。……東去大震關五十里。」按，今隴縣西縱峙南北者，即古之大隴山，其西有小山，位於清水縣東北，曰小隴山。山上水泉衆多，東流者匯入通關河，西流者匯入湯峪河，皆入於渭。大震關在大隴山，以五十里遠驗之，分水嶺約在盤龍鋪、下寨子、盒落里（自南而北）等村。此皆爲由大震關至清水縣通道。然由此方向，過清水後當走渭水河谷西去，不應至渭州始見渭水，則岑參初赴安西未走清水也。故此分水未詳何指。　詩作於天寶八載。

〔二〕斷腸：《元和志》清水縣分水嶺：「隴上有水，東西分流，因號驛爲分水驛。行人歌曰：隴頭流水，嗚聲嗚咽，遥望秦川，肝腸斷絶。」此歌出自《三秦記》也。

滅胡曲〔一〕

都護新滅胡〔二〕，士馬氣亦粗〔三〕。蕭條虜塵净，突兀天山孤〔四〕。

【箋注】

〔一〕滅胡：天寶十三載秋有西征，當爲對阿布思餘部，説見《走馬川行奉送出師西征》詩注〔一〕。其年冬有破播仙之事，當爲對吐蕃，説見《破播仙凱歌》注〔一〕。天寶十二載有征大勃律之役，事載《資治通鑑》卷二一六。又楊炎《楊和神道碑》載，封常清曾遣楊和再征石國，也當在十二載。詩所言蓋兼四事統言之也，當作於十四載。

〔二〕都護：封常清爲北庭都護、伊西節度使。

〔三〕士馬：兵馬也。《後漢書·隗囂傳》王元説囂曰：「今天水完富，士馬最强，北收西河上郡，東收三輔之地，……若計不及此，且蓄養士馬，據隘自守。」

〔四〕突兀：高峻貌。見《與高適薛據同登慈恩寺塔》詩注〔四〕。

醉裏送裴子赴鎮西①〔一〕

醉後未能別，醒時方送君②。看君走馬去，直上天山雲③。

【校勘記】

①〔裴子〕《萬首唐人絶句》作人。②〔醒時〕《萬首唐人絶句》作待醒。③〔直上〕《萬首唐人絶句》上作入。〔天山〕《萬首唐人絶句》天作火。

【箋注】

〔一〕裴子：未詳。鎮西：《新唐書·方鎮表》至德二載「更安西曰鎮西」。大曆二年「鎮西復爲安西」。詩作於至德二載，在鳳翔。

寄韓樽①〔一〕

夫子素多疾，别來未得書。北庭苦寒地，體内今何如？

【校勘記】

①〔詩題〕《萬首唐人絶句》題下有使北二字。宋本題下小注：韓時使在北庭以詩代書□時使。

【箋注】

〔一〕韓樽：岑參友人，天寶間屢有交往，已見前。酌詩意，韓與岑原同在北庭，使者，從軍在邊之謂也。今岑東歸，韓尚在北庭，故寄詩問之。約至德二載或乾元元年作。

尚書念舊垂賜袍衣率題絶句獻上以申感謝〔一〕

富貴情還在，相逢豈問然①〔二〕。綈袍更有贈，猶荷故人憐。

【校勘記】

①〔問然〕底本問誤作問，此據明抄本改。

【箋注】

〔一〕尚書：未詳何人。《岑詩繫年》：「上篇（謂《過梁州奉贈張尚書大夫公》）之張尚書謂張獻誠。以上篇富貴情易疏、相逢心不移之句驗此篇，此篇之尚書，蓋亦謂張獻誠尚書。」此説注意上句，而未細審下句，「猶荷故人憐」句與岑參過梁州時身份絶不合。嘉州刺史，正四品下，雖未可云富貴，但已遠離貧寒，贈袍之禮無必要，受袍者也無須如此感激。《史記·范雎列傳》，雎先事魏中大夫須賈，曾受辱幾致死，乃易名張禄，亡入秦。及爲秦相，恰逢魏使須賈於秦，范雎微服弊衣見之。須賈問：「今叔何事？」范雎曰：「臣爲人庸賃。」須賈意哀之，留與坐，飲食，曰：「范叔一寒至此哉！」乃取其一綈袍以賜之。高適《詠史》詩：「尚有綈袍贈，應憐范叔寒。」綈袍之典，要點在對貧寒者。岑詩「綈袍更有贈，猶荷故人憐」，與高詩亦正同調，自當作於貧寒之時。贈張獻誠詩之「富貴情易疏，相逢豈問然」並無自歎貧寒之意，僅謂世態有此而張未隨俗而已。故二詩大異其趣，不可僅依句法類似而不顧其他也。此詩當作於獻書闕下時期，在開元二十二年至二十四年間。

〔三〕間然：間謂隔離、嫌隙。《華嚴經音義》：「無間然，《玉篇》曰，間，隔也，言情無阻隔也。」褚遂良《請千牛不簡嫡庶表》：「田文、枚皐，皆妾子也，文則播美於强齊，皐則有聲於隆漢，未聞前載有所間然。」孟浩然《歲除夜會樂城張少府宅》詩：「疇昔通家好，相知無間然。」《大唐新語》六《舉賢》：「姚崇……外甥任奕、任異少孤，養在崇家，乃與之立家産，謂之曰：汝，吾無間然矣，惜殊宗而代疏矣。」

題井陘雙溪李道士所居〔一〕

五粒松花酒〔二〕，雙溪道士家。唯求縮却地，鄉路莫教賒。

【箋注】

〔一〕井陘：本漢縣，後代因之，唐屬恒州常山郡，元徙治天長鎮，即今河北省井陘縣。唐舊縣址在今縣北。　李道士：未詳。　詩爲開元二十九年北遊河朔後歸途中作。

〔二〕五粒松：謂松針每叢五鬣也。《酉陽雜俎》卷十八：「松，今言兩粒、五粒，粒當言鬣。成式修竹里私第大堂前有五鬣松兩株，大財如椀，甲子年結實，味如新羅、南詔者不別。五鬣松皮不鱗，中使仇士良水磑亭子在城東，有兩鬣皮不鱗者，又有七鬣者，不知自何而得。」　松花酒：釀酒時入以松花者。《能改齋漫録》卷六：「唐《原化記》：有老人訪崔希真，希真飲以松花酒。……裴鉶《傳奇》載酒名松醪春，故《杜子美集》載杜員外詩云：松醪酒熟旁看醉。劉長卿《送從兄之淮南》詩云：泝沿隨桂楫，酒醉任松華。又《至華陽洞》詩云：蘿月延步虛，松花醉閑宴。」

題雲際南峰演上人讀經堂①〔一〕

結宇題三藏②〔二〕，焚香老一峰。雲間獨坐卧，只是對杉松③。

【校勘記】

①〔演上人〕明抄本演字空缺。謝元良本演作眼，題下有小注：眼公不下此堂已十五年矣。②〔結宇〕《萬首唐人絶句》宇作室。③〔杉松〕《唐詩紀》杉作山。

【箋注】

〔一〕雲際：山名，在高冠谷東三十里。演上人：僧人名演，餘不詳。詩當作於開元末天寶初居高冠谷時。

〔二〕三藏：佛家語。《釋氏要覽》中：「經、律、論謂之三藏。又佛藏、菩薩藏、聲聞藏，名三藏。藏者攝也，謂攝入攝法故。……《阿毘達磨集論》云：何故如來建立三藏？爲欲對治疑煩惱故，建立素呾纜藏；欲對治受用二邊隨煩惱故，建立毘奈耶藏；欲對治自見取執隨煩惱故，建立阿毘達磨藏。」

題梁鍠城中高居〔一〕

居住最高處①，千家恒眼前②。題詩飲酒後，只對諸峰眠③。

【校勘記】

①〔居住〕《唐詩紀》居作高。②〔恒眼前〕《萬首唐人絶句》恒作常。③〔諸峰〕《萬首唐人絶句》諸作衆。

【箋注】

〔一〕梁鍠：《全唐詩》收梁鍠詩十五首，並云：「梁鍠官執戟，天寶中人。」執戟，武官，正九品下。此說未知所據。李頎《别梁鍠》：「梁生倜儻心不羈，途窮氣蓋長安兒。回頭轉眄似鵰鶚，有志飛鳴人豈知。雖云四十無禄位，曾與大軍掌書記。抗辭請刃誅部曲，作色論兵犯二帥。一言不合龍頟侯，擊劍拂衣從此棄。朝朝飲酒黄公壚，脱帽露頂争叫呼。……但聞行路吟新詩，不歎舉家無擔石……」掌書記爲文官，然直言犯帥後即不再爲官，且不知何年何月在何地之事也。

戲題關門〔一〕

來亦一布衣，去亦一布衣。羞見關城吏〔二〕，還從舊道歸①。

【校勘記】

①〔舊道〕《河嶽英靈集》、《唐文粹》道作路。

【箋注】

〔一〕關門：《岑詩繫年》：「關門蓋指潼關。」　此詩當爲自嵩陽赴舉至長安，落第東歸經潼關之作。開元二十二年岑參「獻書闕下」在洛陽，至二十四年底唐玄宗在東都，故不當西入長安。王昌齡開元二十八年《留别岑參兄弟》詩：「長安故人宅，秣馬經前秋。」前秋，謂二十七年，其時已入居長安。故此次赴舉落第東歸，當在二十五年或二十六年。

〔二〕羞見關城吏：暗用終軍、郭丹故事。《漢書·終軍傳》：「軍從濟南當詣博士，步入關，關吏予軍繻。軍問：以此何爲？吏曰：爲復傳，還，當以合符。軍曰：大丈夫西遊，終不復傳還。棄繻而去。軍爲謁者，使行郡國，建節東出關。關吏識之，曰：此使者乃前棄繻生也。」《後漢書·郭丹傳》：「後從師長安，買符入函谷關，乃慨然歎曰：丹不乘使者車，終不出關。……更始二年，三公舉丹賢能，徵爲諫議大夫，持節使歸南陽，安集受降。丹自去家十有二年，果乘高車出關，如其志焉。」詩言己之出關，未酬大志，乃羞見關吏也。

【評論】

宋吴子良《吴氏詩話》上：「岑參詩：來亦一布衣，……于武陵祖其意云：猶爲布衣客，羞入故關中；賈島亦云：有恥長爲客，無成又入關。唐詩類多哀窮悼屈之語。通蹇，命也。

世間冠佩煌煌，如坐塗炭，可羞者多矣！爲布衣何可羞也？」

題平陽郡汾橋邊柳樹參曾客居此郡八九年①〔一〕

此地曾居住，今來宛似歸〔二〕。可憐汾上柳，相見也依依〔三〕。

【校勘記】

①〔詩題〕底本作「題汾橋邊柳樹」，注：曾客居平陽郡八九年。此從明抄本。

【箋注】

〔一〕平陽郡：唐晋州，天寶年間爲平陽郡，管縣九，治臨汾縣，即今山西省臨汾縣。岑參父植約於開元八年爲晋州刺史，卒於任所，岑參約於開元十六年離晋州，客居八九年蓋謂此。《岑詩繫年》以此詩爲天寶四至八載間作。然岑參初授官後「終歲無時閑」，豈得悠遊河東？唯天寶十載自安西返京，有官無職，乃得出遊。故詩當作於十一、二載。

〔二〕宛似：猶言好像。駱賓王《贈李騎曹序》：「山芳襲吹，坐疑蘭室之中；水樹含春，宛似楓江之上。」

〔三〕柳依依：《詩·小雅·采薇》：「昔我往矣，楊柳依依。」

岑嘉州詩卷之七 七言絶句三十三首補遺一首

奉送賈侍御使江外①〔一〕

新騎驄馬復承恩，使出金陵過海門〔二〕。荆南渭北難相見②〔三〕，莫惜衫襟著淚痕③。

【校勘記】

①〔奉送〕《唐百家詩選》無奉字。②〔難相見〕底本作愁難見，此從宋本、《唐百家詩選》。③〔淚痕〕《萬首唐人絶句》淚作酒。

【箋注】

〔一〕賈侍御：未詳。　此詩似乾元、廣德年間之作。

〔二〕金陵、海門：見《許子擢第歸江寧》詩注〔三〕、〔四〕。

〔三〕荆南：或謂荆溪之南，荆溪即中江。《寰宇記》卷九十二常州宜興縣：「本秦陽羨縣，周處《風土記》本名荆溪。……荆溪，在縣南二十步。《漢志》云，中江首受蕪湖，東至陽羨入海，即此溪也。」荆溪之南有君山，舊名荆南山。此詩荆字亦或當作江字。

崔倉曹席上送殷寅充右相判官赴淮南①〔一〕

清淮無底緑江深〔二〕，宿處津亭楓樹林〔三〕。駟馬欲辭丞相府〔四〕，一樽須盡故人心②〔五〕。

【校勘記】

①〔右相〕底本、宋本右作石，此從明抄本。　②〔一樽〕《唐詩紀》注：樽一作杯。

【箋注】

〔一〕崔倉曹：未詳。倉曹，唐京都府有倉曹參軍事二人，正七品下。《舊唐書·職官志》：「倉曹、司倉，掌公廨、度量、庖厨、倉庫、租賦、徵收、田園、市肆之事。」武官十六衛及各都督府亦有倉曹參軍事，崔某或爲京兆府倉曹也。殷寅：陳郡人，父踐猷見《新唐書·儒學傳》。寅爲少子，舉宏辭，爲太子校書，出爲永寧尉，以事貶澄城丞，病卒。李華《三賢論》謂「陳郡殷寅直清達於名理」。權德輿《故尚書工部員外郎贈禮部尚書王公神道碑銘並序》：「嘗與故太師顔魯公，暨柳郎中芳、陸員外據、殷永寧寅爲莫逆之交。陸嘗言，王之莊、柳之辯、殷之介，皆希代鴻寶。知言者以爲實録。」　右相：岑仲勉《讀全唐詩札記》：「按淮南節度無石姓，石相乃右相之訛。右相即中書令，崔圓曾爲之，罷相後出鎮淮南，寅蓋充圓之判官。」《岑參集校注》：「疑右相指劉晏，晏廣德元年爲中書令。」此説誤。劉晏廣德元年正月以吏部尚書同中書門下平章事，未爲中書令，新舊《唐書》本傳及《資治通鑑》所載均同。《岑詩繫年》疑石相當爲元相，元載上元二年爲相並領轉運等使。然元載寶應元年已將使職讓與劉晏，而上元二年、寶應元年岑參均不在長安，「欲辭丞相府」乃長安送人。故以岑仲勉之説爲允，殷寅蓋爲崔圓淮南節度判官，詩當作於廣德年間。

〔二〕清淮：何遜《與胡興安夜別詩》：「露濕寒塘草，月映清淮流。」

〔三〕津亭：王勃《江亭月夜送別》詩：「津亭秋月夜，誰見泣離群。」　楓樹：《爾雅翼》：「楓，似白楊，甚高大，厚葉弱枝而善摇，葉圓而歧，霜後丹色可愛。」

〔四〕丞相府：當謂崔圓在京之宅邸，非謂政事堂也。

〔五〕樽：《説文》：「尊，酒器也。《周禮》六尊……尊或從寸。」尊、尊、樽同。《後漢書·孔融傳》：「座上客常滿，尊中酒不空，吾無憂矣。」

題苜蓿烽寄家人①〔一〕

苜蓿烽邊逢立春〔二〕，胡蘆河上淚沾巾〔三〕。閨中只是空思想②，不見沙場愁殺人〔四〕。

【校勘記】

①〔苜蓿烽〕《才調集》、《唐百家詩選》烽作峰。　②〔思想〕《才調集》、《唐百家詩選》、《萬首唐人絶句》作相憶。

【箋注】

〔一〕苜蓿烽：在玉門關西北。《大慈恩寺三藏法師傳》：「（玉門）關外又有五烽，候望者居之，各相去百里，中無水草。」《升菴詩話補遺》、《秦邊紀略》、《唐詩解》引《西域記》均有「玉門關外有五烽，苜蓿烽其一也」之句。檢索今存《大唐西域記》各本均無此句，《法師傳》則無後半句。按《玉關寄長安李主簿》詩有「況復明朝是歲除」句，則與苜蓿烽詩必作於同年，爲「按邊儲」而至玉關者，在天寶十四載。因十三載秋有西征詩，冬有破播仙詩，均在北庭。十五載冬已東返，不能按邊儲，且長安陷賊，不可寄詩長安主簿。苜蓿烽詩有立春，寄長安主簿詩有歲除。天寶十四載立春在十二月二十四日，陽曆公元七五六年一月三十日，歲除爲陽曆二月四日，則知岑參先至苜蓿烽，繼而進至玉關也。故苜蓿烽當在唐玉門關外不遠處也。詩亦當作於天寶十四載。

〔二〕立春：按曆法，太陽最偏南之日爲冬至，後四十五日爲立春。《逸周書・時訓解》：「立春之日東風解凍，又五日蟄蟲始振，又五日魚上冰。」

〔三〕胡蘆河：即瓠𧆸河。《大慈恩寺三藏法師傳》至瓜州，「或有報云，從此北行五十里有瓠𧆸河，下廣上狹，洄波甚急，深不可渡，上置玉門關，路必由之，即西境之襟喉也」。《新唐書・地理志》有胡蘆河，在安西之西，非此河也。

〔四〕沙場：謂沙磧也。應璩《與滿公琰書》：「沙場夷敞，清風肅穆。」王翰《涼州詞》：「醉卧沙場君莫笑，古來征戰幾人回。」

玉關寄長安李主簿①〔一〕

東去長安萬里餘②，故人何惜一行書。玉關西望堪腸斷〔二〕，況復明朝是歲除〔三〕。

【校勘記】

①〔李主簿〕底本無李字，此從宋本、《唐百家詩選》。②〔東去〕《唐百家詩選》作去去。

【箋注】

〔一〕李主簿：未詳。岑參天寶十四載冬因按邊儲至玉門關，有《玉門關蓋將軍歌》，「臘日射殺千年狐」，與此詩季節同。此詩亦當作於十四載冬。十五載長安陷賊，不能寄詩也。

〔二〕腸斷：謝靈運《道路憶山中》詩：「楚人心昔絶，越客腸今斷。」

〔三〕歲除：一歲之終逐除疫鬼也。《吕氏春秋·季冬紀》「命有司大儺」高誘注：「大儺，逐盡陰氣爲陽導也。今人臘歲前一日擊鼓驅疫，謂之逐除是也。」

獻封大夫破播仙凱歌六章〔一〕

漢將承恩西破戎〔二〕，捷書先奏未央宫〔三〕。天子預開麟閣待〔四〕，衹今誰數貳師功〔五〕。

官軍西出過樓蘭〔六〕，營幕傍臨月窟寒〔七〕。蒲海曉霜凝馬尾①〔八〕，葱山夜雪撲旌竿〔九〕。

嗚笳疊鼓擁迴軍〔一〇〕，破國平蕃昔未聞〔一一〕。大夫鵲印迎邊月②，大將龍旗掣海雲③〔一二〕。

日落轅門鼓角鳴，千群面縛出蕃城〔一三〕。洗兵魚海雲迎陣〔一四〕，秣馬龍堆月照營〔一五〕。

蕃軍遥見漢家營，滿谷連山遍哭聲。萬箭千刀一夜殺，平明流血浸空城。

暮雨旌旗濕未乾，胡煙白草日光寒④。昨夜將軍連曉戰，蕃軍只見馬空鞍。

【校勘記】

①〔馬尾〕《萬首唐人絶句》、《樂府詩集》馬作劍。②〔大夫〕底本、明抄本、銅活字本大作丈，底本注：丈一作大。《樂府詩集》作大，此從之。〔迎邊月〕《萬首唐人絶句》、《樂府詩集》、明抄本迎作摇。③〔大將〕《萬首唐人絶句》、《樂府詩集》大作天。④〔胡煙〕《樂府詩集》煙作塵。

【箋注】

〔一〕破播仙：播仙，本漢且末國，國小人寡，屢經變故，後世絶滅。《大唐西域記》卷十二：「至折摩馱那故國，即沮末地也，城郭巋然，人煙斷絶。」玄奘法師於貞觀十八年冬至且末，其時已無人居。敦煌石室出土唐光啓元年寫本《沙州伊州地志》殘卷云：「石城鎮，東去沙州一千五百八十里。……貞觀中，康國大首領康艷典東來居此城，胡人隨之，因成聚落。」《新唐書・地理志》叙西行途徑，自沙州陽關西至蒲昌海千里，「經七屯城，漢伊脩城也，又西八十里至石城鎮，漢樓蘭國也，亦名鄯善，在蒲昌海南三百里，康艷典爲鎮使以通西域者。又西二百里至新城，亦謂之弩支城，艷典所築。又西經特勒井，渡且末河，五百里至播仙鎮，故且末城也，高宗上元中更名」。

可知且末之有人居在康艷典之後，至高宗時更名播仙鎮。吐蕃進據安西四鎮後，播仙亦當不保，因其東吐谷渾爲吐蕃滅亡，東西夾擊，唐難據守。《沙州伊州地志》殘卷云：「薩毗城，西去石城鎮四百八十里，康艷典所築。其地近薩毗澤山險阻，恒有吐蕃及吐谷渾往來不絶。」武后時收復四鎮，石城、播仙亦當收回。《通鑑》中宗景龍二年十一月，突騎施娑葛與闕啜忠節相攻，忠節不支，金山道行軍總管郭元振奏追忠節入朝宿衛。忠節至播仙城，經略使、右威衛將軍周以悌教其厚賂宰相宗楚客，云云。知其時唐駐兵播仙也。天寶間，唐兵又兩征播仙。《新唐書·尉遲勝傳》：「天寶中入朝，……歸國，與安西節度使高仙芝擊破薩毗、播仙。」時當爲吐蕃侵佔。封常清此次破播仙，已有大夫官銜，必在十三載入朝攝御史大夫之後，乃播仙又一度易手，故再征之。宋郭茂倩《樂府詩集》卷二十《唐凱歌六首》，即此《破播仙》詩。郭氏以《走馬川行》、《輪臺歌》之西征即破播仙之役，爲對回紇之戰，與史實不符，已在《走馬川行》注〔一〕中有説。岑仲勉《讀全唐詩札記》以破播仙乃對吐蕃，甚是。今新疆若羌縣尚有吐蕃古堡遺址，蓋以吐谷渾盛時曾西至且末，及亡於吐蕃，其地又曾爲吐蕃所佔也。　凱歌：奏捷獻凱之歌。《新唐書·儀衛志下》：「歷代獻捷必有凱歌。太宗平東都、破宋金剛、執賀魯、克高麗，皆備軍容，凱歌入京都，然其禮儀不傳。」　詩有霜、雪、雨字，當在十四載春初。封常清十三載秋冬間西征阿布思餘部，十四載秋冬間已發北庭回長安，故破播仙當在十四載春初也。

〔二〕戎：謂吐蕃。見《玉門關蓋將軍歌》注〔四〕、《送郭僕射節制劍南》詩注〔九〕。

〔三〕捷書：古者出師獲勝，作書以告捷。張協《七命》：「單醪投川，可使三軍告捷。」《舊唐書·高仙芝傳》：「還播密川，令劉單草告捷書，遣中使判官王廷芳告捷。」夫蒙靈詧謂高仙芝：「此既皆我所奏，安得不待我處分懸奏捷書……又謂劉單曰：聞爾能作捷書？單恐懼請罪。」

〔四〕麟閣：即麒麟閣。《漢書·蘇武傳》：「甘露三年，單于始入朝。上思股肱之美，乃圖畫其人於麒麟閣，法其形貌，署其官爵姓名。唯霍光不名，曰大司馬大將軍博陸侯霍氏，……次曰典屬國蘇武。皆有功德，知名當世，是以表而揚之。」注：「張晏曰：武帝獲麒麟時作此閣，圖畫其象於閣，遂以爲名。」或云蕭何造也。

〔五〕貳師：本大宛城名，出善馬。漢武帝使壯士車令等持千金及金馬至大宛國，以請其善馬。宛不與，令其東邊郁成王攻殺漢使，取財物。武帝怒，於太初元年八月以李廣利爲貳師將軍伐宛，殺郁成王，連兵數年。宛貴人懼，殺其王母寡，獻頭，出善馬。廣利乃取汗血馬及他馬三千匹而還。見《漢書·大宛傳》。

〔六〕樓蘭：古國名。見《武威送劉單判官赴安西行營》詩注〔三〕。

〔七〕營：軍壘也。《史記·絳侯周勃世家》子亞夫爲將軍，文帝勞軍，至細柳，不得入。「於是上乃使使持節詔將軍：吾欲入勞軍。亞夫乃傳言開壁門。……至營，將軍亞夫持兵揖曰：介胄之士不拜，請以軍禮見」。月窟：月所入處。見《北庭貽宗學士道別》詩注〔四〕。

〔八〕蒲海：蒲昌海。見送劉單詩注〔一七〕。

〔九〕葱山：即葱嶺，亦曰崑崙也。《水經·河水注》引《西河舊事》曰：「葱嶺在敦煌西八千里，其山高大，上生葱。故曰葱嶺也。」

〔一〇〕疊鼓：謝朓《鼓吹曲》：「凝笳翼高蓋，疊鼓送華輈。」《文選注》：「善曰：小擊鼓謂之疊。銑曰：疊鼓，其聲重疊也。」

〔一一〕破國：破者壞也。《史記·天官書》太白星「未當出而出，當入而不入，天下起兵，有破國」。又：「大水處，敗軍場，破國之虛，下有積錢，金寶之上，皆有氣。」亦謂戰敗之。《天官書》辰星，「其入太白中而上出，破軍殺將，客軍勝……正旗上出，破軍殺將，客勝」。

〔一二〕龍旗：北周遵古制，太常畫日月星，旂畫青龍，天子升龍，諸侯交龍。唐宋節度使有龍旗、虎旗。宋葉夢得《石林燕語》六節度使旌節條：「節度使旌節，門旗二：龍，虎；旌一，節一，麾槍二，豹尾二。凡八物。旗以紅繒爲之，九幅。」此爲宋制，然宋多襲唐制也。

〔一三〕面縛：《左傳》僖公六年，「許男面縛銜璧」注：「縛手於後，唯見面，以璧爲贄。手縛，故銜之。」

〔一四〕魚海：史籍所載，吐蕃於青海西設有魚海軍。又唐凉州有白亭海，明人稱曰魚海。《漢書·地理志》敦煌郡效穀縣，本魚澤障，桑欽言孝武元封六年崔不意爲魚澤尉者是。然此詩所言恐亦爲蒲昌海，今雖乾涸，而有水時則多魚。清人記載中，有以漁獵爲生之部落居於湖河間，其酋領名伯克。　陣：軍隊戰列。《史記·淮陰侯列傳》：「使萬人先行，出背水陣。」

〔一五〕龍堆：白龍堆沙漠，在玉門關西。

赴北庭度隴思家〔一〕

西向輪臺萬里餘，也知鄉信日應疏。隴山鸚鵡能言語〔二〕，爲報家人數寄書。

【箋注】

〔一〕赴北庭：岑參赴北庭時間，聞一多《岑嘉州繫年考證》以爲在天寶十三載三月，李嘉言《岑詩繫年》以爲應在秋後，《岑參集校注》附《年譜》則以爲「約於夏末自長安首途，至初秋抵涼州」。三說均有不妥。《資治通鑑》卷二一七天寶十三載三月，「甲子，以千里爲金吾大將軍，以封常清權北庭都護、伊西節度使」。《舊唐書·玄宗紀》載常清爲北庭都護在乙丑日。甲子爲二十八日，乙丑爲二十九日，已屆月末，常清遽膺新命，必不能於三月内動身也。然唐制，邊將受命逗留不行，將受貶謫。天寶四載四月乙巳，裴敦復受命爲嶺南經略使，經二十七日未行，五月壬申，坐逗留不之官，貶淄川太守。亦載《通鑑》。《唐會要》卷七十九：「會昌三年四月敕，諸道節度使、觀察使，授後發期，宜令不得過十日。」此限期亦准式開元天寶也。常清三月受命，五月首途，將與裴敦復同例，安可拖延至夏末秋初？吐魯番出土紙棺中有封常清及娘子過西州時之馬料賬（詳見《年譜》），時間爲十三載四月。可知四月已過西州。故常清受命後，雖須少作部署，也必於四月上旬動身，約五月應在北庭矣。《登北庭北樓呈幕中諸公》詩：「二庭近西海，六月秋風來。」此即至北庭後登樓觀眺之作也。岑參受命爲北庭判官，自應與主帥同日啓程。

〔二〕隴山鸚鵡：禰衡《鸚鵡賦》有「命虞人於壠坻」句，則漢世隴山多鸚鵡。《元和志》卷三十九秦州清水縣：「小隴山，一名隴坻，……上多鸚鵡。」清畢沅《關中勝迹圖志》卷十六隴山條引《雍勝略》：「山高而長，多鸚鵡，亦名鸚鵡山。」則唐宋與漢不異也。現山無巨樹，新栽木幼小，途經其地竟無所見也。

逢入京使〔一〕

故園東望路漫漫〔二〕，雙袖龍鍾淚不乾①〔三〕。馬上相逢無紙筆，憑君傳語報平安。

【校勘記】

①〔雙袖句〕敦煌殘卷伯氏二五五五作愁淚朝朝袖不乾。

【箋注】

〔一〕酌詩意，當爲天寶八九載間作於安西。

〔二〕路漫漫：《楚辭·離騷》：「路曼曼其脩遠兮，吾將上下而求索。」注：「脩，長也。」《釋文》曼作漫。五臣云，漫漫，遠貌。補曰，曼、漫，並莫半切。」

〔三〕龍鍾：此字義釋甚多。一、謂竹名，字亦從竹，或作籠籠。馬融《長笛賦》：「惟籦籠之奇生兮，於終南之陰崖。」李善注引戴凱之《竹譜》曰：「籦籠，竹名。」《南越志》云，羅浮山有龍鍾竹。二、謂石名。《洞冥記》云：「陽關之外花牛津時時得異石，高三丈，立於望仙宮，因名龍鍾石。」

三、或從足，作蹱踵，亦作蹱蹱。《集韻》引《埤蒼》：「蹱蹱，行不進貌。」《玉篇》云：「小兒行貌。」四、謂老病。明周祈《名義考》六：「龍鍾切癃字，潦倒切老字，欲言癃，欲言老，即以龍鍾潦倒言之。後有釋者皆不得其意而臆説也。」五、窮困失意。蕭穎士《爲南陽尉六舅上鄧州趙王牋》：「累年以來，凶險薦至，兩兄一弟，殂謝連及，孀孤空室，苫蓋在庭，……龍鍾荼苦，畢備於此。」李華《卧疾舟中相里范二侍御先行贈别序》：「華也潦倒龍鍾，百疾叢體，衣無完帛，器無兼蔬，以妻子爲僮僕，以笠履爲車服。」六、霑濕貌。《荀子·議兵》「隴種東籠而退」唐楊倞注：「東籠與涷瀧同，沾濕貌。」東籠亦作籠東。《北史·李穆傳》宇文泰芒山之敗，敵兵追及，李穆以馬鞭擊泰背駡曰：「籠東軍士，爾曹主何在？爾獨在此！」泰因免於難。蓋以馬中矢墜地霑濕，故曰籠東，亦龍鍾也。《方言》：「瀧涿謂之霑漬。」此爲龍鍾音轉。《論衡·自紀》：「筆瀧漉而雨集，言溶瀶而泉出。」瀧漉爲瀧涿之音轉，亦龍鍾也。楚人則以淚濕爲龍鍾。王褒《與周弘讓書》：「援筆攬紙，龍鍾横集。」此言下淚也。卞和《退怨歌》「空山歔欷涕龍鍾」，言鼻涕交流也。唐李匡乂《資暇集》則謂龍行雨時上下所踐，因而淋漓沾濺云云，此説實不可取。七、《蘇氏演義》曰：「龍鍾者，不昌熾、不翹舉貌，如藍鬖、拉搭、解縱之類。」此義甚奇，少見用者。岑詩此字，要以淚濕爲義。

【評論】

明李攀龍《唐詩訓解》：「思家方迫，適逢此人，無紙筆以作書，而傳語以通音息，叙事真切，自是客中絶唱。」

清吴瑞榮《唐詩箋要》：「俚情直語，都極老横。坧瓊山謂，眼前景，口頭語，便是詩家絶妙辭。觀此篇及賀季真《回鄉偶書》、賈浪仙《渡桑乾河》三詩，良然。」

春夢①〔一〕

洞房昨夜春風起②〔二〕，遥憶美人湘江水③〔三〕。枕上片時春夢中④〔四〕，行盡江南數千里。

【校勘記】

①〔春夢〕《文苑英華》作春夜所思。②〔洞房〕《唐詩紀事》房作庭，注：一作房。③〔遥憶美人〕《文苑英華》作故人尚隔。《唐詩紀事》明抄本同，注：一作遥憶美人。④〔片時〕《文苑英華》注：片集作半。

【箋注】

〔一〕此詩載《河嶽英靈集》，當作於天寶十二載前。

〔二〕洞房：連洞爲房，言其深奥也。司馬相如《上林賦》：「夷嵕築堂，累臺增成，岩窔洞房。」《漢書》注：「師古曰：於巖穴底爲室，若竈突然，潛通臺上。」

〔三〕湘江：桑欽曰：「湘水出零陵始安縣陽海山。」始安，漢縣名，即今桂林市。陽海山，後世作海陽山，今亦作海洋山。湘江源今名海洋河，源出桂林東七十里海洋山北麓，下游分流入漓江，主流東北流入湖南境，爲湘江。

〔四〕片時：少時也。江總《閨怨篇》：「願君關山及早度，念妾桃李片時妍。」杜甫《酬郭十五受判官》詩：「喬口橘州風浪促，繫帆何惜片時程。」

【評論】

明胡應麟《詩藪》：「嘉州枕上片時春夢中，行盡江南數千里，盛唐之近晚唐者。」

清方南堂《輟鍛録》：「唐人最善於脱胎，變化無跡，讀者惟覺其妙，莫測其源。……金昌緒打起黄鶯兒，莫教枝上啼，啼時驚妾夢，不得到遼西。岑嘉州則脱而爲枕上片時春夢中，行盡江南數千里。」

虢州後亭送李判官使赴晋絳得秋字①〔一〕

西原驛路挂城頭〔二〕，客散紅亭雨未休②。君去試看汾水上，白雲猶似漢時秋〔三〕。

【校勘記】

①〔得秋字〕底本無，此據宋本、《唐百家詩選》補。　②〔紅亭〕《唐百家詩選》、《萬首唐人絶句》紅作江。〔雨未休〕宋本休作收。

【箋注】

〔一〕晋絳：唐晋州治臨汾縣，即今山西臨汾。絳州治正平縣，即今山西新絳。按虢州與晋、絳並非鄰州，恐非以州事而因節度間事出使。《新唐書·方鎮表》至德元載置河中防禦守捉蒲關使，二載升河中防禦爲河中節度，兼蒲關防禦使，領蒲、晉、絳、隰、慈、虢、同七州，治蒲州。《舊唐書·肅宗紀》乾元元年，「九月庚午朔，右羽林大將軍趙泚爲蒲州刺史、蒲同虢三州節度使」，則此年晉、絳不隸蒲州。同書乾元二年七月，「刑部尚書王璵爲蒲州刺史，充蒲同絳三州節度使」。此年虢州劃出，增領絳州。同書上元元年，「二月癸巳朔，以右丞崔寓爲蒲州刺史，充蒲同晉絳等州節度使」。《方鎮表》上元二年同州隸鎮國。《舊唐書·肅宗紀》上元二年三月，李光弼讓太尉、中書令，「授侍中、河中尹、晉絳等州節度觀察使」。以晉絳名節度即在上元年間。故此詩亦當作於上元年間。

〔二〕驛路挂城頭：此蓋實寫。虢州西山爲南北向褐黄土岡，頂部平坦，所謂西原，其東側壁立約四五十公尺。自門水（宏農川）東岸西望州城之上，有一白色路徑自原頭垂下，斜挂城頭，今仍如此。

〔三〕漢時秋：《漢武帝故事》曰：「上行幸河東，祠后土，顧視帝京，欣然中流，與群臣飲燕。上歡甚，乃自作《秋風辭》曰：秋風起兮白雲飛，草木黄落兮雁南歸。……泛樓船兮濟汾河，横中流兮揚素波，簫鼓鳴兮發櫂歌，歡樂極兮哀情多，少壯幾時兮奈老何！」

五月四日送王少府歸華陰 得留字①〔一〕

仙掌分明引馬頭，西看一點是關樓。五日也須應到舍②〔二〕，知君不肯更淹留。

【校勘記】

①〔得留字〕底本無，此據宋本補。②〔五日〕《唐詩紀》日作月。〔須應〕《萬首唐人絶句》作應須。

【箋注】

〔一〕王少府：華陰尉王季友。　詩言「仙掌分明引馬頭，西看一點是關樓」，則非虢州之作，而應爲潼關詩也。虢州之西爲南北縱峙數十里之西山，遮盡西天。即使登上西原，亦只見秦嶺支阜聳峙於南，中條餘脉聳峙於北，仙掌、關樓均不得見。五日者，五月五日也。四日相送，五日到舍，相距必不遠。《元和志》卷二華州華陰縣：「潼關，在縣東北三十九里。」又卷六虢州「西北至潼關一百三十里」。唐制，因公登程，乘馬日七十里，乘驢及步行五十里，車三十里。見《唐六典》。故此詩當作於寶應元年五月，在潼關，時岑參爲關西節度判官。

〔二〕五日：五月五日。《西京雜記》二：「王鳳以五月五日生，其父欲不舉，曰：俗諺舉五日子，長及户則自害，不則害其父母。」五日子，謂五月五日所生者也。《史記·孟嘗君列傳》：「田嬰有子四十餘人，其賤妾有子名文，文以五月五日生，嬰告其母無舉也，其母竊舉之。」南朝宋王鎮惡亦五日子也。

原頭送范侍御 得山字①〔一〕

百尺原頭酒色殷，路傍驄馬汗斑斑。別君只有相思夢，遮莫千山與萬山〔二〕。

【校勘記】

①〔詩題〕宋本侍御下有絶句二字。得山字：底本無，此據宋本補。

【箋注】

〔一〕范侍御：即范端公，亦即范季明也。虢州上元年作。

〔二〕遮莫：儘教也。宋羅大經《鶴林玉露》：「詩家用遮莫字，蓋今俗語所謂儘教是也。故杜陵詩云：久判野鶴如雙鬢，遮莫鄰鷄下五更，言鬢如野鶴，已判老矣，儘教鄰鷄下五更，日月逾邁不復借也。而仍有用爲禁止之辭者，誤也。」或謂遮莫字自唐有之，非也。晋干寶《搜神記》卷十八，燕昭王墓前一斑狐化爲書生，詣司空張華，談論非人所及，疑其爲妖，呼獵犬試之，竟無憚色。狐曰：「我天生才智，反以爲妖，以犬試我，遮莫千試萬試，豈能爲患乎？」則晋世已有遮莫字矣。

送李明府赴睦州便拜覲太夫人①〔一〕

手把銅章望海雲〔二〕，夫人江上泣羅裙②。嚴灘一點舟中月，萬里煙波也夢君③〔三〕。

【校勘記】

①〔睦州〕底本睦作陸，誤。唐陸州屬安南都護府，東北至欽州六百里，西南至安南都護府百餘里，見《元和志》卷三十八。詩有嚴灘，乃睦州也。故從宋本。〔便拜〕《萬首唐人絶句》無便字，明抄本便

作使。②〔江上〕《萬首唐人絶句》江作堂。〔泣羅裙〕宋本注：羅一作紅。《萬首唐人絶句》泣作絳。③〔也夢〕《萬首唐人絶句》也作勞。

【箋注】

〔一〕李明府：未詳，時爲睦州下管縣令。　睦州：三國吴始置新都郡，晋改新安郡，隋置睦州，唐武后萬歲通天二年州治自新安東移建德。故址今爲建德縣梅城鎮，建德縣西移至白沙鎮。　此詩似爲乾元、廣德年間之作。

〔二〕銅章：漢制，縣萬户以上爲令，秩千石至六百石，减萬户爲長，秩五百石至三百石。秩比六百石以上，二千石以下，皆銅印黑綬；二百石以上，銅印黄綬。此以漢喻唐，謂李明府爲縣令。

〔三〕煙波：宋之問《秋蓮賦》：「海圻兮江沱，萬里兮煙波。」王昌齡《巴陵别劉處士》詩：「煙波桂陽接，日夕數千里。」

虢州西山亭子送范端公得濃字①〔一〕

百尺紅亭對萬峰〔二〕，平明相送到齋鐘〔三〕。驄馬勸君皆卸却②，使君家醖舊來濃〔四〕。

【校勘記】

①〔得濃字〕底本無，此據宋本補。②〔皆卸却〕《萬首唐人絶句》皆作教。

【箋注】

〔一〕范端公：范季明。　此詩亦上元年間作。

〔二〕萬峰：西山亭子在西原上，遠望可見南崤山、秦嶺支阜，北爲中條山。

〔三〕齋鐘：寺院正午報齋時之鐘也，《敕修百丈清規·法器章》：「大鐘，……遇聖節、看經上殿、下殿、三八念誦、佛誕、成道、涅槃、建散楞嚴會、齋粥、過堂、人定時，各一十八下。」

〔四〕家醞：自釀之酒也。醞者，釀也。曹植《酒賦》：「或秋藏冬發，或春醞夏成。」孟浩然《裴司士員司户見尋》詩：「府僚能枉駕，家醞復新開。」

送崔子還京〔一〕

疋馬西從天外歸，揚鞭只共鳥争飛①。送君九月交河北，雪裏題詩淚滿衣〔二〕。

【校勘記】

①〔揚鞭〕宋本注：一作翩翩。

【箋注】

〔一〕崔子：未詳。安西詩不當有「交河北」語，故此當爲北庭詩。十三載九月方送出師西征，此九月當在十四載。封常清十四載十一月已在長安，其還京亦應於九月首途，此崔子乃因而先後還京也。

〔三〕雪裏題詩：北庭八月雖可偶而降雪，常年則温涼與長安不異。交河位火州之中，九月更無雪，《使交河郡》所謂「九月尚流汗」是也。唐西州交河郡隸北庭節度，此當以公務來往州府之間，途經雪山之作。今博格達山東至哈密，雪嶺連綿數百里。

趙將軍歌〔一〕

九月天山風似刀，城南獵馬縮寒毛〔二〕。將軍縱博場場勝〔三〕，賭得單于貂鼠袍①〔四〕。

【校勘記】

①〔單于〕底本作將軍，此從《萬首唐人絶句》、明抄本。

【箋注】

〔一〕趙將軍：當爲趙玼。《送郭司馬赴伊吾郡請示李明府》詩題下小注：「郭子是趙節度同好。」《送劉郎將歸河東》詩「豈忘輪臺邊」句原注：「參曾北庭事趙中丞，故有下句。」《資治通鑑》、《舊唐書·肅宗紀》均載，乾元元年九月，右羽林大將軍趙玼爲蒲同虢三州節度使。則封常清被召還京，繼任節度使即爲趙玼，此趙將軍必爲其人矣。《土魯番出土文書》十册交河郡某館天寶十三載四月馬料賬：「二十九日郡坊送趙都護帖馬一十四疋，食麥踖一石四斗，付馬子張什仵。」礌石館七月八日有送趙都護家口自銀山向天山馬料賬，乃自安西來北庭者，則此趙都護原在安西，今爲北庭副都護者，亦即趙玼也。　此詩亦當作於天寶十四載。

〔二〕獵馬：北周宗懍《和歲首寒望詩》：「稻車迴故塢，獵馬轉新村。」庾信《伏聞遊獵詩》：「虞騎喜旦晴，獵馬向山横。」　縮寒毛：鮑照《代出自薊北門行》：「馬毛縮如猬，角弓不可張。」

〔三〕縱博：猶豪賭。按博，賭也。《一切經音義》卷十四：「博掩：博，博戲也；或云：博戲，掩取人財物也。」賭博起源甚早。《管子·四時》：「秋三月以庚辛之日發五政，一曰禁博塞」注：「博塞長姦邪，故禁之。」《史記·吴王濞列傳》載，吴太子與皇太子博，争道，不恭，皇太子引博局提吴太子殺之。唐有摴蒱，亦博也。

〔四〕單于袍：天寶間突騎施分爲黄黑二姓，各立可汗，互相攻殺。此當爲其可汗至北庭，賭博輸袍也。可汗，猶漢匈奴之單于。若爲漢時單于之袍，至唐早已朽敗，不堪爲賭注矣。《胡歌》「黑姓蕃王貂鼠裘」，此即單于貂鼠袍也。　貂鼠：毛皮甚美之獸名。見《初過隴山途中呈宇文判官》詩注〔六〕。

春興戲贈李侯①〔一〕

黄雀始欲啣花來〔二〕，君家種桃花未開。長安二月眼看盡，寄報春風早爲催②。

【校勘記】

①〔戲贈〕明抄本戲下有題字。　②〔早爲催〕明抄本催作誰。

【箋注】

〔一〕春興：春日意趣也。岑詩有古興、幽興等題，皆本潘岳《秋興賦》來。李侯：未詳。詩似開元、天寶間居長安時作。

〔二〕黄雀：小鳴禽，體小羽黄，形如家雀。《戰國策·楚策四》：「黄雀因是以，俯噣白粒，仰息茂樹，鼓翅奮翼，自以爲無患，與人無争也。」

草堂村尋羅生不遇〔一〕

數株溪柳欲依依①，深巷斜陽暮鳥飛②。門前雪滿無人跡③，應是先生出未歸〔二〕。

【校勘記】

①〔欲依依〕底本欲作色，注：一作欲。此從《萬首唐人絶句》、明抄本。②〔斜陽〕底本注：陽一作光。③〔雪滿〕底本注：雪一作雲。〔人跡〕《萬首唐人絶句》人作行。

【箋注】

〔一〕草堂村：今西安終南山高冠谷口西北有草堂寺，又有草堂營村。羅生：未詳。詩當爲授官前居高冠谷時作。

〔二〕先生：朋輩尊稱也。《孟子·告子下》：「宋牼將之楚，孟子遇於石丘，曰：先生將何之？」注：

「學士年長者，故謂之先生。」古者師長、老者亦稱先生也。

山房春事①〔一〕

風恬日暖蕩春光②〔二〕，戲蝶遊蜂亂入房〔三〕。數枝門柳低衣桁〔四〕，一片山花落筆牀〔五〕。

【校勘記】

①〔詩題〕明抄本題下有二首二字。　②〔蕩春〕底本注：一作淡煙。

【箋注】

〔一〕當爲居高冠谷之作，在授官前。

〔二〕恬：《國語·吴語》吴王謂申胥：「今大夫老，而又不自安恬逸，而處以念惡，出則罪吾衆，撓亂百度，以妖孽吴國。」注：「恬，猶静也。」　蕩春光：謂春光蕩漾也。《左傳》莊公四年，楚武王「入告夫人鄧曼曰，余心蕩」，注：「蕩，動散也。」

〔三〕戲蝶：盧照鄰《春晚山莊率題》詩：「遊絲横惹樹，戲蝶亂依叢。」　遊蜂：王僧孺《至牛渚憶魏少英》詩：「緑草閑遊蜂，青藪集青鶬。」

〔四〕衣桁：衣架。見《初至西虢官舍》詩注〔七〕。

〔五〕筆牀：筆架。見《初至西虢官舍》詩注〔八〕。

同①〔一〕

梁園日暮亂飛鴉〔二〕，極目蕭條三兩家〔三〕。庭樹不知人去盡②，春來還發舊時花③。

【校勘記】

①〔同〕此下疑有脱漏。明抄本、《唐詩紀》此詩列於上詩之後，作山房春事第二首，然此言梁園，非山房也。②〔人去盡〕明抄本、《唐詩紀》去作死。③〔還發〕底本發作落，此從明抄本。詩言春來，應爲花發，若爲花落，則應言春去也。

【箋注】

〔一〕同：《岑詩繫年》：「案此詩（謂《山房春事》）第二首曰……與題名山房之意不合，洪邁《萬首唐人絶句》搜羅頗廣，而不録此首，信有可疑。正德本於此首前標一同字，謂同前題也；然其餘二首以上同題之作，概無如是標題之例，因疑此首系他家詩誤入。」此詩乃岑參之作，岑集各本皆同。然此詩題究爲和人之作，抑另有他題，則難以確知。詩言梁園，當爲春日遊大梁之作，年代不詳。

〔二〕梁園：睢陽有梁園，見《梁園歌》注〔一〕。然唐人亦以汴州大梁爲梁園也。

〔三〕極目：盡目力所及也。王粲《登樓賦》：「平原遠而極目兮，蔽荆山之高岑。」李善注：「《楚辭》曰：湛湛江水兮上有楓，目極千里兮傷春心。」按此乃《招魂》中句也。

【評論】

明李攀龍《唐詩訓解》：「題曰山房春事，蓋感春而惜梁園之廢也。空虚無人，群鴉紛擾，無論樓觀傾頹，即廬舍亦幾蕩盡，彼有情者皆散去矣，獨庭樹無情，梁園花猶舊日耳。亡國之感，讀之慨然。余謂庭樹一聯本嘉州絶調，後人爲優孟者家竊而户攘之，遂以此爲套語，惜哉。」

題樓觀①〔一〕

荒樓荒井閉空山②〔二〕，關令乘雲去不還〔三〕。羽蓋霓旌何處在〔四〕，空留藥臼向人間③。

【校勘記】

①〔樓觀〕底本作觀樓，他本多同。唯明抄本作樓觀，以兼爲地名，故從之。②〔荒井〕《萬首唐人絶句》荒作萬。〔閉空山〕明抄本閉作閑。③〔空留〕底本留作餘。此從明抄本、《萬首唐人絶句》。

【箋注】

〔一〕樓觀：相傳尹喜結草爲樓，精思至道，周康王聞之，拜爲大夫，因其樓可觀望，故號樓觀。遺址在今陝西省盩厔縣東。《元和志》卷二京兆府盩厔縣：「樓觀，在縣東三十七里。本周康王大夫尹喜宅也。穆王爲召幽逸之人，置爲道院，相承至秦漢，皆有道士居之。晉惠帝時重置。其地舊有尹先生樓，因名樓觀，武德初改名宗聖觀。事具《樓觀本記》及《先師傳》焉。」此云尹喜爲周康王時人（前一〇〇四——前九六七），然尹喜邀老子著書五千言，老子爲周景王時人，晚於康王五百年。或一爲康王大夫，一爲景王關令，同姓名而不相干。或本爲關令尹喜，漢世道教興，乃故作玄虛，令其上溯五百年以神之也。盩厔有尹喜宅，函谷關亦有尹喜宅，即陳王府參軍田同秀藏靈符處也。然古函谷關唐世已成廢墟，無何房宅、道觀，《函谷關歌》所謂「崩城毁壁至今在」是也。故此樓觀乃謂盩厔。樓觀，有樓之觀，觀者，道院也，讀去聲。或作觀樓，則道院中之樓耳。　此詩當與太白詩同時，在廣德二年。

〔二〕閉：藏也。《管子・四時》：「春嬴育，夏養長，秋聚收，冬閉藏。」

〔三〕關令：《史記・老子列傳》：「居周久之，見周之衰，迺遂去，至關，關令尹喜曰：子將隱矣，彊爲我著書。」《列仙傳》云，關令尹喜與老子俱之流沙之西，莫知其所終。《抱朴子》云，尹喜乃散關令。老子東周人，西出函谷關也。南出散關通蜀漢，不去流沙，蓋以之爲西周人，乃言散關也。

〔四〕羽蓋：《越絶書・吴王占夢》：「王從騎三千，旌騎羽蓋。」《東京賦》「羽蓋葳蕤」薛綜注：「樹翠羽爲蓋也。」《子虛賦》：「上拂羽蓋，錯翡翠之葳蕤。」　霓旌：《上林賦》：「拖蜺旌，靡雲旗。」張揖曰：「析羽毛，染以五采，綴以縷爲旌，有似虹蜺之氣也。」蜺同霓。

磧中作〔一〕

走馬西來欲到天，離家見月兩回圓①。今夜不知何處宿，平沙萬里絶人煙。

【校勘記】

①〔離家〕明抄本、《萬首唐人絶句》離作辭。

【箋注】

〔一〕磧中：當在陽關以西沙漠之中。自瓜州至伊州爲戈壁，遍地碎石。此云「平沙萬里」，自非伊州路，而爲鄯善路也。詩當作於天寶八載。月圓兩回，初過隴山詩有山口月欲出句，已爲中旬稍後，今則離家月餘日矣。

醉戲竇子美人絶句①〔一〕

朱唇一點桃花殷②，宿粧嬌羞偏髻鬟〔二〕，細看只是陽臺女③〔三〕，醉着莫許歸巫山〔四〕。

【校勘記】

①〔詩題〕底本作《醉戲竇子絶句》，《萬首唐人絶句》作《醉戲竇子美人》，此從明抄本。②〔桃花〕《萬首唐人絶句》桃作榴。③〔只是〕《萬首唐人絶句》是作在，《唐詩紀》作似，明抄本空缺。

【箋注】

〔一〕竇子：未詳。詩亦不知年代。美人：謂姬妾也。《史記·項羽本紀》：「有美人名虞，常幸從。」此即後世所謂虞姬者。《漢書·淮南厲王長傳》：「其母故趙王張敖美人。」

〔二〕宿粧：夜眠之飾也。何遜《嘲劉郎詩》：「雀釵横曉鬢，蛾眉艷宿粧。」嬌羞：陳蕭詮《賦得婀娜當軒織詩》：「東南初日照秦樓，西北織婦正嬌羞。」　偏髻鬟：岑詩有「側垂高髻」語，此云偏髻，或類漢之墮馬髻。《後漢書梁冀傳》冀妻孫壽善爲憧馬髻，注引《風俗通》曰：「憧馬髻者，側在一旁。」憧同墮。又有卧髻者，疑亦類之。明楊慎《丹鉛總録》七《偏髾髻》：「北齊後宫之服制，女官八品偏髾髻。髾，所交切，髮覆眉也。蓋夷中少女之飾，其四垂短髮僅覆眉目，而頂心長髮繞爲卧髻，宋詞所謂鬟韠偏荷葉也，今世猶有之。」

〔三〕陽臺女：夢中神女也。宋玉《高唐賦》云，楚之先王遊高唐，怠而晝寢，夢與神女會。去而辭曰：「妾在巫山之陽，高丘之阻，旦爲朝雲，暮爲行雨，朝朝暮暮，陽臺之下。」

〔四〕巫山：《高唐賦》「妾在巫山之陽」李善注引《漢書》注曰：「巫山在南郡巫縣。」《漢書·地理志》南郡巫縣注：「應邵曰，巫山在西南。」南郡治郢，即江陵也。巫縣，在今巫山縣東，今巫山縣，隋改也。唐人多以《高唐賦》之巫山在此。沈佺期《巫山高》：「神女向高唐，巫山下夕陽。」李白《宿巫山下》詩：「昨夜巫山下，猿聲夢裏長，……雨色風吹去，南行拂楚王。」或謂巫山在雲夢澤中也。

胡歌〔一〕

黑姓蕃王貂鼠裘①〔二〕，葡萄宫錦醉纏頭〔三〕。關西老將能苦戰〔四〕，七十行兵仍未休。

【校勘記】

①〔蕃王〕底本蕃作賢，此從明抄本、《萬首唐人絶句》。作賢王亦通，《通鑑》天寶十載安禄山討契丹

兵敗，歸罪左賢王哥解而斬之，即突厥族將。突騎施，突厥别部也。

【箋注】

〔一〕胡：突厥也。　此詩當作於北庭，約在天寶十四五載。

〔二〕黑姓蕃王：突騎施蘇禄可汗卒後，其部爲黑姓，原可汗烏質勒之後爲黄姓，各擁可汗，互相攻殺。天寶間詔立黑姓爲突騎施可汗。

〔三〕蒲萄宫錦：錦上織有蒲萄花紋者，出於宫中者又名宫錦。蒲萄，或作蒲桃。《西京雜記》：「霍光妻遺淳于衍蒲桃錦二十四匹，……機用一百二十鑷，六十日成一匹，匹直萬錢。」《鄴中記》：「錦有大登高、小登高、大明光、小明光、大博山、小博山、大茱萸、小茱萸、大交龍、小交龍、蒲桃文錦、斑文錦、鳳凰朱雀錦、韜文錦、核桃文錦，或青綈，或白綈，或緑綈，或紫綈，或蜀綈，工巧百數，不可盡名也。」　纏頭：唐人賞歌舞人錦綵曰纏頭，亦借爲彩禮解。《太平御覽》卷八一五：「舊俗賞歌舞人錦綵，置之頭上，謂之纏頭。宴饗加惠，借以爲詞。」《舊唐書·郭子儀傳》謂「羅錦二百匹爲子儀纏頭之費」，即後一義。然突厥、回紇俗以帛纏頭，則非彩禮之謂。《東京夢華録》六《元旦朝會》：「諸國使人入賀……回紇皆長髯高鼻，以匹帛纏頭，散披其服。」此宋時回紇之俗，亦當來自前代。唐世突騎施本突厥支族，分黑姓、黄姓，此黑姓蕃王恐亦用蒲萄宫錦纏於頭上耳。突厥、回紇同俗也。

〔四〕關西老將：此北庭老將家居關西者。《漢書·趙充國辛慶忌傳贊》：「秦漢以來，山東出相，山西出將。」《後漢書・虞詡傳》：「諺曰：關東出相，關西出將。」山謂華山、崤山，關謂函谷關。

武威送劉判官赴磧西行軍①〔一〕

火山五月人行少②，看君馬去疾如鳥③。都護行營太白西〔二〕，角聲一動胡天曉〔三〕。

【校勘記】

①〔武威〕底本威作軍，誤，此據宋本改。　②〔人行〕《唐詩紀》作行人。　③〔馬去〕《萬首唐人絶句》去作上。

【箋注】

〔一〕劉判官：當爲劉單。《武威送劉單判官赴安西行營》有「五月」字，時、地、姓氏全同，則此詩必同時之作，在天寶十載。

〔二〕都護：謂高仙芝。其發兵三萬再討石國，至怛羅斯城大敗，《資治通鑑》繫於天寶十載四至八月間。

〔三〕角聲：軍中號角聲，儀仗中亦有鼓有角也。《晉書・王羲之傳》：「時驃騎將軍王述少有名譽，與羲之齊名，……（羲之代述爲會稽）述每聞角聲，謂羲之當候己，輒灑掃而侍之。」軍營中晨興吹角，爲動衆也。

入關先寄秦中故人①〔一〕

秦山數點似青黛〔二〕，渭水一條如白練〔三〕。京師故人不可見，寄將兩眼看飛燕②。

【校勘記】

①〔入關〕宋本、《萬首唐人絶句》作入蒲關。　②〔兩眼看飛燕〕《萬首唐人絶句》作兩紙西飛燕。

【箋注】

〔一〕入關：或作入蒲關，《岑詩繫年》以爲乃遊河東返京時作，均恐非是。蒲關距華山甚近，仰望南天，峻嶺半遮，並無「數點青黛」之景。蒲關地勢頗低，即使登上西邊普救寺坡阜，渭水亦難見，惟有黄河滔滔南流而已。岑參遊河東返京在二月，《宿蒲關東店憶杜陵别業》詩：「長安二月歸正好，杜陵樹邊純是花。」黄河中下游陰曆二月雖見桃李花，而群鶯未至，燕子則須五月方至也，故此關當爲隴關，在隴山東側，海拔兩千餘公尺，東來越山脊至關，遥望隴州之北、之東，低山逶迤，正如數點青黛。渭水雖亦難見，而渭水支流汧水正如白練，蜿蜒向東南而去。隴山峰顛無樹，多渾圓小丘，散布於東西寬約五六里一帶地面，小丘間低窪處雜草甚深。夏日燕子特多，低飛草頭，往返迴翔，洵爲奇觀。此乃筆者親歷其境所見。岑參天寶十載東返時，六月過臨洮，過隴山當在六七月間，此詩當作於其時。

〔二〕青黛：漢張敞爲婦畫眉，南北朝時亦稱點黛。劉孝威《寄婦詩》：「新粧莫點黛，余還自畫眉。」

酈道元亦稱青山爲點黛。《水經·澮水注》絳水：「青崖若點黛，素湍如委練。」詩言山似青黛，猶言如畫眉也。

〔三〕白練：熟絲所織之繒帛也。《樂府詩集》卷四十五載六朝人《團扇郎歌》：「白練薄不著，趣欲著錦衣。」《説文》：「練，湅繒也。」《周禮·考工記》㡛氏「湅絲以涚水」，先鄭、後鄭所釋不同，或曰温水，或曰灰水。

過燕支寄杜位〔一〕

燕支山西酒泉道，北風吹沙卷白草。長安遥在日光邊，憶君不見令人老。

【箋注】

〔一〕燕支：山名，在張掖郡删丹縣南。見《送張獻心充副使歸河西雜句》詩注〔五〕。杜位：見《郊行寄杜位》詩注〔一〕。白草冬日色白，北風亦當爲冬日。天寶十四載岑參曾于歲除、立春在玉門關一帶，此詩亦當爲該次行役中作。過燕支向酒泉，尚在張掖一帶，則恐使至凉州後西返也。

秋夜聞笛〔一〕

天門街西聞擣帛〔二〕，一夜愁殺江南客①。長安城中百萬家〔三〕，不知何人夜吹笛。

【校勘記】

①〔江南〕明抄本、《萬首唐人絶句》江作湘。

【箋注】

〔一〕詩似作於授官前居長安時。

〔二〕天門街：唐長安城中北對皇城之朱雀門者有朱雀門大街，因皇城朱雀門又北對宮城之承天門，故亦稱天門街。宋張禮《遊城南記》：「余與明微自翠臺莊由天門街上畢原。……莊之前有南北大路，俗曰天門界，北直京城之明德門，皇城之朱雀門，宮城之承天門，則界當爲街，俗呼之訛耳。」天門街居長安城中綫，位最尊要，令狐綯有《請申禁天門街左右置私廟並按品定廟室奏》。由詩可知，岑氏舊宅在天門街西某坊也。

〔三〕百萬家：《元和志》、新舊《唐書·地理志》均載，開元、天寶間京兆府户三十六萬兩千九百二十一，口一百九十六萬零一百八十八。但此乃全府二十三縣之總數。據《長安志》，長安、萬年兩縣户爲八萬餘，尚不足十萬家也。故百萬家者，百萬人之意也。《大慈恩寺三藏法師傳》記載，唐高宗顯慶元年，御製慈恩寺碑文并書碑鐫訖，法師率寺僧及京城僧尼共至芳林門（長安北邊西起第三門）迎，「幢幡等次第陳列，從芳林門至慈恩寺（長安城内東南隅），三十里間爛然盈滿。帝登安福門樓（皇城西邊南起第二門）望之甚悦，京都士女觀者百餘萬人」。後世所言長安居人百萬，最早證據大約即此。然此乃約數，非精確統計也。八萬户而有百萬口，似覺户大。

然此非農户，與村居不同。郭子儀一户家僮三千，而京城内大官巨宦之家何止數百千家。即商户，僮僕亦繁，其富者可比王侯。至於不在户籍者如帝宫之内，僅宫女即上萬，而禁軍自亦不在京兆籍册。尚有僧寺，《唐兩京城坊考》統計，僧、尼、道、女觀、胡祠等共一百五十餘所，人數不下數萬。尚有浮寄流寓者、外國使者、學人，另外尚有一龐大之中央政府，總謂百萬人口，約略近之。至若觀迎碑者或有近縣及京郊居民，然城内必有人在家不出者，言百餘萬亦近之也。

戲問花門酒家翁①〔一〕

老人七十仍沽酒②，千壺百甕花門口〔二〕。道傍榆莢青似錢③〔三〕，摘來沽酒君肯否？

【校勘記】

①〔詩題〕明抄本題下注：在涼州。②〔七十〕《萬首唐人絶句》七作九。③〔道傍〕《萬首唐人絶句》作前村。〔榆莢〕底本莢作葉，此從明抄本、《萬首唐人絶句》。〔青似錢〕明抄本青作仍，《萬首唐人絶句》作巧。

【箋注】

〔一〕岑詩中題有涼州、武威字者六首，無其字而應爲其地事者亦有數首，然明抄本僅於此題下注「在涼州」，疑非原注。《使院中新栽柏樹子呈李十五栖筠》一詩，明抄本亦於題下注：「栖筠者，吉甫之父，德裕之祖。」此顯爲後人所加。北庭多榆，涼州多楊，故疑此亦當爲北庭詩，作於天寶十四五載。

〔二〕甕：流體盛器，筒形而口略小、頸細而腹大。《周禮・秋官・掌客》：「上公五積……醯醢百有二十罋」，侯伯「百罋」，子男「八十罋」。罋，同甕，亦作瓮也。

〔三〕榆莢似錢：秦兼天下，其錢質如周，文曰半兩，重如其文。《漢書・食貨志》：「漢興，以爲秦錢重難用，更令民鑄莢錢。」注：「如淳曰：如榆莢也。」今黄河中下游仍稱榆莢爲榆錢也。

補遺一首

度磧〔一〕

黄沙磧裏客行迷，四望雲天直下低〔二〕。爲言地盡天還盡，行到安西更向西〔三〕。（《文苑英華》）

【箋注】

〔一〕此詩當與《磧中作》同時，天寶八載西過陽關後，越莫賀延磧時作。

〔二〕雲天低：此爲甘、新間戈壁沙漠中特異現象。敦煌、安西兩縣夜空極低，星大而且明，爲内地所罕見，新月低垂墻頭似可攀摘。自柳園至尾埡間，天上黄雲列陣飄過，似可以竿觸及，未知爲真低抑爲錯覺。吐魯番、吉木薩爾、庫車、阿克蘇則均無此現象。

〔三〕行到安西更向西：極言路途之遥與時日之久也。沙漠中行路，景物單調，途程變長而時間變慢，非身歷其境者不知此。此安西，謂龜兹，時尚未至也。

附録一

賦、文、序

感舊賦 並序〔一〕

參，相門子〔二〕。五歲讀書，九歲屬文〔三〕，十五隱於嵩陽〔四〕，二十獻書闕下〔五〕。嘗自謂曰，雲霄坐致〔六〕，青紫俯拾〔七〕。金盡裘弊〔八〕，蹇而無成〔九〕，豈命之過歟？國家六葉〔一〇〕，吾門三相矣。江陵公爲中書令〔一一〕，輔太宗〔一二〕。鄧國公爲文昌右相〔一三〕，輔高宗。汝南公爲侍中〔一四〕，輔睿宗。相承寵光〔一五〕，繼出輔弼〔一六〕。《易》曰，物不可以終泰，故受之以否〔一七〕。逮乎武后臨朝〔一八〕，鄧國公由是得罪，先天中汝南公又得罪，朱輪華轂①〔一九〕，如夢中矣。今王道休明，噫，世業淪替②〔二〇〕，猶欽若前德〔二一〕，將施於後人。參年三十，未及一命。昔一何榮矣，今一何悴矣〔二二〕。直念昔者爲賦云。其詞曰：

吾門之先，世克其昌〔二三〕，赫矣烈祖〔二四〕，輔於周王。啓封受楚〔二五〕，佐命克商〔二六〕。二千餘載，六十餘代，繼厥美而有光〔二七〕。其後闢土宇於荆門〔二八〕，樹桑梓於棘陽〔二九〕，吞楚山之神秀，與漢水之靈長〔三〇〕。猗盛德之不隕〔三一〕，諒嘉聲而允臧〔三二〕。慶延自遠〔三三〕，祐洽無疆③〔三四〕。自天命我唐，始滅暴隋，挺生江陵〔三五〕，傑出輔時④〔三六〕，爲國之翰〔三七〕，斯文在兹〔三八〕。一入麟閣〔三九〕，三遷鳳池〔四〇〕。調元氣以無忒〔四一〕，理蒼生而不虧〔四二〕。典絲言而作則〔四三〕，闡綿蕝以成規〔四四〕。革亡國之前政，贊聖代之新規〔四五〕。捧堯日以雲從〔四六〕，扇舜風而草靡〔四七〕。洋洋乎令問不已〔四八〕。

繼生鄧公，世實須才，盡忠致君，極武登臺〔四九〕。朱門復啓，相府重開，川換新楫〔五〇〕，羹傳舊梅〔五一〕。何糾纆以相軋，惡高門之禍來。當其武后臨朝，姦臣竊命，百川沸騰，四國無政。昊天降其薦瘥〔五二〕，靡風發於時令〔五三〕。籍小人之榮寵〔五四〕，隳賢良於檻穽〔五五〕。苟惽怓以相蒙〔五六〕，胡醜厲以職競〔五七〕。既破我室，又壞我門。上帝懵懵〔五八〕，莫知我冤。衆人憒憒〔五九〕，不爲我言。泣賈誼於長沙〔六〇〕，痛屈平於湘沅〔六一〕。

夫物極則變，感而遂通〔六二〕。於是日光迴照於覆盆之下〔六三〕，陽氣復暖於寒谷之中。上天悔禍⑤〔六四〕，贊我伯父⑥，爲邦之傑，爲國之輔。又治陰陽〔六五〕，更作霖雨〔六六〕，伊廊廟之故事〔六七〕，皆祖父之舊矩。朱門不改，畫戟重新。暮出黃閣，朝趨紫宸〔六八〕。綉轂照路〔六九〕，玉珂驚塵。列親戚以高會，沸歌鐘於上春〔七〇〕。無小無大，皆爲縉紳〔七一〕。顒顒卬卬〔七二〕，逾數十人。嗟乎，一心弼諧〔七三〕，多樹綱紀〔七四〕。群小見醜〔七五〕，獨醒積毀〔七六〕。鑠於衆口〔七七〕，病於十指〔七八〕。由是我汝南公復得罪於天子。當是時也，偪側崩波〔七九〕，蒼黄反覆〔八〇〕，去鄉離土⑦，隳宗破祖〔八一〕，雲雨流離〔八二〕，江山放逐。愁見蒼梧之雲，泣盡湘潭之竹〔八三〕。或投於黑齒之野〔八四〕，或竄於文身之俗〔八五〕。

嗚呼，天不可問〔八六〕，莫知其由。何先榮而後悴〔八七〕，曷曩樂而今憂〔八八〕。盡世業之陵替〔八九〕，念平昔之淹留。嗟予生之不造〔九〇〕，常恐墮其嘉猷〔九一〕。志學集其荼蓼〔九二〕，弱冠干於王侯。荷仁兄之教導，方勵己以增脩〔九三〕。無負郭之數畝〔九四〕，有嵩陽之一丘。幸逢時主之好文，不學滄浪之垂鈎。我從東山，獻書西周〔九五〕，出入二郡，蹉跎十秋。多遭脱輻⑧〔九六〕，累遇焚舟〔九七〕，雪凍穿屨，塵緇弊裘〔九八〕。嗟世路之其阻〔九九〕，恐歲月之不留。睠城闕以懷歸〔一〇〇〕，將欲返雲林之舊遊〔一〇一〕。遂撫劍而歌曰：

東海之水化爲田〔一〇二〕，北溟之魚飛上天〔一〇三〕。城有時而復〔一〇四〕，陵有時而遷。理固常矣，人亦其然。觀夫陌上豪貴〔一〇五〕，當年高位，歌鐘沸天，鞍馬照地〔一〇六〕，積黄金以自滿，矜青雲之坐致。高館招其賓朋，重門疊其車騎。及其高堂傾⑨，曲池平〔一〇七〕，雀羅空悲其處所〔一〇八〕，門客肯念其平生。已矣夫！世路崎嶇，孰爲後圖。豈無疇日之光榮〔一〇九〕，何今人之棄予。彼乘軒而不恤爾後〔一一〇〕，曾不愛我之羈孤〔一一一〕。歎君門兮何深，顧盛時而向隅〔一一二〕。攬蕙草以惆悵，步衡門而踟蹰。强學以待，知音不無。思達人之惠顧〔一一三〕，庶有

望於亨衢〔二四〕。（《文苑英華》）

【校勘記】

①〔華轂〕《文苑英華》華作翠，注：一作華。此從注語。②〔世業〕《文苑英華》業作葉，注：一作業。此從注語。③〔祐洽〕《全唐文》祐作祜。④〔傑出輔時〕《文苑英華》注：時一作持。⑤〔上天悔禍〕《全唐文》作上天垂鑒。⑥〔贊我伯父〕《全唐文》贊作祐。⑦〔去鄉離土〕《文苑英華》土作上，誤，此據《全唐文》改。⑧〔多遭脱輻〕《全唐文》輻作幅。⑨〔高堂傾〕《全唐文》堂作臺。

【箋注】

〔一〕杜確《序》謂岑參天寶三載進士高第，此賦作於及第之前，當在天寶二年。《初授官題高冠草堂》詩有「三十始一命」，此賦云「參年三十，未及一命」，聞一多云，初授官之三十乃實數，此賦之三十乃虚數。

〔二〕相門子：謂出於宰相家也。《史記·孟嘗君列傳》：「文聞，將門必有將，相門必有相。」

〔三〕屬文：爲文章也。《漢書·賈誼傳》：「年十八，以能誦詩書屬文稱於郡中。」注：「師古曰：屬謂綴聯之也，言其能爲文也。」

〔四〕嵩陽：謂登封縣。漢置崈高縣、潁陽縣，後魏併入潁陽，後周又改嵩陽，武后萬歲登封元年改名登封，岑參一生不用登封字也。岑詩中屢有「潁陽歸客」，而不曰嵩陽歸客，而初居亦不曰隱於潁陽，蓋先居嵩陽，後遷潁陽之少室居止也。潁陽，載初元年析河南、伊闕、嵩陽置武林縣，開元十五年更名潁陽。

〔五〕闕下：天子所居有宫有闕，故云。《史記·封禪書》漢文帝十六年，「新垣平使人持玉杯，上書闕下獻之」。

〔六〕雲霄：謂高位也。《晋書·熊通傳》上疏：「攀龍附鳳，翱翔雲霄。」

〔七〕青紫：漢世公卿之服。《漢書·百官公卿表》載，丞相、太尉、太傅、太師、前、後、左、右將軍金印紫綬，御史大夫銀印青綬。《後漢書·輿服志》載，公、侯、將軍紫綬，九卿、中二千石、二千石青綬。

〔八〕金盡裘弊：《戰國策·秦策一》：蘇秦「説秦王書十上而説不行，黑貂之裘弊，黄金百斤盡，資用乏絶，去秦而歸。羸縢履蹻，負書擔橐，形容枯槁，面目犂黑，狀有愧色。」

〔九〕蹇：《説文》：「蹇，跛也。」《漢書·淮南厲王長傳》：「自以爲最親，驕蹇。」注：「師古曰：蹇謂不順也。」

〔一〇〕六葉：六世、六代。《詩·商頌·長發》「昔在中葉」傳：「葉，世也。」

〔一一〕江陵公：岑參曾祖文本，貞觀十年封江陵縣子，嘉其與令狐德棻合撰《周書》之功也。張景毓《大唐朝散大夫行潤州句容縣令岑公德政碑》謂文本封江陵縣開國伯。縣子正五品，縣伯正四品。文本貞觀十八年爲中書令，正三品，贈爵恐爲開國郡公，正二品。

〔一二〕輔：佐也，助也。《戰國策·秦策五》：「子傒有承國之業，士倉又輔之。」注：「輔，猶助也。」《離騷》：「皇天無私阿兮，覽民德焉錯輔。」注：「錯，置也。輔，佐也。」

〔一三〕鄧國公：岑參伯祖長倩，高宗永淳元年爲兵部侍郎與中書門下同承受進止平章事，武后天授二年爲文昌右相（右僕射）同鳳閣鸞臺三品，封鄧國公。

〔一四〕汝南公：岑參伯父羲，景雲初進侍中，封南陽郡公，史傳不載爲汝南公事。

〔一五〕寵光：《詩·小雅·蓼蕭》：「既見君子，爲龍爲光。」傳：「龍，寵也。」箋：「爲寵爲光，言天子恩澤光耀被及之也。」

〔一六〕輔弼：《國語·吴語》：「申胥釋劍而對曰，昔吾先王，世有輔弼之臣，以能遂疑計惡，以不陷於大難。」

〔一七〕《易》曰，物不可以終泰，故受之以否：按《周易·序卦》云：「履而泰，然後安，故受之以泰。泰者，通也，物不可以終通，故受之以否。」否，閉塞也。

〔一八〕逮：《爾雅·釋言》：「逮，及也。」

〔一九〕朱輪華轂：漢世貴官之乘。轂者，輪之中心，洞穿以貫軸，外有輻散射者。亦用以代稱車也。《史記·張耳列傳》：「君何不齎臣侯印，拜范陽令，令范陽令乘朱輪華轂，使馳驅燕趙郊。」《漢書·劉向傳》上書：「今王氏一姓，乘朱輪華轂者二十三人，青紫貂蟬，充盈幄内。」

〔二〇〕噫：歎辭也。《論語·先進》：「顏淵死，子曰，噫，天喪予。」《莊子·大宗師》：「許由曰：噫，未可知也。」　世業：祖傳之業也。《孔叢子·執節》：「仲尼重之以大聖，自茲以降，世業不替。」班固《幽通賦》：「豈余身之足殉兮，違世業之可懷。」　淪替：《尚書·微子》：「今殷其淪喪，若涉大水，其無津涯。」傳：「淪，没也。」《爾雅·釋言》：「替，廢也，滅也。」

〔二一〕欽若：《尚書·堯典》：「乃命羲和，欽若昊天。」傳：「重黎之後羲氏、和氏，世掌天地四時之官，故堯命之，使敬順昊天。」

〔二二〕悴：《方言》卷一：「悴，傷也，宋謂之悴。」亦謂憔悴也。《魏書·孝文帝紀》太和五年詔：「時雨不霑，春苗萎悴。」《晋書·簡文帝紀》咸安二年詔：「每念干戈未戢，公私疲悴。」

〔二三〕克：《爾雅·釋言》：「克，能也。」　昌：《尚書·仲虺之誥》「邦乃其昌」傳：「昌，盛。」

〔二四〕赫：《詩·大雅·生民》「以赫厥靈」傳：「赫，顯也。」　烈祖：《尚書·伊訓》：「伊尹乃明言烈祖之成德，以訓於王。」傳：「湯有功烈之祖，故稱焉。」

〔二五〕啓封受楚：《續古文苑》十八唐張景毓《岑公德政碑》：「周文王母弟輝尅定殷墟，封爲岑子，今梁國岑亭即其地也，因以爲姓。」《新唐書·宰相世系表》：「岑氏出自姬姓，周文王異母弟耀子渠，武王封爲岑子，其地梁國北岑亭是也。子孫因以爲氏，世居南陽棘陽。」梁國云云，似漢人語，魏晋以降無梁國也。今開封、商邱地區無岑亭地名。周赧王二十九年（前二八六）齊、魏、楚滅宋而三分其地，岑亭在梁國北，地當入魏而不當入楚。岑氏世居南陽棘陽，亦不知何故遷此也。南陽，春秋時始爲楚地，然亦未聞有岑亭地名。

〔二六〕佐命克商：輔佐王命克定殷商也。李陵《答蘇武書》：「昔蕭、樊囚縶，韓、彭葅醢，鼂錯受戮，周、魏見辜，其餘佐命立功之士，……並受禍敗之辱。」

〔二七〕厥：其也。《尚書・堯典》「厥民析，厥民因；厥民夷，厥民隩」，《史記・五帝本紀》厥字皆作其。《尚書・大禹謨》「允執厥中」，《論語・堯曰》作「允執其中」。《爾雅・釋言》：「厥，其也。」

〔二八〕土宇：《詩・大雅・卷阿》：「爾土宇昄章，亦孔之厚矣。」箋：「土宇，謂居民以土地屋宅也。」　荊門：郭璞《江賦》「荊門闕竦而盤礴」李善注：「盛弘之《荊州記》曰：郡西泝江六十里，南岸有山，名曰荊門；北岸有山，名曰虎牙。二山相對，楚之西塞也。虎牙，石壁紅色，間有白文，如牙齒狀。荊門，上合下開，開達山南，有門形，故因以爲名。」此但以山代指荊州也。

〔二九〕桑梓：《詩・小雅・小弁》：「維桑與梓，必恭敬止。」張衡《南都賦》：「永世克孝，懷桑梓焉，真人南巡，覩舊里焉。」桑、梓爲宅旁之樹，後世用稱鄉里也。　棘陽：漢縣名，南朝宋省。故址在今新野、唐河兩縣之間，遺址無存。

〔三〇〕靈長：郭璞《江賦》：「咨五才之並用，寔水德之靈長。」《文選》注：「向曰：靈長，言上善柔德廣大利物也。」

〔三一〕猗：《詩・齊風・猗嗟》：「猗嗟昌兮，頎而長兮。」傳：「猗嗟，歎辭。」　隕：《爾雅・釋詁》：「隕，落也。」又：「墜也。」

〔三二〕諒：《方言》卷一：「諒，信也。衆信曰諒，周南、召南、衛之語也。」　嘉聲：美譽也。蔡邕《郭有道碑文》：「望形表而影附，聆嘉聲而響和。」　允臧：《詩·鄘風·定之方中》：「卜云其吉，終然允臧。」傳：「允，信。臧，善也。」

〔三三〕慶延：喜慶綿延也。《舊唐書·音樂志》太祖景皇帝酌獻用《大基》：「蒴商德厚，封唐慶延。」李嶠《宣州大雲寺碑頌》：「慶延動植，德至幽明。」

〔三四〕祐洽：《易·繫辭上》「可與祐神矣」疏：「祐，助也。」《尚書·大禹謨》：「好生之德，洽于民心。」疏：「洽謂沾漬優渥，洽于民心，言潤澤多也。」

〔三五〕挺生：特出也。左思《蜀都賦》：「王褒韡曄而秀發，揚雄含章而挺生。」

〔三六〕傑出：《後漢書·徐稺傳》：「爰自江南卑薄之域，而角立傑出。」

〔三七〕翰：翰本羽毛，亦作筆毫，轉爲辭翰之稱。王儉《褚淵碑文》：「眇眇玄宗，萋萋辭翰。」

〔三八〕斯文在兹：謂岑文本之文章傳世也。《論語·子罕》：「文王既没，文不在兹乎。天之將喪斯文也，後死者不得與於斯文也。天之未喪斯文也，匡人其如予何？」

〔三九〕麟閣：猶麟臺，謂祕書省。唐武后天授初改祕書省爲麟臺。文本貞觀元年除祕書郎。

〔四〇〕鳳池：中書省。文本由中書舍人遷中書侍郎，再遷中書令。

〔四一〕調：《吕覽·察今》：「嘗一脟肉而知一鑊之味，一鼎之調。」注：「調，和也。」　元氣：天地陰陽之始氣也。《漢書·律曆志》：「太極元氣，函三爲一。」注：「孟康曰：元氣始起於子，未分之時，天地人混合爲一，故子數獨一也。」　無忒：不差也。《詩·大雅·抑》「昊天不忒」箋：「昊天之德有常，不差忒也。」《左傳》文公二年引《魯頌》「享祀不忒」注：「忒，差也。」《詩·魯頌·閟宮》鄭箋則謂：「忒，變也。」

〔四二〕理：治也。《呂氏春秋·勸學》：「聖人之所在，則天下理焉。」注：「理，治。」唐避高宗諱，以理代治。　蒼生：百姓也。見《劉相公中書江山畫障》詩注〔三〕。　不虧：《詩·魯頌·閟宫》：「不虧不崩，不震不騰。」箋：「虧、崩，皆言毀壞也。」

〔四三〕絲言：猶綸言，王者之言也。《禮記·緇衣》：「王言如絲，其出如綸；王言如綸，其出如綍。」文本久在中書，詔誥多出其手，故曰典絲言。　作則：作法式也。《詩·大雅·烝民》：「天生烝民，有物有則。」傳：「則，法。」

〔四四〕綿蕝：蕝亦作蕞。《史記·叔孫通列傳》：「遂與所徵三十人西，及上左右爲學者與其弟子百餘人爲綿蕞野外。」注：「如淳曰：置設綿索，爲習肄處。蕞謂以茅翦樹地爲纂位，《春秋傳》曰置茅蕝也。韋昭曰：引繩爲綿，立表爲蕞。賈逵云，束茅以表位爲蕝。」

〔四五〕贊：《禮記·中庸》「贊天地之化育」注：「贊，助也。」《左傳》襄公二十七年「能贊大事」注：「贊，佐也。」　聖代：猶聖世，贊美當代之辭。陸雲《陸士龍文集·夏府君誄》：「熙光聖代，邁勳九區。」高適《送李少府貶峽中王少府貶長沙》詩：「聖代即今多雨露，暫時分手莫躊躇。」

〔四六〕堯日：帝政清明如堯時也。沈約《四時白紵歌·春白紵》：「佩服瑶草駐容色，舜日堯年歡無極。」舜日，亦猶堯日也。　雲從：《詩・齊風・敝笱》：「齊子歸止，其從如雲。」傳：「如雲，言盛也。」沈約《俊雅》：「衮衣前邁，列辟雲從。」

〔四七〕舜風：虞舜之風也。顔延之《車駕幸京口三月三日侍遊曲阿後湖作》詩：「虞風載帝狩，夏諺頌王遊。」　草靡：潘岳《閑居賦》：「訓若風行，應如草靡。」按靡，下垂傾倒之義，《左傳》莊公十年「望其旗靡」是也。亦偃之義。《論語・顔淵》：「君子之德風，小人之德草，草上之風必偃。」注：「偃，仆也。」

〔四八〕洋洋：《詩・衛風・碩人》：「河水洋洋，北流活活。」傳：「洋洋，盛大也。」　令問：《漢書・匡衡傳》「衆庶論議令問休譽不專在將軍」注：「師古曰：令，善；問，名；休，美也。」

〔四九〕極武：鍾會《檄蜀文》：「非欲窮武極戰，以快一朝之志。」按窮，極也。極，盡也。

〔五〇〕川換新楫：《尚書・説命上》殷高宗以傅説爲相，謂之曰：「若濟巨川，用汝作舟楫。」

〔五一〕羹傳舊梅：《尚書・説命下》殷高宗謂傅説：「若作酒醴，爾惟麴糵；若作和羹，爾惟鹽梅。」

〔五二〕昊天：《詩・周頌・昊天有成命》箋：「昊天，天大號也。」　薦瘥：謂天降疫病。《詩・小雅・節南山》：「天方薦瘥，喪亂弘多。」傳：「薦，重；瘥，病；弘，大也。」箋：「天氣方今又重以疫病，長幼相亂而死傷甚多也。」

〔五三〕靡風：《禮記・少儀》「國家靡敝」傳：「靡敝，賦税亟也。」疏：「靡謂侈靡，敝謂凋敝。……靡爲縻，謂財物縻散凋敝，古字通用。」　時令：《禮記・月令》季冬之月，「天子乃與公卿大夫共飭國典，論時令，以待來歲之宜」。

〔五四〕籍：《孟子·滕文公上》「助者籍也」注：「籍者借也，猶人相借力助之也。」　榮寵：《蔡中郎集·汝南周巨卿碑》：「瞻彼榮寵，譬諸雲霄。」

〔五五〕檻穽：《漢書·司馬遷傳·報任安書》：「猛虎處深山，百獸震恐，及其在穽檻之中，搖尾而求食。」注：「師古曰：穽，掘地以陷獸也。」《文選》作檻穽也。

〔五六〕惛怓：《詩·大雅·民勞》：「無縱詭隨，以謹惛怓。」傳：「惛怓，大亂也。」箋：「惛怓，猶讙譁也，謂好爭者也。」　相蒙：相欺也。《左傳》僖公二十四年，介子推曰：「下義其罪，上賞其姦，上下相蒙，難與處矣。」疏：「上下相欺蒙，難可與並居處矣。」

〔五七〕醜厲：《詩·大雅·民勞》：「無縱詭隨，以謹醜厲。」傳：「醜，衆；厲，惡也。」箋：「《春秋傳》曰，其父爲厲，厲，壞也。」　職競：《左傳》哀公二十三年，「宋景曹卒，季康子使冉有弔，且送葬。曰：敝邑有社稷之事，使肥與有職競焉，是以不得助執紼。」注：「肥，康子名。競，遽也。」《詩·小雅·十月之交》「職競由人」傳：「職，主也。」

〔五八〕懵懵：不明也。江淹《貽袁常侍詩》：「鑠鑠霞上景，懵懵雲外山。」

〔五九〕懀懀：《玉篇》八：「懀，惡也，憎也，悶也。」

〔六〇〕賈誼：漢文帝時賈誼爲太中大夫，更定律令，使列侯就國，天子欲以之爲公卿。元老周勃、灌嬰俱害之，乃出爲長沙王太傅。其地卑濕，自以壽不得長，自傷作《鵩鳥賦》。

〔六一〕屈平：屈原忠而見逐，流放湘沅之間，終於懷沙自沉汨羅。

〔六二〕感而遂通：《易·繫辭上》：「易，無思也，無爲也，寂然不動，感而遂通，天下之故。」疏：「既無思無爲，故寂然不動，有感必應，萬事皆通。」

〔六三〕覆盆：《抱朴子·辨問》：「三光不照覆盆之内。」駱賓王《幽縶書情通簡知己》詩：「覆盆徒望日，蟄户未經雷。」

〔六四〕悔禍：《左傳》隱公十一年，「若寡人得没於地，天其以禮悔禍於許。」注：「言天加禮於許而悔禍之。」

〔六五〕陰陽：《尚書·周官》：「兹惟三公，論道經邦，燮理陰陽。」

〔六六〕霖雨：《尚書·説命上》殷高宗命傅説爲相曰：「若天大旱，用汝作霖雨。」

〔六七〕伊：發語辭。《爾雅·釋詁》：「伊，維也。」注：「發語辭。」

〔六八〕紫宸：唐宮殿名，在大明宮内含元、宣政之後。《唐會要》卷三十《大明宮》條，龍朔三年四月，「二十三日始御紫宸殿聽政，百僚奉賀新宮成」。

〔六九〕綉轂：猶華轂也。

〔七〇〕歌鐘：今所謂編鐘也，依音節排列之小鐘，敲擊成樂，與大鐘不同。《左傳》襄公十一年，「鄭人賂晋侯……歌鐘二肆。」注：「肆，列也，縣鐘十六爲一肆，二肆三十二枚。」

〔七一〕縉紳：謂仕宦也。亦作薦紳、搢紳。《史記·五帝本紀贊》「薦紳先生難言之」注：「徐廣曰：

薦紳即縉紳也，古字叚借。」《封禪書》：「漢興已六十餘歲矣，天下艾安，搢紳之屬皆望天子封禪。」搢紳亦縉紳也。《封禪書》：「其語不經見，縉紳者不道。」注：「李奇曰：縉，插也，插笏於紳。紳，大帶。」

〔七二〕顒顒卬卬：盛也。《詩·大雅·卷阿》：「顒顒卬卬，如圭如璋。」傳：「顒顒，温貌；卬卬，盛貌。」《詩集傳》曰：「顒顒卬卬，尊嚴也。」

〔七三〕弼諧：《尚書·臯陶謨》：「謨明弼諧」傳：「謀廣聰明，以輔諧其政。」疏：「聰明者，自是己性，又當受納人言，使多所聞見，以博大此聰明，以輔弼和諧其政。」

〔七四〕綱紀：《詩·大雅·棫樸》：「勉勉我王，綱紀四方。」箋：「我王，謂文王也。以罔罟喻爲政，張之爲綱，理之爲紀。」《漢書·禮樂志》賈誼言：「夫立君臣，等上下，使綱紀有序，六親和睦，此非天之所爲，人之所設也。」

〔七五〕群小見醜：《戰國策·趙策二》：「寡人以王子爲子任，欲子之厚愛之，無所見醜。」《漢書·劉向傳》上書：「是以群小窺見間隙，緣飾文字，巧言醜詆，流言飛文，譁於民間。」

〔七六〕獨醒積毁：《楚辭·漁父》：「衆人皆濁我獨清，衆人皆醉我獨醒，是以見放。」枚乘《獄中上書自明》：「夫以孔墨之辯，不能自免於讒諛，而二國以危，何則？衆口鑠金，積毁銷骨。」鑠，銷熔也。

〔七七〕鑠於衆口：《國語·吴語下》：「諺曰：衆心成城，衆口鑠金。」注：「衆心所好，莫之能敗，其固如城也。衆口所毀，雖金石猶可銷也。」

〔七八〕病於十指：謂衆手所指，無病亦死。《禮記·大學》：「十目所視，十手所指，其嚴乎。」《漢書·王嘉傳》：「里諺曰：千人所指，無病而死。」

〔七九〕偪側：《上林賦》「偪側泌瀄」李善注引司馬彪曰：「偪側，相迫也。泌瀄，相揳也。偪字與逼同。」　崩波：鮑照《還都道中作》詩：「客行惜日月，崩波不可留。」《文選》注：「向曰：崩波，猶奔波也。」

〔八〇〕蒼黄：急遽也。杜甫《新婚别》：「誓欲隨君去，形勢反蒼黄。」義同倉皇。　反覆：《詩·小雅·小明》：「豈不懷舊，畏此反覆。」箋：「反覆，謂不以正罪見罪。」

〔八一〕隳宗：隳，許規反，毁也。《老子》二十九：「或强或羸，或挫或隳。」《吕氏春秋·順説》：「刈人之頸，刳人之腹，隳人之城郭，刑人之父子。」注：「隳，壞也。」

〔八二〕流離：流亡離散也。《漢書·劉向傳》上疏：「因之以饑饉，物故流離以十萬數，臣甚惛焉。」

〔八三〕泣湘竹：《述異記》上：「昔舜南巡而葬於蒼梧之野，堯之二女娥皇女英追之不及，相與慟哭，淚下沾竹，竹文上爲之斑斑然。」此云湘潭，謂洞庭湖也。

〔八四〕黑齒之野：謂荒遠之地。《山海經·大荒東經》：「有黑齒之國，帝俊生黑齒，姜姓，黍食，使四鳥。」《淮南子·脩務訓》：「西教沃民，東至黑齒，北撫幽都，南道交趾。」高誘注：「黑齒，東方之國。」唐高宗時有將軍黑齒常之，百濟西部人。然亦有他説。《管子·小匡》：「南至吴越……

黑齒。」則謂南方之國也。《戰國策·趙策二》「黑齒雕題，鯷冠秫縫，大吴之國也。」此謂吴。

〔八五〕文身之俗：謂閩越之地。《戰國策·趙策二》：「被髮文身，錯臂左衽，甌越之民也。」漢有東甌、閩、越，然亦有西甌，謂交趾也。

〔八六〕天不可問：《楚辭·天問》王逸曰：「《天問》者，屈原之所作也，何不言問天？天尊不可問，故曰天問也。」

〔八七〕先榮後悴：潘岳《笙賦》：「乃有始泰終約，前榮後悴。」

〔八八〕曩：往日也。《爾雅·釋詁》：「曩，久也。」向秀《思舊賦》：「追思曩昔遊宴之好，感音而歎。」

〔八九〕陵替：沉淪毁壞也。《左傳》昭公十八年，「下陵上替，能無亂乎」。《南齊書·武帝紀》永明十月詔：「三季澆浮，舊章陵替。」

〔九〇〕不造：不成，不幸也。《詩·周頌·閔予小子》：「閔予小子，遭家不造。」

〔九一〕嘉猷：《爾雅·釋詁》：「嘉，善也。」又：「猷，謀也。」《尚書·君陳》：「爾有嘉謀嘉猷，則入告爾君于内。」

〔九二〕荼蓼：苦菜也。《周頌·良耜》：「其鎛斯趙，以薅荼蓼。」疏謂二者皆穢草，非苦菜。然《詩·邶風·谷風》「誰謂荼苦」傳：「荼，苦菜也。」又《大雅·緜》「堇荼如飴」傳：「荼，苦菜也。」《爾雅·釋草》亦云：「荼，苦菜。」蓼，水草，《説文》謂「辛菜」，則有辣味也。後世荼蓼轉爲困苦之義。《後漢書·陳蕃傳》：「今帝祚未立，政事日蹙，諸君奈何委荼蓼之苦，息偃在牀。」《晋書·

沮渠蒙遜載記下》書曰：「孤庶憑宗廟之靈，乾坤之祐，濟否剥之運會，拯遺黎之荼蓼。」

〔九三〕勵：《小爾雅・廣言》：「勱，勉也。」　增修：《左傳》文公二年，「孟明增修國政，重施於民」。

〔九四〕負郭數畝：《史記・蘇秦列傳》：「使我有洛陽負郭田二頃，吾豈能佩六國相印乎？」

〔九五〕西周：謂周之王城，在洛陽。潘岳《西征賦》：「爾乃越平樂，過街郵，秣馬臯門，税駕西周。」李善注：「平樂，館名也。《水經注》曰，梓澤西有一原，古舊亭處，即街郵也。石卷瀆口，高三丈，謂之臯門橋。西周，見下注解。」其下「踰十葉以逮赧，邦分崩而爲二」注：「景王（下至十世）……赧王立，東西周分治，王赧徙都西周。」《史記索隱》云：「西周，河南也；東周，鞏也。」東周考王封其弟於河南，爲諸侯國，周惠公又封少子班於鞏，號東周，乃有西周、東周二諸侯國。赧王徙都西周諸侯國，即今洛陽王城。岑參二十獻書闕下，在開元二十二年。唐玄宗開元二十二年移駕東都洛陽，至二十四年冬始返長安，故「獻書西周」謂至洛陽獻書，非謂長安也。

〔九六〕脱輻：即説輻，謂赴舉落第而妻子反目也。《易・小畜》：「九三，輿説輻，夫妻反目。」注：「上（按謂九二）畜盛不可牽，征以斯而進，故必説輻也。已爲陽極，上爲陰長，畜於陰長不能自復，方之夫妻反目之義也。」説，叚借爲脱。

〔九七〕焚舟：無歸路也。《左傳》文公三年，「秦伯伐晉，濟河焚舟。」此詩猶羞見關城吏之義也。

〔九八〕緇：染黑色也。《論語・陽貨》：「不曰白乎，涅而不緇。」注：「至白者染之於涅而不黑。」

〔九九〕世路：處世之途也。《後漢書・張衡傳・應閒》：「吾子性德體道，篤信安仁，約己博藝，無堅不鑽，以思世路，斯何遠矣！」

〔一〇〇〕睠：反顧也，回視也。《詩·小雅·大東》：「睠言顧之，潸然出涕。」傳：「睠，反顧也。」

〔一〇一〕雲林：雲山林壑，謂隱者之居也。崔顥《入若耶溪》詩：「輕舟去何疾，已到雲林境。」韋應物《答趙氏生伉》詩：「暫與雲林別，忽陪鴛鷺翔。」

〔一〇二〕東海爲田：滄海變爲桑田，喻世事變遷。《太平廣記》卷六十引《神仙傳·麻姑》：「接侍以來，已見東海三爲桑田，向到蓬萊，水又淺於往者會時略半也，豈將復還爲陵陸乎。」

〔一〇三〕魚飛上天：《莊子·逍遥遊》：「北溟有魚，其名爲鯤，鯤之大不知其幾千里也。化而爲鳥，其名爲鵬，鵬之背不知其幾千里也。怒而飛，其翼若垂天之雲。」

〔一〇四〕復：覆也。《國語·魯語下》：「士朝受業，晝而講貫，夕而習復，夜而計過無憾，而復即安。」注：「復，覆也。」

〔一〇五〕豪貴：豪，亦貴也。《列子·楊朱》「對鄉豪稱之」注：「鄉豪，里之貴者。」

〔一〇六〕沸天、照地：鮑照《蕪城賦》：「廛閈撲地，歌吹沸天。」

〔一〇七〕高堂傾、曲池平：《三國志·蜀·郤正傳·釋譏》「雍門援琴而挾説」注引桓譚《新論》曰：「雍門周以琴見，孟嘗君曰：先生鼓琴，亦能令文悲乎？對曰：臣之所能令悲者，先貴而後賤，昔富而今貧，……困于朝夕，無所假貸。若此人者，但聞飛鳥之號，秋風鳴條，則傷心矣。臣一爲之援琴而長太息，未有不悽惻而涕泣者也。……臣竊爲足下有所常悲，夫角帝而困秦者君也，連五國伐楚者又君也。天下未嘗無事，不從即衡。從成則楚王，衡成則秦帝。夫以秦楚之彊而報弱薛，猶磨蕭斧而伐朝菌也。有識之士，莫不爲足下寒心。天道不常盛，寒暑更進退，千秋萬歲之後，宗廟必不血食。高臺既已傾，曲池又已平，墳墓生荊棘，狐狸穴其中。游兒牧豎躑躅其足而歌其上曰：孟嘗君之尊貴，亦猶若是乎！於是孟嘗君喟然太息，涕淚承睫而未下。雍門周引琴而鼓之，徐動宮徵，叩角羽，終而成曲。孟嘗君遂歔欷而就之曰：先生鼓琴，令文立若亡國之人也。」

〔一〇八〕雀羅：捕雀網也。《史記・汲鄭列傳》：「太史公曰，夫以汲、鄭之賢，有勢則賓客十倍，無勢則否，況衆人乎！下邽翟公有言，始翟公爲廷尉，賓客闐門；及廢，門外可設雀羅。」

〔一〇九〕疇日：往日也。丘遲《與陳伯之書》：「見故國之旗鼓，感平生於疇昔。」

〔一一〇〕乘軒：《左傳》閔公二年，「衛懿公好鶴，鶴有乘軒者。」注：「軒，大夫車。」

〔一一一〕羈孤：謝莊《月賦》：「親懿莫從，羈孤遞進。」李善注：「羈孤，羈客孤子也。」

〔一一二〕向隅：潘岳《笙賦》：「衆滿堂而飲酒，獨向隅以掩涕。」李善注：「《説苑》曰：古人於天下，譬一堂之上，今有滿堂飲酒，一人獨索然向隅泣，則一堂之人皆不樂。《韓詩外傳》曰：衆或滿堂而飲酒，有人向隅而悲泣，則一堂爲之不樂。王者之於天下也，有一物不得其所，則爲之悽愴心傷，盡祭不舉樂焉。」

〔一一三〕達人：顯達之人也。《左傳》昭公七年，「聖人有明德者，若不當世，其後必有達人」。

〔二四〕亨衢：亨，通也。《易·大畜》：「何天之衢，亨。」疏：「乃天之衢，無所不通也。」

招北客文〔一〕

蜀之先曰蠶叢兮〔二〕，縱其目以稱王①〔三〕。當周室陵頹兮〔四〕，亂無紀綱〔五〕。洎乎杜宇從天而降〔六〕，鼈靈泝江而上〔七〕，相禪而帝，據有南國之九世②〔八〕。蜀本南夷人也，皆左其衽而椎其髻〔九〕。及通乎秦也，始於惠王之代〔一〇〕，五牛琢而秦女至③〔一一〕，一蛇死而力士斃〔一二〕。二江雙注，群山四蔽；其地卑濕④，其風胜脆⑤〔一三〕。蠻貊雜處⑥〔一四〕，滇僰爲鄰〔一五〕。地偏而兩儀不正〔一六〕，寒薄而四氣不均。花葉再榮〔一七〕，秋冬如春。暮夜多雨，朝旦多雲。陽景罕開〔一八〕，陰氣恒昏。以暑以濕，爲瘵爲癘〔一九〕，氣浥熱以中人⑦〔二〇〕。吾知重膇之疾兮⑧〔二一〕，將嬰爾身〔二二〕。蜀之不可往，北客歸去來兮。

其東則大江沄沄⑨〔二三〕，下絶地垠〔二四〕；百谷相吞，出於荆門。突怒吼劃〔二五〕，附於太白；浡潏硼砰〔二六〕，會於滄溟〔二七〕。跳噴浩淼〔二八〕，上濺飛鳥。蹙縮盤渦〔二九〕，下旋黿鼉〔三〇〕。三峽兩壁，亂峰如戟。槎枒屹崪⑩〔三一〕，澒洞劃拆⑪〔三二〕。高干天霓，雲外水積。盡日無光⑫，其下黑窄。瞿塘無底，淺處萬尺。啼猿哀哀，腸斷過客。復有千歲老蛟，能變其身，好飲人血，化爲婦人，衒服靚妝〔三三〕，遊於水濱。五月之間，白帝之下，洪濤塞峽，不見灩湏〔三四〕。翻天蹙地，霆吼雷怒⑬〔三五〕。亦有行舟⑭，突然而去，人未及顧，棹未及舉，瞥見陽臺，不辨雲雨，千里一歘，日未亭午⑮。須臾黑風暴起⑯〔三六〕，拔樹震山；石走沙飛，波騰浪翻；舟子失據，摧檣折竿；漩入九泉〔三七〕，没而不還；支體糜散〔三八〕，蕩入石間；水族呀呀〔三九〕，撥剌争餐⑰。蜀之東兮不可以往⑱，北客歸去來兮。

其西則高山萬重⑲，峻極屬天〔四〇〕。西有崑崙，其峰相連。日月迴環⑳〔四一〕，礙於山巔㉑。巒崖盤嶔〔四二〕，天壁夐絶〔四三〕。陽和不入〔四四〕，陰氣固閉。千年增冰〔四五〕，萬古積雪。溪寒地坼，谷凍石裂㉒。夏月草枯，春天木折㉓。蒼煙凝兮黑霧結，人墮指兮馬傷骨〔四六〕。江水噴激，迴盤紆縈㉔〔四七〕；棧壁緣雲，鈎連相撑㉕〔四八〕；繩梁嶫虛〔四九〕，傍沓沓冥㉖〔五〇〕；下不見底，空聞波聲；過者矍然〔五一〕，亡魂喪精。復引一索，其名爲笮〔五二〕；人懸半空，度彼絶壑㉗；或如鳥兮或如玃〔五三〕，倏忽往來幸不落。或有豪猪千群，突出深榛㉘〔五四〕，怒鬣射人㉙〔五五〕。寒熊孔碩㉚〔五六〕，登樹自擲，見人則擘〔五七〕。巨麋如牛〔五八〕，修角如劍；餓虎争肉，吼怒闞闞〔五九〕。復有高崖墜石兮，聲若雷之軯轟㉛〔六〇〕，上敲下磕似火迸兮〔六一〕，滿山流星。澗溪忽兮倒流，林岸爲之頽傾㉜〔六二〕；驚騰狖與過鳥㉝〔六三〕，駭木魅兮山精〔六四〕，飛石壓人兮不可行。西有犬戎，與此山通，行貌類人，言語不同；氊廬隆穹，毳裘蒙茸〔六五〕；啜酪啖肉〔六六〕，持槍挾弓；依草及泉，務戰與攻；其聲如犬，其聚如蜂。中國之人兮，或流落於其中〔六七〕，豈只掘鼠茹雪以爲食㉞〔六八〕，終當鈹其足而纍其胸〔六九〕。泣漢月於西海，思故鄉於北風。蜀之西不可以往，北客歸去來兮。

其南則有邛崍之關㉟〔七〇〕，天設險艱㊱。少有平地，連延長山〔七一〕。横亘瀘江〔七二〕，傍隔百蠻㊲。吁彼漢源〔七三〕，上當漏天〔七四〕；靡日不雨〔七五〕，四時霶然〔七六〕；其人如魚，爰處在泉㊳〔七七〕。終年霖霪〔七八〕，時復日出；狾狾諸犬，向天吠日。人皆濕寢，偏死腰疾〔七九〕。復有陽山之路〔八〇〕，毒瘴下凝〔八一〕；白日無光，其氣瞢瞢〔八二〕；暑雨下濕，黄茅上蒸〔八三〕。南方之人兮不敢過，豈只走獸踣兮飛鳥墮〔八四〕。吾不知造化兮何致此方些㊴〔八五〕。蜀之南兮不可以居㊵，北客歸去來兮。

其北則有劍山巉巉〔八六〕，天鑿之門；一壁谽谺〔八七〕，高崖嶙峋〔八八〕；上柱南斗㊶〔八九〕，傍鎮於坤㊷〔九〇〕；下有長道，北達於秦。秦地神州〔九一〕，中有聖人。左右伊皋〔九二〕，能致我君〔九三〕。雙闕峩峩〔九四〕，上覆慶雲〔九五〕。千官鏘鏘〔九六〕，朝於紫宸。玉樓鳳凰〔九七〕，金殿麒麟〔九八〕。布德垂澤〔九九〕，搜賢修文〔一〇〇〕。皇化欣欣〔一〇一〕，煦然如春〔一〇二〕。蜀之北兮可以往㊸，北客歸去來兮。（《文苑英華》、《唐文粹》）

【校勘記】

①〔縱其目〕《文苑英華》注：目一作號。　②〔九世〕《文苑英華》注：二字一作地。　③〔五牛琢〕

《唐文粹》琢作椓。④〔卑濕〕《唐文粹》濕作陋。⑤〔胜脆〕《唐文粹》胜作脞。⑥〔雜處〕《唐文粹》雜作狼。⑦〔浥熱〕《唐文粹》熱作蟄。⑧〔重膇〕《文苑英華》重作虚，此從《唐文粹》。⑨〔其東則大江〕《唐文粹》則下多有字。⑩〔槎枒〕《唐文粹》作嵯岈。⑪〔劃拆〕《唐文粹》拆作坼。⑫〔盡日〕《唐文粹》盡作晝。⑬〔霆吼〕《文苑英華》霆作震，此從《唐文粹》。⑭〔行舟〕《文苑英華》注：行一作巨。⑮〔亭午〕《唐文粹》亭作移。⑯〔黑風〕《文苑英華》注：黑一作狂。⑰〔撥剌〕《全唐文》撥作拔。⑱〔蜀之東兮不可以往〕《唐文粹》無兮、以二字。⑲〔其西則高山萬重〕《唐文粹》則下多有字。⑳〔迴環〕《全唐文》注：迴一作巡。㉑〔礙於山巔〕《唐文粹》礙作閡。㉒〔石裂〕《文苑英華》裂作冽，此從《唐文粹》。㉓〔春天木折〕《文苑英華》折作拆，注：一作冬天水折。此從《唐文粹》。㉔〔紆縈〕《文苑英華》縈作鬱，此從《唐文粹》。㉕〔鈎連〕《文苑英華》鈎作鉤。《唐文粹》作約。此從《全唐文》。㉖〔傍沓沓冥〕《文苑英華》傍作儔，此從《唐文粹》。㉗〔絶壑〕《文苑英華》絶作城，此從《唐文粹》。㉘〔或有豪猪千群，突出深榛〕《文苑英華》或作後，此處文字前後錯亂，今據《唐文粹》次序，其脱突出、深榛四字仍據《文苑英華》。㉙〔怒鬣射人〕《文苑英華》怒作努，注：一作怒。此據注語。㉚〔寒熊〕《文苑英華》熊作態，此從《唐文粹》。㉛〔軯轟〕《唐文粹》軯作軒。㉜〔林岸〕《全唐文》注：岸一作崖。㉝〔驚騰狖〕《唐文粹》驚作碎。㉞〔豈只掘鼠茹雪以爲食〕《文苑英華》只作知，此從《唐文粹》。《唐文粹》爲食作取活。㉟〔邛崍之關〕《唐文粹》崍作笮。㊱〔險艱〕《文苑英華》艱作難，此從《唐文粹》。㊲〔傍隔〕《唐文粹》作隔閡。㊳〔爰處在泉〕《唐文粹》在作其。㊴〔何致此方〕《唐文粹》致作知。㊵〔蜀之南兮不可以居〕《唐文粹》無兮字，居作往。㊶〔上柱南斗〕《唐文粹》柱作拄。㊷〔傍鎮於坤〕《文苑英華》傍作榜，此從《唐文粹》。㊸〔蜀之北兮可以往〕《唐文粹》兮作不。

【箋注】

〔一〕此文《文苑英華》署岑參。《唐文粹》無署名，列於獨孤及文之後，《全唐文》作獨孤及，注：謹按《文苑英華》署岑參。聞一多曰：「《文苑英華》有岑參《招北客文》，即杜所云《招蜀客歸》也。《北夢瑣言》引千歲老蛟數句，亦作岑參。《文粹》卷三十三録《招北客文》作獨孤及撰，後人遂以爲岑作《招蜀客歸》别爲一文，今佚，其實非也。……姚鉉以爲獨孤及作，不知何據。今趙懷玉刊本《毘陵集》實無此篇，惟補遺有之，云録自《文粹》，則以此文爲獨孤及作，《文粹》而外，亦别無佐證也。」按《唐文粹》慣例，一人有詩、文多篇者，每篇題下均署作者姓名。今四部叢刊本《唐文粹》於獨孤及文後雖續有《招北客文》，而題下並未署名，則亦未作獨孤及也。且獨孤及一生未聞至蜀，自不能作此文也。此當爲岑參大曆四年客居成都之作。宋玉《招魂》言東方不可以託，南方不可以止，西方流沙千里，北方增冰峨峨，「魂兮歸來，反故居些」，其格式當爲《招北客文》所祖也。

〔二〕蠶叢：蜀侯之始稱王者。《太平御覽》卷一六六引揚雄《蜀王本紀》曰：「蜀之先稱王者有蠶叢、折權、魚易、俾明（按字有訛誤）……從開明上至蠶叢凡四千歲。次曰伯雍，又次曰魚尾，……後有王曰杜宇。」

〔三〕縱目：《華陽國志·蜀志》：「蜀侯蠶叢，其目縱，始稱王，死作石棺石槨，國人從之，故俗以石棺槨爲縱目人冢也。」

〔四〕陵頹：陵替頹夷也。《漢書·成帝紀》鴻嘉二年詔：「朕既無以率道（導），帝王之道，日以陵夷。」注：「師古曰：陵，丘陵也；夷，平也。言其頹替若丘陵之漸平也。」

〔五〕紀綱：《尚書·五子之歌》：「今失厥道，亂其紀綱，乃底滅亡。」傳：「言失堯之道，亂其法制，自致滅亡。」

〔六〕洎：及也。張衡《東京賦》：「惠風廣被，澤洎幽荒。」薛綜注：「洎，及也。」 杜宇：蜀王自立爲帝者。《太平御覽》卷一六六引揚雄《蜀王本紀》曰：「後有王曰杜宇，出天墮山，又有朱提氏女名曰利，自江源而出，爲宇妻，乃自立爲帝，號曰望帝，移居郫邑。」又引《十三州志》曰：「當七國稱王，獨杜宇稱帝於蜀，以褒斜爲前門，熊耳、靈關爲後户，玉壘、峨眉爲池澤，汶山爲畜牧，中南爲苑囿。」

〔七〕鼈靈：《太平御覽》卷一六六引《十三州志》曰：「（蜀）時有荆地，後荆地有一死者，名鼈冷，其尸亡至汶山，却更生，見望帝，帝以爲蜀相。時巫山壅江，蜀地洪水，望帝使鼈冷鑿巫山，治水有功。望帝自以德薄，乃委國禪鼈冷，號曰開明，遂自亡去，化爲子規。故蜀人聞鳴曰，我望帝也。

又云，望帝使鼈冷治水而淫其妻，冷還，帝慚，遂化爲子規。杜宇死時適二月而子規鳴，故蜀人憐之皆起。」張衡《思玄賦》「鼈令殪而尸亡兮」，李善注引《蜀王本紀》曰：「望帝治汶山下邑曰郫，積百餘歲。荆地有一死人，名鼈令，其尸亡，隨江水上至郫，與望帝相見。望帝以鼈令爲相，以德薄，不及鼈令，乃委國授之而去。」鼈令即鼈冷，即鼈靈也，亦即開明也。《華陽國志·蜀志》：「遂禪位於開明，帝升西山隱焉。時適二月子鵑鳴，故蜀人悲子鵑鳴也。」

〔八〕九世：《華陽國志·蜀志》：「九世有開明帝，始立宗廟。」

〔九〕左衽、椎髻：《太平御覽》卷一六六引《蜀王本紀》曰：「是時椎髻左衽，不曉文字，未有禮樂。」衽，衣襟也。《尚書·畢命》：「四夷左衽。」《論語·憲問》：「微管仲，吾其披髮左衽矣。」疏：「衽謂衣衿，衣衿向左謂之左衽。」椎髻，獨髻上凸也。《漢書·陸賈傳》「尉陀魋結箕踞見賈」注：「服虔曰：魋音椎，今兵士椎頭髻也。師古曰：結讀曰髻，椎髻者，一撮之髻，其形如椎。」

〔一〇〕惠王時始通秦：《華陽國志·蜀志》：「周顯王之世，蜀有褒漢之地，因獵谷中，與秦惠王遇。……周顯王二十二年，蜀侯使朝秦。秦惠王數以美女進，蜀王惑之，故朝焉。」

〔一一〕五牛琢：《華陽國志·蜀志》：「惠王以金一笥遺蜀王，王報珍玩之物，物化爲土，惠王怒。群臣賀曰：王承有矣，王將得蜀土地。惠王喜，乃作石牛五頭，朝瀉金其後曰：牛便金。有養卒百人。蜀人悦之，使使請石牛，惠王許之。乃遣五丁迎石牛，既不便金，怒遣還之。」

〔一二〕力士斃：《華陽國志·蜀志》：「（秦）惠王知蜀王好色，許嫁五女於蜀，蜀遺五丁迎之。還到梓橦，一大蛇入穴中，一人攬其尾掣之，不禁至五人相助，大呼拽蛇，山崩時壓殺五人及五女。」

〔一三〕胜脆：胜，瘦也。《管子・入國》：「必知其食飲饑寒、身之膌胜而哀憐之，此之謂恤孤。」注曰：「瘠，瘦也。胜，肥也。」戴望《校正》引王念孫《讀書雜志》：「胜讀如減省之省，胜亦瘦也。字或作眚，又作瘖。」王説是也。脆：輕也。《後漢書・循吏・許荆傳》和帝時遷桂陽太守，「郡濱南州，風俗脆薄。」注：「脆薄，猶輕薄也。」

〔一四〕蠻貊：南方、北方之民也。見《陪狄員外早秋登府西樓因呈院中諸公》詩注〔七〕。

〔一五〕滇僰：古民族名。《史記・西南夷列傳》：「夜郎最大，其西，靡莫之屬以十數，滇最大。」《呂氏春秋・恃君》：「僰離水之西，僰人……多無君。」

〔一六〕兩儀：《易・繫辭上》：「易有太極，是生兩儀。」注：「夫有必始於無，故太極生兩儀也。」疏：「太極謂天地未分之前，元氣混而爲一，即是太初、太一也。故《老子》云道生一，即此太極也。又謂混元既分，即有天地，故曰太極生兩儀，即《老子》云一生二也。不言天地而言兩儀者，指其物體，下與四象相對，故曰兩儀，謂兩體容儀也。」

〔一七〕榮：滋榮，謂生長茂盛也。《西都賦》：「靈草冬榮，神木叢生。」

〔一八〕陽景罕開：太陽光難以見也。曹植《情詩》：「微陰翳陽景，清風飄我衣。」李善注：「《春秋説題辭》曰，陽精爲日。」

〔一九〕爲瘵爲癘：疫病流行也。《詩·大雅·瞻卬》「士民其瘵」傳：「瘵，病也。」《左傳》昭公元年，「山川之神，則水旱癘疫之災，於是乎禜之。」疏：「癘疫，謂害氣流行，歲多疾病。」

〔二〇〕浥熱：濕熱也。《詩·召南·行露》：「厭浥行露，豈不夙夜，謂行多露。」傳：「厭浥，濕意也。」　中：傷也。《後漢書·王允傳》：「（張）讓懷協忿怨，以事中允。」注：「中，傷也。」

〔二一〕重膇之疾：受濕足腫也。《左傳》成公六年，晋人欲遷都，諸大夫言居郇瑕氏之地，韓獻子曰：「不可，郇瑕氏土薄水淺，其惡易覯，易覯則民愁，民愁則墊隘，於是有沈溺重膇之疾。」注：「沈溺，濕疾。重膇，足腫。」

〔二二〕嬰爾身：加於汝之身也。《漢書·賈誼傳》上疏陳政：「遇之有禮，故群臣自憙；嬰以廉耻，故人矜節行。」注：「師古曰，嬰，加也。」

〔二三〕沄沄：水波翻滚貌。《楚辭·九思·哀歲》：「窺見兮溪澗，流水兮沄沄。」注：「沄沄，沸流。」

〔二四〕地垠：地之邊沿也。揚雄《甘泉賦》：「天閫决兮地垠開，八荒協兮萬國諧。」張華《鷦鷯賦》：「或淩赤霄之際，或託絶垠之外。」李善注：「絶垠，天邊之地也。」

〔二五〕突怒：枚乘《七發》：「有似勇壯之卒，突怒而無畏。」言海濤入江之勢也。　吼劃：吼，鳴聲怒者。李蕭遠《運命論》：「里社鳴而聖人出」李善注：「《春秋潛潭巴》曰：聖人出，其呴，百姓歸。呴，鳴之怒者。」呴同吼。　劃然，如刀劃聲。　韓愈《聽穎師彈琴》詩：「昵昵兒女語，恩怨相爾汝，劃然變軒昂，勇士赴敵場。」蘇軾《後赤壁賦》：「劃然長嘯，草木震動，山鳴谷應，風起水涌。」則劃然亦怒聲也。

〔二六〕浡潏：木華《海賦》「天綱浡潏」李善注：「浡潏，沸涌貌。桓子《新論》曰：夏禹之時，鴻水浡潏。《說文》曰：潏，水涌出也。」　硼砰：聲也。《藝文類聚》五十九引魏文帝《述征賦》「伐靈鼓之硼隱兮，建長旗之飄颻。」《列子·湯問》：「徐以氣聽，砰然聞之若雷霆之聲。」

〔二七〕滄溟：海也。梁簡文帝《昭明太子集序》：「若夫嵩霍之峻，無以方其高；滄溟之深，不能比其大。」

〔二八〕浩淼：水廣大貌。《尚書·益稷》：「洪水滔天，浩浩懷山襄陵。」《楚辭·哀郢》：「當陵陽之焉至兮，淼南渡之焉如。」注：「淼，滉，彌望無際極也。」

〔二九〕蹙縮：收束也。《詩·大雅·召旻》：「昔先王受命，有如召公，日辟國百里；今也，日蹙國百里。」　盤渦：旋渦也。郭璞《江賦》：「盤渦谷轉，凌濤山頹。」

〔三〇〕黿鼉：黿，大鼈。鼉，鰐魚。《楚辭·九歌·河伯》：「靈何爲兮水中，乘白黿兮逐文魚。」注：「大鼈爲黿。」《詩·大雅·靈臺》：「鼉鼓逢逢，矇瞍奏公。」《釋文》引陸璣《草木疏》云：「鼉，形似蜥蜴，四足，長丈餘，甲如鎧，皮堅厚，宜冒鼓。」

〔三一〕槎枒：王文考《魯靈光殿賦》：「芝栭欑羅以戢孴，枝掌杈枒而斜據。」李善注：「杈枒，參差之貌。」杈同槎。　屹崒：郭璞《江賦》：「虎牙嶸豎以屹崒，荆門闕竦而磐礴。」李善注：「屹崒，高峻貌。」

〔三二〕澒洞：賈誼《旱雲賦》：「運清濁之澒洞兮，正重沓而並起。」《古文苑》注：「澒洞，洶涌貌。」字亦作鴻洞、虹洞、洪洞，一云廣大也。《淮南子·原道訓》「與天地鴻洞」，王褒《洞簫賦》「風鴻洞而不絶」，枚乘《七發》「虹洞兮蒼天」，馬融《廣成頌》「天地虹洞，固無端涯」，王褒《四子講德論》「洪洞朗天」：或爲洶涌，或爲廣大也。　劃拆：謂裂開也，用狀山勢。劃謂割裂，以刀錐爲之。拆亦裂也。《集韻》陌韻：「㨜、㩜、斥、坼、拆、宅，恥格切，《説文》裂也，引《詩》不㨜不副，或從手。」

〔三三〕袨服靚妝：盛服粉飾也。衒當作袨。左思《蜀都賦》：「都人士女，袨服靚妝。」劉逵注：「蘇林曰：袨服，謂盛服也。張揖曰：靚，粉白黛黑也。」　蛟化人事，見任昉《述異記》上：「夏桀宫中有女子，化爲龍，不可近。俄而復爲婦人，甚麗而食人，桀命爲蛟妾，告桀吉凶。」

〔三四〕灩澦：三峽中石堆名。一作淫預，又作猶與。《水經·江水注》：「（白帝城）水門之西，江中有孤石，爲淫預堆，冬出水二十餘丈，夏則没。」李肇《唐國史補》：「四五兩月尤險，故曰：灩澦大如馬，瞿塘不可下；灩澦大如牛，瞿塘不可留；灩澦大如襆，瞿塘不可觸。」李膺《益州記》曰：「猶與，言舟子取途不决水脉，故猶與也。」以其礙航，一九五八年已炸除。

〔三五〕霆：《爾雅·釋天》：「疾雷爲霆霓。」注：「霆，雷之急擊者，謂霹靂。」阮元校勘記：「霆與霓二物，不當併稱。郭注無霓字。考《初學記》一、《白氏六帖》二引作疾雷爲之霆；《文選》注一、《北堂書鈔》一百五十二、《事類賦》三引作疾雷爲霆。可證霆下本無霓字。」

〔三六〕黑風：暴風也。隋闍那崛多共笈多譯《添品妙法蓮華經・普門品》：「假使黑風吹其船舫，飄墮羅剎鬼國。」

〔三七〕九泉：地底也。木華《海賦》：「熺炭重燔，吹炯九泉。」李善注：「言火之光下照九泉，地有九重，故曰九泉。」

〔三八〕支體：支通肢。《易・坤》：「美在其中，而暢於四支。」疏：「四支，猶人手足。」　糜散：《楚辭・招魂》：「旋入雷淵，爢散而不可止些。」注：「爢，碎也。……爢一作靡，《釋文》作糜。」補曰：「爢，靡爲切，爛也，壞也。」

〔三九〕呀呀：呀，張口貌。見《太一石鱉崖口潭舊廬招王學士》詩注〔二〕。

〔四〇〕峻極：《詩・大雅・崧高》「崧高維嶽，駿極于天。」傳：「駿，大；極，至也。」嵩同崧，駿同峻。《禮記・孔子閑居》：「嵩高維嶽，峻極于天。」　屬天：《呂氏春秋・明理》：「其氣有上不屬天，下不屬地。」注：「屬，猶至。」

〔四一〕迴環：回歸環繞也。《漢書・王尊傳》：「河水盛溢，……因止宿，廬居隄上。……及水盛隄壞，吏民皆奔走，唯一主簿泣在尊旁，立不動。而水波稍却迴還。」還通環。

〔四二〕盤嶔：盤曲高險也。《子虛賦》：「其山則盤紆岪鬱，隆崇嵂崒。」《楚辭・招隱士》「嶔岑碕礒兮」補注：「嶔岑，山高險也。」

〔四三〕敻絶：絶遠也。《穀梁傳》文公十四年，「過宋、鄭、滕、薛，敻然入千乘之國。」注：「敻，猶遠也。」

〔四四〕陽和：陽光和暖之氣也。《史記·秦始皇本紀》之罘刻石：「維二十九年，時在中春，陽和方起，皇帝東游，巡登之罘，臨照于海。」

〔四五〕增冰：增，益也，重也。《楚辭·遠遊》：「軼迅風於清源兮，從顓頊乎增冰。」補注：「《淮南》云，北方有凍寒積冰雪雹群水之野。」

〔四六〕人墮指：《史記·高祖本紀》漢七年高祖擊太原，「會天寒，士卒墮指者什二三」。兵士嚴寒中墮指事史傳多有載記。　馬傷骨：陳琳《飲馬長城窟行》：「飲馬長城窟，水寒傷馬骨。」

〔四七〕紆縈：猶縈紆。班固《西都賦》：「步甬道以縈紆，又杳窱而不見陽。」李善注：「《説文》：縈紆，猶回曲也。」

〔四八〕鈎連：圍繞牽連也。《李衛公問對》中：「大陣包小陣，大營包小營，隅落鈎連，曲折相對。」

〔四九〕繩梁嶫虚：繩，索。梁，橋也。今日所謂索橋，唐人亦稱繩橋。見《送狄員外巡按西山軍》詩注〔四〕。　嶫虚：高而懸空。何晏《景福殿賦》「峨峨嶫嶫」劉向曰：「嶫嶫，高貌。」虚者，其下空也。

〔五〇〕沓沓冥：《説文》：「沓，語多沓沓也。」徐鉉注：「語多沓沓，如水之流，故從水。」枚乘《七發》：「發怒庢沓，清升踰跇。」李善注：「《埤蒼》曰，沓，釜沸出也。」冥，昏暗也。謂繩橋高懸在上，其下水流紛亂，昏暗難見其深。

〔五一〕矍然：驚視貌。《晏子春秋・内篇・諫上》，景公愛馬死，怒欲支解養馬者，晏子「問于公曰：古時堯舜支解人，從何軀始？公懼然曰：從寡人始。遂不支解。」注：「懼舊作矍。孫云，矍，《太平御覽》作懼。王云：矍本作懼，此後人不曉懼然之義，而以意改之也，不知懼然即矍然也。」……經傳通作瞿，《檀弓》公瞿然失席是也。

〔五二〕笮：竹索也。《釋名・釋宫室》：「笮，迮也。編竹相連迫迮也。」此所言乃簾薄之屬，置於瓦下者也。此笮當爲筰，筊也。《玉篇》：「筰，竹索也。」編竹爲索，繫於水上兩絶壁間，人欲渡則騰空攀援而過，今日川西仍有之。

〔五三〕玃：《爾雅・釋獸》：「玃父善顧」注：「貑玃也，似獮猴而大，色蒼黑，能玃持人，好顧盼。」郝懿行曰，玃當作玃。貑玃，《吕覽・察傳》「玃似母猴」高誘注作猳玃。《説文》：「玃，母猴也。」

〔五四〕深榛：《詩・曹風・鳲鳩》：「鳲鳩在桑，其子在榛。」《釋文》：「《字林》曰：木叢生曰榛。」

〔五五〕怒鬣：鬣，頸毛也。《禮記・明堂位》：「夏后氏駱馬黑鬣。」

〔五六〕寒熊：馬融《長笛賦》：「寒熊振頷，特麚昏髟。」孔碩：大也。《老子》二十一「孔德之容」河上公注：「孔，大也。」《詩・小雅・楚茨》「爲俎孔碩」朱熹《詩集傳》：「碩，大也。」

〔五七〕擘：《玉篇》：「擘，裂也。」《廣雅・釋言》：「擘，剖也。」

〔五八〕麋：似鹿而大，俗謂四不像。《山海經・西次二經》：「西皇之山，其陽多金，其陰多鐵，其獸多麇鹿、牸牛。」注：「郭璞曰：麇大如小牛，鹿屬也。」

〔五九〕闞闞：虎怒聲。《詩·大雅·常武》：「進厥虎臣，闞如虓虎。」傳：「虎之自怒虓然。」箋：「其虎臣之將，闞然如虎之怒。」

〔六〇〕軒轟：《玉篇》：「軒，車聲。」《説文》：「轟，群車聲也。」

〔六一〕磕：《楚辭·九章·悲回風》「憚湧湍之磕磕兮」《補注》：「磕，石聲。」今用作磕頭、磕碰字。

〔六二〕頹傾：頹，崩壞；傾，覆也。《禮記·檀弓上》，孔子歌曰：「泰山其頹乎，梁木其壞乎。」《詩·大雅·蕩》：「曾是莫聽，大命以傾。」疏：「常事故法莫肯聽，……汝之大命以致傾覆。」

〔六三〕狖：余救切，音柚。左思《吴都賦》：「狖鼯猓然，騰趠飛超。」劉逵注：「《異物志》曰，狖，猿類，露鼻，尾長四五尺，居樹上，雨則以尾塞鼻。建安臨海北有之。」

〔六四〕木魅：老樹精也。鮑照《蕪城賦》：「木魅山鬼，野鼠城狐。」《説文》：「魅，老物精也。或從未。」　山精：《抱朴子·登涉》：「山中山精之形，如小兒而獨足，走向後，喜來犯人。人入山，若夜聞人音聲大，語其名曰蚑，知而呼之，即不敢犯人也。一名熱内，亦可兼呼之。又有山精如鼓，赤色，亦一足，其名曰暉。又或如人，長九尺，衣裘戴笠，名曰金累。或如龍而五色赤角，名曰飛飛。見之皆以名呼之，即不敢爲害也。」

〔六五〕毳裘：毛衣也。《説文》：「毳，獸細毛也。」　蒙茸：《詩·邶風·旄丘》：「狐裘蒙戎，匪車不東。」傳：「大夫狐蒼裘，蒙茸，以言亂也。」《左傳》僖公五年，「狐裘尨茸，一國三公，吾誰適從。」注：「尨茸，亂貌。」蒙茸、蒙戎、尨茸，義均同，狀裘皮之毛蓬松散亂也。

〔六六〕啜：《爾雅・釋言》：「啜，茹也。」注：「啜者，拾食。」《禮記・檀弓下》：「啜菽飲水，盡其歡，斯之爲孝。」　酪：乳製品。《本草綱目》卷五十下：「恭曰：牛、羊、水牛、馬乳並可作酪。水牛乳作者濃厚，味勝犏牛。馬乳作酪性冷，驢乳尤冷，不堪作酪也。藏器曰：酪有乾濕，乾酪更强。時珍曰：酪潼北人多造之，水牛、犏牛、犛牛、羊、馬、駝之乳皆可作之，入藥以牛酪爲勝，蓋牛乳亦多爾。按《飲膳正要》云，造法用牛乳半杓，鍋内炒過，入餘乳熬數十沸，常以杓縱横攪之，乃傾出罐盛，待冷，掠取浮皮以爲酥，入舊酪少許，紙封放之，即成矣。又乾酪法，以酪曬結，掠去浮皮再曬，至皮盡，却入釜中炒少許，器盛曝冷，可作塊收用。」四庫全書本造法有脱漏。　啖：食之也。《漢書・王吉傳》：「東家有大棗樹垂吉庭中，吉婦取棗以啖吉。」注：「師古曰：啖謂使食之，啖亦啗字耳。」

〔六七〕流落：亦作留落。《史記・衛將軍驃騎列傳》：「諸宿將常坐留落不遇。」《索隱》：「謂遲留零落，不偶合也。」《漢書・衛青霍去病傳》：「諸宿將常留落不耦。」注：「師古曰：留謂遲留，落謂墜落，故不諧耦而無功也。」宋王觀國《學林》四：「世言流落當爲留落，觀國竊詳之，留落與流落自不同。蓋留落者，留滯遺落也；流落者，飄流零落也。」然唐人已少用留落字，多用流落，其義則一也。《新唐書・王琚傳》：「李邕故與琚善，皆華首外遷，書疏往復，以讉謫留落爲慊。」此用字同《史》、《漢》。同書《李揆傳》，先曾爲相，復得罪元載，謫宦江淮，「流落凡十六年，元載誅，始拜睦州刺史」。此流落亦留落也。劉長卿《送李中丞之襄州》詩：「流落征南將，曾驅十萬師，罷歸無舊業，老去戀明時。」柳宗元《同劉二十八院長述舊言懷感時書事》詩：「沈埋全死地，流落半生涯。入郡腰恒折，逢人手盡叉。」此流落亦留落也。漢人用留落本留滯不偶義，唐人用流落多同此義，然亦漸取飄流零落義。李白《與韓荆州書》：「白隴西布衣，流落楚漢。」杜甫《送裴五赴東川》詩：「故人亦流落，高義動乾坤。」《寄岳州賈司馬巴州嚴八使君兩閣老》詩：「蒼茫城七十，流落劍三千。」此語言自然流變，無足怪也。清末王先謙補注《漢書》，以爲今人言流落義亦相近漢之留落，不失爲平允之論。

〔六八〕茹：《方言》卷七：「茹，食也。吴越之間凡貪飽食者謂之茹。」

〔六九〕鈹：短劍。《左傳》襄公十七年，「宋華閱卒，華臣弱臯比之室，使賊殺其宰華吴。賊六人以鈹殺諸盧門」。《吴都賦》「羽族以觜距爲刀鈹」李善注：「鈹，兩刃小刀也。」陝西省博物館藏戰國鈹，頭稍圓尖，兩面刃，股中略凸，實即短劍也。　纍：《説文》：「纍，綴得其理，一曰大索也。」《漢書·李廣傳》孫李禹被帝懸下虎圈，旋詔出之，「禹從落中以劍斫絶纍，欲刺虎。」注：「師古曰：纍，索也。」纍其胸，以繩索縛胸也。

〔七〇〕邛崍之關：《漢書·王尊傳》：「先是，琅玡王陽爲益州刺史，行部至邛崍九折阪，歎曰：奉先人遺體，奈何數乘此險。」《太平御覽》卷四四：「《華陽國志》曰：嚴道縣，縣有邛崍山，山上凝冰夏結，迴曲九折，王陽去官之所。」按，今本《華陽國志》缺此條。《新唐書·地理志》雅州滎經縣：「有邛崍山，有關。」關蓋隋世置也。《讀史方輿紀要》卷六六臨關：「臨關在雅州蘆山縣西北六十里。……自臨關而西南又有邛崍關，相距百四十里，並爲西南之險。志云，邛崍關在雅州滎經縣西八十里，以邛崍坂而名。……山巖阻峻，縈紆百有餘里，關當西麓垂盡，憑高瞰遠，實爲中外之防。」

〔七一〕連延：何晏《景福殿賦》：「階除連延，蕭曼雲征。」范雲《自君之出矣》：「思君如蔓草，連延不可窮。」與聯延同。宋玉《高唐賦》：「薄草靡靡，聯延夭夭。」

〔七二〕瀘江：即金沙江。見《阻戎瀘間群盜》詩注〔三〕。

〔七三〕漢源：漢武帝置沈黎郡，北周置黎州，隋置漢源縣。《元和志》卷三十二黎州漢源縣：「本漢旄牛縣地，隋仁壽二年平夷獠，於此置漢源鎮，因漢川水爲名。四年罷鎮立縣，屬雅州。貞觀三年割屬嶲州，開元三年分屬黎州。」縣爲黎州治所。東北至雅州三百四十里，西臨大渡河，即今四川省漢源縣。

〔七四〕漏天：《華陽國志》：「牂牁郡，上當天井，故多雨潦。」清張澍《續黔書》卷五《多雨》：「余辛卯之嘉平月入黔境即霪霖，自玉屏至貴陽凡十程，僅得一日晴，故有漏天之號。」

〔七五〕靡：《詩·鄘風·柏舟》「之死矢靡他」傳：「靡，無。」《詩·小雅·采薇》：「靡室靡家，玁狁之故。」箋：「靡，無。」

〔七六〕雱然：雱同滂，大雨貌。揚雄《甘泉賦》：「雲飛揚兮雨滂沛，于胥德兮麗萬世。」

〔七七〕爰：於是。《詩·小雅·斯干》：「爰居爰處，爰笑爰語。」箋：「爰，於也，於是居，於是處，於是笑，於是語。」

〔七八〕霖霪：久雨也。鮑照《山行見孤桐詩》：「奔泉冬激射，霧雨下霖霪。」

〔七九〕人皆濕寢，偏死腰疾：居處濕地，半身不遂也。《莊子·齊物論》：「民濕寢則腰疾偏死，鰌然乎哉。」注：「偏死，司馬云，偏枯。」

〔八〇〕陽山：即唐通望縣。《元和志》卷三十二黎州通望縣：「北至州九十里，本漢旄牛縣地，隋開皇二十年於此置大渡鎮，大業二年改爲陽山鎮，武德元年改爲陽山縣，屬嶲州，天寶元年改爲通望縣，割屬黎州。」故址在今漢源縣東南。

〔八一〕瘴：癘氣也。《後漢書·馬援傳》征交阯，「軍吏經瘴疫，死者十四五」。又，「援在交阯，常餌薏苡實，用能輕身省慾以勝瘴氣」。

〔八二〕瞢瞢：《周禮·春官·眡祲》，「掌十煇之灋，以觀妖祥，辨吉凶。……六曰瞢。」注：「瞢，日月瞢瞢無光也。」

〔八三〕黄茅上蒸：謂瘴氣也。黄茅，茅之一種，另有白茅、菅茅、香茅、芭茅等。《本草綱目》卷十三：「時珍曰：黄茅似菅茅而莖上開葉，莖下有白粉，根頭有黄毛，根亦短而細，硬無節，秋深開花，穗如菅，可爲索綯。」唐房千里《投荒雜録》：「南方六七月黄茅枯時，瘴大發，土人呼爲黄茅瘴。」《番禺雜編》則云，嶺外二三月有青草瘴，四五月黄梅瘴，六七月新水瘴，八九月黄茅瘴。

〔八四〕蹐：《國語·周語下》，太子晋曰：「唯有嘉功，以命姓受祀，迄于天下。及其失之也，必有慆淫之心間之。故亡其氏姓，蹐斃不振。」注：「蹐，僵也。」

〔八五〕致：給予。《周禮·秋官·司儀》：「饗食致贈郊送，皆如將幣之儀。」

〔八六〕巉巉：山石高峻貌，見《入劍門作》詩注〔五〕。

〔八七〕谽谺：澗谷高而空也。《上林賦》「谽谺豁閕」李善注：「司馬彪曰，谽呀，大貌；豁閕，空虛也。」《漢書·上林賦》注引郭璞曰：「谽呀豁閜，澗谷之形容也。」谺、呀同音，閕、閜同音。

〔八八〕嶙峋：參差高峻貌。左思《魏都賦》「階陏嶙峋」注：「善曰，《西京賦》曰，抵鍔嶙峋。《埤蒼》曰，嶙峋，山崖之貌也。」按《西京賦》「抵崿鱗眴」薛綜注：「鱗眴，無涯也。」

〔八九〕南斗：《史記·天官書》：「北斗七星……杓攜龍角，衡殷南斗，魁枕參首。」又：「南斗爲廟，其北建星。」南斗六星也。

〔九〇〕坤：地也。《易·説卦》：「坤也者，地也，萬物皆致養也，故云致役乎坤。」

〔九一〕神州：中國也。《淮南子·地形訓》：「何謂九州？東南神州曰農土，正南次州曰沃土……」《史記·孟子荀卿列傳》騶衍「以儒者所謂中國者，於天下乃八十一分居其一分耳。中國名曰赤縣神州，赤縣神州内自有九州，禹之序九州是也，不得爲州數」。

〔九二〕伊皋：伊尹名摯，商湯舉任國政，助湯滅夏桀。皋陶爲舜獄官之長，正平天下罪惡。見《尚書·

湯誓》、《伊訓》、《大禹謨》、《皋堯謨》、《史記·五帝本紀》。

〔九三〕致：《禮記·中庸》：「致中和，天地位焉，萬物育焉。」注：「致，行之至也。」杜甫《奉贈韋左丞丈》詩：「致君堯舜上，再使風俗淳。」此義與前致不同。

〔九四〕峩峩：山高峻貌。《列子·湯問》：「伯牙鼓琴，志在登高山。鍾子期曰：善哉，峩峩兮若泰山。」

〔九五〕慶雲：《列子·湯問》：「景星翔，慶雲浮，甘露降，醴泉涌。」《史記·天官書》：「若煙非煙，若雲非雲，郁郁紛紛，蕭索輪囷，是謂卿云。卿雲，喜氣也。」《正義》「卿音慶。」《尚書·大傳》亦有《卿雲歌》，亦慶雲也。《西京雜記》：董仲舒曰：「雲則五色而爲慶，三色而成裔。」

〔九六〕鏘鏘：玉佩聲也。《詩·鄭風·有女同車》：「將翺將翔，佩玉鏘鏘。」《釋文》：「鏘鏘，玉佩聲。」

〔九七〕玉樓鳳凰：《十洲記》崑崙宮城上有「玉樓十二」。《鄴中記》：「鳳陽門五層樓，去地三十丈，安金鳳二頭。」謂帝王之樓以鳳凰爲裝飾，今清故宮中尚有之。

〔九八〕金殿麒麟：《漢書·蘇武傳》「乃圖畫其人於麒麟閣」注：「張晏曰：武帝獲麒麟時作此閣，圖畫其像於閣。」後世鑄銅麒麟於殿前，今清故宮亦有之。

〔九九〕布德：施恩德也。《國語·魯語上》：「布德於民而平均其政。」　垂澤：施恩澤也。《尚書·畢命》「澤潤生民」傳：「其德澤惠施，乃浸潤生民。」

〔一〇〇〕搜賢：《宋書·桂陽王休範》與袁粲書：「秉鉞西服，嗚鑾東京，搜賢選能，納奇賞異。」修文：《尚書·武成》「偃武修文」傳：「行禮射，設庠序，修文教。」

〔一〇一〕皇化：天子之德政教化。《晉書·沮渠蒙遜載記》群下上書：「今皇化日隆，遐邇泰寧，宜肅振綱維，申修舊則。」欣欣：《詩·大雅·鳧鷖》：「旨酒欣欣，燔炙芬芳。」傳：「欣欣然樂也。」

〔一〇二〕昫然：《太玄經釋》「圜昫釋」注：「圜，陽氣形勢也。昫，暖也。」

送封大夫出師西征序〔一〕

【箋注】

〔一〕此文已佚。《樂府詩集》卷二十收岑參《唐凱歌六章》，題後注云：「岑參《送封大夫出師西征序》曰：天寶中匈奴回紇寇邊，踰花門，略金山，烟塵相連，侵軼海濱，天子於是授鉞常清出師征之。及破播仙，奏捷獻凱，參乃作凱歌云。」《能改齋漫録》卷六亦有「岑參送封常清西征序曰，天寶中匈奴回紇寇邊，踰花門。」則南宋時此《序》尚存，惟文已有訛誤。蓋天寶中回紇未曾寇邊，且花門、金山均在回紇境内也。而西征亦非破播仙，以西征詩中匈奴、單于、陰山、劍水均在天山之北，而播仙則在大漠之南，且爲對戎作戰，應爲吐蕃也。《走馬川行奉送出師西征》注中已詳論之，此不贅。而原文爲何，已不可考，今日僅存此題目耳。

附録二

竄入詩及誤署詩十七目二十三首

一、五古二首

石犀

明張之象《唐詩類苑》卷二六岑參名下有《石犀》二首。其一「江水初蕩潏，蜀人幾爲魚……」爲岑詩。其二「君不見秦時蜀太守，刻石立作三犀牛……」乃杜甫《石犀行》詩，張之象誤署。

下外江舟中懷終南舊居

《唐詩類苑》卷七九岑參名下有此題詩二首。其一「杉冷曉猿悲，楚客心欲絶……」爲岑詩。其二「静憶溪邊宅，知君許謝公。曉霜凝耒耜，初日照梧桐……」一作盧綸詩，一作常衮詩，乃《和考工王員外杪秋憶終南舊居》詩題之誤，張之象誤署岑參。

二、七古一首

狂歌行

《文苑英華》卷三五〇收《狂歌行》一首，署杜甫，杜集「集外」亦收此詩。原詩過長，兹不録。清施鴻保《讀杜詩説》疑爲晚唐人詩誤編杜集，郭沫若《李白與杜甫》則以爲岑參之作。然詩有「與兄行年較一歲」句，兄行四，岑參行二十七，决不止差一歲。郭云歲乃紀之訛。然字爲紀亦不可。參兄謂，況均遠爲年長，父卒後，二兄況爲弟師以盡教導之責，至少當十五歲左右。岑氏排行若以岑文本曾孫一代爲序，謂況亦未必能爲第四。文本兄弟之誼甚篤，其子弟恐以岑之象爲初祖，至岑參爲玄孫一代，則四兄與二十七弟之間歲差更當在一紀以上。且此詩歲字從無作紀者，亦更無何書曾署岑參者，故决非岑作。

三、五律及五言長律七首

漢上題韋氏莊

結茅同楚客，卜築漢江邊。日落數歸鳥，夜深聞扣舷。水痕侵岸柳，山翠借厨煙。調笑提筐婦，春來蠶幾眠。

此詩岑集均不載，《唐詩紀》、《唐音統籤》收作岑詩，戎昱集中亦有之。《岑詩繫年》曰：「聞一多先生曰，考岑參行蹤不及江漢，戎昱則楚人，此當係戎詩。李壁《王荊公集注》二四引水痕侵岸柳、山翠借厨煙二句，正作戎詩。」岑參亦有梁州漢水詩，且有「芃芃麥苗長，藹藹桑葉肥」之句。戎昱《贈岑郎中》詩當作於廣德永泰間。其後過梁州入劍門，經蜀至荊州當在大曆元二年間，三年江路不通，即難於大曆三年在渚宫會杜甫。故其入蜀當與岑參同行，詩作混入，或以此故。《唐百家詩選》此亦作戎詩，以作戎詩爲宜。

南溪别業

結宇依青嶂，開軒對翠疇。樹交花兩色，溪合水重流。竹徑春來掃，蘭樽夜不收。逍遥自得意，鼓腹醉中遊。

此詩岑集均不載，《唐詩紀》亦不入岑集，《國秀集》、《文苑英華》均署蔣洌，惟宋周弼《三體唐詩》始作岑詩，《唐音統籤》入岑集。按《自潘陵尖還少室居止秋夕憑眺》詩有「火點伊陽村，煙深嵩角鐘」句，少室居止必在能見伊水支流旁村莊之處。今少室西南角有數高峰，最南者名擋陽山，壁立於一高岡北端，此岡稍向東南行，止於後河村。因少室南麓此岡最高，其東各岡均在其下，欲見伊陽村火，必在此岡之上方可。今距擋陽山約三里處岡頂有一凹下，有水泉溢出，一小村名栗樹扒，農田散布，竹木扶疏，岑參少室居止當在此。登岡西望，後河（潁中源）之西一片沃野，今有前伊新莊、後伊新莊，距岡約五里。二十里外爲潁陽鄉（唐爲縣），位狂水北小支流旁。後河古無南溪之名。酈道元所謂少室南溪者，即今之顧家河，源出少室正中主峰御寨峰，東南流至大金店與潁水合。南溪兩旁山岡均低，西天被擋陽山南岡遮斷，無法見伊水支流處村莊。故岑參少室居止不在少室南溪，詩亦非岑作。參見《年譜》開元二十年條。

送鄭侍御謫閩中

謫去君無恨，閩中我舊過。大都秋雁少，只是夜猿多。東路雲山合，南天瘴癘和。自當逢雨露，行矣慎風波。

底本、宋本、明抄本均收此詩，張遜業本等不收，《唐詩紀》入高適集，《高常侍集》則收此詩。《岑詩繫年》疑爲高適詩誤入。岑參一生未曾至江南，更未至閩中，此云「我舊過」，自非岑作。

送劉山人歸洞庭

却共孤雲去，高眠最上峰。平湖乘早月，中路入疏鐘。秋盡釧聲急，夜深山雨重。當時同隱者，分得幾株松。

《永樂大典》三〇〇四卷九真人字部此作岑參詩，乃李頻詩之誤署。

送蕭李二郎中兼中丞充京西京北覆糧使

霜簡映金章，相輝同舍郎。天威巡虎落，星使出鴛行。樽俎成全策，京坻閱見糧。歸來虜塵滅，畫地奏明光。

此詩岑集多不收。宋祝穆《古今事文類聚》别集卷二十四岑參名下四詩：一、《送楊子》，二、《送蕭李二郎中兼中丞充京西京北覆糧使》，三、《送人赴安西》，四、《奉送裴司徒令公自東都留守再命太原》。前三詩明抄本收入岑詩，疑即據祝穆補入者。《文苑英華》此詩署劉禹錫，題爲《送兵（注：集作工）部蕭郎中刑部李郎中以本官兼中丞分命充京西京北覆糧使》。《文苑英華》注爲南宋孝宗時周必大等所作，時較祝穆爲早，其所云「集作工」者，謂劉禹錫集也。今劉集亦載此詩。自吐蕃侵佔河隴後，長安西郊、北郊乃成邊防，但德宗以後始設京西、京北節度使、巡邊使、覆糧使等，如范希朝曾爲京西行營節度使，胡證曾爲京西京北巡邊使，蕭、李之爲覆糧使恐亦在其時。岑參之世，乾元元年無兵事，亦無天灾。廣德元年秋七月不雨，而吐蕃未入侵。冬日吐蕃入長安，朝廷已不能派人覆糧。廣德二年無灾情。永泰元年秋雨霖，冬有吐蕃犯邊，而岑參已在梁州，不能在京送人。

故此詩非岑作，祝穆誤署。

奉送裴司徒令公自東都留守再命太原

星使出關東，兵符賜上公。山河歸舊國，管籥换離宫。行色旌旗動，軍聲鼓角雄。愛棠餘故吏，騎竹見新童。漢壘三秋静，胡沙萬里空。其如天下望，旦夕詠清風。

唐世裴氏顯宦雖多，而曾爲司徒兼中書令，又爲東都留守、並調太原者，僅有裴度一人。度於太和四年進司徒，平章軍國重事，八年徙東都留守，俄加中書令，開成二年以本官節度河東，其時岑參已卒八十年。此詩自非岑作，亦爲劉禹錫詩，祝穆誤署。

送史司馬赴崔相公幕

峥嶸丞相府，清切鳳凰池。羡爾瑶臺鶴，高棲瓊樹枝。歸飛晴日好，吟弄蕙風吹。正有乘軒樂，初當學舞時。珍禽在羅網，微命若遊絲。願託周南羽，相銜溪水湄。

此詩岑集皆不載，《唐詩紀》入岑詩，注：一作無名氏詩。《文苑英華》此詩署李白，李白集「拾遺」中收此詩。嚴羽《滄浪詩話·考證》云：「此或太白逸詩也，不然亦是盛唐人之作。」然亦不謂岑作。岑參之世，崔姓宰相有二。崔涣於至德元載十一月出爲江南宣撫使，不久罷爲左散騎常侍兼餘杭太守，江南采訪防禦史。其時岑參在中書省爲右補闕，對一使府司馬不應作首四句之語。另崔圓亦曾爲相，上元二年至大曆三年爲淮南節度使，其時岑參由虢州長史遷太子中允，爲雍王适掌書奏之任，又入爲尚書郎，亦不當作如上語。再者，珍禽在羅網，微命若遊絲，此與岑參經歷絶不合。故此詩非岑作。

四、七律二首

奉和春日幸望春宫應制

和風助律應韶年，清蹕乘高出望仙。花笑鶯歌迎帝輦，雲消日霽俯皇川。南山近獻仙杯上，北斗平臨玉扆前。一奉恩榮歡在鎬，空知率舞聽薰絃。

底本、明抄本收此詩，張遜業本等不載，《文苑英華》此詩署岑羲。《新唐書・李適傳》云，中宗時於修文館置大學士四員，學士八員，直學士十二員，天子饗會宴遊，惟宰相及學士得從，帝有感賦詩，學士皆屬和。今屬和幸望春宫應制各詩大部見《文苑英華》，其中多人岑參出生前已卒。此詩自應爲岑羲之作。

酬暢當嵩山尋麻道士見寄

聞逐樵夫閑看棋，忽逢人世是秦時。開雲種玉嫌山淺，渡海傳書怪鶴遲。陰洞石幢微有字，古壇松樹半無枝。煩君遠示《青囊録》，願得相從一問師。

此詩岑集皆不載，《文苑英華》、《衆妙集》均作盧綸，惟周弼《三體唐詩》署岑參，《全唐詩》從之。《岑詩繫年》云：「案《唐才子傳》，暢當大曆七年及第，而岑參大曆五年已卒，二人年輩稍遠。《全唐詩》卷十《盧綸集》中則多有與暢當唱和之作。卷十一《暢當集》中亦有《别盧綸》詩，則此亦盧綸詩也。」此説是。

五、五絶一首

同群公題張處士菜園

耕地桑柘間，地肥菜恒熟。爲問葵藿資，何如廟堂肉。

明抄本《岑嘉州詩》收此詩，當録自宋本。張遜業本及銅活字本、明刊八卷本、《唐詩紀》、《唐音統籤》中岑集均收之。明李攀龍《唐詩選》、清康熙《御選唐詩》亦作岑詩。明正德濟南刊七卷本《岑嘉州詩》及同年刊成都本、嘉州本均不載。《高常侍集》收此詩，唯一字異，「恒」作「常」。葛立方《韻語陽秋》引此詩亦作高適。《全唐詩》入高集，岑集不收。

此詩歸屬較難的定。詩太短，字句中不見作者痕迹，集本有載有不載。正德濟南刊岑集雖按體分卷，較近杜確編岑集原貌，但亦收有僞詩，亦有遺漏。宋本、明抄本亦有誤收詩。惟高集中「同群公」詩題較多，如《同群公秋登琴臺》、《同群公出獵海上》、《同群公題中山寺》等。岑集中僅三題有「群公」字，前邊尚有他字，用法稍異。據此，則以作高詩較宜。

六、七絶十首

冬夕

浩瀚霜風刮天地，温泉火井無生意。澤國龍蛇凍不伸，南山翠柏消殘翠。

此詩岑集均不載，《萬首唐人絶句》卷七二署岑參，《唐詩紀》亦入岑集。《岑詩繫年》曰：「案《全唐詩》卷二八無名氏此前有《春》二首，《夏》、《秋》各一首，與此首《冬》詩之風格章法完全相同；此首後又有《鷄頭》……等十二首，風格亦同，全是李賀體。則此十七首係出於一人之手。而其中《傷哉行》及《紅薔薇》二首，又見於《全唐詩》卷十七及卷三十二《莊南傑集》及其補遺中。莊南傑原是李賀嫡派，則此十七首俱當是莊南傑所作。」元辛文房《唐才子傳》謂莊南傑「集一卷，今行。」

《全唐詩》僅存其詩五首，則所作多散佚。此詩當以作莊南傑爲宜。

寄孫山人

新林二月孤舟還，水滿清江花滿山。借問故園隱君子，時時來往任人間。

此詩見康熙《御選唐詩》，署岑參。《河嶽英靈集》作儲光羲，今儲集亦有此詩，岑集皆不載。此乃誤署。

沈詢侍郎除歸義節度作遊仙絶句

玉殿新除沈侍郎，便分茅土領東方。不知今日遊何處，侍從皆騎白鳳凰。

《永樂大典》一四七〇七卷六暮字部節度條，有岑參《水亭送劉顒使還歸節度》詩及此詩。按沈詢於咸通四年被部下殺於昭義節度任上，在岑參卒後九十餘年。此爲曹唐《小遊仙詩》第十七首，亦誤署。

冀國夫人歌詞七首

夫人封賞國初開，寶札綸言天上來。翔鵠日邊鸞不去，盤龍印處鵲飛回。

柳闇南橋花(僕)〔撲〕人，紅亭獨佔二江春。爲愛錦波清見底，時時羅襪踏成塵。

錦帽紅纓紫薄寒，織成團襜鈿裝鞍。翩翩出向城南獵，幾許都人夾道看。

歌聲一發世間稀，數片晴雲不肯歸。弱腕醉□□扇落，誤令翻灑污羅衣。

翠裘珊珊金縷裙，清歌時看世間聞。□來不向巫山住，厭作陽臺一片雲。

甲士千群若陣雲，一身能出定三軍。仍將玉指調金鏃，漢北已東誰不聞。

碎葉氍毹金(獨)〔燭〕盤，繁絃急管夜將闌。自憐丞相歌鐘貴，却笑陽臺雲雨寒。

此詩見敦煌殘卷伯氏二五五五。《岑詩繫年》云：「聞一多先生曰：《敦煌唐寫殘卷》此六首(第五首全缺)不著名氏，在岑參《江行遇梅花之作》後，又格調視餘篇爲高，疑亦岑詩。案裴冕於兩京平後封冀國公，則此詩當作於乾元元年或廣德二年前後公居長安時。」以此冀國夫人爲裴冕妻，甚誤。「翩翩出向城南獵」，「一身能出定三軍」，裴夫人決無此能耐。第五首、第七首調笑口吻不合裴岑之間身份。二江在成都，不在長安。且「夫人封賞國初開」乃夫人本身受封，與其夫並無干涉。如姚崇爲梁國公，妻爲滎陽郡夫人，後封鄭國夫人。裴爲冀國公，其妻未必爲國夫人，更未必爲冀國夫人。「寶札綸言」者，乃夫人受封之制敕也。此冀國夫人乃崔寧妾任氏。宋吳中復《冀國夫人任氏碑記》文已佚，而南宋任正一《遊浣花記》尚存：「冀國姓任氏，本漢上小女，……會崔寧節度西川，微服行民間，見女心悦之，賂其家，納以爲妾。寧妻死，遂爲繼室，累封至冀國。」大曆三年秋楊子琳入成都，崔寧妾任氏率衆驅子琳走，見《資治通鑑》。其年尚爲妾，其爲繼室、「累封」至冀國，均應在大曆三年之後。「自憐丞相歌鐘貴」句，必在崔寧「累加尚書左僕射」（見本傳）之後。大曆三年夏四月崔寧入朝加「檢校工部尚書」（見《通鑑》），其加左僕射也在此後。詩爲春日，岑參大曆四年冬卒，其年春崔寧剛加檢校工部尚書，故此詩必作於岑參卒後，其非岑作明矣。

另有《句》：「初程莫早發，便宿灞橋頭。」見《唐音》。《失題》：「帝鄉北近日，瀘口南連蠻。何當遇長房，縮地到京關。」見《唐詩紀》。《長命女》：「雲送關西雨，風傳渭北秋。孤燈然客夢，寒杵擣鄉愁。」見《樂府詩選》。《發犍爲至泥溪》：「夜泊防虎豹，朝行逼魚龍。一道鳴迅湍，泝沿湖海通。」見童養年《全唐詩補遺》。《鳳女臺》：「鳳女去已久，仙臺在中峰。簫聲不可聞，此地留遺蹤。」見童養年《全唐詩補遺》。以上均爲割裂岑詩中部分字句，乃重出者，茲不論。

附録三

評論資料

爲遺補薦岑參狀

杜甫等

宣議郎、試大理評事、攝監察御史、賜緋魚袋岑參。右，臣等竊見岑參識度清遠，議論雅正，佳名早立，時輩所仰。今諫諍之路大開，獻替之官未備，恭惟近侍，實藉茂才。臣等謹詣閤門奉狀陳薦以聞。伏聽進止。

寄彭州高三十五使君適虢州岑二十七長史參三十韻

杜甫

故人何寂寞，今我獨凄凉。老去才難盡，秋來興甚長。物情尤可見，辭客未能忘。海内知名士，雲端各異方。高岑殊緩步，沈鮑得同行。意愜關飛動，篇終接混茫。舉天悲富駱，近代惜盧王。似爾官仍貴，前賢命可傷。諸侯非棄擲，半刺已翶翔。詩好幾時見，書成無信將。……彭門劍閣外，虢略鼎湖旁。荆玉簪頭冷，巴箋染翰光。烏麻蒸續曬，丹橘露應嘗。豈異神仙宅，俱兼山水鄉。竹齋燒藥竈，花嶼讀書牀。更得清新否，遥知對屬忙。舊官寧改漢，淳俗本歸唐。濟世宜公等，安貧亦士常。蚩尤終戮辱，胡羯漫猖狂。會待妖氛静，論文暫裹糧。

寄岑嘉州　杜甫

不見故人十年餘，不道故人無素書。願逢顔色關塞遠，豈意出守江城居。外江三峽且相接，斗酒新詩終日疏。謝脁每篇堪諷誦，馮唐已老聽吹嘘。泊船秋夜經春草，伏枕青楓限玉除。眼前所寄選何物，贈子雲安雙鯉魚。

贈岑郎中　戎昱

童年未解讀書時，誦得郎中數首詩。四海煙塵猶隔闊，十年夢魂每相隨。雖披雲霧逢迎疾，已恨趨風拜德遲。天下無人鑒詩句，不尋詩伯重尋誰。

夜讀岑嘉州詩集　陸游

漢嘉山水邦，岑公昔所寓。公詩信豪偉，筆力追李杜。常想從軍時，氣無玉關路公詩多從戎西邊時所作。至今蠹簡傳，多昔横槊賦。零落才百篇，崔嵬多傑句。工夫刮造化，音節配韶護。我後四百年，清夢奉巾屨。晚途有奇事，隨牒得補處。群胡自魚肉，明主方北顧。誦公天山篇，流涕思一遇。

跋岑嘉州詩集

陸　游

予自少時，絶好岑嘉州詩。往在山中，每醉歸，倚胡牀睡，輒令兒曹誦之。至酒醒，或睡熟，乃已。嘗以爲太白、子美之後，一人而已。今年自唐安别駕來攝犍爲，既畫公像齋壁，又雜取世所傳公遺詩八十餘篇刻之，以傳知音律者，不獨備此邦故事，亦平生素意也。乾道癸巳八月三日，山陰陸某務觀題。

刻岑詩成題其後

邊　貢

殷璠評嘉州詩曰：語逸體俊，意每造奇。而嚴滄浪則云，岑詩悲壯，讀之令人感慨。味斯言也，予未嘗不撫卷歎焉。而台峰子叙之，亟稱其近於李杜，斯可謂知言者矣。夫俊也，逸也，是太白之長也；若奇焉而又悲且壯焉，非子美孰其當之？子美嘗曰：岑生多新詩；又曰：篇終接混茫；又曰：沈鮑得同行。味斯言也，意未嘗不斂衽於嘉州也。二子之言，不有徵乎哉。今誦其集，如所謂山風吹空林，颯颯如有人，斯悲壯而奇矣。又如長風吹白茅，野火燒枯桑之句，不俊且逸也乎哉。夫俊也，逸也，奇也，悲也，壯也，五者李、杜弗能兼也，而岑詩近焉，斯不可以刻而傳之也乎哉。故曰，台峰子知言者矣。叙成之明日，華泉邊貢題。

新刊岑嘉州詩序

楊　慎

岑詩故有鏤本，歲漸漫滅。方伯沈君仁甫，學憲王君子衡，謂參嘗仕於蜀，以其集重授梓人，匪直傳其詩，兼重其人也。參當天寶與杜子美並世，子美數與倡酬，比之謝朓，猶爲詩言也。又公薦之肅宗，稱其識度清遠，議論雅正，時輩所仰，可備獻替之官，是其卓爾大雅，絶類流輩者，豈惟詩哉！子美自許甚高，其立朝他無所見，獨薦此一人耳。不知其人，視其與子美所推轂，其人可知矣。方諸餘子，豈維等伍哉。唐史且傳王維，而參也獨遺，異哉其所取乎？予故著之，補史氏之遺，俾觀者得論其世，且終二君子雅意云。正德庚辰三月壬子新都楊慎序。

各詩話之論

宋嚴羽《滄浪詩話》：「高、岑之詩悲壯，讀之使人感慨；孟郊之詩刻苦，讀之使人不歡。玉川之怪，長吉之瑰詭，天地間自欠此體不得。」

元吴師道引時天彝評語：「高適才高，頗有雄氣，其詩不習而能，雖乏小巧，終是大才。岑嘉州與子美遊，長於五言，皆唐詩巨擘也。」

明王世貞《全唐詩説》：「高岑一時不易上下。岑氣骨不如達夫遒上，而婉縟過之，選體時時入古。岑尤陡健，歌行磊落奇俊。高一起一伏，取是而已，尤爲正宗。」「五言近體高岑俱不能佳，七言岑稍濃厚。」「盛唐七言律，老杜外王維、李頎、岑參耳。李有聲調而不甚麗，岑才甚麗而情不足，王差備矣。」

明胡應麟《詩藪》：「（五言）古詩自有音節，陸謝體極俳偶，然音節與唐律迥不同。唐人李杜外，惟嘉州最合。……高氣骨不逮嘉州，孟材具遠輸摩詰，然並驅者，高、岑悲壯爲宗，王、孟閑淡自得，其格調一也。」「唐七言歌行，垂拱四子，詞極藻艷，然未脱梁陳也。張、李、沈、宋稍汰浮華，漸趨平實，唐體肇矣，然而未暢也。高、岑、王、李，音節鮮明，情致委折，濃纖修短，得衷合度，暢乎，然而未大也。太白、少陵，大而化矣，能事畢矣。……主拾遺，賓供奉，左中允，右嘉州，則沈雄秀逸，短什宏章，諸體悉備。」

明胡震亨《唐音癸籤》：「岑詞勝意，句格壯麗而神韻未揚，高意勝詞，情致纏綿而筋骨不逮。岑之敗句，猶不失盛唐。高之合調，時隱逗中唐。」「岑嘉州罷郡佐幕日，正崔寧跋扈、杜相委棟時也。嗣後鎮帥往往阻命，參佐自拔匪易，蜀事漸非矣。思深哉，《招蜀客北歸》一辭乎？蚤智徵焉，勸忠寓焉，是不當僅以詩人目之者。」

清王士禎《居易録》：「七言古詩惟杜甫横絶古今，同時大匠無敢抗行。李白、岑參二家别出機杼，語羞雷同，亦稱奇特。」

清洪亮吉《北江詩話》：「杜工部詩：近來海内爲長句，汝與山東李白好。足見長句最難，非有十分力量、十分學問者，不能作也。即以唐而論，以長句擅場者，李、杜、韓而外，亦惟高、岑、王、李四家耳。」「詩奇而入理，乃謂之奇，若奇而不入理，非奇也。盧玉川、李昌谷之詩，可云奇而不入理者矣。詩之奇而入理者，其惟岑嘉州乎？如遊終南山詩：『雷聲傍太白，雨在八九峰；東望紫閣雲，半入白閣松。』余嘗以乙巳春夏之際遊終南山紫白二閣，遇急雨，回憩草堂寺。時原空如沸，山勢欲頽，急雨劈門，怒雷奔谷，而後知岑詩之奇矣。又嘗以乙未冬杪謫戍出關，祁連雪山，日在馬首，又晝夜行戈壁中，沙石赫人，没及髁膝，而後知岑詩『一川碎石大如斗，隨風滿地石亂走』之奇而實確也。大抵讀古人之詩，又必身親其地，身歷其險，而後知心驚魄動者，實由於耳聞目見得之，非妄語也。」

清翁方綱《石洲詩話》：「嘉州之奇峭，入唐以來所未有，又加以邊塞之作，奇氣益出。風會所感，豪傑挺生，遂不得不變出杜公矣。」

清毛先舒《詩辯坻》：「盛唐歌行，高適、岑參、李頎、崔顥四家略同。然岑、李奇傑，有骨有態，高純雄勁，崔稍研琢。其高蒼渾樸之氣，則同乎爲盛唐之音也。」

清黄子雲《野鴻詩的》：「高、岑、王三家，均能刻意煉句，又不傷大雅，可謂文質彬彬。」

清張謙宜《絸齋詩談》：「予讀岑嘉州全集，愛其峭蒨蒼秀，如對終南太華。其近體略遜古詩。」

清喬億《劍溪説詩》：「高、岑詩同而異，高詩渾樸，岑詩警動。」

清施補華《峴傭説詩》：「岑嘉州五言古源出鮑照，而魄力已大。」「高達夫七古骨整氣遒，已變初唐之靡，特奇特不如李，雄勁不如岑耳。岑嘉州七古勁骨奇翼，如霜天一鶚，故施之邊塞最宜。」

清管世銘《讀雪山房唐詩凡例》：「（七古）高常侍豪宕感激，岑嘉州創闢經奇，各有建大將旗鼓出井陘之意。」「岑嘉州獨尚警拔，比于古鶴出群。」

清潘德輿《養一齋詩話》：「右丞、東川、常侍、嘉州七古、七律，往往以雄渾悲鬱、鏗鏘壯麗擅長，漁洋選入《三昧集》十居其四五，與其初意主於鏡花水月、羚羊挂角、妙在酸鹹之外者，絶不相合。」

清朱庭珍《筱園詩話》：「唐人七古，高、岑、王、李諸公規格最正，筆最雅練。……學七古者，才力、學力俱强，則當以李、杜、韓、蘇爲宗，否則宗法高、岑、王、李，不失正格。」

清劉熙載《詩概》：「高常侍、岑嘉州兩家詩，皆可匹亞杜陵。至岑超高實，則趣尚各有近焉。」

清闕名《静居續言》：「岑嘉州、高達夫、李東川詩，皆闊達瞻博，要爲一家眷屬。分而言之，岑詩樸而致，高詩簡而冲，李詩奇而峭。」

（其他尚多，不盡録。）

附録四

岑參年譜

岑參之有年譜，肇於賴義輝《岑參年譜》（《嶺南學報》一九三〇年一卷一期，以下簡稱《賴譜》）。此譜雖有舛誤，而首創之功不可滅。聞一多氏《岑嘉州繫年考證》（一九三三年，收入《聞一多全集》，以下簡稱《聞考》）繼起，精審允當，是爲大成。逮至今世，李嘉言《岑詩繫年》（一九五六年《文學遺産增刊》第十三輯，以下簡稱《繫年》）復纂前緒，師承《聞考》而多所補益。近年又有陳鐵民、侯忠義《岑參年譜》（見《岑參集校注》附録，以下簡稱《陳譜》）之作，又有所增益。此外，幾十年來學人考證之作屢有發見及新意，雖多爲一事一議，不涉全局，而均可發人深思。唯以岑參事迹疑點尚多，學人執説不一，有必要再作全盤考慮，系統論證。故再作此年譜，以供研究者參考、討論。

岑氏遠祖，可上溯至周文王異母弟耀之子渠（此據唐林寶《元和姓纂》，另有他説），武王封爲岑子，因以爲氏。其後代世居南陽棘陽，東漢有征南大將軍岑彭。彭五世孫晊以黨錮之禍逃於江夏山中，移家吴郡。晊生亮伯，亮伯生軻，爲三國吴會稽、鄱陽太守。軻六子，家於鹽官。其十一世孫惠甫生昶，昶生善方，梁末隨蕭詧至襄陽。詧依北周爲梁主，都江陵，善方爲起部尚書，寓家江陵，七年而卒。善方生之象，之象生文叔、文本、文昭。文本自江陵歸唐，太宗時官中書令，移家長安。文叔子長倩相高宗，武后時被誣謀反，誅，五子同賜死，並發掘父、祖墳墓。文本長子曼倩，官終雍州刺史（《新唐書·宰相世系表》謂長史，蓋其時親王領牧職而不出閤，長史總理州務也）。曼倩四子，其次子羲相中宗、睿宗，以預太平公主謀廢立，開元元年遭誅，籍其家。文本次子景倩，衛州刺史、麟臺少監。景倩四子：植，仙、晋二州刺史；棣，沛令；棓，安喜令；椅，監察御史。植五子：謂，澄城丞；况，湖州别駕；參，嘉州刺史；秉，太子贊善大夫；垂，長葛丞。參，植之第三子也。參字，今人或讀參拜之參，或讀參宿之參。然其行三，疑小名爲三，故疑字亦當讀三也。

初唐之世，岑氏一門三相。然而長倩遭誅，岑氏遭一大挫折；岑羲又被誅，復遭一大挫折。家族之盛衰，世事之翻覆，對岑參自有甚深影響。

唐朝一統之後，經太宗、高宗兩代安定人民，北挫突厥，南和吐蕃，西定西域，國力超越秦漢。唐玄宗之初亦爲一代英主，任用賢良，政治清明，社會繁榮，開創盛唐雄偉之世。岑參即生於此盛世之初，歷唐代之鼎盛，經安史之亂一大轉折，其晚年已入唐代之衰落期。杜甫亦同時人，其詩多詠社會，後人謂之詩史。岑詩多詠個人，然亦從另一面爲時代之反映也。

唐代文學以詩歌特放異采。初唐王、楊、盧、駱及陳子昂一掃齊梁遺風，沈、宋、杜審言多爲近體詩，爲詩歌新發展鋪平道路。盛唐之世，詩壇如百花滿園，群星麗天。其人才之衆，創作之富，詩境之廣，均邁越前代，獨步千古，爲後世所稱道備至。岑參爲盛唐大家，其七言歌行成就甚高，尤以邊塞詩質佳量豐，突出同儕，對後世之啓迪有所獨到也。

公諱參，祖籍南陽棘陽，梁末五世祖寓居江陵，唐初曾祖文本移家長安。

公籍貫向稱南陽。杜確《序》云：「南陽岑公，聲稱尤著。」晁公武《郡齋讀書志》、馬端臨《文獻通考》、辛文房《唐才子傳》等皆云：「岑參，南陽人。」《聞考》云：「諸書稱南陽人者，從其舊望也。」岑彭，南陽棘陽人。然自岑晊流亡江南，子孫不居南陽棘陽已久，南陽僅爲祖籍。晉室南遷，中原士人流寓江南者，仍著籍原郡，歷宋、齊、梁、陳，此風不改。雖各代均曾「土斷」人户，而重門閥之陋習未變，版籍之法，於士族徒具虚文。加以岑氏多經遷徙，所在均不長久，其稱郡望，實亦不得不然。《舊唐書·岑文本傳》謂文本「南陽棘陽人」。張景毓《岑公德政碑》謂「君名植，字德茂，南陽棘陽人」。蓋以江夏、吴郡、鹽官、江陵均爲流寓之處，非其本貫也。

《聞考》謂「唐世岑氏，籍隸江陵」，蓋以岑文本起家江陵而言。《法苑珠林》卷七十《富貴篇》：「中書令岑文本，江陵人。」《新唐書·岑文本傳》自稱「漢南一布衣」，又曾封江陵縣伯。然岑氏之居江陵，年代亦頗短暫。岑善方至江陵七年而卒。其子之利、之象旋即入北周爲官，之象且於隋世官北方數十年。大業末，之象罷邯鄲令，不久卒，其子文本居江陵。蕭琮稱制，引文本爲中書侍郎。蕭琮降唐，文本自江陵歸唐，值此换代之際，文本自不能以亡國之中書侍郎、漢征南大將軍之後自貴，宜自稱漢南布衣也。秦召平爲東陵侯，秦亡後種瓜自給，在漢亦爲布衣也。然謂文本爲江陵人或可，而謂其子孫「籍隸江陵」則不可。《新唐書・岑文本傳》載：「既任職久，賚賜豐饒，皆令弟文昭主之。文昭任校書郎，多交輕薄，帝不悦，謂文本曰：卿弟多過，朕將出之。文本曰：臣少孤，母所鍾念者，弟也。今若外出，母必憂，無此弟，是無老母也。泣下嗚咽。帝愍其意，召文昭讓敕，卒無過。」可知文本入長安後，奉母攜弟，移家京都也。《舊唐書》稱長倩「少爲文本鞠愛，同於已子」，則文本亦攜侄同住。此可知貞觀年間文本一門均已不居江陵，唐初即移家長安。岑善方有七子，之利、之象入北周，另五人史傳無載。唐世之象子孫俱入長安，江陵當有餘五人子孫居住。

史載文本爲官清廉，不置産業，但長安近縣當有朝廷所賜田産。唐承隋制，京官有永業田，五品以上取京都近縣公田充，子孫襲爵者得承永業。《通典》卷二開元二十五年令：「其永業田親王百頃，職事官一品六十頃，郡王及職事官從一品各五十頃，國公若職事官正二品各四十頃。……」文本爲中書令，封江陵公（據《感舊賦》），自應有永業田，且不在江陵，而當在長安近縣。自文本起，子孫墳墓均在昭陵附近。文本卒後「陪葬昭陵」，其墳墓不在江陵已無疑問。《新唐書・太宗紀》貞觀二十年八月「丁丑，許陪陵者子孫從葬」。文本子曼倩、景倩，景倩子植、棣、棓、椅墳墓均應在昭陵附近，公詩《唐博陵郡安喜縣令岑府君墓銘》有「涇水湯湯，漢陵蒼蒼」之句，則此岑府君即葬於渭北，當爲公之三叔安喜縣令岑棓。棓卒於安喜（今河北定縣），而葬於昭陵附近，則公父植卒於晉州（今山西臨汾），途程遠較安喜爲近，更應葬於昭陵。由文本自江陵歸唐，至公已歷四世，渭北之父祖墳墓松柏均已成行，則公之不能「籍隸江陵」已甚明矣。

公祖景倩隨父居長安後，未聞再至江陵，長期官於北方及京都。公父植歷官同州（今陝西大荔）參軍事，蒲州（今山西永濟）司户，雲安（今四川雲陽）縣丞，衢州（今浙江衢縣）司倉，句容（今江蘇句容）縣令，仙州（今河南葉縣）刺史，晉州（今山西臨汾）刺史，亦未曾再居江陵。公本人更一生未至江陵一步。公現存送行詩有關荆襄者九首，或言歷史掌故，或言山水風光，無一字及於鄉土之意者。如「籍隸江陵」，此點即不可解。公罷官後流寓蜀中，泛江東下時，所思歸之處有終南别業，有陸渾别業，但不及江陵，則岑氏江陵舊業恐已無存。長倩被誅時，曾發掘其父（文叔）、祖（之象）墳墓，即確葬於江陵，已被發掘，後雖昭雪改葬，恐已移至他處。經此大變故，岑氏在江陵之遺跡，自亦蕩然無存。

然公既進士高第，應有籍貫。《封氏聞見記》三：「舊舉人應及第，開檢無籍者不得與第。」然則公及第時貫屬何地？其可能者有三。一爲南陽。岑氏流寓各地數百年，産業無存，即江陵一地也因長倩之難而蕩然，子孫實難以著籍。而以郡望定屬，亦爲唐世所許。文本雖封江陵公，而長倩則爲鄧國公（鄧州南陽郡），羲爲南陽郡公，其時版籍之書或者已改隸南陽。公舉進士時著籍鄧州南陽郡，似可順理成章。二爲潁陽。公詩中屢言「潁陽歸客」，其地似有岑氏小小産業，公又居此縣多年。唐世三年一定籍，公居潁陽期間曾歷定籍之事，故鄉貢進士由潁陽選送，亦乃當時法令所定。三爲長安近縣。岑氏杜陵有別業，石鱉谷及高冠谷有別業，且有少許田産。《田假歸白閣西草堂》詩：「幸有數畝田，得延二仲蹤。」此高冠谷地屬鄠縣，公及第前後均曾居其地，則鄠縣之可選鄉貢，亦與潁陽相同。公版籍究屬何縣，因無確證，難以的定，但其不隸江陵，則可無疑問。

唐玄宗開元三年乙卯（七一五）

開元之初，唐玄宗勵精圖治，銷毀乘輿服御及金銀器物以供國用，后妃以下禁服珠玉錦繡。姚崇、宋璟相繼爲相，賦役寬平，刑罰清省，百姓富庶。此即史家盛讚之「開元之治」。

本年孟浩然二十七歲，王昌齡十八歲。李白十五歲，王維十五歲，高適約十三歲，杜甫四歲。

一歲，生於仙州。

公生年説法不同，他説均有不妥。兹分別辨證於下。

一、開元六年説。此説出自《賴譜》，爲最早。其所據爲《行軍》詩「吾竊悲此生，四十幸未老」，作於唐肅宗至德二載（七五七），由此上推三十九年，在開元六年（七一八）。以此爲基點，《賴譜》以爲「二十獻書闕下」在開元二十五年，天寶三載進士及第時二十七歲，「三十歲授官在天寶六載，並赴西域，十載還京，至德元載任北庭度支副使，二載返鳳翔。此説矛盾之處較多。如公詩中多封大夫字，《賴譜》以爲天寶六載封常清從高仙芝破小勃律有功，授朝散大夫。姑不論稱大夫時並非謂朝散大夫，公詩中同時稱封爲亞相，而亞相僅指御史大夫。常清天寶十三載始攝御史大夫，可知封大夫各詩只能作於十三、四載間，十四載冬封已被斬。又公《北庭作》詩云：「秋雪春仍下，朝風夜不休。可知年四十，猶自未封侯。」此時既未還鳳翔，依《賴譜》應在北庭，當爲三十九歲，而又年四十，即與《行軍》詩矛盾。又《首秋輪臺》詩：「輪臺萬里地，無事歷三年。」依《賴譜》公在北庭首尾僅二年，此三年即不可解。故此説不能成立。

二、開元四年説。劉開揚《略論岑參的詩》（一九五六年發表，見《唐詩論文集》）稱，公詩《秋夕讀書幽興獻兵部李侍郎》有「年紀蹉跎四十强」句，公入爲祠部員外郎在廣德元年，若生於開元三年則已四十九歲，故四十强不應指此歲，而應爲四十八歲，當生於開元四年。此説以一歲之差解强字，似難圓滿。《陳譜》云：「四十强之强字本爲取韻，似不必過於拘泥；且四十八歲既可稱爲四十强，四十九歲何以一定不可稱爲四十强？」劉説亦未細考公之他作中涉及年歲處。《感舊賦》有「參年三十，未及一命」之句，《初授官題高冠草堂》詩有「三十始一命」句。依《聞考》，賦作於天寶二年，公二十九歲，三十乃虚數；詩作於天寶三載，三十乃實數。依劉説，作賦時二十八歲，作詩時二十九歲，兩處三十無一實數。又公於二十歲獻書闕下，依劉説，在開元二十三年，然《感舊賦》中「我從東山，獻書西周，出入兩郡，蹉跎十秋」，賦既作於天寶二年，則自獻書至作賦首尾共九年，這裏又一虚數。由此可知，劉説實不可取。

三、開元二年説。曹濟平《岑參生年的推測》（一九五七年十月六日《光明日報》）據《感舊賦》「參年三十，未及一命」之語，以賦作於天寶二年，逆推三十年，生於開元二年。此説也僅據一證而不及其他，難免出現不可解决之矛盾。如《初授官題高冠草堂》詩既作於天寶三載，也有「三十始一命」語，即與《賦》牴牾。又《秋夕讀書幽興獻兵部李侍郎》詩爲入祠部員外郎之作，在廣德元年，依曹説，公生於開元二年，至此已滿五十歲。然而詩中又明言「年紀蹉跎四十强」，五十歲無論如何不可言「四十强」。故曹説實難成立。

四、開元五年説。孫映逵《岑參生年考辨》（見《南京師院學報》一九八一年三期）主此説，孫望《全唐詩補遺》卷五岑參名下云：「岑參，文本之後，生開元五年，天寶五載趙岳榜及第（據孫映逵同志作岑參生年考索一文），大曆四年卒於蜀。」此説爲檢討賴、聞、劉、曹諸説之後提出之新説，頗值得注意，但此説證據薄弱，也難成立。

首先，孫説以公天寶三載春在淇上爲理由，否定公及第在三載。然公三載春在淇上之説本已不確。《繫年》以爲《敬酬杜華淇上見贈兼呈熊曜》詩中「憶昨癸未歲」之昨，即天寶二年，因而判定此詩作於天寶三載春。此説之誤，誤在對昨字之解釋。公蜀中詩《東歸發犍爲至泥溪舟中作》詩作於大曆三年，此點已無疑問。詩有「憶昨在西掖」句，指至德二載、乾元元年爲右補闕時，乃八年前事，亦曰「昨」。《陳譜》以呈熊曜詩作於天寶六載，雖未必的確，但以爲「昨猶昔也」則頗中肯。可知《繫年》以酬杜華詩作於天寶三載並非確論，而孫説以之爲據而否定三載及第自亦難成立。孫説又以公遊河朔在天寶三載爲理由，否定公及第在三載。《冀州客舍酒酣貽王綺寄題南樓》詩題下原注：「時王子應制舉欲西上。」孫説據《册府元龜》卷六十八帝王部求賢二，天寶三載十二月甲寅制曰：「其有高蹈不仕，遁迹邱園，爲遠近所知，未經舉薦者，委所在長官以禮徵送。」乃以爲王綺所應之制舉即謂此事。但此乃疏忽所致之誤會。冀州一詩作於春日，而下制却在十二月，王綺所赴制舉顯然同三載制舉絶非一事，自不能以此爲據推翻三載及第之説。

其次，孫説以公及第在五載，所據乃明徐應秋《玉芝堂談薈》卷二「歷代狀元」條：「天寶三年進士二十九人，狀元羊襲吉。」又據《唐才子傳》謂公乃「天寶三載趙岳榜及第」，公不在羊襲吉榜，即不在三載。又並無任何佐證判定三載乃五載之誤。三載之説，不始自辛文房。唐杜確爲公集所作《序》云：「天寶三載，進士高第。」宋晁公武《郡齋讀書志》也載公乃「天寶三年進士」，元馬端臨《文獻通考》也載公乃「天寶三年進士」。如屬理論觀點，只要理由充分，前代人千年舊説可以全盤否定。但此乃歷史事實，如欲推翻，需有更確鑿之事實作證。杜確爲公通家後輩，與公子同時，編公詩集並作序乃受公之子所託，謂公三載及第決非臆斷、推測之辭。而且徐應秋所記三載狀元爲羊襲吉，決無否定公三載及第之意，豈能以之爲據判定公乃五載及第？以徐説爲論據，以五載及第爲結論，這種邏輯推理方式很難理解。又以徐説三載狀元爲羊襲吉乃必是，以辛文房説公及第乃趙岳榜第二名爲必是，却以辛説三載爲必非，此種推理方式之隨意性亦欠適當。此其一。再者，羊襲吉之名，唐、五代古籍中兩見。舊署唐于逖《聞奇録》云：「羊襲吉，狀元之子。……襲吉長於書寫，仡仡不倦，今尚在，年逾八十矣。」于逖年輩較早，李白《留別于十一兄逖裴十三遊塞垣》詩：「于公白首大梁野，使人悵望何可論。」李白年長於公十四歲，于逖又年長於李白，其所記羊襲吉又爲八十老翁，絶不能與公同時。五代潁川陳氏《葆光録》卷一也載：「羊襲吉，狀元之子，……今尚在，年逾八十矣。」此或録自《聞奇録》，若爲陳氏親見，陳氏最早爲朱梁時人，其所云羊襲吉當生於八十年前唐元和時，也絶不能與公同時。且兩書均謂襲吉乃狀元之子，本人並非狀元。若二書之説不足信，則明徐應秋之説何可足信？此其二。再者，《玉芝堂談薈》全書不避駁雜，間涉不經，實不足爲考證之據。即其歷代狀元條也多有失誤。如「開元五年進士二十五人，狀元王維」，就明與載記不符。《舊唐書·文苑傳》謂王維開元九年進士及第，趙殿成《王維年譜》從之；《唐才子傳》謂王維開元十九年狀元及第，《登科記考》從之。開元五年之説實無所據。又「開元二年進士十七人，狀元孫逖」，此條也明顯有誤。《舊唐書·文苑傳》云，孫逖「開元初應哲人奇士舉，授山陰尉，遷祕書正字。十年應制登文藻宏麗科，拜左拾遺。」《新唐書》謂「舉手筆俊拔哲人奇士隱淪屠釣及文藻宏麗等科」。《唐才子傳》摭拾二説，略有增益。載記所言，孫逖所舉乃制科，並非進士，更無法作十七位進士之狀元公。《談薈》治學之不謹嚴，乃顯而易見之事，自不能據其一説而定結論。況且《談薈》根本不涉及公及第年代之事，孫説引申亦過於曲折。

再其次，公若生於開元五年，與公詩中所言也多有牴牾。《北庭作》詩作於天寶十四載。有「可知年四十，猶自未封侯」，依孫説，公此年三十九歲。又《冬宵家會餞李郎司兵赴同州》詩，「季女猶自小，老夫未令歸」，自稱老夫。公於至德二載、乾元元年兩冬在京，其時剛四十多歲，「幸未老」，不會自稱老夫。此後廣德元年十月吐蕃入長安，十二月始退，不可能在京「冬宵家會」。永泰元年十一月出駱谷至梁州，冬日滯留，也不在京。唯有廣德二年可在京「冬宵家會」。依孫説，公本年四十八歲。廣德元年公自稱「四十强」，二年忽又自稱老夫，也難以索解。

由以上可知，開元五年之説所據均多漏洞，矛盾較多，實難成立。

《聞考》首倡開元三年之説，以能籠括全局，於公一生中行事矛盾處最少，故今仍從之。

公之生地，古無成説。《聞考》云：「既知公父爲仙州刺史至早在開元三年，而公之生亦在此年，則公即生於仙州官廨，爲極可能之事矣。」欲立此説，須先明二事：第一，仙州之設不能晚於開元三年；第二，公父植爲首任仙州刺史，初置州時到任。

仙州始置年代，載籍所言非一。《唐會要》卷七十：「開元二年，析許、魯、唐三州，復置仙州。至十一年十二月，敕以仙州頻喪長史，欲廢之，令公卿議其可否。中書侍郎崔沔議曰：仙州四面，去餘州界雖近，若據州而言則元遠。土地饒沃，户口稀疏，逃亡所歸，頗成淵藪。舊多劫盗，兼有宿寇，所以往年患之，置州鎮壓。然自創置，未盈十年，州將員僚，屢卒於位，天道性命，聖人難言。」《聞考》以爲，二年初始置，至十一年底已滿十年，故始置不當在二年。《舊唐書·玄宗紀》開元三年二月，「析許州、唐州置仙州」。《新唐書·地理志》河南府汝州葉縣，「開元三年，以葉、襄城及唐州之方城，豫州之西平，許州之舞陽置仙州，二十六年州廢」。《元和志》卷六汝州葉縣，

「開元三年，於縣置仙州，以漢時王喬於此得仙也」。《舊唐書》帝紀雖云三年置，而《地理志》許州下云：「開元四年，割葉、襄城置仙州。」《元和志》於葉縣下云三年，而襄城下又云：「開元四年置仙州，割襄城屬焉。」清張駒賢於葉縣下考證云：「襄城叙三作四，均恐未的，據《會要》及《唐志》，宜作二年。」各書於葉縣下云三年置州，襄城又云四年割屬，恐襄城之割屬或在四年也。或者葉縣乃州治，三年二月刺史至州，而襄城辨理歸屬尚須時日，四年方畢，故載記有異。《新唐書·地理志》既已知《元和志》、《舊唐書》有三年、四年二説，而只取三年，不取四年，則恐確有所據。《聞考》亦云：「始置仙州，當從《紀》作三年爲正。」此説是也。

公父植之爲仙州刺史，當於初置州時到任。

第一，岑植由仙州遷晉州時間可以推知。《感舊賦》云「十五隱於嵩陽」，則公十五歲以前不在嵩陽。《題平陽郡汾橋邊柳樹》題下原注：「參曾居此郡八九年」，此必在隱嵩陽之前，居仙州之後。《南池夜宿思王屋青蘿舊齋》詩：「早年家王屋，五別青蘿春。安得還舊山，東溪垂釣綸。」自仙州遷出時年紀太小，恐不能「垂釣綸」，而居平陽郡八九年中又不能出居王屋，隱嵩陽後之經歷已均可考，故居王屋時間當在居晉州之後而隱嵩陽之前，在十四歲時，即開元十六年。其前九年，即自開元八年至十六年間，公居晉州。公父植之由仙州遷晉州，亦當在開元八年。公父任句容縣令時，受江東黜陟使源乾耀賞識，曾「薦擢一官」（《德政碑》），而開元八年源乾耀方入相，其由下州刺史遷上州，恐爲源乾耀援引。故開元八年前公父當在仙州也。

第二，公父植任仙州刺史時，恰值唐玄宗下詔令刺史久在任。中宗時，州縣官遷代過速，已成時弊。《通典》卷十五《選舉考績》載，神龍年間御史中丞盧懷慎曾上疏曰：「竊見比來州縣官佐下車布政，有多者一二年，少者三五月，遽即遷除，不論課考。」唐玄宗爲救此弊，於開元六年下詔曰：「承前代以來，頗多僥倖，但因入考，即有改轉，自今以後，非灼然應黜陟者，更無遷易，敦此風俗，冀免苟且。」唐官常制，四考遷代，爲糾時弊而矯枉過正，此後任官常歷多次考課而不遷轉。據陸贄《論朝官闕員及刺史改轉論序狀》，唐德宗曾自言外祖作祕書少監一任十年，董晉自言大曆中曾任祠部、司勳二郎中各歷六考。公父植開元八年遷晉州事，若非源乾耀爲相，或當再歷年月。而自開元三年初置仙州至此爲五年，似爲當時刺史任期之常例。公詩《燉煌太守後庭歌》「敦煌耆舊鬢皓然，願留太守更五年」，雖作於天寶年間，亦當承開元舊制而來。故公父當於初置仙州時到任，在州五年。

仙州初置於開元三年二月，公父植初置州時任刺史，則公自當生於仙州矣。仙州，治葉縣，即今河南葉縣南三十里舊縣鄉，瀕澧河，楚有葉公好龍者，即此邑也。

孫映逵既主公生於開元五年，又曾認爲公生地當在潤州，其説並無可靠證據，茲不論。

唐玄宗開元四年丙辰（七一六）

拔曳固斬默啜首來獻。突厥默啜自武后朝屢犯邊，不能制。今進擊拔曳固，輕騎冒進，被殺。屢被默啜所侵之回紇、同羅、僕固等皆來降。契丹、奚亦於是年率部降，吐蕃請和。於是天下安定。

姚崇於開元元年爲相，此年罷。宋璟、蘇頲同平章事。

二歲，在仙州。

唐玄宗開元五年丁巳（七一七）

正月，帝如東都。

蕭穎士生。

三歲，在仙州。

唐玄宗開元六年戊午（七一八）

冬十月，帝還西京。

賈至生。

四歲，在仙州。

唐玄宗開元七年己未（七一九）

高適初遊長安。元結生。

五歲，在仙州。始讀書。

《感舊賦序》：「五歲讀書。」公始讀何書，載記無徵。公詩中多神仙名，如王喬、費長房、蕭史、琴高等。王喬本爲葉令，則或以《神仙傳》爲啓蒙者也。

唐玄宗開元八年庚申（七二〇）

正月，宋璟、蘇頲罷相。源乾耀、張嘉貞同中書門下平章事。六月，東都暴雨，近縣廬舍爲毁，人多漂溺。

六歲，隨父至晉州。

公父於此年遷晉州刺史，已見前。晉州平陽郡，河東上州，天寶領縣九，户六萬四千八百三十六，口四十二萬九千二百二十一。

唐玄宗開元九年辛酉（七二一）

王維進士及第，調太樂丞。李白隱居岷山之陽。

七歲，在晉州。

唐玄宗開元十年壬戌（七二二）

二月，帝如東都。吐蕃圍小勃律，北庭節度使張孝嵩遣兵破之。

高適離長安歸梁宋。

八歲，在晉州。

唐玄宗開元十一年癸亥（七二三）

正月，帝駕如并州，尋次晉州，至汾陰。三月，帝還西京。

崔顥進士及第。

九歲，在晉州。始屬文。

《感舊賦序》：「九歲屬文。」公父爲晉州刺史，此年帝駕過晉州，當有迎送等事。則公之屬文，乃爲日後干禄之備也。

唐玄宗開元十二年甲子（七二四）

四月，命太史監南宫説於河南北測日晷及極星，夏至日中，立八尺之表候之，得各地之精確緯度。十一月，帝駕至東都。

祖詠進士及第。

十歲，在晉州。

公父官終晉州刺史。自開元八年至本年，其任晉州已五年，仍未遷調，則其卒年當在此年。

公父卒後，公母子仍居晉州，其地或有小産業。

唐玄宗開元十三年乙丑（七二五）

十月，帝封於泰山。是歲米斗十五錢，青、齊五錢，粟二錢。

獨孤及生。李白二十五歲，出遊襄漢，泛洞庭，至金陵，還雲夢，爲許圉師孫婿，遂居安陸。

十一歲，在晉州。

唐玄宗開元十四年丙寅（七二六）

嚴武生。儲光羲、綦毋潛、崔國輔進士及第。

十二歲，在晉州。

唐玄宗開元十五年丁卯（七二七）

春三月，涼州都督王君㚟破吐蕃於青海之西，帝由是益事邊功。九月，吐蕃陷瓜州，執刺史田元獻及君㚟之父。閏九月，君㚟戰死。十月，帝還西京。是年改武臨縣爲潁陽縣。

王昌齡進士及第，補祕書省校書郎。常建進士及第。王翰於此年前後任仙州別駕。

十三歲，在晉州。

《送崔主簿赴夏陽》詩：「常愛夏陽縣，往年曾再過。」「往年」當指公居晉州期間。公天寶年間曾出遊河東，途經蒲關，似未經夏陽。「再過」非一次之謂，則父卒後靈柩自晉州運至醴泉時、公母子居晉州清明掃墓時，或曾由夏陽渡河往返也。夏陽舊址在今陝西郃陽東南黄河邊。

唐玄宗開元十六年戊辰（七二八）

孟浩然遊長安。

十四歲，由晉州遷居河南府王屋縣。

公開元八年至晉州，自云居之八九年，故最遲於本年遷王屋。公舊齋在王屋縣青蘿河畔。

唐玄宗開元十七年己巳（七二九）

瓜州都督張守珪敗吐蕃於大同軍。朔方節度使信安王禕拔吐蕃石堡城。

十五歲，遷居登封縣太室山下。

《感舊賦序》：「五歲讀書，九歲屬文，十五隱於嵩陽，二十獻書闕下。」五歲、九歲均爲實數，則十五、二十亦爲實數。公生於開元三年，十五歲在開元十七年，乃由王屋遷嵩陽。嵩陽，縣名，即登封，武則天萬歲登封元年封中嶽，乃改縣名，公一生不言登封也。公詩屢言「潁陽歸客」，而不曰「嵩陽歸客」；《感舊賦》言隱嵩陽，而不曰隱潁陽，可知嵩陽謂居太室時，在登封縣，潁陽謂居少室時，在潁陽縣。蜀中詩《峨眉東脚臨江聽猿懷二室舊廬》又言二室，可知公不僅曾居少室，亦曾居太室也。公太室舊居遺址已無可考。《感舊賦》：「無負郭之數畝，有嵩陽之一丘。」此一丘當在太室南麓某處。

唐玄宗開元十八年庚午（七三〇）

帝寵任宦官，楊思勗、高力士皆爲三品將軍，門施棨戟。吐蕃屢敗求和，許之。

陶翰進士及第。高適北遊燕趙。

十六歲，居太室。

《聞考》以公十五居嵩陽，十六遷少室，並無確證。公日後屢稱嵩陽，似居太室稍久。

唐玄宗開元十九年辛未（七三一）

十一月，帝駕至東都。

薛據進士及第。杜甫二十歲，遊吴越。

十七歲，居太室。

與王季友相識似在此數年間。公虢州詩《送王七録事赴虢州》有「早年即相知」，王七即季友，少時隱嵩山，此外無早歲相知機緣也。公嵩山詩《丘中春卧寄王子》或即寄季友。

唐玄宗開元二十年壬申（七三二）

帝十一月經潞州至太原，又祀汾陰，十二月還西京。

高適遊薊門。

十八歲，遷居少室。

公有《自潘陵尖還少室居止秋夕憑眺》詩，其曾居少室，自無疑問。公何年遷居少室，文獻無載。公於開元二十七年西入長安（見該年條）後，詩中屢有潁陽字，其居潁陽當較久。意公居太室兩年後，約於此年遷少室居止。詩有「草堂近少室，夜静聞風松。……火點伊陽村，煙深嵩角鐘。」少室西南脚拔地而起，有一列千公尺以上山峰南北縱峙，今名擋陽山。潁中源（今名後河）自少室通阜流出東南行，至擋陽山脚水磨灣村與一自北來之支流會，沿擋陽山南岡西側東南流。駐足岡上，可見到西方二十里外潁陽鄉煙樹蒸騰。岡西八里處爲伊水支流白降河（狂水）上游，君召鄉、前伊新莊、後伊新莊自西北向東南排列，村舍歷歷。此岡之東尚有數列平行岡阜，但均低於此岡。故公必居此岡之上，方可見「火點伊陽村」之景。蓋居此岡之東，其西天概被此岡遮没，不得見狂水左近村火也。岡頂北距山三里處稍低窪，有水泉溢出，小塊農田散布，竹木扶疏，一小村名栗樹扒。必居於此處，既近少室，得聞山上風吹松林之聲，又可登岡頂望見前、後伊新莊之燈火。伊陽，非謂縣名，乃狂水之北也。栗樹扒西距潁陽二十里，全爲平地，東距登封五十里，溝壑縱横，故唐世當屬潁陽縣。又，少室南溪遠在三十里外之東方，地勢約低二百公尺，不得見此岡以西。故《南溪别業》一詩非謂少室居止，詩亦非公之作。

唐玄宗開元二十一年癸酉（七三三）

是歲分天下爲十五道，各置採訪使。

劉眘慎虚、劉長卿進士及第。王昌齡舉博學宏詞科，授汜水尉。

十九歲，居少室。

唐玄宗開元二十二年甲戌（七三四）

正月，帝駕至東都。四月，李林甫以深結宦官、妃嬪，得與張九齡、裴耀卿同爲相。方士張果自稱堯時人，帝迎至東都。及還恒山，制以銀青光禄大夫（文散官，從三品）厚賜遣還。帝由是頗好神仙。

顔真卿、閻防進士及第。王維先由大樂丞謫濟州司倉參軍，是年擢右拾遺。薛據宰涉縣，高適還宋州。

二十歲，至東都獻書闕下，並拜謁故舊。

《感舊賦序》：「二十獻書闕下。」《聞考》既以獻書在二十二年，却又以闕下爲長安，有所疏忽。《資治通鑑》卷二一四開元二十二年,「正月己巳,上發西京,乙丑至東都」。《唐書》帝紀均載此事。唐玄宗於本年初至洛陽,一住三年,至二十四年冬始還西京。皇帝移駕東都,宰相以下百官扈從,西京僅置留守。中樞既移洛陽,獻書自不應赴長安也。《感舊賦》:「我從東山,獻書西周。」此西周非謂長安,乃謂洛陽也。周平王遷都洛陽,後世稱東周,其以前都酆鎬者稱西周,此一西周也。戰國時,周考王又於王城封弟爲周公,同於諸侯。三傳至惠公,封其少子班於鞏以奉王,乃有東、西二周公,後世乃又有東周、西周二諸侯國。《史記》云:「王赧時東、西周分治,王赧徙都西周。」《索隱》:「西周,河南也;東周,鞏也。」河南,謂洛陽。惟東、西周分治不待赧王時,周顯王二年,韓、趙分周地爲二,二周公治之,時在赧王前五十餘年,赧王寄治西周耳。《戰國策》有《東周》、《西周》二策。如《東周策》:「東周與西周戰,韓救西周。」又「東周欲爲稻,西周不下水。」此西周,即謂王城之周公,今洛陽之地也。此乃又一西周也。以西周爲地名稱洛陽,本自潘岳《西征賦》:「爾乃越平樂,過街郵,秣馬皐門,稅駕西周。」此西周即謂王城,唐之東都洛陽也。公自幼「遍覽史籍」,當熟知《戰國策》與《史記》。而《西征賦》亦熟讀之文,《東歸晚次潼關懷古》詩有「行行潘生賦」可證也。

《感舊賦》:「弱冠干於王侯。」獻書闕下,謂王也。然獻書之外,必尚有其他干謁,乃可曰侯。《尚書念舊垂賜袍衣率題絶句獻上以申感謝》詩:「富貴情還在,相逢豈間然,綈袍更有贈,猶荷故人憐。」此即獻書闕下時,干謁故舊之作也。公乃三代相門之後,故舊中有今朝爲尚書者,自無疑問。尚書爲誰，已不可考。

與王昌齡始交遊，最早始於此年。

昌齡二十八年《留别岑參兄弟》詩：「長安故人宅，秣馬經前秋。」前秋，謂二十七年。其時已爲故人，始交必在其前稍久。昌齡爲校書郎當在長安，公居晋州、王屋，不能相識。二十一年昌齡爲汜水尉，二十二年公出入東都，此時乃可相識也。

唐玄宗開元二十三年乙亥（七三五）

正月，帝登東都五鳳樓酺宴。先時，命三百里内刺史、縣令各率所部音樂集於樓下，於其時較勝負。懷州刺史以車載樂工數百，服箱之牛皆爲虎豹犀象之狀。

李頎進士及第。杜甫赴舉不第，留洛陽。高適應制科遊洛，不第，居箕山下。李白遊太原，尋至齊魯，寓家任城。

二十一歲，出入嵩洛間。與杜甫、高適始交遊。

公與杜甫交遊有詩可徵者，一爲天寶十載公自安西返京，杜甫此年待制集賢院，二人曾同遊渼陂，同遊慈恩寺塔。二爲至德二載公自北庭還至鳳翔，杜甫奔赴行在爲左拾遺，曾薦公爲右補闕，乾元元年在京與賈至、王維唱和宫廷。其他時間有詩寄贈而不在一處。天寶十一二載間二人交誼之篤顯非新知而爲故友。此前二人同在京師者爲天寶六載、七載二年，其時公爲右内率府兵曹參軍，杜甫六載應制舉赴京，落第後，以父爲奉先縣令，得時而出入長安。其間公有《西河太守杜公輓歌》，杜甫則與杜希望子杜位相往還。然以杜詩《九日寄岑參》、《渼陂行》等臆測，二人相知似在青少年時，最早可能在此年。杜甫開元二十二年自吴越還鄉，本年於洛陽舉進士不第，居仁風里姑母家。其《壯遊》詩：「歸帆拂天姥，中歲貢舊鄉。……忤下考功第，獨辭京尹堂。」「舊鄉」，謂洛陽。「京尹」，謂河南尹。此數年間二人同在洛陽求仕，或以父祖輩相知而有交遊也。

公與高適交遊今有登慈恩寺塔詩可證。然此非初交，二人相識應更早。高適曾居嵩潁間頗久。《魯郡途中遇徐十八録事》詩有「誰謂嵩潁客，遂經鄒魯鄉」句，自稱嵩潁客，曾居其地自非短暫。又《酬岑二十主簿秋夜見贈之作》詩有「箕山别來久，魏闕誰不戀」句，可知高適曾居箕山之下，在嵩山之南。高適何時居嵩潁間，現有幾種年譜中，或不予注意，或語焉不詳。今考高詩，也當始於開元二十三年。《酬祕書弟兼寄幕下諸公》詩序稱：「乙亥歲，適徵詣長安。」乙亥爲二十三年，該年有制舉。《册府元龜》卷六四五開元二十三年正月詔：「其或才可王霸之略，學究天人之際，智堪將帥之任，政能當牧宰之舉者，五品以下及軍將、都督、刺史各舉一人。孝悌力田鄉閭推挽者，本州刺史長官各以名聞。」此詔即帝駕駐洛陽時所下者。《唐會要》卷七十六：「（開元）二十三年王霸科劉璀、杜琯及第；智謀將帥科張重光、崔圓、季廣琛及第。」《太平御覽》卷六二九所載同。高詩序云「徵詣長安」，此年制舉究在何地考試？《太平廣記》卷二二二《李含章》引《定命録》稱：「崔圓微時，欲舉進士。……開元二十三年應將帥科舉，又於河南府充鄉貢進士。其日正於福唐觀試，遇敕下，便於試場中唤將拜執戟，參謀河西軍事。」福唐觀在洛陽崇業坊，李邕有

《東京福唐觀鄧天師碣》。劉開揚《高適詩集編年箋注》所附《高適年譜》，於開元二十三年條既引《定命録》及聞一多《少陵先生年譜會箋》，謂此年在洛陽考試，又以爲《定命録》「依託成份爲重」，對此未予重視。而劉《譜》又據高適佚詩《奉寄平原顏太守》詩序稱：「初，顏公任蘭臺郎，與余有周旋之分，而於詞賦特爲深知。」顏真卿任祕書省校書郎即在開元二十四年，遂以爲高適於「開元二十三年至長安應試，次年留京師之佐證。」然此一京師實爲洛陽，並非長安。制舉乃皇帝下詔取士，皇帝每親臨考試，故二十三年高適應制舉自應在洛陽。「徵詣長安」云云，如非後人妄改，即爲高本人以之代指京都，或爲誤記誤書。蓋此年唐玄宗及朝廷中樞均在洛陽，西京留守決無權主試制舉也。高適詩《送楊山人歸嵩陽》：「不到嵩陽動十年，三十六峰猶眼前。」此詩各年譜多以爲作於天寶三、四載間，上推十年，也當在開元二十三、四年。可知高適二十三年在洛陽應制舉落第，遂居箕山之下，並與岑二十交遊，與顏真卿相知也在此時。岑二十爲公之諸兄，故公與高適相識，最早也當在此時也。

唐玄宗開元二十四年丙子（七三六）

張九齡、裴耀卿罷相，李林甫爲中書令，其把持朝政自此始。冬十月，帝駕回西京。

二十二歲，出入嵩洛間，亦時居緱山。

公有《緱山西峰草堂》詩，又有《尋鞏縣南李處士別居》詩：「且喜閭井近，灌田同一泉。」緱山在嵩山北，爲一孤立小土丘，其旁水流或入偃師，或入鞏縣。公十五隱嵩陽，後入長安即不再居嵩山，故居緱山與居嵩潁間當同時。意居緱山與獻書干禄有關，山距東都八十里，一日可達。又《還東山洛上作》詩有「春流」字，東山，即謂嵩山隱居處，則該詩亦由洛陽返緱山之作也，在此數年間之春日。

唐玄宗開元二十五年丁丑（七三七）

先是，武惠妃有寵，生壽王瑁。此時妃謀廢太子，四月，太子瑛、鄂王瑶、光王琚被誣謀反，皆賜死。杜甫東遊齊魯。王維入河西節度幕，韋應物生。

二十三歲，居少室。

唐玄宗開元二十六年戊寅（七三八）

太子瑛既死，李林甫勸立壽王瑁，歲餘未決。五月，以忠王璵（後改名亨）年長，立爲太子。突騎施莫賀達干殺可汗蘇禄，餘部互相攻殺。

二十四歲，赴舉長安，落第而歸。

《戲題關門》詩：「來亦一布衣，去亦一布衣。羞見關城吏，還從舊道歸。」《繫年》云，關指潼關。獻書在東都，落第歸嵩山中途無關。帝居東都三年中，公方獻書求售，亦不當去長安。公至遲於二十七年已入居長安，王昌齡有詩可證，故此赴舉長安落第東歸過潼關詩，至遲作於本年。

公有《巴南舟中思陸渾別業》詩，知公亦曾居陸渾。岑氏陸渾別業當在鳴臯山。李白《送岑徵君歸鳴臯山》詩有「岑公相門子」、「中臺竟三拆」，家世與公全同，則此岑徵君即公之族，其所歸之鳴皋山即岑氏陸渾别業。《元和志》卷五河南府陸渾縣：「明皋山，在縣東北十五里。」公似未久居陸渾，或乃居潁陽時，路過鳴皋而暫居也。

唐玄宗開元二十七年己卯（七三九）

磧西節度使蓋嘉運攻碎葉城及恒羅斯城，擒突騎施可汗吐火仙及黑姓可汗爾微。

秋，王昌齡謫嶺南。

二十五歲，赴長安，居天門街西岑氏舊宅。秋日爲王昌齡餞别。

公何年由少室入居長安，迄無確説。王昌齡開元二十八年詩《留别岑參兄弟》「長安故人宅，秣馬經前秋」，謂二十七年曾在岑宅宴集，則公至遲已於是年居長安。昌齡謫嶺南年代，説法不同。詹鍈《李白詩文繫年》開元二十七年條云，張九齡開元二十八年免官南歸，五月卒，昌齡《奉贈張荆州》詩必作於此前。又李白二十七年在岳州，昌齡有《巴陵别李十二》詩，因此定昌齡謫嶺南在開元二十七年秋。傅璇琮《王昌齡考》亦主此説。譚優學《王昌齡行年考》則以九齡貶荆州在二十五年四月，昌齡由嶺南北歸則在二十七年。《舊唐書·玄宗紀》開元二十七年「二月己巳，加尊號開元聖文神武皇帝，大赦天下，常赦所不免者，咸赦除之。開元以來諸色痕瘕人，咸從洗滌，左降官量移近處。」昌齡乃遇赦而還，故其過荆州贈九齡詩當在二十六年，此爲貶謫之年。此説有一難解之處。孟浩然二十八年五月卒，乃由於昌齡自嶺南回，歡宴食鮮疾動之果，昌齡二十七年二月遇赦，二十八年五月始自嶺南至荆襄，行程一年有餘，於事理不合。姑不論昌齡謫嶺南在何年月，二十七年秋宴集岑宅亦可因他事，故公必於此年秋已居長安也。公詩《秋夜聞笛》有「天門街西聞擣帛」，則岑宅即在天門街西某坊之中。

公成室當在本年之前。

公詩《夜過盤豆隔河望永樂寄閨中效齊梁體》「春物知人意，桃花笑索居」，乃春日事。公入居長安時妻子未隨行，公送昌齡赴江寧詩有「抱被肯同宿」可證。故此過盤豆寄閨中詩乃出入兩郡中作。然公二十八年在長安，二十九年遊河朔出京時桃花尚未開（至冀州詩有「客舍梨花繁」句），天寶元年歸京在早春（《送郭乂雜言》有「地上青草出，經冬方始歸」），而居少室入京赴舉必在正月，時令均不合。故疑此詩乃二十七年春二月入居長安路過盤豆之作。而公成室當在此前。唐世以隋末户口鋭减而重早婚，唐太宗下詔令男二十、女十五婚娶，唐玄宗又令男十五，女十三聽婚嫁。公二十二年已成丁，今年二十五歲，當已成室矣。

唐玄宗開元二十八年庚辰（七四〇）

是歲天下户八百四十餘萬，口四千八百餘萬。海内富安，行者雖萬里不持寸兵。帝納壽王妃楊氏入宫。

孟浩然卒。王昌齡自嶺南回，旋授江寧丞。

二十六歲，與弟乘居長安。冬，送王昌齡之江寧。

公詩《送許子擢第歸江寧拜親因寄王大昌齡》有「玄元告靈符，丹洞獲其銘」，乃田同秀藏靈符於函谷關，帝遣人求得之於尹喜臺之事，在天寶元年。詩又有「王兄尚謫宦，屢見秋雲生」，則赴江寧不能在二十九年，一年之隔，不可言「屢」也。但又不能在二十七年，其時未去江寧也。故昌齡赴江寧當在二十八年。《送王大昌齡赴江寧》詩：「澤國從一官，滄波幾千里。……北風吹微雪，抱被肯同宿。」昌齡《留別岑參兄弟》詩：「江城建業樓，山盡滄海頭。副職守兹縣，東南擢孤舟。長安故人宅，秣馬經前秋。便以風雪暮，還爲縱飲留。……岑家雙瓊樹，騰光難爲儔。」知送行在冬日且有風雪也。

譚優學《王昌齡行年考》以爲昌齡爲江寧丞在天寶元年。其所據，昌齡詩《東京府縣諸公與綦毋潛李頎相送至白馬寺宿》稱東京，天寶元年始改東都爲東京。又有「夏夜如涼秋」句，昌齡至東京爲夏日。故以爲昌齡謫江寧在天寶元年初，夏日行至洛陽。此説有是處，有非處。是者，昌齡東行至洛陽確爲夏日。非者，有未細考處。公送許子詩作於天寶元年確定無疑，然有「六月槐花飛」、「王兄尚謫宦，屢見秋雲生」等句，依譚説，昌齡元年夏日尚在東京，則公詩所言極不可解。又公詩尚有「一縣無諍辭，有時開道經」，此應爲昌齡至江寧後較久之政績，若夏日尚在途中，焉可作此語？再者，洛陽雖於天寶元年改稱東京，開元年間稱東都，但漢人已稱洛陽爲東京，唐人又習用漢人故事。如崔湜《登總持寺閣》詩：「故人不可見，冠蓋滿東京。」張説《送王晙自羽林赴永昌令》詩：「將星移北洛，神雨避東京。」又《東都酺宴》詩：「皇輿久西幸，留鎮在東京。」此皆天寶以前之詩。故僅以東京字定昌齡赴江寧在天寶元年，難以成立也。而昌齡二十八年冬已授江寧丞，何以遲至二十九年夏尚逗留洛陽，原因未詳。唐官授後發日皆有時限，今延遲而不受譴責，恐另有他事相干也。

昌齡詩曰「留別岑參兄弟」，公之名見於詩題，另一人爲誰？或以爲岑況，非也。況爲公之二兄，早已及第授官，與弟同在時，他人不可以弟名領銜稱其兄弟也。昌齡詩尚有「岑家雙瓊樹」句，謂青年人丰神秀逸。岑況年長於三弟多多。《感舊賦》「賀仁兄之教導」，兄可爲弟之師，不當爲此雙瓊樹之一。故昌齡詩謂兄者當指公，弟當爲四弟乘。公十歲前父已逝世，其兩弟乘、垂年紀相差各約三、四歲，而乘與公相近。故公入居長安之初，當與弟乘同在也。

唐玄宗開元二十九年辛巳（七四一）

吐蕃陷石堡城。

高適遊淇上。杜甫還東都。

二十七歲，春發長安，北遊河朔，秋冬還少室。

公北遊河朔年代，《聞考》以爲在此年，《陳譜》以爲在二十七年，孫映逵《考辨》以爲在天寶三載。各説相較，仍以《聞考》爲是。孫説之不成立，已見開元三年條。《陳譜》以爲二十七年有制舉，二十九年無制舉，《冀州客舍酒酣貽王綺寄題南樓》詩原注：「時王子應制舉欲西上」，故北遊在二十七年。《册府元龜》卷六十八於開元二十七年載，正月求「德行尤異不求聞達者」，二月又求「殊才異行、文堪經國、爲衆所知、不求聞達者」，令諸州刺史薦舉，以禮徵送。然《陳譜》實有疏忽，該書即在二十七年之後，緊接即有「二十九年正月詔曰……其内外官有親叔伯及兄弟並子姪中，灼然有學術異能，風標節行，通閑政理，據資堪充刺史縣令者，各任以名薦。」此即所謂「牧宰舉」也。王綺有何資歷，不得而知，或曾充州縣佐吏。詩中有「君家一何盛，赫奕難爲儔。伯父四五人，同時爲諸侯。」可知王綺正合詔中「子姪」之列。詩中所以列舉王家諸侯之多，也正與該年制舉須由近親屬薦舉有關。而且公若於二十七年春遊河朔，至二十八年春始歸京，則王昌齡二十七年秋在岑宅秣馬時，公即不能與之相會。岑乘雖可在京，但昌齡稱「故人」者應謂公，不當謂其弟乘也。故《陳譜》之説不如《聞考》爲優也。

公遊河朔路綫，出關後當經東都，於河陽渡河，北至鄴城，有《登古鄴城》詩。轉邯鄲，有《邯鄲客舍歌》。折而東北，過具丘，至冀州，有《冀州客舍酒酣貽王綺寄題南樓》詩。再折向西北，至定州，《送郭乂雜言》詩中所言曾上中山明府家北樓是也。《聞考》以爲公至冀州後即南返，則亦有所忽略。公南返最早在秋日，其在定州盤桓甚久，當有親屬可依。公叔棓天寶初爲安喜縣令，則開元末恐即在其地任職也。公南返途經井陘，《題井陘雙溪李道士所居》詩有「惟求縮却地，鄉路莫教賒」，匆急之狀，不宜再東至匡城、遊大梁。公次年春始回長安，則此年冬當還潁陽家中，其時公母及妻均尚未去長安也。

唐玄宗天寶元年壬午（七四二）

正月改元。置安西、北庭、河西、朔方、河東、范陽、平盧、隴右、劍南、嶺南十節度使以備邊。

其中平盧節度使爲安禄山。

劉單、丘爲進士及第。王維由補闕遷庫部郎中。賈至爲單父尉。王之渙卒。李白遊會稽，被徵至京，供奉翰林。

二十八歲，春日返京。秋七月又東出關，遊大梁。

《送郭乂雜言》：「地上青草出，經冬方始歸。……去年四月初，我正在河朔。」則公開元二十九年北遊，天寶元年初返京也。《送許子擢第歸江寧拜親因寄王大昌齡》詩：「玄元告靈符，丹洞獲其銘。」《通鑑》載，本年正月丁未改元天寶，七天後，甲寅，陳王府參軍田同秀上言，玄元皇帝告曰靈符在尹喜宅。故此詩作於本年。又有「六月槐花飛」句，則送許子在六月。然七月詩《宿關西客舍寄東山嚴許二山人時天寶初七月三日在内學見有高道舉徵》，此宿關西客舍者則當爲離京東行也。開元天寶間遊歷風氣甚盛，社會富庶安定固其一因，公之頻繁出遊，似亦爲增見聞、求仕進也。公有數首東遊詩。《至大梁却寄匡城主人》有「一從棄魚釣，十載干明王」句，自開元二十二年獻書闕下，至本年首尾九年。又「仲秋蕭條景」句，在過關西一月之後，應爲本年之作。若在天寶二年，雖滿十年，而已在秋賦貢士之期，不當遠遊出外也。《醉題匡城周少府廳壁》詩當爲途經匡城之作。而此次東遊似先至濮陽，再折而西南，經匡城，至大梁。《至大梁却寄匡城主人》詩有「平明辭鐵丘，薄暮遊大梁」句，鐵丘，謂濮陽也。此數地唐世均在黄河之南，其時河水自滑州、德州東入海。本年冬公當還潁陽與家人團聚。

唐玄宗天寶二年癸未（七四三）

張謂進士及第。李白與賀知章等爲酒中八仙之遊。

二十九歲，年初歸長安，作《感舊賦》。

公遊大梁後何時歸京，於詩無徵。然公三載進士及第，必於本年秋試於州縣，列爲鄉貢後始於仲冬疏名送之尚書省，次年正月省試，二月放榜。《感舊賦》之作爲求「達人之惠顧」，當於州縣集貢士之前抄致各方，故須早日完稿以便抄寫，不能滯留潁陽貽誤時機。意公與家人團聚後，年節一過，即當束裝入京也。

唐玄宗天寶三載甲申（七四四）

正月改年爲載。三月，安禄山兼范陽節度使。

李白賜金放歸，乃與杜甫、高適遊梁宋。

於趙岳榜進士高第，授右内率府兵曹參軍。

杜確《序》：「天寶三載，進士高第，解褐右内率府兵曹參軍。」公詩《初授官題高冠草堂》：「三十始一命，宦情都欲闌。」公於是年及第，遂即授官。唐進士及第者，或與官，或僅與出身，歷朝亦不盡同。廣德元年禮部侍郎楊綰《上貢舉條目疏》建議：一、效古察孝廉之法，鄉閭有孝友信義廉耻而通經者上薦，省試後，全通爲上第，吏部便與官；義通七策通二爲中第，與出身；下者罷之。二、秀才舉人「全通者爲上第，上第者送中書門下，請超與處分；問義十條通七、策通四爲中第，中第者送吏部與官，下者罷之。」此議未全實行，然其所列分等處分之法亦當來自上代。公乃進士高第，雖在天寶年，亦可隨即與官也。據《新唐書·選舉志》，進士、明法甲第者，授官從九品上；乙第者，授官從九品下。然右内率府兵曹參軍爲正九品下，超一階授，或恐兼用蔭。公父爲上州刺史，職事官乃從三品，然階品似仍爲朝散大夫（見張景毓所作《功德碑》），從五品。《新唐書·選舉志》：「凡用蔭……從五品及國公子，從八品下。」授官用蔭又欠二階，或因公父早已逝世，或又分嫡庶之故。公當爲庶出，而唐人用蔭分嫡庶，褚送良有《請千牛不簡嫡庶表》可證。

公於授官前居高冠谷。《終南東溪口作》，東溪，謂高冠谷水。《草堂村尋羅生不遇》，草堂村在高冠谷口外。《高冠谷口招鄭鄠》、《題雲際南峰演上人讀經堂》、《終南雲際精舍尋法澄上人不遇歸高冠東潭石淙望秦嶺微雨貽友人》均當爲居高冠草堂時作。雲際山在高冠谷東南。

唐玄宗天寶四載己酉（七四五）

正月，回紇懷仁可汗殺突厥白眉可汗，傳首京師，盡有突厥故地。於是北邊晏然，烽燧無警。刑部尚書裴敦復有功，李林甫陷之，五月貶淄川太守。八月，册楊太真爲貴妃，其父贈官，叔、兄皆擢升，姊封國夫人，皆賜第宅。

三十一歲，春日給假省親，並遊淇上。旋移家入京。

公詩《敬酬杜華淇上見贈兼呈熊曜》有「憶昨癸未歲」句，癸未爲天寶二年。又有「春岸」、「三月」字，爲春日。《繫年》以此詩作於三載，與該年春公應舉高第並授官不合。《岑參集校注》以爲作於六載，時公已授右内率府兵曹參軍，《送鄭甚歸東京汜水别業》詩所謂「因悲宦遊子，終歲無時閑」，非因大事故不得給長假外出也。又熊曜尉臨清，《元和姓纂》載爲開元年間，則至遲在二十九年，至天寶六載已滿七年，時間過長。開元官制，六品以下四考遷代，無代留任一年，亦不當延至六載。公入長安有弟同在，妻子當仍在潁陽，母亦當留潁陽。三載授官後遂即任職東宮，必可給假省親、搬家。唐制，長假不過百日。詩有三月字，則當於年終請假東歸省親，遂遊淇上，至三月間返潁陽，乃移家入京也。臨清，謂臨清水，然實爲永濟渠，引清、淇水入白溝成渠，酈道元謂此水皆可稱淇水。熊曜尉臨清，亦可稱尉淇上也。

《臨河客舍呈狄明府兄留題縣南樓》詩有雪字，疑爲早春過臨河縣，再北至臨清，盤桓至三月。《岑參集校注》以此客舍爲黎陽縣臨河之客舍，恐非。臨河客舍亦猶邯鄲客舍、冀州客舍、臨洮客舍，俱爲縣府名。《唐百家詩選》詩題正爲「臨河縣客舍」。臨河縣在唐黎陽縣東北，本爲漢黎陽縣地，隋分置臨河縣，唐因之，屬相州。

公若於上年十二月下旬東歸，至本年三月底返京，恰在百日之内。途中時日，例在給假之外。故公當於三月末回長安。

本年秋公有《送裴校書從大夫淄川郡覲省》詩，詩有「倚處戟門秋」、「懷中紅橘熟」句，或以此爲夏日作，誤也。

唐玄宗天寶五載丙戌（七四六）

楊貴妃喜食生荔支，由巴、峽馳驛致之，至長安而色味不變。獻珍玩器物爲貴妃所喜者，多遷高官。杜甫父遷奉先縣（今陝西蒲城）令，甫乃出入長安。

三十二歲，在長安。與杜位交遊。

公移家長安後即安居京都，未再遠出。兵曹參軍事猶州郡之司兵，掌兵甲、器仗、門禁、管籥之事，兼領倉曹則又有公廨、庖厨、倉庫等事，故「終歲無時閑」也。以歲言無時閑，然非無半日之暇，京城内外迎送遊覽仍當准許。《登千福寺楚金禪師法華院多寶塔》即遊覽時作。又《田假歸白閣西草堂》詩：「誤徇一微官，還山愧塵容。」唐官五月給田假，九月給授衣假，各十五日。又每十日有休沐假，許不視事。唐玄宗誕辰八月五日爲千秋節，給假三日。元旦給假六日，寒食清明給假四日。「無時閑」乃狀其公務不得擅離耳。

公與杜位交遊頗久，有《郊行寄杜位》、《過燕支寄杜位》詩。位，西河太守杜希望之子，公又有《西河太守杜公輓歌》。希望本鄯州都督、隴右留後（節度使乃李林甫遥領），以宦官誣告，貶恒州刺史，轉西河（今山西汾陽）太守，卒於官，歸葬杜陵，約在此年。《郊行寄杜位》：「秋風引歸夢，昨夜到汝潁。」則公與位似曾共居汝潁間，早年即已相識。

唐玄宗天寶六載丁亥（七四七）

正月，李邕、裴敦復遭李林甫忌，皆杖死。皇甫惟明、韋堅於貶所賜死，李適之仰藥，王琚自縊。此皆林甫陷之也。帝命通一藝者詣京師，林甫恐有人訴其奸，命嚴加試煉，不問通何藝，一律試以詩、賦、論。最後不取一人，林甫又上表賀「野無遺賢」。安禄山兼御史大夫，並自請爲楊貴妃兒。高仙芝征小勃律，以其附吐蕃也。

王昌齡貶龍標尉約在此年前後。杜甫、元結應制舉，皆落第。

三十三歲，在長安。與李翥等交遊。

《送李翥遊江外》詩：「相識應十載，見君只一官。家貧禄尚薄，霜降衣仍單。」《繫年》以此詩與《題李士曹廳壁畫度雨雲歌》同時，作於天寶十一載，此説有誤。李翥天寶初曾爲單父尉，十一載又爲京兆士曹，已爲二官，與詩不合。京兆士曹官秩正七品下，俸禄也較縣尉爲高，「霜降衣仍單」亦不宜言。故兩詩非同時之作。「只一官」當指單父尉，非謂京兆士曹，故《送李翥遊江外》當作於天寶十一載前。公八載已赴安西，故此詩又當作於八載以前。高適有《秦中送李九赴越》詩，當爲同送之詠。高詩「攜手望千里，於今將十年」，與公詩「相識應十載」同，則高李建交與公之識翥亦當同時。高適天寶三載遊單父，有《觀李九少府翥樹廬子賤神祠碑》詩：「吾友吏此邑，亦嘗懷慮公。」其時已稱「吾友」，則初識必在其前。高岑惟有開元二十三、四年間同在嵩潁之間，此外均各在一方，則李翥之識高岑，亦當在其間也。李翥三載既在單父尉任上，故去官遊江外必在三載之後。以高詩「將十載」度之，此次送李翥不能晚於四載。然高岑之初識李翥亦或另有機緣而在開元末，則此次送李翥至遲也可在此年也。

公與姚曠、韓涉等交遊也頗早。《懷葉縣關操姚曠韓涉李叔齊》詩云：「數子皆故人，一時吏宛葉。經年總不見，書札徒滿篋。」既稱故人，必相識已久。獨孤及《宋州送姚曠之江東劉冉之河北序》云：「春，葉尉吴興姚曠至自洛陽，中山劉冉至自長安。」梁肅《獨孤公行狀》謂及「二十餘以文章遊梁宋間」，及大曆十二年以五十三歲卒，故生於開元十三年，二十餘在天寶五、六載間。公懷姚曠詩亦當作於此時，而其初識恐在開元末或天寶初也。

公詩《送人赴安西》有「早須清黠虜，無事莫經秋」，當作於本年初。小勃律之役，約四月初兵發安西，途中經百餘日，七月中至連雲堡。則此赴安西者即爲此役也。《繫年》以此篇作於八載前數年間，當是。

唐玄宗天寶七載戊子（七四八）

楊釗（後改名國忠）初以章仇兼瓊劍南推官入京賂遺，繼以女弟得寵，擢金吾兵曹參軍，善窺帝意且能聚斂，此年領十五使。虢國、韓國、秦國夫人皆接受賂遺，門庭若市，以其爲貴妃姊也。知内侍省事高力士加驃騎大將軍（從一品）。

李益生。李嘉祐、包何進士及第。盧綸或此年生。

三十四歲，在長安。與顔真卿交遊。

公詩《胡笳歌送顔真卿使赴河隴》作於此年。留元剛《顔魯公年譜》：「七載戊子，公年四十。是年充河西隴右軍試覆屯交兵使。」公與真卿交誼頗篤，此恐非初交。高適與真卿建交在開元二十四年，意公與之相識亦或始於其時也。

公授官後交遊大增。迄天寶八載赴安西前，尚有多人在此數年間與公有往還。

韓樽。公詩中樽之名凡三見，乃公少年故友。《喜韓樽相過》詩：「三月灞陵春已老，故人相逢耐醉倒。甕頭春酒黄花脂，禄米只充沽酒資。長安城中足年少，獨共韓侯開口笑。」老友相逢，喜悦之情溢於言表，當爲至交。

嚴維。《送嚴維下第還江東》詩：「勿歎今不第，似君殊未遲。」據《唐才子傳》，至德二載維於江東崔涣下及第，授諸暨尉，年已四十餘。此詩云「殊未遲」，當年尚少，在天寶前期。維山陰人，與公無緣相知。此或以劉長卿與維友善，長卿與公二兄況又相知，因而爲友也。

杜佐。《送杜佐下第歸陸渾别業》詩：「正月今欲半，陸渾花未開。」岑氏亦有陸渾别業，則佐似亦嵩潁時故友。杜甫秦州詩有《示姪佐》，甫爲杜預十三世孫，十四世孫佐爲太宗相杜淹之曾孫，穆宗相杜元潁之父。《宰相世系表》另有一杜佐，出襄陽房，侍御史暐之子，官大理正。以公與杜甫之誼，此還陸渾之佐恐即甫之姪。

王伯倫。至德二載，伯倫爲京畿採訪使崔光遠行軍司馬，與賊戰死。公詩《送王伯倫應制授正字歸》似亦此數年間作。若在天寶後期，以正字爲行軍司馬，似官秩過低也。《吐魯番出土文書》有伯倫天寶十三載在西州記事。

以下各人亦當爲此數年中與公有交往者。鄭甚，有《送鄭甚歸東京氾水别業》詩。楊千牛，有《送楊千牛趁歲赴汝南郡覲省便成親》詩。王岙，有《餞王岙判官赴襄陽道》詩，杜甫大曆初有《送王信州崟北歸》詩，即此人。梁鍠，有《題梁鍠城中高居》詩。其他尚有《春興戲贈李侯》、《送顔韶》、《送楊子》、《送李郎尉武康》、《送祕書虞校書赴虞鄉丞》、《送弘文李校書往漢南拜親》、《送孟孺卿落第歸濟陽》、《送胡象落第歸王屋别業》、《送周子下第遊荆南》、《送魏四落第還鄉》等，均似爲此數年中之友。

唐玄宗天寶八載己丑（七四九）

天下殷富，國用豐衍，帝視金帛如糞壤，多賞賜貴寵之家。哥舒翰拔石堡城，死士卒數萬，僅獲吐蕃戍卒四百。高仙芝入朝，加特進，兼左金吾大將軍同正員，仍與一子五品官。

高適舉有道科，授封丘尉。

三十五歲，轉右威衛録事參軍，赴安西幕府，任判官。

杜確《序》：「轉右威衛録事參軍，又遷大理評事兼監察御史，充安西節度判官。」公《優鉢羅花歌》序稱：「天寶景中歲，參忝大理評事、攝監察御史，領伊西北庭度支副使。」杜不言北庭，公未言安西，亦未言右威衛録事參軍。當依公所自言者，大理評事、監察御史之銜乃任職北庭時事，安西節度時則當爲右威衛録事參軍也。封常清天寶十一載爲安西節度使，十三載又兼北庭，杜確或以二者爲一，乃只言安西。然公安西詩言高開府，並不及封常清，則赴安西必在十一載之前。公凉州詩《武威送劉單判官赴安西行營便呈高開封》乃仙芝二次出兵征石國，在天寶十載，旋大敗回京，公亦經臨洮歸長安，則公赴安西又當在十載之前。公七載秋既在京送顔真卿，而八載後無長安詩，故公赴安西時間，當依《聞考》，定在八載。右威衛録事參軍正八品上，較正九品下之右内率府兵曹參軍録秩略增。

公在安西幕府任職，《聞考》以爲乃掌書記，其所據爲《銀山磧西館》詩有「安能終日守筆硯」，證據似欠缺。時安西連年用兵，武官易立功，文官則惟事筆硯而已。劉單身爲判官，隨軍征小勃律，所從事者乃草告捷書，亦爲守筆硯也。故公之職事，當依杜確《序》，爲安西節度判官。公詩《安西館中思長安》：「彌年但走馬，終日隨飄蓬。」可知「守筆硯」與「但走馬」，俱爲寫詩用語，不可拘泥。節度使下之判官，地位稍高。而節度使兼觀察、安撫、支度、營田、招討、經略使者，又有副使、判官。公在安西未悉究爲何判官。《聞考》又以爲公之右威衛録事參軍乃高仙芝入朝表奏而來，亦有疏忽。公西度隴時仙芝先遣人馬方越隴而東，仙芝時尚在西州交河郡，故公此官當爲朝命，非仙芝表奏也。

公赴安西月份，《聞考》并未定何月，《陳譜》以爲在冬日，此則以《聞考》爲是。《初過隴山途中呈宇文判官》詩：「沙塵撲馬汗，霧露凝貂裘。」隴山高寒，所謂「汧隴無蠶桑」。若在冬日，應有霜雪，不當有露。高仙芝八載曾入朝。《舊唐書·高仙芝傳》：「八載，入朝，加特進。」仙芝九載年初破朅師，虜其王。朅師在小勃律旁，六載仙芝破小勃律時，途中行四月之久方到，故征朅師須於八載八九月兵發安西。自安西返京途中須兩月，歸程又兩月，若四月發安西，再歸安西已届八月，故仙芝入朝至遲也當在三月。此點自以《聞考》之説爲是。

公赴安西所經路途，《陳譜》以爲出陽關後至蒲昌海，再北行至西州，又折而西南行，至安西（今庫車），此説不甚合理，與公詩所言也有不符。唐世蒲昌海在今若羌、米蘭之北，自陽關至若羌，阿爾金山北麓時有小水流北入沙磧中，若羌向西北則可沿塔里木河行，有水草。晋法顯去僞夷國（即焉耆）即走此路。而自蒲昌海北行，不僅走之字路，途程過遠，且沿途盡不毛之地，極難通行。今試以公詩所言，對其所經路途略鈎勒一輪廓。

度隴，有《初過隴山途中呈宇文判官》詩。今陝西隴縣西六十里關山梁上，唐有大震關，即詩所言「月照關城樓」處。過隴西行五十里，經分水驛，有《經隴頭分水》詩。過分水後不由清水縣西南至天水，而是在隴東原上徑直向西，至渭州，有《西過渭州見渭水思秦川》詩。渭州即今甘肅隴西縣，濱渭水，至此始見渭水，知度隴後非沿渭水谷地西行也。過渭州又西行，越鳥鼠山至臨洮，公有臨洮詩四首，知往返安西北庭皆經此地。由臨洮北至金城，即蘭州，有《題金城臨河驛樓》詩。自金城西北行，越烏鞘嶺，經武威、張掖、酒泉、敦煌，至陽關。此爲自漢以來中土人赴西域之通途，公有詩多首。公安西詩多有陽關字，王維《送元二使安西》詩亦曰「西出陽關」，則開元天寶間赴安西者多經陽關也。過陽關後西入大沙漠中，漢人曰白龍堆，唐人稱莫賀延磧，今曰庫穆塔格沙漠。《度磧》詩：「爲言地盡天還盡，行到安西更向西。」此極言途程之遠，非謂已過安西府也。《磧中作》詩：「走馬西來欲到天，辭家見月兩回圓。」度隴時有「山口月欲出」詩句，當在陰曆月中十六、七日時，曾於途中一見月圓，今又月圓，在度隴後一月，正在莫賀延磧中矣。法顯自敦煌至鄯善行十七日，而自隴山西至敦煌三千餘里，乘驛急行亦須三十日也。故此兩首度磧詩均應謂莫賀延磧。《日没賀延磧作》當漏一莫字，乃傳抄致誤。過磧後唐有石城鎮，此後即轉而西北，沿塔里木河行，《磧西頭送李判官入京》詩：「一身從遠使，萬里向安西。……尋河愁地盡，過磧覺天低。」河，古人即以爲此乃黄河上游也。此後途中無詩，或以水草豐足，境遇較佳，乃無感觸也。

唐玄宗天寶九載庚寅（七五〇）

高仙芝自安西出兵，南征朅師，西征石國。安禄山兼河北道採訪處置使，賜爵東平郡王。帝慕長生，臣下争言符瑞，表賀無虚月。

三十六歲，在安西。秋日出使至武威，冬返回。

《寄宇文判官》詩：「西行殊未已，東望何時還。……二年領公事，兩度過陽關。」公八載赴安西曾西出陽關，則二次過陽關當爲東行，既未返京，當爲出使。九載高仙芝全年用兵，出使當與軍務有關。公詩《凉州館與諸判官夜集》作於何時，有不同説法。《繫年》以爲天寶十載留武威時作，然公三月至凉州，六月已離去，詩有「秋草」字，時令不合。《陳譜》以爲天寶十三載秋日初赴北庭時作，然公赴北庭不能在秋日（説見該年條），故亦不確。公兩次東返長安，均不在秋日，故此凉州宴集詩必爲在西域時出使之作矣。公在北庭十三載有迎送出師西征詩；又有重陽節陪封常清登高詩，當在十四載；又曾冬日按邊儲至玉關，未聞曾至武威。故當於天寶九載秋使至武威。

詩有「故人别來三五春」，《陳譜》釋爲三年、五年，亦恐不確。古人以之計年，三五春當爲十五年。公八載初赴安西乃乘驛急行，「一驛過一驛，驛騎如星流」，過凉州時未能與故人宴集，九載使至凉州，乃有暇會見故人。自九載上推十五年，則故人皆開元二十四年左右在嵩洛相知者也。公此次東行無詩可徵，或以走舊路無新感觸之故，而返程則新走伊州、西州一綫，有詩數首。《過燕支寄杜位》詩：「燕支山西酒泉道，北風吹沙卷白草。」白草秋冬枯後色白，時令與《凉州館與諸判官宴集》相近，且自燕支山西行在酒泉道上，時令、方向均合。《寄宇文判官》詩有「終日風與雪，連天沙復山」句，時令已入冬，沙與山相間則當爲伊西路上之景。今自哈密西至吐魯番，北面爲天山支阜，時遠時近，有時擦山而過，其南爲戈壁沙磧地，沿途則緑洲、沙磧、丘陵相間。故詩乃行進此途中之作。或謂此乃安西西行之作，然則「兩度過陽關」即與此詩無干，且自庫車至阿克蘇途中，雖時有沙磧，時有緑洲，但距山較遠，與詩不合也。《經火山》詩有「火山今始見」、「我來嚴冬時」句，時令與以上各詩相接，且公兩度過陽關均走南路，唯此次出使回程乃走北路，始見火山，頗有驚詫惋歎之意。火山，在唐西州城北十里。《銀山磧西館》、《題鐵門關樓》、《宿鐵關西館》位於西州西行中途，路綫相合，或爲此次行役同時之作。

公兩過陽關，必經敦煌。《燉煌太守後庭歌》不作於八載，即作於九載。《早發焉耆懷終南别業》有「連年聞鼓鼙」句，當作於九載。但「秋冰鳴馬蹄」，時令與經火山等詩不合。晋法顯出陽關、過沙漠，至焉耆，然後再西至龜兹。唐開元天寶間焉耆取代碎葉爲安西四鎮之一，高仙芝爲節度使，焉耆自有公務來往。然焉耆位天山之南，寒流罕至，秋日似不宜有冰。若僅爲用字，以秋代冬，則此亦當爲途中詩。焉耆在銀山磧與鐵關之間，途程必經。《逢入京使》亦當作於九載，且亦作於途中，或與以上各詩同時。

唐玄宗天寶十載辛卯（七五一）

高仙芝正月入朝，獻俘，乃加開府儀同三司。尋以仙芝爲武威太守、河西節度使，代安思順。群胡固留思順，乃以仙芝爲右金吾大將軍。仙芝前虜石國王，欺誘貪暴，其王子逃詣諸胡，潛引大食欲攻四鎮。仙芝將兵至怛羅斯城（今江布爾），大敗，士卒死亡略盡，宵遁得還。安禄山求兼河東節度使，許之，兼領三鎮，日益驕恣。劍南節度使鮮于仲通征南詔，士卒死六萬人，楊國忠掩其敗狀，反叙其功。王正見繼爲安西節度使，奏封常清爲行軍司馬。

錢起進士及第。杜甫獻《三大禮賦》，待制集賢院。孟郊生。

三十七歲，春發安西至武威，滯留至夏。及高仙芝兵敗，公乃於六月還京，居杜陵别業。

高仙芝入朝時間，《通鑑》載於正月。以其所獻俘虜之多，途中行程至少也須兩月，故至遲於九載冬十一月發安西。公涼州詩有三月，暮春、五月、炎暑等字，無更早或更晚時節及物候，故至涼州當在三月，初發安西當在正月。仙芝除河西節度事涼州必早已知聞，乃有群胡固留安思順之舉。及大食欲攻四鎮，仙芝再度出兵，安西僚佐乃在涼州待命。至五月，無新辟命，僚佐乃相繼歸京。以下各詩可知公在涼州之行踪。

《登涼州尹臺寺》：「胡地三月半，梨花今始開。」此乃初至涼州訪古之作。《武威春暮聞宇文判官西使還已到晉昌》亦同時之作。

《河西春暮憶秦中》有「客館梨花飛」、「涼州三月半」，與上詩同時。《武威送劉判官赴磧西行軍》有「火山五月行人少」，知公五月尚在涼州。

《武威送劉單判官赴安西行營便呈高開府》有「五月發軍裝」，《送韋侍御先歸京》有「炎暑爲君寒」，當在五月末、六月初。韋侍御亦當爲安西僚佐，故云「先歸京」。

《臨洮客舍留別祁四》、《臨洮龍興寺玄上人院同詠青木香叢》均有「六月」字，其時已在臨洮。此後途中無詩，約六月底已可抵京矣。

公返京後當居杜陵別業。杜甫待制集賢院後，居少陵原。其《九日寄岑參》詩云：「出門復入門，兩脚但仍舊，所向泥活活，思君令人瘦。……寸步曲江頭，難爲一相就。」少陵原距杜陵十八里，過遠則不宜相就。

公詩《入關先寄秦中故人》詩，宋本公集、《萬首唐人絶句》作「入蒲關」，正德濟南本無蒲字。或以此爲遊河東歸途中作。然詩有「寄將兩眼看飛燕」句，而遊河東歸途中詩《宿蒲關東店憶杜陵別業》有「長安二月歸正好」句，長安二月尚無燕來也。疑此爲入大震關之作。隴上夏日燕子特多，低飛草頭，迴翔不止，洵爲奇觀，此乃筆者親見也。未敢臆斷，暫附於此。

唐玄宗天寶十一載壬辰(七五二)

李林甫卒,楊國忠繼爲相。安西節度使張正見卒,以行軍司馬封常清爲之。

王維爲文(吏)部郎中。高適由封丘赴京。

三十八歲。年初赴河東一遊。秋歸嵩洛訪舊。

公上年歸京後,右威衛録事參軍之官並未秩滿罷去,然安西節度判官職事已取消,故在京無實職。家居閑散,乃頻頻出遊。

公有河東詩數首。其遊河東時間,《繫年》疑爲天寶五六載間。公授官後「終歲無時閑」,非給長假不當出遊在外,故遊河東不當在此二年間。遊河東歸京乃歸杜陵,「長安二月歸正好,杜陵樹邊純是花」,既不歸城内岑宅,又不歸高冠草堂,而授官後公不居城内即居高冠草堂,此點亦有不合。惟自安西歸京後始居杜陵,故遊河東乃在此時也。公似於年初東行,過驪姬墓,有《驪姬墓下作》詩。北至晋州平陽郡,有《題平陽郡汾橋邊柳樹》詩。二月南返至蒲州,有《宿蒲關東店憶杜陵别業》詩。遂即歸杜陵。

公有嵩洛詩數首,其所言乃移家長安後又至嵩洛者,當爲此年東遊之作。《宿華陰東郭客舍憶閻防》詩有「久從園廬别」句。公出入兩郡期間,不居少室即居終南,不可爲此語。授官之初曾東返,並遊淇上,後入京居城内舊宅,假日則居高冠草堂,亦不可爲此語。自安西返京後,居杜陵,又曾居南山石鱉谷(見下年),亦不可爲此語。故此所謂舊廬者,必謂二室舊居也。自天寶四載移家長安，至此由安西歸來再訪二室，中隔六七年，乃可言久别也。《偃師東與韓樽同詣景雲暉上人即事》詩有「潁陽歸客遠相過」句，《聞考》據以爲北遊河朔歸程中作。河朔與偃師不可云遠，「潁陽歸客」又不似出入兩郡時語。《與獨孤漸道别長句兼呈嚴八侍御》詩：「輪臺客舍春草滿，潁陽歸客腸堪斷。」居於輪臺多日乃曰客，遠歸長安乃曰潁陽歸客。故過偃師之潁陽歸客，乃客居安西多日，今日歸來，以來自萬里之外，乃曰遠相過也。此詩之「雨後秋風渡漕河」，與《宿華陰東郭客舍》詩之「蒼茫秋山晦」時節同，則均爲東遊之作也。《楊固店》詩「客舍梨葉赤」，爲暮秋。「洛水行欲盡，緱山看漸微」，乃乘船離緱山之語，水路將盡而可見緱山，則爲沿洛上溯，近白馬寺時語。若順流而下，嵩山支阜阻擋，難見緱山也。「夜來常有夢，墜淚緣思歸，……長安只千里，何事信音稀。」思歸長安，則家不在嵩洛。公天寶四載後八載前未離長安，此離長安千里而思歸者，亦當爲此次東遊中作。《宿東溪懷王屋李隱者》詩：「霜畦吐寒菜，沙雁噪河田。」時節更晚，亦似此次東遊中於暮秋曾一訪王屋青蘿舊齋之作。

是年，李翥爲京兆府士曹，多交文士，公有《題李士曹廳壁畫度雨雲歌》。高適有《同李九士曹觀壁畫雲作》詩，句式全同，當爲同詠。錢起有《李士曹廳對雨》詩，亦與翥交遊，則公與錢起當於此數年中亦爲文友。

本年公與高適、薛據、杜甫、儲光羲同登慈恩寺塔，各有詩。

此爲安史亂前文人一盛會，惟薛據詩已佚。公詩《送薛播擢第歸河東》亦在此年，則公與薛氏兄弟之交遊此數年間爲繁也。

唐玄宗天寶十二載癸巳（七五三）

楊國忠接受賂遺，積縑三千萬匹。安禄山視楊國忠蔑如，由是有隙。安西節度使封常清討大勃律，受降而還。並再征石國，亦獲勝。是時自長安西盡唐境萬二千里。

張繼進士及第。高適爲哥舒翰掌書記。

三十九歲。夏日居石鱉谷，攜弟與杜甫遊渼陂。

《太一石鱉崖口潭舊廬招王學士》詩：「偶逐干禄徒，十年皆小官。」自天寶三載授官，至此年爲十年，官秩八品，故有此語。公以無職事，乃閑居山中，且有暇出遊。

公遊渼陂年份，杜詩舊譜及《繫年》定於十三載。公該年四月必已發京赴北庭（説見下年），而杜詩有「菱葉荷花净如拭」，物候爲五、六月，時間不符。故遊渼陂當在此年。亦有説以杜詩之「岑參兄弟皆好奇」謂公及兄況，恐非。王昌齡《留别岑參兄弟》不能以公領銜稱二兄況，此處亦同。岑況年齡遠長於弟。公生於開元三年，其時公父年可推知。據《岑公德政碑》，岑植「弱冠以簪纓貴胄，調補修文生，明經擢第，解褐同州參軍事，特授蒲州司户參軍事。俄以親累，左授雲安縣丞。」親累，謂長倩於武后天授二年（六九一）被誣殺。弱冠最少爲二十歲，修文生肄業最少以三年計，擢第爲二十三歲。同州、蒲州各任以三年計，授雲安縣丞時最少爲三十歲。以此計算，公父至遲生於唐高宗龍朔二年（六六二）。至開元三年公父最少爲五十四歲。這是最低限，若稍延遲，當近六十歲。唐世重早婚，貞觀間令男二十、女十五婚嫁。公父若以二十五歲成婚，長兄謂、二兄況均當生於父三十歲前後。公父最遲三十歲成婚，其兩兄亦當長於公二十歲左右。公本年三十九歲，二兄況年近六十，恐已難得「好奇」矣。故杜詩之「岑參兄弟」當謂公及弟秉或垂也。假定公父五十四歲生公，其時謂、況之母年紀最少四十四歲，已近絶育年齡，絶不可能於斷育二十年後忽又連生三子。故公之生母當爲公父在江南爲官時所納妾侍。公詩中屢言兄，屢言弟且及姪，又有詩「寄閨中」，而隻字未及母，則母之地位恐有關矣。公詩《與鄠縣官泛渼陂岸闊水浮》、《與鄠縣源少府泛渼陂》當爲本年之作。杜甫詩《渼陂行》：「岑參兄弟皆好奇，攜我遠來遊渼陂。」《與鄠縣源大少府宴渼陂》中有源少府，則此皆爲同遊之作。

歸京二年間，公之交遊又較多。

顔真卿不附楊國忠，被擠出京。《顔魯公年譜》：「十二年癸巳，公年四十五，楊國忠以前事銜之，繆稱精擇，出公爲平原太守。」《送顔平原》詩作於本年。顔之左遷因不附楊國忠，則公之無新職事，亦當因不附楊國忠也。《資治通鑑》卷二一六天寶十一載十月，「或勸陝郡進士張彖謁楊國忠，曰：見之，富貴立可圖。彖曰：君輩倚楊右相如泰山，吾以爲冰山耳！若皎日既出，君輩得無失所恃乎！遂隱居嵩山。」公之閑居終南，亦顯不欲見楊國忠以求富貴也。唐制，無職則無禄俸也。

《送宇文舍人出宰元城》，此宇文似即安西之宇文判官，歸京後爲通事舍人（從六品上），今出爲上縣元城令(亦從六品上)。《崔駙馬山池重送宇文明府》，駙馬謂崔惠童，杜甫有《崔駙馬山亭宴集》詩。

《梁園歌送河南王説判官》詩中自注：「家兄時宰單父。」劉長卿於安史亂後在丹陽遇岑況，稱之爲岑單父，則況爲單父宰正在安史亂前。

《送楚邱麴少府赴官》：「單父聞相近，家書早爲傳。」此與上詩同時。

《裴將軍宅蘆管歌》「遼東將軍長安宅」，安史亂後遼東不歸唐有。

《送魏升卿擢第歸東京因懷魏校書陸渾喬潭》，喬潭爲陸渾尉在天寶後期。李華《元魯山墓碣銘》：「維天寶十二載九月二十九日，魯山令河南元公終於陸渾草堂，春秋五十九。……陸渾尉梁園喬潭賻以清白之俸，遂其喪葬，以明月十二日窆於所居南岡，禮也。」知喬潭十二載正爲陸渾尉也。潭文《會昌主簿廳壁記》：「潭忝以詞賦，見知於春官，……乙酉歲，抄致於南軒之東壁。」乙酉爲天寶四載，時已及第，則或於三載與公同時而相識也。詩有秋風字，未知魏升卿是否春日擢第秋日始歸，抑另有他故。

《送蜀郡李掾》，稱郡，在天寶年間，或此數年間作。

唐玄宗天寶十三載甲午(七五四)

三月，北庭都護程千里執突厥阿布思獻闕下，斬之，以千里爲金吾大將軍。左羽林上將軍封常清權北庭都護、伊西節度等使。劍南留後李宓以兵七萬擊南詔，全軍皆没，遥領節度使楊國忠隱其敗，益發兵進討，前後死者二十萬，無敢言者。是歲天下户九百餘萬，口五千二百八十八萬。

元結、韓翃進士及第。李白遊廣陵，至宣城。崔顥卒。

四十歲。春至醴泉掃墓。

《春日醴泉杜明府承恩五品宴席上賦詩》：「吾兄此棲棘，因得賀初宴。」公與兄同至醴泉，當與父祖墳墓在此有關。《舊唐書·玄宗紀》，十三載二月朝獻太清宫，饗太廟，受徽號，禮畢，「獻陵等五署改爲臺，令丞各升一階。文武三品以上賜爵一級，四品以下加一階。」醴泉令杜某蓋爲正六品上，今加一階爲朝散大夫，故詩言「朱綬奪花然」也。此次在醴泉爲二三月。

四月，受封常清辟爲北庭節度判官，遂即發京，六月至北庭。

公赴北庭年代，《聞考》據史籍所載封常清權北庭都護在十三載，而公北庭詩惟有封常清而不及他人，以爲公當受常清之辟，亦爲十三載。此點衆所公認，已無疑問。《舊唐書·玄宗紀》十三載三月，「壬戌，御勤政樓大酺，北庭都護程千里生擒阿布思獻於樓下，斬之於朱雀街。乙丑，左羽林上將軍封常清權北庭都護、伊西節度使。」《資治通鑑》卷二一七天寶十三載三月，「程千里執阿布思，獻於闕下，斬之。甲子，以千里爲金吾大將軍，以封常清權北庭都護、伊西節度使。」乙丑爲二十九日，甲子爲二十八日，所載事同而日期不同。公北庭詩題中「封大夫」字凡七見，同時有「亞相」、「上將」字。《舊唐書·封常清傳》：「十三載入朝，攝御史大夫，仍與一子五品官，賜第一區，亡父母皆贈封爵。俄而北庭都護程千里入爲右金吾大將軍，仍令常清權知北庭都護，持節充伊西節度等使。」本傳載御史大夫，帝紀載左羽林上將軍，與公詩合。可知公赴北庭與常清同時也。

公赴北庭月份，《聞考》以爲在三月。《繫年》以《赴北庭度隴思家》詩列於《送魏升卿擢第歸東京因懷魏校書陸渾喬潭》之後，均在十三載，乃謂秋末。《陳譜》以爲《凉州館中與諸判官夜集》詩乃初赴北庭途中之作，有「秋草」字，故「約于夏末自長安首途」。三説均有不妥。常清受命已在三月底，必略有部署方可動身。如辟命判官、延攬其他僚佐等，須略有時日，故三月底首途絶無可能。然亦不能滯留過久，唐邊將受命，赴任皆有時限，不得違背。《唐會要》卷七十九《諸使雜録》：「會昌三年四月敕：諸道節度使、觀察使授後發期，宜令不得過十日。」此雖唐武宗時事，亦乃沿襲前代律令。天寶四載四月，乙巳（十一日），李林甫排擠裴敦復，使爲嶺南經略使，經二十七日逗留未發，五月壬寅（八日）貶淄川太守。此固林甫擠陷之作，然必依律方可貶逐大臣。同在天寶年間，常清三月受命，自不能逗留至夏秋。再者，阿布思送斬於長安，其麾下數千尚在北庭，急待安撫，亦不容常清久留京師。而且常清在北庭九月出兵西征，更不容秋末發京，即夏末也過於匆急。故常清必於四月上旬發京，僚佐亦隨主將首途也。《聞考》謂三月雖不可能，但相錯不遠，而《繫年》、《陳譜》之説則誤矣。《吐魯番出土文書》第十册載，唐交河郡天寶十三載某館馬料賬：「郡坊迎封大夫馬肆拾捌匹，四月二十四日食麥粟貳石肆斗，付槽頭張瓌，□□□□乘。」長安至西州交河郡五千二百里，封常清二十天走完，乃急行軍。又四月二十八日，「同日，大夫騰過北庭，征馬五匹，食麥䴭五斗，判官楊千乘。」知封四日後即去北庭。其下又有征馬五十二匹，銀山馬四十七匹，礌石馬二十匹，缺字馬三十三匹，及二十九日「米長史、姚司馬、□判官等騰過北庭馬八匹，食麥八斗，付董法雲。」此空缺字當爲岑字。此次用馬之多，知封常清隨從皆一同抵達，岑參自應同時至北庭府。《登北庭北樓呈幕中諸公》詩：「二庭近西海，六月秋風來。」此乃公初至時作，知六月已在北庭矣。詩中之「上將新破胡」句，當指常清十二載征大勃律及征石國兩役，均獲勝，見《資治通鑑》及楊炎《四鎮節度副使右金吾大將軍楊公神道碑》。常清十一載以安西行軍司馬繼爲節度使，十三載春忽以左羽林上將軍銜（高於大將軍）權北庭都護，必以二役之功賞之也。

九月，封常清西征阿布思餘部，公賦詩送行。一月後封受降回軍，公又獻詩。

《走馬川行奉送出師西征》：「輪臺九月風夜吼，一川碎石大如斗，隨風滿地石亂走。匈奴草黄馬正肥，金山西見煙塵飛，漢家大將西出師。」《輪臺歌奉送封大夫出師西征》：「輪臺城頭夜吹角，輪臺城北旄頭落。羽書昨夜過渠黎，單于已在金山西。……亞相勤王甘苦辛，誓將報主静邊塵。」前詩言匈奴，後詩言單于，兩詩都有「金山西」，則所言爲一事。詩言封大夫、亞相，必在十三載封常清攝御史大夫之後。詩有「九月」字，常清十四載十一月已被召回至長安，自北庭動身當在九月，絶不容九月出兵西征，故此次西征乃十三載九月間事。《北庭西郊候封大夫受降回軍獻上》詩：「胡地苜蓿美，輪臺征馬肥。大夫討匈奴，前月西出師。甲兵未得戰，降虜來如歸。」則此次西征於九月發軍，十月回軍，未戰受降。

此次西征出師地點，因三詩均有輪臺字，多以爲兵發唐輪臺縣，實乃誤會。唐庭州有輪臺縣，今址何在，説法頗多，但大致均以爲在北庭府（今吉木薩北二十里北庭古城）之西數百里處。而唐渠黎則在北庭府東，羽書昨夜過渠黎，今日自應送達府城，不應西送至輪臺縣，因主將在府城也。且北庭主力軍即駐於府城内，不在輪臺，故發軍也應自府城，不應自輪臺。詩又有車師字，乃借漢車師後五庭之名，也指府城，不指輪臺。故公詩所言輪臺，乃借用漢輪臺名，謂唐北庭府也。而公在北庭三年中，也自應居北庭府城，非居輪臺縣也。

此次出師所征爲何，説法更爲紛紜。正德濟南本《岑嘉州詩》對《輪臺歌》所作注云：「仙芝署常清爲判官，任以軍事，仙芝嘗征小勃律王及其旁二十餘國，題云西征，必此時也。」常清於征小勃律後因功加朝散大夫，並非御史大夫，更絶不能稱亞相。故此説顯誤。宋郭茂倩《樂府詩集》卷二十收公《唐凱歌六首》，題後注引公佚文《送封大夫出師西征序》，以爲西征即破播仙，乃征回紇。天寶中回紇與唐和好，從無戰事，且播仙即且末，遠在大漠之南，其時回紇尚遠未至此。播仙距北庭過遠，一月之内決難回軍。西征不戰受降，破播仙戰况慘烈，二者不符。西征言匈奴、言單于，又有金山、劍水，均在北庭之北；而破播仙言戎、言蕃，又有蒲海、葱山，均在大漠之南。故西征也非破播仙。或言乃對西突厥貴族，此説也有未恰。西突厥早已滅亡，開元天寶間西域只有突騎施，分爲黑姓、黄姓，自相殘殺，高仙芝時曾俘其可汗，封常清時已衰微，未聞有何征戰。檢索史籍，對照公詩，此次西征當爲對突厥阿布思餘部。阿布思原爲突厥西葉護，居今内外蒙古之地，後勢力衰微來降，賜名李獻忠，累遷朔方節度副使。以不爲安禄山下，禄山恨之，十一載奏獻忠共討契丹。獻忠懼爲所害，白留後張暐奏留不行，暐不許，獻忠乃大掠倉庫，叛歸漠北。及爲回紇所敗，窮迫西投葛邏禄，竟爲所執，北庭都護程千里乃送長安斬之。據郭茂倩所引《送封大夫出師西征序》中文句，除「匈奴回紇」當有誤字外，尚有字句若合符節。如「踰花門」即叛歸漠北所經之地；「略金山」乃爲回紇所敗後西逃路綫；「煙塵相連，侵軼海濱」乃西投葛邏禄之地，居北庭西北，夷播海（巴爾喀什湖）之東。阿布思被斬，其麾下數千在北庭西北一帶，當有不穩事態，封常清乃出師征之。阿布思已死，餘衆群龍無首，常清大軍臨之，葛邏禄在其後，不戰而降，與强弱之勢亦合。故此次西征乃對阿布思餘部也。

唐玄宗天寶十四載乙未（七五五）

年初封常清破播仙。冬，安禄山發兵十五萬自范陽南下，海内承平日久，所過望風瓦解。封常清十一月召至長安，十二月兵敗，與高仙芝同被斬於潼關。

杜甫授河西尉，不拜，改右衛率府胄曹參軍。王昌齡約在此年被濠州刺史閭丘曉所殺。

四十一歲，在北庭。春初以播仙之捷獻詩封常清。夏秋隨封宴遊。

《獻封大夫破播仙凱歌六章》稱大夫，在十三載後，又有曉霜、夜雪、暮雨字，爲冬、春日物候。故詩所言事乃在十三載冬末，或十四載春初。詩言蕃、戎，乃唐人稱吐蕃者，詩、文中例證極多。播仙，故且末城，吐谷渾曾佔領之。唐初吐蕃滅吐谷渾，乃屢侵此地。唐至于闐等地須經播仙，乃東西通道之中，故亦屢次用兵保之。中宗時周以悌曾駐守於播仙鎮，天寶間高仙芝曾率于闐王尉遲勝討之，封常清又破之，均爲對吐蕃也。今米蘭（且末之東）尚有吐蕃古堡遺址。回紇之及於且末，則遠在其後也。常清十三載九月方西征，十月回軍，再征播仙，已在年底，及獲勝回軍北庭公乃獻詩，當在本年初。

《北庭作》詩有「秋雪春仍下」句，《北庭貽宗學士道別》詩有「飲酒對春草」、「君有賢主將」句，均當爲本年春之作。詩中言「忽來輪臺下」，又《輪臺即事》詩，均爲北庭府城之作，非謂輪臺縣也。

公與封常清雖有主屬之分，然時與宴遊，又爲詩酒之交。《陪封大夫宴瀚海亭納涼》詩：「細管雜青絲，千杯倒接羅，軍中乘興出，海上納涼時。」海即湖沼，今北庭古城西北尚有一水泊。《奉陪封大夫宴》：「西邊虜盡平，何處更專征。」此亦當在西征之後，爲本年作。此詩題下原注：「時封公兼鴻臚卿。」史傳不載常清曾爲此官，蓋爲西征受降、破播仙後又加官也，詩可補史之闕。《奉陪封大夫九日登高》亦爲本年之作，去年九月方出師西征，本年十一月常清已回京，故此當爲常清在北庭最後之遊。《胡歌》、《滅胡曲》、《使交河郡獻封大夫》均當作於本年。

冬日，至玉門關按察邊儲，時爲北庭度支副使。

《玉門關蓋將軍歌》：「臘日射殺千年狐。我來塞外按邊儲。」又《玉關寄長安李主簿》詩：「玉關西望腸堪斷，況復明朝是歲除。」《題苜蓿烽寄家人》詩：「苜蓿烽邊逢立春。」此數詩當同時之作。《優鉢羅花歌序》:「天寶景申歲,參忝大理評事、攝監察御史,領伊西北庭度支副使。」景申即丙申,謂天寶十五載。然公之度支副使非自十五載始爲之,當於十四載封常清被召時表奏爲之也。《新唐書·李栖筠傳》:「遷安西封常清節度府判官,常清被召,表攝監察御史,爲行軍司馬。」監察御史之官乃表攝爲之,行君司馬則當爲節度使暫署之職。封常清時兼安西、北庭兩節度使,安禄山反,朝廷急召常清還京,必有一番部署。若待朝命,往返須多費時日,恐貽誤大事。公之攝監察御史必與李栖筠同時,度支副使亦當爲常清返京前暫署以便理事,待還京後自當一併奏上也。度支一語,錢大昕以爲外官當作支度,聞一多又襲其説,以爲此當爲誤倒,均不盡然。今《文苑英華》所載孫逖所草制詔,及《陸宣公文集》所載陸贄所草制詔,對外官亦作「度支營田使」。《舊唐書·肅宗紀》、《憲宗紀》外官亦用度支字。《賈耽神道碑》有「關内道度支判官」,《巴州佛龕記》中嚴武爲「山南西道度支判官」,此見於唐碑者絶非後人妄改者也。宋人之後對外官一律稱支度,中晚唐碑刻中亦多稱外官爲支度,以别於朝官之度支,乃後世所爲,考其初始,並未嚴格區分也。天寶十四載冬十二月二十四日立春(公曆七五五年一月三十日),公至苜蓿烽,此即《大唐慈恩寺三藏法師傳》中所言「玉門關外又有五烽」之一。歲除(公曆二月三日)至玉門關,寄詩長安李主簿,蓋以公十三載歲除必在北庭,不在玉關,十五載夏長安已入安禄山手,長安百官星散,無從寄詩也。蓋將軍「臘日射殺千年狐」語,當爲反顧言之,非謂公十二月在玉關也。公本年自當在玉關度歲。

唐玄宗天寶十五載
唐肅宗至德元載丙申（七五六）

正月，安禄山自稱大燕皇帝，即位於洛陽。哥舒翰力主固守潼關，待賊疲憊。楊國忠譖之於帝，趣戰中使項背相望。哥舒翰不得已出戰，大敗被俘，潼關失守。唐玄宗蒼皇出走，安禄山兵六月入長安。七月，唐肅宗即位於靈武，改元至德。

王維爲賊俘送洛陽，服藥瘖啞。杜甫赴白水依崔氏舅，又自鄜州奔行在，陷賊中。李白入永王璘幕。高適爲淮南節度使。

四十二歲。年初由玉關歸北庭。

《送張都尉東歸》詩題下小注：「時將軍初得罪。」《送四鎮薛侍御東歸》詩：「將軍初得罪，門客復何依。」封常清於上年底被斬，至本年二月消息必已傳至北庭也。

《優鉢羅花歌》：「白山南，赤山北，其間有花人不識。」詩序謂在景申歲，李淵父名昞，諱丙爲景，即天寶十五載也。此詩當作於春日。

公北庭詩首次提及嚴武。《與獨孤漸道别長句兼呈嚴八侍御》：「輪臺客舍春草滿，潁陽歸客腸堪斷。……臺中嚴公與我厚，别後新詩滿人口。」嚴武行八，杜甫有《奉贈嚴八閣老》詩。武年幼於公十一歲，公獻書闕下時武九歲，恐不相交遊。及武以蔭調太原府參軍，又不在京。故二人相知當始於公爲右内率府兵曹參軍而武遷殿中侍御史前。此詩有「奉使三年獨未歸」，自十三載至本年爲三年。

李栖筠，亦剛正遭忌之人，時爲安西節度行軍司馬，與公相知。《使院新栽柏樹子呈李十五栖筠》爲公在北庭之作，似應曰「寄呈」，蓋以栖筠在龜兹城也。

公於本年秋仍在北庭。《首秋輪臺》詩：「輪臺萬里地，無事歷三年。」

以下各詩均當作於此數年間。

《白雪歌送武判官歸京》不作於十三載即作於十五載，以十四載冬公出使玉關，不在北庭，「輪臺東門送君去，去時雪滿天山路」。

《天山雪歌送蕭治歸京》。

《火山雲歌送別》

《熱海行送崔侍御還京》。

《送崔子還京》。

《趙將軍歌》，似即代封常清爲節度使之趙玭。

《送郭司馬赴伊吾郡請示李明府》，司馬似即郭昕，至德後爲安西留後，堅守安西數十年，力抗吐蕃。

唐肅宗至德二載丁酉（七五七）

正月，安慶緒殺安禄山。二月，肅宗至鳳翔行在。九月克長安，十月克東京，肅宗還京，百官扈從還。史思明以十三郡降。永王璘敗死江南。

杜甫自賊中逃脱，至鳳翔拜左拾遺，時房琯罷相，甫上書救琯。肅宗大怒，詔三司推問，宰相張鎬救之，乃放還鄜州，冬日還京。高適由淮南節度使左授太子少詹事。顧況、嚴維於江東進士及第。李白繫潯陽獄。

四十三歲。春末東歸，夏日至鳳翔，六月，杜甫等薦公爲右補闕。冬，扈駕歸長安。

公自北庭東歸月份，無何載記。《聞考》以爲公東歸在上年末，滯留晋昌、酒泉，乃以《玉門關蓋將軍歌》、《玉關寄長安李主簿》、《過酒泉憶杜陵别業》爲歸途中作，蓋未細考。至德元載長安失守，年底已無法寄詩與其主簿，且在玉關時已歲除，而以過酒泉爲元載事，均爲不可能之事。又以肅宗於本年二月至鳳翔，公亦旋至，至六月授右補闕，也存在難解之處。《舊唐書·文苑·杜甫傳》：「十五載，禄山陷京師，肅宗徵兵靈武，甫自京師宵遁赴河西，謁肅宗於彭原郡，拜右（按當爲左）拾遺。」《資治通鑑》載，肅宗至德元載十月至彭原，二載正月至保定，則甫爲左拾遺在十一、二月間。時一切草創，正用人之際，公若二月至鳳翔，六月始因薦舉而授補闕，延遲四個月，恐難解釋。何况公初授官即在東宫，原爲太子屬下，今自北庭遠來赴難，更不宜延遲。故公至鳳翔當已入夏，在四五月間。然何時發北庭，途中是否滯留，則無確證可以判定。肅宗登基後，即徵安西、北庭兵，至德二載正月，兵至凉、鄯，見《通鑑》。公若隨軍東歸，自應二月至鳳翔。然公乃文官，不在徵兵之列，恐在發兵之後始動身，約在本年春末。三月發北庭，五月至鳳翔，六月授補闕，以時間而言，較爲合理。

公至鳳翔，即與杜甫、嚴武交遊，有《宿岐州北郭嚴給事别業》詩。《新唐書・嚴武傳》：「從玄宗入蜀，擢諫議大夫。至德初，赴肅宗行在，房琯以其名臣子，薦爲給事中。」《舊唐書》則云：「隴右節度使哥舒翰奏充判官，遷侍御史。至德初，肅宗興師靖難，大收才傑，武仗節赴行在。……累遷給事中。」公詩稱「嚴八侍御」，或以《舊唐書》所言爲是。詩有「遥夜惜已半，清言殊未休」，二人情誼之篤，不亞於杜嚴之交。

《鳳翔府行軍送程使君赴成州》、《行軍九日思長安故園》、《行軍二首》均作於鳳翔。

《通鑑》載，肅宗十月癸亥發鳳翔，丁卯入西京，途中經四日。公之還京，亦當在此前後也。

唐肅宗乾元元年戊戌（七五八）

肅宗好鬼神，太常少卿王璵以鬼神求媚，拜中書侍郎、同中書門下平章事。九月，命九節度討安慶緒，不置元帥，以宦官魚朝恩爲觀軍容宣慰處置使。五月張鎬罷相。六月房琯貶邠州刺史，嚴武貶巴州刺史，杜甫出爲華州司功參軍。王維拜給事中。李白流夜郎，溯江至巫山。

四十四歲，在長安。與賈至等唱和宫廷。

大明宫早朝，爲返京後文人最感盛大之事，乃由賈至首唱，王維、杜甫及公賡和。後世對此四詩議論特多，甚無謂也。公詩《奉和中書賈至舍人早朝大明宫》、《寄左省杜拾遺》、《西掖省即事》均同時之作。

歸京後公之交遊又較多。

顔少府。公有《夏初醴泉南樓送太康顔少府》詩，河南道光復之後，州縣當新任命若干官吏，顔乃赴太康尉。《繫年》以此詩爲天寶十三載作，詩作於夏初，公該年四月必已赴北庭矣。公又有《送顔少府投鄭陳州》詩，《新唐書・方鎮表》乾元二年「置鄭陳節度使，領鄭、陳、潁、亳四州，治鄭州。」太康屬陳州淮陽郡，赴太康不可曰「投鄭陳州」。或謂鄭乃姓，時爲陳州刺史，然顔爲其屬縣佐吏，赴任不可曰「投」也。鄭陳州自應爲節度使名稱。詩有「一尉便垂白」，乃縣尉一任之内事。自天寶十三載至初置鄭陳州節度，首尾已達七年，且中經安史亂軍侵佔河南，顔少府必不能連續作尉，故有不合。鄭陳節度上元二年廢，併入淮西。顔少府於本年赴任太康，至上元二年乃可曰「一尉便垂白」。公自北庭歸京後應於清明掃墓，今夏初在醴泉者，或因他事也。

許拾遺。《送許拾遺恩歸江寧拜親》詩中許某，即天寶元年擢第歸江寧者，今已爲拾遺。杜甫有《送許八拾遺歸江寧覲省》詩，時尚未赴華州。

裴子。《醉裏送裴子赴鎮西》，至德二載十二月更安西曰鎮西，相送當在本年。

韓樽。《寄韓樽》詩：「北庭苦寒地，體内今何如。」公授官後有《喜韓樽相過》詩，自安西返京東遊時有《偃師東與韓樽同詣景雲暉上人即事》詩，則此寄詩當在乾元元年。宋本題下注：「韓時使在北庭。」唐人赴邊亦曰奉使，《與獨孤漸道別長句兼呈嚴八侍御》詩所謂「奉使三年獨未歸」是也。韓樽何時赴北庭，不得而知，或在天寶末。公與樽乃至交，然此後即再無詩，或竟音信永絶矣。

唐肅宗乾元二年己亥（七五九）

正月，史思明於魏州自立爲大燕皇帝。三月，九節度以無統帥，兵敗鄴城，郭子儀、李光弼引兵屯河陽。東京留守崔圓、河南尹蘇震、汝州刺史賈至南奔襄鄧。史思明九月入洛陽，十一月寇陝州。宦官李輔國掌禁兵，制敕必經其押署方付施行，權傾朝野。

王維轉尚書右丞。高適遷彭州刺史。賈至貶岳州司馬。李白遇赦還潯陽。關輔饑，杜甫棄官客秦州。

四十五歲。三月由補闕轉起居舍人，四月出爲虢州長史，五月之任。

《佐郡思舊遊序》：「己亥歲春三月，參自補闕轉起居舍人，夏四月，署虢州長史。」公何以爲起居舍人一月即出外郡，詩文無徵。是年三月，吕諲、李峴、李揆、第五琦並同平章事，稍抑李輔國權，輔國尤忌峴，四月以他事貶峴蜀州刺史。十一月琦貶忠州，明年諲又罷，再明年揆罷。公之外出，必與此閹宦擅權有關。公雖自云「聖朝無闕事，自覺諫書稀」，然杜確《序》謂公「頻上封章，指述權佞」，則恐以此獲戾矣。《太平御覽》九五七：「乾元中，虢州刺史王奇光奏，閿鄉縣界女媧墳天寶十三載大雨晦暝失所在，至今……墳踴出。」則其時虢州刺史爲王奇光也。

公此後行止皆有詩可徵。

《出關經華岳寺訪法華雲公》「五月山雨熱」，則五月之官，經華陰縣華嶽寺。

《初至西虢官舍南池呈左右省及南宫諸故人》「案牘荷花香」，則爲五六月間。

《早秋與諸子登虢州西亭觀眺》爲七月。

《佐郡思舊遊》「適見秋草，凉風復來」，約在七八月間。

《題虢州西樓》、《郡齋閑坐》均無聊賴之作，與初至州心情抑鬱同。

以下二詩亦當作於本年。

《春興思南山舊廬招柳建正字》詩：「西掖誠可戀，南山思早回。」乃供職中書時語，或以之爲虢州詩，誤。乾元元年春正與賈至等唱和宫廷，心情頗佳。「終歲不得意，春風今復來」，公至德二載夏始入西省，乾元元年爲第一春，今春風復來，則爲乾元二年矣。蓋入京不久，舊友相繼遭貶出外，朝中奸佞當道，乃有此歎，故應作於本年二月間。

《送劉郎將歸河東》：「謝君賢主將，豈忘輪臺邊。」原注：「參曾北庭事趙中丞，故有下句。」封常清被召後，北庭節度使爲趙姓。《送郭司馬赴伊吾郡請示李明府》詩題下原注：「郭子是趙節度同好。」又《舊唐書·肅宗紀》載，乾元元年「九月庚午朔，右羽林大將軍趙玭爲蒲州刺史、蒲同虢三州節度使。」同書乾元二年秋七月，「刑部尚書王璵爲蒲州刺史，充蒲同絳三州節度使。」知其時趙玭已爲王璵所代。《繫年》以此詩爲乾元元年作，《岑參集校注》「疑作於乾元元年九月至乾元二年四月之間。」二説均以爲作於長安。詩有「山雨醒别酒，關雲迎渡船」句，則途中有山。詩有「歸河東」，則劉郎將已供職蒲州，今因公來會，公畢乃歸，必在九月後。《校注》以爲出長安東行至潼關，再渡河北去蒲州。此説雖途中有山，然難以索解者，長安至蒲州應走同州，過浮橋至蒲州，全爲平原，路綫又直而近。何故要繞彎經潼關乘船渡河？故此詩不應作於長安，而應作於虢州，時間應在乾元二年五月以後，七月以前。自虢州至蒲州，沿途皆山，途經潼關渡河，時亦無浮橋而只有渡船也。

唐肅宗上元元年庚子（七六〇）

杜甫自秦川入蜀，卜居成都浣花溪。高適轉蜀州刺史。

四十六歲，在虢州。春日出行遊賞，夏日遇王季友至州，宴集。

公初至州心情甚惡，今春好轉。《陪使君早春東郊遊眺》：「谷口雲迎馬，溪邊水照人。」虢州乃山水之邦，公心賞之。此使君謂太守王奇光。《酉陽雜俎》卷一：「肅宗歸京闕，虢州刺史王奇光奏，女媧墳天寶十三載大雨晦冥忽沉，今月一日晚，河上有人覺風雷聲，曉見其墳涌出，上生雙柳樹，高丈餘，下有巨石，兼畫圖進。」《舊唐書·五行志》謂在乾元二年六月，無王奇光名，文字小異。《太平御覽》卷九五七《楊柳下》引《唐書》云云，增王奇光名，恐據《酉陽雜俎》也。《陪使君早春西亭送王贊府赴選》亦或作於此年。

《春半與群公同遊元處士別業》：「郭南處士宅，門外羅群峰。」虢州南對崤山餘脉，西接華山峻嶺，宏農川北流入河，郭南依山傍水，頗足遊賞。

《題山寺僧房》，亦當在南山中。

公有關王季友詩六首，數量與嚴武等。潼關詩《送王七録事赴虢州》：「早歲即相知，嗟君最後時。」二人初識當在隱嵩陽時。《全唐詩》收季友詩十一首，必有散佚。《雜詩》：「採山仍採隱，在山不在深，持斧事遠遊，固非匠者心。」季友河南人，初隱嵩山，曾出遊東都、滑臺、長安，又還山，生活困苦，賣藥、賣屐，少年已頭白。季友與杜甫亦爲故交，杜詩《可歎》叙季友經歷頗詳，其時二人相會鄠城，約在大曆二年。此後季友行止失考。公與季友既爲總角之好，出關過華陰時季友恐尚未爲尉，其尉華陰至早在上元元年。其由隱嵩山至尉華陰之間行事亦失考。《喜華陰王少府使到南池宴集》詩有「荷香隨酒杯」句，當在六月初。《六月十三日水亭送華陰王少府還縣》乃使畢離去。

以下各詩當作於本年。

《南池夜宿思王屋青蘿舊齋》，虢州有南池。

《虢州送天平何丞入京市馬》，湖城縣上元元年改名天平。

《林卧》，「偶得魚鳥趣，復兹水木凉」，當在虢州。《虢州郡齋南池幽興因與閻二侍御道别》：「性本愛魚鳥，未能返巖溪，……及兹佐山郡，不異尋幽棲。」二詩可互證。吕温《虢州三堂記》：「政令如水木閑，人民如魚鳥馴。」此可爲旁證。

《送楊録事充潼關判官》，《舊唐書·肅宗紀》乾元二年三月，「以河西節度副使來瑱爲陝州刺史，充虢華節度、潼關防禦團練等使。」防禦使下有判官。上元元年四月虢華節度改名陝西節度，以郭英乂代來瑱。楊録事似在此節使易人之際爲潼關判官。

唐肅宗上元二年辛丑（七六一）

春，監軍容使魚朝恩逼迫李光弼速戰，大敗，河陽、懷州俱没。史朝義殺史思明自立。嚴武爲河南尹。

七月，王維卒。

四十七歲，在虢州。與嚴武遇。

公虢州詩有關嚴武者三首，知武時爲河南尹，史籍所未載者也。《繫年》以嚴武爲河南尹在上元元年，誤。《舊唐書·房琯傳》乾元元年六月肅宗下詔：「又與前國子祭酒劉秩、前京兆少尹嚴武等潛爲交結，輕肆言談，有朋黨不公之名，違臣子奉上之體。……宜從貶秩，俾守外藩。琯可邠州刺史，秩可閬州刺史，武可巴州刺史，散官、封如故。」《金石苑》卷二《唐巴州佛龕記》：「巴州城南二里有古佛龕一所。右山南西道度支判官衛尉少卿兼侍御史内供奉嚴武奏：臣頃牧巴州，其州南二里有古佛龕一所。」其後并有敕旨署日期爲「乾元三年四月十三日」。該年閏四月十九日（己卯）始改上元元年，知嚴武自乾元元年六月貶巴州，至上元元年四月仍未離州。而公之三詩有「梨花開」、「春草」、「春城」字，故决不能在上元元年也。又王維《河南嚴尹弟見宿敝廬訪别人賦十韻》詩有「殘雪帶春風」句，維卒於二年七月，故詩只能作於二年早春。由此可知嚴武乃於上元二年正月受命爲河南尹，訪王維後於二月過虢州，乃與公相遇也。《虢州南池候嚴中丞不至》當爲聞訊等待時作,《使君席夜送嚴河南赴長水》乃武初至虢州時作,《稠桑驛喜逢嚴河南中丞便别》乃後又相遇於途時作。

王奇光受代,新刺史到任,參謁禮頗繁,公甚怨懟。

《衙郡守還》詩:「世事何反覆,一身難可料,頭白翻折腰,歸家還自笑。所嗟無産業,妻子嫌不調,五斗米留人,東溪憶垂釣。」《繫年》以爲乃初至州時參謁長官之作,誤。衙有二,一爲衙集公幹,一日兩次。白居易詩《城上》:「城上冬冬鼓,朝衙復晚衙。」又《郡齋旬假始命宴呈座客示郡寮》:「公門日兩衙,今假月三旬,衙用決簿領,旬以會親賓。」此爲常衙。另有州郡長官初上事之衙參,禮儀甚繁。《通典》卷一三〇《京兆府河南牧初上(諸州刺史都督同)》載,州牧備儀仗至州,停於後堂,兵曹設儀仗於廳事門庭。牧位於廳内,南向;長史位於堂下,西向。迎候時長史以下集於州南門外,俱公服。牧入廳,即位,各官對牧再拜。長史以下更衣,入,立於牧座之後。牧升座,應坐者俱坐,州、縣佐吏入庭中北面再拜,立於東階下。録事取印置於牧案,諸司依次諮判事三條,訖,牧還後堂。長史以下降出,設會。洪邁《容齋詩話》所言宋時監司郡守初上之衙參,其儀已减於唐,然亦頗隆重。諸州長史初上,亦有禮儀,公至州時亦必行之。此「衙郡守」者,必爲新刺史到任之禮儀也。

公本年行事可從以下各詩中窺知一二。

《虢中酬陝西甄判官贈》詩有「胡塵暗河洛,亞相方出師」及「别來春草長」句。據《舊唐書·

肅宗紀》及《郭英乂傳》，右羽林大將軍郭英乂於乾元三年四月爲陝西節度使，尋加御史大夫，亞相蓋謂此。時已四月，「春草」字當在次年，即本年春。又「分陝震鼓鼙，二崤滿旌旗。」《新唐書·史思明傳》：「上元二年二月，思明以計敗光弼於北邙，王師棄河陽、懷州，京師震恐。思明遂西，使朝義爲先鋒，身自宜陽繼進。」《資治通鑑》卷二二二上元二年，「三月甲午，朝義兵至礓子嶺，衛伯玉逆擊，破之。朝義數進兵，皆爲陝兵所敗。」自宜陽進者，出二崤之間，礓子嶺在陝州東。故此爲本年唱酬之作，《繫年》以爲元年作，誤。

《虢州卧疾喜劉判官相過水亭》、《水亭送劉顒使還歸節度》乃同時作。乾元二年、上元元年夏均有詩，無病，此居水亭當在夏日，亦爲本年作。

《九日使君席奉送衛中丞赴長水》，伯玉初在陝州迎敵，本年冬拔長水。《資治通鑑》卷二二二上元二年建子月（十一月），「神策節度使衛伯玉攻史朝義，拔永寧，破澠池、福昌、長水等縣。」此當爲發兵時途過虢州，刺史設宴奉送也。《衛節度赤驃馬歌》同時之作。

《虢州送鄭興宗弟歸扶風别廬》有「佐郡已三載」，自乾元二年至本年爲三年。

《送顔少府投鄭陳州》已見乾元元年。鄭陳節度使爲李抱玉，先駐河陽，後移澤州也。

以下數詩當爲上元年間之作。

《南池宴餞辛子賦得科斗子》，虢州詩多有南池字。

《暮春虢州東亭送李司馬歸扶風别廬》。

《南樓送魏憑》：「近縣多過客，似君誠亦稀。」虢州爲近縣，又處東西京間，故多過客。《新唐書・韓休傳》：「出爲虢州刺史，虢州於東西京爲近州，乘輿所至，常税厩芻。」近州猶近縣。或以爲醴泉詩，醴泉地非衝要，公在其地亦爲客而非主，而「便送故人歸」乃作主人者語。魏憑乃魏徵四世孫。

《虢州西山亭子送范端公》、《虢州西亭陪端公宴集》、《原頭送范侍御》、《范公叢竹歌》均謂范季明。

《西亭送蔣侍御還京》虢州有西亭，在西山上。

《虢州後亭送李判官使赴晋絳》。

《虢州酬辛侍御見贈》，此辛侍御似即賦科斗之辛子。

《秦箏歌送外甥蕭正歸京》「紅亭水木不知暑」，虢州詩多有紅亭、水亭字。

《寄西岳山人李岡》，《太平廣記》卷六十七《吴清妻》得仙詩五首，其二、三即公之寄李岡詩，云元和十二年得之虢州湖城縣天仙鄉吴清妻楊監真，則當爲公虢州詩流傳民間者。

唐肅宗

唐代宗寶應元年壬寅（七六二）

李輔國引元載爲相。玄宗、肅宗相繼卒，代宗即位。台州民袁晁率疲於賦斂之民，攻佔浙東諸州。以雍王适爲天下兵馬元帥，十月會師陜州，討史朝義。尋克東京。

賈至復爲中書舍人。劍南兵馬使徐知道反，杜甫攜家至梓州。李白卒。

四十八歲。年初遷太子中允兼殿中侍御史，充關西節度判官，駐潼關。

杜確《序》：「又改太子中允，兼殿中侍御史，充關西節度判官。」杜甫蜀中詩《泛江送魏十八倉曹還京因寄岑中允參范郎中季明》有「遲日深春水」、「春色淚痕邊」句，甫於蜀中得見敕目知公已爲中允，時尚爲春日，則公至遲正月已遷官。公詩《潼關鎮國軍句覆使院早春寄王同州》題有早春字，知正月已在潼關，故公遷官必在本年正月矣。《潼關使院懷王七季友》詩有「滿目徒春華」，已在仲春，均可證寶應元年公爲關西節度判官駐潼關。

本年王季友授虢州録事參軍，虢爲望州，録事參軍從七品上。然旬日復爲華陰尉（從九品上），公在潼關爲之送行，有《送王七録事赴虢州》、《送王録事却歸華陰王録事自華陰尉授虢州録事參軍旬日却復舊事》詩。

本年安史亂軍内部矛盾重重，史朝義難以統帥，故戰局不緊，官軍將領亦耽於安樂，「不見征戰功，但聞歌吹喧」，此早春寄王同州詩中句也。又《敬酬李判官使院即事見呈》詩：「公府日無事，吾徒只是閑，草根侵柱礎，苔色上門關。映硯時見鳥，卷簾晴對山，新詩吟未足，昨夜夢東還。」此亦閑無聊賴之作，戰將不戰而事歌吹，則東還嵩洛舊廬唯在夢中耳。或以此爲北庭詩，苔色句恐非北庭之景，而當爲潼關夏秋之作也。

十月，爲雍王适掌書記，至陝州。隨軍東進，月底至洛陽。

杜確《序》：「聖上潛龍藩邸，參佐僚吏，皆一時之選，由是委公以書奏之任。」《聞考》謂此即掌書記之職也。《陝州月城樓送辛判官入奏》當爲至陝州之後作。

公膺書奏之任，必隨元帥雍王适。史傳所載雍王行止有不同。《資治通鑑》卷二二二寶應元年十月，「戊辰，諸軍發陝州，僕固懷恩與回紇左殺爲前鋒，陝西節度使郭英乂、神策觀軍容使魚朝恩爲殿，自澠池入；潞澤節度使李抱玉自河陽入；河南等道副元帥李光弼自陳留入；雍王留陝州。」《舊唐書・代宗紀》：「戊辰，元帥雍王率諸軍進發，留郭英乂、魚朝恩鎮陝州。壬申，王師次洛陽北郊。甲戌，戰於橫水，賊大敗，俘斬六萬計，史朝義奔冀州。乙亥，雍王奏收東京、河陽、汴、鄭、滑、相、魏等州。」《通鑑》又載，「十一月丁丑，露布至京師。」軍發陝州爲十月二十三日，二十七日至洛陽北郊，二十九日接戰，三十日奏收東京。雍王必隨軍進發並奏表，他人不得代奏，如此緊急日期，如未隨軍，勢所不能，故以《舊唐書》之説爲是。公掌書奏，自應隨軍至洛。東京之外各州當爲會師各軍沿途克復者，今乃一同奏上，亦必集於雍王處，他人不得收受各軍捷報也。東西京相距八百五十里，三十日奏捷，十一月二日至長安，日行四百餘里，其急速之狀可知。

十月大捷後，東京一帶已無戰事，公乃有餘裕訪舊。《過緱山王處士黑石谷隱居》詩當爲其時之作。「別來逾十秋，兵馬日紛紛」，公天寶十一載曾東遊嵩洛，至寶應元年首尾共十一年。自安禄山十四載發兵反，至此年共八年，戰亂不已。《繫年》以此詩作於乾元元年，上溯十年在天寶五六載間，公未東遊。安史之亂至乾元元年首尾共四年，與十年間兵馬紛紛句意也不合。

以下數詩當爲本年内作。

《閿鄉送上官秀才歸關西别業》：「相去關城近，何時更肯過」，當作於潼關。

《五月四日送王少府歸華陰》：「仙掌分明引馬頭，西看一點是關樓，五日也須應到舍，知君不肯更淹留。」此當作於潼關，非在虢州，虢州絶不能見仙掌，以西山高出州城五十公尺，即登西原上也只能見秦嶺餘阜也。四日送人，五日到舍，也當在潼關。

《敷水歌送竇漸入京》「九月霜天水正寒，故人西去度征鞍」，當在潼關相送。

《行軍雪後月夜宴王卿家》，至德二載十月已還京，此似十一、二月間詩，在洛陽。

唐代宗廣德元年癸卯（七六三）

正月，史朝義兵敗自縊死，安史亂平，諸軍皆還。夏四月，李光弼平袁晁。七月，吐蕃寇隴右諸州，十月入長安，代宗走陜州。年底吐蕃退。以魚朝恩爲天下觀軍容宣尉使，總禁兵。

高適遷劍南西川節度使，出戰吐蕃無功。賈至遷尚書右丞。

四十九歲。春日入爲祠部員外郎，秋改考功員外郎。

杜確《序》：「入爲祠部、考功二員外郎，轉虞部、庫部二正郎，又出爲嘉州刺史。」《聞考》以爲入祠部在十月克東京後，《秋夕讀書幽興獻兵部李侍郎》詩爲入祠部時，恐有未洽。其時東京雖復，然史朝義北走幽州，大軍尚集結未散，書奏之任必不可少也。且十月會師，公剛爲掌書記，不數日後即離職入京，亦難索解。加以十月已爲初冬，而曰「秋夕」，時令相悖。故公入京當在本年初。《陳譜》以爲本年初入京在御史臺，秋日始爲祠部。此説與杜《序》所言不符，亦無確證。至於公詩曾有「霜臺憶舊僚」句，則謂北庭之監察御史、關西之殿中侍御史，此時公未有他御史臺銜也。《省中即事》詩：「竹影遮窗暗，花陰拂簟凉。」此當爲初轉祠部員外郎時作，在春日。

公何時改考功，亦無確説。《秋夕讀書幽興獻兵部李侍郎》詩：「年紀蹉跎四十强，自憐頭白始爲郎。……驚蟬也解求高樹，旅雁還應厭後行。覽卷試穿鄰舍壁，明燈何惜借餘光。」公本年四十九歲，故此詩不能晚於本年。唐制，吏部、兵部爲前行，禮部、工部爲後行，此顯爲時居後行而求兵部李侍郎援引之作。公若此時才入祠部即求改前行，於事理不合，必爲祠部員外郎已歷時日，方可出此語。廣德元年正月，劉晏以吏部尚書同平章事。嚴武至遲於秋日已爲吏部侍郎兼京兆尹。《舊唐書·嚴武傳》：「二聖山陵，以武爲橋道使。無何，罷兼御史大夫，改吏部侍郎，尋還黄門侍郎。」武還黄門侍郎在本年十月。《舊唐書·代宗紀》廣德元年十月收京城，「壬辰，以宰臣元載判天下元帥行軍司馬，京兆尹兼吏部侍郎嚴武爲黄門侍郎。」公有《暮秋會嚴京兆後廳竹齋》詩：「能將吏部鏡，照取寸心看。」公又有《劉相公中書江山畫障》詩，時劉晏正爲相，亦在本年。一個吏部尚書兼宰相，兩個吏部侍郎，公均有獻詩，則公之轉考功員外郎必不出本年秋冬也。

以下數詩亦當作於本年。

《送懷州吴别駕》，上元二年各州復置别駕，時懷州陷賊，本年收復。

《送揚州王司馬》：「爲報吾兄道，如今已白頭。」岑况官終湖州别駕，最遲當在本年。

《送崔主簿赴夏陽》，同州河西縣乾元三年改爲夏陽，時公在虢州，此在長安送人，應在本年。

《送任郎中出守明州》，李光弼本年平袁晁。

《送青龍招提歸一上人遠遊吴楚别詩》，歸一曾佐北庭，安史亂中未能出遊，今安史亂早，遊吴楚最早在此年。

《崔倉曹席上送殷寅充右相判官赴淮南》，右相當謂崔圓，時爲淮南節度使。

冬日避吐蕃兵，公似亦隨駕至陝州，以其爲舊遊之地也。

唐代宗廣德二年甲辰（七六四）

是年天下户二百九十萬，口一千六百九十萬。

高適還京爲刑部侍郎，轉散騎常侍。杜甫還成都，檢校工部員外郎，爲嚴武劍南節度參謀。

五十歲，在長安。遷虞部郎中，赴太白山巡察。

公《祁四再赴江南别詩》有「山驛秋雲冷」句，在秋日相送。于邵《送家令祁丞序》：「去年八月，閩越納貢，而吾子實董斯役。水陸萬里，寒暄浹年，三江五湖，敻然復遊，遠與爲别，故人何情？虞部郎中岑公贈詩一篇，情言兼至，當時之絶也。」祁四即祁樂，公有《臨洮客舍留别祁四》、《送祁樂歸河東》詩。杜確《序》但謂「轉虞部、庫部二正郎，又出爲嘉州刺史」，未言在何年月。公出嘉州在永泰元年十一月（見下年），其前當爲庫部郎中，在永泰元年秋。廣德元年秋方爲後行之祠部員外郎，此又秋日送祁樂詩，必在廣德二年矣。公轉考功至早在元年秋，其遷虞部當在本年秋日以前。考功員外郎本專掌貢舉，開元二十四年移貢舉於禮部，考功員外郎仍分判貢舉事，故本年春公仍當在吏部。其轉工部之虞部郎中最早當在本年夏。

公有太白詩，各譜均未繫年。《通典》卷二十三工部虞部郎中：「掌京城街巷種植、山澤園囿草木、薪炭供須、田獵等事。」《新唐書·百官志》復云：「京兆、河南府三百里内，正月、五月、九月禁弋獵，山澤有寶可供用者，以聞。」《水經注》：「渭水又逕武功縣故城北，王莽之新光也。《地理志》曰，縣有太一山，古文以爲終南，杜預以爲中南也。亦曰太白山，在武功縣南，去長安二百里，不知其高幾何，俗云：武功太白，去天三百。」漢武功縣在今陜西郿縣東四十里，南對太白山。山在長安三百里内，公之赴太白，恐與職務有關也。《宿太白東溪李老舍寄弟姪》詩：「渭上秋雨過，北風正騷騷。」公爲虞部郎中送祁四時亦在秋日。「我行有盛事，書此寄爾曹」，公兩弟均官於京中，姪可寄詩，年當已長。乾元元年公四十四歲，弟更幼，即有子恐亦難寄詩。此後公即外出，至廣德元年始還京。本年公五十歲，姪當年長可寄詩矣。《太白胡僧歌》當作於赴山之前，《題樓觀》或爲往返途中之作。

是年公交遊頗廣，中有達官。

《奉送李太保兼御史大夫充渭北節度使》作於年初。《舊唐書·李光弼傳》：「代宗還京，二年正月，遣中使往宣慰。……其弟光進，與李輔國同掌禁兵，委以心膂。至是，以光進爲太子太保、兼御史大夫、涼國公、渭北節度使。」

嚴武上年冬爲黄門侍郎，本年正月出爲劍南節度使，事載《通鑑》。公有《送嚴黄門拜御史大夫再鎮蜀川兼覲省》詩。

《盛王輓歌》，《資治通鑑》卷二二二廣德二年三月，「甲子，盛王琦薨。」《舊唐書》謂四月薨。此乃壽王瑁母弟也。

第五琦。《尹相公京兆府中棠樹降甘露詩》中之相公，《繫年》以爲即劉晏，詩作於廣德元年，誤。錢起亦有《京兆尹廳前棠樹降甘露》之作，用韻亦同，必爲同詠，明謂乃現任京兆尹之廳前，非爲前任。錢詩有「何必鳳池上，方看作霖時」，謂此京尹曾爲相，與公詩「相公尹京兆」合，乃先爲相，後爲京兆尹者，而劉晏則先爲京兆尹，後爲相，與詩不合。故此詩當爲第五琦而作。琦於乾元二年三月以户部侍郎同平章事，十一月貶忠州長史，中途又除名，配流夷州。寶應初起爲朗州刺史，入爲太子賓客。廣德元年冬爲郭子儀糧料使，改京兆尹，至大曆初年未代。詩有「政成人不欺」，當稍歷時日，最早作於本年秋。《岑參集校注》以此詩作於廣德元年正月，亦誤。詩有「萬葉珠顆垂」，長安正月有霜無露，更無棠葉也。

《河南尹岐國公贈工部尚書蘇公輓歌》，《舊唐書·代宗紀》廣德二年十月，「甲申，河南尹蘇震卒。」

以下各詩亦作於本年。

《送許員外江外置常平倉》，《舊唐書·代宗紀》廣德二年正月「甲子，第五琦奏諸道置常平倉使司，量置本錢和糴，許之。」

《送江陵泉少府赴任便呈衛荆州》廣德元年冬以衛伯玉爲江陵尹兼御史大夫，充荆南節度使，見《舊唐書》本傳。「渭北草新出」，在本年初。

《送張祕書充劉相公通汴河判官便赴江外覲省》，據《通鑑》，劉晏本年罷相爲太子賓客，三月，以之爲河南江淮以來轉運使，議開汴水。

《送江陵黎少府》，「更值楚山秋」，爲秋日。

《和祠部王員外雪後早朝即事》、《雪後與群公過慈恩寺》二詩當在本年冬，因元年冬吐蕃入長安，永泰冬公已在梁州也。

公有小女，且已有婿，時尚未婚。《冬宵家會餞李郎司兵赴同州》亦當爲本年冬日作。

唐代宗永泰元年乙巳（七六五）

嚴武卒於蜀，以郭英乂爲劍南節度使，入成都即殺大將王崇俊，攻崔旰於西山，兵敗逃簡州，被殺。崔旰入成都，邛、瀘、劍三州牙將柏茂林、楊子琳、李昌夔舉兵討旰，蜀中大亂。

高適卒。五月，杜甫沿江泛舟，秋至雲安。

五十一歲，轉庫部郎中。十一月出爲嘉州刺史，滯留梁州。

《聞考》云：「去年《祁四再赴江南别詩》有『山驛秋雲冷』據于邵序，公作是詩時尚爲虞部，則轉庫部當在去年秋後、本年出刺嘉州以前。今姑繫於本年。」此説當是。《陳譜》云：「是春，改屯田郎中，尋轉庫部郎中。十一月出爲嘉州刺史。」謂改屯田，乃誤會獨孤及詩《同岑郎中屯田韋員外花樹歌》而來，蓋屯田乃韋員外，非謂岑郎中也。公上年爲虞部郎中，今春宴屯田韋員外家，似尚未離工部，屯田亦爲工部四司之一，與公爲同僚，故轉庫部（兵部四司之一）當在其後。

獨孤及，洛陽人，天寶初遊梁宋時與高適、賈至相識，未聞與公交遊。然本年三月召及爲左拾遺（見《通鑑》）後，多次與公同賦詩送人。除此次宴韋員外家外，又同送長孫全緒赴歙州。永泰元年正月，歙州人殺刺史，見《新唐書·代宗紀》，長孫全緒被命爲刺史，見《元和志》。公有《送羽林長孫將軍赴歙州》詩，獨孤及有《送長孫將軍拜歙州之任》詩。又同送李之芳赴荆南，公有《送李賓客荆南迎親》詩，獨孤及亦有同題詩。如此頻繁交遊，似亦爲舊友也。

戎昱於本年至長安，有《贈岑郎中》詩：「童年未解讀書時，誦得郎中數首詩。四海煙塵猶隔闊，十年夢魂每相隨。雖披雲霧逢迎疾，已恨趨風拜德遲。天下無人鑒詩句，不尋詩伯重尋誰？」此時王昌齡、李白、王維均卒，高適本年正月卒，杜甫流落劍南，故有後兩句。陳振孫《直齋書録解題》卷十六載：「《戎昱集》五卷，唐虔州刺史扶風戎昱撰，其姪孫爲序，言弱冠謁杜甫於渚宫，一見禮遇。集中有哭甫詩，世所傳。在家貧亦好之句，昱詩也。」杜甫大曆三年過荆州，戎昱若整二十歲在渚宫得謁杜甫，則其《贈岑郎中》詩作於十七歲時。又有《入劍門》、《成都暮秋雨》、《成都元十八侍御》、《成都送嚴十五之江東》、《雲安阻雨》詩，則戎昱約於大曆元、二年間過蜀至荆州，三年遇杜甫。其入蜀時間與公同。以一不滿二十歲之少年，行此長途，恐爲公所攜行也。

公赴梁州前在京行止，尚有以下各詩可知一二。

《苗侍中輓歌》，《舊唐書·苗晉卿傳》：「永泰元年四月薨。」《左僕射相國冀公東齋幽居同黎拾遺所獻》，《資治通鑑》卷二二三代宗永泰元年，「三月壬辰朔，命左僕射裴冕、右僕射郭英乂等文武之臣十三人於集賢院待制。」詩言冕閑居之狀，又有「何當復持衡」及「六月」字，則爲待制時且在夏日也。

《送韓巽入都覲省便赴舉》，廣德二年九月東西京分舉選，見《舊唐書·代宗紀》，此詩有八月字，則爲本年作。

公出爲嘉州刺史，始發京在十一月。獨孤及《送成都成少尹赴蜀序》：「歲次乙巳，定襄郡王英乂出鎮庸蜀，謀亞尹，僉曰：左司郎中成公可。……卜十一月癸巳出車吉。」公詩《酬成少尹駱谷行見呈》：「何幸承命日，得與夫子俱，攜手出華省，連鑣赴長途。」則公與成同行也。經駱谷至城固縣，遇雪，《赴嘉州過城固縣尋永安超禪師房》詩有「漢王城北雪初霽」。以蜀亂，滯留梁州。《與鮮于庶子泛漢江》詩有「蘆花」字，《陪群公龍岡寺泛舟》有「孤舟寒」、「山火」字，當爲冬日遊賞之作。此後無詩，而下年又從長安出發，則公等既不能成行，年底當返京城家中度歲也。

唐代宗大曆元年丙午（七六六）

元載專權，顔真卿駁之，由刑部尚書貶峽州司馬。二月，命杜鴻漸爲山南、劍南等道副元帥，入蜀平亂。山南西道節度使張獻誠兼劍南東川節度使，出兵討崔旰，三月兵敗，旌節爲旰所奪。鴻漸懼，使人達意於旰，許以萬全。旰卑辭厚賂迎之，鴻漸喜，至成都，軍府事悉委旰，日與僚佐宴遊。

杜甫流寓夔州。

五十二歲。以職方郎中兼侍御史入杜鴻漸幕，二月發長安，七月至成都，尋舊訪古。

杜確《序》：「副元帥相國杜公鴻漸表公職方郎中兼侍御史，列於幕府。」公詩《奉和杜相公初發京城作》：「叨陪幕中客，敢和《出車》詩。」是公與元帥同時發長安。至梁州後滯留不進。《過梁州奉贈張尚書大夫公》詩有「麥苗長」、「桑葉肥」，《梁州對雨懷麴二秀才便呈麴大判官時疾贈余新詩》有「旱山昨夜雷」、「藥苗滿前階」，《梁州陪趙行軍龍岡寺北庭泛舟宴王侍御》詩有「岸花香」，是春日滯留梁州之證。隨後進發，經秦蜀交界之五盤嶺，有《早上五盤嶺》詩；出龍閣道，有《赴犍爲經龍閣道》詩；進至利州（今四川廣元），有《與鮮于庶子自梓州成都少尹自褒城同行至利州道中作》詩。在利州滯留至夏，六月，崔旰迎杜鴻漸，乃發利州益昌郡，有《奉和相公發益昌》詩；過劍門，《入劍門作寄杜楊二郎中時二公並爲杜元帥判官》詩有「凛凛三伏寒」，知乃六月也。初秋至蜀境，有《漢川山行呈成少尹》詩，「秋來取一醉」，時已入秋。《陪狄員外早秋登府西樓因呈院中諸公》詩：「常愛張儀樓，西山正相當。」張儀樓在成都，早秋爲七月，是七月至成都之證也。

成都訪古諸作，《岑參集校注》以爲作於大曆二年，恐應作於元年秋冬也。《新唐書·杜鴻漸傳》：「及逾劍門，懲艾張獻誠敗，且憚旰雄武，先許以不死。既見，禮遇這，不敢加譙責，反委以政，日與從事杜亞、楊炎縱酒高會。」《通鑑》載，八月壬寅以旰爲成都尹、西川節度行軍司馬，委政者，成都尹治民政也，行軍司馬治軍政也。元帥委政，崔旰自有一班僚佐，故杜鴻漸之僚佐無事可作，乃得遊賞古蹟矣。公成都所作祠廟、壇臺、樓橋各詩當作於此時也。

《送狄員外巡按西山軍》詩，「水凍繩橋脆」，爲冬日。崔旰原爲西山防禦使，此巡按其所部，狄員外當代表元帥宣慰安撫之。《送顔評事入京》有「江柳秋吐葉」，《送裴侍御赴歲入京》有「江暖柳條黄」，當爲本年秋冬送人之作。

唐代宗大曆二年丁未（七六七）

杜鴻漸四月入朝，署崔旰留後。七月，以旰爲西川節度使，杜濟爲東川節度使。

五十三歲。春居成都，夏日赴任嘉州。

杜鴻漸在蜀未振綱紀，委政崔旰而離蜀，公頗悒悒。《江上春歎》詩：「從人覓顔色，自笑弱男兒。」句中之人必謂崔旰也。今春之作尚有《送崔員外入奏因訪故園》詩，「憑將兩行淚」，心情與上詩近。公在成都滯留數月，尋赴嘉州。《登嘉州凌雲寺作》詩有「夏月寒飀飀」，則夏日已至州矣，則離成都當在五、六月間。《酬崔十三侍御登玉壘山思故園見寄》、《聞崔十二侍御灌口夜宿報恩寺》、《送柳録事赴梁州》、《送李司諫歸京》、《過王判官西津所居》、《送趙侍御歸上都》諸詩均爲成都之作，時間爲本年春或上年秋冬。《江上阻風雨》似赴嘉州途中作。

公至州後曾遊覽山水，除凌雲寺外，並曾遊青衣山，有《上嘉州青衣山中峰題惠净上人幽居寄兵部楊郎中》詩。《峨眉東脚臨江聽猿懷二室舊廬》有「秋雨」、「秋江」字，在秋日。

唐代宗大曆三年戊申（七六八）

三月崔旰入朝，賜名寧。瀘州刺史楊子琳乘虛突入成都，留後崔寬不能敵。寧妾任氏出家財募兵數千，自帥擊子琳。子琳敗還，嘯聚亡命，東下涪、忠、夔等州，江路遂斷。

杜甫經江陵，至岳州。韓愈生。

五十四歲。年初由嘉州至成都，旋歸郡。

公詩《早春陪崔中丞泛浣花溪宴》，《聞考》以爲在大曆二年，恐有疏忽。詩有「旌節臨溪口」句，非節度使不得有旌節。大曆二年正月杜鴻漸尚在成都，崔旰爲西川節度行軍司馬。若杜與宴，詩題不得略杜而稱崔。若杜不在，崔旰不得有旌節。故此詩當作於大曆三年正月，崔旰已於上年七月任西川節度使，而中丞憲銜亦當爲擢升之官而充任節使者也。崔旰定於本年三月入朝，此必令所管各州長官至成都匯報公務以便入奏者也。公務已畢，自應還州。公因而頗思長安。《郡齋望江山》詩：「夢魂知憶處，無夜不京華。」《詠郡齋壁畫片雲》詩：「丹青忽借便，移向帝鄉飛。」

六月罷官，泛江東歸嵩洛。盜阻江路，淹泊戎州。冬日復至成都。

公詩《東歸發犍爲至泥溪舟中作》：「前月解侯印，泛舟歸山東。……七月江水大，滄波漲秋空。」七月之前月爲六月，是公罷官之時也。《青山峽口泊舟懷狄侍御》詩有「三見秋草」，公自大曆元年秋入蜀，至本年秋爲三見。《楚夕旅泊古興》、《下外江舟中懷終南舊居》、另兩首「巴南舟中」詩，均應爲泛江途中之作。自嘉州泛江至戎州，順流而下，又值秋水漲溢之時，需時當無多。及至戎州，東去瀘州則盜阻江路，乃淹泊戎州。《阻戎瀘間群盜》詩原注：「戊申歲，余罷官東歸，屬江路，時淹泊戎州，作。」公東歸欲歸何處？《巴南舟中思陸渾别業》詩：「瀘水南州遠，巴山北客稀。……夢魂知憶處，無夜不先歸。」題曰「思陸渾」而句曰「無夜不先歸」，知公言「東歸」者，乃歸嵩洛也。《聞考》以爲公當「籍隸江陵」，而公今東歸時隻字不言江陵，則公其時非籍隸江陵已明矣。

公東歸未果，乃轉而北上。此後但有成都詩，則公或於本年底即離戎州。

唐代宗大曆四年己酉（七六九—七七〇）

杜甫由岳州至潭州（長沙）。李益進士及第。

五十五歲。客寓成都，年底卒。

《西蜀旅舍春歎寄朝中故人呈狄評事》詩：「何負當途人，心無矜窘厄。……起草思南宫，寄言憶西掖，時危任舒卷，身退知損益。」此必本年春公罷官後客居成都之作。《客舍悲秋有懷兩省舊遊呈幕中諸公》詩：「三度爲郎便白頭，一從出守五經秋，莫言聖主常不用，其那蒼生應未休。」此當爲本年秋日之作，自永泰元年至本年爲五年。公又有《僕射裴公輓歌三首》，裴冕卒於大曆四年十二月戊戌（初四）日，公得訊應在中旬，其時公仍居於成都。以後無詩。

公卒年，《賴譜》據杜甫《追酬故高蜀州人日見寄》詩序有「今海内忘形故人，獨漢中王瑀與昭州敬使君超先在」，言未及公，以杜、岑之交誼深且久，且已往詩中提及高適多又及岑參，故作此詩時當已知岑卒。再者，杜確編岑集並爲之作序至遲在貞元十五年，序中有「嗚呼不禄，歲月逾邁，殆三十年」，由此上推，公卒在大曆四年（七六九）。《聞考》以《賴譜》據杜詩所言甚是，然公詩《僕射裴公輓歌》作於大曆四年十二月，而杜《序》未必作於貞元十五年，且「殆三十年」，未滿三十年，從貞元十五年逆推至大曆四年已滿三十年，故不應卒於四年而應卒於五年（七七〇）。郭沫若《李白與杜甫》中《杜甫與岑參》一章中則認爲，裴冕卒於大曆四年十二月戊戌（初四），宰相死訊必以快馬報至成都，故公詩《僕射裴公輓歌》可作於四年十二月。而公之卒訊由成都至潭州（長沙）路途遥遠，又值年關休假，正月卒二十一日杜甫即難以得知，故應卒於四年十二月，依公曆則爲七七〇年元月也。按大曆四年十一月二十八日已爲公曆七七〇年元月一日，故以郭説爲是。公廣德永泰間詩《左僕射相國冀公東齋幽居同黎拾遺所獻》詩有「何當復持衡，短翮期風摶」句，大曆四年十一月裴冕復爲宰相，公罷官旅居成都已久，必期望甚殷。豈知不期月而裴卒，公必悒鬱過甚，加速病狀，失望之餘，遂即殂謝。卒訊由成都傳至長沙，當在二十日之外也。

《招北客文》當作於本年。

公墓地何在，今失考。蜀中已無公遺跡。公曾祖文本陪葬昭陵，子孫許從葬，公叔棓亦葬渭北，則公父植、公本人墳墓亦當在醴泉縣也。

公現存詩三百八十八目，四百零九首，所佚必多也。（注）

【注】

關於岑參生平事跡及著作之詳細考證及論述，請參閱以下拙作：

《唐代户籍制與岑參籍貫》，《中州學刊》一九八六年四期。

《岑參生平數事略考》，《文學論叢》第六輯。

《南溪别業與少室居止考》，《河南師大學報》一九八三年二期。

《岑參詩友考》上，《鄭州大學學報》一九九一年一期。

《岑參詩友考》下，《河南教育學院學報》一九九一年一期。

《岑詩編年考補》，《中州學刊》一九八二年二期。

《岑集版本源流及各本之評價》，《河南大學學報》一九八九年五期。

《敦煌殘卷岑詩辨》，《文獻》第十三輯。

《岑詩篇目異録考》，《文學論叢》第二輯。

《岑詩的校勘》，《中州學刊》一九八三年一期。

《岑詩注釋補正》，《中州學刊》一九八九年六期。

《唐玄宗朝西域戰争性質與岑參邊塞詩》，《中州學刊》一九八五年四期。

《岑詩中陰山等地名問題》，《文學評論》叢刊第十三輯。

《岑詩西征對象及出師地點再探》，《中州學刊》一九九二年二期。

《岑詩邊塞地名考》，《河南大學學報》一九八五年五期。

《岑詩河南地名考》，《文學論叢》第四輯。
《岑參邊塞詩的風格特色》，《鄭州大學學報》一九八六年二期。
《岑參事跡著作考》，中州古籍出版社一九九七年。
《岑參評傳》，人民文學出版社一九九〇年。